SCHUKSCHIN · NULL NULL KOPEKEN



Universal Bibliothek

BELLETRISTIK

*Wassili Schukschin*

# NULL NULL KOPEKEN

*Erzählungen*

*1988*

*Verlag Philipp Reclam jun. Leipzig*

Aus dem Russischen

Herausgegeben und mit einer Nachbemerkung von Eckhard Thiele

Mit zwölf Radierungen von Falko Behrendt

ISBN 3-379-00299-2



Die Erzählungen sind der Ausgabe „Gespräche bei hellem Mondschein“, Volk und Welt, Berlin 1979, entnommen



Reclams Universal-Bibliothek Band 889
2. Auflage
Reihengestaltung: Lothar Reher
Lizenz Nr. 363. 340/51/88 · LSV 7201 · Vbg. 24,7
Printed in the German Democratic Republic
Grafischer Großbetrieb Völkerfreundschaft Dresden
Gesetzt aus Garamond-Antiqua
Bestellnummer: 660 994 6
00250

# Eine Karte für die zweite Vorstellung

Timofej Chudjakow hatte den Moralischen, schon die ganze letzte Zeit, er fand alles auf der Welt zum Kotzen. Am liebsten wäre er auf allen vieren gekrochen und hätte geknurrt und gebellt und mit dem Kopf gewackelt. Oder geflennt.
Er soff mit dem Nachtwächter im Lagerhaus (Timofej war Lagerverwalter auf einem Warenumschlagplatz), aber es tat keine Wirkung. Das heißt, eine Wirkung schon, bloß keine, die half.
„Was is 'n bloß in dich gefahren?" Wächter Jermolai heuchelte Mitleid.
Timofej durchschaute Jermolais Heuchelei, schüttete ihm aber trotzdem sein Herz aus. „Scheißleben ...", sagte er. Dann, tiefsinnig: „Das Leben is 'ne Hühnerleiter, man kommt vor lauter Dreck nich weiter ..." Wenn Timofej einen Moralischen hatte, war's ihm eine Wonne, tiefsinnig zu fluchen, es war, als flöchte er sich für jemanden, auf den er eine Stinkwut hatte, eine mehrstriemige Riemenpeitsche. Sein Leben zu verfluchen, hatte er jetzt eine Mordslust, und so ließ er allerhand los — von den „zwölf Aposteln", von der „Mutter des Täufers" und so weiter. Selbst Jermolai staunte: „Mann, hat's dich erwischt!"
„Na und? Wo's mich so angeschmiert hat in diesem Scheißleben?"
„Na, ich weiß nich ... Du mußt dich grad beklagen ... Was fehlt dir denn? Hast doch zu Hause alles, aber auch alles."
Timofej hatte keine Lust, dem Dussel auseinanderzusetzen, woher der Moralische kam. Das hätte der sowieso nicht kapiert. Er, Timofej, kapierte es ja selber kaum. Bei ihm zu Hause fehlte es wirklich an nichts, seine Kinder hatten studiert ... Es gab eine Zeit, da war er stolz, wie er sein Leben deichselte, jetzt jedoch hatten ihn Trübsinn und Wut gepackt. Der Wächter aber dachte bei sich: Dich beißt das Gewissen, du Satan: Hast dein Leben lang geramscht und geklaut ... Und nie haben sie dich erwischt, du Aas!

„Bin richtig gemütskrank, Jermolai ... Weiß selber nich, wovon."
„Das gibt sich."
Es gab sich nicht.
An diesem Tag, einem Sonnabend (es war ein ganz verquerer Tag gewesen), versiegelte Timofej, nachdem er wieder mit dem Wächter gezecht hatte, das Lager und ging nach Hause. Obwohl es ihn nicht nach Hause zog — da war's auch trübsinnig, obendrein würde ihm seine Frau noch auf den Wecker fallen.
Es hatte geregnet, und ein kühler Herbstwind kräuselte die Pfützen. Von Westen her klarte es auf, die Sonne lugte hervor, und in den Fenstern der Holzhäuser flammte ein kaltes gelbes Licht auf. Es war kalt und trübsinnig. Und so scheußlich klar...
Timofej dachte: Da haste nu gelebt und marschierst aufs Grab zu. Zehn, zwölf Jahre noch, das is doch kein Leben mehr, das is weiter nix wie 'n abgenagter Knochen, den sich 'n Hund unter die Vortreppe geschleppt hat. Was hat es für 'n Sinn? Überhaupt das ganze Leben, wenn du's bedenkst ... Immerzu biste rotiert, hast rumgetrickst, um dir 'ne Existenz aufzubauen, warst dein Leben lang mit Haken und Ösen am Organisieren ... Jermolai dagegen, der hat sein Leben lang einen Lenz geschoben, hat sich 's Dasein bequem gemacht und keinen Kummer, keine Sorgen gehabt. Die Würmer, die fressen uns so und so. Aber er, er hat wenigstens was gehabt vom Leben, ich hab doch bloß aufm Seil getanzt, wie einer im Zirkus: Hauptsache — nich auf die Nase fallen, wenn die Knie auch noch so schlottern.
Timofej ging und grübelte ... Und bog mit einemmal in eine gewisse Gasse ein. In dieser gewissen Gasse wohnte Polja Tepljaschina. Einstmals hatte Timofej sich verbotenerweise mit ihr „rumgetrieben". Es gab Skandale, eingeschlagene Fenster, eine Affenschande. Timofejs Frau Gutja kämpfte sieben Jahre lang verbissen um ihren Mann, das Dorf lobte sie, und sie war stolz und erteilte den jungen Frauen, die in derselben Lage waren, Ratschläge. „Geht er zu seiner Schnepfe, nimmst du 'n Knüttel und — hinterher, unter ihr Fenster. Und dann mit dem Knüttel reingewichst ..."
Entspann sich im Dorf so eine Liebschaft, trat der Knüttel in Aktion. Ruck, zuck hatte die Sache ein Ende. Früher war

man jahrelang mit Wut im Bauch rumgelaufen.
Bei Timofej renkte sich damals alles von selbst ein. Kolka, der Sohn der Witwe Polja, wuchs heran und begann Timofej rauszuekeln. Timofej war sauer und sagte zu Polja: „Bring den Bengel zur Räson!"
Aber die klebte ihm ein paar. „Hau bloß ab! Denkst wohl, deinetwegen jag ich den Jungen ausm Haus? Das könnte dir so passen!"
Timofej wollte mal zeigen, was ein Mann ist, aber er bekam Kolkas junge Fäuste zu schmecken, und seitdem ließ er sich nicht mehr dort blicken.
Das dicke Ende aber kam erst noch: Die beiden Frauen, Polja und Gutja, freundeten sich plötzlich an. Und machten sich gemeinsam über Timofej lustig.
„Wie geht's denn meinem Schatz?" erkundigte sich Polja vor allen Leuten.
Gutja erwiderte lachend: „Der liegt aufm Ofen und knackt Wanzen."
Sie rächten sich, die Weiber.
Timofej wollte sich seine Frau vorknöpfen, aber nun bekam er es mit den eigenen Kindern zu tun.
Hätte man Timofej gefragt, warum er jetzt zu Polja ging, er hätte es nicht gesagt. Er wußte es nicht.
Polja staunte. „Na, na! Das is mir ja 'n Gast. Wie kommt's denn?"
„Wieso? Haste vielleicht die Pest, daß man dich nich besuchen darf? Können doch nach alter Gewohnheit 'n Weilchen sitzen und einen trinken ..." Timofej hatte eine Flasche mit, er stellte sie auf den Tisch. „Können uns an alte Zeiten erinnern ..."
„Das fehlte noch!"
Polja war alt und häßlich geworden. Timofej dachte boshaft: 'ne Schönheit is sie wohl grade nich gewesen. Plötzlich tat er sich selber leid.
„Soll ich dir mal 'n Witz erzählen?"
„Na, na!"
„Wieso sagst 'n immerzu wie 'n Papagei: ‚Na, na!' Hört sich ja schaurig an. Ehrenwort ... Ich komm dich besuchen, und du ... Ihr Weiber seid ganz schöne Blödköppe, Ehrenwort!"
„Und wieso laßt ihr euch mit Blödköppen ein?"
„Wo soll man denn was Gescheiteres hernehmen? Versucht

man's mit 'ner andern, kommt man doch vom Regen in die Traufe."

„Bei dir war wohl 'ne Revision, daß du so fuchtig bist?"

„Der Revisor is noch nich geboren, der mir auf die Schliche kommt."

„Anscheinend."

Timofej trank ein Glas — nach einem Happen zum Dazuessen fragte er gar nicht erst, und Polja bot ihm nichts an. Dafür lud er Polja ein mitzutrinken.

„Hör mal, 'n Witz. Kommt 'n Mann in die Stadt, geht die Straße lang ... Zwar is er schon alt und klapprig, trotzdem überlegt er: Wo kriegste hier eine geangelt? Er hat von Weibern in der Stadt so manches gehört, na, und da malt er sich das aus. Mit einmal kommt eine auf ihn zu, so 'ne Stramme, mit so 'm Milchgeschäft, und sagt ganz freundlich: ‚Kommen Sie zu mir, ich wohn ganz in der Nähe.' Der Mann is heilfroh, daß sie sich von selber an ihn rangemacht hat. Sie kommen hin. Die Frau sagt: ‚Ziehen Sie sich aus, ich komm gleich' — und geht nach nebenan. Na, er zieht sich aus, sitzt da, wartet. Da kommt sie wieder, ihre kleinen Kinder an der Hand, und sagt zu ihnen: ‚Guckt mal, Kinderchen, wenn ihr nicht schön eßt, werdet ihr solche Heringe wie der Onkel da.'"

Polja mußte nicht lachen. Timofej auch nicht. Als er heut früh den Witz gehört hatte, hatte er mit den Chauffeuren darüber gelacht. Und hatte noch gedacht, daß es eine ganz lehrreiche Geschichte sei.

„Wieso erzählste das?" fragte Polja.

Timofej erklärte: „Genauso hat's mich in diesem Scheißleben angeschmiert. Sieh zu, wie du im Leben zurechtkommst, Timofej! Hast 'n Kopf aufn Schultern, also sieh zu, hab vor keinem Angst! Na, ich mußte Federn lassen!"

„Hättste ehrlich gelebt, brauchteste auch vor keinem Angst zu haben."

Das saß.

Timofej überlegte, wie er ihr auch eins verpassen könnte. „Weißte nich, wer's hier", er deutete auf das Bett, „mitm fremden Kerl getrieben hat? Hast wohl davon nie gehört?"

„Doch. Aber hast du vielleicht gehört, wer hier seine Frau betrogen hat? Ich war Witwe — du Familienvater. Schuft, du!"

Timofej trank noch einen. Jetzt schien ihm alles klar zu sein: Er tat sich selber leid, ihn jammerte sein ganzes verpfuschtes Leben. „Mit uns is es immer dieselbe Leier, Polja."
Polja lachte.
„Was lachste?" fragte Timofej.
„Wieso soll ich nich lachen?"
„Lach lieber nich, dir mit deinen schiefen Zähnen steht das nich."
„Das is dir früher nich aufgefallen."
„Aufgefallen schon, nur ... Ach! Nee, is das gemein, Polja: Der eine hat alles — Bildung, 'n dickes Gehalt, 'ne Frau wie Milch und Honig. Mich dagegen, mich hat's auf der ganzen Linie angeschissen."
„Ach nee!" empörte sich Polja. „Du stinkiger Bock. Nimm deine Pulle und laß dich nich mehr hier sehn! Sonst hau ich dir die Topfgabel auf deinen schlauen Kopf, du Lump!"
Timofej drehte sorgfältig den Metallverschluß auf die Flasche, verstaute sie in der Innentasche seiner Jacke und brach ohne alle Hast auf. Ein wenig erleichtert fühlte er sich. Doch er hatte Lust, noch jemanden zu ärgern. Jemandem genauso seelenruhig und leise Gemeinheiten an den Kopf zu werfen.
Er ging nach Hause. Und als er ins Haus tritt, sitzt im Vorraum, auf den Tisch gelehnt ... der heilige Nikolaus. Weißhaarig, klein, ganz wie aus einem Bilderbuch. Sitzt da, hält den Kopf schief und blickt ihn freundlich an. Sonst war weiter keiner im Haus.
„Tag, Timofej", sagte er.
Timofej schaute umher ... Und plötzlich ließ er sich vor dem Alten auf die Knie plumpsen. Und sagte — es sollte auch freundlich, mild und gütig klingen — zu ihm: „Guten Tag, heiliger Nikolaus. Ich hab dich gleich erkannt, Väterchen."
Der heilige Nikolaus fuhr zusammen, guckte verwundert und drohte ihm schmunzelnd mit dem Finger. „Hast einen getrunken, was?"
„Tja, 'n kleinen!" fuhr Timofej mit so einer verzweifelten Fröhlichkeit und Inbrunst fort. „Vor lauter Trübsinn ... Verurteil mich nicht, Väterchen. Das macht der Trübsinn. Ich treib's nich weiter schlimm ... Die Kinder sind groß, da sag ich mir: Warum sollst du dir nich mal einen genehmigen? Was du für weiße Haare hast, Väterchen ... Warum biste denn hier?"

Der Heilige zwinkerte mit seinen klaren Augen. Und lachte abermals. „Und wieso bist du trübsinnig?“
„Wieso ich trübsinnig bin? Weiß der Himmel! Wir haben keinen Glauben mehr, darum sind wir trübsinnig. Wir glauben nich mehr an Gott, und nu packt uns der Trübsinn. Wir haben die Kirchen geschlossen, führn zotige Mutterflüche im Mund, huren rum ... Und nu werden wir trübsinnig.“
„Hast du früher an Gott geglaubt?“
„Väterchen, das is ja der Jammer: Als ich klein war, hab ich geglaubt. Da haben wir Christi Geburt gefeiert. Wärn die Bolschewiken nich gekommen, würd ich vielleicht heut noch glauben.“
„Bist wohl kein Kommunist?“
„I wo! Vielleicht wär ich einer geworden — warum sollt ich vor dir heucheln? —, aber mein Schwiegervater — die Pest an seinen Hals —, der wurde doch dreißig als Kulak enteignet...“
„Hm.“
„Tja, seitdem halt ich das Maul und sag kein Wort mehr.“
Der heilige Nikolaus schüttelte traurig erstaunt den Kopf.
„Wirklich, Timofej?“
„Ich schwör's dir, Väterchen! Und warum bist du hier? Hat's was Gutes oder was Schlechtes zu bedeuten?“
Der Heilige zupfte sich mit seiner kleinen runzligen Hand an seinem weißen Bart.
„Warum ich hier bin? Weil ich euch Verfluchte besuchen will. Aber heb dich von den Knien auf.“
„Laß mich nur aufn Knien. Die werden mir schon nich absterben. Aber Väterchen, du kommst doch weit rum und siehst was von der Welt, sag: Is das Volk verkommen?“
„Ein bißchen ja. Du sagst also, dein Schwiegervater hat dir im Weg gestanden.“
„Ja, das hat er. Eigentlich war er gar kein Kulak — bloß ein Querkopf, das war er, hat gegen die Kolchose gewettert und rumgequasselt ... Der dußlige Quatschkopf, der! Ein Ochse. Aber zäh, das war er. Ich, als Mittelbauer, hätt ja in die Bolschewikenpartei eintreten können...“
„Und was wurde aus deinem Schwiegervater?“
„Der saß seine Zeit ab, und dann kam er zurück. Gesehn hab ich ihn nie mehr — er wohnt weit weg, der alte Dussel, weit weg bei seinem Sohn. Du meinst also, das Volk is verkommen?“

„Ja, mächtig verkommen", sagte der Heilige ernst.
„Ganz aufn Hund gekommen is es!" stimmte Timofej ein. „Saufen, klauen ... Ich laß im Lager auch manchmal was mitgehen. Klar, es is Sünde, aber du liebe Zeit, wo du hinguckst, machen sie's so."
„Du klaust also?"
„Ja, Väterchen. Meine Kinder hab ich studieren lassen — was denkste, wovon? Väterchen ..." Timofej rückte ganz nahe an ihn heran. „Worum ich dich bitten wollte ..."
„Worum denn?"
„Du sitzt doch dicht bei unserm Herrn Jesus Christus ... und bei der Jungfrau Maria ... Red doch mal mit ihnen ... Vielleicht ... Mich jammert's so, Väterchen! Mich jammert's so, daß mir das Herz brechen will. Ich bin doch nich aufn Kopf gefallen, obwohl's bei mir mit Lesen und Schreiben nich weit her is, aber was für Leute hau ich nich alles übers Ohr ..."
„Ich versteh nicht — was willst du?"
„Ich möcht noch mal auf die Welt kommen! Verstehste? Es soll nich zählen, daß ich schon gelebt hab — ihr sollt mich noch mal auf die Welt kommen lassen. Verstehste?"
Der Heilige mußte unwillkürlich lachen.
„Erst klagst du über Trübsinn, und jetzt ... Du bist 'n schöner Lump, Timofej!"
„Deshalb klag ich ja — mein Leben is verpfuscht!" Timofej hätte vor Wut heulen mögen. „Du lachst, aber das is nich zum Lachen, Väterchen, das is zum Heulen. Wo's so schön auf der Erde is! Meinst du, ich seh das nicht? Klar seh ich's, darum jammert's mich ja. Nu is es im Eimer, mein Leben."
„Wie würdest du denn leben, wenn du noch mal auf die Welt kämst?"
„Erstens würd ich 'n andres Weib heiraten. Sogar in der Bibel steht was von Liebe, aber bei meiner Alten kann man sich doch bloß 'n Arsch verkühlen, der Herr verzeih mir. Wenn du dir als Kind 'n Bruch hebst, das wirste dein Leben lang nich los — genauso is es mir mit der ergangen. Ein hundsgemeines Stück. Haargenau wie ihr Vater. Kann auch den Rachen nich vollkriegen. Ein richtiger Habicht. Vor allem ihretwegen klau ich ja. Nee, is die habgierig! Die Habgier in Person. Ich mit meinem Grips, ich hätt glattweg 'n Posten abkriegen können ... 'n Staatsanwalt, denk ich, hätt ich gut und gerne abgegeben." Timofej blickte auf zu Nikolaus' heiligen Augen.

„Dann hätt ich zum Beispiel meinen Schwiegervater damals so eingebuchtet, daß er heut noch nich wieder raus wäre ... Für sein loses Maul..."
„Aha!" sagte der Alte böse. „Ich bin dein Schwiegervater, du Satan! Du Dieb! Reiß deine Augen auf! Oder bist du völlig besoffen?"
Timofej, voller Genugtuung, erhob sich von den Knien, zog seine Hosenbeine glatt und sagte seelenruhig und müde: „Guck an, du bist's wirklich, Schwiegervater! Na komm, trinken wir einen aufs Wiedersehn. Denk mal, für wen ich dich gehalten hab..."
„Stinkbesoffen bist du Lump!"
„Nu hab ich vor dir ausgepackt. Tss! Na, macht nix, kannst es ruhig wissen. Sich so zu täuschen. Na, da bin ich ja reingefallen ... Ajajaj!"
Später, als sie einen getrunken hatten, hielt der Schwiegervater, der sich und seine Tochter beleidigt sah, Timofej die Faust unter die Nase und legte los: „Das hast du verdient, aber nich'n andres Leben! Da hast du — deine Karte für die zweite Vorstellung. Du Dieb ..."
Timofej aber, rot im Gesicht, zufrieden, sagte wieder: „Herrje, bin ich reingefallen! Ajajaj! Na, geschieht mir ganz recht!"
„Jetzt werd ich dich inn Knast bringen, du Dieb!"
„Wer, du? Meine Güte, wer wird dir schon glauben, einem Enteigneten?"
„Dann hast du deine Karte für die zweite Vorstellung! Hahaha! Willst ein zweites Leben! Dann hast du's!" Der Schwiegervater alias der heilige Nikolaus wollte Timofej abermals die Faust unter die Nase halten, doch der goß ihm sein Glas Wodka über den Kopf und langte zum Bangemachen in die Tasche nach Streichhölzern. „Ich zünd dich an!"
Der Schwiegervater alias der heilige Nikolaus wischte sich mit einem Handtuch ab und fing an zu weinen. „Was is 'n los mit dir, Timofej! Was erlaubst du dir mitm alten Menschen wie mir! Unverschämtheit! Ich komm zu dir wie zum guten Menschen, und du..."
„Das is es ja — ich weiß es nich", sagte Timofej nun friedfertig. „Ich weiß es nich, Schwiegervater, ich weiß es nich. Ich würd alles ehrlich sagen, aber ich weiß nich, was mit mir los is. So hab ich's wohl verdient. So und nich anders. Nu is nix mehr

drin ... Schade. Hab so dahingelebt und alles verpfuscht. Schade, 's wär soviel drin gewesen. Das Theater vorhin — nimm's mir nich krumm. Sei 'n Mann und nimm's nich krumm."

1971

# Regen im Dämmer

Es war Ende April. Von den Simsen der Häuser perlten große Tropfen, der laue Wind pustete sie herunter, sie klatschten sanft gegen die Fensterscheiben und rannen langsam hinunter wie Tränen.

Jefim Bedarjow lag im Kreiskrankenhaus, lag in einem kleinen Krankenzimmer auf einem flachen Bett, gezeichnet von der Krankheit, müde. Der Arzt, so ein ganz junger, sah oft nach ihm.

„Na, wie geht's?"

„Ach, 's will gar nicht mehr gehn", antwortete Jefim mit Mühe; aus seinen dunklen, eingefallenen Augen leuchtete für einen Moment eine sonderbare Fröhlichkeit. „Ich ziehe Bilanz."

„Nun hören Sie aber auf!"

„Das war bloß Scherz", beruhigte ihn Jefim. Er mochte den Doktor gern: Der war so blutjung, geradezu komisch, wie jung, und obendrein schüchtern.

„Haben Sie Ihre Medizin genommen?"

„Natürlich! Ich merke schon, wie sie hilft."

Der Arzt guckte den Patienten prüfend an, doch der hielt dem Blick stand.

„Glaubst du's nicht? Aber Doktor! Nee, bist du jung — ich könnt richtig neidisch werden."

Der Arzt errötete. „Warum sollte ich's nicht glauben! Weshalb sagen Sie so etwas?"

Jefim tätschelte seine Hand. „Schon gut, mein Junge: ich verstehe. Ich beklag mich nicht ... Ich möcht nur, daß meine Tochter ..."

„Wir haben ihr ein Telegramm geschickt."

„Das ist schön!" Jefim wollte Nina, seine einzige Tochter, noch einmal sehen. „Das ist schön."

Mittags, als niemand weiter im Zimmer war, schaute ein Mann im weißen Halbpelz zum offenen Fenster herein. Er musterte das Krankenzimmer, nahm die Lammfellmütze von seinem riesigen Schädel und lehnte sich aufs Fensterbrett. Ein Geruch

von tauender Erde und Schaffell kam ins Zimmer.
„Tag, Jefim."
Der Kranke drehte den Kopf zum Fenster und machte runde Augen vor Staunen. Er gab sich einen Ruck, wollte sich aufsetzen, doch der Mann winkte ab. „Bleib nur liegen!"
Jefim blickte ihn neugierig an.
„Wollt dich mal besuchen", sagte der Mann und guckte, aber da er schielte, wußte Jefim nicht, ob er ihn ansah oder an ihm vorbeischaute. „Wie steht's Jefim?"
Jefim grinste. „Gut."
Der Mann nickte verständnisvoll. Er ließ sich vom Fenster herunter, rotzte auf die Erde, kletterte dann wieder hinauf und lehnte sich aufs Fensterbrett.
Eine Zeitlang blickten sie einander an.
„Wie ich sehe, steht's schlecht", sagte der Mann und nickte wieder verständnisvoll.
„Was hast du hier zu suchen?" fragte Jefim.
„Ich bin auf Besuch bei meinem Schwiegersohn", erzählte der Mann bereitwillig. „Na ja, und da hab ich erfahren, daß du krank bist. Tja, und ich sitz faul auf der Vortreppe und denk: Schön, daß Frühling ist und die Sonne scheint ... Aber sterben muß man doch." Er langte in die Tasche seines Halbpelzes nach dem Tabaksbeutel. „Und da denk ich so: Wir leben, wie's kommt, und denken nicht an den Tod. Tja — und mit eins ist er da. ‚Tag auch', sagt er, ‚mich hast du wohl ganz vergessen?!'" Der Mann blickte Jefim ins Gesicht. „Du zum Beispiel, Jefim ..." Er befeuchtete das Mundstück der Papirossa, die er aus Zeitungspapier gedreht hatte, mit Speichel.
„Was denn?"
„Tja, denk ich, so hast du nu gelebt ... warst einer von den ganz Eifrigen, hast die Kulaken enteignet, na ja ... und das alles." Der Mann zündete sich seine Selbstgedrehte an, wedelte das weiße Qualmwölkchen sorgsam vom Fenster weg. „Hast das Kreuz von der Kirche runtergeholt. Erinnerst du dich?"
„Natürlich."
„Tja. Aber was ich damit sagen will: Egal, ob's den lieben Gott nu gibt oder nicht, ich möcht nur wissen: Wie ist es so?"
„Was?"
„Quält's dich?"
„Du willst wissen, ob mich das Gewissen quält, weil ich euch enteignet hab? Das meinst du doch?"

„Genau, das meine ich."
„Nein, Kirill, das bereu ich kein bißchen. Und von Gott hör mir auf — du glaubst doch selber nicht an ihn. Tu nicht so."
Kirill grinste. „Das ist wahr, an Gott glaub ich nicht. Soweit ich's mitgekriegt hab, glaubt keiner an ihn, nur manche tun so."
„Daß du wenigstens auf deine alten Tage zu Verstand gekommen bist!"
„Freu dich nicht zu sehr." Es war eine ernste Mahnung. „Ich will dir keine Angst machen, Jefim, aber ich will dir was sagen: Wer anderen was angetan hat, der hat einen schweren Tod."
„Na, da schlottre ich ja vor Angst. Du bist ein Schafskopf, Kirill, und du bist immer einer gewesen. Tja, doof bleibt eben doof..."
„Vor mir tust du dicke", fuhr Kirill fort. „Dabei graut's dich."
„Ich werd noch gar nicht sterben. Wie kommst du überhaupt darauf, daß ich sterbe?"
„Schon gut, schon gut", sagte Kirill vielsagend und paffte seinen selbstgebauten Knaster.
Der Arzt kam ins Zimmer.
„Was ist denn hier los?" fragte er mit gerunzelten Brauen, als er Kirill sah.
„Das ist mein Nachbar", erklärte Jefim. „Laß ihn nur."
„Aber hören Sie auf zu rauchen! Noch besser wär's, Sie würden verschwinden."
„Nein", protestierte Jefim, „soll er noch was bleiben."
Kirill ließ sich vom Fensterbrett auf die Erde und trat den Stummel aus.
Der Arzt gab Jefim Tropfen, blieb eine Zeitlang an seinem Bett sitzen, dann ging er.
Kirill lehnte sich wieder zum Fenster herein. „Gute Pflege hier", sagte er.
„Gute Pflege hier", äffte Jefim ihn nach, er war mit einmal wütend. „Ihr Schmarotzer."
„Schrei nicht. Du bist im Krankenhaus, nicht im Dorfsowjet."
Eine Weile waren sie still.
„Wie ich dich so sehe, Jefim", sagte Kirill mit einmal nachdenklich und leise, „will's mir nicht in den Kopf: Was hast du mir nicht alles angetan! Hast mir meinen Hof weggenommen,

hast mich in die Taiga gejagt wie ein wildes Tier, Gott weiß wohin in die Verbannung ... Nicht? Aber ich hab nicht mal besonderen Haß auf dich. Nicht, daß ich dich überhaupt nicht hassen würde: Wenn du mir damals in der Taiga begegnet wärst, hätt ich dich bestimmt abgeknallt. Aber daß ich mich vor Haß nicht lassen könnte — nein! Ich weiß noch, einmal hab ich dir fast bis zum Morgen an deinem Haus aufgelauert. Du hast mit deinem Papierkram direkt gegenüber dem Fenster gesessen. Wohl zehnmal hab ich angelegt — und bracht's nicht fertig. Das glaubst du mir nicht, was? In der Taiga, dort ja, aber zu Hause — nein. Ich saß da, wünschte dich zur Hölle — aber schießen konnt ich nicht."
Jefim drehte seinen Kopf auf dem Kissen zu Kirill hin und hörte ihm neugierig zu.
„Du bist doch irgendwie unnormal gewesen, Jefim. Nimm's mir nicht krumm, ich mein's nicht böse. Ich bin nicht hier, um dich zu beschimpfen. Ich möcht nur dahinterkommen: Warum hast du dich immer überall dreingemischt? Na schön, ich hatte Korn versteckt. Aber was ging's dich an? Es war doch meins."
„Du bist ein Schafskopf", sagte Jefim.
„Weiter weißt du nichts!" Kirill wurde wütend. „Kapier doch, ich mein es ernst. Was hätten wir jetzt noch miteinander abzumachen? Wir haben uns im Leben genug in den Haaren gehabt."
„Wo willst du denn dahinterkommen?"
„Ich will wissen, was du eigentlich im Leben hast erreichen wollen", forschte Kirill geduldig. „Jeder Mensch will doch im Leben was erreichen. Ich zum Beispiel wollte reich werden. Und du?"
„Ich wollte, daß es weniger Schafsköpfe auf der Welt gibt."
„Menschenskind!" Kirill langte wieder nach seinem Tabaksbeutel. „Wir reden doch aneinander vorbei."
„Reich wolltest du werden — und auf wessen Kosten! Ein Schafskopf, aber gerissen."
„Bist selber einer. Quatschkopf. Das neue Leben! Hast selber wie ein Hund gelebt und auch andere nicht in Ruhe gelassen. Verpfuscht hast du dein Leben, Jefim."
Jefim mußte heftig husten. Sein ausgemergelter Körper zuckte und zuckte, krümmte sich unter den Erstickungsanfällen. Er

bedachte Kirill mit einem vernichtenden Blick, wollte etwas sagen.
Der Arzt kam herein, stürzte zu dem Kranken.
Kirill glitt vom Fenster herunter und verließ das Krankenhausgelände.

Gegen Abend, die untergehende Sonne spiegelte sich glutrot in den Krankenhausfenstern, verschlimmerte sich Jefim Bedarjows Zustand.
Er lag auf dem Rücken, die Arme nach oben gereckt, stöhnte von Zeit zu Zeit leise, preßte mit seinen Fingern, die ihm gar nicht mehr recht gehorchen wollten, die dünnen Gitterstäbe am Kopfende, spannte sich an, wollte aufstehen. Doch die Krankheit ließ ihn nicht aus ihren Fängen, verheerte ihn wie unheilvolles Feuer: Gluthitze schlug ihm ins Gesicht, quälend heiß war's unter der Bettdecke, und in dem glühendheißen Nebel schwankten Wände und Zimmerdecke.
Der Arzt und Jefims Tochter Nina, eine Frau um die Dreißig, sie war eben aus der Stadt hergekommen, beugten sich über den Kranken.
„Was ist jetzt — Nacht?" fragte Jefim, als er wieder zu sich kam.
„Es ist Abend. Die Sonne geht gerade unter."
„Ich möcht gern eine rauchen."
„Kommt nicht in Frage!"
„Wenigstens ein paar Züge..."
„Das geht doch nicht. Papa, wo denkst du hin?!"
Jefim schwieg gekränkt. Wieder verließ ihn das Bewußtsein, und wieder versuchte er, sich aufzurappeln, hartnäckig und vergeblich. Einmal, er wußte nichts von sich, gelang es ihm, sich aufzusetzen. Seine Tochter und der Arzt wollten ihn wieder hinlegen, doch er stemmte sich mit der einen Hand gegen das Kissen und riß sich mit der andern das Hemd auf, flüsterte leise, aber heftig, mit einem Pfeifen in der Kehle: „Ja, wozu? Wozu? Ich weiß es doch! Ich weiß alles!" In seinen trockenen, entzündeten Augen flackerte etwas wie Bitterkeit.
Mit Mühe konnten sie ihn wieder betten ... Schluchzend schmiegte sich Nina an die Brust ihres Vaters. „Papa! Papa, mein Guter! Papa!"
Der Arzt führte sie hinaus und blieb mit dem Kranken allein.

Jefim war still geworden. Der Arzt setzte sich auf die Bettkante, schaute ihn an.
„Kirill!" rief Jefim, ohne die Augen zu öffnen.
„Was ist?" ließ sich eine Stimme vernehmen.
Der Arzt schrak zusammen und fuhr herum — am Fenster stand Kirill. Er beobachtete schon eine ganze Weile Jefims aussichtslosen Kampf gegen den Tod.
„Was machen Sie hier?"
„Ich gucke."
„Wer ist da? Kirill?" fragte Jefim.
„Ja."
„Bist du's, Kirill?"
„Ja."
„Schon gut, Kirill ..." Jefim rang nach Atem. „Ich red nachher noch mit dir. Natürlich tut's mir ein bißchen leid ..."
„Schon gut. Lieg nur still, Jefim."
Der Arzt begriff nichts von dieser merkwürdigen Unterhaltung. Er meinte, Jefim phantasiere wieder, und machte Kirill ein Zeichen, er solle weggehen, um den Kranken nicht aufzuregen.
Kirills Kopf verschwand.

Die Nacht war zu Ende. Wo der Morgen graute, bewölkte sich der Himmel. Modrige Wärme zog von den sumpfigen Ebenen her — das verhieß Regen.
Irgendwo brummte ein Auto; ein paar Tölen kläfften heiser in der Stille des Morgengrauens.
Nina und der Arzt beugten sich über Jefim.
„Ist es aus?" fragte Jefim nur mit den Lippen.
Ninas Kinn zuckte. Der Arzt rief: „Aber nein, Jefim Nasarytsch! Das ist doch dummes Zeug ..."
„Mach das Fenster auf."
„Es ist schon offen."
„Ich krieg keine Luft ... Nina, Töchterchen ... Die Kinder ... m-m ..." Jefims erlöschender Blick glitt zur Seite, sein Körper unter der Bettdecke streckte sich, das Gesicht wurde kreideweiß. Er bekam einen Hustenanfall: Vom Mund her zog sich ein blutiger Faden aufs Kopfkissen. Mit letzter Kraft rappelte sich Jefim hoch, setzte sich auf.
Der Arzt und Nina stützten ihn.
Jefims Mund war voller Schaum, er wollte etwas sagen,

brachte aber nur gurgelnde Laute hervor, konnte den Kopf nicht halten, besudelte Ninas weißen Kittel mit Blut.
„He, Jefim, geht's dir schlecht?" fragte plötzlich eine Stimme von draußen voll aufrichtiger Anteilnahme — Kirill war wieder am Fenster. Niemand antwortete ihm. Wahrscheinlich hörte ihn keiner.
Plötzlich sackte Jefim in sich zusammen, hing schlaff in den Armen seiner Tochter ... Behutsam legten sie ihn lang. Nun war es still.
Nina stand starr am Bett, blickte ihren Vater mit großen Augen an. Die ersten schweren Regentropfen klatschten gegen die Fensterscheiben, und die Bäume des Krankenhausgartens rauschten im Wind.
Eine Bö fegte einen Papierfetzen zum Fenster herein, er raschelte leise auf dem Fußboden, blieb an Ninas Füßen liegen. Sie schrak zusammen, sank vor dem Vater auf die Knie.
Kirill ging, langsam, die Mütze in der Hand. Er hatte ganz vergessen, sie wieder aufzusetzen. Der warme Regen prasselte auf seinen Kopf, floß ihm über Gesicht und Hals in den Kragen, trommelte auf dem Halbpelz. Es war ein langersehnter Regen, der erste in diesem Jahr.
Kirill ging und blickte traurig vor sich hin. Ihm tat Jefim Bedarjow leid. Jetzt fragte er nicht, warum. Weiter nichts als Trauer und Mitleid erfüllten ihn.
Der Regen rauschte herab, Tausende von blitzenden Fadenbeinchen tanzten auf der Straße. In den Gossen und in den Pfützen sprudelte und brauste und gluckerte es.

1967

# Ein kerniger Bursche

Die dritte Brigade des Kolchos „Gigant“ bekam eine neue Lagerhalle. Aus der alten, der ehemaligen Kirche, wurde alles abgefahren: leere, stinkende Sauerkrautfässer, Papiersäcke mit Zement, Bastsäcke mit Streuzucker und Salz vom Dorfkonsum, bergeweise Bast, Pferdegeschirr (Pferde hatte die Brigade nur fünf, aber Geschirr für ein gutes Dutzend, was ja nie von Schaden sein konnte, doch die verdammten Mäuse ... Trotz Teer und chemischem Zeug nagten die Biester daran), ferner Besen, Harken, Schaufeln ... Nun war sie leer, die Kirche, und völlig unnütz. Mochte sie auch klein sein, sie belebte das Dorf (das einstmals sogar ein Herrenhaus gehabt hatte), gab ihm einen Mittelpunkt und machte es weithin sichtbar.

Der Brigadier Nikolai Sergejewitsch Schurygin blieb einen Moment vor der Kirche stehen und überlegte ... Er trat auf die Wand zu, polkte mit dem Brecheisen an den Ziegeln herum, rauchte eine Zigarette und ging nach Hause.

Als er zwei Tage später den Kolchosvorsitzenden traf, sagte er zu ihm: „Na, die Kirche is ja nu leer ...“

„Tja.“

„Und was wird mit ihr?“

„Wir machen sie dicht. Was sonst?“

„'s sind gute Ziegel. Die würd ich für 'n Schweinestall nehmen, statt neue herzuschaffen.“

„Da haben fünf Mann 'n halben Monat zu tun, bis sie die auseinandergekloppt haben. Die Wände sind wie gegossen. Weiß der Schinder, wie sie das gemacht haben!“

„Ich reiß sie ein.“

„Wie 'n?“

„Ganz einfach. Ich spann drei Raupenschlepper an — und das Ding is in Klump.“

„Versuch's.“

Am Sonntag versuchte es Schurygin. Drei starke Raupenschlepper rollten an, und drei dicke Stahlseile wurden in unterschiedlicher Höhe um die Kirche gespannt, an den Ecken sowie in jeder Wandmitte legten sie Balken unter, neun Stück.

Anfangs erteilte Schurygin seine Kommandos wie gewohnt — lautstark und saugrob. Aber als sich eine Menschenmenge ansammelte, als allenthalben ah und oh gerufen und Bedauern um die Kirche geäußert wurde, da fühlte er sich mit einmal als ein wichtiger Mann mit unbegrenzten Vollmachten. Er hörte auf zu fluchen, guckte überhaupt nicht nach den Leuten, tat, als höre und sehe er sie nicht.
„Nikolai, haben sie dir das befohlen?" fragten die Leute. „Oder haste das selber ausgebrütet? Was stört dich die Kirche?"
Der Lagerarbeiter Michailo Beljakow, der schon einen getrunken hatte, kroch unter den Seilen hindurch zu Schurygin. „Nikolai, warum machste das?"
Da kam Schurygin auf achtzig, er wurde bleich und schnauzte: „Hau ab, du besoffnes Schwein!"
Michailo war platt und machte, daß er Boden gewann. Auch die andern Leute waren platt und verstummten. Schurygin war selber ein Saufsack und hatte noch nie jemanden „besoffnes Schwein" genannt. Was war mit ihm los?
Unterdessen waren die Balken befestigt und die Stahlseile an ihrem Platz. Gleich würden die Raupenschlepper aufheulen, würde etwas Unerhörtes im Dorf geschehen — die Kirche würde einstürzen. Die älteren Leute waren allesamt dort getauft worden, dort waren die Totenmessen gelesen worden für die Großväter und Urgroßväter, die Kirche hatte man jeden Tag gesehen wie den Himmel, und jetzt ... Wieder wurden Stimmen laut.
„Nikolai, wer hat das befohlen?"
„Na, er selber! Das siehste dem Affen doch an der Fresse an."
„Schurygin, du denkst wohl, du kannst machen, was du willst!"
Schurygin kümmerte es einen Dreck. Er hatte unverändert diesen konzentrierten Gesichtsausdruck, diese unbestechliche Strenge im Blick.
Die Menge schubste Schurygins Frau Klanka nach vorn ... Klanka traute sich nicht recht, sah sie doch, daß in ihrem Mann etwas Unbegreifliches vor sich ging, aber dann trat sie auf ihn zu. „Nikolai, warum willste sie einreißen?"
„Hau ab!" herrschte Schurygin auch sie an. „Misch dich nich ein!"

Die Leute scharten sich um die Traktoristen, man wollte Zeit gewinnen, denn welche waren losgerannt, um in der Kreisstadt und beim Lehrer anzurufen. Aber Schurygin hatte jedem der Traktoristen eine Pulle Schnaps versprochen und Anweisung „zur Ausführung der Arbeiten" erteilt.
Der Lehrer kam angelaufen, ein junger, aber im Dorf geachteter Mann. „Hören Sie sofort auf! Wer hat das angeordnet? Die Kirche stammt aus dem siebzehnten Jahrhundert!"
„Stecken Sie Ihre Nase nich in Sachen, die Sie nix angehn!" sagte Schurygin.
„Das geht mich was an! Alle Leute geht's was an!" Der Lehrer war so aufgebracht, daß er keine starken, überzeugenden Worte fand, er verfärbte sich nur und schrie: „Sie haben kein Recht dazu! Sie Barbar! Ich zeige Sie an!"
Schurygin winkte den Traktoristen. Die Motoren heulten auf. Die Stahlseile spannten sich. Die Menschenmenge stöhnte leise auf vor Entsetzen. Plötzlich rannte der Lehrer auf die Kirche zu und stellte sich dorthin, wo die Mauer einstürzen mußte.
„Du wirst dich für 'n Mord verantworten, du Idiot!"
Die Raupenschlepper hielten an.
„Geh weg!" brüllte Schurygin. Seine Halsadern schwollen an.
„Wehe, ihr rührt die Kirche an! Wehe!"
Schurygin stürzte auf den Lehrer zu, packte ihn und schleppte ihn zur Seite. Der schmächtige Lehrer versuchte sich loszureißen, doch Schurygin hatte starke Arme.
„Los!" rief er den Traktoristen zu.
„Stellt euch alle vor die Wand!" schrie der Lehrer den Leuten zu. „Stellt euch dahin! Dann wagen sie's nicht! Ich fahr in die Gebietsstadt, sie werden es ihm verbieten!"
„Nu macht schon!" brüllte Schurygin die Traktoristen an.
Die Traktoristen kletterten in ihre Kabinen, griffen an die Schalthebel.
„Stellt euch vor die Wand! Stellt euch alle dahin!"
Doch keiner rührte sich. Alle waren von Schurygins Irrsinn wie gelähmt. Man schwieg. Wartete ab.
Die Stahlseile strafften sich, knirschten, knarrten, surrten ... Ein Balken barst, und das Stahlseil, das nun in die Mauerecke einschnitt, sang wie eine Balalaikasaite. Merkwürdig, daß all das gut zu hören war, wo doch drei Raupenschlepper ratterten und ihre eisernen Kräfte anspannten. Die Kirche erzitterte

oben ... Gegenüber der Seite, wo sie einstürzen sollte, riß plötzlich die Mauer in der gesamten Breite auf ... Der schreckliche, schwarz gähnende Riß in der weißen Wand klaffte immer breiter auf. Der obere Teil der Kirche mit dem Zwiebeldach neigte sich, sackte weiter und weiter — und krachte hinunter.
Schurygin ließ den Lehrer los, und der entfernte sich ohne ein Wort.
Zwei der Raupenschlepper wühlten noch immer die Erde auf. Das mittlere Stahlseil hatte die Ecke durchschnitten und zermahlte sinnlos die Ziegel der beiden Wände, kerbte sich immer tiefer.
Schurygin ließ anhalten. Die Stahlseile wurden neu angelegt. Die Menge verlief sich allmählich. Nur die Allerneugierigsten und die Kinder blieben.
Nach drei Stunden war alles geschafft. Nur ein Stumpf, niedrig und mit unregelmäßigen Kanten, war übriggeblieben. Ein unförmiger Haufen Schutt, so lag die Kirche da. Die Raupenschlepper fuhren weg.
Verschwitzt, über und über mit Staub und Kalk beschmiert, ging Schurygin in den Dorfladen, um den Kolchosvorsitzenden anzurufen.
„Sie is hops!" schrie er fröhlich in den Hörer.
Der Kolchosvorsitzende begriff anscheinend nicht.
„Na, die Kirche! Kurz und klein. Tja. Alles in Ordnung. Der Lehrer hat 'n bißchen spektakelt ... Na ja! Der Lehrer. Schlimmer als die alten Weiber. I wo, alles in Ordnung. Hat das gekracht! Hm, is schön klein gebrochen. Immer so drei oder vier Ziegel in einem Stück. Keine Ahnung, wie wir die auseinanderkriegen solln ... Ich hab's mit dem Brecheisen versucht — 's is steinhart, das Scheißzeug. Wirklich wie gegossen! Tja! Na, dann mach's gut."
Schurygin legte den Hörer auf. Er trat zu der Verkäuferin, die er schon so manches Mal nachts aus dem Bett geholt hatte, wenn jemand vom Kreis zum Angeln da war und sie hinterher bis zum zweiten Hahnenschrei bei ihm, dem Brigadier, saßen und einen draufmachten.
„Hast du gesehen, wie wir die Kirche umgeschuppt haben?" Schurygin lächelte zufrieden.
„Du denkst, du kannst was", sagte die Verkäuferin mit unverhohlenem Zorn.

„Wieso denn?“ Schurygin verging das Lächeln.
„Hat sie dich gestört, wie sie dastand?“
„Wieso soll sie unnütz dastehn? So verwenden wir wenigstens die Ziegel...“
„Als ob du die nich auch anderswo herkriegst! Idiot.“
„Dreckstück!“ Schurygin wurde ebenfalls fuchtig. „Halt 's Maul, wenn du nix davon verstehst.“
„Du komm mich noch mal mitten in der Nacht wecken — ich scheiß dir was! Von wegen Dreckstück ... Sieh dich vor, daß du nich was auf die Klappe kriegst! Ich hau dir gleich 'n Pudgewicht über die Rübe, dann hast du 'n Dreckstück.“
Schurygin wollte der Verkäuferin, dieser dummen Gans, noch was an den Kopf werfen, doch das Weibervolk, das ja nirgendwo fehlen durfte, kam dazu.
„Gib mir 'ne Pulle Schnaps.“
„Feucht dir nur die Kehle an!“ sagten sie hinter ihm. „Die muß ja ganz ausgedörrt sein.“
„Na ja, bei dem Staub!“
„Das stach ihm in die Nase, dem Aas...“
Schurygin warf den Weibern einen strengen Blick zu, doch es waren viele — gegen die käme er mit seiner Stimme nicht an. Auch war ihre Wut ungewöhnlich: der reinste Haß. Er nahm die Flasche und wandte sich zum Gehen. In der Ladentür drehte er sich um und sagte: „Euch werd ich's zeigen!“ Und raus war er.
Schurygin ging und ärgerte sich. Haben ja sowieso nich drin gebetet, die Schmarotzer! Aber jetzt Theater machen. Kein Mensch braucht sie mehr, aber schreien!
Als er an der Stelle vorüberkam, wo die Kirche gestanden hatte, hielt er inne und guckte den Kindern zu, die in den Ziegeln herumwühlten. Und da beruhigte er sich. Wenn sie groß sind, dachte er, werden sie sich dran erinnern: „Ich war dabei, als die Kirche eingerissen wurde.“ Ich entsinne mich auch noch, wie Wasska Duchanin das Kreuz runtergeholt hat. Und jetzt is sie 'n Schutthaufen, klar, daß ihnen so was im Gedächtnis bleibt. Sie werden ihren Kindern erzählen: Kolja Schurygin hat Stahlseile rumgelegt, und dann ...Ihm fiel unpassenderweise die Verkäuferin ein, und er dachte böse und unbeugsam: 'ne Kirche hat hier überhaupt nich rumzustehen.

Zu Hause erwartete Schurygin eine regelrechte Rebellion: Seine Frau war, ohne ihm Abendbrot bereitet zu haben, zu den Nachbarn gegangen, und seine kranke Mutter lag auf dem Ofen und keifte: „Nikolai, du Himmelhund, was hast du angestellt?! Ohne einen Ton zu sagen, du verdammter Kerl ... Hättst du doch bloß was gesagt, vielleicht hätt man dich zur Vernunft gebracht. Oje-oje, nu kann ich den Leuten nich mehr unter die Augen kommen. Verfluchen werden sie dich, und wie! Du weißt gar nich, wo dich das Unheil erwartet: ob's dich zu Haus erwischt, oder ob du unverhofft irgendwo draußen mit dem Knüppel kriegst ..."

„Wieso sollen sie mich verfluchen? Was hab ich denn getan?"

„Und was du getan hast!"

„Haben sie Wasska Duchanin verflucht, als er das Kreuz runtergeholt hat? Im Gegenteil, 'n großer Mann war er hinterher ..."

„Damals war's was andres. Wer hat dich geheißen, daß du die Kirche einreißt? Wer? Der Satan hat dir die Hände geführt ... Wart nur, die Obrigkeit wird dir noch einheizen. Der Lehrer zeigt dich an, sie haben mir erzählt, er schreibt hin — du wirst ja sehen. Damals hat sie's überstanden, unsre Kirche, und jetzt findet sich so ein Bähschaf und reißt sie ein."

„Nu reg dich nich auf."

„Du kannst dich vor den Leuten nich mehr blicken lassen."

„Ja, wenn sie drin gebetet hätten! Aber als sie dastand, hat kein Mensch sie beachtet ..."

„Aber immer! Kamst du irgendwoher, gleich sahst du sie. Mochtest noch so marode sein, sahst du sie — warst du zu Hause, schöpftest wieder Kraft ..."

„Kraft schöpfen ... Als ob heute einer zu Fuß geht! Wir haben 's Atomzeitalter, verstehste, und sie jammern um 'ne Kirche. Daß wir keinen Dorfklub haben, das schert sie 'n Dreck — aber um 'ne Kirche heulen. Sie werden's schon überleben."

„Hauptsache, du überlebst es! Wirst vor Schande im Boden versinken ..."

Schurygin verzog sich vor dem Gekeife in die Stube, setzte sich an den Tisch, schenkte sich ein großes Glas Wodka ein und leerte es. Dann zündete er sich eine Zigarette an und überlegte:

Die Ziegel rührt jetzt natürlich kein Aas an. Na, scheiß drauf! Ich schieb sie mitm Bulldozer aufn Haufen, solln Brennesseln drauf wachsen.
Seine Frau kehrte spät nach Hause zurück.
Schurygin hatte die Flasche ausgesoffen, und es verlangte ihn nach mehr, jedoch mochte er der erbosten Verkäuferin nicht unter die Augen kommen — er brachte das nicht fertig. Deshalb bat er seine Frau: „Geh doch und hol mir noch 'ne Pulle."
„Scher dich zum Teufel! Das is jetzt dein Kumpan."
„Geh doch bitte..."
„Dich haben sie auch gebeten — hast du drauf gehört? Na also, jetzt brauchst du auch keinen zu bitten, du Idiot!"
„Quatsch nich, das is ganz was andres..."
„Das bestimmst du, ja? Du Banause, was? Das ganze Dorf hat dich gebeten — nein, du mußt mit dem Kopf durch die Wand..."
„Halt 's Maul, sonst versohl ich dir 's Fell..."
„Das wage mal, du Dreckskerl! Das wage mal!"
Nee, dachte Schurygin, wenn das die ganze Nacht so geht... Die sind allesamt durchgedreht.
Schurygin ging nach draußen, warf sein Motorrad an... Bis zur Kreisstadt waren es achtzehn Kilometer, dort kriegte man noch 'ne Pulle, und dort war der Kolchosvorsitzende. Da konnte man weiter trinken und mit jemandem quatschen. Konnte nebenbei auch erzahlen, was sie hier für 'n Zirkus machten... Hätte wenigstens was zum Lachen.
Als er auf die Hauptstraße einbog, erfaßte das Scheinwerferlicht einen unförmigen Haufen Ziegel, und ein dumpfer Kellergeruch lag in der Luft.
Siebzehntes Jahrhundert! fiel es Schurygin ein. Da haben sie ihr siebzehntes Jahrhundert! Soll er mich nur anzeigen.
Schurygin gab Gas. Und sang aus voller Kehle, damit alle Leute wußten, daß er sich einen Dreck um ihre Verwünschungen kehrte und quietschfidel war:

„Juppheidi, juppheidi!
Hier kommt die neunte Kompanie
Vom Einunddreißiger Regiment...
Und ihr liegt da und pennt!"

Das Motorrad brauste zum Dorf hinaus, stach mit dem Scheinwerferstrahl ins Nachtdunkel und jagte auf der geraden Straße in Richtung Kreisstadt. Schurygin hielt was vom schnellen Fahren.

1970

# Der Meister

Es war einmal im Dorf Tschebrowka ein gewisser Sjomka Rys, ein Liedrian, ein unübertrefflicher Tischler. Lang, hager, großnasig — auf den ersten Blick vielleicht gar nicht wie ein Recke. Aber wenn er das Hemd auszog, in seinem sonnengebleichten Turnhemd dastand ... und dann das Beil spielen ließ und sich vergnügt mit dem Brigadier kabbelte, da sah man seine ganze respektgebietende Kraft und Stärke. Nämlich an seinen Armen. Sjomka hatte Arme — nicht ballig, nicht wulstig, sondern von der Schulter bis zur Tatze stramm, straff, wie gegossen. Prächtige Arme. Das Beil war für sie reinweg ein Spielzeug; solche Arme kannten keine Müdigkeit, und Sjomka schwadronierte: „Denkste, ich bin 'n Trecker? Na, dann komm, schmeiß mich an — bin abgesoffen. Aber sachte — ich schlag aus!"

Sjomka war kein übler Bursche. Aber ihm war, wie er sich ausdrückte, „alles auf der Welt Essig", und er verpuffte seine „Pferdestärken", wo und wie es sich traf; in Krakeel, Geflachs und Schabernack, da war er groß. Zeitweise trank er fürchterlich. Anderthalb Jahre hielt er es zwar mal ohne Schnaps aus, aber dann packte es ihn, und er fing wieder damit an.

„Warum säufste bloß, Sjomka?" fragten die Leute.

„Warum? Damit 's Leben 'n Sinn hat. Wenn ich saufe, ja?, dann renn ich die ganze Woche mitm schlechten Gewissen rum, hab überhaupt keine Lust, euch einzuheizen — dann halt ich euch für die allerbesten Menschen, dann denk ich, ihr seid besser als ich. Dagegen in den anderthalb Jahren, wo ich nich getrunken hab, da hatt ich so die Schnauze voll von euch ... Pfui Deiwel ...! Aber was wollt ihr, ich mach ja nich jeden Tag blau."

Gemein wurde er nicht, wenn er betrunken war, er beleidigte seine Frau nicht — er tat, als wär sie Luft.

„Wart nur, Sjomka, du landest im Dauersuff." Die Leute wollten ihm bange machen. „Bei solchen is das immer so: Zwei, drei Monate trinken sie keinen Tropfen, aber dann versaufen sie ihr letztes Hemd. Du wirst ja sehen."

„Meinetwegen“, meinte Sjomka, „ich trinke und ihr nich. Aber is das ’ne Leistung von euch — daß ihr so angeben müßt? Ich arbeite genauso gut wie ihr, meine Kinder sind versorgt, und klauen tu ich nich, wie manche Leute...“

„Du hast doch goldene Hände“, sagten die Leute. „Könntest wer weiß wie leben! Wie die Made im Speck. Wenn du bloß nicht trinken würdest!“

„Das sollt mir einfallen. Speck alleine macht krumme Beine!“

Was er an Lohn bekam, lieferte er seiner Frau ab. Vertrunken wurde nur, was er nebenbei verdiente. Er verstand einen Schrank zu zimmern, daß den Leuten die Augen übergingen. Von weit her kamen sie an, baten ihn drum, zahlten eine Menge Geld. Ein Schriftsteller, der in Tschebrowka Sommerurlaub machte, nahm ihn sogar in die Gebietsstadt mit, und da richtete Sjomka ihm ein Arbeitszimmer ein ... Die beiden hatten es nach Art einer Bauernstube ausgetüftelt (der Schriftsteller stammte vom Dorf, sehnte sich nach Heimatlichem).

„Mann, und dafür so ’n Schweinegeld!“ staunten die Dorfgenossen, als Sjomka erzählte, was sie in dem modernen Stadthaus für eine Bauernstube hingezaubert hatten — sechzehntes Jahrhundert!

„Das Parkett mit Bohlen überdielt und die dann glattgehobelt — weiter nix, nich mal gestrichen. Den Tisch auch aus Brettern gezimmert, die Wände lang Bänke, in der Ecke ’ne Pritsche. Aber von wegen Matratzen, Bettdecken ... Filz und ’n Schafpelz — weiter nix. Die Decke mit der Lötlampe geschwärzt — als wär sie vom Heizen verräuchert. Die Wände mit Schwartenbrettern verschalt ... Sechzehntes Jahrhundert“, sagte Sjomka versonnen. „Er hat mir Zeichnungen gezeigt, ich hab alles nach Zeichnungen gemacht.“

Als Sjomka bei dem Schriftsteller in der Stadt wohnte, trank er kein einziges Mal; er las alle möglichen Bücher über die alten Zeiten, sah sich alte Ikonen an, Spinnräder ... Der Schriftsteller hatte einen Haufen solcher Sachen.

Seit er in der Stadt gewesen war, seit diesem Sommer, faßte Sjomka die kleine Kirche ins Auge, die im Dorf Taliza stand, drei Kilometer von Tschebrowka entfernt. Die Kirche war vor langer Zeit geschlossen worden. Steinern, nicht groß — so stand sie plötzlich vor einem, gleich hinter dem Hügel, um den der Weg nach Taliza führte. Aus irgendwelchen Erwägungen hatten die Leute damals sie nicht wie üblich auf der Anhöhe errichtet, sondern unten, am Fuß des Hanges. Und Sjomka erinnerte sich, daß er schon als Junge bemerkt hatte: Trabte man nach Taliza und war ein bißchen in Gedanken versunken, so schreckte man auf an der Biegung, am Abhang: Plötzlich stand da die Kirche — weiß, zierlich, leicht mitten im schweren Grün der Pappeln.

In Tschebrowka gab es auch eine Kirche, aber offenbar aus späterer Zeit, groß, mit hohem Glockenturm. Sie war ebenfalls seit langem geschlossen und hatte schon einen Riß in der Mauer. Aber welche der beiden Kirchen — die eine groß, auf einer Anhöhe, die andere irgendwo unten am Hang versteckt — gewann, wenn man sie verglich? Die kleine, unten am Hang! Sie war in allem bestechend: darin, daß sie schlicht war, sich dem Auge unvermittelt zeigte ... Die zu Tschebrowka sah man fünf Kilometer weit, darauf waren ihre Erbauer auch ausgewesen. Die zu Taliza war wie verborgen, wie absichtlich dem müßigen Auge entzogen, und nur wer zu ihr hinging, dem bot sie sich dar in voller Schönheit, ganz plötzlich...

An einem freien Tag pilgerte Sjomka wieder einmal zur Kirche von Taliza. Am Hang setzte er sich hin, betrachtete sie nachdenklich. Ringsum Ruhe und Frieden. Im Dorf Stille. Und mitten im Grün stand dieses Bild von einer Kirche — wieviel Jahre schon! —, stand und schwieg. Wie oft hatte sie die Sonne auf- und untergehen sehen, hatte Regen sie gepeitscht, Schnee sie zugedeckt. Aber — sie stand. Wem zur Freude? Längst waren ihre Erbauer in der Erde vermodert, längst der kluge Kopf, der sie so erdacht hatte, und das Herz, das ergriffen und voll Freude gewesen war, zu Staub, zu einem Häuflein Erde geworden. Was hatte der unbekannte Meister im Sinn gehabt, als er dieses lichte Märchen aus Stein schuf? Wollte er Gott preisen, oder wollte er sich hervortun? Aber wer sich hervortun will, der geht nicht weit, der hält sich an große Straßen oder gleich an einen belebten Marktplatz — da fällt's auf. Diesen hatte etwas anderes bewegt — Schönheit vielleicht? Er hatte dies Werk getan wie einer, der ein Lied singt — und dann geht. Warum er es singen mußte? Das weiß er selber nicht. So wollte es die Seele. Lieber, teurer Mensch! Wie soll ich's dir dort in deiner schwarzen, schaurigen Finsternis des Nichtseins sagen? Du hörst es nicht. Was überhaupt sagen? Na, daß sie schön ist, unsagbar schön, daß sie einen ergreift, erfreut ... Aber kommt's darauf eigentlich an? Freude und Ergriffenheit gespürt und gefühlt, daß sie schön ist — das hat er selbst. Was also? Nichts. Kannst du dich freuen — freu dich, kannst andere erfreuen — tu es ... Kannst du es nicht, zieh in den Krieg, kommandiere oder mach sonstwas — kannst ja dieses Märchen hier zerstören: ein paar Kilogramm Dynamit drunter — Bruch! Und fertig. Jedem das Seine.

Sjomka schaute und schaute — und sah: Oben unterm Gesims waren vier Steine andersartig — die glänzten. Er ging näher, schaute hinauf — aha, jener Meister hatte anscheinend vorgehabt, die ganze Wand zu polieren. Die Ostwand nämlich, und hätte er die Arbeit vollendet, würde das Kirchlein bei klarem Sonnenaufgang (die Sonne ging hinter dem Hügel auf) von der obersten Zwiebelkuppel an leuchten und nach und nach ganz vom hellen Feuer erfaßt werden, über die ganze Wand hin — vom Kreuz bis zum Fundament. Und diese Arbeit hatte er angefangen, aber wer weiß warum abgebrochen ... Vielleicht, weil der Auftrag- und Geldgeber gesagt hat: Laß, 's geht so.

Sjomka packte es — wie hatten sie die Steine poliert? Wahrscheinlich so: zuerst mit grobem Sand, dann mit feinem Sand, dann mit Tuch oder Leder. Eine Mordsarbeit.

In die Kirche hinein kam man durch den Keller — Sjomka wußte es von früher, wie oft war er mit anderen Jungs hineingekrochen. Der Kellereingang, einst durch eine Flügeltür verschlossen (die längst weggeschleppt war), war halb eingestürzt, von Unkraut überwuchert ... Sjomka zwängte sich in den Spalt zwischen Deckplatte und Fußbodensteinen und gelangte, mal auf allen vieren, mal tief gebückt, in die Vorhalle. Die Kirche war geräumig, hallend ... Ein Windhauch schlug ein lockeres, herabhängendes Kuppelblech leicht hin und her, und das Klirren, draußen kaum hörbar, klang hier laut, beunruhigend. Lichtstrahlen, wie breite, goldene Schwerter durch die Fenster einfallend, durchschnitten die verdunkelte Leere.

Erst jetzt, beunruhigt von der Schönheit und vom Geheimnisvollen, bemerkte Sjomka, als er sich näher umschaute, daß zwischen Wand und Fußboden kein rechter Winkel war, sondern eine saubere, regelmäßige, sich nach innen buchtende Rundung. Ringsum verlief nämlich eine Mauerschräge,

mannshoch und an der Gründung ungefähr einen Meter stark. Oben verschmolz sie tadellos mit der Wand. Weswegen sie ihm, Sjomka, nicht gleich aufgefallen war. Er hatte nur vermerkt, daß die Steine der Mauerschräge, gut behauen und aneinandergefügt, unten dunkel waren, nach oben hin heller wurden und sich schließlich mit der weißen Wand vereinigten. Das Kuppelgewölbe hoch oben war mit besonderem Stein ausgelegt, wohl auch poliert — dadurch war es so hell, festlich unter der Kuppel. Dabei gab es nur vier schmale Fenster ...
Sjomka setzte sich auf die Altarstufe, überlegte: Was sollte diese Mauerschräge? Und er erklärte es sich so: Der Meister hatte die rechten Winkel weggenommen — das Quadrat zerstört. Da die Kirche klein war, mußte drinnen ein Eindruck von Freiheit geschaffen werden, und nichts bedrückte derart, legte sich einem dermaßen auf die Seele wie ein Käfig, ein Quadrat. Deshalb setzte er unten dunklere Steine und glich die Mauerschräge nach oben hin der Wand an — die Wände rückten dadurch gleichsam auseinander.
Sjomka saß in der Kirche, bis der Lichtfleck auf dem Steinfußboden an seine Füße herangewandert war. Er kroch ins Freie und ging nach Hause.
Anderntags schwänzte Sjomka die Arbeit. Er meldete sich krank und fuhr in die Kreisstadt, wo es eine Kirche mit einer Kirchengemeinde gab. Den Popen traf er zu Hause an. Der schickte seinen Sohn hinaus und sagte: „Ich höre."
Die dunklen, lebhaften, sogar ein wenig verschmitzt blitzenden Augen des noch nicht alten Popen blickten Sjomka offen, fest an — er wartete.
„Kennst du die Kirche von Taliza?" Sjomka meinte, wer weiß, warum, Schriftsteller und Popen müsse man duzen. „Taliza, bei Tschebrowka."
„Die Kirche von Taliza? Bei Tschebrowka ... So eine kleine?"
„Hm."
„Ja, kenne ich."
„Welches Jahrhundert is sie?"
Der Pope überlegte. „Welches Jahrhundert? Hm, wenn ich recht im Bilde bin ... Ich glaube, noch unter Alexej Michailowitsch ... Sein Sohn hat ja das Volk nicht gerade mit Kirchen verwöhnt. Siebzehntes Jahrhundert, zweite Hälfte. Wieso?"

„Die is doch unheimlich schön!“ rief Sjomka aus. „Die kann man doch nich so verkommen lassen!“
Der Pope lächelte. „Gott sei Dank, daß sie wenigstens noch steht. Ja, schön, das ist sie. Ich hab sie lange nicht gesehen, erinner mich aber. So unten am Hang, nicht?“
„Und wer sie gebaut hat, weiß man das?“
„Da müßte man sich beim Metropoliten erkundigen. Ich kann's nicht sagen.“
„Aber ihr habt doch Geld! Oder etwa nich?“
„Schon möglich.“
„Nich schon möglich — ihr habt's. Ihr kriegt doch jetzt vom Staat extra ...“
„Wozu willst du das wissen?“
„Ihr sollt sie renovieren. Sie is doch — glattweg 'n Wunder! Ich übernehm die Renovierung. Über Sommer is das geschafft. Zwei, drei Helfer noch, und bis zum Frost sind wir fertig ...“
„Solche Fragen kann ich nicht entscheiden, mein Freund. Ich habe auch meine Vorgesetzten. Geh zum Metropoliten!“ Der Pope hatte ebenfalls ein wenig Feuer gefangen. „Warum nicht, geh hin! Bist du gläubig?“
„Das hat doch damit gar nichts zu tun. Ich halt's damit wie alle. Mir tut's bloß leid, so was Schönes — und verfällt. Heutzutage wird doch restauriert ...“
„Restaurationen sind Sache des Staates.“
„Aber ihr habt doch auch Geld!“
„Hör zu, geh zum Metropoliten, geh.“
„Wo is denn der? Etwa hier?“
„Nein, mußt hinfahren.“
„Zum Gebiet?“
„Ja, zum Gebiet.“
„Ich hab kein Geld mit, wollt doch bloß zu dir.“
„Ich geb dir was. Von wo kommst du?“
„Aus Tschebrowka, ich bin Tischler, heiße Semjon Rys ...“
„Hör zu, Semjon, fahr hin! Unser Metropolit, der ist ein verständiger Mann ... Erzähl ihm alles. Kommst du von dir aus?“
„Wie: von mir aus?“ Sjomka begriff nicht.
„Kommst du von allein zu mir, oder haben dich welche hergeschickt?“
„Von allein.“

„Na ja, egal — fahr hin! Ich rufe ihn unterdessen an, dann weiß er schon Bescheid und läßt dich vor."
Sjomka überlegte einen Augenblick. „Na gut, gib her! Ich schick's dir hinterher zurück."
„Darüber später. Vom Metropoliten komm wieder zu mir und erzähl."
Der Metropolit, ein großer, grauhaariger Greis mit überraschend dünner Stimme, empfing Sjomka wohlwollend.
„Vater Gerassim hat angerufen ... Nun erzähl einmal, warum bist du auf die Idee gekommen, die Kirche zu renovieren?"
Sjomka schlürfte Tee aus einer schönen Tasse. „Warum? Darum. Ich guck sie mir an und denke — Mann, die is schön! Und für keinen da!"
Der Metropolit lächelte. „Eine schöne Kirche, ich weiß. Aus der Zeit unter Alexej Michailowitsch, ja. Wer der Baumeister war, weiß ich im Augenblick nicht ... Das kann man herausbekommen. Aber das Land gehörte dem Bojaren Borjatinski ... Wozu willst du den Baumeister wissen?"
„Bloß so, ich wüßt es halt gern. Der hatte Köpfchen!"
„Ein großer Meister, wir werden schon herausfinden, wer es war. Natürlich hat er die Kirchen in Wladimir und Moskau gekannt."
„Auf was er aber auch gekommen is!" Und Sjomka berichtete, wie er das Geheimnis des alten Meisters ergründet hatte.
Der Metropolit hörte zu, nickte, warf hin und wieder ein: „Was du nicht sagst!" Und Sjomka legte nebenbei auch seine eigenen Überlegungen dar: jene Wand, die Ostwand, polieren, wie es der Meister vorgehabt hatte, die Kuppeln verkleiden und vergolden und in die oberen Fenster Buntglas einsetzen — oh, das gäbe vielleicht ein Strahlen unter der Kuppel! Der Meister habe da so ein besonderes Gestein ausgewählt, wahrscheinlich mit Glimmer drin ... Und wenn man nun orangerotes Glas einsetzen würde ...
„Gut und schön, mein Sohn, gut und schön", unterbrach ihn der Metropolit. „Und gesetzt den Fall, sie erklären: Wir erlauben Ihnen, die Kirche von Taliza zu renovieren. Sagen Sie uns, wen Sie damit beauftragen. So sage ich, ohne mit der Wimper zu zucken: den Tischler Semjon Rys aus Tschebrowka. Nur ... es wird nicht genehmigt werden — das ist es, mein Sohn. Traurig, traurig."
„Warum?"

„Frage ich auch: Warum? Und die fragen mich: Wozu? Wieviel Höfe hat Taliza? Ja, das ist nun auch meine Frage."

„Wenige..."

„Das ist noch nicht einmal das ärgste. Was wäre das für ein Kampf gegen die Religion, wenn sie neue Pfarren eröffnen? Überleg mal."

„Aber sie muß doch nich zum Beten sein! Es gibt doch alle möglichen Museen."

„Was Museen angeht, die obliegen ja eben dem Staat, nicht uns."

„Und was nu?"

„Ich würde so sagen: Ihr setzt gemeinsam ein Schreiben auf. So und so, in Taliza steht eine verwahrloste Kirche. Wir erachten sie für wertvoll, nicht vom Standpunkt der Religion..."

„So 'n Schrieb haben wir unser Lebtag nich verfaßt. Schreib du's lieber."

„Ich kann es nicht. Sucht euch jemanden, der sich darauf versteht. Aber noch besser, ihr schreibt selber, mit eigenen Worten."

„Ah, ich weiß! Ich kenn einen!" Sjomka war der Schriftsteller eingefallen.

„Und mit dem Schreiben geht ihr zu den Behörden. Zum Gebietsexekutivkomitee. Die entscheiden so was. Lehnen sie's ab, dann schreibt ihr nach Moskau ... Aber schreibt nicht gleich nach Moskau, wartet erst, bis sie's hier ablehnen. Von dort schicken sie vielleicht eine Kommission."

„Die Leute könnten ihre Freude dran haben, wie sie so dasteht!"

„Das ist mein Ratschlag. Aber was wir hier besprochen haben, das schreibt nicht rein. Sag es auch am besten niemandem. Das würde der Sache bloß schaden. Leb wohl, mein Sohn. Gott gebe euch Erfolg."

Als Sjomka von dem Metropoliten fortging, sagte er sich — der hat ein Leben! So ein Haus — bestimmt acht Zimmer. Auf dem Hof ein Wolga. Das verwunderte Sjomka unangenehm. Und er fand, daß es wirklich das beste sei, sich an die heimischen Behörden zu halten. Diese Popen verdunkelten irgendwas ... Sie möchten ja gern, sie möchten ja gern! Aber sie kommen mit dem Hintern nicht hoch!

Doch zuerst wollte Sjomka den Schriftsteller aufsuchen. Der

Schriftsteller war nicht zu Hause.
„Ist nicht da“, wies eine rundliche junge Frau Sjomka schroff ab und warf die Tür zu. Als er hier die „Bauernstube des sechzehnten Jahrhunderts“ gebaut hatte, war ihm diese Frau eigentlich nicht aufgefallen. Gar zu gern hätte er die „Stube“ gesehen. Er klingelte abermals.
„Ich bin allein!“ hörte er hinter der Tür die Stimme der Frau. Und die Tür öffnete sich wieder. „Was wollen Sie denn?“
„Wissen Sie, ich hab hier für Nikolai Jefimytsch das Arbeitszimmer gebaut und würd gern mal reinschaun...“
„Herrgott!“ rief die Frau nicht sonderlich laut. Und schlug die Tür zu.
Bestimmt ist er zu Hause, mutmaßte Sjomka. Und bestimmt steht bei ihnen ein Palaver aus.
Er wartete eine Weile, lauschte, ob die Frau da drinnen nicht etwa wütend rief: Irgend so ein Idiot, der dein Arbeitszimmer gebaut hat! Und ob der Schriftsteller nicht womöglich doch herauskäme. Der Schriftsteller kam nicht heraus. Er war wohl wirklich nicht da.
Sjomka ging zum Gebietsexekutivkomitee.
Drang zum Vorsitzenden sofort und auf recht merkwürdige Weise vor.
Er betrat das Vorzimmer, die Sekretärin fuhr auf ihn los: „Weshalb kommen Sie so spät? Erst schimpfen, daß man nicht empfangen wird, und dann auf sich warten lassen. Wo sind die andern?“
„Unterwegs“, sagte Sjomka.
„Unterwegs.“ Die Sekretärin verschwand im Arbeitszimmer für einen Moment, kam zurück und sagte wütend: „Bitte!“
Sjomka trat ein. Der Vorsitzende schritt auf ihn zu, begrüßte ihn. „Habt mir ja mächtig Krach geschlagen!“ sagte er zwar lächelnd, doch zugleich vorwurfsvoll. „Einen mächtigen Krach, Leute! Tag auch!“
„Ich komme wegen der Kirche“, sagte Sjomka, dem Vorsitzenden die Hand schüttelnd. „Ihre Sekretärin, die hat mich verwechselt. Ich komme allein ... und wegen der Kirche...“
„Wegen was für einer Kirche?“
„Bei uns, das heißt, nich bei uns, sondern in Taliza, da steht ’ne Kirche aus dem siebzehnten Jahrhundert. Die is schön! Wenn die renoviert würde, könnt sie ... Nich zum Beten, nein! Die is wertvoll, aber nich vom Standpunkt der Religion...

Wenn man mir drei Burschen gäbe, ich würd's bis zum Frost schaffen ..." Sjomka überstürzte sich, denn er konnte es nicht ausstehen, wenn ihn jemand wie ein Kaninchen anstarrte. So was ging ihm einfach auf die Nerven. „Ich meine, im Dorf Taliza steht 'ne Kirche", sprach er nun gemessen, aber schon gereizt. „Die muß renoviert werden, die is verwahrlost. So was is der Stolz des russischen Volkes, aber alle pfeifen drauf. Wenn sie renoviert wird, steht sie noch dreihundert Jahre — eine Augenweide."

„Hm", machte der Vorsitzende. „Das werden wir gleich klären." Er drückte auf seinem Tisch auf einen Knopf. Die Sekretärin schaute herein. „Bitten Sie Sawadski her. Also, bei Ihnen im Dorf steht eine Kirche, sie erscheint Ihnen als Architekturdenkmal des siebzehnten Jahrhunderts interessant. Ist es so?"

„Genau! Und die Hauptsache, es is gar nich viel dran zu machen: die Kuppel umdecken, hier und da 'n paar Steine abstützen, vielleicht 'ne Verspannung einbauen — 'n bißchen höher, über Kreuz..."

„Augenblick, Augenblick ... Wir haben hier einen Genossen, der sich speziell mit diesem Fach beschäftigt. Da ist er."

Ein noch junger Mann trat ein, hübsch, gewelltes schwarzes Haar, ein Grübchen auf dem Kinn.

„Igor Alexandrowitsch, widmen Sie sich bitte dem Genossen, es betrifft Ihr Ressort."

„Bitte, kommen Sie", sagte Igor Alexandrowitsch.

Sie gingen durch einen langen Korridor. Igor Alexandrowitsch voran, Sjomka einen halben Schritt hinter ihm.

„Ich selbst bin nich aus Taliza, ich bin aus Tschebrowka, Taliza liegt etwa..."

„Augenblick, Augenblick." Igor Alexandrowitsch nickte, ohne sich umzuwenden. „Wir werden gleich alles klären."

Hier drehen sie wenigstens nicht Däumchen, dachte Sjomka.

Sie betraten ein Arbeitszimmer. Es war bescheidener gehalten als das des Vorsitzenden — einfach ein Zimmer mit Tisch, Stuhl, Skizzen an den Wänden, einem Bücherregal.

„Also?" sagte Igor Alexandrowitsch und lächelte. „Nehmen Sie Platz und berichten Sie schön der Reihe nach."

Sjomka erzählte ausführlich. Während er sprach, suchte Igor Alexandrowitsch, der ihm zuhörte, auf dem Bücherregal eine Mappe heraus, blätterte darin, machte das Gesuchte ausfindig

und ließ sich, indes er die Hand darauflegte, damit die Mappe nicht zuklappte, Ungeduld anmerken. Sjomka verstummte.
„Das war's?" fragte Igor Alexandrowitsch.
„Fürs erste."
„Hören Sie zu. ‚Kirche Taliza, Raum Tschebrowka, Gebiet N-sk'", las Igor Alexandrowitsch vor. „‚Genannt: die auf Blut Gebaute. Vermutlich siebziger bis neunziger Jahre des siebzehnten Jahrhunderts. Einer der Fürsten Borjatinski starb in Taliza von Feindeshand ...'" Igor Alexandrowitsch hob den Blick vom Papier, äußerte laut: „Die Gebrüder oder Gevattern werden sich wohl im Suff in die Wolle gekriegt haben. Nun, jedenfalls ‚... starb in Taliza von Feindeshand, und an dieser Stelle wurde die Kirche erbaut. Baumeister unbekannt. Als Architekturdenkmal ist sie wertlos, da der Erbauer keine Neuerungen für seine Zeit, keinerlei überraschende Lösungen oder Bemühungen um solche vorgewiesen hat. Es handelt sich um eine mehr oder minder genaue Nachbildung der Kirchen von Wladimir. Bemerkenswert sind die Abmessungen der Kirche, doch gehen auch sie nicht auf architektonische Motive, sondern augenscheinlich auf die materiellen Möglichkeiten des Auftraggebers zurück. Seit 1925 nicht mehr rituell genutzt.'"
„Haben Sie sie gesehen?" fragte Sjomka.
„Ja. Dies", Igor Alexandrowitsch deutete auf das amtliche Schreiben in der Mappe, „ist die Antwort auf meine Anfrage. Ich bin ebenso wie Sie einem Irrtum aufgesessen."
„Und waren Sie mal drin?"
„Natürlich. Ich habe sogar unsere Fachleute vom Gebiet hingeholt."
„Nun mal sachte!" sagte Sjomka drohend. „Was haben die Fachleute gesagt? Von der Mauerschräge ..."
„Unten herum? Schauen Sie, die Sache ist so: Die Borjatinskis haben in ihrer Kirche Bestattungen vorgenommen und das Fundament durch und durch unterhöhlt. Die Kirche hat sich, wenn Sie es bemerkt haben, leicht auf die Seite geneigt. Einer der späteren Nachfahren ihres Geschlechts hat dem ein Ende gesetzt. Es wurde diese Mauerschräge angebracht. An der sind Inschriften, wenn Sie es beachtet haben — immer an den Stellen, wo sich Gräber drunter befinden."
Sjomka war entmutigt. „Aber sie is doch unheimlich schön!" versuchte er zu beharren.
„Ja, schön, das ist sie." Igor Alexandrowitsch erhob sich leicht,

zog ein Buch aus dem Regal, zeigte die Fotografie einer Kirche.
„Ist sie ähnlich?"
„Ja..."
„Das ist die Mariäfürbittkirche in Wladimir. Zwölftes Jahrhundert. Waren Sie mal in Wladimir?"
„Irgendwie will's mir nicht in 'n Kopf." Sjomka deutete auf das Schreiben. Ich glaub, Ihre Fachleute, die haben Ihnen ein X fürn U vorgemacht. Ich schreib nach Moskau."
„Das ist ja gerade die Antwort aus Moskau. Bin selber reingefallen. Ich dachte, sie ist auch aus dem zwölften Jahrhundert... Jemand, dachte ich, ist aus eigenen Stücken draufgekommen oder hat's den Wladimirern nach dem Hörensagen nachgemacht. Aber Wunder gibt es nicht. Sie kommen wohl vom Dorfsowjet?"
„Nein, von allein ... Wozu bloß ...! Und wenn's zehnmal 'ne Kopie is — deswegen is sie nich weniger schön."
Am selben Tag fuhr Sjomka zurück. In der Kreisstadt traf er noch bei Tage ein. Und erst dort, auf dem Bahnhof, fiel ihm ein, daß er schon fünf Tage nicht mehr getrunken hatte. Er ging an einen Kiosk ... Kränkend war die Geschichte und ärgerlich. Man stelle sich vor: Ein unerhört schönes Mädchen wird durchs Dorf geführt ... Alle zeigen mit dem Finger auf sie und schreien Gemeinheiten. Aber er, Sjomka, tritt für sie ein, und das geschmähte schöne Mädchen guckt ihn voller Dankbarkeit an. Und da nehmen ihn ein paar weise Leute zur Seite und erklären ihm: Das Mädchen ist soundso eine, und mit der braucht man kein Mitleid zu haben ... Und Sjomka läßt den Kopf hängen. Es ist, als hätte er alles verstanden, aber er hat keine Kraft, dem beschimpften schönen Mädchen in die Augen zu blicken — er schämt sich. Und Sjomka, der in all den letzten Tagen so stark gegen den Strom geschwommen ist, winkt ab ... Und so trieb es ihn an den Kiosk. Er kaufte sich für das Geld des Popen „fünfhundert Gramm" Wodka, schüttete sie in sich hinein, aß gekochten Schinken dazu und ging zu Vater Gerassim.
Vater Gerassim hielt gerade Gottesdienst. Sjomka übergab seinen Hausgenossen das restliche Geld, ließ sich etwas für die Fahrkarte und ein Fläschchen, sagte, er würde das Schuldgeld per Post schicken ... Und fuhr nach Hause.
Seither verlor er kein Wort mehr über die Kirche von Taliza, ging kein einziges Mal mehr hin, und traf es sich, daß er mal

den Weg nach Taliza fuhr, dann setzte er sich beim Hang mit dem Rücken zur Kirche, schaute aufs Flüßchen, auf die Wiese dahinter, rauchte und schwieg. Die Leute bemerkten es, und niemand wagte dann, ihn anzusprechen. Weswegen er zum Gebiet gefahren und wo er dort hingegangen war, fragten sie auch nicht. Er schweigt, also will er nicht drüber reden — also wozu fragen?

1971

## Aljoscha der Unbewachte

Er hieß gar nicht Aljoscha, sondern Kostja Walikow, aber im Dorf nannten ihn alle Aljoscha den Unbewachten. Und zwar wegen seiner für heutige Verhältnisse seltenen Pflichtvergessenheit und Unlenksamkeit. Seine Pflichtvergessenheit hatte allerdings ihre Grenzen: Fünf Tage in der Woche arbeitete er tadellos, ja mit Eifer und Geschick (im Sommer hütete er die Kolchoskühe, im Winter war er Viehpfleger, heizte die Farm, war, wenn es nachts passierte, beim Kalben zur Stelle), doch kam der Sonnabend, war Schluß: Aljoscha spannte aus. Zwei Tage arbeitete er nicht im Kolchos, Sonnabend und Sonntag. Die Leute wußten gar nicht mehr, wann er diesen Grundsatz eingeführt hatte, alle meinten, Aljoscha sei halt „von Natur aus so einer", der am Sonnabend und am Sonntag nicht arbeite. Natürlich hatte man ihn ins Gebet genommen, und nicht nur einmal, freilich — ohne Erfolg. Im Grunde bedauerte man ihn: Er hatte fünf Kinder, und nur das älteste war bis zur zehnten Klasse gekommen, die übrige Blase klebte in der zweiten, dritten, fünften ... Die Leute winkten ab. Mach einer was mit dem! Bei dem ist doch jedes Wort in den Wind geredet. Der tut doch, als käme er vom Mond ... „Verstehste das, Aljoscha?" — „Was?" — „Daß man sich nich solche Sachen rausnehmen kann, wie du sie dir rausnimmst! Du arbeitest doch nich in der Fabrik, du arbeitest in der Landwirtschaft! Was denkste dir eigentlich?" — „Was?" — „Markier nich den Doofen! Ich frag dich klar und deutlich: Wirst du am Sonnabend arbeiten?" — „Nee. Aber für den Doofen kannste 'n paar auf die Rübe kriegen — und dafür wirste mir nix am Zeuge flicken, ich kenn auch die Gesetze. Du haust mir 'ne Beleidigung ann Kopf, und ich knall dir eine — da sind wir quitt." Tja, rede einer mit dem! Sonnabends ging er nicht einmal zur Versammlung.

Was machte er am Sonnabend?

Am Sonnabend heizte er die Banja. Das war alles. Weiter machte er nichts. Er kachelte ordentlich ein, wusch sich, nahm sein Dampfbad. Dampf machte er wie ein Verrückter, wie eine

Lokomotive, und dann schwitzte er — fünf Stunden lang! Mit Verschnaufpausen natürlich, mit Rauchpausen. Aber trotzdem ... Um das zu vertragen, was muß man da sein? Eine Pferdenatur?

Wenn Aljoscha sonnabends aufwachte, fiel ihm als erstes ein: Heute ist Sonnabend. Und schlagartig erfüllte ihn eine stille Freude. Sein Gesicht hellte richtig auf. Er wusch sich gar nicht erst, ging sofort auf den Hof Holz hacken.

Die Banja heizen, das war bei ihm eine Wissenschaft für sich. Zum Beispiel taugte für die Banja ausschließlich Birkenholz: Das gab lange Dampf. Er spaltete es sorgsam, voller Genuß...

Nun, sehen wir uns so einen Sonnabend an.

Es war mieses Wetter, lausig kalt, feucht, windig — Ende Oktober. Aljoscha liebte solches Wetter. Er hatte es schon nachts nieseln hören, es hatte sanft gegen die Fensterscheiben getröpfelt und dann aufgehört. Danach hatte es, wie üblich, in der rechten oberen Ecke des Hauses angefangen zu heulen — vom Wind. Auch die Fensterläden hatten zu klappern begonnen. Dann war der Wind zwar abgeflaut, doch wehen tat er morgens immer noch — kalt, als sollte Schnee kommen.

Aljoscha nahm das Beil und ging auf den Hof, suchte sich Birkenklötze zum Hacken aus. Die Kälte kroch ihm unter die Strickjacke. Doch er schwang das Beil, und schon wurde ihm warm.

Er suchte aus dem Holzstoß möglichst dicke Klötze aus ... Fand er einen, nahm er ihn wie ein Ferkel auf den Arm und trug ihn zum Hackklotz.

„Ha! Du ... Ataman!" sagte er liebevoll zu dem Holzklotz, setzte ihn auf den breiten Baumstumpf und hieb ihm das Beil aufs Haupt.

Bald hatte er einen ganzen Haufen zusammen ... Er stand eine Weile und betrachtete ihn. Weiß, saftig, rein waren die Scheite, hatten so einen frischen, durchdringenden, ein wenig strengen Geruch nach Wald...

Aljoscha schleppte die Scheite in die Banja, stapelte sie sorgfältig neben dem Ofen. Nachher kam der große Moment, wenn sie angezündet wurden. Er war richtig aufgeregt, wenn er im Banjaofen Feuer machte. Feuer liebte er überhaupt.

Erst mal mußte er aber Wasser heranschleppen. Das war nicht

so nach seinem Geschmack, widerwärtig war es jedoch auch nicht. Er sah nur zu, daß er es hinter sich brachte. Wenn er so loszog, die vollen Wassereimer am Tragejoch, den hageren Rücken krümmend, damit das Wasser nicht überschwappte, das war ein ulkiges Bild. Die Frauen am Brunnen guckten ihm nach.

„Nu guck doch bloß, der federt beim Gehen wie 'n Akrobat."

„Dafür verschüttet er auch keinen Tropfen!"

„Wohin schleppt er's denn?"

„Na, er heizt wieder die Banja ..."

„So früh schon?"

„Der — der trödelt doch 'n ganzen Tag in der Banja rum. Da is er unbewacht, Aljoscha der Unbewachte."

Aljoscha füllte den Kessel im Banjaofen bis zum Rand, ebenso zwei große Kübel und die Zinkwanne, die er vor fünfzehn Jahren gekauft hatte und in der der Reihe nach seine Sprößlinge gebadet worden waren. Jetzt nahm er sie für die Banja. Dafür war sie gut! Sie stand auf der Schwitzbank, ganz rechts, wo sie nicht viel Platz wegnahm, nicht beim Schwitzen störte. Und so war immer Wasser zur Hand. Wenn sich Aljoscha halbtot geschwitzt hatte, wenn sein Haar vor Hitze knisterte, dann tauchte er kurz den Kopf in die Wanne.

Als er genug Wasser rangebuckelt hatte, setzte er sich auf die Schwelle und rauchte. Das war auch so ein Augenblick, den er besonders gern hatte — dazusitzen, zu rauchen, einen Blick zu werfen auf seine Wirtschaft dort im Banjavorraum und in dem Schuppen, den er, als Verlängerung des Vorraums, an die Banja angebaut hatte. Was hatte er da nicht alles! Alte Sensen ohne Stiel, alte Harken, Forken ... Aber er hatte dort auch seine Werkstatt, mit ordentlichem Handwerkszeug: Hobel, Handsäge, Meißel, Stemmeisen ... Das alles war für den Sonntag, morgen würde er damit hier herumbosseln.

In der Banja war es noch schummrig und ungemütlich, doch in den herben, kalten Geruch des Raumes mischte sich schon der feine, kaum wahrnehmbare Duft der Birkenscheite — die Ankündigung des baldigen Festes. Aljoschas Herz schlug höher vor Freude bei dem Gedanken: gleich! Doch er mußte die Banja noch scheuern — nicht einmal das überließ er seiner Frau. Der Bastwisch und eine Büchse mit Sand standen bereit ... Er zog die Strickjacke aus, krempelte die Hemdsärmel hoch, und los ging's mit der Schrubberei. Er scheuerte alles, rubbelte alles mit dem Bastwisch ab, goß frisches Wasser darüber und wischte mit dem Scheuerlappen nach. Dann spülte er den Lappen aus und hängte ihn über einen Ast des Ahorns, der gleich neben der Banja wuchs. Tja, und jetzt konnte er Feuer machen. Aljoscha steckte sich erst noch eine Zigarette an ... Sein Blick schweifte über den trüben Himmel, den trostlosen fernen Horizont, das Dorf ... Kein Mensch heizte jetzt schon die Banja. Das erledigten die Leute erst gegen Abend — schnell und husch, pfusch ... Schluckten den scharfen Qualm und schwitzten. Schwitzten nicht mal ordentlich, kriegten Kopfweh vom Qualm, gingen ins Haus und schmissen sich, halbtot, aufs Bett — und dachten, das wäre ein Schwitzbad gewesen. Nee! ... Aljoscha warf die Kippe weg, trat sie mit dem Stiefel in die feuchte Erde und ging heizen.

Die Scheite stapelte er im Banjaofen, wie es alle Leute taten: zwei so, eins quer und so weiter. In der Scharte aber, die oben entstand, — wo die Leute gewöhnlich Späne und Papier einlegten, und neuerdings war es Mode geworden, Kerosin rüberzugießen —, dort kam bei Aljoscha nichts hin: Das Scheit, das er dort quer hinlegte, hatte er in der Mitte mit dem Beil angehobelt, das war alles, und die hochstehenden Späne zündete er an — das brannte gut. Und dies war auch ein ganz aufregender Augenblick — wenn es zu brennen anfing. Ach, war das ein Augenblick! Aljoscha kauerte vorm Ofen und guckte unverwandt, wie das Feuer, das zuerst klein und schüchtern war und flackerte, immer größer, immer sicherer wurde. Aljoscha kam immer ins Nachdenken, wenn er ins Feuer blickte. Zum Beispiel dachte er: Ihr wollt, daß alle Menschen gleich leben ... Nicht mal ein Scheit brennt wie das andere, und ihr wollt, daß alle Menschen gleich leben! Oder er machte eine Entdeckung: Einen Menschen, der im Sterben liegt, packt kurz vorm Ende mit einmal so eine Lust zu leben, er schöpft so viel Hoffnung, greift so freudig nach irgendeiner Arznei ...! Das kennt man ja. Aber genauso ist es mit jedem x-beliebigen Knüppel: Kurz bevor er abgebrannt ist, leuchtet er plötzlich auf, der ganze Knüppel glüht noch einmal, läßt Flammen auflodern, daß man nur staunt — wo nimmt er diese letzte Kraft her?

Das Holz war gut angebrannt, nun konnte er Tee trinken gehen.

Aljoscha wusch sich unterm Wasserspender, trocknete sich ab und ging guter Dinge ins Haus.
Während er in der Banja herumgewirtschaftet hatte, waren die Kinder eins nach dem anderen in die Schule getrabt. Die Tür — Aljoscha hatte es gehört — hatte andauernd geklappt und die Pforte geknarrt. Er liebte Kinder, aber nie hätte er von sich gedacht: Ich liebe Kinder. Er zeigte es nicht. Manchmal musterte er eines seiner Kinder, und dann zog es ihm die Brust zusammen vor Liebe und Begeisterung. Er staunte immer über die Natur: Woraus sie den Menschen machte?! Doch aus gar nichts, aus einer winzigen Winzigkeit. Besonders liebte er die Kinder, wenn sie noch ganz klein und hilflos waren. Ein richtiges kleines Hälmchen: Nu halt dich fest mit allen deinen kleinen Kräften, krabble los. Hast viel vor dir, nicht mal der Klügste kann sagen, was. Und die Kinder wachsen, krabbeln los. Wär's nach Aljoscha gegangen, er hätte noch fünf gemacht, aber seine Frau war es müde.
Beim Teetrinken unterhielt er sich mit ihr.
„Kalt is es geworden. 's wird Schnee geben", sagte sie.
„Tja. Aber auf dem feuchten Boden jetzt macht's nix."
„Hast geheizt?"
„Hm."
„Kusmowna war hier, Geld borgen."
„Und? Hast ihr was gegeben?"
„Hm. Bis Mittwoch, sagt sie. Da kriegen sie die Kartoffeln bezahlt."
„Dann is ja gut."
Aljoscha gefiel es, daß man bei ihnen zum Beispiel Geld borgen konnte — irgendwie sah man den Leuten vergnügter in die Augen. Sonst schnackten sie bloß: „Aljoscha der Unbewachte." Diese Blödköppe.
„Wieviel wollt sie 'n haben?"
„Fünfzehn Rubel. Mittwoch, sagt sie, kriegen sie die Kartoffeln bezahlt."
„Dann is ja gut. Na, ich werd weitermachen."
Seine Frau sagte nichts darauf, sagte nicht: „Geh!" oder irgend etwas in dieser Art, aber etwas Gegenteiliges sagte sie auch nicht. Früher hatte sie es getan, da hatte es Zank und Streit deswegen gegeben: Dies sollte er machen, das sollte er machen — und nicht den ganzen Tag in der Banja herumtrödeln! Aljoscha hatte nicht um Haaresbreite nachgegeben:

Sonnabends war die Banja dran und weiter nix. Sie konnten ihm mal! Kreuzweise! „Soll ich mich in Streifen schneiden?!" hatte er geschrien, mit einer Stimme, die man nicht wiedererkannte. Und das erschreckte Taissja, seine Frau. Aljoschas älterer Bruder Iwan hatte sich nämlich bei so einer Sache erschossen. Den hatte seine Frau dahin gebracht: Sie zankten und zankten, bis Iwan mit seinem Kopf gegen die Wand hämmerte und dabei vor sich hin sagte: „Wie lange soll ich mich noch rumquälen?! Wie lange noch?! Wie lange noch?!" Seine Frau, die dumme Ziege, anstatt ihn zu beruhigen, hetzte noch: „Feste, feste ... Mal sehn, was mehr aushält, der Schädel oder die Wand." Iwan schnappte sein Gewehr ... Seine Frau fiel in Ohnmacht, Iwan aber schoß sich in die Brust. Zwei Kinder ließ er zurück. Damals hatten die Leute Taissja gewarnt: „Sieh dich vor ... Ob's man bei denen nich in der Familie liegt." Und so hatte Taissja nachgegeben.
Als sie Tee getrunken hatten, rauchte Aljoscha noch eine, am warmen Ofen, dann ging er wieder in die Banja.
Das Banjaheizen war in vollem Gang.
Aus der Tür stieg, gleichmäßig, stark und wie ein Fluß gewunden, Rauch auf. Das war am Anfang so, nachher, wenn der Ofen mehr Hitze gespeichert hatte, nahm der Rauch ab. Wichtig war, daß rechtzeitig nachgelegt wurde, damit die Scheite nicht auf Verkohltes kamen, zu eng jedoch durfte das Holz auch nicht liegen, denn das Feuer brauchte Platz. Es mußte frei und üppig brennen, an allen Ecken zugleich. Aljoscha kroch unter den Rauchschwaden hinweg zum Ofen, setzte sich auf den Fußboden und blieb eine Weile sitzen, blickte ins Feuer. Der Fußboden hatte sich allmählich erhitzt und dampfte; im Gesicht und an den Knien war es nicht auszuhalten vor Hitze. Aber jetzt war es auch gar nicht gut, hier zu sitzen: Man konnte sich unversehens eine Rauchvergiftung holen. Aljoscha stocherte geschickt in den glühenden Scheiten und kroch aus der Banja heraus. Es blieb noch viel zu tun: Er mußte sich einen Birkenwedel suchen, mußte Kerosin in die Lampe füllen, Kiefernzweige zurechthacken ... Er trällerte leise vor sich hin, etwas Unbestimmes, ohne Worte, und stieg aufs Banjadach, um sich einen kräftigen Wedel abzureißen. Danach hackte er auf dem Holzklotz die Kiefernzweige in gleichmäßige Stücke, ohne Astwerk, und legte sie im Vorraum auf einen Haufen. So, das wär's. Was noch? Die

Lampe ...! Aljoscha kroch wieder unter den Rauchschwaden hindurch, holte die Lampe, schwenkte sie — ja, er mußte Kerosin nachgießen. Es war zwar noch etwas drin, aber ... Damit er nachher an nichts mehr denken mußte, trällerte er vor sich hin und ... Herrgott, so was von Unbeschwertheit! Keins von den Kindern war krank, mit keinem Menschen hatte er sich gekracht, die Leute kamen sogar und borgten sich bei ihm Geld ... Das Leben ... Wann hatte es seinen Höhepunkt? Etwa im Krieg? Aljoscha war im Krieg gewesen, war verwundet worden, wieder genesen und wieder ins Feld gezogen, und er hatte dann sein Leben lang mit Abscheu an den Krieg gedacht. Er sah sich später keinen einzigen Kriegsfilm an — ihm war's zuwider. Er wunderte sich nur über die Leute — die saßen da und guckten sich so was an! Niemand hätte geglaubt, daß Aljoscha ernsthaft über das Leben nachdachte: Was darin für ein Rätsel lag, ob es einem zum Beispiel darum leid tun müsse, oder ob man ruhig sterben könne, weil man nichts Besonderes zurückließ. Er nahm all seinen Verstand zusammen, hob sich gewissermaßen in die Lüfte und blickte zurück zur Erde ... Doch verständlicher wurde es nicht: Er stellte sich seine Kühe auf der Weide vor, klein wie Käfer ... Aber was die Menschen und ihr Leben anging, kam ihm keine Erleuchtung. Keine. Wie nun: Mußte es einem um das Leben leid tun oder nicht? Nachher schrie man im letzten Moment — weil man nicht recht gelebt, nicht das Rechte getan hatte. Gab's das vielleicht nicht? Andere wieder starben still, friedlich. Tja, schade war's natürlich, traurig: Es war gar nicht so schlecht hier. Und da, als ihm dieser Gedanke kam, daß es hier nicht gar so schlecht sei, fiel ihm ein gewisser Augenblick seines Lebens ein. Als er aus dem Krieg gekommen war ... Das war eine weite Reise, fast durchs ganze Land. Sie fuhren mit Trara, das konnte ihm gefallen. Auf einer kleinen Bahnstation, noch auf der anderen Seite vom Ural, trat auf dem Bahnsteig eine junge Frau auf ihn zu und sagte: „Hör mal, Soldat, nimm mich mit, als wär ich deine Schwester ... Als hätten wir uns zufällig hier getroffen. Ich muß dringend weiterfahren, und sie nehmen mich einfach nicht mit.“

Eine Frau aus dem Hinterland, recht mollig, mit einem Muttermal am Hals, die Lippen geschminkt ... Gut gekleidet. Ein kleiner Mund, Flaum auf der Oberlippe. Sah sie ihn an, da war es, als tupfte sie ihn mit ihren Fingern ab, streichelte

ihn. Ein wenig verlegen war sie wohl, guckte aber ganz ungeniert, zärtlich. Aljoscha hatte in all den Kriegsjahren keine einzige Frau angerührt ... Und vor dem Krieg, herrje, da hatte er die Mädchen abends beim Tanz doch nur geküßt. Das war alles gewesen. Und diese hier, die stand und machte so merkwürdige Augen ... Sein Herz hämmerte, er war so aufgeregt, daß er ganz taub war und den Mund nicht aufkriegte.
Nun, sie fuhr also mit.
Für die anderen Soldaten im Waggon wäre sie auch was gewesen, aber sie hängte sich so zärtlich an Aljoscha, daß sich keiner an sie heranwagte. Wie sich herausstellte, wollte sie gar nicht weit: Nur zwei Stationen, da war sie am Ziel. Es ging auf den Abend zu. Sie sagte traurig: „Ich muß von der Station noch ein Stück laufen, aber ich hab Angst. Ich weiß gar nicht, was ich machen soll ..."
„Is wer zu Hause bei dir?" brachte Aljoscha mit Mühe hervor.
„Nein, ich bin ganz allein."
„Na, dann bring ich dich hin."
„Und wie kommst du weiter?" fragte sie verwundert und erfreut.
„Morgen mit dem nächsten Militärzug ... Fahren ja genug."
„Ja, hier fahren jeden Tag welche ...", pflichtete sie bei.
Und so waren sie zu ihr nach Hause gegangen. Aljoscha hatte seine Siebensachen genommen: zwei Paar Offiziersstiefel, eine Offiziersbluse, einen deutschen Teppich, und dann waren sie losgezogen. An den Weg zu ihr nach Hause und an die Nacht dachte er noch oft. Eine schreckliche Kraft — war's Freude oder sonstwas gewesen —, Fieber, Sprachlosigkeit und Schrekken hatten ihn gefangengehalten, während er neben der Frau ging ... Es war so qualvoll und drückend gewesen, als lastete der vom Tag her noch warme Junihimmel auf ihm, er hatte kaum die Füße setzen können und schwer geatmet, und in seinem Kopf war alles durcheinandergewirbelt. Doch bis auf den heutigen Tag erinnerte er sich an jede Kleinigkeit. Alja, so hatte sie geheißen, hatte sich bei ihm eingehakt ... Er erinnerte sich noch an ihren Arm — weich und warm hatte er sich unter dem rauhen Chinakrepp angefühlt. Welche Farbe ihr Kleid gehabt hatte, wußte er allerdings nicht mehr, aber an das Stachlige des Stoffs, an das warme Rauhe — daran erinnerte er sich immer noch. Er war zwar stachlig, aber auch

glatt gewesen, der Chinakrepp. Auch an ihre Armbanduhr erinnerte sich Aljoscha, so eine kleine (ein Beutestück), das schmale Uhrarmband hatte ihr ins Fleisch geschnitten. Was ihn damals so betäubte, war, daß die Frau von selbst — schlicht, zutraulich — seinen Arm genommen und sich dann mit ihrem warmen Schenkel an ihn geschmiegt hatte ... Auch an die Wärme unter ihrem Arm erinnerte er sich. Ja ... Tja, und dann die Nacht. Morgens hatte Aljoscha weder Alja noch seine Klamotten gefunden. Als er dann wieder im Zug saß (die Ausweispapiere hatte sie nicht genommen), hatte er es sich so zusammengereimt: Dies war ihr Gewerbe — auf Militärzüge zu warten und möglichst dumme Soldaten anzusprechen. Der Witz war nur — hätte sie ihn damals am Morgen gebeten: „Aljoscha, gib mir den deutschen Teppich, gib mir die Feldbluse, gib mir die Stiefel!" — er hätte ihr alles gegeben. Höchstens das eine Paar Stiefel hätte er für sich behalten.

An Alja im Chinakreppkleid dachte Aljoscha, wenn er mit sich selbst allein blieb, und schmunzelte. Niemals hatte er jemandem von dieser Geschichte erzählt, er aber, er liebte sie, die Alja. Ja.

Die Scheite waren durchgebrannt ... Der goldene, glühende Haufen strahlte, spuckte Hitze aus. Immer wieder züngelten blaue Flämmchen ... Das war das Kohlengas. Nun, jetzt sollte alles glühendheiß werden — die Wände, die Schwitzbank, die Sitzbänke ... Nachher konnte man nichts mehr anfassen.

Aljoscha warf die Kiefernzweige auf den Boden — das würde das reinste Taschkent werden, dieser Duft der Zweige, diese freie Stimmung, Teufel noch eins — herrlich! Er wollte auch im letzten Augenblick immer die Ruhe bewahren, das aber schaffte er nie. Er ging am Zaun auf und ab, räumte das Beil weg ... Steckte den Kopf wieder in die Banja — nein, es war noch zu viel Kohlengas drin.

Aljoscha ging ins Haus.

„Gib mir Wäsche", sagte er zu seiner Frau, bemüht, seine Freude zu verbergen — sein Sonnabendvergnügen war allen ein Dorn im Auge. Der Teufel mochte sich in den Leuten auskennen: Machten eine Dummheit nach der anderen, konnten sich gar nicht lassen vor lauter Dummheiten — aber taten erstaunt, fauchten, schüttelten den Kopf.

Taissja öffnete schweigend die Wäschetruhe, beugte sich unter den Deckel ... Sie war Aljoschas zweite Frau. Die erste, Sonja

Polosuchina, war gestorben. Von ihr hatte er keine Kinder. Um die beiden, um Sonja wie um Taissja, machte er sich am allerwenigsten Gedanken. Er zog sich bis auf die Unterwäsche aus, blieb noch ein Weilchen auf dem Schemel sitzen, die nackten Beine angewinkelt, das war ihm angenehm so. Gern hätte er noch eine geraucht ... Aber im Haus zu rauchen, hatte er sich schon lange abgewöhnt — seit die Kinder da waren.

„Warum brauchte Kusmowna denn Geld?" fragte Aljoscha.

„Weiß nich. Sie hatten halt nichts mehr — darum. Wofür soll sie sonst Brot kaufen?"

„Haben sie viel Kartoffeln abgeliefert?"

„Zwei Fuhren ... An die zwanzig Sack voll."

„Da scheffeln sie Geld!"

„Aber wie! Und legen alles auf die hohe Kante. Meinst du, die haben kein dickes Sparbuch?"

„Die Solowjows — nee, die haben kein dickes Sparbuch!"

„Willst du warme Unterhosen? Oder baumwollne?"

„Gib mir baumwollne. So kalt is es noch nich."

„Da."

Aljoscha nahm die frische Wäsche, legte sie sich auf den Schoß, blieb noch ein wenig sitzen und überlegte, wie weit es wohl in der Banja sei.

„Tja. Na gut."

„Kolka hat wieder Angina."

„Wieso haste ihn dann in die Schule gelassen?"

„Na ja ..." Taissja wußte selber nicht, wieso. „Warum soll er was versäumen? Er kommt sowieso nur mit Ach und Krach mit."

„Ja ..." Merkwürdig, Aljoscha nahm es sich niemals zu Herzen, wenn eines seiner Kinder krank war, nicht einmal bei einer schweren Krankheit. Er dachte an nichts Schlimmes. Irgendwie kam er gar nicht auf den Gedanken. Und gestorben war auch gottlob keines. Was er aber wollte, war, daß seine Kinder etwas lernten, in die Großstadt zogen und dort geachtete Leute wurden. Im Sommer aber sollten sie ihn auf dem Dorf besuchen, er würde um sie herum sein — um ihre Frauen, Männer, Kinder ... Was für ein guter, fürsorglicher Mensch er war, das wußte doch gar keiner, aber die aus der Stadt, die würden es gleich bemerken. Und die Enkelkinder, die würden im Garten herumtollen ... Doch, natürlich, das Leben hatte einen Sinn. Daß man's oft nicht richtig nahm,

stand auf einem anderen Blatt. Vor allem die Dorftrampel — das war ein verflixtes Volk! Sogar diejenigen, die es zu Bildung gebracht hatten, die Agronomen und die Lehrer. Es gab keinen eingebildeteren Menschen als einen Dörfler, der in der Stadt studiert hatte und wieder aufs Dorf zurückgekehrt war. So eine Frau, die ging und sah keinen Menschen mehr! Und wenn sie noch so lütt geraten war, sie wollte über die Leute hinweggucken. Die Städter, die Hunde, die hatten das weg, einem ihre Kultur unter die Nase zu reiben, ohne einen vor den Kopf zu stoßen. So ein Städter, der grüßte sogar als erster.
„Tja ... Dann is ja gut", sagte Aljoscha. „Ich werd gehn."
Aljoscha ging in die Banja.
Das hatte er gern — bei solchem naßkalten Wetter vom Haus zur Banja rüberzugehen. Er ging immer in Unterwäsche rüber, absichtlich langsam, um durchzufrieren. Fand immer noch einen Grund, sich unterwegs aufzuhalten: entwirrte die Hundekette, ging die Pforte richtig schließen ... Nur, um ordentlich durchzufrieren.
Im Banjavorraum zog er sich nackt aus, blickte an sich herunter — tja, er war noch ein kräftiger Kerl. Dann aber hielt er es nicht mehr aus, so zog es ihn in die Banja. Er schmunzelte über seine Ungeduld. Noch einen Moment blieb er im Vorraum ... Er kriegte eine Gänsehaut, so rauh wie Chinakrepp, ach ja ... Gottverdammich, was es nicht alles gab im Leben! Darum liebte Aljoscha den Sonnabend: Am Sonnabend grübelte er und erinnerte sich und überlegte soviel wie an keinem anderen Tag. Was waren das schon für große Werte, für die er denen seinen Sonnabend abtreten sollte?

„Ich hol dich ein,
Chabiba mein!"

sang er leise, öffnete die Tür und trat in die Banja.
Tja, das war ein Leben! Das Dorf hatte eine Gemeinschaftsbanja, und Aljoscha war einmal dort gewesen, um sie am eigenen Leibe auszuprobieren. Lächerlich und verkommen war die! Die Zigeuner wuschen sich gerade. Wuschen sich nicht, sondern waren vor allem beim Biertrinken. Die Bauern maulten sie an, und die konterten: „Ihr wißt doch nich, wozu 'ne Banja gut is!" Sie, ja — sie wußten es! Andererseits — in so einer gemeinschaftlichen, da war's wirklich das beste, da-

zusitzen und Bier zu trinken. Das war keine Banja, das war ein Witz. Bloß gut, daß er nicht sonnabends hingegangen war; am Sonnabend heizte er seine eigene Banja und spülte alle Erinnerungen an die gemeinschaftliche ab.
Dieses Leben hier, das war greifbar und doch unfaßbar, war ihm so unendlich lieb und vertraut.
Er rückte die Schüsseln und Eimer zurecht — und brachte sein kleines Taschkent in Gang. Alle abträgliche Spannung war gewichen, die kleinlichen Gedanken waren aus seinem Kopf verschwunden, Geschlossenheit, Größe und Klarheit hatten von seiner Seele Besitz ergriffen — das Leben wurde erklärlich. Das heißt, es war dicht bei, vorm Banjafenster, er aber war diesem Leben samt seiner Hast und Bosheit entrückt, wurde groß und nachsichtig. Diese Daseinsfülle, dieser Frieden machten Aljoscha Lust zu singen, bevor er sich durchdampfen ließ. Er goß Wasser in eine Schüssel und lauschte dem himmlisch reinen Ton des Strahls, und ohne es selbst zu merken, sang er leise. Lieder kannte er nicht, er hatte nur irgendwelche ländlichen Spottlieder oder Fetzen von Liedern, die seine Kinder zu Hause sangen, im Gedächtnis. Er liebte es, in der Banja Spottlieder zu trällern.

„Ich guck die Leute an,
mein Schatz ist weg, verschwunden ...“

sang er und schöpfte Wasser.

„Ein großer Krauskopf wie
der große Woroschilow.“

Er schöpfte abermals und sang weiter:

„Mutter schickt mich schwitzen,
In der Banja sitzen.
Mutter, mir ist gar nicht gut,
Weil mein Liebster freien tut.“

Jetzt war genug Wasser in der Schüssel ... Den Birkenwedel legte er einstweilen in eine andere Schüssel mit heißem Wasser, damit er weich wurde. Nun begann er sich zu waschen ... Er wusch sich ausgiebig, legte zwischendurch Pausen ein. Saß auf dem warmen Fußboden, auf den Zweigen, und trällerte vor sich hin:

„Ich geh allein den Weg
Und denke mir was aus.
Und du, du hast zu früh geprahlt,
Du kriegtest mich zur Frau."

Ihm war, als schwimme er in einem warmen Fluß, jedoch so sonderbar und angenehm — sitzend. Und die warme Strömung umspülte die Herzgrube.
Dann blieb er, einfach so, eine Weile auf der Schwitzbank liegen. Und plötzlich kam ihm der Gedanke: Irgendwann legst du dich auf die Bretter ... Er faltete sogar die Hände über der Brust, lag eine Zeitlang so. Malte sich, sosehr er konnte, aus, wie er im Grab liegt, und hatte es schon vor Augen — das Kissen unterm Kopf, das neue Jackett ... Aber sein Innerstes gebot ihm Einhalt, und er stand auf, goß sich, mit einem verächtlichen Gefühl, Wasser über den Leib, sang, um sich aufzumuntern:

„Ich hol dich ein,
Chabiba mein!"

Scheiß drauf! Wenn's soweit war, kam der Tod sowieso, wozu das schon vorher durchspielen! Merkwürdig war nur, daß er im Krieg überhaupt nicht an den Tod gedacht, ihn nicht gefürchtet hatte. Natürlich hatte er sich vorgesehen, wie er nur konnte, aber solche Einzelheiten waren ihm nie eingefallen. Hol's der Schinder! Der Tod kam so und so, dem kam man nicht davon. Das war's ja auch gar nicht. Der Haken war, daß dieses Fest des Lebens überhaupt kein Fest war, daß man es auch gar nicht als Fest ansehen, nicht ein Fest erwarten durfte, sondern seelenruhig alles auf sich zukommen lassen und „nicht vorm Klienten katzbuckeln" mußte. Aljoscha hatte kürzlich einen Witz gehört, von einer gewieften Puffmutter, die ihren Nutten einschärft: „Bloß nicht vorm Klienten katzbuckeln." Er lachte in sich hinein und dachte: Das stimmt, wir katzbuckeln zuviel vorm Klienten. Schön ist es auf der Erde, aber wie 'ne Zicke rumhopsen — was soll das? Außerdem hat man viel mehr Freude, wenn man nicht auf die Freude wartet, nicht darauf gefaßt ist. Der Sonnabend war etwas anderes, auf den wartete er die ganze Woche. Doch es kam auch vor, daß ihm von früh an etwas verquer war, daß es ihn anödete, aber zog er mit den Kühen zum Dorf hinaus, guckte die Sonne hervor, lag über einem Dornenbusch so ein leises Gleißen ... Dann durchpulste ihn unversehens so eine Freude, dann wurde ihm so wohl zumute, daß er stehenblieb und still stand und gar nicht merkte, daß er stand und lächelte. In der letzten Zeit war Aljoscha aufgefallen, daß er ganz bewußt liebte. Er liebte die Steppe hinterm Dorf, die Morgenröte, den Sommertag ... Das heißt, ihm wurde richtig bewußt, daß er liebte. Ruhe war in seine Seele eingekehrt, und nun liebte er. Die Menschen zu lieben war schwerer, aber die Kinder und die Steppe zum Beispiel, die liebte er mehr und mehr.

So sann Aljoscha, und während er sann, arbeiteten seine Hände. Er nahm den weich gewordenen, duftenden Birkenwedel aus der Schüssel, spülte die Schüssel aus und goß kälteres Wasser hinein ... Dann nahm er eine Kelle heißes Wasser aus dem Kessel und schüttete sie — erst mal zur Probe — auf den Banjaofen. Der Ofen ächzte und zischte und spie Dampfwolken. Die Hitze bohrte sich in Aljoschas Ohren, kroch ihm in die Kehle ... Er setzte sich hin und wartete, bis sich die ersten Dampfwolken verzogen hatten, dann kroch er auf die Schwitzbank. Damit er sich an deren Brettern nicht die Seiten und den Rücken verbrannte, goß er aus einer Schüssel Wasser darüber. Und ließ den Birkenwedel sacht über den Körper fahren. Das war der Fehler, den die Leute begingen: Sie peitschten gleich wie wild drauflos. Erst mal mußte man sich ein bißchen schubbern — mit dem Wedel den Rücken hinunter, über die Hüften, über die Arme, die Beine ... Sachte, ganz sachte mußte man das machen, und Aljoscha machte es geschickt: schüttelte den Birkenwedel leicht neben seinem Körper, so daß die Blätter wie kleine heiße Pfoten seine Haut tätschelten, aufstachelten, den brennenden Wunsch erzeugten, mit dem Wedel drauflos zu schlagen. So weit aber ließ es Aljoscha nicht kommen, nein! Er begoß sich mit Wasser, lag noch ein Weilchen ... Goß noch eine halbe Kelle Wasser auf den Ofen, hielt den Birkenwedel in den Dampf und stupste ihn gegen die Hüften, die Knie, das Kreuz ... Er stieg von der Schwitzbank, öffnete die Tür einen Spalt und setzte sich auf einen Schemel, um zu rauchen. Falls Kohlengas in der Banja war, zogen jetzt selbst die geringsten Reste mit dem ersten feuchten Dampf ab. Der Banjaofen trocknete ab, die Steine erhitzten sich aufs neue, und man konnte sich unbesorgt nach Herzenslust durchdampfen lassen. So war das, liebe Leute.

Als Aljoscha aus der Banja kam, begann es schon zu dunkeln. Er war wie neugeboren, dampfte am ganzen Leib. An der Haustür streifte er die Gummischuhe ab und ging über die frisch gescheuerten Dielen in die Stube. Dort legte er sich aufs Bett. Er spürte seinen Körper nicht, die Welt ringsum schwankte im Takt seines Herzens.

In der Stube saß Boris, sein Ältester, und las ein Buch.

„Na, ausgeschwitzt?" sagte Boris.

„Tja", sagte Aljoscha und guckte vor sich hin. „Geh du in die Banja."

„Gleich."

Sein Sohn Boris fing seit einiger Zeit an ... nicht, sich zu schämen, aber sich daran zu stoßen, daß sein Vater Viehpfleger und Hirte war. Aljoscha hatte es bemerkt, aber nichts dazu gesagt. Erst kränkte es ihn tief, aber dann überlegte er es sich und ließ sich nicht mal anmerken, daß er die Veränderung bemerkt hatte. Das kam alles von der Jugend, von den großen Plänen. Was tat's. Dafür war Boris ein großer, schmucker Junge geworden, und vielleicht, Gott geb's, war ihm sogar der Verstand in die Wiege gelegt. Schön wär's. Tja, und nun schämte er sich, daß sein Vater Hirte war ... So was! Na ja, wer hoch hinauswollte, brachte es auch zu etwas. Lernen tat er gut. Die Mutter sagte, er gehe schon mit einem Mädchen ... Alles normal. Komisch zwar, aber alles normal.

„Geh in die Banja", sagte Aljoscha.

„Is sie heiß?"

„Woher soll die jetzt heiß sein. Gut is sie. Aber wenn's dir zu heiß is, mach den Abzug auf."

Seinen Söhnen hatte es Aljoscha also nicht beibringen können, wie man sich in der Banja richtig durchdampfen ließ: Sie wollten nicht. Sie schlugen der Mutter nach, den Kostyljows.

Boris ging, um sich für die Banja fertigzumachen, Aljoscha aber blieb liegen.

Seine Frau kam herein, beugte sich wieder über die Truhe, um für den Sohn Wäsche herauszuholen.

„Weißt du noch", sagte Aljoscha, „als Manja klein war, hat sie mal 'n Gedicht gemacht:

„Eine weiße Birke
Steht im Regen,
Grüne Kletten hülln sie ein,
Da hat sie es warm und fein.“

Seine Frau richtete sich jäh auf, blickte Aljoscha an ... Dachte einen Moment über seine Worte nach, begriff aber nichts und beugte sich wortlos wieder über die Truhe, aus der es nach Mottenpulver roch. Sie holte Wäsche heraus, wollte damit in den Vorraum gehen, blieb aber in der Tür stehen und drehte sich nach ihrem Mann um.

„Na und?“ fragte sie.

„Was?“

„Wie kommst du darauf?“

„Weil's so 'n lustiges Gedicht is.“

Sie wollte hinausgehen, weil sie es nicht für nötig hielt, ihre Zeit mit unnützen Worten zu verlieren, doch ihr fiel etwas ein, und sie guckte sich noch einmal um. „Der Eber muß noch reingetrieben werden und Futter kriegen, ich hab's schon gemischt. Ich bring die Kinder in die Banja. Wenn du dich ausgeruht hast, dann geh und kümmre dich drum.“

„Is gut.“

Die Banja lag hinter ihm. Der Sonnabend noch nicht, aber die Banja — ja.

1973

# Onkel Jermolai

Manchmal kommt mir ein Vorfall aus meiner Kindheit in den Sinn. Es war Erntezeit. Wir hörten an diesem Tag früher mit dem Dreschen auf, weil Regen heranzog. Am Himmel stand es schwarzblau, und Wind kam auf. Wir Kinder freuten uns auf den Regen, waren froh, daß wir uns mal ausruhen konnten. Onkel Jermolai aber, der Brigadier, blickte verdrossen nach der Regenwolke und ließ sich Zeit.

„Es kommt überhaupt kein Regen. Der Sturm treibt ihn weg." Er wollte gern alles, was da im Schober lag, gedroschen haben. Aber ... alle trafen Anstalten zu gehen, und so mußte er sich schweren Herzens anschließen.

Bis zur Brigadeunterkunft waren es anderthalb Kilometer. Als wir anlangten, die Pferde ausspannten und Abendbrot aßen, ballten sich Gewitterwolken zusammen, aber Regen kam tatsächlich nicht. Der Wind blies stärker, wirbelte Staub auf ... In der Dunkelheit zuckten Blitze, und Donner grollte. Der Wind riß und zerrte, aber Regen kam nicht.

„Die richtige Nacht für Diebe", sagte Onkel Jermolai. „He, Grischka ..." Er blickte suchend umher, bekam mich zu sehen. „Grischka und Wasska, ihr geht zum Druschplatz und übernachtet dort. Sonst kommt in dieser Finsternis noch einer und klaut Korn. 's ist gerade die richtige Nacht dafür."

Grischka und ich machten uns zum Druschplatz auf.

Die anderthalb Kilometer, die wir sonst im Nu zurücklegten, kamen uns jetzt lang und gefahrvoll vor. Das Gewitter entlud sich nun mit aller Macht: Es blitzte und krachte von allen Seiten! Vereinzelte Regentropfen klatschten herab, peitschten schmerzhaft ins Gesicht. Es roch nach Staub und irgendwie brenzlig — scharf und bitter, wie wenn man Feuer schlägt.

Wenn ein Blitz herabzuckte, schien alles auf der Erde — die Schober, die Bäume, die zu Hocken gestellten Garben, die reglos stehenden Pferde — in der Luft zu schweben, bis alles wieder von tiefer Finsternis verschluckt wurde: Der Donner rollte weithallend, stoßweise, wie wenn riesige Steine von einem Berg kollernd in den Abgrund stürzen.

Zu guter Letzt verirrten wir uns. Wir kamen vom Weg ab und verfehlten den Schober, an dem wir zuletzt gedroschen hatten. Wir blieben stehen, warteten, bis ein Blitz aufleuchtete: Wieder schien alles gleichsam hochzuspringen, für einen kurzen Augenblick in der Luft zu schweben, in einem grellen blauen Licht, dann verschwand alles, und in der Höllenfinsternis polterten die gewaltigen Steine.

„Komm, wir verkriechen uns in einem Schober und pennen da", schlug Grischka vor.

„Na los."

„Und morgen früh sagen wir, wir hätten auf dem Druschplatz übernachtet. Wer wird's schon rauskriegen?!"

Wir krochen in einen Schober, in das ausgedroschene warme, duftende Stroh. Eine Weile schwatzten wir noch, nahmen uns vor, recht früh aufzuwachen ... Und gewahrten nicht, wie uns der Schlaf übermannte, hörten nicht, wie es nachts regnete.

Der Morgen war klar, reingewaschen, still. Natürlich hatten wir verschlafen. Aber da es nachts ordentlich gepladdert hatte, wußten wir, daß die Brigade nicht so früh zum Dreschen fahren würde. Wir gingen zur Unterkunft.

„Na, ihr Wächter", fragte Onkel Jermolai, als er uns sah, und mir schien, als blicke er uns forschend an. „Wie war die Nacht?"

„Gut."

„Alles in Ordnung? Am Druschplatz, meine ich."

„Alles in Ordnung. Warum?"

„Bloß so. Ich frag nur ... Ich hab euch doch hingeschickt, und nun will ich wissen, was los ist ..." Und dabei schaute er uns die ganze Zeit so an. Mir war nicht geheuer in meiner Haut.

„Ist kein Korn geklaut?"

„Alles noch da." Grischka hatte runde, helle Augen; er zuckte mit keiner Wimper. „Wieso?"

„Wart ihr überhaupt dort?! Auf dem Druschplatz?"

Mir tat mit einmal die Wirbelsäule weh, am Steißbein. Grischka geriet auch aus der Fassung ... Plinkerte und plinkerte.

„Wo sollen wir sonst gewesen sein?"

„Also wart ihr da?"

„Na klar. Wo sollen wir sonst gewesen sein?"

Herrje, brüllte Onkel Jermolai da los!

„Ihr wart überhaupt nicht da, ihr Hundesöhne! Ihr habt

sonstwo gepennt — aber erzählen, ihr wärt dagewesen! Ich schnapp euch beide und stecke euch in den Schober, stuk euch mit der Nase ins Stroh, wie räudige Katzen. Wo seid ihr nachts gewesen?"

„Aber ... Was hast du denn?"

„Wo seid ihr nachts gewesen?!"

„Am Druschplatz." Grischka hatte offenbar vor, auf Biegen und Brechen dabei zu bleiben. Mir fiel ein Stein vom Herzen.

„Wasska, wo seid ihr nachts gewesen?"

„Am Druschplatz."

„Ich hau euch windelweich!" Onkel Jermolai griff sich an den Kopf und verzog schmerzvoll das Gesicht. „Wo habt ihr euch rumgetrieben? Ihr wart nicht dort! Aber ich! Na?! Ihr Lumpenhunde, ihr! Ich bin euch nachgegangen — dachte: Ob sie wohl gut hingekommen sind? Ihr wart nicht da!"

Uns ließ es kalt, daß er am Druschplatz gewesen war.

„Na und?"

„Was heißt: na und?"

„Na ... wir sind auch dagewesen. Bloß ein bißchen später ... Wir hatten uns verlaufen."

„Von wegen ein bißchen später!" brüllte Onkel Jermolai. „Was heißt: ein bißchen später?! Ich hab den Regen abgewartet! Erst als es hell wurde, bin ich wieder weggefahren. Ihr wart nicht dort!"

„Doch."

Onkel Jermolai geriet vollends aus dem Häuschen ... Womöglich rückten wir in seinen Augen auch für einen Augenblick in die Höhe, schwebten in der Luft, wie gestern die Schober und die Pferde — seine Augen wurden groß und größer und blickten fassungslos.

„Ihr wart dort?"

„Ja."

Er langte sich das Zaumzeug ... Wir stoben davon. Onkel Jermolai stand einen Moment mit dem Zaumzeug da, schleuderte es zu Boden, verzog schmerzvoll das Gesicht und ging weg, wobei er sich mit dem Handrücken über die Augen wischte. Mit seiner Gesundheit stand es nicht zum besten.

„Lumpenhunde!" sagte er im Weggehen. „Waren überhaupt nicht dort — und lügen einem ins Gesicht. Verrecken sollen sie! Verrecken ... Satansbrut ...! Lumpenhunde! Lügen einem ins Gesicht — das macht ihnen gar nichts aus! Oh ...!" Onkel

Jermolai drehte sich nach uns um. „Sagt's wenigstens ehrlich: Ihr habt Angst gekriegt oder habt nicht hingefunden, aber lügt mir nicht ins Gesicht. Ihr Lumpenhunde ...! Fünf Arbeitseinheiten ziehe ich euch ab, wenn ihr's so treibt."

Am Tag, beim Dreschen, kam Onkel Jermolai noch mal zu uns.

„Grischka, Wasska ... gebt's zu: Ihr wart nicht da. Dann zieh ich euch die fünf Arbeitseinheiten nicht ab. Stimmt's, ihr wart nicht da?"

„Doch."

Onkel Jermolai blickte uns eine Weile an ... Dann verlangte er, wir sollten ihm folgen.

„Kommt mal mit ... Na los, los! Hier hab ich mich vor dem Regen untergestellt." Er zeigte es uns. Und schaute uns dabei flehend an. „Wo hattet ihr euch verkrochen?"

„Wir — von der Seite her."

„Von welcher?"

„Na, von der."

„Wie — von der?! Von welcher?" Ihm riß wieder der Geduldsfaden. „Ich hab gerufen, gebrüllt ...! Bin ringsum alles abgegangen, um den ganzen Schober herum. Die Blitze waren ja so hell, daß man eine Stecknadel auf der Erde gefunden hätte. Wo seid ihr gewesen?"

„Hier."

Onkel Jermolai mußte sich aufs äußerste zusammennehmen, um nicht abermals loszubrüllen. Wieder verzog er das Gesicht.

„Na schön ... Oder habt ihr Angst, daß ich schimpfe? Nein, ich tu's nicht. Nur sagt's mir ehrlich: Wo seid ihr nachts gewesen? Dann zieh ich euch die fünf Arbeitseinheiten nicht ab ... Wo seid ihr nachts gewesen?"

„Am Druschplatz."

„Aber wo denn am Druschplatz?!" herrschte Onkel Jermolai uns an. „Wo denn am Druschplatz?! Wo denn, wenn ich ... Ach, ihr Lumpenhunde!" Er blickte umher, suchte nach etwas, womit er uns versohlen könnte.

Wir rannten davon.

Onkel Jermolai ging hinter den Schober ... Bestimmt kamen ihm wieder die Tränen.

Wenn ich jetzt, nach so vielen Jahren, zu Hause bin und auf

den Friedhof gehe, um meiner verstorbenen Angehörigen zu gedenken, sehe ich auf einem Kreuz: „Jemeljanow, Jermolai ...witsch."
Jermolai Grigorjewitsch, Onkel Jermolai. Auch an seinem Grab bleibe ich stehen und hänge meinen Gedanken nach. Sie sind sehr einfach: Er war ein unermüdlicher Arbeiter, ein guter, ehrlicher Mensch. Wie eigentlich alle hier, wie mein Großvater, meine Großmutter. Einfache Gedanken. Aber ich kann sie nicht zu Ende denken, trotz all meiner Diplome und Bücher. Zum Beispiel: Was hatte es für einen Sinn, ihr Leben? Und wie sie es lebten? Oder lag überhaupt kein Sinn darin, gab es nichts als Arbeit und noch mal Arbeit? Arbeit und Kinderkriegen? Später bin ich anderen Menschen begegnet ... Sie sind beileibe keine Tagediebe, aber ... sie nehmen das Leben anders. Wie ich selber ja auch! Bloß wenn ich diese Grabhügel betrachte, weiß ich nicht: Wer von uns hat recht, wer ist klüger?

1971

# Wie der alte Mann starb

Der Alte fühlte sich seit dem Morgen ganz erbärmlich. Eine qualvolle Schwäche hatte ihn befallen ... Schwach war er schon lange, einen Monat schon, doch heute, das war eine besondere Schwäche — so eine Angst beim Herzen, so eine schlimme, wehe. Nicht, daß ihm bange war, nein, es wunderte ihn nur: So eine Schwäche hatte er nie zuvor verspürt. Bald war ihm, als würden die Beine absterben ... Er bewegte die Zehen — nein, sie bewegten sich noch. Bald begann die linke Hand einzuschlafen, er bewegte sie — auch in Ordnung. Aber diese Schwäche, mein Gott!

Bis Mittag hielt er durch, wartete: Vielleicht ging es vorüber, vielleicht wurde das Herz ein bißchen munterer — und er bekäme Lust auf eine Papirossa oder einen Schnaps. Dann aber begriff er: Das war der Tod.

„Mutter ... He, Mutter!" rief er nach seiner Frau. „Du ... es is soweit, ich muß sterben."

„Ach, mein Gott, mein Gott!" jammerte die Alte. „Was spinnst du dir da bloß zurecht?"

„Hilf mir runter. Ich halt's nich mehr aus hier." Der Alte lag auf dem Ofen. „Los, komm."

„Allein schaff ich's nich. Ob ich Jegor hole?"

„Ja, geh, hol ihn. Is er zu Haus?"

„Eben hat er noch bei sich draußen rumgewirtschaftet ... Ich hol ihn."

Die Alte zog sich was über und ging hinaus, ließ eine weiße Frostwolke ins Haus.

Das is was — im Winter sterben, dachte der Alte.

Jegor, der Nachbar, kam.

„So 'ne Saukälte!" sagte er. „Wart, Onkel Stepan, ich wärm mich bloß 'n bißchen auf, eh ich dich runterhole. Sonst kriegst du noch 'n Kälteschock. Was is denn, geht's dir denn heute schlechter?"

„Ganz schlecht, Jegor. Ich werd sterben."

„Na, wer wird denn gleich ... Bloß den Kopf nicht hängen lassen."

„Kopf hängen lassen oder nich — es is aus. Is wohl starker Frost draußen?"
„An die fünfzig Grad Kälte." Jegor zündete sich eine Papirossa an. „Und das bißchen Schnee auf den Feldern is für die Katz. Sie karren ihn mit Traktoren zusammen, aber was hilft's schon!"
„Vielleicht kommt bald was runter."
„Wohl kaum noch. Na los, jetzt geht's runter vom Ofen ..."
Die Alte schüttelte das Kopfkissen auf dem Bett auf und strich das Federbett glatt. Jegor stieg auf die Ofenbank, nahm den Alten auf seine Arme.
„Faß mich um 'n Hals ... So! Bist ja federleicht geworden!"
„Ja, wenn man so lange krank liegt..."
„Wiegst nicht mehr als ein Kind. Unser Kolka, der is schwerer als du ..."
Sie legten den Alten aufs Bett, deckten ihn mit einem Schafpelz zu.
„Soll ich dir 'ne Papirossa drehen?" fragte Jegor.
„Nein, ich mag nich. Ach, mein Gott", seufzte der Alte. „Das is was — im Winter sterben..."
„Nu hör schon auf!" sagte Jegor ernst. „So was darfst du gar nicht denken!" Er rückte sich einen Schemel ans Bett, setzte sich darauf. „Weißt du, wie's mich an der Front erwischt hat? Ich dacht auch — jetzt is's aus! Aber der Doktor sagte: ‚Wenn du leben willst, dann kommst du durch. Ohne den Willen mußt du ins Gras beißen.' Nicht mal sprechen konnt ich. Lag da und dachte: Wo gibt's denn so was, daß einer nicht leben will? Also sagte ich mir: Ich will leben!"
Der Alte lächelte matt. „Gib mir doch 'n Zug", bat er.
Jegor hielt ihm die Papirossa hin. Der Alte nahm einen Zug und mußte husten. Hustete lange...
„Bin so klapperdürr, daß der Qualm gleich querdurch bis in 'n Bauch zieht."
Jegor mußte lachen.
„Wo tut's dir denn weh?" fragte die Alte und blickte ihren Mann mitleidsvoll und irgendwie ungehalten an.
„Überall ... Im ganzen Leib. So 'ne Schwäche, als wär mir alles Blut ausgesaugt."
Alle drei schwiegen.
„Na, dann werd ich man gehn, Onkel Stepan", sagte Jegor. „Das Vieh tränken und füttern ..."

„Geh nur."
„Abends guck ich noch mal rein."
„Is gut."
Jegor ging.
„Schwäche, Schwäche! Is das ein Wunder, wo du nichts ißt?" versetzte die Alte. „Soll ich 'n Huhn schlachten und dir 'ne Brühe kochen? Das schmeckt doch mal ... Wie?"
Der Alte überlegte.
„Laß man. Das bißchen, was ich runterkrieg — schade ums Huhn."
„Um 'n Huhn is es doch nich schade..."
„Laß man", sagte der Alte noch einmal. „Gib mir lieber 'n halbes Gläschen Schnaps ... Vielleicht bringt's mir das Blut 'n bißchen in Wallung."
„Wenn das man gut is..."
„Warum nicht? Das hilft vielleicht."
Die Alte holte die Dreiliterflasche aus dem Schrank, die sorgfältig mit einem zusammengerollten Lappen zugestöpselt war. Sie war gut halb voll.
„Wenn's dir bloß nich schadet."
„Seit wann schadet Wodka!" Der Alte wurde fuchtig. „Euer Leben lang wettert ihr dagegen und kapiert nich: Wodka is die beste Medizin. Ihr Holzköpfe..."
„Nu noch frech werden!" sagte die Alte, ebenfalls verärgert. „‚Holzköpfe!' — mit einem Bein im Grab, aber einem noch so was an 'n Kopf schmeißen. Der Doktor hat gesagt, du sollst dich nich aufregen."
„Der Doktor! Der Doktor sagt auch, die Leute solln nich sterben, und sie tun's trotzdem."
Die Alte goß ein halbes Gläschen ein und reichte es ihm. Er nahm einen Schluck — und hätte sich fast verschluckt. Alles kam zurück. Lange lag er da, bleich und reglos. Dann sagte er mühsam: „Nee, den muß man trinken, solange man noch trinken kann."
Die Alte sah ihn kummervoll und mitleidig an. Schaute und schaute, bis sie plötzlich aufschluchzte: „Alter ... Gott verhüt es, aber wenn du wirklich stirbst, was fang ich an ohne dich?"
Der Alte schwieg lange, blickte unverwandt zur Decke empor. Das Sprechen fiel ihm schwer. Doch er wollte alles gut und gründlich besprechen.

„Erstens, halt dich an Mischka wegen Unterstützung. Sag ihm: ‚Vater is gestorben, er läßt dir sagen, du sollst deine Mutter bis an ihr Lebensende versorgen.' So sagst du. Wenn er nich zur Vernunft kommt, der verfluchte Kerl, dann gehst du vors Gericht. Laß Schande Schande sein — du mußt ja weiterleben. Soll er sich ruhig schämen! Und Manka schreibst du, daß sie den Jungen studieren läßt. Is ein gescheiter Kerl, die ganze ‚Internationale' kann er ausm Kopf. Sag ihr: ‚Vater läßt dir sagen, du sollst ihn studieren lassen.'" Der Alte war ganz erschöpft, lag wieder still da und blickte zur Decke. Sein Gesicht hatte einen feierlichen und strengen Ausdruck.

„Und was soll ich Petka sagen?" fragte die Alte, sich die Tränen abwischend; sie wollte ebenfalls gefaßt reden, nicht weinen.

„Petka? Den laß in Ruhe — der hält sich ja selber kaum über Wasser."

„Soll ich dir nich doch 'ne Hühnerbrühe machen? Jegor schlachtet's uns..."

„Laß man."

„Was is denn, fühlst dich schlechter?"

„Genauso. Laß mich 'n bißchen ausruhn." Der Alte schloß die Augen, atmete langsam und leise. Er sah wirklich wie ein Toter aus: So ein Entrücktsein, so eine überirdische Ruhe lag auf seinem Gesicht.

„Stepan?" rief die Alte.

„Hm?"

„Lieg nich so da!"

„Wie soll ich sonst daliegen, du Dumme? Unsereins liegt im Sterben, und du: Lieg nich so da! Wie soll ich denn sonst liegen? Auf der Nase?"

„Soll ich die Michejewna holen, daß sie dir die Letzte Ölung gibt?"

„Nu hör aber auf ...! Was hab ich denn von ihm gehabt, von eurem lieben Gott ... Und für so was der Michejewna auch noch 'n Huhn geben, was? Das gib man lieber Jegor, der wird mir 's Grab schaufeln. Wer sollt's sonst machen?"

„Da finden sich schon welche..."

„Wer denn? Willst du im Dorf rumrennen und betteln — wer hat schon Lust, bei dem Frost 'n Grab zu schaufeln. Jetzt im Winter. Ja, wenn Sommer wär!"

„Ja, mußt du denn wirklich sterben! Kann doch sein, es

wird wieder mit dir."

„Und wie es mit mir wird. Die Kälte kriecht mir schon die Beine hoch ... Ach, mein Gott, mein Gott ...!" Der Alte seufzte tief. „Mein Gott ... es ist so schwer, verzeih mir armen Sünder."

Die Alte schluchzte.

„Stepan, halt noch 'n bißchen durch. Jegor hat dir doch auch gesagt: So was darfst du gar nich denken."

„Was weiß der schon! Der is gesund und stark wie 'n Bulle. Wenn du ihm sagst: ‚Stirb nich!' — dann stirbt er nich."

„Stepan, verzeih mir, wenn ich mich irgendwann schuldig gemacht hab ..."

„Gott wird dir verzeihen", sagte der Alte, wie er es so oft gehört hatte. Er wollte noch etwas sagen, etwas sehr Wichtiges, doch mit einmal schaute er sich so sonderbar nach allen Seiten um, wie in Angst, in Unruhe.

„Agnjuscha", brachte er mühsam hervor, „verzeih mir ... Ich war immer 'n bißchen leichtsinnig ... Aber das Korn, wie dicht es steht ... Guck doch mal, da in der Ecke — is da wer?"

„Wo denn, Stepan?"

„Na, da!" Der Alte stützte sich auf den Ellbogen, schaute mit angstvollem Blick in die Ikonenecke. „Da is er", sagte der Alte. „Da ... Sitzt er da?"

Jegor kam abends.

Der Alte lag auf dem Bett, die spitze weiße Nase emporgereckt. Die Alte kauerte am Kopfende und weinte still. Jegor nahm die Pelzmütze ab, verharrte, dann bekreuzigte er sich zur Ikone hin. „Ja", sagte er. „Er hat's geahnt."

1967

# Leid

Im Sommer gibt's eine Zeit, da duftet der Wermut — zum Verrücktwerden. Vor allem nachts. Der Mond scheint, es ist still. Alles mögliche spukt einem im Kopf herum. Es sind ungebundene, vermessene, süße Gedanken, die einem in diesen unheimlichen, hellen, gefährlichen Nächten kommen. Ja, eigentlich sind's gar keine Gedanken, vielmehr ist's, als spinne man sich etwas zusammen, in den Klettenbüschen hinten im Garten verkrochen, mit stockendem Herzen vor rätselhafter, geheimer Freude. Schade, daß wir nur wenige solche Nächte im Leben haben.

Eine dieser Nächte werde ich mein Lebtag nicht vergessen.

Ich war damals zwölf. Saß im Garten, die Arme um die Knie geschlungen, und starrte in den Mond, bis mir die Tränen in die Augen traten. Plötzlich hörte ich in der Nähe jemanden leise weinen. Ich schaute umher und gewahrte unseren Nachbarn, den alten Netschai. Klein, hager, in einem langen Leinenhemd, kam er angetappt. Weinte und murmelte etwas vor sich hin.

Vor drei Tagen war seine Frau gestorben, die stille, sanftmütige Oma Netschajicha, wie wir sie nannten. Die beiden hatten allein gewohnt, ihre Kinder waren fortgezogen. Unauffällig, wie die alte Frau gelebt hatte, war sie auch gestorben. „Nanu, die Netschajicha, die Ärmste ...", sagten die Leute am nächsten Morgen, als sie es erfuhren. Gruben ihr ein Grab, senkten ihren Sarg hinein, schütteten es zu — und fertig. Ich kann mich heute gar nicht mehr erinnern, wie sie ausgesehen hat. Sie war immer im Garten umhergegangen und hatte ihre Hühner gerufen: „Putputputput." Nie hatte sie mit jemandem gezankt oder im Dorf herumgekeift. Und nun war sie tot.

In dieser wundervollen hellen Nacht erfuhr ich, was Einsamkeit heißt. Selbst wenn's so schön und warm ist und man sich ganz geborgen auf Erden fühlt.

Ich versteckte mich.

Netschais Hemd, lang bis über die Knie, leuchtete im Mond-

licht blendend weiß. Er ging langsam, wischte sich mit dem weiten Ärmel die Augen. Ich konnte ihn gut sehen. Ganz in meiner Nähe setzte er sich auf die Erde.
„Na ... werd mich ’n bißchen besinnen und friedlich mit dir plaudern“, sagte er leise, immer noch weinend. „Den dritten Tag quäl ich mich, weiß nich ein noch aus. Was ich auch anfang, mir wolln die Hände nich gehorchen.“
Allmählich faßte er sich.
„’s is zu bitter, Paraskowja: Warum hast du mir nich noch ’n Wort gesagt? Vielleicht hab ich dich mal gekränkt? Hättst doch was gesagt, dann wär’s leichter ... Jetzt muß ich immer denken ... Ocho-cho ...“ Er verstummte. „Haben dich gewaschen, dir ’s Totenhemd angezogen, alles, wie’s sich gehört. Der Sergej hat einen Sarg für dich gezimmert. Haben dich beweint. Waren zwar nicht viele Leute zur Beerdigung. Hatten Reisspeise zum Leichenschmaus, wie’s Sitte is. Und haben dir am Rand ein Grab gegeben, neben der Dadowna. Ein guter, trockner Platz. Ich hab mir dort auch einen ausgesucht. Aber was fang ich jetzt allein an? Soll ich Türen und Fenster zunageln und zu Petka fahren? Das is auch so ’ne Sache: Er selber hätte vielleicht nichts dagegen, aber seine Frau ... du weißt ja: Die braucht kein Wort zu sagen, da bleibt dir schon der Bissen im Halse stecken. Das is’s ja! Was rätst du mir?“
Schweigen.
Mir wurde es unheimlich: Gleich würde noch Oma Netschajicha mit ihrer freundlichen, geduldigen Stimme zu sprechen anfangen.
„Ich zerbrech mir den Kopf, was ich anfangen soll“, fuhr der alte Netschai fort. „Am besten gleich ’n Strick nehmen. Gestern nacht war ich ’n bißchen eingedrummelt, und da träumt ich: Du gehst durch den Garten, trägst Eier im Netz. Und wie ich hinsah, sind’s keine Eier, da sind’s lebendige kleine Küken. Und du ißt eines nach dem andren auf, und dabei lobst du sie ... Herrje! Ich wurd wach, wollt dich wecken, hatte ganz vergessen, daß du nicht mehr bist. Paraskowja ... Verdammt noch mal!“ Der alte Netschai weinte wieder. Ganz laut. Mir lief es kalt den Rücken hinunter — so heulte er los und stöhnte langgezogen: „Äh-äh-äh ... uh-uh ... Bist einfach weg ... Hast du gar nich dran gedacht, was ich jetzt anfang? Hättst wenigstens ein Wort gesagt: ich hätt ’n Doktor aus der Stadt geholt ... Die kuriern einen doch. Aber nee, kein Wort,

keine Silbe — machst dich einfach davon! Und ich?" Netschai schneuzte sich, wischte die Tränen weg und seufzte. „Is's schlimm dort, Paraskowja? Möchtest du wieder her? Weil ich doch von dir träum? Komm wenigstens im Traum öfter mal ... aber richtig, nich so wie mit den Küken oder so ..." Netschai flüsterte wieder, ich verstand nur die Hälfte. „'s wär ja 'ne Sünde, aber ich wollt schon ... So was kommt vor, daß sie einen lebendig begraben, ich hab's mal gehört. In Krajuschkino haben sie 'ne alte Frau beerdigt, und als sie's ausm Grab stöhnen hörten, haben sie die wieder ausgegraben ... Ich bin die beiden Nächte hingelaufen und hab gehorcht: Du warst still. Aber ich wollt schon ... Das is so 'n fürchterlicher Schlaf, alle denken, man is tot, dabei schläft man bloß ..."
Jetzt wurde mir himmelangst. Schleunigst kroch ich auf allen vieren aus dem Garten, und dann rannte ich zu meinem Großvater, erzählte ihm alles. Großvater zog sich an, und wir gingen los.
„Führt er Selbstgespräche, oder spricht er mit ihr?" fragte er.
„Mit ihr. Er berät sich mit ihr, was er machen soll."
„Wird noch durchdrehen, der alte Esel. Wird wirklich noch hinrennen und sie ausbuddeln. Oder is er betrunken?"
„Nee, er singt nur so und brabbelt was von Gott." Darin wußte ich Bescheid.
Als Netschai unsere Schritte hörte, verstummte er.
„Wer is hier?" fragte mein Großvater streng. Netschai gab lange keine Antwort. „Wer hier is, frag ich!"
„Was willst du?"
„Bist du's, Netschai?"
„Hm."
Wir gingen näher. Der alte Netschai saß auf der Erde, die Beine nach Tartarenart untergeschlagen, und blickte uns ganz abweisend an.
„Wer is 'n hier noch gewesen?"
„Wo?"
„Na hier ... Ich hab dich doch mit jemandem sprechen hören."
„Was geht's dich an?"
„Ich nehm gleich 'n Knüppel und mach dir Beine. 'n alter Mann, und spielt hier verrückt ... Schämst dich wohl gar nich?"

„Ich spreche mit ihr, das stört keinen."
„Mit wem sprichst du? Sie is nich mehr, also kannst du auch nich mit ihr sprechen. Sie is tot, liegt unter der Erde."
„Sie spricht aber mit mir, ich hör sie", beharrte Netschai.
„Laßt uns in Ruhe. Was schleicht ihr hier rum und belauscht uns!"
„Los, komm mit." Mein Großvater hob den alten Netschai mühelos von der Erde hoch. „Kommst mit zu mir, wir trinken 'ne Flasche Selbstgebrannten, dann is dir besser."
Der alte Netschai sträubte sich nicht.
„Ich kann einfach nicht mehr." Schmächtig, vom Leid gebeugt, stolperte er vor mir her, wischte sich alleweil mit dem Ärmel die Tränen ab. Ich weinte ebenfalls — aber so, daß Großvater nichts hörte, sonst hätte er mir eins ins Genick gegeben. Mir tat der alte Netschai leid.
„Wen würd's nich mitnehmen?" sagte mein Großvater besänftigend. „Wen würd's nich mitnehmen, wenn er seinen Nächsten zu Grabe trägt? Aber wenn sich alle vor Leid umbringen wollten, was wär dann? Wie oft hätt ich dann schon Schluß machen müssen! Reiß dich zusammen und halt aus."
„Sie tut mir so leid."
„Natürlich ... Wer sagt denn was dagegen? Aber ihr hilfst du nich mehr, und selber gehst du vor die Hunde, weiter nichts. Wirst noch selber alle viere von dir strecken. Reiß dich zusammen."
„Das sag ich mir auch, aber ... ich komm einfach nich los davon. Ich hab's versucht, hab mich betrunken: Es hilft alles nichts."
„Natürlich hilft das. Wieso is eigentlich Petka nich gekommen? Den andern mag's zu weit sein, aber ihm?"
„Er is auf Dienstreise. Ich kann einfach nich mehr! Nie hätt ich das gedacht..."
„Immer dasselbe: Solange einer lebt, machen wir nich viel Gewese drum. Aber is er tot — ja, dann jammern wir. Bloß — sich deswegen verrückt zu machen is auch Quatsch."
Kein Gedanke mehr an die klare, stille Nacht, an die Grübelei, aus war's mit der rätselhaften hellen Freude. Das Leid des alten Mannes überschattete die schöne Welt. Ich erinnere mich nur: Der Wermut, der roch noch genauso scharf und bitter.
Großvater behielt den alten Netschai bei uns. Die beiden

legten sich auf den Fußboden, deckten sich mit dem Schafpelz zu.
„Ich werd dir 'ne Geschichte erzählen", sagte mein Großvater leise. „Du warst nich im Krieg, du weißt nich, wie's dort war ... Dort, Bruderherz, passierten noch ganz andre Sachen. Hör zu. Ich war Sanitäter, schaffte Verwundete ins Hinterland. Einmal warn wir unterwegs. Unser Studebaker rammelvoll. Die Verwundeten stöhnten und jammerten, daß wir langsamer fahrn sollten. Unser Chauffeur, der Mikola Igrinjow, er war in meinem Alter, der gab sich schon alle Mühe, daß es nich so ruckelte, bloß — trödeln konnt er auch nich: Wir warn ja aufm Rückzug. Tja, und wie wir an 'ne Weggabelung kamen, stand da 'n leichter LKW vor uns. 'n Offizier winkte: Anhalten! Aber wir, wir hatten strengsten Befehl: Nich anhalten, und wenn's der Deibel persönlich befiehlt. War ja auch richtig: Massenhaft Verwundete, die aufn Abtransport warteten. Ja, wenn's aufm Vormarsch gewesen wär, aber wir warn ja aufm Rückzug. Na, wir fuhren also weiter. Der LKW — hinterher und uns überholt, der Offizier — raus auf die Straße, Pistole in der Hand. Nichts zu machen, wir mußten anhalten. Stellt sich raus, 'n Offizier von ihnen is schwer verwundet, und sie müssen weiter, in die andre Richtung. Na, ich und der Offizier, der mit der Pistole rumgefuchtelt hatte, den Verwundeten mit Ach und Krach in den Wagen gezwängt. Bei Mikola im Fahrerhaus war schon 'n Hauptmann, auch mächtig angekratzt. Mikola stützte ihn mit der einen Hand, mit der andren hielt er das Steuer. Na, wir uns irgendwie reingequetscht und weiter. 'ne Weile ging's mit dem Neuen, aber der Ärmste, sein ganzer Kopf — nichts wie Blut, schon alles angetrocknet, und ich dacht gleich: Den bringen wir nich ans Ziel. 'n blutjunger Kerl, Leutnant, bestimmt hatte er grad erst angefangen, sich zu rasiern. Ich nahm seinen Kopf auf die Knie, wollt ihm wenigstens 'n bißchen helfen! Wir kommen ins Lazarett, laden die Verwundeten aus ..." Mein Großvater räusperte sich und verstummte, zündete sich eine Papirossa an. „Mikola hilft. Ich reich ihm den Leutnant ... ‚Aus', sag ich, ‚der is tot.' Und Mikola, wie er den Leutnant anguckt, so 'n Gesicht ..." Wieder verstummte Großvater, diesmal für lange.
„Etwa sein Sohn?" fragte der alte Netschai leise.
„Ja."

„Mein Gott, mein Gott!"
Großvater schniefte und zog bestimmt fünfmal hintereinander an der Papirossa.
„Und weiter?"
„Wir begruben ihn. Der Kommandeur gab Mikola 'ne Woche Urlaub, er fuhr nach Hause. Aber seiner Frau — kein Wort! Die Papiere und die Orden steckte er weg, blieb 'ne Woche da und fuhr wieder los!"
„Wieso hat er's ihr nich gesagt?"
„Wieso wohl! So konnt sie wenigstens noch hoffen. Zwar ohne Nachricht von ihm, aber ... immerhin. Er bracht's nich fertig, ihr das zu sagen. ‚Wie oft', hat er gesagt, ‚war ich drauf und dran — ich konnt's nich.'"
„Mein Gott, mein Gott", wiederholte der alte Netschai seufzend. „Is er selber denn am Leben geblieben?"
„Mikola? Keine Ahnung. Ich kam dahin, er dorthin ... Ja, das war die Geschichte. 's sagt sich so hin: Er hat seinen Sohn verloren! Noch dazu so einen blutjungen ..."
Die beiden Männer schwiegen.
Tot und feierlich schien der Mond zum Fenster herein. Wie er strahlte! Ob Freud, ob Leid — er strahlt!

1967

# Von der Seite und von vorn

Auf der Bank am Tor saß ein alter Mann. Müde, erloschen wie dieser warme Tag zum Abend hin. Aber auch ihm hatte die frühe Sonne geschienen, und die Erde war ihm leicht gewesen unter den Füßen. Nun war der Abend da, ein stiller Abend mit Rauchfähnchen überm Dorf.
Ein junger Bursche setzte sich zu ihm. Hager, mit langen Armen, mit furchigem Gesicht. Einer vom Schlage derer, die schwächlich aussehen, in Wirklichkeit aber zäh sind wie Gäule. Solche halten auch in der Banja was aus.
Der Bursche seufzte tief und steckte sich eine Zigarette an.
„Treibst dich rum?“ fragte der Alte.
„Schönes Rumtreiben, Opa!“ antwortete Iwan ernst nach einer Weile. „Hundetränen! Haste nich anderthalb Rubel?“
„Woher?“
„Mir platzt der Schädel.“
„Wie wär's mal mit Arbeit?“
„Schön wär's! Aber ich soll mit der Forke in den Viehstall.“
„Wer sagt das, der Direktor?“
„Hm. Dabei hab ich drei Berufe in der Tasche und fast neun Klassen Schule. Soll er sich selber abstrampeln, wenn er so 'n Tausendsassa is.“
„Bist die Fahrerlaubnis los? Für wie lange denn?“
„'n Jahr. Hab bloß ein einziges Bier ... Und 'n Schnäpschen ... Aber der — macht gleich 'n Faß auf. Seit vorigem Jahr hat mich der Kerl aufm Kieker. Seit ich gesagt hab, er kann mich mal — seitdem is er sauer ...“
„Bist wohl 'n ganz schöner Querkopf, was? Mußt dich 'n bißchen zusammennehmen. Jetzt bist du der Dumme. Die sind die Obrigkeit.“
„Na und?“
„Jetzt sitzt du da. Hast drei Berufe — und sitzt da. Man muß auch mal den Mund halten können.“
In den Gärten wurde Kraut verbrannt, die Zeit des Pflügens rückte heran. Jedes Jahr war es so, aber der Mensch wurde es nicht satt, den stickigen, schweren Geruch des Rauchs und der

aufgetauten Erde zu atmen.
„Man muß auch mal 'n Mund halten können, Junge", wiederholte der Alte und blickte zu den kleinen Feuern in den Gärten hinüber. „So ist es für unsereins nun mal."
„Als ob ich schon groß was sage!" entgegnete Iwan mürrisch. „Wenn einer einen aufm Kieker hat ... Und die Hauptsache — ich hab gar nicht gegen die Verkehrsregeln verstoßen!" rief er voll Bitterkeit aus. „Einen Schnaps und 'n Bier — und gleich die Fahrerlaubnis weg, fürn ganzes Jahr! Der Blutsauger!"
„Guck mal übern Zaun! Ist meine Alte im Garten draußen?"
„Warum?"
„Hab unterm Ofen 'n Fläschchen stehn. Würd's gern holen, zum Aufmöbeln."
Iwan sprang auf und spähte über den Zaun.
„Dahinten is sie", sagte er, „in der hintersten Ecke. Hier guckt sie überhaupt nich her."
Der Alte ging ins Haus und brachte eine Flasche Selbstgebrannten, etwas Lauch und ein Glas.
„Hättst du doch gleich sagen können!" Iwan machte eine ungeduldige Bewegung. „Sitzt da und sagst nichts!" Er goß sich ein und trank aus — mit einem Zug. „Der hier is mir lieber als der beste Wodka. Stinkt so schön — wie Benzin! Da biste gleich alle Sorgen los. Kcha! Trink! Aber ex!"
Der Alte trank gemächlich und knabberte dazu am Lauch.
„Stimmt's, wie Benzin?"
„Warum wie Benzin? Selbstgebrannter is eben Selbstgebrannter."
„Na also!" Iwan schlug sich auf die Brust. „Nu läßt sich's leben. Schönen Dank, Opa. Willst eine?" Er hielt dem Alten eine Schachtel „Pamir" hin.
Mühsam, mit steifen Fingern, zog der Alte eine Zigarette aus dem Päckchen, drückte lange an ihr herum, musterte sie aufmerksam und brannte sie an.
„Schreibt der Petka?"
„Ja, der schreibt. — Werd bald sterben, Iwan."
„Red nich so was!"
„Red oder red nicht, 's ist trotzdem so", sagte der Alte gelassen.
„Tut was weh?"

„Nein. Aber ich spür's. Komm du in meine Jahre, dann spürst du's auch."
Iwan, aufgeheitert durch den Fusel, hatte keine Lust, vom Tod zu sprechen. „Red nich so was!" sagte er. „Wirst noch 'ne gute Weile leben. Ob ich die Ziehharmonika hole?"
„Mach das."
Iwan ging über die Straße und verschwand im Haus. Lange kehrte er nicht zurück. Als er dann mit der Ziehharmonika ankam, hatte er wieder ein finsteres Gesicht.
„Muttern!" sagt er. „Na ja, kann einem schon leid tun..."
„Willst also doch weg?"
„Was soll ich 'n sonst machen?" Offenbar hatte Iwan eben dasselbe zu seiner Mutter gesagt. „Soll ich vielleicht in dem Dingsda ... Ach, hol's der Teufel. Hab den Nördlichen Seeweg befahren, bin Autoschlosser Klasse fünf ... Gut, werd ich 'n Jahr nich rumkutschieren. Aber muß ich denn gleich ... Ach, hol's der Teufel!" Er rückte die Ziehharmonika zurecht, klimperte lustlos und ließ es wieder sein. Das Herz war ihm schwer. „Hab auch ewig Pech, Opa. Elendes Pech. Hatte doch im Fernen Osten geheiratet, nich? Hatte 'ne kleine Tochter. Aber auf einmal kriegt das Weib 'n Rappel und haut ab, zur Mutter nach Leningrad. Verstehst du?" Er erzählte oft von seiner Ehe.
„Wieso nach Leningrad?"
„Ihre Pflichtzeit im Fernen Osten war vorbei, weißt du, der Einsatz nach der Fachschule. Na sie, sie kann mir eigentlich ... Bloß um die Tochter tut's mir leid. Ich träum von ihr."
„Willst zu ihr hin?"
„Zu meiner Frau? Die is wieder verheiratet, schon zwei Jahre. Is ja 'n hübscher Käfer."
„Wohin dann?"
„Zu 'nem Kumpel. In den Bergbau. Vielleicht nich für immer und ewig. Vielleicht für 'n Jahr."
„Ihr Brüder begnügt euch heutzutage nicht mit 'n Jahr. Schwirrt heutzutag schon gar zu leicht ausm Haus."
„Aber was soll ich 'n hier machen?" heulte Iwan wieder auf. „Da arbeiten? In diesem ... ach, hol's der Teufel!" Er zog die Harmonika auseinander, begann zu spielen und sang dazu, betont fröhlich — und voll Grimm:

„Hatte einmal eine Frau,
Rumba, rumba, rumba, rau!
Lief davon mir ausm Haus.
Schiß bekommen, kleine Maus?
Und das Spielchen is nu aus!"

Der Alte hörte nach wie vor ruhig zu.
„Ich mach die Lieder alle selber", sagte Iwan. „Ausm Stegreif. Kann die ganze Nacht durch singen.

Nie im Leben werd ich buckeln
Von der Seite und von vorn
Vor den goldgefaßten Brillen ..."

„Bist 'n Querkopf, Iwan", sagte der Alte. „Was wär schon, wenn du 'n Jahr im Schweinestall arbeiten tätst! Denkst überhaupt nicht an deine Mutter. Die war schon ihr Lebtag immer nur allein."
Iwan hatte aufgehört zu spielen und schwieg lange. „Als ob's das wäre, Opa. Mich wurmt's. Denkst, die hätten keine Stelle für mich? Was denn, ein Schlosser mehr soll schaden? Daß ich nicht lache! Der Direktor, der hat mich auch gefressen. Weil ich seine Tochter paarmal vom Klub nach Hause gebracht hab. Da hat er gleich Bammel gekriegt. Na ja, mit so 'nem Mondkalb, da hat er auch Grund dazu. Im Einwickeln bin ich nämlich groß. Hätt ihm glatt 'n Geschenk machen können. Schade, daß ich's nicht gemacht hab."
„So eins, das sie im Schoß anbringt, meinst du?"
„Genau. So 'n kleines. Zum achten März."
„Darin seid ihr Meister."
„Ach, is doch alles belemmert, Opa. Warum bloß? Zu nichts hat man Lust ... Man is wie ... wie 'n Zeuge is man. Ich war mal Zeuge vorm Gericht: Einem war aufs Auge gehaun worden, und der hatte davon 'ne Sehstörung gekriegt. Da saß ich nu in der Verhandlung und konnte nicht kapieren, was ich dabei sollte. Was Blödres gibt's nich! Ich hatt's gesehen, schön, aber das war alles. Ich kam mir richtig doof vor, die ganze Verhandlung über." Iwan sah zu den Feuern in den Gärten hinüber, seufzte und schwieg eine Weile. „Genau wie jetzt. Da sitz ich und denke: Was soll ich 'n hier? Die Verhandlung, so lang die auch war, nahm doch mal 'n Ende, und ich ging weg.

Aber hier, wohin geht man von hier? Hier kommt man nich raus."

„Von hier weg gibt's nur einen Weg — ins Jenseits."

Iwan füllte das Glas und trank es leer. „Hab kein Glück im Leben", sagte er und spuckte auf den Boden. „Soll ich eingießen?"

„'s kommt schon noch."

„Hast du's denn gehabt?"

Der Alte schwieg lange.

„In deinem Alter", sagte er dann leise, „hab ich nicht solche Gedanken gehabt. Da wußte ich nur, ich hab für drei zu rackern. Was ich allein an Getreide schaffte! Alles zusammengetan — damit könnte man gut und gern ein Jahr lang 's ganze Dorf satt machen. Ich hatte keine Zeit für solche Gedanken."

„Und ich weiß nich, wofür ich arbeite. Verstehst du? Komm mir wie 'n Mietsknecht vor, ich arbeite, aber frag mich nich, wofür! Ich weiß es nich. Bloß, um mir 'n Bauch vollzuschlagen? Schön, ich schlag mir 'n Bauch voll. Aber was weiter?" Iwan fragte ernst, wartete auf Antwort. „Was weiter? Ewig flau is mir's da drin."

„Seid überfüttert", gab der Alte zur Antwort.

„Weißt es also auch nich. Ihr hattet eben keine größren Vorstellungen, deshalb genügte euch alles ... Wart eben unbeleckt. Wie ihr gelebt habt, so kann ich auch leben. Aber ich brauch 'n bißchen mehr."

„Gieß ein!" sagte der Alte. Er trank und spuckte ebenfalls auf den Boden. „Tausendfüßler seid ihr!" sagte er plötzlich erbost. „Wuselt rum auf der Erde, hierhin, dahin, hierhin, dahin, ohne Sinn und Verstand. Baut Autos, immer mehr Autos, aber ... pfui Deibel! Der Krebs, woher kommt der? Von euerm Benzin, euern Gasen. Und bald habt ihr 's Kinderkriegen verlernt."

„Das sag nich!"

„Ihr merkt zwar, daß ihr ungut lebt, aber trotzdem werden große Töne gespuckt. Größre Vorstellungen! Was jammerste denn da?"

„Was bist 'n gleich eingeschnappt? Weil ich gesagt hab, ihr seid unbeleckt? Was seid 'n ihr sonst?"

„Faulpelze, ihr! Klugscheißer! Wie seid denn ihr Heutigen? Da kriegt so 'n Halunke pro Fuhre einen Rubel zwanzig hingelegt

— vier Rubel könnte er am Tag verdienen —, aber er macht bloß seine zwei Fahrten und spannt die Gäule aus. Dabei platzt er ausn Nähten vor lauter Gesundheit. Ich aber kriegte pro Fahrt fünfundzwanzig Kopeken angerechnet und machte fünf Touren jeden Tag, meistens mit drei, vier Fuhrwerken. Hatte unsereiner seine Arbeitseinheit hinter sich, mußte er ein Jahr abwarten, was er drauf rauskriegt. Und rausgekriegt hat er 'n Dreck. Ihr aber jammert: Wofür arbeiten? Du hast keine Lust, anderthalb Tausend im Monat zu verdienen, und ich hab für so 'n Sümmchen einen Sommer lang den Buckel krumm gemacht."

„Ich brauch gar nicht so viel Geld!" sagte Iwan fast herausfordernd. „Kannste das begreifen? Ich brauch was andres."

„Er braucht's nicht, aber hat nicht mal anderthalb Rubel fürn Schnaps. Schleicht rum wie 'n Bettelweib. Braucht das Geld nicht! Aber die Mutter hat sich kaputtgeschunden ... Satansbrut! Tagediebe! Die Sonne steht noch hoch, aber die kommen schon vom Acker. Dazu auf Lastwagen, mit Holdrio! Herrje, das sind mir Arbeiter! Nur im Klub sich amüsieren und den Vätern Geschenke andrehn!"

„Nö, nö, is nich mehr drin — so leben wie damals ... Hast ja recht, rein formal, aber der Gaul arbeitet auch ..."

„Im Schweinestall zu arbeiten, ist er sich zu schade! Aber Fleisch essen, dazu biste dir nicht zu schade, wie?"

„Das verstehst du nich, Opa", seufzte Iwan.

„Allerdings."

„Ich sag dir, daß ich satt bin. Und was weiter? Ich weiß nich. Weiß nur eins — das reicht mir nich. Ich kann nich bloß für 'n Bauch arbeiten." Und Iwan sang vor sich hin:

„Nicht nur für den Bauch allein,
Na-nina-ni-na ..."

Der Alte verzog das Gesicht. „Taugenichts! Und deine Frau, warum ist die weg? Hast gesoffen, was?"

„Bin kein Galan, Opa, war Flottenspezialist in Leistungsklasse. Warum sie weg is? Ich weiß nich. Weil ich eben kein Galan war."

„Was warste nicht?"

„Tja, so is es." Iwan legte die Harmonika auf die Bank, steckte sich eine Zigarette an, schwieg lange. Dann sagte er unvermittelt — und nicht mehr flachsend, sondern mit ehrlicher Unruhe, wenn nicht gar Schmerz: „Ich weiß wirklich nich, wozu ich lebe."

„Mußt heiraten."

„Wundre mich selber. Bin doch nich aufn Kopf gefallen. Aber wie krieg ich's wieder ruhig, das Herz? Was will es? Warum begreif ich's nich?"

„Heirate, dann hörste auf, dich zu quälen. Kommst gar nicht dazu."

„Nein, is auch nich das Rechte. Ich muß brennen vor Liebe. Aber hier und vor Liebe brennen? Ich weiß nich, bin nur ich so 'n Dämel, oder sind alle so, und sie sagen's bloß nich? Ob du's glaubst oder nich: Nachts kreisen mir die Gedanken immer im Kopf rum, so schlimm, daß ich schreien könnt. Warum bloß?"

„Oje!" Der Alte schüttelte den Kopf. „Ganz und gar runtergekommen, das Volk heutzutage."

Der Tag indessen ging still zur Neige, verglomm in warmer Feuchtigkeit. Es dunkelte. Heller leuchteten die Feuer in den Gärten. Und immer ätzender war der Rauch. Noch lange wurde Kraut verbrannt, noch lange flogen Worte hin und her. Die Stimmen klangen immer deutlicher, während das Lärmen und Treiben im Dorf erstarb. Tiefes Dunkel breitete sich aus. Die Feuer in den Gärten erloschen. Und nahebei sagte eine melodische Männerstimme: „Das wär's mal wieder, gehn wir!"

So still, leise und melancholisch, wie der Vortag gegangen war, so laut, hell und klingend kam der neue. Im Dorf krähten die Hähne. Allerorts herrschten Geschäftigkeit, Hast, Eile.

Iwan erhob sich frühzeitig. Saß auf dem Bett, starrte zu Boden. Elend war ihm ums Herz, trüb. Er zog sich an.

Die Mutter heizte den Ofen; wieder roch es nach Rauch, jetzt aber nach Rauch von Holz — trocken und morgendlich. Als die Mutter hinausging und die Tür öffnete, wehte Frische herein. Es war die Frische von Pfützen, die mit glasklarem Eis überzogen sind, von rauhreifbesetzten Erdklumpen, vom abgebrannten Kraut der Gärten, dessen Asche grau, feucht und schwer war, und von dem welken Laub, das, obwohl vollgesogen von der Frühlingsnässe, laut unter den Füßen raschelte.

„Vielleicht geh ich mal zum Direktor hin, ihn bitten?" fragte die Mutter.
Iwan rasierte sich. „Das fehlte noch! 'n Kniefall vor ihm — das tät ihm so passen."
„Aber was soll nu werden?" Die Mutter ahnte, daß dieses Gespräch das letzte war, und bemühte sich, überzeugend zu reden und nicht wehleidig. „Andre gehn auch hin und bitten. Davon stirbt man nicht gleich!"
„Ich war ja da. Hab gebeten."
„Ach, ich kenn doch dich Dickschädel, ich weiß, wie du gebeten hast! Könnt doch nur belfern."
„Laß gut sein, Mam."
Aber die Mutter konnte nicht länger an sich halten, sie setzte sich auf die Stufe, weinte leise und wehklagte: „Wo willst 'n aber auch hin? Wo sich die Füchse gut Nacht sagen? Ach, 's war mir wohl schon an der Wiege bestimmt, mich all mein Lebtag zu placken. Wie denn, mein Kind, denkst wohl nur an dich?"
Iwan hatte gewußt, daß Tränen fließen würden. Deshalb war ihm so elend ums Herz, so trüb. Deshalb hatte sein Gesicht sich von vornherein verdüstert.
„Na, was denn? Als ob's ab in den Krieg ginge! Was soll mir schon passieren? Ach, Mist, verdammter! Andauernd diese Tränen! Die vergällen einem richtig das Leben."
„Ich kann doch hingehn, bitten — er is nicht aus Stein, wird schon was finden für dich. Oder geh zum Inspektor ... Aber warum gleich wegfahren? Dem Kolja Sawjalow, dem wurde auch die Fahrerlaubnis abgenommen, der is hin, hat mit ihnen geredet ... Man muß eben reden mit den Leuten ..."
„Meine Erlaubnis is längst bei der Miliz. Zu spät."
„Dann fahr zur Miliz."
„Na, du hast ja Ideen!" rief Iwan.
„Ach, Gott, mein Gott ... So is es alleweil, mein Leben lang. Womit hab ich's bloß verdient, dies jämmerliche Los! Bin doch reinweg verflucht!"
Es war nicht zum Aushalten. Iwan ging auf den Hof, wusch sich unterm Wasserspender und stand lange in Unterhemd und Unterhose am Tor. Blickte ins Dorf. Alles hier war ihm vertraut. In diesen Gäßchen hier war er herumgestreunt, war er schier vergangen in den Mondnächten ... Doch die innere Kraft, die Unternehmungslust, die er vor der weiten Reise

herbeisehnte, spürte er nicht. Nein, fürchten tat er sich nicht vor der Reise, aber wie sollte er sie antreten — so ohne innere Kraft, ohne ein bißchen Fröhlichkeit?
Dik, der Hund, ein schönes, ausgelassenes Tier, kam herbeigelaufen und sprang ihn zärtlich an.
„Laß!" Iwan wehrte den Hund ab und ging ins Haus.
Die Mutter deckte den Tisch. „Was wär schon, wenn du ein Weilchen im Schweinestall arbeiten tätst."
Sie sind hartnäckig, die Mütter. Und hilflos.
„Nich um die Welt!" sagte Iwan fest. „Das ganze Dorf würde sich lustig machen. Ich weiß, warum er mich im Schweinestall haben will. Bloß wird nichts draus."
„Gott, mein Gott!"
Sie frühstückten.
Dann packte die Mutter den Koffer, und auf einmal setzte sie sich neben den offenen Koffer hin und weinte wieder. Diesmal ohne lautes Klagen.
„Ich arbeite 'n Jährchen und komm zurück. Laß doch das!"
Die Mutter trocknete die Tränen. „Soll ich nicht doch hingehn, Junge?" Sie blickte von unten her zum Sohn auf, und ihre Augen flossen über vor Gram, flehender Hoffnung und Verzweiflung. „Ich bitt ihn von Herzen ... Er is 'n guter Mensch."
„Mam ... Mir fällt's auch schwer."
„Oder vielleicht gibt man jemandem in der Miliz was? Denkste, die nehmen nichts? Und ob! Denkste, Kolja Sawjalow hat nichts gegeben? Und ob, hat er! Da rückten sie die Papiere fein wieder raus!"
„Fragt sich nur, wer wem was gibt: ich denen oder die mir?"
Der Abschied vom Ofen stand nun bevor. Jedesmal, wenn Iwan weit weg verreiste, bat ihn die Mutter, dreimal den Ofen zu küssen und zu sagen: „Mütterchen Ofen, so wie du mir Speise und Trank gegeben hast, so gib mir deinen Segen auf die weite Reise." Und jedesmal sprach ihm die Mutter die Worte vor, obwohl er sie längst auswendig konnte.
Iwan stippte die Lippen dreimal an die warme Ofenstirn und sagte: „Mütterchen Ofen, so wie du mir Speise und Trank gegeben hast, so gib mir deinen Segen auf die weite Reise."
Und dann gingen sie die Straße hinunter: Mutter, Sohn und Hund.
Iwan wollte nicht von der Mutter begleitet werden, wollte

nicht, daß die Leute ihn durchs Fenster sahen und sagten: Schau nur, der Wanja fährt wohl weg?
Ein alter Mann kam ihnen entgegen, derselbe, mit dem Iwan am Abend zuvor geplaudert hatte.
Iwan blieb stehen. Er hoffte, die Mutter würde, da sie nun einmal stehengeblieben war, ihn nicht weiterbegleiten, sondern umkehren und mit dem Nachbarn zurückgehen.
„Fährst also?"
„Hm."
Sie steckten sich Zigaretten an.
„Warst fischen?"
„Wollte Reusen aufstellen ... Noch zu früh."
„Ja, noch zu früh."
Die Hände auf der Schürze gefaltet, stand die Mutter unbeteiligt daneben und starrte mit leeren und doch nachdenklichen Augen in die Richtung, in die der Sohn von dannen gehen würde.
„Trink dort bloß nicht", riet der Alte. „Stadt bleibt Stadt — sind alles Fremde. Leb dich erst ein!"
„Was 'n, bin ich vielleicht 'n Quartalssäufer?"
Sie standen noch ein Weilchen beisammen.
„Na, dann mit Gott!" sagte der Alte.
„Mach's gut!"
Der Alte ging seiner Wege. Iwan sah zur Mutter hin. Wie blind vor sich hin starrend, ging sie in die Richtung weiter, in die sie beide zu gehen hatten. Iwan holte sie ein.
Nach einer Weile sagte Iwan: „Mam, geh nach Hause!"
Die Mutter blieb gehorsam stehen. Iwan umarmte sie leicht. Ihr Kopf zitterte an seiner Brust. Da war er, der schwerste Augenblick. Jetzt sollte er sich aus ihren Armen frei machen, sich umdrehen und gehen.
„Laß gut sein, Mam. Geh! Ich schreib dir gleich. Sowie ich ankomme, schreibe ich. Mir passiert schon nichts! Andre fahren doch auch, oder? Geh!"
Die Mutter bekreuzigte ihn. Und blieb stehen. Iwan aber ging. Der Hund in seiner Dummheit folgte ihm. Er hatte sein Herrchen immer zur Arbeit begleitet.
„Hau ab!" sagte Iwan ärgerlich.
Dik wedelte mit dem Schwanz, lief aber weiter mit, jetzt vor ihm her.
„Dik, Dik!" rief Iwan.

Dik kam: Iwan versetzte ihm einen derben Tritt, der Hund lief jaulend zur Seite und sah sein Herrchen verwundert an. Iwan wandte sich ab. Dik wedelte mit dem Schwanz, warf sich vor, als wollte er hinterher, blieb dann aber doch stehen. Und sah sein Herrchen verwundert an.
Weiter hinten aber stand die Mutter.
Nein, man müßte allein sein auf der Welt. Das wär leichter, dachte Iwan, die Zähne zusammenbeißend. Und eilig schritt er die Straße hinunter zum Bus.
Noch immer stand die Mutter da und blickte ihm nach.

1967

# Null null Kopeken

Kolka Skalkin kam wegen seiner Papiere ins Sowchosbüro. Der Direktor hatte ihn gestern heruntergeputzt, weil er „ausgerechnet jetzt, wo soviel los ist ..." — „Bei Ihnen ist immer viel los — bloß mit dem Lohn nicht." Der Direktor vermerkte auf der Kündigung: „Auf eigenen Wunsch entlassen." Kolka brauchte nur noch sein Arbeitsbuch abzuholen.

Das tat er nun.

Das Arbeitsbuch mußte er sich von Wjatscheslaw Michailowitsch Sinelnikow aushändigen lassen, einem ziemlich feisten Mann mit sanftem, speckig glänzendem Gesicht, semmelblonden Augenbrauen, weißem Anzug. Sinelnikow stammte von anderswo. Kolka hatte gehört, er sei ein Ekel.

„Wieso hast du gekündigt?" Sinelnikow blickte Kolka müde an.

„Zu wenig Piepen."

„Wieviel?"

„Was — wieviel?"

„Wieviel kriegst du, daß du's zuwenig findest?"

„Sechzig, siebzig Rubel. Manchmal noch weniger."

„Hm. Und wieviel verlangst du?"

Kolka stutzte ein bißchen.

„Ich? Dreimal soviel."

Sinelnikow lächelte nicht und wunderte sich nicht über diese Unverschämtheit.

„Dir war's also nicht genug?"

„Was heißt nicht genug, mir ging's gegen den Strich: Ich mit meinen Pratzen, ich drück mich nicht, und dann ... Nee!"

Kolka hatte oft genug kernige Flüche über seinen Lohn losgelassen, hatte sich empört, war über die Sowchosdirektion hergezogen und wollte deshalb jetzt nicht leeres Stroh dreschen. „Feierabend!"

„Und wo willst du hin?"

„Ich? Ich geh schippen."

„Hast einen Facharbeiterbrief in der Tasche und willst

schippen gehn. Du besitzt doch die Fahrerlaubnis zweiter Klasse!"
„Na und? Was soll ich denn machen?"
„Weniger saufen." Sinelnikow blickte Kolka unverändert gleichgültig, träge, ohne jegliches Interesse an. Es war nicht klar, wieso er sich überhaupt mit ihm unterhielt, ihn ausfragte.
Kolka starrte auf Sinelnikows sanfte Augen, die von unbestimmter Farbe waren. Er zuckte mit den Nasenflügeln und sagte (wie er später allen Leuten versicherte) ganz höflich: „Bitte gib mir mein Arbeitsbuch raus. Nur keinen Bürokratismus oder so was."
„Was heißt so was?"
„Ich komme mir hier nicht 'n Vortrag anhörn, ich komme mein Arbeitsbuch abholen."
„Dir würde ein Vortrag gar nicht schaden. Will keinen Vortrag hören ... Das Geld versaufen, und dann über zu wenig Piepen klagen." Merkwürdigerweise erregte sich Sinelnikow auch jetzt nicht im mindesten, sprach nicht irgendwie schneller oder gehässiger, runzelte nicht einmal die Stirn. „Saufsäcke. Schlucken wie die Karpfen ... Kommt's euch nicht bald zu den Ohren raus? Ist doch zum Blödsinnigwerden. Saufsäcke, armselige."
Das hatte Kolka nicht verdient. Natürlich trank er, aber daß man ihn einen „Saufsack" hätte nennen können, noch dazu einen „armseligen" ... Nein, das nicht. Doch merkwürdig, es waren nicht die Worte, von denen Kolka der Kragen platzte, sondern der gleichmütige, trostlose, kuhhafte Ton: Als wäre Kolka ein so hoffnungslos schlechter, verkommener Kerl, daß man es eben aufgab und sich nicht mal mehr über ihn aufregte, sondern ihm einfach gut zuredete, nach Gebühr, jedoch ohne alle Hoffnung.
„Du Arschloch, du!" schnauzte Kolka los. „Hast wohl Tinte gesoffen! Was meckerst du an mir rum? Denkst vielleicht, ich laß mir auf die Glatze spucken? Hast wohl Langeweile, du Bürokrat, was?"
Sinelnikow hörte sich das seelenruhig an, als säße er auf einer Versammlung; er stützte sogar sein Kinn auf, wie einer, der im Präsidium sitzt und die übliche, nicht weiter kränkende Kritik über sich ergehen läßt.
„Weiter."

„Was heißt hier weiter, ich will mein Arbeitsbuch haben. Ist die Kündigung unterschrieben? Na bitte. Also gib mein Arbeitsbuch her."
„Soll ich dir noch 'n Vermerk reinwürgen?"
„Wofür?" Kolka stutzte.
„Weil du über die Stränge schlägst und undiszipliniert bist ... Wenn ich dir so 'ne kleine Notiz reinschreibe, dann kannst du dich auf den Kopf und wieder auf die Beine stellen." Sinelnikow weidete sich an Kolkas Verlegenheit, doch selbst das tat er gelangweilt, unbeteiligt. Aber Kolka nahm sich zusammen.
„Wofür willst du mir was reinwürgen?"
„Wenn ich so 'n Vermerk mache, dann sagen sie dir, wenn du da zum Schippen hinkommst: ‚Nix ist, Freundchen, so welche wie dich brauchen wir nicht.' Aus der Traum. Und deine zweihundert Rubel kannst du in den Rauchfang schreiben. Also zieh hier nicht so 'ne Schau ab. Von wegen frech werden ... Miststück." Sinelnikow erhob seine Stimme auch jetzt nicht, er nahm nicht mal die Hand vom Kinn, sonder saß immer noch da wie im Präsidium.
„Was?" fragte Kolka. „Was hast du gesagt?"
„Was soll ich gesagt haben?"
„Was hast du gesagt, was ich bin?"
„Ein Miststück."
Kolka ergriff das Tintenfäßchen und schüttete die Tinte auf Sinelnikows weißen Anzug. Das ging ruck, zuck ... Kolka war gar nicht erst zum Nachdenken gekommen, als er das Tintenfäßchen geschnappt hatte ... Es war wie von selbst passiert, daß er es ausgoß. Sinelnikow nahm die Hand vom Kinn. Er überlegte kurz, dann zog er rasch die Jacke aus, erhob sich und hielt sie ein Weilchen am ausgestreckten Arm, ließ die Tinte auf den Fußboden abtropfen ... Sinelnikow schüttelte die Jacke vorsichtig aus, wartete noch einen Moment, ehe er sie über die Stuhllehne hängte. Danach betrachtete er Hemd und Hose: Durch die Jacke gedrungen war die Tinte nicht, die Hose hatte es nicht erwischt.
„So ...", sagte Sinelnikow. „Wähle: Entweder du zahlst mir zwanzig Rubel, damit ich meinen Anzug reinigen und färben lassen kann, oder ich verklage dich wegen tätlicher Beleidigung."
„Du hast ja angefangen."
„Ja, mit Worten, aber die hat keiner gehört, die Tinte dagegen,

die sieht jeder. Das ist noch dazu Dokumententinte." Wieder sprach Sinelnikow gleichmütig, ausdruckslos. Ein komischer Kerl! „Dein Glück, daß ich ihn sowieso zum Färben geben wollte. Ich weiß bloß nicht, ob sie ihn mit der Tinte zum Reinigen annehmen ... Fünfundzwanzig Rubel." Sinelnikow griff zum Telefon. „Entscheide dich. Sonst rufe ich die Miliz."

Bei Kolka hatte es schon gefunkt — besser, er zahlte. Doch wiederum empörte es ihn, daß dieser alte Rechtsverdreher unverhohlen den Preis in die Höhe trieb.

„Wieso fünfundzwanzig? Erst zwanzig, nun mit einmal fünfundzwanzig. Noch 'ne Weile, dann langst du bei fünfzig an."

„Die fünf Rubel sind für den Weg in die Kreisstadt und zurück. Daran hatte ich nicht gleich gedacht."

„Was, zweieinhalb Rubel für eine Fahrt? Für einen Fuffziger nimmt dich doch jeder mit."

„Per Anhalter will ich nicht. Hin ja, aber zurück nehm ich mir 'n Taxi."

„Feiner Herr: ‚Da nehm ich mir 'n Taxi!' "

„Klar, ein Taxi. Ist doch nichts dabei, oder?"

„Das nicht ... Aber einen auf billige Tour bescheißen, das findste in Ordnung?"

„Du hast mich mit Tinte begossen, findest du das in Ordnung? Soll ich vielleicht per Anhalter rumreisen, damit ich meinen Anzug wieder gereinigt kriege? Fünfundzwanzig Rubel. Schreib."

„Was?"

„Eine Bescheinigung."

Sinelnikow schob Kolka ein Blatt Papier hin.

Kolka nahm es verächtlich ...

„Was soll ich schreiben?"

„Ich ... jetzt deinen vollen Namen ... bin Genossen Wjatscheslaw Michailowitsch Sinelnikow — in Worten — fünfundzwanzig Rubel null null Kopeken schuldig ..."

Kolka grinste böse und schüttelte den Kopf.

„Null null Kopeken! ... Meine Herren!"

„Null null Kopeken schuldig wegen vorsätzlicher Verunreinigung des weißen Anzuges des Genossen W. M. Sinelnikow."

Kolka hielt im Schreiben inne.

„Wieso vorsätzlich? Wieso soll ich das schreiben, wo ich freiwillig zahle? Wenn das einer liest, fangen sie noch an, mir was am Zeuge zu flicken."

Sinelnikow überlegte einen Augenblick.
„Na gut, schreib: wegen Verunreinigung des Anzuges ... des weißen Anzuges des Genossen W. M. Sinelnikow..."
Kolka ließ „Genosse" aus und schrieb: „... des weißen Anzuges von Sinelnikow".
„... mit dokumentenechter Tinte..."
Kolka ergriff das Tintenfäßchen und besah es.
„Seit wann ist Füllertinte dokumentenecht?"
„Was denn sonst? Buchhalter schreiben nur mit dokumentenechter Tinte."
„Grüne Neune", knurrte Kolka.
„Unterschrift, Datum."
Kolka unterschrieb, setzte das Datum darunter. Sinelnikow nahm die Bescheinigung an sich.
„Wieviel Geld hast du noch gut?"
„Woher soll ich das wissen? Du kennst dich doch besser aus."
„Dann holst du dir nachmittags die Lohnabrechnung. Und dein Arbeitsbuch."
Kolka stand auf.
„Hör mal ... Aber sag's nicht weiter ... daß du mir fünfundzwanzig Rubel abgeknöpft hast. Meine Alte, die keift mir sonst die Ohren voll. Schreib irgendwas hin."
„Meinetwegen."
Kolka ging zur Tür. Auf der Schwelle blieb er stehen, blickte sich nach dem stämmigen Mann mit den semmelblonden Augenbrauen um. Sinelnikow wiederum musterte ihn.
„Was ist?"
„Nee!" sagte Kolka, schüttelte den Kopf und verließ das Büro.
Auf dem Korridor fluchte er vor sich hin: „Fünfundzwanzig Rubel im Arsch. Für nischt und wieder nischt." Doch ihm fiel ein, daß er als Schipper demnächst zweihundert bis zweihundertfünfzig Rubel verdienen würde, und er beruhigte sich. Scheiß drauf! dachte er. Das fehlte noch, daß ich mir was draus mache.

1971

# Iwan, was machst du denn hier?!

Pronja Lagutins Schwester studierte in N. Einmal im Monat fuhr Pronja hin, brachte ihr was zu essen und bezahlte die Miete.
Er schwatzte gern mal mit den Studentinnen, den Freundinnen der Schwester, kaufte ihnen ein paar Flaschen Rotwein, predigte: „Hauptsache — Vorsicht. Hier treibt sich verschiedenes Volk rum. Kommt einer an: Find dich toll, so und so, wie wär's denn?, dann hustet ihm was: Zieh Leine! Erst mal auslernen, und dann die andern Sachen. Hab jetzt mein Studium im Kopf, sonst nichts."
Einmal, Pronja hatte die Mädchen morgens zum Institut begleitet, wollte er bis zur Abreise einen Stadtbummel machen. Sein Zug fuhr abends.
Er schlenderte, guckte, trank am Automaten Wasser. Und setzte sich im Park auf eine Bank. Kaum saß er, hörte er: „Junger Mann, entschuldigen Sie bitte." Eine hübsche junge Dame mit Aktentasche kam auf ihn zu. „Darf ich einen Augenblick Ihre Zeit in Anspruch nehmen?"
„Warum?" fragte Pronja.
Die Dame setzte sich zu ihm. „Wir drehen hier Außenaufnahmen..."
„Fürs Kino?"
„Ja. Und wir brauchen für eine Episode einen ... von Ihrem Typ."
„Was bin ich denn für 'n Typ?"
„Na ... ein einfacher ... Verstehen Sie, wir brauchen einen einfachen Burschen vom Lande, der zum erstenmal in die Stadt kommt."
„Ah, verstehe."
„Wo arbeiten Sie?"
„Ich bin nicht von hier, bin bloß bei meiner Schwester zu Besuch."
„Und wann reisen Sie ab?"
„Heute."
„Hm ... Schade, dann wird nichts daraus. Und zu Hause ...

Sie sind doch in einem Dorf zu Hause, nicht wahr?"
„Hm."
„Und als was arbeiten Sie zu Hause in Ihrem Dorf?"
„Als Traktorist."
„Sie müßten nämlich mindestens eine Woche hierbleiben. Ginge das nicht?"
„Kaum. Grad jetzt."
„Ach so. Schade. Entschuldigen Sie bitte." Die Dame wandte sich zum Gehen, kam aber zurück. „Ach, wissen Sie, haben Sie vielleicht zwanzig Minuten Zeit?"
„Klar."
„Ich möchte Sie dem Regisseur vorstellen, damit ... Wie soll ich es Ihnen am besten erklären? Nun, damit ich weiß, ob wir nach seiner Vorstellung suchen. Hätten Sie was dagegen? Es ist ganz in der Nähe, im Hotel."
„Na los."
Unterwegs erfuhr Pronja, wie der Film heißen sollte, welche berühmten Schauspieler mitspielten, was für Gagen sie dafür bezogen ...
„Und dieser Typ, was will der in der Stadt?"
„Nun, wissen Sie, er sucht sein Glück. Wissen Sie, das ist so einer, der auf die leichte Tour zu Geld kommen will."
„Interessant", sagte Pronja. „Geld auf die leichte Tour würd mir jetzt auch nicht schaden. Zum Herbst will ich 's Haus ausbauen. Es ist Zeit zum Heiraten, und wir haben's ziemlich eng. Sind erst mal Kinder da, kann man sich kaum noch drehen und wenden. Werden denn bei Ihnen alle gut bezahlt?"
Die Dame lachte. „Das fragen Sie ja reichlich früh. Könnten Sie denn eine Woche bleiben?"
„'ne Woche schon. Ich schick 'n Telegramm."
„Nein, das hat vorerst noch Zeit. Kann ja sein, daß Sie gar nicht geeignet sind."
„Sie haben doch gesagt, ich wär genau der Typ!"
„Das entscheidet der Regisseur."
Der Regisseur, ein hagerer Mann über Fünfzig, mit lebhaften klugen Augen, begrüßte Pronja sehr freundlich. Taxierte ihn scharf, rasch, ließ ihn im Sessel Platz nehmen.
Die nette Dame erzählte kurz von Pronja.
„Gut", äußerte der Regisseur. „Wenn es klappt, leiten wir alles in die Wege. Und nun lassen Sie uns bitte allein, wir wollen versuchen, ein bißchen ... zu proben."

Die Dame ging hinaus.
„Wie war doch Ihr Name?"
„Prokopi." Pronja stand auf.
„Bleiben Sie sitzen, bleiben Sie sitzen! Ich setze mich auch." Der Regisseur setzte sich ihm gegenüber. Schaute Pronja fröhlich an. „Traktorist?"
„Hm."
„Filmfan?"
„Schon. Aber 's paßt nicht immer."
„Wie das?"
„Na ... den Sommer über steckt man fast die ganze Zeit aufm Feld, und im Winter geht's zum Einschlag."
„Was ist das?"
„Holzfällen. Verheiratete nicht, die machen zu Hause Reparaturen. Die Junggesellen fahren zum Einschlag."
„Soso ... Nun, Prokopi, in unserem Film kommt folgende Episode vor: Ein Bursche vom Dorf fährt in die Stadt. Er ist auf der Suche nach einem besseren Leben. Er geht zu Bekannten. Aber es handelt sich da um eine recht flüchtige Bekanntschaft; eine Familie aus der Stadt, die im Sommerurlaub bei ihm gewohnt hat. Verstehen Sie?"
„Verstehe."
„Wunderbar. Weiter: Der Familie aus der Stadt paßt es nicht, daß der Bursche kommt — es bringt halt Wirtschaft, Unbequemlichkeiten und so weiter. Der Bursche ist nicht auf den Kopf gefallen und merkt es, er beginnt überhaupt zu begreifen, daß das Stadtleben so seine Schwierigkeiten hat. Es handelt sich sozusagen um seine ersten Schritte. Klar?"
„Also wie? Erst, wie sie bei ihm wohnten, da war alles in Butter, aber wie er dann bei ihnen reinschneit, da machen sie 'n langes Gesicht."
„Nun, so etwas kommt doch vor. Wohlgemerkt, sie lassen es sich nicht anmerken, daß sie über seinen Besuch ungehalten sind. Das ist alles komplizierter." Der Regisseur mustert Pronja schweigend. „Ist was unklar?"
„Nein, klar. Sie tun, als ob ..."
„Sie tun, als ob — jawohl. Proben wir es mal? Die Worte lassen wir uns beim Spiel einfallen. Na?"
„Wie denn?"
„Sie kommen zur Tür herein, und Sie haben nun nicht mich vor sich, sondern Ihre Bekannten aus der Stadt, sagen wir, den

Hausherrn. Das Weitere findet sich. Benehmen Sie sich, wie es Ihnen in den Sinn kommt. Aber denken Sie daran, Sie sind nicht Prokopi, sondern dieser Dorfbursche. Nennen wir ihn — Iwan. Na los!"
Pronja ging aus dem Zimmer — und trat wieder ein. „Guten Tag."
„Sie müssen anklopfen", korrigierte der Regisseur. „Noch mal."
Pronja ging hinaus, klopfte an.
„Ja, bitte!"
Pronja trat ein. Blieb in der Tür stehen. Sie schwiegen eine Weile, schauten einander an.
„Wo bleibt Ihr ‚Guten Tag'?"
„Hab ich doch schon gesagt."
„Aber wir haben doch von vorn angefangen."
„Ach so, ganz von vorn?" Pronja ging hinaus, klopfte an.
„Ja, bitte!"
„Guten Tag!"
„Ah, Iwan! Kommen Sie herein, bitte schön!" rief „freudig" der Regisseur. „Kommen Sie herein! Sieht man Sie auch mal?"
Pronja griente. „Tag auch!" Er trat näher, umarmte den Regisseur, klopfte ihm auf die Schulter. „Wie geht's, wie steht's?"
„Wieso freust du dich?" fragte der Regisseur.
„Na, daß ich dich sehe. Freust dich doch auch."
„Ja, aber spürst du denn nicht, daß ich bloß so tue?"
„Nein, wieso denn? Ich hab doch überhaupt noch nicht gesagt, daß ich bei euch wohnen bleibe. Kann ja sein, ich komme nur für 'ne Stunde."
Der Regisseur krauste die Stirn, blickte Pronja aufmerksam ins Gesicht. „Na gut", sagte er. „Also, noch mal von vorn. Stimmt, ich war wohl voreilig."
Pronja ging wieder hinaus, klopfte an. Wieder dasselbe.
„Na, wie geht's, wie steht's?" fragte Pronja grienend.
„Na ja, soso ... Und du, hast wohl was zu besorgen?"
„Eigentlich nicht."
„Wieso eigentlich?"
„Ich will Schauspieler werden."
Der Regisseur wieherte los.
Pronja verlor den Faden. „Wieder von vorn?"

„Nein, weiter. Aber ohne Flachs. Du willst nicht Schauspieler werden, sondern willst ... sagen wir mal, in der Trikotagenfabrik arbeiten. — ‚Ah, du willst also in die Stadt ziehen?‘ “
„Hm.“
„Und ... wie stellst du dir das vor?“
„Was?“
„Hast du eine Bleibe?“
„Na, bei dir. Ihr habt doch bei mir kampiert, und jetzt kampiere ich eben mal bei euch.“
Der Regisseur schritt sinnend im Zimmer auf und ab. „Irgendwie kommen wir beide nicht zu Rande. Du darfst nicht gleich mit der Tür ins Haus fallen“, sagte er. „Nicht so plump. Etwas hinterhältiger. Paß auf, wir heucheln beide: Ich bin ungehalten, daß du kommst, aber tue erfreut, und du merkst, daß ich ungehalten bin, aber läßt es dir nicht anmerken — und tust ebenfalls erfreut. Probieren wir's mal?“
„Klar. Ist 'ne dufte Arbeit, Ehrenwort. Wenn die mich zu Hause im Kintopp sehen, machen die ausm Klub Kleinholz.“
„Wieso Kleinholz?“
„Vor Staunen. Da tragen sie mich auf Händen raus!“
„Hm ja ... Also probieren wir's. Nicht, daß sie mich dann auch aus einem gewissen Haus raustragen. Vor Staunen ...“
Pronja ging auf den Korridor hinaus, klopfte an, trat ein, grüßte. All das legte er selbstsicher und voller Vergnügen hin.
„Iwan! Was machst du denn hier?“ rief der Regisseur aus.
„Wie heißt du überhaupt?“
„Na, sagen wir ... Nikolai Petrowitsch.“
„Los, von vorn“, kommandierte Pronja. „Sag: ‚Iwan, was machst du denn hier!‘ “
„Iwan, was machst du denn hier?“
„Nee, mußt dir auf die Schenkel klatschen, wenn du sagst: ‚Iwan, was machst du denn hier?‘ “ Pronja zeigte, wie es gemacht werden mußte.
„Da, so!“
Der Regisseur faßte sich nachdenklich ans Kinn und willigte ein. „Gut — ‚Iwan, was machst du denn hier?‘ “ Er klatschte auf die Schenkel.
Pronja strahlte: „Prima, Petrowitsch! Wie geht's, wie steht's?“

haut nicht ab
mit uns!
Lagutin Prokopi

„Stop! Ich sehe nicht, daß du mir mein wirkliches Gefühl anmerkst. Ich bin doch ungehalten! Obwohl ... Na gut. Weiter. Aber paß genau auf mich auf. ‚Iwan, was machst du denn hier?‘ “

„Ich will in die Stadt ziehen.“

„Ganz? Für immer?“

„Hm. Will sehen, daß ich in der Fabrik ’n Job finde.“

„Hast du ’ne Bleibe?“ Nikolai Petrowitschs Ton verlor an „Fröhlichkeit“.

„Na, bei dir.“ Pronjas Freude blieb. „Können zusammen fernsehen.“

„Das schon, aber wir haben so wenig Platz, Iwan.“

„Macht nix! Raum ist in der kleinsten Hütte.“

„Aber ich bin doch schon ungehalten, Iwan ... das heißt, Pronja!“ Dem Regisseur riß die Geduld. „Siehst du's denn nicht? Ich schaue finsterer drein als eine Gewitterwolke — und du lächelst und lächelst!“

„Ach Quatsch — ungehalten. Macht doch nix, wenn ich ’n halben Monat bei dir wohne. Ich such mir ’n Job, dann zieh ich ins Wohnheim.“

„Aber dann müßten wir ja einen anderen Film machen! Verstehst du?“

„Na, machen wir's eben. Ich komme also angereist, ja?“

„Von wo stammst du?“ unterbrach ihn der Regisseur.

„Aus Kolunda.“

„Und möchtest du wirklich in der Stadt bleiben?“

„Scheißegal!“ Iwan hielt inne. „Hab noch nicht darüber nachgedacht. Eigentlich nicht. Mir gefällt's bei uns besser. Ich taug wohl nicht für diesen Burschen?“

„Wie soll ich's dir erklären ...“ Der Regisseur wollte Pronja nicht verletzen. „Da ist ein anderer Bursche vorgeschrieben. Ich hab das Drehbuch hier ...“ Er wollte das Drehbuch vom Tisch holen, ging schon, drehte sich aber plötzlich um. „Wie würdest du's denn machen? Du kommst meinetwegen in die Stadt ...“

„Nein, nein, wenn's so drinsteht, wozu dann? Sie werden's doch nicht meinetwegen umschreiben.“

„Na, und wenn?“

„Was?“

„Wenn du so zu Bekannten kämst ...“

„Na ja, ich komme an. ‚Tag!‘ — ‚Tag!‘ — ‚Wollt euch mal

besuchen ...' — ,Wie kommt's denn?' — ,Na, ich will mir 'n Job in der Fabrik suchen ...'"
„Und weiter?"
„Weiter nix."
„Sie sind aber ungehalten, daß du eine Zeitlang bei ihnen wohnen willst."
„Na und, was ist denn dabei? Kann doch mal 'n paar Wochen da kampieren!"
„Nein, das sind eben solche Leute, denen so was nicht paßt. Offen sagen sie's nicht, aber daß sie nicht grade erfreut sind, sieht man. Was machen wir da?"
„Ich würd fragen: ,Was ist los, paßt's euch nicht, daß ich erst mal bei euch bleibe?' "
„Darauf sie: ,Aber nein, Iwan, wo denken Sie hin! Bitte fühlen Sie sich wie zu Hause!' Aber in Wirklichkeit sind sie ungehalten, das merkst du genau. Was machen wir da?"
„Weiß ich nicht. Wie steht's denn drin?" Pronja deutet mit dem Kopf auf das Drehbuch.
„Drin steht's ... anders. Und dich verstellen könntest du nicht? Wollen wir's mal probieren? Schlecht sind sie, die verdammten Leute, aber wo sollst du unterkommen? Kannst ja nicht einfach zurück ins Dorf. Komm, fangen wir noch mal von vorn an. Aber denk dran ..."
Das Telefon klingelte. Der Regisseur nahm den Hörer ab. „Ja ... hm ... Ja wieso? Ich hab doch gesagt ...! Ich hab doch gezeigt, welche! Verflixt noch mal! Ich komme sofort runter. Einen Moment. Pronja, warte mal fünf Minuten. Da ist was schiefgegangen."
„Die parieren wohl nicht?" erkundigte sich Pronja.
„Wem? Mir?"
„Hm."
Der Regisseur lachte. „Ach wo! Bin gleich wieder da." Der Regisseur ging hinaus.
Pronja steckte sich eine Zigarette an.
Die hübsche Dame mit der Aktentasche kam hereingelaufen. Fragte beiläufig: „Na, was ist?"
„Gar nichts."
„Wieso?"
„Haut nicht hin, 's steht 'n andrer drin."
„Hat der Regisseur gesagt, daß Sie warten sollen?"
„Hm."

„Dann müssen Sie warten." Die Dame wühlte in einem Stapel Drehbücher, nahm eins ... „Soll ich Ihnen unterdessen das Drehbuch zu lesen geben? Lesen Sie solange. Hier, wo das Lesezeichen liegt — das ist Ihre Episode."
Sie reichte Pronja ein Drehbuch, eilte mit einem anderen davon. Für Pronja hatte sie keine Spur Interesse mehr. Und Wehmut befiel plötzlich Pronja. Er stellte sich vor, wie der Zug am nächsten Morgen gerammelt voll auf dem Bahnhof einführe, wie die Leute über den Vorplatz rennen würden, um einen Busplatz zu ergattern ... Und er wäre nicht dabei, grölte nicht vergnügt im Laufen: „Mach Dampf, Alte, sonst fährste aufm Puffer!" Und dann leuchteten auch nicht die ersten Häuschen seines Dorfes zwischen den Bäumen auf, und es röche nicht nach dem Qualm von getrocknetem Mist, der verheizt wurde ... Die Mutter begrüßte ihn nicht auf der Schwelle mit ihrem üblichen: „Da bist du ja. Wie geht's ihr denn?" Und er antwortete nicht wie üblich: „Alles in Ordnung." — „Na, Gott sei Dank."
Pronja legte das Drehbuch auf den Tisch, nahm einen dicken Rotstift und schrieb auf ein leeres Blatt Papier in dicken Buchstaben:

*Haut nicht hin mit uns.* *Lagutin Prokopi*

Und ging.

1967

# General Malafejkin

Mischka Tolstych, Zimmermann, klein von Wuchs, mit breiten Backenknochen und langen Armen, gebürtig aus der Gegend hinterm Baikal, aber nun in Moskau auf dem Bau tätig, hatte seinen Bruder in Leningrad besucht und fuhr zurück nach Moskau. Der Bruder hatte ihn angeödet, hatte ihm gleich eine Standpauke gehalten, wie man sein Leben deichseln müsse ... Mischka war sauer gewesen, hatte sich einen angesoffen, seiner Schwägerin was Kerniges an den Kopf gehauen und sich auf die Socken gemacht.

Mischka war der erste Reisende, der in den Zug einstieg. Er ging ins Abteil, wuchtete den Koffer hoch und bat die Schaffnerin um Bettzeug. „Das wird erst während der Fahrt ausgeteilt!" war die Antwort. Er zog seine Schuhe aus, legte sich auf der oberen Schlafbank auf die blanke Matratze. Und schlief ein.

Als er wach wurde, war es Nacht. Unter ihm unterhielten sich zwei leise im Dunkeln. Die eine Stimme kam ihm bekannt vor. Und gerade sie führte immer das Wort. Mischka hörte zu.

„Sagen Sie das nicht, sagen Sie das nicht", sprach die Stimme leise, „da kann ich Ihnen nicht recht geben. Bei mir passiert das andauernd. Man läßt so einen Schurken kommen und fragt: ‚Wie stellst du dir das vor?!' Keine Antwort. ‚Nun, wie stellst du dir das vor?!' Er sagt wieder keinen Mucks, zuckt die Achseln. ‚Wie lange soll denn das noch so gehn?' Grabesstille."

„Stumm dastehn, das ist alles, was sie können", pflichtete die andere Stimme bei, so eine müde, ältere. „Darin sind sie groß!"

Jetzt fiel es Mischka ein: Die Stimme erinnerte ihn an seinen Moskauer Nachbarn Semjon Iwanytsch Malafejkin, den wortkargen Invalidenrentner aus Haus Nr. 37, der sich nebenbei mit Malerarbeiten Geld verdiente. Einmal hatte Mischka mit ihm für irgendein hohes Tier die Wohnung renoviert. Anderthalb Wochen hatten sie da gearbeitet, und während der ganzen Zeit hatte Malafejkin vielleicht zehn Worte gesprochen. Er grüßte nicht mal, wenn er zur Arbeit kam. Auf die Frage, warum er schweige, gab Malafejkin zur Antwort: „Von dem Gequatsche mit euch krieg ich's auf der Brust." Nun, der Reisende auf der unteren Schlafbank konnte natürlich nicht Malafejkin sein ... Aber die Stimme war verblüffend ähnlich.

„‚Ich sorg dafür, daß du Lump aus Moskau ausgewiesen wirst!' sag ich zu ihm. ‚Wenn mir die Geduld reißt, mach ich das!' Darauf er: ‚Bitte nicht.' — ‚Ah, kannst also doch sprechen?'"

„Kommt's vor, daß Sie einen ausweisen lassen?"

„Selten. Sie tun mir ja leid, die Lumpenhunde. Was sollen sie anderswo anfangen?"

„Meine Güte, Arbeitskräfte werden überall gebraucht!"

„Was wollen Sie mit denen anfangen? Sollen sie heimlich Schnaps brennen?"

Die beiden unten lachten ganz erhaben — leise, sorgenvoll.

„Ja ... Wir haben auch genug von der Sorte. Und was unternehmen Sie gegen so welche?"

„Na ja ... Prophylaxe plus Miliz. ‚Was unternehmen' kann man das nicht nennen, wir wurschteln so hin, geben es auf. Man kommt auf die Datsche, macht Feuer im Kamin — ich gucke übrigens gern ins Feuer —, plötzlich starrt einen durchs Fenster so eine Kanaille an. Du lieber Gott, denkt man, wann laßt ihr mich endlich mal in Ruhe!"

„Wieso starrt da einer durchs Fenster?" fragte der andere, müde Mann verwundert. „Es kommt Ihnen so vor, ja?"

„Tja, wenn man sie den ganzen Tag lang sieht ... Dann stehen sie einem immerzu vor Augen. Haben Sie ein gemauertes Haus als Datsche?"

„Nein, ich habe keine Datsche. Wenn ich ein bißchen Zeit hab, fahr ich nach Hause, aufs Dorf. Das ist nicht weit. Sie haben ein richtiges festes Haus?"

„Ja, mit Obergeschoß. So was Bequemes wie eine Datsche sollten Sie nicht verachten. Wissen Sie, ich kann noch so müde sein, sobald ich hinkomme und im Kamin Feuer mache, fühle ich mich erholt."

„Eigentum?"

„Die Datsche?"

„Ja."

„Das fehlte noch! Was denken Sie! Ich hab zwei Chauffeure,

die machen abwechselnd Dienst. Und der eine, der weiß schon Bescheid und ruft dreiviertel fünf an: ‚Zum Haus, Semjon Iwanytsch?' — ‚Jawohl, Petja, zum Haus.' Die Datsche nennen wir beide das Haus."
Mischka gab es einen Ruck — nun hieß der auch noch Semjon Iwanytsch! Genau wie Malafejkin. War denn das die Möglichkeit?
Semjon Iwanytsch aber fuhr fort: „‚Zum Haus', sag ich, ‚jawohl, Petja. Moskau mit seinem Lärm soll mir gestohlen bleiben!' Wir kommen hin, legen Scheite in den Kamin ..."
„Weiter wohnt da keiner?"
„Personal? Das fehlte noch! Ich mach so was gern selber! Staple die Scheite, zünd sie an ... Herrlich! Wissen Sie, manchmal denk ich: Was sollen mir all die Ehren und Orden und das ganze Personal? Auf dem Dorf möchte ich wohnen, mir meinen russischen Ofen heizen."
Der müde Mann lachte leise, ungläubig.
„Sie glauben mir wohl nicht?" fragte Semjon Iwanytsch gedämpft, und wahrscheinlich griente er auch. „Das eine kann ich Ihnen sagen: Ich würd alles stehen- und liegenlassen, jawohl!"
„Und warum tun Sie's nicht?"
„Tja ... Das ist nicht so einfach, wie es scheint. Wer würde mich freistellen?"
„Tja, das ist es", sagte der andere seufzend. „Wissen Sie, genau wie bei mir ..."
„Im Gegenteil, sie haben mir sogar 'n noch höheren Posten angeboten. Aber ich sag mir: Nein, danke, ich weiß so schon nicht, wo mir der Kopf steht."
„Sie waren wohl jetzt zu dieser Konferenz ..."
„Nein, das waren andere Angelegenheiten. Wir haben ja genug zu tun ... Und Sie, Sie sind dann zur Erholung immer in Ihrem Heimatdorf? Im Sommerurlaub auch?"
„Fast immer. Ich fahr zu meinem Vater ... und geh angeln ..."
„Ich, ich fahr immer ins Sanatorium."
„Nach Kislowodsk?"
„Nach Kislowodsk auch."
„Sind Sie da im Hauptgebäude untergebracht?"
„Nein, wir haben ein eigenes Heim."
„Wo?"

„Kurz vor Kislowodsk ...“
„Wo denn? Ich bin dort in der ganzen Gegend rumgestiefelt.“
Semjon Iwanytsch lachte. „Nein, das Heim kennen Sie nicht. Das sieht man nicht von der Straße.“
Schweigen.
„Das ist eingezäunt“, erläuterte Semjon Iwanytsch.
„Ah ...“, sagte der müde Mann vage. Abermals Schweigen.
Semjon Iwanytsch schien dieses Schweigen zu beunruhigen.
„Allerdings ist's ziemlich langweilig, ehrlich gesagt“, fuhr er fort. „Klar, am Büfett gibt's Sekt, Obst und so weiter ... Aber das ist ja nicht die Hauptsache! Es hängt einem doch zum Halse raus.“
„Tja“, sagte der Müde wieder sehr vage. „Ich hab ja nicht ... Kino ist auch?“
„Natürlich! Aber wissen Sie, was wir machen? Wir pfeifen auf die üblichen Filme, tun uns zusammen, wir Männer, und lassen uns was andres kommen — Pornos! ... Mögen Sie so was?“ Semjon Iwanytsch lachte unsicher. „Ganz interessant übrigens!“
Darauf erwiderte der andere gar nichts.
„Hm?“ machte Semjon Iwanytsch beunruhigt.
„Was?“ fragte der andere.
„Ob Sie Pornos mögen.“
„Na ja, ich hab ... kaum welche gesehen.“
„Toll, sag ich Ihnen! Kommt so 'n Luder an, wackelt mit ihrem ... Dingsda ... Ich kann Ihnen sagen! Da fallen einem fast die Augen aus dem Kopf — können Sie sagen, was Sie wollen.“
„Splitternackt?“
„Splitternackt!“
„Was denn ... bei uns werden solche Filme gedreht?“
Semjon Iwanytsch lachte unbekümmert und vergnügt. „I wo. Die sind von drüben.“
„Ah“, sagte der andere. „Das ist was andres ... Klar.“
„Nein, sind das welche! Alles was recht ist! Tja, wissen Sie, aber ich will Ihnen mal was sagen: Es ist 'ne schöne Sache!“
„Ich sag ja gar nichts“, verwahrte sich der andere erschrokken.
„Aber im stillen haben Sie mich bestimmt verurteilt.“
„Ich? Nein, wieso?!“

„Doch, doch. Aber das dürfen Sie nicht. Seien Sie nicht voreilig. Sie brauchen mich wirklich nicht zu beneiden ... Sie sehen ja nicht, wie mir an meinem Schreibtisch buchstäblich die Augen zufallen. Man sitzt da, in so eine Akte vergraben ... Kann ich offen mit Ihnen sprechen?"
„Aber wieso?" sagte der andre eilig, ganz ohne Müdigkeit. „Ich verstehe schon. Das kommt bei mir auch manchmal vor ..."
„Aber selbstverständlich! Selbstverständlich kommt's bei Ihnen auch vor, daß Ihnen nicht mal Zeit zum Schlafen und zum Essen bleibt ... Tja, wir haben's schwer! Und dann wollen die Leute nichts von uns wissen, zeigen mit dem Finger auf uns und sagen: ein vollgefressener General. Finden Sie, daß ich dick bin?"
„Nein, wieso?!" Der andere war offensichtlich in größter Verlegenheit. „Ich hab doch überhaupt nichts gesagt ... Das ist doch auch ganz egal ..."
„So, meinen Sie?" fragte Semjon Iwanytsch scharf.
„Was soll ich meinen?"
„Was ist nach Ihrer Meinung egal?"
„Es ist doch egal, ob einer General ist oder nicht — wir ziehen schließlich alle an einem Strang."
„Alle? Was Sie nicht sagen! Das hab ich ja noch gar nicht gewußt."
Der andere schwieg.
„Hm?" machte Semjon Iwanytsch fragend. Es war nicht ersichtlich, warum er böse geworden war.
Der andere schwieg.
„Weshalb antworten Sie nicht? Wollen Sie auch schweigen?"
„Hören Sie mal!" Der andere, man hörte es, richtete sich auf. „Was soll das überhaupt? Was haben Sie gegen mich?"
„Gott bewahre, ich hab nicht das mindeste gegen Sie!" rief Semjon Iwanytsch sogleich aufrichtig. „Ich frage nur so. Ich dachte, Sie — Sie hätten was gegen mich. Sie haben also nichts gegen mich?"
„Aber nein. Übrigens wird's Zeit, daß wir schlafen. Wie spät ist's denn ungefähr?"
„Ungefähr? Ach, ich hab meine Uhr mit Leuchtzifferblatt vergessen ... Gegen zwei."
„Das könnte stimmen. Na, dann müssen wir wohl schlafen."

„Ja. Ich hab mir heute einen hinter die Binde gekippt ... Zum Abschied von meinen Genossen. Na ja, schlafen wir."
Sofort herrschte Schweigen. Keiner sagte mehr ein Wort. Mischka wußte nicht, woran er war: Wer saß da unter ihm? Es war ganz Malafejkins Stimme. Obendrein derselbe Name: Semjon Iwanytsch ... War denn das die Möglichkeit? Mischka wußte von Malafejkin fast alles, was man von einem Nachbarn halt erfährt, selbst wenn man sich nicht weiter für ihn interessiert. Malafejkin war mal vom Gerüst gefallen, hatte sich schwer verletzt ... Er hatte damals niemanden und blieb auch alleinstehend. Ein stiller, verschlossener Mensch. Sonntags besuchte ihn immer eine Frau, die älter war als er. Mit Tochter. Ob Verwandtschaft, wußte Mischka nicht. Er hatte Malafejkin mit dem kleinen Mädchen auf dem Hof gesehen: Die Kleine buddelte im Sand, und Malafejkin las die Zeitung. Vielleicht war die Frau seine Schwester, denn nach etwas anderem sah es ganz und gar nicht aus. Tja, das war Malafejkin. Aber der General auf der unteren Schlafbank ... Nein, das mußte ein Zufall sein. So was gab's doch!
Mischka kletterte leise von seiner Schlafbank herunter und ging auf die Toilette. Dann legte er sich wieder hin und schloß die Augen. Im Abteil war es still. Er schlief ein.
Mischka erwachte morgens erst kurz vor Moskau, die anderen waren schon munter. Er schlug die Augen auf, blickte hinunter und sah auf dem Fensterplatz — Semjon Iwanytsch Malafejkin. Ihm gegenüber ein Mann von ungefähr fünfzig Jahren, mit frischer, roter Gesichtsfarbe. Beide guckten aus dem Fenster. Außerdem saß noch ein Mädchen in Hosen dort und las ein Buch. Alle schwiegen.
Mischka hatte die nächtliche Unterhaltung völlig vergessen, er streckte den Kopf vor und wollte gerade sagen: „Tag, Malafejkin!" — da fiel sie ihm wieder ein ... Er fuhr zurück. Lag verdutzt und überlegte: Hatte er dieses Gespräch etwa nur geträumt?
Während er sich angestrengt zu erinnern versuchte, rekelte sich der Rotgesichtige hörbar und sagte, wie man nach langem Schweigen so sagt: „'s scheint, wir sind gleich da." Er raschelte auf dem Tisch mit Papier — vermutlich faltete er die Zeitung zusammen —, stand auf und ging aus dem Abteil.
Mischka lugte über die Kante seiner Schlafbank. Das Mädchen blickte ihn kurz an, schaute aus dem Fenster und steckte die

Nase wieder ins Buch. Malafejkin mit seiner Stupsnase und den kleinen Augen ohne Wimpern, mit Krawatte und Scheitelfrisur, trommelte mit den Fingern der rechten Hand leise auf den Tisch und guckte aus dem Fenster.
„Grüß dich, General!" sagte Mischka leise.
Malafejkins Kopf ruckte hoch ... Ihre Blicke trafen sich. Malafejkin riß die Augen auf vor Staunen und, wie es Mischka schien, vor Schreck.
„Oh!" sagte Malafejkin feindselig. „Die Stimme ausm Dunkeln ..."
Mischka guckte Malafejkin schweigend und möglichst spöttisch an.
„Wo reist du denn rum?" fragte Malafejkin wütend. Und blickte kurz zur Tür.
Doch, er hatte nachts mit seiner festen Datsche angegeben und behauptet, daß ihm all die Auszeichnungen und Ehren zum Halse raushingen.
„Was hast du 'n nachts zusammengesponnen ...", wollte Mischka anfangen, aber da kam der Rotgesichtige herein, und Malafejkin fuhr erschrocken herum ... Stand auf. Sagte: „Wir sind wohl gleich da?" Geschäftig zog er, sich im Fenster spiegelnd, den Scheitel nach. „Ja. Da ist schon die Jausa. Na ja ..." Er trappelte hin und her, wollte das Abteil verlassen, kam aber zurück und bückte sich nach seinem Koffer.
So ein Angeber! dachte Mischka. Er sah von oben, daß Malafejkin rote Ohren bekommen hatte. Aber er ließ ihn ungeschoren. Beobachtete ihn lediglich mit großer Neugier.
„Fahren Sie in Richtung Stadtzentrum?" erkundigte sich der Rotgesichtige und blickte Malafejkin ehrfürchtig an.
„Wie?" Malafejkin schrak zusammen. „Ich? Nein, nein ... Ich ... Ich muß in 'ne andre Richtung."
„Ich wollte mich Ihnen gern anschließen."
„Nein, nein ... Ich muß woandershin."
„Wir müssen in Richtung Swiblowo", sagte Mischka laut, rekelte sich und setzte sich auf. Er wäre fast geplatzt vor Lachen.
„Ach, Ihr Begleiter ist aufgewacht?" sagte der Rotgesichtige. „Guten Morgen, junger Mann! Um Ihren Schlaf sind Sie zu beneiden. Ich schlafe auf Reisen immer schlecht. Ich werde richtig wütend und denke: Schlaf dich mal aus, hast doch Zeit — nein, es geht nicht."

Mischka grinste Malafejkin an.
„Nee, ich könnt noch mal so lange pennen ..."
„Sie sind halt jung."
Malafejkin klappte seinen knarrenden gelben Koffer zu, zog die Riemen fest und stellte ihn in den Gang ... Ohne ins Abteil zurückzukommen, angelte er sich von dort aus seinen Ledermantel vom Haken, langte sich seinen Hut von der Ablage und ging ein Stück weiter, um sich dort im Gang anzuziehen.
Er hat Schiß, daß ich ihn blamiere! ging es Mischka auf. Als ob ich das nötig hätte!
Malafejkin ließ sich nicht mehr im Abteil sehen. Als er sich angezogen hatte, nahm er seinen Koffer und verzog sich auf die Plattform.
Doch auf dem Bahnsteig fing Mischka ihn ab. Holte ihn ein und schritt neben ihm her.
„Hast wohl gestern einen in der Krone gehabt, was?" fragte er friedfertig. „Sag mal, wieso hast du 'n so was gesponnen?"
„Hau ab!" blaffte Malafejkin plötzlich. Und wurde puterrot. „Was willste von mir?! Hast wohl selber 'n Kater? Na, dann geh und spül ihn weg! Was willste von mir?! Was sitzte mir auf der Pelle?!"
Die Leute schauten sich nach ihnen um. Einige verhielten sogar den Schritt in Erwartung einer Prügelei.
Mischka, der sich auf nichts einlassen wollte, was unweigerlich bei den Bullen endete, blieb ein Stück zurück. Ließ aber Malafejkin nicht aus dem Auge. Er hatte jetzt 'ne Wut auf ihn.
Sie stiegen in den gleichen Metro-Zug. Mischka paßte wie ein Schießhund auf, wußte nur nicht, wie er dieses Schlitzohr bloßstellen sollte. Der würde ja sofort nach der Miliz schreien.
Malafejkin äugte vorsichtig im Waggon umher ... Und begegnete Mischkas vernichtendem Blick. Mischka zwinkerte ihm zu. Malafejkins Ohren wurden wieder puterrot. Der harte Kragen seines Ledermantels stützte von hinten seinen Hut. Malafejkin äugte nicht mehr umher.
Als sie ausstiegen und mit der Rolltreppe hinauffuhren, drängte sich Mischka an Malafejkin heran und sagte ihm ins Ohr: „Aber brüll nicht, hörste?! Ich will dich bloß was fragen, weiter nix. Mein Bruder in Leningrad, das is genauso 'n Armleuchter: Der gibt auch an. Wieso brecht ihr euch einen

ab? Wozu macht ihr das? Das möcht ich wirklich mal wissen."
Malafejkin schwieg. Blickte die Treppe hinauf.
„Tut euch das gut — oder was?"
Malafejkin schwieg.
„Wieso haste dem nachts die Hucke vollgelogen?"
Sobald sie sich dem Ende der Rolltreppe näherten, sah sich Malafejkin nach einem Milizionär um. Mischka drückte sich an ihm vorbei und ging, ohne sich umzublicken, als erster zur Autobushaltestelle.
„Wart nur, zu Hause kriegste dein Fett", nahm er sich vor.
Als sie in der Nähe ihres Hauses aus dem Autobus stiegen, wollte Mischka wieder auf Malafejkin zugehen, der aber verzog plötzlich schmerzhaft das Gesicht, schüttelte den Kopf, so daß ihm fast der Hut heruntergerutscht wäre, stampfte mit dem Fuß auf und schrie: „Hau ab! Hau ab! Hau ab!" Schrie es, drehte sich um und schritt rasch auf das Haus zu, rannte beinahe. Der große gelbe Koffer mit den Riemen schlenkerte gegen sein Bein, und der Ledermantel knarzte im Takt. Malafejkin rückte sich im Gehen mit der linken Hand den Hut zurecht. Schaute sich kein einziges Mal um.
Mischka hatte plötzlich Mitleid. „So 'n Spinner", sagte er leise, zu sich selbst. „Der und 'ne Datsche haben. Auch noch 'n Kamin ... So 'n Spinner! Tut, als hätt er wunder was fürn Leben ... Dieser Spinner."
Mischka ging. In einen Laden, sich was holen. Zigaretten. Seine waren nämlich alle.

1972

# Mille pardon, Madame!

Kamen Städter zum Jagen in die abgelegene Gegend und fragten im Dorf, wer sie in den Wald begleiten könne, hieß es stets: „Der Bronka Pupkow natürlich. Der ist Meister auf dem Gebiet. Mit ihm werden Sie sich nicht langweilen." Und man lächelte merkwürdig.

Bronka (Bronislaw) Pupkow war ein noch kräftiger Mann über Fünfzig, gut gebaut, blauäugig, immer zum Lachen aufgelegt und flink mit Beinen und Zunge. Er war an der Front gewesen, aber die verkrüppelte rechte Hand — es fehlten ihm zwei Finger — hatte er nicht von dort. Als Junge war er im Winter einmal auf der Jagd gewesen und hatte Durst, deshalb schlug er mit dem Gewehrkolben nahe am Ufer eine Wuhne ins Eis. Er hielt das Gewehr am Lauf fest, die zwei Finger bedeckten das Mündungsloch. Das Berdangewehr war nicht gesichert, ein Schuß ging los — der eine Finger flog weg, der andere baumelte nur noch an der Haut. Bronka riß ihn ab. Beide Finger, den Zeigefinger und den Mittelfinger, nahm er mit nach Hause, wo er sie im Garten vergrub und dabei folgende Worte sprach: „Meine lieben kostbaren Fingerchen, ruhet in Frieden bis zum lichten Morgen."

Er wollte sogar ein Kreuz aufstellen, aber das verbot ihm der Vater.

Bronka sorgte zeit seines Lebens für Skandalgeschichten, er prügelte sich, bezog selber nicht selten mörderische Dresche, mußte sich im Bett kurieren, aber kaum war er wieder auf dem Damm, kurvte er erneut auf seinem ohrenbetäubenden Moped durchs Dorf. Er trug keinem etwas nach, nahm das Leben leicht.

Die Jäger aus der Stadt sehnte er herbei wie einen Feiertag. Er begleitete sie nach Wunsch — eine Woche oder auch einen ganzen Monat lang. Die Gegend hier kannte er wie seine acht Finger, und als Jäger war er gewitzt und erfolgreich.

Die Städter geizten nicht mit Wodka, manchmal gaben sie ihm Geld, und wenn sie ihm nichts gaben, war's auch gut.

„Für wie lange?" fragte Bronka geschäftig.

„So zwei, drei Tage."
„Alles wird werden wie im Sanatorium. Sie werden sich erholen, die Nerven entspannen."
Und dann zogen sie los, für ein paar Tage oder auch für eine Woche. Ein feines Leben war das. Die Städter waren respektierliche Leute, mit denen legte er sich nicht an, auch nicht, wenn er einen über den Durst getrunken hatte. Dafür erzählte er ihnen gern Geschichten, allerlei Jägerlatein.
Am letzten Tag, wenn Abschied gefeiert wurde, pflegte Bronka seinen Hauptknüller zum besten zu geben.
Diesen Tag sehnte er ebenfalls mit großer Ungeduld herbei, für ihn sammelte er alle seine Kräfte ... Und wenn der Tag dann da war, der heißersehnte, verspürte er schon vom frühen Morgen an ein Ziehen in der Magengrube, und er gab sich feierlich schweigend.
„Was ist heute los mit Ihnen?" fragte man ihn.
„Ach nichts", antwortete Bronka. „Wo wollen wir unsern Abschied denn feiern? Am Ufer unten?"
„Wär nicht schlecht."
Gegen Abend suchten sie sich ein gemütliches Plätzchen am Ufer des wunderbar dahinströmenden Flusses und machten ein Feuerchen. Sie setzten die Fischsuppe auf, die sie aus Barben kochten, kippten einen zum Anfang, redeten über Gott und die Welt.
Bronka hatte zwei Aluminiumbecher voll hinuntergestürzt und steckte sich eine Zigarette an. „Ist vielleicht einer von Ihnen an der Front gewesen?" erkundigte er sich beiläufig.
Alle Männer über Vierzig waren an der Front gewesen, aber Bronka fragte auch die jüngeren: Er mußte ja irgendwie den Boden für seine Erzählung vorbereiten.
„Ist das an der Front passiert?" fragte man nun Bronka und meinte seine verkrüppelte Hand.
„Nein. An der Front war ich Sanitäter. Tja, Sachen gab's da ..." Bronka legte eine lange Pause ein. „Von dem Anschlag auf Hitler haben Sie wohl nichts gehört?"
„Doch, doch."
„Das meine ich nicht. Sie denken an die Geschichte, wo ihn seine eigenen Generale kaltmachen wollten?"
„Ja."
„Nein. Ich meine was andres."
„Was denn? War denn da noch was andres?"

„Jawohl.“ Bronka rückte seinen Aluminiumbecher an die Flasche. „Wenn ich um einen Schluck bitten darf.“ Er trank. „Jawohl, meine Herrschaften, da war noch was andres. Ha! So haarscharf“ — Bronka zeigte als Maß die Kuppe vom kleinen Finger — „sauste die Kugel an seinem Kopf vorbei.“
„Wann war das?“
„Am fünfundzwanzigsten Juli dreiundvierzig.“ Bronka schwieg abermals lange und gedankenversunken, als ob er fernen und kostbaren Erinnerungen nachhinge.
„Und wer hat geschossen?“
Bronka überhörte die Frage, rauchte, blickte ins Feuer.
„Wo hat der Anschlag stattgefunden?“
Bronka gab keine Antwort.
Die Leute sahen sich verwundert an.
„Ich hab geschossen“, sagte Bronka plötzlich. Er sprach leise und starrte weiter ins Feuer. Dann hob er den Blick und sah in die Runde, als wollte er fragen: ‚Komisch, was? Finde ich auch.‘ Und er lächelte irgendwie traurig.
Die Zuhörer schwiegen gewöhnlich lange, ließen Bronka nicht aus den Augen. Er rauchte indessen, schob mit einem Stöckchen herausgesprungene Kohlestückchen zurück ins Feuer ... Ja, das war er, der heißersehnte große Augenblick. Als ob ihm ein Glas reiner Spiritus durch die Adern rann.
„Ist das Ihr Ernst?“
„Ja, denken Sie denn, ich wüßte nicht, was auf Geschichtsverfälschung steht? Und ob ich das weiß, meine Herrschaften.“
„Aber das ist doch heller Blödsinn ...“
„Wo haben Sie denn geschossen? Und wie?“
„Mit einem Browning. Einfach so, und peng!“ Bronka blickte ernst und betrübt drein, weil die Leute so mißtrauisch waren. Schließlich riß er keine Witze, zog keine Schau ab.
Die Leute waren wirklich mißtrauisch und etwas verlegen.
„Aber wieso ist von der Sache nichts bekannt?“
„Ach, selbst in hundert Jahren wird noch vieles in Dunkel gehüllt sein. Als ob Sie das nicht wüßten ... Das ist ja die ganze Tragödie, daß so viele Helden im Dunkeln bleiben.“
„Das hört sich ja an wie ...“
„Moment mal. Wie war das denn nun genau?“
Bronka wußte, daß die Leute die Geschichte trotzdem hören wollten. Das wollten sie immer.

„Erzählen Sie es auch nicht weiter?“
Neuerliche Verwirrung.
„Wir erzählen es nicht weiter.“
„Ehrenwort?“
„Abgemacht. Schießen Sie los.“
„Nein, geben Sie mir erst Ihr Ehrenwort. Sie müssen wissen, die Leute hier bei uns im Dorf gehen rum und tratschen.“
„Also gut, Ehrenwort!“ Den Städtern riß schon die Geduld. „Erzählen Sie endlich.“
„Wenn ich um einen Schluck bitten darf.“ Wieder rückte Bronka seinen Becher an die Flasche. Er wirkte völlig nüchtern. „Das war, wie ich schon sagte, am fünfundzwanzigsten Juli dreiundvierzig. Ha! Wir waren im Vormarsch. Bei einem Angriff gibt's was zu tun für die Sanitäter. An dem Tag schleppte ich zwölf Verwundete ins Lazarett. Darunter einen ziemlich schwergewichtigen Leutnant. In dem Krankensaal, in den ich ihn brachte, lag ein Generalmajor. Es hatte ihn nur leicht erwischt — oberhalb des Knies. Sie verbanden ihn gerade. Als er mich sah, sagte er: ‚Warte mal, Sanitäter, geh nicht weg.‘ Na, denk ich, der muß bestimmt irgendwo hinfahren und ich soll ihm helfen. Ich warte also. Mit einem General ist das Leben viel interessanter. Man weiß alles immer gleich aus erster Quelle!“
Die Sonntagsjäger hören gespannt zu. Das Feuer knallt — es hört sich an wie Schüsse —, dann qualmt und knistert es fröhlich. Vom Wald her schleicht die Dämmerung heran, kriecht auf das Wasser, doch die Mitte des Flusses, wo die Strömung am schnellsten ist, glitzert und funkelt noch, sie schnellt dahin wie ein riesenlanger Fisch, auf dessen Silberleib das Dämmerlicht spielt.
„Also, der General wurde gerade verbunden. ‚Sie müssen liegen!‘ sagte der Doktor zu ihm. — ‚Scher dich zum Teufel!‘ antwortete der General. Damals hatte unsereins noch Schiß vor den Ärzten, aber die Generale nicht gerade. Der General und ich setzten uns ins Auto, und ab ging's. Unterwegs horchte er mich aus: Wo geboren? Wo gearbeitet? Wie lange zur Schule gegangen? Ich erkläre ihm alles haarklein: Dort und dort geboren — nämlich hier —, im Kolchos gearbeitet, aber mehr die Jägerei bevorzugt. ‚Das ist gut‘, sagt er. ‚Bist also ein guter Schütze?‘ — ‚Ja‘, sage ich prompt. ‚Auf fünfzig Schritt puste ich freistehend 'ne Kerze aus. Aber mit der Schulbildung da

16.7.
1943

hapert's. Vater hat mich von klein auf in die Taiga mitgeschleppt.' — ‚Macht nichts', sagt er, ‚dort brauchst du keine hohe Schulbildung. Aber wenn du uns die schädliche Kerze auspustest, die den Weltbrand entfacht hat', sagt er, ‚dann wird dich die Heimat nicht vergessen.' Das war 'ne zarte Anspielung aufn ganz heißes Ding. Sie verstehen? Ich verstand natürlich erst mal gar nichts. Vor einem großen Wohnbunker hielten wir. Der General scheuchte alle raus und horchte mich weiter aus. Ob ich Verwandte im Ausland hätte und so. ‚Woher denn', sag ich. ‚Wir sind Ursibirier. Wir stammen von den Kosaken ab, die hier in der Nähe Bij-Katunsk erbaut haben, die Festung. Noch unter Zar Peter. Von denen stammen wir ab, das kann das ganze Dorf bezeugen ...'"

„Wie sind Sie eigentlich zu Ihrem Vornamen Bronislaw* gekommen?"

„Den hat sich der Pope im Suff ausgedacht. Dafür hab ich dem langmähnigen Wallach eins übergebraten, als ich ihn dreiunddreißig zur GPU brachte."

„Wo ist das? Wohin haben Sie ihn gebracht?"

„Na, in die Stadt. Wir hatten ihn festgenommen, aber es war keiner da, der ihn hinbringen konnte. ‚Los', sagten sie, ‚bring du ihn hin, Bronka, du hast doch noch ein Hühnchen mit ihm zu rupfen.'"

„Warum denn, der Name ist doch nett?"

„Zu so einem Vornamen gehört auch ein passender Familienname. Aber ich heiße Bronislaw Pupkow**. In der Armee, wenn nach mir gerufen wurde, gab's immer schallendes Gelächter. *Wanja* Pupkow — das ließe ich mir noch gefallen ..."

„Na, und wie ging es nun weiter?"

„Wie es weiterging ... Wo war ich stehengeblieben?"

„Wie der General Sie ausfragt!"

„Ach so. Also, er hat mich bis aufs Hemd ausgefragt, dann sagte er: ‚Die Partei und die Regierung übertragen Ihnen, Genosse Pupkow, eine sehr verantwortungsvolle Aufgabe. Hier, an der vordersten Frontlinie, ist Hitler aufgetaucht. Inkognito natürlich. Wir haben die Chance, ihn zu schnappen.

* ein polnischer Vorname (nach dem Aufstand 1863 wurden viele Polen nach Sibirien verbannt).

** pupok (russ.) — Nabel.

Wir wissen es von so einem Miststück', sagt er, ‚der Kerl ist mit einem Sonderauftrag zu uns geschickt worden, und wir haben ihn gefangengenommen. Seinen Auftrag hat er zwar ausgeführt, selber aber ist er aufgeflogen. Er sollte hier die Frontlinie überschreiten und Hitler persönlich äußerst wichtige Dokumente einhändigen. Persönlich, wohlgemerkt. Und Hitler mitsamt seiner Bagage kennt den Mann von Angesicht.'"

„Aber was hat das alles mit Ihnen zu tun?"

„Wer viel fragt — kriegt viel Antworten. Darf ich noch um einen Schluck bitten. Ha! Ich will es Ihnen erklären: Weil ich diesem Sonderbeauftragten zum Verwechseln ähnlich sah. Und nun fing das feine Leben an, meine Lieben!" Bronka gab sich seinen Erinnerungen mit solcher Wonne, mit solch verhaltener Leidenschaft hin, daß auch die Zuhörer unwillkürlich ein eigenartiges, angenehmes Gefühl durchströmte. Sie lächelten. Und ganz allmählich erfaßte sie eine stille Begeisterung. „Man brachte mich in einem Einzelzimmer unter, ganz in der Nähe vom Lazarett, und gab mir zwei Ordonnanzen bei. Der eine stand im Range eines Starschina, und ich war Gemeiner. ‚Genosse Starschina', sag ich, ‚gib mir mal meine Stiefel her.' Er gab sie mir. Befehl ist eben Befehl. Da heißt es gehorchen. Mich bereitete man also vor. Ich bekam eine Ausbildung..."

„Was für eine Ausbildung?"

„Eine Spezialausbildung. Darüber darf ich aber vorläufig nichts sagen, das hab ich unterschrieben. Erst nach Ablauf von fünfzig Jahren. Aber jetzt sind erst ..." Bronka bewegte die Lippen beim Zählen. „Jetzt sind erst fünfundzwanzig um. Na, versteht sich ja ... Das feine Leben ging also weiter! Morgens steh ich auf, da gibt's Frühstück: erster, zweiter, dritter Gang. Meine Ordonnanz serviert mir irgendeinen lausigen Portwein, ich — kusch — scheuch ihn zum Teufel! Darauf bringt er Spiritus, den gibt's im Lazarett massenhaft. Ich braue mir also meine Verdünnung nach Geschmack und überlaß ihm den Portwein. So vergeht 'ne Woche. Wie lange das wohl noch so dauert? denk ich. Na, schließlich ruft mich der General: ‚Wie steht's, Genosse Pupkow?' — ‚Bin bereit', sag ich, ‚bereit, meinen Auftrag auszuführen!' — ‚Dann los', sagt er. ‚Mit Gott', sagt er. ‚Wir erwarten dich von dort als Held der Sowjetunion zurück. Schieß bloß nicht daneben!' — ‚Wenn ich danebenschieße', sag ich, ‚bin ich der letzte Verräter und

Volksfeind! Entweder ich pack mich gleich neben Hitler hin, oder ihr helft dem Helden der Sowjetunion Bronislaw Iwanowitsch Pupkow aus der Patsche.' Es war nämlich so, daß ein grandioser Angriff unsererseits bevorstand. An den Flanken sollte die Infanterie vorstoßen, den Frontalangriff sollten die Panzer führen."

Bronkas Augen brannten trocken, funkelten wie kleine Kohlestückchen. Er vergaß sogar, den Aluminiumbecher an die Flasche zu rücken. Der Widerschein des Feuers spielte auf seinem verschlossenen, ebenmäßigen Gesicht — er wirkte schön und erregt.

„Wie sie mich hinter der Frontlinie abgesetzt haben und wie ich in Hitlers Bunker gelangte, erzähl ich euch nicht, liebe Genossen. Ich hab's eben geschafft!" Bronka stand auf. „Ich hab's geschafft! Noch eine Stufe, ein letzter Schritt, und ich stehe in einem großen Raum aus Eisenbeton. Es brennt helles elektrisches Licht, eine Unmenge Generale sind da ... Rasch sehe ich mich um: Wo ist Hitler?" Bronka war ganz aufgelöst, seine Stimme kippte über; mal zischte er, mal winselte er unangenehm qualvoll. Er sprach abgehackt, machte öfter Pausen, stockte mitten im Satz, schluckte Speichel ...

„Das Herz schlägt mir bis zum Halse, die Kehle ist mir wie zugeschnürt. Wo ist Hitler? Ich hatte doch mikroskopisch genau seine luchsschlaue Visage studiert und mir im voraus die Stelle ausgesucht, auf die ich zielen wollte — das Bärtchen unter der Nase. Ich hebe die Hand zum Gruß: ‚Heil Hitler!' In der Hand hab ich ein großes Paket, darin ist ein Browning, mit vergifteten Sprenggeschossen geladen. Ein General tritt auf mich zu, greift nach dem Paket: Mal her damit. Ich salutiere höflich: ‚Mille pardon, Madame, das ist für den Führer persönlich.' In reinem Deutsch sag ich: Führer!" Bronka schluckte. „Und auf einmal kommt er. Ich zucke wie elektrisiert zusammen. Ich denke an meine ferne Heimat ... An Vater und Mutter. Eine Frau hatte ich damals noch nicht ..."

Bronka verstummte und war nahe daran, loszuheulen, sich das Hemd auf der Brust zu zerreißen ... „Sie wissen ja, in so einem Augenblick zieht das ganze Leben noch einmal an einem vorüber ... Ich steh dem Bären also von Angesicht zu Angesicht gegenüber — das ist schon was. Ha! Ich kann nicht mehr!"

Nun kamen Bronka doch die Tränen.

„Na, und weiter!“ drängelte jemand leise.
„Er kommt direkt auf mich zu. Die Generale stehen stramm. Er lächelt. Da reiß ich das Paket auf ... Du lachst auch noch, du Scheusal! Da hast du — für unsere Leiden! Für unsere Wunden! Für das Blut der Sowjetmenschen! Für unsere zerstörten Städte und Dörfer! Für die Tränen unserer Frauen und Mütter!“ Bronka schrie, bewegte den ausgestreckten Arm, als würde er schießen. Den Zuhörern wurde unbehaglich. „Du lachst noch? Jetzt kannst du dich in deinem eignen Blut waschen, du kriechender Wurm!“ Es folgte ein markerschütternder Schrei. Dann jähe Stille. Dann ein hastiges Flüstern, kaum zu verstehen: „Ich schieße ...“ Bronka ließ den Kopf auf die Brust sinken, weinte lange stumm, grinste vor sich hin, knirschte mit den gesunden Zähnen, schüttelte untröstlich den Kopf. Dann schaute er hoch, ganz in Tränen aufgelöst. Und sagte leise, sehr leise, und voller Grauen: „Ich hab danebengeschossen.“
Alle schwiegen. Bronkas Zustand hatte alle so stark mitgenommen, daß sie Worte jetzt unpassend fanden.
„Darf ich um einen Schluck bitten?“ sagte Bronka leise, aber nachdrücklich. Er leerte den Becher und ging zum Wasser. Lange saß er allein am Ufer, erschöpft von seinem Gefühlsausbruch. Ab und zu seufzte er und hustete. Von der Fischsuppe wollte er nichts essen.

Im Dorf war es immer schnell herum, wenn Bronka mal wieder vom „Anschlag“ erzählt hatte.
Mit finsterer Miene kam er dann heim, auf Beleidigungen gefaßt und bereit zurückzuschlagen. Seine Frau, ein unschönes Weib mit Wulstlippen, fiel gleich über ihn her: „Was läufst du wie ein geprügelter Hund herum? Es ist immer dasselbe!“
„Fahr zur Hölle!“ hackte Bronka träge zurück. „Gib mir lieber was zu fressen.“
„Wo brauchst du was zu fressen, dir gehört mit dem Besmer der Schädel eingeschlagen!“ brüllte die Frau. „Man traut sich ja kaum noch unter die Leute!“
„Dann bleib zu Hause, treib dich nicht rum.“
„Von wegen, auf der Stelle geh ich! Und zwar zum Dorfsowjet, damit sie dich Blödmann wieder mal vorladen! Paß bloß auf, du Dusseltier, du fingerloses, eines Tages verdonnern sie dich noch! Wegen Geschichtsverfälschung ...“

„Dürfen sie gar nicht: ist ja keine gedruckte Arbeit. Klar? Also her mit dem Fraß."

„Frech ins Gesicht lachen sie einem, aber ihm ist es scheißegal. Du ungewaschene Visage, du Halbwilder! Wo ist dein Gewissen? Oder hast du keins mehr? Pfui Deibel! Ich spuck dir in deine schamlosen Augen! Du Nabeltier!"

Bronka richtete streng und böse den Blick auf die Frau. Leise, doch mit Nachdruck sagte er: „Mille pardon, Madame ... Gleich kleb ich dir eine!"

Die Frau knallte die Haustür zu und ging sich über ihren „Halbwilden" beschweren.

Sie irrte, wenn sie meinte, Bronka sei alles egal. So war das nicht. Er war arg mitgenommen, litt, schäumte vor Wut ... Zwei Tage lang soff er zu Hause. Nach Wodka schickte er seinen halbwüchsigen Sohn in den Laden.

„Hör auf keinen dort", sagte er grimmig und schuldbewußt zu ihm. „Kauf die Flasche und komm gleich nach Hause."

Bronka war tatsächlich ein paarmal zum Dorfsowjet bestellt worden. Man redete ihm ins Gewissen, drohte mit Maßnahmen ... Der nüchterne Bronka, der dem Blick des Vorsitzenden auswich, murmelte jedesmal verdrossen: „Ist ja schon gut! Hör schon auf. Na und? Du grüne Neune..."

Hinterher tröstete er sich im Laden mit einer „Pulle", hockte, bis es „wirkte", auf der Vortreppe, stand dann auf, krempelte die Ärmel hoch und verkündete laut: „He, nur her mit euch! Wer traut sich ran? Aber wenn ich wem die Knochen breche, nehmt's bitte nicht übel. Mille pardon, Madame! Mille pardon!"

Ein guter Schütze war er aber doch.

1968

# Ein Vorfall in einer Gaststätte

In einer großen Gaststätte der Stadt N. saß ein kleiner alter Herr, mit spiegelblanker Glatze, adrett und gepflegt. Saß still da, blickte versonnen zum Fenster, wartete auf sein Abendbrot.
„Is hier frei?" fragte hinter ihm eine dröhnende Stimme. Der alte Herr fuhr zusammen und hob den Kopf. „Ja, bitte."
Ein riesenhafter junger Mann in einem riesenhaften Covercoatanzug, dessen nagelneue schwarze Jackenknöpfe nur so blitzten, nahm am Tisch Platz. Der alte Herr schaute ihn an und konnte seinen Blick nicht von diesen Augen losreißen — so unglaublich vertrauensvoll guckten sie.
„Na, machen wir einen drauf?" fragte der Hüne.
Der alte Herr lächelte höflich. „Wissen Sie, ich trinke nicht."
„Wieso 'n das?"
„In meinem Alter ... da verträgt man nichts mehr, mein Junge."
Die Kellnerin kam, und auch sie blickte den Burschen wohlgefällig an.
„Eine Flasche ‚Stolitschnaja' und was zu essen", bestellte der junge Mann. „Haben Sie Schaschlyk?"
„Wodka nur hundert Gramm."
Der Hüne konnte es nicht fassen.
„Wieso 'n das?"
„Vorschrift. Hundert Gramm, mehr nicht."
„Sie haben wohl 'n...?"
„Wie bitte?"
„Das is ja für 'n hohlen Zahn."
Der alte Herr mußte lachen. „Hören Sie", sagte er zur Kellnerin. „Ich könnte ja ebenfalls hundert Gramm bestellen. Also bringen Sie ihm seine zweihundert."
„Vorschrift ist Vorschrift. Schaschlyk also ... Noch etwas?"
Der Hüne blickte den alten Herrn hilfesuchend an.
„Was is 'n hier los? Will die mich verklapsen?"
Der alte Herr, jetzt wieder ernst, wandte sich an die Kellnerin:

„Sie wissen doch: Ausnahmen bestätigen die Regel. Sehen Sie sich den Gast an: Was sind für ihn hundert Gramm?"
„Es geht nicht", sagte die Kellnerin ungerührt und guckte den Burschen vergnügt, ja belustigt an. „Noch etwas?"
Dieser deutete den freundlichen Blick auf seine Weise.
„Na schön, meinetwegen dreihundert, Schatz. Hm?" Er ruckte schäkerig mit seiner mächtigen Schulter.
„Es geht nicht. Noch etwas?"
Jetzt war der Hüne sauer. „Hundert Pullen Limonade!"
Die Kellnerin klappte ihren Bestellblock zu. „Rufen Sie mich, wenn Sie's sich überlegt haben." Weg war sie.
„Nich mal was zu trinken kriegt man hier", sagte der Hüne bitter, während er ihr hinterherblickte. „Tss..."
„Der Bürokratismus, wissen Sie, der ist nicht bloß bei den Behörden eingerissen", versetzte der alte Herr teilnahmsvoll. „Hier", er klopfte mit seinem weißen Fingerchen auf die weiße Tischdecke, „hier zeigt er sich in seiner widerwärtigsten Form. Wenn man von irgendeinem Vorgesetzten abgewimmelt wird, kann man sich noch sagen, er hat keine Zeit..."
„Tja, aber was nu?" fragte der Hüne.
„Nehmen Sie Kognak. Den gibt's unbeschränkt."
„Ja?"
„Ja."
Der Bursche winkte der Kellnerin.
„Ich hab's mir überlegt", sagte er. „Bringen Sie uns 'ne Flasche Kognak und zweimal ... Für dich auch Schaschlyk?"
Der alte Herr schüttelte den Kopf. „Danke, ich hab schon bestellt."
„Zweimal Schaschlyk, irgendwelche Salate und einmal Tobak-Hähnchen."
„Hähnchen ‚Tabaka'", verbesserte die Kellnerin, während sie die Bestellung aufschrieb.
„War doch nur Spaß", sagte der Hüne.
„Das wär's?"
„Ja."
Die Kellnerin ging. Der Hüne schüttelte den Kopf. „Nee, sind das Bürokraten! Daß Kognak mehr Umdrehungen hat, wissen die wohl nich?"
„Kognak ist teurer, deshalb", erklärte der alte Herr. „Sie sind wohl nicht von hier?"
„Nee. Bin wegen Ersatzteilen hier. Hab sie heute grade ge-

kriegt, das muß begossen werden."
„Sie sind aus Sibirien?"
„Vom Ural."
„Merkt man." Der alte Herr lächelte. „Ich war mal in Sibirien..."
„Wo denn?"
„In Wladiwostok."
„Ah! Da war ich noch nich."
Die Kapelle begann zu spielen. Der Hüne betrachtete die Musiker. Ein Mädchen in hautengem glitzerndem Kleid trat ans Mikrofon, lächelte in den Saal... Der Bursche wandte sich gleichgültig ab: nicht sein Geschmack. Aber dann sang sie, sang mit einer so verblüffend tiefen, vollen Stimme, daß er wieder hinsah. Sie sang von dem Mann, dem sie noch nicht begegnet war. Sang einfach wunderbar, ganz so, als erzählte sie, und dazu wiegte sie sich in den Hüften. Der Hüne konnte seinen Blick nicht losreißen.
Küchendüfte zogen herein; das Stimmengewirr in der Gaststätte wurde von der Musik, vom Gesang des Mädchens übertönt.
In dem großen Saal mit den Gummibäumen wurde es gemütlich.
Dem Burschen gefiel das Mädchen immer mehr. Er blickte den alten Herrn an. Der saß mit dem Rücken zur Kapelle, den Kopf zwischen die Schultern gezogen und den matten Blick auf den Tisch gerichtet. Sein Mund stand leicht offen, die Unterlippe hing herab.
„Da ist sie wieder", sagte er leise, als er merkte, daß der Bursche ihn anblickte. Und lächelte wie zur Entschuldigung, daß ihn das Lied so tief bewegte.
Das Mädchen aber sang und lächelte. Ihr Lächeln ließ etwas Verderbtes ahnen. Doch sie war einfach zu schön, ihre Art sehr kühn.
Der Hüne hatte den Kopf in seine Pranken vergraben und starrte sie an.
„'n Aas, wie?!" sagte er, als ihr Auftritt zu Ende war.
„Ich bekomme ja nicht viel Rente", vertraute der alte Herr ihm an, „aber stellen Sie sich vor, ich gebe alles hier aus — nur, um sie zu hören. Ihnen gefällt sie also auch?"
„Ja."
„Achten Sie mal darauf: Sie ist noch ein richtiges Kind. Trotz

Schminke, Lidschatten und einstudiertem Lächeln — ein richtiges Kind. So manches Mal kommen mir die Tränen."
„Singt sie noch weiter?"
„Ja, bis Viertel vor elf."
Weinbrand, Schaschlyk und Salate wurden serviert. Der alte Herr bekam Milchreis.
„Na, nehmen wir einen?" fragte der Bursche.
Der alte Herr guckte die Flasche an, überlegte einen Moment — dann wischte er seine Bedenken mit einer Handbewegung weg und sagte: „Schenken Sie ein! Aber nur fünfundzwanzig Gramm!"
Der Hüne griente, füllte das blaue Schnapsglas zur Hälfte, den Weinkelch für sich dagegen bis zum Rand — und leerte ihn auf ex.
„Mein Gott!" entfuhr es dem alten Herrn.
„Was is?"
„Haben Sie ein Gefälle!"
„Ehrlich gesagt, ich mach mir nichts aus dem Zeug, wegen dem Geruch."
„Beneidenswert ... Was sind Sie von Beruf?"
„Holzfäller, Brigadier."
„Verdammt beneidenswert! Das nenn ich ein Leben! Hier dagegen fühlen Sie sich beengt, nicht? Ja, ich merke es."
Der Hüne verschlang seinen Schaschlyk und hörte zu. „Trink nur!"
Der alte Herr trank aus, räusperte sich und aß rasch einen Happen. „Hab seit langem nicht getrunken, wohl drei Jahre."
„Alleinstehend, was?"
„Ja." Der alte Herr nickte.
„Mist."
„Ach wo ... Ich denk nicht darüber nach. Sie ...", er deutete mit einer Kopfbewegung zur Kapelle, wo das Mädchen eben gesungen hatte, „sie kommt mir wie eine Tochter vor. Ich liebe sie, als wär sie's wirklich. Und mache mir schreckliche Sorgen um sie."
„Kennt sie dich?"
„I wo!"
„Schön, wie sie singt. Gekreische kann ich nich ausstehn."
„Ja, ja ..."
Der Hüne lehnte sich auf seinem Stuhl zurück, schlug sich auf

die Brust, daß es nur so krachte, und stöhnte geräuschvoll. „Klasse, der Schaschlyk!"
„Ihr Jungen, ihr meistert das Leben. Ich hab's nicht geschafft", gestand der alte Herr bekümmert.
Die Musiker nahmen wieder ihre Instrumente. Das Mädchen erschien, rückte sich das Mikrofon zurecht.
Der Hüne zündete sich eine Zigarette an. „Da is sie wieder", sagte er mit einem Blick auf sie.
Der alte Herr drehte sich kurz nach dem Mädchen um. „Ich seh nichts. Und die Brille aufsetzen mag ich nicht. Das mache ich selten."
Das Mädchen sang wieder. Sang davon, wie sie sich in einen einsilbigen Burschen verliebt, sich seinetwegen gequält, aber ihn trotz allem geliebt hatte.
Der Hüne lauschte mit versonnenem Lächeln. Der alte Herr saß wieder in sich gekehrt, aufs neue war sein Blick erloschen, und die Unterlippe hing herab.
Dann sang das Mädchen davon, wie sie sich in einen Einfaltspinsel verliebt hatte, der nur „aha" und „oho" sagen konnte. Ein kesses Liedchen. Es war, als erzähle sie von sich selber, so einfach klang es aus ihrem Munde. Und wie sie's allen so freiweg erzählte, war sie einem vertraut und sympathisch.
Eine seltsame, heiße Freude erfüllte den Hünen. Das Leben mit all seinen Sorgen und Mühen rückte in weite Ferne. Es blieb nur sein Widerhall, das Lied. Riesenschritte hätte er jetzt machen können, so unbeschwert fühlte er sich, wie schwerelos.
„Komm, wir trinken noch einen!" Er schenkte dem alten Herrn und sich ein.
Der alte Herr trank gehorsam, schüttelte den Kopf und sagte: „Wenn das man gut geht..."
„Na klar. Ich find's auch einen Jammer — hier, vor diesem besoffenen Pack, zu singen."
„Hör zu!" Der alte Herr zeigte mit seinem dünnen weißen Finger auf ihn. „Heirate sie! Nimm sie mit nach Sibirien. So 'n Kerl wie du!"
„Erstens bin ich schon verheiratet", wandte der Hüne ein. „Und zweitens: Meinst du, die kommt mit nach Sibirien? Wo denkst du hin!"
„Mit dir — ja!"
„Kaum."

Der alte Herr kam merklich in Fahrt. Er wischte sich den Mund ab, warf sein zusammengeknülltes Taschentuch auf den Tisch und legte los, hitzig und belehrend: „Ob sie — ob sie nicht, so darf man nie rangehen. Wenn du siehst, daß einer Hilfe braucht — hilf ihm. Frag nicht lange. Noch dazu, wo dich der liebe Gott nicht hat zu kurz kommen lassen. So 'n bärenstarker Kerl!"

„Ich bin aber verheiratet!" wandte der Hüne erneut ein. „Wo denkst du hin!"

„Das meine ich doch nicht. Ich meine es grundsätzlich ... Na los, schenk mir noch mal ein. Ich fühl mich heut sauwohl."

Der Hüne füllte das blaue Schnapsglas. Und goß für sich den Kelch voll.

„Du erinnerst mich an einen, das war ein guter Kerl", fing der alte Herr an zu erzählen. „Kannst du brüllen?"

„Wie — brüllen?"

„Na brüll mal."

„Wozu?"

„Bloß so. Brüll mal."

„Dann schmeißen sie uns raus!"

„Na und? Pfeif drauf! Brüll wie 'n Bär — ich bitt dich darum."

Der Hüne stellte seinen Weinkelch hin, holte tief Luft und brüllte.

Die Tanzpaare blieben stehen, an allen Tischen drehte man sich nach den beiden um.

Der alte Herr guckte den Burschen verliebt an.

„Herrlich! Ich hatte einen Freund, der war Zeichenlehrer ... Und noch größer als du. Ach, konnte der brüllen! Später wurde er Tigerfänger. Weißt du, wie man Tiger fängt? Man brüllt sie einfach an, und sie setzen sich vor Schreck auf die Hinterbeine ..."

Die Sängerin erschien und trug ein unbekanntes Lied vor. Der Hüne verstand den Text nicht, aber ihm war's gleichgültig. Er hatte den Kopf wieder in seine Pranken vergraben, saß da und lauschte.

„Komm, wir entführen sie!" schlug er dem alten Herrn vor. „Sie kann bei uns im Klub singen."

„Abgemacht! Dann bin ich meine Sorgen los. Abgemacht, Wanja!"

„Ich heiße Semjon."

„Ganz egal. Abgemacht, Junge, wir retten sie!"
Der Hüne saß da, seine Augen wurden feucht, und seine mächtigen Fäuste auf dem Tisch ballten sich immer fester.
„Und du kommst auch mit", erklärte er.
„Ich? Ich komme auch mit!" Der alte Herr schlug mit seiner kleinen knöchrigen Faust auf den Tisch. „Wir machen erst mal 'ne Sängerin aus ihr. Ich verstehe was davon."
Die Kellnerin kam an ihren Tisch.
„Was ist denn mit Ihnen los? Was soll das Geschrei? Sie sind doch hier nicht im Wald!"
„Nur keine Aufregung", sagte der Hüne. „Das wissen wir selbst."
„Darf ich kassieren?" fragte sie den alten Herrn.
„Nur keine Aufregung", sagte der. „Lassen Sie sich nicht bei der Arbeit stören."
Die Kellnerin guckte ihn verwundert an und entfernte sich.
„Mein Leben lang wollte ich stark sein und andern Menschen helfen, aber es wurde nichts daraus — ich bin zu schwach."
„Macht nix", sagte der Hüne. „Siehste die?" Er zeigte seine Faust. „Mit mir fährste sicher: Damit leg ich jeden flach."
„Ach, was hab ich für 'n verpfuschtes Leben gehabt, Wanja! Ein Jammer ... Kein einziges Mal 'ne Frau — mein Gott, ich hatte Angst davor."
„Wieso 'n das?"
Der alte Herr beachtete ihn nicht, er sprach zu sich selbst. „Eine, die sah genauso aus und sang auch genauso ... Ach, konnte die singen! Und ich saß genauso da und hörte zu. Die hätte man auch retten müssen. Aber da waren Offiziere ... lange ist das her ... die hatten Schneid ... Herrje!" Der alte Herr schüttelte seinen Kopf. „Hätt ich lieber Fehler gemacht, hätt ich lieber gesoffen, vielleicht wär ich dann mutiger gewesen. Ich hab nie im Leben einen Fehler gemacht, Wanja!" Er schlug sich auf die Brust, blinzelte mit seinen kurzsichtigen Augen. „Ich hab nie im Leben was ausgefressen. Kannst du dir das vorstellen?"
„Was is daran Schlechtes?"
„Kein einziger Fehltritt — ekelhaft ist das. Entsetzlich! Hat eine Mitleid mit mir gehabt, dachte ich: Sie liebt mich. Hab ich selber geliebt — hab ich mich gedreht und gewendet vor Angst."
„Hast zuviel getrunken", sagte der Bursche. „Iß was."

„Du hast keine Ahnung, bloß gut. Besser, man hat keine Ahnung davon."
„Also fahren wir nach Sibirien, oder was?"
„Na klar. Ich trink den Rest Kognak aus, ja?"
„Trink nur", sagte der Hüne.
Der alte Herr trank aus und schleuderte sein Glas auf den Boden. Es klirrte, und die Scherben flogen nach allen Seiten. Er legte sich mit dem Oberkörper auf den Tisch und weinte. Ein paar Kellnerinnen und der Portier kamen. Der Hüne kniff die Augen zusammen und guckte sie seelenruhig an. Er war bereit, den alten Herrn in Schutz zu nehmen. Ja, er wünschte sich richtig eine Gelegenheit dazu.
„Was ist hier los?"
„Der große Hund is los. Wir fahren nach Sibirien", sagte der Hüne drohend.
„Na schön. Und warum benehmen Sie sich wie Rowdys?"
„Wir benehmen uns nich wie Rowdys, wir hören zu, wie sie singt."
„Die singt unter aller Kanone. Wanja. Saumäßig singt die", sagte der alte Herr unter Tränen. „Du brüllst besser. Da steckt mehr Talent dahinter. Die kann doch nicht singen. Aber 's ist auch Wurscht. Wurschtegal ist das..."
„Wer bezahlt das Glas?"
„Ich", antwortete der Hüne, der den alten Herrn verwundert anguckte. „Ich bezahl alles."
Während die Kellnerin bei dem Hünen kassierte, hatte der alte Herr seinen spiegelblanken Glatzkopf auf die Arme gebettet und weinte still vor sich hin, murmelte: „Ach, Wanja, Wanja... Du bist 'n Urvieh! Wie du gebrüllt hast ... Klasse! Auf in die Taiga! Los, komm ... nach Sibirien."
„Kennen Sie den Mann?" fragte die Kellnerin leise.
„Er ..." Der Hüne überlegte. „Er is Professor. Im Ruhestand."
Die Kellnerin betrachtete den alten Herrn mitleidig.
„Er sitzt oft hier, aber getrunken hat er noch nie. Was heute bloß in ihn gefahren ist ... Bringen Sie ihn nach Hause, sonst landet er sonstwo."
Der Hüne erwiderte nichts darauf, erhob sich, hakte den alten Herrn unter und nahm ihn mit. Der sträubte sich nicht, fragte lediglich: „Wohin denn, Wanja?"
„In mein Hotelzimmer. Und morgen nach Sibirien."

Die Etagenaufsicht machte Sperenzien, wollte sie nicht beide ins Zimmer lassen. Den alten Herrn festhaltend, drehte ihr der Hüne die Seite zu und sagte: „Fassen Sie mir mal in die Hosentasche und holen Sie sich so viel Geld raus, wie Sie wollen, aber hören Sie auf zu zetern."
Entrüstet gab die Frau ihm den Schlüssel, mahnte aber: „Daß ich Sie morgen nicht mehr hier sehe!"
„Morgen fahren wir nach Sibirien."
„Nach Sibirien, Wanja! Ich will wenigstens wie 'n Mensch sterben", brabbelte der alte Herr. „Weißte, laß den Schlüssel — tritt die Tür ein. Tu mir den Gefallen: ordentlich mit Schmackes! Wir bezahlen's nachher."
„Immer sachte", brummte der Hüne. „Sachte, Alter! Bist wohl ganz jeck geworden, 's gibt jetzt 'n Gesetz — die verpassen uns glatt fünfzehn Tage Bau."
„Hab doch keine Angst!"
Der Hüne schloß auf, legte den alten Herrn behutsam aufs Bett, zog ihm die Schuhe aus, wollte ihm auch das Jackett ausziehen, aber dagegen protestierte er: „Laß sein, ich schlaf so. Müde bin ich, geh zur Ruh..."
„Von mir aus. Dann schlaf." Der Bursche knipste das Licht aus und legte sich auf die Couch.
„Fahrn wir nach Sibirien, Wanja?" fragte der alte Herr.
„Morgen. Jetzt schlafen wir erst mal."
„Gute Nacht. Ach, Wanja, Wanja..."
„Gute Nacht."

Am Morgen fand der Hüne auf dem Tisch einen Zettel.
„Wanja, ich kann nicht mit nach Sibirien. Vielen Dank für alles. Leb wohl!"
Der alte Herr war verschwunden. Es hieß, er sei frühmorgens weggegangen.

1967

# Ich möchte auf dem Dorfe wohnen

Ein Mann namens Nikolai Grigorjewitsch Kusownikow konnte auf ein ganz normales, gutes Leben zurückblicken. Vor langer Zeit, Anfang der dreißiger Jahre, hatte ihn die große Macht, die damals ganze Völker woandershin brachte, aus dem Dorf weggeführt. Anfangs war er sich in der Stadt verloren vorgekommen, dann aber hatte er es sich genauer besehen und begriffen: Wer ein bißchen gewitzt und auf Draht war und es nicht auf die Spitze trieb, der brauchte nicht unbedingt die Schippe zu schwingen, der konnte es auch einfacher haben. Und so war er Lagerverwalter geworden und es sein Leben lang geblieben, sogar während des Krieges. Heute nun wohnte er in der Großstadt, hatte eine schöne Wohnung (separat von den Kindern, die was geworden waren) und kam in die Jahre kurz vor der Rente. Hatte er als Lagerverwalter geklaut? Wie soll ich Ihnen das erklären ... Vom Standpunkt so einer Rotznase von studiertem Juristen ja, da hatte er geklaut; vom Standpunkt eines vernünftigen, nüchtern denkenden Menschen aus gesehen, war es freilich kein Diebstahl gewesen: Er hatte stets nur so viel genommen, wie er brauchte, um keinerlei Mangel zu leiden, und überschlüge man mal, was alles durch seine Hände gewandert war, so nähme es sich lächerlich aus, überhaupt von Diebstahl zu reden. Als ob das Klauerei war! Er hatte was mitgehen lassen, sich aber nie vergessen, nie gezeigt, daß er sich besser stand als andere. Deshalb hatte ihn auch nie einer dieser Eierköpfe mit Universitätsbildung zu fassen gekriegt. Gewissensbisse kannte Nikolai Grigorjewitsch nicht. Nicht etwa, weil er kein Gewissen gehabt hätte, nein, nein, einfach weil es von Anfang an gang und gäbe war: Was hatte das Ganze mit Gewissen zu tun! Mach deine Sache ordentlich, dreh nicht durch, werd nicht raffgierig und sei kein Idiot. Was das Gewissen angeht ... Na, wissen Sie ... Wer hat, der hat — der kann auch vom Gewissen faseln, obwohl es das beste Ruhekissen ist, wenn man alles bis ins letzte durchdacht, erwogen, nachgeprüft und abgesichert hat — dann mag sich ein anderer schlaflose Nächte machen. Aber kein Hemd aufm

Arsch haben und vom Gewissen quatschen — wissen Sie, das ist blöd.
Kurzum, es blieb alles im Rahmen, es war alles im Lot. Nikolai Grigorjewitsch hatte seinen Lebensweg fast schon hinter sich. In glücklichen, besinnlichen Minuten sagte er sich: Du bist gut über die Runden gekommen, mußtest weder in den Knast noch in den Krieg.
Allerdings hatte Nikolai Grigorjewitsch einen Tick, für den er wohl selber beim besten Willen keine Erklärung gefunden hätte. Freilich suchte er auch gar keine, dachte gar nicht weiter darüber nach, sondern nahm diese Schrulle hin (bliebe noch herauszufinden, ob es eine Schrulle oder etwas anderes war), nahm sie hin, wie er so vieles andere im Leben hingenommen hatte.
Seit fünf, sechs Jahren trieb er das.
Sonnabend, wenn die Arbeit getan war und seine Frau in der gemütlichen Wohnung auf ihn wartete, wenn alles in Ordnung und ihm wohl und friedlich zumute war, genehmigte er sich einen Wodka und fuhr mit der Elektrischen zum Bahnhof. Es war ein riesengroßer Bahnhof, wo ewig Gedränge herrschte. Dort gab's vor den Toiletten einen Raum, wo man rauchen konnte. Immer, Tag und Nacht, war's da rammelvoll, die Luft — zum Schneiden, dazu dauerndes Stimmengewirr. Dorthin also ging Nikolai Grigorjewitsch. Dort knüpfte er Unterhaltungen an.
„Leute", sagte er geradezu, „wer kommt vom Dorf?"
Da meldeten sich stets viele. Denn es waren zumeist Dörfler, die hier herumstanden.
„Wieso?" wollten sie wissen. „Wieso fragst du?"
„Ich suche 'n Dorf, wo ich wohnen könnte. Weiß vielleicht einer, wo 'n erfahrener Lagerverwalter gebraucht wird? Ich arbeite seit vierunddreißig Jahren in dieser Branche ..." Und Nikolai Grigorjewitsch erzählte vertrauensvoll, schlicht, mit Vergnügen und in allen Einzelheiten, daß er vom Dorfe stamme, vor langer Zeit in die Stadt gezogen sei und sein Leben lang als Lagerverwalter gearbeitet habe und daß es ihn jetzt auf seine alten Tage wieder ins Dorf ziehe ... Und schon ging es los. Die Leute zeigten sofort vollstes Verständnis für seine Sehnsucht, pflichteten ihm bei: Jaja, wie lange man auch in der Stadt herumlungere — wer vom Dorf stamme, den ziehe es früher oder später dorthin zurück. Die Leute schlugen ihm

Dörfer vor — zur Wahl. Nikolai Grigorjewitsch kam kaum hinterher, sich die Adressen alle aufzuschreiben. Es gab Zank und Streit.

„Du mit deinem Wjasowka, so 'n Kaff!"

„Kennst du's denn? Wieso winkste gleich ab? Biste überhaupt mal dort gewesen?"

„Ob ich Wjasowka kenne? Na, wie meine Hosentasche kenn ich dein Kuhkaff! Du grüne Neune, Wjasowka! Auf seine alten Tage will man doch 'n bißchen Natur..."

„Was redste von Natur?" schalteten sich andere ein. „Von der Arbeit mußte ausgehn. Ich kenn euer Wjasowka nich, aber findet er da 'ne Stelle als Lagerverwalter? Das interessiert ihn doch zuallererst."

„Nein, nein", sagte Nikolai Grigorjewitsch, „auf die Natur käme es mir natürlich auch an..."

„Na bitte, was hab ich gesagt? Als Lagerverwalter findste heutzutage überall was. Zum Beispiel ..."

„Na, ihr könnt weiter nix als rumschrein", sagte ein anderer, so ein Gesetzter. „Als Lagerverwalter kommt man heutzutage überall unter, aber wie sieht's mit der Wohnung aus? Bei uns hätte er alles — 'ne Stellung, 'n Fluß, 'n See, bloß die Häuser, die sind verdammt teuer."

„Was kosten die denn so?" Nikolai Grigorjewitsch wollte gleich ins Detail gehen.

„Kommt drauf an, was du haben willst."

„Na, ein Holzhaus mit zwei Räumen, das noch gut in Schuß ist."

„Mit Nebengelaß?"

„Na ja, mit Banja, Holzschuppen ... und vielleicht noch 'm Verschlag — ich hoble gern in meiner Freizeit."

„Also angenommen, 'n gutes Holzhaus mit zwei Räumen", der Mann zählte auf, „mit Banja..."

„Die Banja muß in Ordnung sein — nich so 'ne Bruchbude."

„'ne ordentliche Banja, 'n Schuppen aus Schwartenbrettern, die Schuppen sind bei uns fast alle aus den Schwartenbrettern, die so anfallen..."

„Habt wohl 'n Sägewerk im Dorf?"

„Nich direkt, aber dicht bei."

„Und weiter?"

„Der Garten, ehrlich gesagt, is man klein, wie üblich..."

„'n großen Garten brauchen wir auch gar nicht, meine Alte und ich."
„Tja, der is, wie üblich, nichts Besondres, große Gärten gibt's ja heutzutage nich. Na ja, alles in allem — drei, dreieinhalb."
„Tausend?!" staunte einer.
„Nee, Hosenknöppe", parierte der Gesetzte bissig.
„Na, so 'n unverschämter Preis für so 'ne Bude", meinten die Leute kopfschüttelnd.
Der Gesetzte verlor seine Gesetztheit. „Wieso sollt ich 'n Preis hochtreiben?! Versuche ich ihm vielleicht mein Haus anzudrehn? Ich sag, wie's is. Schließlich will er das wissen ..."
„Na hör mal, das sind ja Wucherpreise. Is bei euch was?"
„Nix weiter als 'n Sowchos."
„Und dann so 'ne Preise? Ich müßt doch 'n Stich haben!"
„'n Stich haben nich wir, den haben sie woanders — ich hab gehört, da machen sie die Häuser zu Brennholz. Die haben 'n Stich! Ich begreif das nich ..." „Ich hab auch davon gehört. Angeblich kriegt man für ungefähr dreihundert Rubel 'n gutes Haus."
„Na, ob für dreihundert oder nich ..."
„Wie heißt denn dein Dorf?" Nikolai Grigorjewitsch wollte es sich notieren.
„Sawalicha."
„Und wo liegt es?"
„Also, wenn du von hier jetzt abfährst ..." Der Mann beschrieb haarklein, wo sein Dorf lag und wie man hingelangte.
„Es ist wohl Kreiszentrum?"
„Das war's früher mal, aber als die Kreise zusammengeschmissen wurden, kamen wir zum Kreis Krasnogorsk. Aber bei uns hat der Sowchos seinen Hauptsitz."
„Da gibt's bei euch sicher auch 'n Umschlagplatz?" erkundigte sich Nikolai Grigorjewitsch.
Bereitwillig berichtete der Dörfler ganz ausführlich. Und er schien richtig erfreut zu sein, daß sein Nest den Mann mehr interessierte als andere Dörfer und Ortschaften. Die anderen hörten richtig eifersüchtig zu. Und paßten eine Gelegenheit ab, dazwischenzufunken.
„Was sind 'n das wieder für Preise! Bestimmt habt ihr nich mal Wald in der Nähe."
„Wie is es denn bei euch?" fuhr der Mann aus dem teuren Dorf

ärgerlich auf. „Na, sag doch mal, was bei euch 'n gutes Holzhaus mit zwei Räumen kostet! Aber ehrlich!"
„Wieso sollt ich's nicht ehrlich sagen? Ein gutes Holzhaus mit zwei Räumen ... Nebengelaß und allem Drum und Dran, auch Garten — anderthalb- bis zweitausend."
„Und wo ist das?" Nikolai Grigorjewitsch wandte sich ihm zu.
Und nun begann derjenige, der das Interesse auf sich gelenkt hatte, ebenso lang und breit zu erklären, wo sein Dorf liege, wie der Fluß heiße und wieviel bei ihnen im Herbst das Fleisch koste...
„Mein Schwager kam mal auf Besuch ... auch grade im Herbst ... Wie der das sah, sagte er: ‚Bei euch kann man's aushalten! Aber guck dich mal bei uns um!' "
„Wo stammt er denn her?"
„Aus Slatoust ... 'ne Stadt hinterm Ural."
„Was fängste von der Stadt an? Wir reden vom Leben aufm Dorf."
„Er is ja nich direkt aus der Stadt, bloß aus der Nähe."
„Trotzdem. Was soll 'n das, wenn der Mann hier sich für unsre Gegend interessiert. Ich könnt ja auch anfangen: Mein Schwager in Magadan..."
„Na, Mann, sag doch gleich: in Amerika!"
„Wieso Amerika?"
„Und wieso Magadan?"
„Weil wir vom Leben aufm Dorf reden, und du kommst mit Slatoust! Was hat 'n das mit Slatoust zu tun?!"
„Ruhe, Ruhe", beschwichtigte Nikolai Grigorjewitsch die Dörfler.
Merkwürdig, hier war er immer gewissermaßen der „Chef" — wie jemand, der Arbeitskräfte anwirbt und von Bewerbern umlagert ist. „Immer mit der Ruhe, Leute", sagte er. „Wir sind doch nich aufm Markt. Jetzt möcht ich gern wissen: Wieviel Meter überm Meeresspiegel liegt dein Dorf?" Die Frage war an denjenigen gerichtet, in dessen Dorf die Holzhäuser am billigsten waren.
Der wußte es nicht. Ja, niemand wußte von seinem Dorf zu sagen, wieviel Meter überm Meeresspiegel es lag.
„Wieso mußte das wissen?"
„Das ist sehr wichtig", erläuterte Nikolai Grigorjewitsch. „Fürn Herz-Kreislauf ist das wichtig. Liegt der Ort 'n bißchen

höher, geht's nicht, weil gleich der Sauerstoff knapp wird."
„Haben wir noch nich bemerkt", gestanden die Männer.
Doch das — nur so beiläufig, Nikolai Grigorjewitsch hatte sich damit lediglich noch ein wenig mehr Gewicht geben wollen. Vor allem redeten sie darüber, was Häuser und Lebensmittel kosteten, ob das Dorf an einem Fluß oder vielleicht an einem See lag und ob Wald in der Nähe war ... Dann kamen sie auf die Leute im Dorf zu sprechen: wie gut sie doch alle seien: freundlich, ruhig, keiner klaue, keiner stelle dem andern ein Bein. Und ohne es zu merken, waren sie plötzlich mittendrin, sich gegenseitig was vorzumachen. Es ergab sich ganz von selbst, ohne irgendeine Absicht — der eine erzählte etwas von seinen Leuten, und da konnten die anderen nicht stillschweigen und legten ebenfalls los, und zwar so, daß klar wurde: Bei ihnen waren die Leute besser.
„Und bei uns ... Paß mal auf: Bei uns, wenn 'ne Frau Wasser holen geht, schließt sie 's Haus nie zu. Wozu das Vorhängeschloß? Ein Stöckchen reingesteckt und fertig: Keiner geht rein. Nich mal die Zigeuner — bei uns wimmelt's von Zigeunern —, nich mal die gehn rein: So haben wir die dressiert."
„Das is noch gar nix! Stellt euch vor: Bei uns is 'n Dieb ..."
„'n Dieb?"
„Jawohl, 'n Dieb! Das weiß jeder, daß er einer is — hat ja schon so fünfmal deswegen gesessen. Und bei uns is 'ne alte Lehrerin, die hat mal 'n Orden gekriegt ... Und der Dieb geht einfach hin zu ihr und sagt: ‚Kann ich mal zwei Wochen bei dir wohnen?' Sie is mal seine Lehrerin gewesen ... Ich glaub, in der ersten Klasse. Er is übrigens im Heim groß geworden, und sie hat wohl mal dort gearbeitet. Tja. Er geht hin und sagt: ‚Kann ich mal 'n paar Wochen bei dir wohnen, bis ich was andres finde?'"
„Und — hat sie ihn reingelassen?"
„Hat sie! Na, wir haben gedacht, er räumt ihr die Bude aus, sie tat uns schon richtig leid."
„Nee, bei denen is es Gesetz: Wo man unterkommt, wird nich geklaut."
„Genau."
„Also hat er nich die Bude ausgeräumt?"
„Nee! Keinen Fussel hat er angerührt. Hat sich zusammengerissen."

„Tja, das is so 'n Gesetz. Hätt er geklaut ... wenn er sie trotzdem beklaut hätt, da hätten ihm seine Leute aber..."
„Keinen Fussel hat er angerührt!"
„Komisch is es trotzdem ... Wo sie doch sonst auf Gesetze pfeifen! Mir haben sie voriges Jahr 'n Heuschober ausgeräumt, die Aasgeier..."
„Die gerade! 's wird wohl einer von unsereins gewesen sein. Was soll 'n Schlitzohr mit Heu?"
Die Leute lachten. Erinnerten sich an andere Fälle ... Rauchten unablässig — der Raum war so vollgequalmt, daß die Augen tränten. Aber gottlob kriegte man die Zeit totgeschlagen: Ehe man sich's versah, war die Abfahrtszeit heran. Auf dem Bahnhof sitzen und warten — das war ja kein Vergnügen.
Ein fixer Bursche benutzte eine Minute der Stille, um sich zu Wort zu melden: „Ich kam mal aus der Kreisstadt, und da sah ich 'ne alte Oma stehn ... so achtzig, fünfundachtzig. Sie winkt, ich halt an. ‚Nach Krasnoje, Söhnchen.' Bis Krasnoje sind's fünfundsechzig Kilometer. ‚Kannste's bezahlen?' frag ich. ‚Aber ja doch, ja doch.' Na schön, ich nehm sie mit ..."
Dem Erzähler funkelten schon die Augen. „Wir kommen nach Krasnoje. ‚So', sag ich, ‚wir sind da. Nu bezahle.' Sie grabbelt in ihrer Tasche rum und gibt mir — fünf Hühnereier!"
Alles lachte. Der Erzähler war zufrieden.
„‚Früher', sagt sie, ‚haben sie's immer angenommen. Früher', sagt sie, ‚haben wir immer mit Eiern bezahlt.' — ‚Laß schon', sag ich, ‚geh man, Alte.'"
Der Erzähler ließ es sich nicht nehmen, noch etliche Male zu wiederholen, was er zu der alten Frau gesagt hatte: „‚Laß schon, geh man, Alte. Was gibt's bei dir weiter zu holen.'"
Man sollte daraus ersehen, was er für ein guter Kerl sei. Überhaupt, so stellte sich bei diesen Unterhaltungen heraus, wimmelte es in den Dörfern von guten, treuherzigen, arglosen, uneigennützigen Leuten. Dort waren alle so! Und traf man doch mal welche, die stänkerten, die gemein, raffgierig waren — das waren halt 'n paar miese Typen.
Nikolai Grigorjewitsch hatte das Adressenaufschreiben seinlassen und hörte zu, wandte sich bald hierhin, bald dahin und lachte mit. Und weil er so bereitwillig und freudig zuhörte, wurden — genauso freudig — immer neue Geschichten erzählt, in denen die wunderbare Uneigennützigkeit der Menschen

zutage trat. Zwar gerieten ein paar Fälle dazwischen, in denen unversehens die Fratze eines Neiders oder Gauners auftauchte, aber darüber ging man hinweg, es war ja nicht der Kern der Dinge, nicht der Rede wert. Alle waren sich wortlos einig, daß es nicht der Rede wert sei, denn regiert wurde die Dorfwelt von Vernunft und Güte.

„Heute hab ich 'n Stand gesehn, wo's Bier gab. Ich mich angestellt. Ich komm dran, die Tante da nimmt 'n Glas, hält's kurz untern Hahn und — der Nächste bitte. Na, denk ich, für so 'n Beschiß würden sich bei uns die Leute bedanken."

Da waren sofort alle einer Meinung ... Tja, die Hast und der Andrang, das nutzt so 'n Luder aus. Andrerseits — der kleine Schluck, der da fehlt! Klar, sie schummelt sich was zusammen. Bloß — du bist nicht gestorben, weil du ein, zwei Schluck weniger gekriegt hast. Und sie hat vielleicht Familie ...

Aber was die Dörfler in der Stadt einfach nicht begreifen konnten, das waren die Pampigkeiten. Weiß der Kuckuck, so was ist doch einfach nicht zu fassen. Die brüllen sich an, werden giftig ... Und wehe, du fragst 'ne Verkäuferin was. Dasselbe auf den Ämtern. Hast du was nicht kapiert, frag lieber gar nicht erst: Die gucken dich an und geben dir 'ne Antwort, daß du die Beine in die Hand nimmst. Nun, als dieses Thema angeschnitten wurde, tuteten alle ins selbe Horn — die Männer vom Dorf konnten das nicht verstehen, konnten sich nur darüber wundern ... Und nicht anders als sie — Nikolai Grigorjewitsch. Er hatte jemanden an die Toilettenwand gedrängt und redete lauthals auf ihn ein: „Darum will ich ja weg! Darum halt ich's ja einfach nicht mehr aus. Denkste, mir geht's schlecht?! Ich kann's jedem nur so wünschen. Meine Alte und ich, wir haben 'ne Zweizimmerwohnung ganz für uns alleine ... Aber ich kann einfach nich mehr! Das Leben hier, das macht mich fertig!" In diesem Moment, da er dem Mann vom Dorf ins Gesicht schrie, litt er ganz ehrlich, schlug sich mit der Faust auf die Brust, weinte beinahe ... Aber — und das war das Verblüffende — er hatte auch ganz ehrlich vergessen, daß er auf Arbeit selber rumbrüllte, daß er die Fahrer und die Packer anschnauzte und daß man auch ihm nicht mit Fragen kommen durfte. All das war plötzlich vergessen, während er sich im Innersten gekränkt fühlte, daß die Leute so pampig waren und rumbrüllten, sich anschnauzten und beleidigten. Und es lag auf der Hand, daß dies kein Leben war, daß ihm dieses Leben samt der Zweizimmerwohnung gestohlen bleiben konnte — lieber wollte er sich auf dem Dorf ein Holzhaus kaufen und in Ruhe sein Leben beschließen, es wie ein Mensch beschließen, in Würde. Man durfte sich doch nicht zu einem Stück Vieh machen lassen wie die anderen, sie alle waren doch Menschen! Und diese Worte von der menschlichen Würde und der Ruhe kamen Nikolai Grigorjewitsch vom Herzen, er mußte sie herausschreien, wenn es auch weh tat — zugleich war's doch eine Wonne ... Zuweilen verstummten sogar die anderen ringsum, und nur er allein — in diesem Mief, diesem Hecht — sprach und schrie ... Sie hatten ehrliches Mitgefühl, wollten helfen.

Hatte er sich dann alles von der Seele geredet, ging Nikolai Grigorjewitsch mit den Adressen in der Tasche nach Hause. Vom Bahnhof kehrte er stets zu Fuß zurück — es waren vier Haltestellen. Er ließ die große Erregung abklingen. Ein bißchen wehmütig war er noch und müde. Am Ende seines Marsches befiel ihn immer ein Riesenappetit.

Er fuhr nirgendwohin, weder in dieses noch in jenes Dorf, hatte auch nichts dergleichen vor. Aber nicht mehr auf den Bahnhof zu gehen, brachte er auch nicht fertig — es war ihm ein Bedürfnis. Hätte ihn jemand, sein ältester Sohn etwa, hätte der ihn zur Rede gestellt und ihm verboten hinzugehen oder sich Adressen aufzuschreiben und mit diesen Bauern zu reden — aber wie hätte ihm das einer verbieten wollen? —, dann wäre er heimlich hingegangen. Er konnte einfach nicht mehr anders.

1972

# Schwager Sergej Sergejewitsch

Andrej Kotschuganow bekam Besuch: Rosa, die Schwester seiner Frau, und deren Mann Sergej. Sergej Sergejewitsch, wie er sich vorstellte, war ein sonnengebräunter Mann mit Stupsnase und runden, flaschengrünen Augen.
Die Schwestern vergossen ein paar Freudentränen und verzogen sich schleunigst in die Stube, die Koffer nahmen sie mit.
„Na, jetzt werden 'n halben Tag Klamotten besichtigt", sagte Sergej Sergejewitsch herablassend, jedoch nicht ohne Stolz — sie hatten jede Menge Klamotten. Mit so einer Miene hauen junge Leutnants, wenn sie auf Urlaub zu Haus sind, ihr Geld auf den Kopf. Bei denen freilich entschuldigt es die Jugend, hier aber genoß ein vierzigjähriger Mann seinen Stolz.
Die beiden Schwager rauchten.
„Wie lange bleibt ihr?" fragte Andrej.
„Ich hab Zeit, kriege doch Sonderurlaub." Wieder Stolz, Hochnäsigkeit. Der Mann konnte nicht aus den Augen gucken vor lauter Prahlerei. „Auf Sondervereinbarung."
„Was heißt ‚Sonder-'?"
„Na, Sondergehalt und Sonderurlaub."
„Die zahlen dir wohl 'n Haufen?"
Schwager Sergej Sergejewitsch lachte über Andrejs Unwissenheit. „Ich zum Beispiel krieg vierhundert raus."
Schwager Andrej staunte: „Mensch!"
„Wieviel verdient hier bei euch 'n Professor?"
„Wo?"
„Na, hierzulande."
„Woher soll ich 'n das wissen."
„Der bestbezahlte Professor kriegt fünfhundert Rubel. Höchstens."
„Na und?"
„Ich hab fünfte Klasse, mit der sechsten war's Sense..."
Sergej Sergejewitsch lachte wieder. „Tja. So geht's einem."
„Na, da geht's euch gut. Das is ja schön."
„Ich kann nicht klagen. Kann man sich hier wenigstens erholen?"

Andrej zuckte die Achseln. „Klar ... Wieso? Erholen kann man sich überall, find ich."
„Das sag nich. Ich hab meiner Alten gesagt: ‚Wir fahrn nach Jalta!' — ‚Nee', sagt sie, ‚ich will mal nach Hause.' Na schön, fahrn wir nach Hause, wenn's sein muß. Ich mach immer in Jalta Urlaub. Ich kann diese Kuhdörfer nich ausstehn: In den Läden gibt's nix ... Ich hab vorhin mal in euern Laden reingeschaut. ‚Bitte 'ne Flasche Sekt', sag ich. Die Verkäuferin steht da wie 'ne Kuh vorm neuen Tor. ‚Was 'n für 'n Sekt?' — ‚Na ganz normalen', sag ich, ‚trocken, halbtrocken, süß, halbsüß ... Was für welchen haben Sie denn da?' — ‚Gar keinen.' Nich mal 'n anständigen Wein haben sie. Bloß Fusel."
Andrej erhob sich. „Ich geh und hack noch 'n bißchen Holz. Ich soll doch bestimmt die Banja heizen?"
„'n Schwitzbad, prima. Hat deine Banja 'n Rauchabzug?"
„Nee."
„Na prima! Manche wundern sich: ‚Wieso magst du das?' Aber mir is es sogar lieber. Das riecht so schön nach Rauch. Aber schlepp reichlich Wasser ran."
Andrej ging hinaus. Bald darauf kam Frau Sonja aus der Stube.
„Oh, habt ihr viel mitgebracht!" sagte sie begeistert, anhimmelnd. „Für mich zwei buntbedruckte Tücher, 'n Atlaskleid, zwei buntbedruckte Tischdecken, so 'n schönes Zeug..."
„Schön ins Zeug legen müssen wir uns und Wasser schleppen", versetzte Andrej, der inzwischen zurück war. „Dein Schwager hat's gern reichlich."
„Aber ich red doch von den Sachen ... Kümmre du dich drum, Andrej. Und zieh nich so 'n Gesicht wie sieben Tage Regenwetter — sonst denken sie noch, wir freuen uns nich über ihren Besuch. Ach, wie ich mich freue. Und die Schals! So welche hab ich noch nich mal im Traum gesehen. Führt ihr ein Leben!"
Als sie in der Banja saßen, war es schon dunkel.
Schwager Sergej Sergejewitsch ließ sich so richtig durchdampfen, goß sich kellenweise Wasser über den Leib, ächzte wohlig ... Andrej staunte über die vielen Tätowierungen auf seinem sehnigen Körper.
„Ich hab doch gesessen!" teilte Sergej Sergejewitsch fröhlich mit, als Andrej nach den Tätowierungen fragte. „Vier Jahre

... Jugendstrafe. Mein Bruder arbeitete beim Dorfkonsum, wir fuhren Ware aus ... Hu! Kcha! ... Und einmal — ich rein ins Auto und zwei Ballen Chinakrepp beiseite gebracht. Aber es war 'n Reinfall. Na los, gieß noch 'ne Kelle rauf."

Andrej goß Wasser auf die heißen Ofensteine. Sergej Sergejewitsch peitschte sich aufs neue wie wild mit Birkenreisig, stöhnte und ächzte wieder.

„Was wurde mit dem Chinakrepp?"

„Ich sag doch: Es war 'n Reinfall. Mir haben sie vier Jahre verpaßt, meinem Bruder sieben ... Haben ihm nich mal angerechnet, was er für Orden hat. Zwölf Stück!"

„Wieso haben sie deinen Bruder eingelocht?"

„Na, weil er mich angestiftet hat! Mich haben sie beim ersten Verhör aufs Kreuz gelegt. Aber er brauchte nich die ganze Zeit abzureißen, bloß fünf Jahre, dann kam 'ne Amnestie. Los, noch mehr Wasser! Gleich zwei Kellen voll!"

„Hältste das aus?"

„Quatsch! Mach schon!"

Der Ofen zischte böse, die Dampfwolken schossen bis an die Decke und waberten wieder nach unten ... Andrej hockte sich hin. Der Schwager auf der Schwitzbank wand sich und ächzte, sein sonnengebräunter, tätowierter Körper glänzte im Halbdunkel. Schließlich wälzte er sich herunter und kroch auf allen vieren in den Vorraum, um Luft zu schöpfen.

Andrej kletterte für einen Moment auf die Schwitzbank, schlug sich ein bißchen mit dem Reisig auf die Beine und aufs Kreuz — er mochte die Schwitzerei nicht besonders. Dann ließ er sich ebenfalls auf den Fußboden herunter.

„Komm her, wir rauchen eine", sagte Sergej Sergejewitsch.

Im kühlen Vorraum steckten sie sich eine an. Der Schwager bohrte gleich wieder: „Na, und was kannste hier im Urlaub anfangen?"

„Meine Güte!" sagte Andrej. „Liegen — und in die Luft gucken ... Kino gibt's auch mal. Angeln kannste gehn ..."

„Is was drin im Fluß?"

„Wenig. Unsre Leute rudern stromauf, da soll's besser sein."

„Haste 'n Boot?"

„Ja. Aber ohne Motor."

„Wieso 'n das? Gibt's keinen?"

„Doch. Mußt bloß inn Laden gehen und einen kaufen ... Mir fehlt der nötige Kies."

„Ich hab eine ISH. Was denkste, wenn ich sonnabends früh gegen vier loszische — die schafft ihre hundert Sachen! 'ne Wucht, sag ich dir! Ich fahr immer auf die Seen raus zum Angeln."
„Fängste viel?"
„Ich will ja nich angeben, aber: 'n halben Sack bring ich nach Hause. Rosa weiß gar nich, wohin mit dem Zeug. Sie brät und salzt, kocht Fischsuppe ... Na, und vor allem düngen wir 'n Garten damit."
„Was?!" Andrej traute seinen Ohren nicht.
„Ja. Ich steh auf Zwiebeln, und ich hab doch 'n Treibhaus, und da nehm ich zerstampften Fisch als Dünger ... Hast du 'ne Ahnung, was da für Zwiebeln wachsen! Kein Mensch in unserer Siedlung hat so welche! Richtig zuckrig schmecken die Dinger. Jetzt hab ich mir 'n Wolga bestellt. Ich soll aufn Fiat warten, haben sie mir geraten, aber ich glaub, das dauert fünf Jahre — da hab ich meinen Wolga dreimal. Kcha! Schwitzen wir noch 'ne Runde? Ich laß mich noch mal durchbrutzeln."
Nach ihnen gingen die Frauen in die Banja.
Die beiden Männer saßen unterdessen bei einer Flasche Wodka und — bekamen sich in die Wolle. Schwager Sergej Sergejewitsch fing wieder an zu prahlen, wie er alles drehe ... Und mit einmal warf er Andrej vor, er sei ein Versager.
„Hast nich mal 'n Fernseher?"
„Nee."
„Na hör mal, du bist mir ja 'ne Nappsülze. Nich mal zum Fernseher reicht's bei dir?"
Andrej schnappte ein. „Nich alle Leute kriegen 'n Gehalt wie 'n Professor ..."
„Aber du wirst dir doch 'n Fernseher kaufen können!"
„Was soll ich mit so 'nem Scheißding? Ich brauch auch keinen Fiat, verstehste? Und wenn du nich aufhörst rumzunörgeln, red ich anders mit dir ..."
„Wie 'n?"
„Wirste gleich merken."
„Nee, sag mal: wie denn? Hm?"
„Ich geb dir 'n paar auf die Rübe, und fertig."
„So?"
„Du kommst hierher, verstehste, und was hör ich die ganze Zeit: ‚Dies is nich gut, das gefällt mir nich!' ... Ich hab dich nich eingeladen. Bist von selber gekommen, also halt die

Klappe. Und benimm dich wie 'n Mensch."
„Also, du meinst: Wenn ich was sehe, was ich nich in Ordnung finde, soll ich trotzdem sagen, es is in Ordnung, ja?"
„Kann ich was dafür, daß sie im Laden keinen Sekt haben? Wozu brauchen die hier Sekt? Bei uns trinkt den keiner."
„Ich red doch nich vom Sekt, sondern vom Fernseher. Ich kann auch einfachen Wodka trinken."
„Hast du zum Beispiel 'ne Kombine?"
„Was für 'ne Kombine?"
„Na, 'ne ganz gewöhnliche Erntekombine."
„Was soll ich 'n mit der?"
„Na siehste, ich brauch genausowenig 'n Fernseher wie du 'ne Kombine. Aber ich meckre auch nich rum, wieso du keine Kombine hast..."
„Aber 'n Fernseher is doch das erste, was 'n Mensch braucht! Du hast doch 'n Sohn: Anstatt abends im Garten rumzulungern, kann er fernsehen."
Andrej schwieg eine Weile, dann sagte er: „Ich hab Zwiebeln, da hängen ganze Bündel ... Willste welche?"
„Nee, nimm's mir nich krumm, aber du bist 'ne Nappsülze..."
Andrej fixierte seinen Schwager. „Sag das noch mal — dann kriegste was in die Fresse."
„So?" Der Schwager wurde lebendig. „Weißte, daß meine Rechte losgeht, ehe ich's merke? Guck dir mal meinen Rüssel an!" Er drückte den Finger auf seinen Riecher. „Nasenbeinbruch ... Hat mein Stiefvater gemacht. Als mein Bruder und ich groß waren, hast du 'ne Ahnung, wie wir's ihm da heimgezahlt haben ... Wenn's sich ergab, ging ich auf ihn zu und — baff! ..." Sergej Sergejewitsch wollte vormachen, wie er seinen Stiefvater geboxt hatte, und streckte den Arm aus, doch da traf ihn Andrejs Rechte, und er flog vom Stuhl. Er fluchte laut. „Ich wollt's dir doch bloß zeigen! 'n Leberhaken, du Arschloch! Na, Schwamm drüber!" Sergej Sergejewitsch saß auf dem Fußboden, rieb sich mit der einen Hand die Stirn, während er mit der anderen in der Luft herumfuchtelte, um es zu erklären. „Ich will's dir bloß vormachen, und du denkst..."
„Zwei junge Kerle aufn alten Mann", sagte Andrej. Er genierte sich für seine Voreiligkeit. „Findste das nich 'ne Schande?"

„Hast du 'ne Ahnung, wie der uns verdroschen hat? Ha!“
Da klappte die Haustür. Der Schwager sprang vom Fußboden auf und sagte rasch: „Andrej! Schwamm drüber! Kein Wort! Wir sitzen und trinken einen ... Es is nix gewesen, klar? Sonst is die Hölle los, verstehste? Meine Alte, das Aas, versaut mir glatt den Urlaub ... Topp? Wir sitzen friedlich und trinken.“
Der Schwager goß rasch die beiden Gläser voll, setzte sich an den Tisch.
Als die Schwestern hereinkamen, stießen die beiden Männer gerade an.
„Na denn!“ schrie Sergej Sergejewitsch. „Auf das Schwitzbad!“
„Du begießt es schon, wie ich sehe“, sagte Rosa friedfertig. „Na, was is los?“
„Alles in Ordnung“, versicherte Sergej Sergejewitsch eilig. „Frag deinen Schwager.“
„Alles in Ordnung“, bestätigte Andrej.
„Wieso wartet ihr nich auf uns“, sagte Sonja vorwurfsvoll, jedoch nur der Form halber: Die beiden Frauen waren allerbester Laune.
Bald saßen alle vier einträchtig am Tisch und sangen. Sergej Sergejewitsch legte mit dünner, zittriger Stimme los ... Schloß dabei die Augen und schüttelte leise den Kopf.

„Ich weiß, du wartest nicht auf mich.
Auch meine Briefe liest du nicht ...“

Die anderen stimmten ein:

„Mir entgegen kommst du nicht,
Und wenn, erkennst mich nicht.
Ach, mir entgegen kommst du nicht ...“

Andrej kannte den Text nicht und wartete, bis sein Schwager und Rosa es einmal gesungen hatten, dann brummte er traurig mit. Ihm gefiel das Lied sehr, und es tat ihm von Herzen leid, daß er seinen Schwager geschlagen hatte.
Anderntags leistete sich der Schwager was — nur kam Andrej nicht ganz dahinter, warum.
Andrej kehrte abends von der Arbeit zurück. Der Schwager wartete auf der Bank an der Pforte. Als er Andrej sah, stand

er auf, steckte die Hände in die Hosentaschen und kniff wieder ganz selbstgefällig die Augen zu. Fragte: „Na, du Nappsülze, haste genug geschuftet?"
Andrej traute seinen Ohren nicht. „Fängste wieder an?" sagte er drohend.
„Folgen Sie mir, Bürger!" Der Schwager ging, ohne sich umzuschauen, zum Schuppen.
„Was is 'n?" Andrej rührte sich nicht vom Fleck.
„Komm, wenn ich's dir sage!" herrschte ihn der Schwager an. „Du bist wirklich 'ne Nappsülze."
Andrej schaute sich um — auf dem Grundstück war keiner weiter. Er ging auf seinen Schwager zu. Seine Miene verhieß nichts Gutes. Der Schwager riß die Schuppentür auf ... Und dort lag, aufgebockt und blitzblank gefettet, ein Bootsmotor. Nagelneu, frisch aus dem Laden. Der Schwager stieß mit der Fußspitze dagegen.
„So, den kannste anbauen."
„Wieso?"
„Sag Dankeschön und nimm, ehe ich's mir anders überlege. Verstehste? Den schenk ich dir."
„Wie 'n das?" Andrej konnte es nicht fassen.
Der Schwager lachte zufrieden. „Siehste ... Da bleibt dir die Spucke weg, was? Du Nappsülze ... Er gehört dir!"
„Aber der kostet doch 'ne Stange Geld", sagte Andrej. „Menschenskind ..."
Sergej Sergejewitsch trat auf Andrej zu, tätschelte ihm — absichtlich so, daß es weh tat — die Wange.
„Nimm ... Ich kann zehn Stück von der Sorte kaufen. Denk an Sergej Sergejewitsch Newerow! Na, komm her."
Als Andrej aus dem Schuppen trat, sprang Sergej Sergejewitsch ihm plötzlich auf den Rücken und schrie fröhlich: „Na los ... Huckepack! Bis vors Haus."
„Hör auf!" Andrej ruckte mit den Schultern. „He!"
Der Schwager hielt fest.
„Na los, bis vors Haus! Mach schon!" Sergej Sergejewitsch stupste Andrej ungeduldig die Füße in die Seiten. „Los! Is doch bloß Jux. Hopp! Hopp! Im Trab! Oder bin ich zu schwer?"
Der verdammte Motor! Das hatte ihm der Teufel eingebrockt, weiter keiner. Scheißding! Andrej hätte seinen Schwager an der Vortreppe um ein Haar koppheister abgesetzt, hätte ihn

beinahe auf die Stufen geschleudert, denn während er mit ihm hinhopste, brüllte der Schwager auch noch: „He, he, hopp! Der Kosake sprengt durchs Tal, munter im Galopp!"
Zum Glück kam niemand aus dem Haus, auch von der Straße sah keiner, auf wem Kotschuganows Gast „durch das Tal sprengte".
Andrej ging ins Haus, gab der Tür einen Fußtritt ... Doch auf dem Tisch, das sah er, stand wieder eine Flasche Wodka, es roch appetitlich nach Braten ... Im Haus war alles schön aufgeräumt, das Radio spielte, seine Frau Sonja, wunschlos glücklich, wirtschaftete in der Kochnische herum ... Scheiß drauf, daß er den Schwager huckepack geschleppt hatte! War's etwa schwer gewesen? Dafür hatte er jetzt, verdammt noch mal, einen Bootsmotor.
„Na, was sagste zu dem Motor?" fragte Sonja.
„Hat der Augen gemacht!" platzte Sergej Sergejewitsch heraus. „Hat der Augen gemacht. Nee, zum Totlachen." Der Schwager und Sonja lachten zufrieden. „Ich sag: ‚Nimm, ehe ich's mir anders überlege! Sonst überleg ich's mir wirklich!' ... Kommt, trinken wir jeder 'n Gläschen — auf die Neuanschaffung. Was stehste herum? Haste dich noch nich besonnen?" Schwager Sergej Sergejewitsch lachte abermals. Und trat zum Tisch. Jetzt hatte er wieder diesen Ton wie gestern bei der Ankunft.

1969

# Jakowlew der ewig Unzufriedene

Boris Jakowlew kam aus der Stadt auf Urlaub ins Dorf ... Er war knapp vierzig, hatte jedoch keine Familie; gehabt hatte er zwar eine, aber sie war auseinandergegangen, jetzt saß er allein. Nun, man konnte sich denken, woran das alles lag: Jakowlew hatte einen verqueren Charakter. Man erinnerte noch von damals, als er im Dorf wohnte und im Kolchos arbeitete: Er hatte ewig so ein höhnisches Funkeln in den Augen, mußte ewig seinen giftigen Senf dazugeben ... Immer sah er den Leuten scharf auf die Finger, kam ihnen aber nie mit einer Frage oder einfach einem offenen Wort, sondern fing es stets um drei Ecken an — kniff die Augen zusammen und guckte, als wartete er, bis der oder der was Unbedachtes tat oder was Dummes sagte, um dann wie ein Habicht draufloszuschießen und zuzuhacken. Er war auch wie ein Habicht; leicht, nervig, immer auf der Wacht und immer böse.

Er hatte hier eine große Sippschaft, Vater und Mutter lebten noch. Da versammelte man sich und feierte. Bei den Jakowlews war das allemal mit Radau, mit Prügeleien verbunden: Mal gerieten sich Brüder und Vettern in die Wolle, mal Schwiegersohn und Schwiegervater, und mal schnauzten sich die Gevattern nach alter Art und Weise an. Das war allgemein bekannt. Auch dieses Mal spielte sich einiges ab, allerdings mit weniger Lautstärke — anscheinend wurden auch die Jakowlews langsam müde.

Boris war ein trinkfester Mann: Er vertrug einen Stiefel, ohne Schlagseite zu bekommen, ohne dumm auf die Nase zu fallen. Oft kriegte man es gar nicht mit, daß er einen geladen hatte: Nur wenn man genauer hinsah, merkte man — die Augen waren dunkler und zusammengekniffen, und aus ihnen stach so eine Herausforderung, ganz, als wollte er sagen: „Na?"

So war's mit ihm auch dieses Mal.

Die zu Hause krakeelten noch, doch er, in Schale geworfen, machte sich auf den Weg zum neuen Klubhaus. Dort hatten sich die Jugendlichen, aber auch Ältere, versammelt und warteten. Es war Sonntag, und aus dem Kreiszentrum sollte eine Laienkunstbrigade kommen, und zusammen mit ihr wollten auch die Laienkünstler des Dorfes auftreten. Die Leute warteten also — vielleicht würde es ganz nett werden.

Jakowlew kam hin, hielt vorm Klub Ausschau ... Er zündete sich eine Papirossa an, steckte die Hände in die Hosentaschen und musterte grinsend die Leute. Vielleicht erwartete er, daß die seines Alters oder auch die Älteren erfreut auf ihn zukommen und ihm schön' guten Tag sagen würden; für diesen Fall hatte er Geld eingesteckt — für einen Umtrunk. Doch keiner kam auf ihn zu; seine Faust in der Tasche knüllte das Geld, und er war wütend und verachtete alle. Wahrscheinlich spürte er, daß er ganz dumm dastand: Allein, allen hier fremd, stand er herum, schob die Papirossa von einem Mundwinkel in den anderen und wartete auf wer weiß was. Die Laienkunst hatte ihn überhaupt nur hergelockt, weil er den Leuten zeigen wollte, wie fein, ja elegant er gekleidet war und daß bei ihm in der Stadt der Rubel rollte — er konnte ohne weiteres eine Runde schmeißen ... Außerdem wollte er ihnen erzählen, daß er in der Stadt eine Einraum-Neubauwohnung besaß — ganz für sich! —, daß er sich auch aus seinem Brigadier auf dem Bau nichts machte, er war Schweißer und sein eigener Herr, und daß diese ländliche Stille sich ihm reinweg auf die Ohren legte, denn er war Lärm und Höhe gewöhnt. Wahrscheinlich wollte er, wenn sie in der Teestube einen hoben, all das ganz beiläufig, zwischen zwei Schnäpsen, erzählen, das war ja im Grunde auch ganz verständlich ... Aber niemand kam auf ihn zu. Die seines Alters ließen sich nicht blicken, und die Älteren ... Weiß der Schinder, die erwarteten wohl, daß er auf sie zuging: Einige erkannte Jakowlew wieder, aber er ging auch nicht auf sie zu. Wie käme er dazu! Oder ...? Nein, lieber stand er herum und verachtete sie alle — so war er nun mal. Sie peilten zu ihm hin, redeten vielleicht sogar über ihn ... Jakowlew gab es einen Stich, doch er rührte sich nicht vom Fleck. Er spuckte die Kippe seiner Kasbek aus, langte nach der nächsten. Er sah sich die Leutchen an, besonders die Burschen und Mädchen ... Ein Haufen junges Gemüse! Natürlich durch die Bank gebildet, belesen, scharfsinnig ... aber daß sie sich 'n Schluck leisten konnten, das nicht! Keine Kopeke in der Tasche, aber dastehn und rumquatschen, die

Rotznasen, und doof lachen ... Jakowlew ärgerte sich, daß er hergekommen war. Er sollte lieber zu seinen Krakeelern zu Hause abdrehen, aber jetzt konnte er sich nicht mehr verdrücken. Zu lange hatte er den Leuten vor der Nase gestanden. Und so blieb er trotzig stehen, haßte alle ... und gab mit Haltung und Miene zu verstehen, wie lächerlich und komisch es ihm war, sie hier, wie Schafe versammelt, auf diese albernen Laienkünstler warten zu sehen. Laienkunst, das war ihr ein und alles! Die einen Trampeltiere hopsten rum, und die anderen freuten sich darüber. 'n Affenleben! dachte Jakowlew verächtlich. Freuen sich über jeden Kitsch. Dorf bleibt Dorf. Nur, daß sie heutzutage 'n bißchen bessere Klamotten haben. Und daß sie sich 'n Klub hingepflanzt haben. Hä, 'n Klub! Jakowlew musterte auch den neuen Klub voller Verachtung. So 'n Schuppen! Aber denken, sie hätten wunder was gebaut. Denken, sie können mithalten, weil sie sich 'n Klub zusammengepfuscht haben!

So stand Jakowlew und steigerte sich in Wut. Und da sah er seinen Jugendfreund Sergej Konopoljow mit Frau. Brav eingehakt kamen sie daher.

Ach herrje! dachte Jakowlew und guckte groß. Das is mir 'n Gespann!

Sergej hatte ihn ebenfalls gesehen und steuerte, schon von weitem grienend, auf ihn zu, seine Frau am Arm; Jakowlew kannte sie nicht, wahrscheinlich stammte sie aus einem anderen Dorf.

„Boris?" rief Sergej; er war ein treuherziger, freundlicher Mensch, früher war er sogar schüchtern gewesen, Jakowlew hatte ihn deswegen oft aufgezogen.

„Tja, ich, wer sonst!" sagte Jakowlew herablassend und reichte erst seinem früheren Freund die Hand und dann dessen Frau, einer dicken Matrone mit grauen, ein wenig vorquellenden Augen.

„Das ist Galja, meine Frau", sagte Sergej, immer noch grienend. „Und das is 'n alter Freund von mir ... Ich hab schon gehört, daß du da bist ... Aber ich hatte noch gar keine Zeit ..."

„Schade, daß ihr die Kirche abgerissen habt", sagte Jakowlew ohne jeden Zusammenhang.

„Wie kommst du darauf?"

„Wie ich sehe, wissen die Leute nich, wo sie hingehen sollen,

und dort könnten sie wenigstens beten."
„Wieso?" fragte Sergej erstaunt. Auch Galja guckte den feinen Pinkel verdutzt und neugierig an. „Heute kommen doch Laienkünstler ...", fuhr Sergej fort. „Die wollen wir uns ansehen."
„Was gibt's da schon zu sehen?"
„Wieso? Die tanzen und singen. Na, und wie geht's dir?"
Jakowlew brachte es einfach auf, wie dieser Trottel dastand und griente. Und obendrein noch fragte: „Wie geht's dir?"
„Und wie geht's euch?" fragte er mokant. „Schön eingehakt, wie ich sehe ... Große Liebe, was?"
Galja wurde verlegen, blickte umher und entfernte sich.
„Gehn wir lieber einen trinken, anstatt den Quatsch anzuglotzen", schlug Jakowlew vor, nicht im mindesten zweifelnd, daß Sergej sofort mitkommen würde. Der jedoch sagte: „Ich bin nich allein hier."
„Nimmst sie eben mit."
„Wohin?"
„Na, in die Teestube."
„Wieso in die Teestube? Wir gehn zum Klub — und landen in der Teestube?" Sergej griente immer noch.
„Du kommst also nich mit?" Jakowlew wurde immer fuchtiger auf diesen alten Finnen.
„Wirklich. 's geht nich. 'n andermal."
„'n andermal gibt's nich."
„Jetzt geht's nich. Wenn ich allein wär, wär's was andres, aber so ..."
„Dann laß sie doch hierbleiben und zugucken, und wir ... Wir schaffen's auch, ehe euer Laientrupp kommt. Los!" Jakowlew hatte verdammt wenig Lust, jetzt allein abzuziehen, er hätte es nicht über sich gebracht. Doch hier herumzustehen war auch unerträglich. „Los! Wir pfeifen uns was ein, und dann kannste dir deine Laienkunst angucken. Wenn ich die seh und euer Hundeleben dazu, krieg ich das Kotzen."
Sergej bemerkte die Bosheit in der Stimme seines früheren Freundes. Er fragte: „Was is denn los?"
„Gefällt dir's etwa, das Leben hier?" Jakowlew deutete mit dem Kopf auf den Klub und die Leute davor.
„Wir leben doch nich schlecht", sagte er. „Wieso findest du's langweilig?"
„Wenn's bloß langweilig wär, aber das kannste doch nich mit

ansehn, so beschissen is es!" Jakowlew ereiferte sich immer mehr. „Die Ärsche, stehn da wie die Hammel. Is das ihr ein und alles, so dazustehen?" Jakowlew starrte Sergej höhnisch ins Gesicht, fragte also auch ihn, ob so was sein ein und alles sei.
Sergej hatte sich mit den Jahren herausgemacht, war ein kräftiger, ruhiger, gutmütiger Mann. Er wußte nicht, was mit Jakowlew los war, doch er kannte ja diesen Habicht: Entweder war ihm eine Laus über die Leber gelaufen, ihm war einer dumm gekommen, oder bei ihm zu Hause hatten sie sich geprügelt. So fragte er ihn freiheraus: „Was is 'n los mit dir? Gab's zu Hause was?"
„So was nennt sich Urlaub!" wütete Jakowlew jetzt gegen sich selbst. Und spuckte seine Kasbek aus. „Zum Freundschaftszug wollten sie mich schicken. ‚Nee', sag ich, ‚ich muß nach Hause aufs Dorf.' Aber hier, das ist doch der reinste Friedhof — bloß daß sie noch keine Trauerlieder plärren. Sag bloß, die leben so!"
Sergej hörte auf zu grienen, dieser Haßausbruch seines früheren Freundes ging ihm gegen den Strich. Aber noch schwieg er dazu.
„Und hast du Kinder?" fragte Jakowlew.
„Ja."
„Mit der?" Jakowlew deutete mit einer Kopfbewegung auf Sergejs Frau.
„Ja, mit der...!"
„Sind wohl dein ein und alles?" fragte Jakowlew weiter. „Rackert ihr euch für weiter nix als das Geblöke ab?"
„Na und du, dort ...?" Sergej war sichtlich bitter gekränkt, erduldete es aber noch, hielt sich noch zurück.
Jakowlew antwortete nicht gleich. „Dort?" Böse und versonnen kniff er die Augen zusammen, steckte sich eine neue Papirossa an und hielt auch Sergej seine Kasbekschachtel hin, doch der lehnte ab. „Dort stinkt einem auch manches, aber es is wenigstens nich so 'n Aasgestank. Los, gehn wir einen trinken!"
„Nein." Nun schaute Sergej ihn spöttisch an.
„Was is 'n los?" fragte Jakowlew, der dies verwundert bemerkte.
„Du bist ganz der alte", sagte Sergej, unverhohlen und böse lächelnd. Ihm riß die Geduld. „Selber die Luft verpesten, aber

es auf andere schieben. Dir gefällt's nirgendwo, was?"
„Dir etwa?"
„Mir ja."
„Na, dann freu dich ... mit deiner glotzäugigen Dickmadam. Wieviel Kinder habt ihr schon gemacht?"
„So viel, wie wir haben wollten. Aber wenn du Arschloch noch ein Wort sagst, dann kriegste deine feine Jacke voll." Sergejs Augen waren böse und ernst.
Jakowlew beeindruckte das nicht, aber er wurde munter — jetzt wurde es interessant.
„Oho", sagte er zufrieden. „Nu reden wir endlich wie Menschen. Sonst geht er schön eingehakt, der Dussel ... Das kannste doch nich mit ansehen. Wer geht denn heutzutage noch eingehakt!"
„Ich geh, wie ich lustig bin. Willste mir vielleicht Vorschriften machen?"
„Ich könnt mich beherrschen!" Jakowlew guckte Sergej fröhlich, herablassend, aber neugierig an. „Fährste 'n Trecker?"
„Das geht dich 'n Dreck an."
„Du Dussel, ich will mich doch bloß mit dir unterhalten. Wieso biste eingeschnappt? Hab ich deine Alte beleidigt? Am besten, man läßt Gras drüber wachsen, über diese Lebensgefährtinnen. Nu guck dir das an, er is eingeschnappt! Liebst sie, was?"
Mit Jakowlew war nicht zu reden. Wie man es auch anfing, er saß auf dem hohen Roß und sprach von oben herab, setzte dem anderen mit solchen gemeinen Fragen gerade dort zu, wo es am meisten traf.
„Klar", sagte Sergej. „Du hast deine wohl unterm Rasen, was?"
Jakowlew lachte schallend, wurde zusehends fideler. Er schlug Sergej auf die Schulter und sagte frohgelaunt: „Mann! Bist doch noch nich ganz vertrottelt!" Jakowlew war schon ein verdrehter Kerl — ihm machte es wirklich einen Heidenspaß, daß sie sich so bissig unterhielten, auf des Messers Schneide — das war nach seinem Geschmack. „Nee, das hab ich nich geschafft. Die haben doch das Gesetz hinter sich. Aber dein Hausdrachen is ganz passabel. Wo haste dir den geangelt? Bloß die Augen, was hat sie mit denen? Hat sie etwa diese ... diese Augenkrankheit da ... Wieso hat sie so 'ne Glotzaugen?"

Sergej holte nach Dörflerart weit aus, um Jakowlew eins unters Kinn zu geben, doch der wich aus, und so traf er ihn — nicht weiter schmerzhaft — an der Schulter. Darauf hatte Jakowlew nur gewartet: Er gab Sergej einen kräftigen Fußtritt in den Bauch, so daß der sich krümmte, dann einen Fausthieb auf den Schädel — und Sergej lag lang. Gelassen machte sich Jakowlew auf den Heimweg ... Ein paar Burschen rannten ihm nach. Er hörte, daß sie hinter ihm herkamen, drehte sich aber bis zum letzten Augenblick nicht um, ging seelenruhig, kaute sogar auf seiner Kasbek. Plötzlich spurtete er los, doch im nächsten Augenblick machte er einen Satz zur Seite und versetzte dem ersten Verfolger einen wuchtigen Faustschlag. Den ersten hatte er erledigt, aber es waren mehrere Verfolger, junge Kerle ... Obwohl Jakowlew ein ausgebuffter Raufbold war, hatten sie ihn bald zusammengeschlagen, und er mußte etliche Fußtritte einstecken, ehe die älten Männer heran waren und sie trennten.

Jakowlew stand auf, spuckte aus, besah sich seinen Anzug — nein, der hatte nicht weiter Schaden genommen. Er klopfte sich ab. War zufrieden.

„Na bitte", sagte er und zog seine Schachtel Kasbek, „das war doch mal was ..." Er musterte spöttisch die älteren Männer und die Burschen, die ihn umringten. „Anstatt dazustehen und auf eure affige Laienkunst zu warten."

„Hau ab", rieten ihm die Männer.

„Klar hau ich ab. Denkt ihr, ich steh mit euch rum und warte auf die Laienkunst? Na, Jungs, wer kommt mit, einen trinken?"

Keiner äußerte den Wunsch, mit Jakowlew zu trinken.

„Öd und blöd, euer Leben, Leute", sagte Jakowlew nach einer Weile. Er sagte es zu allen, sagte es eindringlich und ernst. „Euch sehen — und man kriegt das Kotzen."

„Willste noch mehr?"

„Nötig hätt er's," sagte einer der Älteren. „Schade, daß wir dazwischengegangen sind."

„Darum geht's nich", sagte Jakowlew. „Öd und blöd", wiederholte er klar und unmißverständlich und voller Inbrunst. Er steckte die Hände in die Taschen seiner eleganten Hosen, kaute auf seiner Kasbek ... Und ging.

Die Männer standen noch eine Weile und sahen Jakowlew nach ... Erinnerten sich, wie er früher gewesen war — er war

immer so gewesen. Alle Jakowlews waren so: ewig unzufrieden, ewig die Fäuste bereit …
Und da traf die Laienkunst ein. Und alle gingen die Laienkunst ansehen.

1974

# Reingelegt

Zur alten Agafja Shurawljowa kam der Sohn Konstantin Iwanowitsch zu Besuch. Mit Frau und Tochter. Mal wieder vorbeischauen, ausspannen.
Nowaja war ein kleines Dorf, obendrein kam Konstantin im Taxi vorgefahren, und es dauerte eine Weile, bis die ganze Familie das Gepäck ausgeladen hatte. Sofort wußte das ganze Dorf: Agafjas Sohn ist da, mitsamt Familie, der mittlere, Konstantin, der reiche, gelehrte.
Am Abend erfuhren sie die Einzelheiten: Er Doktor, seine Frau auch Doktor, die Tochter Schülerin. Der Agafja haben sie einen elektrischen Samowar mitgebracht, einen großblumigen Morgenrock und Holzlöffel.
Am selben Abend fanden sich auf der Vortreppe bei Gleb Kapustin die Männer ein. Sie warteten auf Gleb.
Über Gleb Kapustin muß man ein Wörtchen verlieren, damit verständlich wird, warum die Männer sich auf seiner Vortreppe einfanden und worauf sie warteten.
Gleb Kapustin war ein weißblonder Mann mit dicken Lippen, an die Vierzig, belesen und bissig. Irgendwie hatte es sich ergeben, daß aus dem Dorf Nowaja, obwohl es nicht groß war, etliche bedeutende Männer hervorgegangen waren: ein Oberst, zwei Piloten, ein Arzt, ein Zeitungskorrespondent. Und jetzt Shurawljow, ein Doktor. Und irgendwie hatte sich's eingebürgert: Wenn ein bedeutender Landsmann ins Dorf kam und die Leute ihm abends das Haus einrannten, um erstaunliche Geschichten zu hören oder von sich selbst zu erzählen, falls es den Landsmann interessierte, dann erschien Gleb Kapustin und legte den bedeutenden Gast rein. Manch einer war dagegen, andere wieder, besonders die Männer, warteten bloß darauf, daß Gleb Kapustin den bedeutenden Mann reinlegte. Nicht nur, daß sie darauf warteten, sie gingen vorher zu Gleb und dann — allesamt — zum Gast. Wie ins Theater. Voriges Jahr hatte Gleb den Oberst reingelegt — mit Glanz und Gloria. Man war auf den Krieg von 1812 zu sprechen gekommen. Es stellte sich heraus, daß der Oberst nicht wußte,

wer befohlen hatte, Moskau in Brand zu stecken. Zwar wußte er, daß es irgendein Graf gewesen war, aber er brachte die Namen durcheinander, sagte — Rasputin. Gleb Kapustin kreiste wie ein Geier über dem Oberst. Und legte ihn rein. Alle waren perplex, der Oberst fluchte. Ein paar rannten zur Lehrerin, den Namen des Brandstifters, na dieses Grafen, zu erfahren. Gleb Kapustin wartete frohlockend auf das Ergebnis und wiederholte in einem fort: „Ruhig Blut, Genosse Oberst, wir sind ja nicht in Fili*, stimmt's?" Gleb ging als Sieger hervor; der Oberst schlug sich mit der Faust an die Stirn und verstand die Welt nicht mehr. Es nahm ihn sehr mit. Noch lange danach war Gleb in aller Munde, immer wieder wurde an seinen Ausspruch erinnert. „Ruhig Blut, Genosse Oberst, wir sind ja nicht in Fili." Man staunte über Gleb. Die Alten wollten gern wissen, warum er das gesagt hatte.

Gleb grinste vor sich hin. Und kniff irgendwie rachsüchtig die funkelnden Augen ein. Die Mütter der bedeutenden Männer konnten Gleb nicht ausstehen. Sie gingen ihm aus dem Weg.

Und nun war Dr. Shurawljow da.

Gleb kam von der Arbeit (er arbeitete in der Sägemühle), wusch sich, zog sich um. Verzichtete aufs Abendbrot. Ging hinaus zu den Männern.

Sie rauchten. Sprachen über dies und das, absichtlich nicht über Shurawljow. Dann schielte Gleb zweimal hinüber zu Oma Shurawljowas Haus. Fragte: „Oma Agafja hat Besuch?"

„Doktoren!"

„Doktoren?" Gleb staunte. „Oho! Eine harte Nuß!"

Die Männer grienten. „Der eine knackt sie, der andre nicht." Und blickten Gleb ungeduldig an.

„Na, gehen wir, plaudern wir mit den Doktoren", sagte Gleb bescheiden.

Sie gingen.

Gleb voran, gemessenen Schritts, die Hände in den Taschen, die schmalgezogenen Augen auf Oma Agafjas Haus gerichtet, wo jetzt zwei Doktoren saßen. Es war wohl überhaupt so, daß die Männer Gleb vor sich herführten. So geleitet man einen

* Dorf bei Moskau, in dem am 1. September 1812 unter Leitung von Kutusow der Kriegsrat zusammentrat und die Räumung Moskaus beschloß.

erprobten Faustkämpfer, wenn in der befehdeten Straße ein neuer Schlägertyp von sich reden macht.
Unterwegs wurde wenig gesprochen.
„Doktoren auf welchem Gebiet?" fragte Gleb.
„Welche Fachrichtung? Weiß der Kuckuck ... Meine Alte sagte — Doktoren. Er und seine Frau."
„Es gibt Doktoren der technischen Wissenschaften, es gibt allgemeinbildende, die befassen sich hauptsächlich mit blödem Gequatsche."
„Der Konstantin hatte in Mathe was drauf", erinnerte einer, der mit Shurawljow zur Schule gegangen war. „Hatte immer Einsen."
Gleb Kapustin stammte aus dem Nachbardorf und wußte wenig von den hiesigen bedeutenden Männern. „Wir werden sehn, werden sehn", versprach er unbestimmt. „Doktoren gibt's heutzutage wie Sand am Meer."
„Im Taxi ist er vorgefahren ..."
„Ist man sich schuldig", höhnte Gleb.
Dr. Konstantin Iwanowitsch empfing die Gäste herzlich, ließ den Tisch decken. Die Gäste warteten bescheiden, bis Oma Agafja damit fertig war, plauderten mit dem Doktor, kramten Erinnerungen aus, wie sie als Kinder zusammen ...
„O Kindheit, Kinderzeit!" sagte der Doktor. „Na, setzt euch zu Tisch, Freunde."
Sie setzten sich an den Tisch. Auch Gleb Kapustin setzte sich. Noch schwieg er. Aber er lag ganz offensichtlich auf der Lauer. Er lächelte beifällig, als von der Kindheit die Rede war, sah jedoch unverwandt zum Doktor hin — taxierte ihn.
Am Tisch kam ein freundschaftliches Gespräch in Fluß, so daß Gleb Kapustin beinahe vergessen war.
Doch da stieß er zu. „Auf welchem Gebiet tun Sie sich hervor?" fragte er den Doktor.
„Wo ich arbeite, meinen Sie?" Der Doktor begriff nicht.
„Ja."
„An der Philfak."
„Philosophie?"
„Nicht ganz ... Na, kann man auch sagen."
„Eine unentbehrliche Sache." Philosophie — das war was für Gleb. Er kam in Schwung. „Nun, wie steht's mit dem Primat?"
„Was für einem Primat?" Der Doktor begriff wieder nicht.

Er sah Gleb aufmerksam an. Alle sahen Gleb an.
„Das Primat von Geist und Materie." Gleb warf den Handschuh. Er saß betont lässig und wartete, wann der Handschuh aufgenommen wurde.
Der Doktor nahm ihn auf. „Wie eh und je", sagte er lächelnd. „Die Materie ist das Primäre."
„Und der Geist?"
„Der Geist kommt danach. Wieso?"
„Das gehört wohl zum Grundlagenstudium?" Gleb lächelte ebenfalls. „Sie entschuldigen, wir hier ... sind weit weg von den gesellschaftlichen Zentren, man möchte sich gern austauschen, kommt aber nicht weit — keiner da. Wie definiert die Philosophie jetzt den Begriff der Schwerelosigkeit?"
„Wie sie ihn immer definiert hat. Wieso — jetzt?"
„Die Erscheinung wurde doch erst kürzlich entdeckt." Gleb lächelte dem Doktor in die Augen. „Darum frag ich ja. Die Naturphilosophie, sagen wir, definiert es so und die strategische Philosophie wieder ganz anders..."
„Strategische Philosophie — so was gibt's überhaupt nicht", erregte sich der Doktor. „Worauf wollen Sie eigentlich hinaus?"
„Die Dialektik der Natur gibt's doch aber", fuhr Gleb unter allgemeiner Aufmerksamkeit gelassen fort. „Und die Natur wird von der Philosophie definiert. Als eines der Naturelemente wurde kürzlich die Schwerelosigkeit entdeckt. Darum frage ich ja: Macht sich unter den Philosophen keine Verwirrung breit?"
Der Doktor lachte herzlich. Aber er lachte allein. Und fühlte sich unbehaglich. Er rief seine Frau: „Valja, komm doch mal her, wir haben hier ein ... ein recht sonderbares Gespräch!"
Valja kam dazu, aber Dr. Konstantin Iwanowitsch fühlte sich noch immer unbehaglich, weil die Männer ihn fixierten und auf seine Antwort warteten.
„Also konstatieren wir", sagte sachlich der Doktor, „worüber wir reden."
„Gut. Zweite Frage: Wie stehen Sie persönlich zum Problem des Schamanentums in einigen Kreisen des Nordens?"
Die Doktoren prusteten los. Auch Gleb Kapustin schmunzelte, wartete geduldig, bis sich die Doktoren satt gelacht hatten.
„Nun ja, natürlich kann man so tun, als wär das Problem

überhaupt nicht da. Ich stimme gern in Ihr Gelächter ein ..."
Gleb lächelte wieder großmütig. Lächelte besonders der Frau des Doktors zu, die ja auch Doktor war, Doktorin sozusagen. „Aber davon hört das Problem als solches nicht auf zu existieren. Stimmt's?"
„Meinen Sie das alles ernst?" fragte Valja.
„Mit Ihrer Erlaubnis." Gleb Kapustin erhob sich kurz und verbeugte sich schicklich vor der Doktorin. Und errötete. „Meine Frage ist natürlich nicht von globaler Bedeutung, aber unsereiner hätte es ganz gern gewußt."
„Was für eine Frage denn?" rief der Doktor aus.
„Deine Einstellung zum Problem des Schamanentums." Valja mußte wieder lachen. Doch beherrschte sie sich und sagte zu Gleb: „Entschuldigen Sie bitte."
„Macht nichts", sagte Gleb. „Ich verstehe, meine Frage fällt vielleicht nicht in Ihr Fachgebiet ..."
„Aber ein solches Problem gibt's ja überhaupt nicht!" hackte der Doktor dazwischen. Doch das hätte er lieber nicht tun sollen.
Jetzt lachte Gleb. Und sagte: „Na gut, dann nicht. Wo nichts ist, hat der Kaiser sein Recht verloren."
Die Köpfe der Männer wendeten sich zum Doktor.
„Ist das Weib vom Wagen — hat's das Pferd leichter", ergänzte Gleb. „Das Problem gibt's nicht, aber diese ..." — Gleb deutete mit den Händen etwas Vages an —, „die tanzen, klimpern mit den Schellen ... Nicht wahr? Doch wenn ich will ..." Gleb wiederholte: „Wenn ich will — gibt es sie einfach nicht. Stimmt's? Weil wenn ... Na gut! Noch eine Frage: Wie stehen Sie dazu, daß der Mond auch ein Produkt des Verstandes ist?"
Der Doktor starrte Gleb wortlos an.
Gleb fuhr fort: „Da ist von Wissenschaftlern die Vermutung ausgesprochen worden, daß der Mond auf einer künstlichen Umlaufbahn liegt, man hält es für möglich, daß vernunftbegabte Wesen innen drin leben ..."
„Ja und?" fragte der Doktor. „Was weiter?"
„Wo sind Ihre Berechnungen der natürlichen Trajektorien? Wo kann überhaupt die ganze kosmische Wissenschaft einsortiert werden?"
Die Männer lauschten aufmerksam.
„Wenn wir annehmen, daß wir Menschen immer öfter unseren

sozusagen Nachbarn im Kosmos besuchen, können wir auch annehmen, daß die vernunftbegabten Wesen es eines wunderschönen Tages nicht mehr aushalten und herausgekrochen kommen, auf uns zu. Sind wir darauf vorbereitet, uns miteinander zu verständigen?"
„Wen fragen Sie?"
„Sie, die Denker."
„Sind Sie denn vorbereitet?"
„Wir sind keine Denker, verdienen zuwenig. Aber falls Sie's interessiert, kann ich mitteilen, in welcher Richtung wir Provinzler denken. Angenommen, ein vernunftbegabtes Wesen kommt an die Oberfläche des Mondes gekrochen ... Was würdet ihr da anordnen? Bellen? Krähen?"
Die Männer wieherten los. Gerieten in Bewegung. Und starrten wieder gespannt zu Gleb.
„Auf alle Fälle müssen wir uns verständigen. Stimmt's?" Gleb hielt fragend inne. Blickte in die Runde. „Also, ich würde das Schema unseres Sonnensystems in den Sand zeichnen und ihm zeigen, daß ich von der Erde bin. Daß ich, obwohl ich im Skaphander stecke, auch einen Kopf habe und ein vernunftbegabtes Wesen bin. Außerdem könnte ich ihm auf dem Schema zeigen, wo er her ist; ich zeige auf den Mond und dann auf ihn. Aber wie dann weiter? Ich muß ihm plausibel machen, nach welchen Gesetzen ich mich entwickelt habe, bevor ich der wurde, der ich in der gegebenen Etappe bin ..."
„Soso." Der Doktor rutschte auf dem Stuhl umher und warf seiner Frau einen Blick zu. „Das ist ja hochinteressant; nach welchen denn?"
Das hätte er sich auch verkneifen sollen, denn sein bedeutsamer Blick wurde aufgefangen; Gleb schwang sich in die Höhe. Und von oben stieß er auf den Doktor nieder. Bei allen Gesprächen mit den Dorfberühmtheiten trat dieser Moment ein — wo Gleb sich in die Höhe schwang. Wahrscheinlich wartete er nur auf diesen Augenblick, freute sich auf ihn, weil alles Weitere von selbst kam.
„Ermuntern Sie Ihre Frau zum Lachen?" fragte Gleb. Er fragte es ruhig, aber innerlich flatterte er wohl schon. „Das ist gut ... Nur lernen wir vielleicht erst mal Zeitung lesen? Was halten Sie davon? Doktoren soll das auch nicht schaden."
„Na hören Sie!"

„Wir haben schon gehört! Wir hatten sozusagen das Vergnügen. Darum gestatten Sie mir zu bemerken, Herr Doktor, daß der Doktortitel kein Anzug ist, den man sich ein für allemal kauft. Aber auch ein Anzug, selbst der muß ab und zu gereinigt werden. Um so mehr Pflege braucht ein Doktortitel, wenn wir uns schon einig sind, daß der kein Anzug ist." Gleb sprach gedämpft, doch energisch und ohne Atempause — es riß ihn fort.

Der Doktor bot einen peinlichen Anblick: Er war sichtlich außer Fassung, sein Blick irrte zwischen seiner Frau, Gleb und den Männern hin und her. Die Männer mieden es, ihn anzusehen.

„Uns hier kann man natürlich verblüffen: Man rollt im Taxi vor, zerrt fünf Koffer heraus ... Aber Sie vergessen, daß der Informationsstrom sich jetzt gleichmäßig überallhin ergießt. Ich will sagen, daß es mit der Verblüffung auch umgekehrt sein kann. Auch das kommt vor. Man vertraut darauf, daß hier noch keine leibhaftigen Doktoren gesehen wurden, aber sie wurden hier gesehen — Doktoren, Professoren und Oberste. Und sie haben einen angenehmen Eindruck hinterlassen, weil sie sehr einfache Menschen sind, so, wie's sein muß. Deshalb gebe ich Ihnen den Rat, Genosse Doktor: Steigen Sie öfter mal auf die Erde runter. Weiß Gott, das wär doch schon was für den Anfang. Und wär auch nicht so riskant: Fällt man aufs Maul, tut's nicht so weh."

„Das nennt man andre zur Sau machen", sagte der Doktor. „Was ist los, bei dir war wohl das Gitter locker, wie? Was eigentlich ..."

„Ich weiß nicht, ich weiß nicht", fuhr ihm Gleb hastig dazwischen, „keine Ahnung, wie man das nennt — ich war nie hinter Gittern, brauchte kein lockres ... Wofür? Von denen hier", Gleb umfing die Männer mit einem Blick, „war auch keiner im Knast, die kapieren so was nicht. Sogar Ihre Frau reißt die Augen auf. Und dort die Tochter hört's und schmeißt dann in Moskau mit solchen Ausdrücken um sich. So ein Jargon kann ins Auge gehn, Genosse Doktor. Nicht alle Mittel sind gut, glauben Sie mir, nicht alle. Und Sie, haben Sie Ihrem Professor bei der Prüfung im Grundlagenstudium auch gesagt, daß er ‚andre zur Sau macht'?" Gleb stand auf. „Da sind Sie nicht auf die linke Tour gekommen. Haben nicht auf Ganove gemacht. Denn mit den Professoren muß man höflich sein, von denen hängt das Schicksal ab. Aber von uns hängt kein Schicksal ab, bei uns kann man auf Ganove machen. Denken Sie so? Falsch gedacht! Wir hier sind auch nicht von gestern. Und Zeitungen lesen wir auch, manchmal sogar Bücher ... Auch Fernsehen haben wir. Und, stellen Sie sich vor, weder die ‚Bunte Truhe' noch die Sendung ‚Die Schenke zu den dreizehn Stühlen' reißt uns vom Stuhl. Sie fragen, warum? Weil dort genau dieselbe Selbstgefälligkeit herrscht. Schlucken ja auch alle. Ja, schlucken tun sie's, bleibt ihnen nichts anderes übrig. Aber man soll bloß nicht so tun, als ob dort alle Genies wärn. Der eine oder andre begreift's ja auch ... Also mehr Bescheidenheit."

„Ein typischer Demagoge und Verleumder", sagte der Doktor, an seine Frau gewandt. „Das ganze Arsenal..."

„Danebengetippt. Mein Lebtag habe ich keine anonymen Anzeigen oder Verleumdungen geschrieben." Gleb sah die Männer an: Die wußten, daß es die Wahrheit war. „Danebengetippt, Genosse Doktor. Soll ich Ihnen verraten, was das Besondere an mir ist?"

„Ja, verraten Sie's mal."

„Ich geb manchen gern eins auf den Hut. Setz dich nicht aufs hohe Roß! Mehr Bescheidenheit, teure Genossen!"

„Worin sehen Sie denn unsere Unbescheidenheit?" Valja konnte nicht mehr an sich halten. „Worin drückt sie sich aus?"

„Denken Sie mal hübsch nach, nachher, unter vier Augen. Denken Sie nach, und Sie werden dahinterkommen." Gleb betrachtete die Doktoren geradezu mitleidig. „Man kann hundertmal das Wort ‚Honig' wiederholen, davon wird's einem im Munde nicht süß. Um das zu begreifen, braucht man nicht erst den Doktor zu machen. Stimmt's? Man kann in jedem Artikel hundertmal das Wort ‚Volk' schreiben, doch vom Volk weiß man dadurch auch nicht mehr. Und wenn Sie nun mal unters Volk gehen, reißen Sie sich gefälligst am Riemen. Bereiten Sie sich ein bißchen darauf vor. Man kann leicht als Trottel dastehen. Auf Wiedersehen. Wünsche angenehmen Urlaub ... unterm Volk." Gleb grinste und ging ohne Eile hinaus. Er ging stets allein von den bedeutenden Leuten weg.

Er hörte nicht, was die Männer, die nach ihm aufbrachen, sagten.

„Er hat ihn fertiggemacht! Ein geriebener Hund. Woher er das mit dem Mond weiß?" — „Er hat ihn reingelegt." — „Wo er das bloß hernimmt!" Die Männer schüttelten staunend den Kopf. „Ein geriebener Hund. Er hat's dem armen Konstantin gegeben ... Was? Wie er's dem Guten gegeben hat! Und die, na die Valja, die hat kein Piep gesagt." — „Was soll man da auch sagen? Da kann man doch gar nichts sagen. Der Konstantin wollte natürlich zurückschlagen. Aber Gleb war eben fünfmal schneller." — „Was soll's ... Ein geriebener Hund!"
In den Stimmen der Männer klang so etwas wie Mitleid mit den Doktoren, Anteilnahme. Der Gleb erstaunte wie eh und je. Verblüffte. Begeisterte sogar. Doch Liebe war wohl nicht mit im Spiel. Nein, Liebe nicht. Gleb war grausam, und wer hat je Grausamkeit geliebt.
Morgen würde Gleb zur Arbeit kommen und beiläufig (alles gespielt) die Männer fragen: „Na, wie fandet ihr den Doktor?" Und würde grinsen.
„Du hast ihn reingelegt", würden sie zu Gleb sagen.
„Macht nichts", würde Gleb großmütig bemerken. „Das kann nicht schaden. Soll er in Muße nachdenken. Sonst nehmen sie sich ein bißchen zuviel heraus."

1970

## Die Kritiker

Der Großvater war dreiundsiebzig, Petka dreizehn. Der Großvater war hager, reizbar und schwerhörig. Der Enkel, für sein Alter sehr selbständig und langaufgeschossen, war schüchtern und trotzig. Die beiden verstanden sich bestens.

Sie gingen für ihr Leben gern ins Kino. Großvaters halbe Rente ging für Kinokarten drauf. Wenn er gegen Monatsende sein Geld zählte, stellte er gewöhnlich mit Galgenhumor fest: „Fünf Rubel haben wir schon verjuxt."

Petka machte anstandshalber ein betroffenes Gesicht.

„Na, tut nix, sie werden uns schon nich verhungern lassen", tröstete der Großvater. („Sie" — das waren Petkas Eltern, Sohn und Schwiegertochter des Alten.) „Da haben wir beide Glück."

Sie setzten sich immer in die erste Reihe: Das kam billiger, außerdem hörte der Großvater dort mehr. Trotzdem verstand er nur die Hälfte, den Rest mußte er den Darstellern von den Lippen ablesen. Gelegentlich wieherte er unvermittelt los, während weiter niemand im Saal lachte. Petka puffte ihn in die Seite und zischte wütend: „Lach doch nich so doof..."

„Was hat er grad gesagt?" fragte der Großvater.

Petka flüsterte es ihm ins Ohr: „Mit unvermindertem Tempo."

„Hahaha", kicherte der Großvater leise, diesmal über sich selbst. „Dacht ich mir's doch."

Manchmal, wenn ein Unschuldiger umgebracht wurde, weinte der Großvater. „Diese Leute, nee!" murmelte er bitter und schneuzte sich.

Überhaupt tat er gern seine Meinung kund zu dem, was er auf der Leinwand sah. Wenn sich zum Beispiel zwei innig küßten, raunte er schmunzelnd: „Na guck dir das an! Tss!"

War eine Prügelei im Gange, so klammerte sich der Großvater an seinen Stuhl und verfolgte sie mit Luchsaugen. (In jungen Jahren, so wurde erzählt, sei er ein Raufbold gewesen. Und was für einer!) „Herrje, so 'n Schlappschwanz ... Aber der andre — der is gewieft."

Für Verlogenheit hatte er übrigens einen Riecher. „Na, na, na", sagte er angewidert, „die brechen sich ja wieder mal einen ab."
„Wieso, es fließt doch Blut", widersprach Petka.
„Blut! Nasenbluten is kein Blut. Ein Stups, und schon fließt die Tinte. Darauf kommt's gar nich an."
„Weiß ich selber!"
„Na also."
Von hinten wurden sie angezischt, und so verstummten sie. Richtig fing der Streit erst an, wenn sie vom Klub, in dem die Kinovorführung stattfand, nach Hause gingen. Vor allem Filme, die auf dem Dorf spielten, beurteilte der Großvater kategorisch, ja unerbittlich.
„So 'n Kohl", erklärte er. „So was gibt's überhaupt nich."
„Wieso denn nich?"
„Na, gefällt dir etwa dieser Bursche?"
„Welcher?"
„Der mit dem Akkordeon. Der durchs Fenster gestiegen is."
„Er is doch nich durchs Fenster gestiegen", verbesserte Petka, der den ganzen Film haargenau im Kopf hatte, während der Großvater — zum Ärger des Enkels — alles durcheinanderbrachte. „Er is nur ans Fenster geschlichen, um 'n Ständchen zu bringen."
„Nee, reingeklettert is er. Ich weiß, ich bin auch mal ..."
„Und dir gefällt er also nich?"
„Wer?"
„Wer, wer! Na, der Bursche, der reingeklettert is. Von dem hast du doch eben gesprochen."
„Der gefällt mir nich so viel." Der Großvater zeigte das letzte Glied vom kleinen Finger. „Richtig wie Iwan der Dummkopf. Zieht rum und singt immerzu ... Iwan der Dummkopf war auch so einer ..."
„Na, wenn er doch verliebt is!" Petka wurde fuchtig.
„Na und?"
„Darum singt er."
„Hä?"
„Darum singt er, sag ich!"
„Den hätten sie doch ausgelacht! Einpacken hätt er können. Verliebt! Wenn man verliebt is, geniert man sich. Aber er, er trompetet's im ganzen Dorf rum ... Das müßte ja 'ne schöne Gans sein, die auf den reinfällt! So 'n Hampelmann. Ich weiß

noch: Wenn unsereins sich in 'n Mädchen verguckte, ging's im großen Bogen um sie rum — so genierlich war's einem. Soll er doch verliebt sein, aber wozu das...?"

„Was?"

„Daß es zum Lachen sein soll. Zu meiner Zeit..."

„Zu deiner Zeit! Heute sind die Menschen halt anders!"

„Wieso sollten sie anders sein? Die Menschen sind immer gleich. Oder hast du etwa bei uns solche Trampeltiere rumlaufen sehen?"

„Dies is ja auch 'n Film! Das kannste doch nich vergleichen."

„Mach ich ja gar nich. Ich sag bloß, daß der Bursche nich echt is, weiter nix", beharrte der Großvater.

„Aber den Leuten hat's gefallen! Wie die gelacht haben! Ich auch."

„Du bist noch 'n Kind, deshalb findste alles zum Lachen. Ich kann nich über jeden Dreck lachen."

Mit Erwachsenen ließ sich der Großvater selten auf einen Streit über Kunst ein — es lag ihm nicht. Er wurde gleich kribblig und fiel aus der Rolle. Nur einmal legte er sich hart an und lud sich prompt Unheil aufs Haupt. Das kam folgendermaßen.

Petka und er hatten sich eine Filmkomödie angesehen, und auf dem Nachhauseweg hechelten sie alles haarklein durch.

„Nich ausstehn kann ich das: Diese dußligen Schauspieler, die wiehern in einer Tour — und man sitzt da und weiß nich, worüber!" Großvater war erbittert. „Oder fandst du das zum Lachen?"

„Nee", gab Petka zu. „Bloß, als das Auto umgekippt is."

„Na siehste! Und wofür bezahlen wir Eintritt? Zwei Rubel nach altem Geld. Sie selber lachen — und wir nich."

„Und so was nennt sich Komödie."

„Komödie — Dresche kriegen müßten sie für so 'ne Komödie."

Erbittert kamen sie nach Hause.

Zu Hause lief der Fernseher: irgendein Film, der auf dem Dorf spielte. Petkas Tante, eine Schwester seiner Mutter, war zu Besuch. Mit Mann. Aus der Stadt. Da saßen nun alle vorm Fernseher und guckten sich den Film an. (Der Großvater und Petka konnten das Fernsehen „nicht verknusen". „Als mein Bruder Mikita heiratete, ich war damals noch Junggeselle, da hab ich immer durch ’n Schlitz in deren Stube gelinst. Genau so was is das heutzutage mit dem Fernsehn“, sagte der Großvater, nachdem er ein paar Sendungen mit angesehen hatte.)

Nun saßen also alle da und starrten in die Röhre.

Petka verzog sich sofort in den Vorraum, um seine Schularbeiten zu machen, der Großvater aber blieb noch einen Moment, schaute sich das Geflimmer fünf Minuten an und sagte: „So ’n Kohl. So was gibt’s gar nich.“

Petkas Vater war sauer. „Stör nich, Vater.“

„Nein, das ist interessant“, sagte der höfliche Städter. „Wieso gibt’s das nicht, Großvater? Warum denn?“

„Hä?“

„Er ist schwerhörig“, erklärte Petkas Vater.

„Ich frage: Wieso gibt’s so etwas nicht?! Warum denn nicht?!“ wiederholte der Städter laut, mit erwartungsvollem Lächeln.

Der Großvater blickte ihn verächtlich an. „Weil’s so was nich gibt. Du denkst vielleicht, das is ’n Zimmermann, aber ich seh aufn ersten Blick: nie und nimmer, der hält ja nich mal das Beil richtig.“

„Großvater und Petka sind unsre Kritiker“, warf Petkas Vater ein, um Großvaters scharfen Ton ein wenig abzuschwächen.

„Interessant“, sagte der Städter wieder. „Und warum findest du, daß er das Beil nicht richtig hält?“

„Warum ich das finde? Weil ich selber Zimmermann gewesen bin!“

„Großvater“, mischte sich Petkas Tante in die Unterhaltung ein, „darauf kommt’s doch gar nicht an.“

„Worauf dann?“

„Na, mich interessiert vor allem der Mensch, verstehst du? Ich weiß, daß er kein richtiger Zimmermann ist, sondern ein Schauspieler, aber mich interessiert vor allem ...“

„Das sind die Leute, die dann ans Filmstudio schreiben“, versetzte der Mann von Petkas Tante, wiederum mit einem Lächeln. Petkas Tante und ihr Mann waren superklug, sie wußten alles. Und sie lächelten, wenn sie sich mit dem Großvater unterhielten. Den fuchste das.

„Dir is’s egal, mir nich“, sagte er kurz. „Dir können sie blauen Dunst vormachen — mir nich.“

„Hahaha“, lachte der Städter. „Jetzt hat er’s dir aber gegeben.“

Petkas Tante lachte ebenfalls.
Petkas Eltern genierten sich sehr für den Großvater.
„Is schon schwer, es dir recht zu machen", sagte Petkas Vater zu ihm. „Geh lieber und hilf Petka." Er beugte sich zu dem Städter und erklärte leise: „Er hilft ihm immer bei den Schularbeiten, obwohl er selber keine blasse Ahnung davon hat. Und streiten tun sie miteinander — zum Totlachen!"
„Interessant, der Alte", pflichtete der Städter bei.
Sie schauten sich den Film weiter an und vergaßen den Großvater. Der stand wie ein geprügelter Hund hinter ihnen. Stand noch ein Weilchen, dann ging er zu Petka.
„Die lachen einen aus", sagte er.
„Wer?"
„Na, die ..." Der Großvater deutete mit einer Kopfbewegung zur Stube. „Die sagen, ich alter Trottel versteh nix davon. Bloß sie, sie verstehn was davon!"
„Hör doch gar nich hin", riet Petka.
Der Großvater setzte sich an den Tisch und schwieg. Dann fing er wieder an. „‚Du Dussel', sagen sie, ‚du begreifst das nich mehr...'"
„Das haben sie gesagt?"
„Hä?"
„Ob sie ‚Dussel' gesagt haben."
„Sitzen da und feixen sich eins. 'n Dreck verstehn die!"
Der Großvater kam allmählich „in Fahrt", wie Petka das nannte.
„Hör doch nich drauf", riet Petka abermals.
„Kommen her, diese Gebildeten, diese Klugscheißer!" Der Großvater erhob sich, wühlte in seiner Truhe, nahm sich Geld und ging weg.
Nach einer Stunde kam er wieder — betrunken.
„Nanu?" Petka staunte (der Großvater trank selten). „Was is 'n los?"
„Glotzen sie immer noch?" fragte der Großvater.
„Klar. Geh nich rein. Komm, ich helf dir beim Ausziehn. Wieso hast 'n du einen gekümmelt?"
Der Großvater ließ sich auf die Bank plumpsen. „Die verstehn was davon, aber wir zwei — wir nich!" räsonierte er laut. „‚Bist 'n alter Dussel, Großvater', sagen sie! ‚Weißt 'n Dreck vom Leben.' Aber sie, sie wissen Bescheid! Weil ihr 'n Haufen

Geld habt?" Der Großvater schrie bereits. „Na und? Deshalb braucht ihr noch lange nich die Nase über einen zu rümpfen! Ich hab mein Leben lang ehrlich geschuftet! Und jetzt soll ich die Schnauze halten. Lern du erst mal 'n Beil richtig halten!" Der Großvater sprach zu der Tür, hinter der die anderen vorm Fernseher saßen.

Petka wußte nicht recht, was tun.

„Hör auf, Großvater, hör auf", beschwichtigte er ihn. „Komm, ich zieh dir die Stiefel aus. Pfeif doch auf die!"

„Nee, wart mal, dem werd ich die Meinung sagen ..." Der Großvater wollte aufstehn, doch Petka hielt ihn fest.

„Nich, Großvater!"

„Diese Städter, diese Hampelmänner." Der Großvater schien sich zu beruhigen.

Petka hatte ihm gerade einen Stiefel ausgezogen, da reckte er erneut den Kopf. „Auslachen willst du mich?" Wieder blitzten seine Augen wild. „Ich werd dir mal was sagen, du!" Er nahm den Stiefel und ging in die Stube. Petka konnte ihn nicht aufhalten.

Der Großvater kam herein, holte mit dem Stiefel aus und — feuerte ihn in den Fernseher.

„So! Von wegen Zimmermann!"

Die Bildröhre war in tausend Stücke zersplittert.

Alle sprangen auf. Petkas Tante kreischte sogar.

„Mich hier auslachen!" schrie der Großvater. „Hast du überhaupt schon mal 'n Beil in der Hand gehabt?!"

Petkas Vater wollte sich den Alten schnappen, doch der sträubte sich. Stühle stürzten um. Petkas Tante kreischte wieder los und rannte nach draußen.

Schließlich gelang es Petkas Vater, den Großvater zu überwältigen, er drehte ihm die Hände auf den Rücken und fesselte sie mit einem Handtuch.

„Du nimmst dir 'n bißchen viel raus", sagte er unheildrohend zum Vater und zog die Fessel fester. „Das kann ich dir sagen, du!"

Petka, zu Tode erschrocken, verfolgte all das mit weit aufgerissenen Augen. Der Städter stand da, schüttelte hin und wieder den Kopf. Petkas Mutter sammelte die Scherben vom Fußboden auf.

„Du nimmst dir 'n bißchen viel raus", wiederholte Petkas Vater und grinste böse.

Der Großvater lag auf dem Fußboden, das Gesicht nach unten, den Bart gegen eines der gestrichenen Dielenbretter gepreßt, und brüllte: „Auslachen willst du mich, aber ich werd dir mal was sagen, und dann hältst du 's Maul. Wenn ich 'n alter Dussel bin, wie du sagst..."
„Hab ich das denn gesagt?" verwahrte sich der Städter.
„Red gar nicht mit ihm", sagte Petkas Mutter. „Der hört doch jetzt kein Wort. So 'n unverschämter Kerl."
„Wenn ihr euch nich mit mir an einen Tisch setzen wollt — meinetwegen! Mir egal!" schrie der Großvater. „Aber sag du mir erst mal: Hast du in deinem Leben auch nur 'n einziges russisches Holzhaus gebaut? Na bitte! Aber mir was erzählen, ich hätt keine Ahnung von Zimmermannsarbeit! Das halbe Dorf hier, das hab ich gebaut!"
„Du nimmst dir 'n bißchen viel raus, Alter, das kann ich dir sagen, du!" wiederholte Petkas Vater.
Da kam Petkas Tante zur Tür herein — und mit ihr der Milizionär Jermolai Kibjakow, ein Mann aus dem Dorf.
„Ach herrje!" rief Jermolai mit breitem Grienen. „Was is 'n in dich gefahren, Onkel Timofej? Wie?"
„Der nimmt sich was raus, nee!" sagte Petkas Vater und richtete sich auf.
Der Milizionär kratzte sich verlegen am Kinn und guckte Petkas Vater an. Der nickte und erklärte: „Nix zu machen ... Soll er sich bei euch ausschlafen."
Jermolai nahm seine Uniformmütze ab, hängte sie ordentlich auf einen Nagel, holte aus seiner Umhängetasche Papier und Bleistift und setzte sich an den Tisch.
Der Großvater verstummte.
Petkas Vater berichtete, was vorgefallen war. Jermolai strich sich mit seiner sonnenverbrannten schwieligen Hand das schüttere Haar auf dem großen Schädel glatt, räusperte sich und begann zu schreiben, auf den Tisch gelehnt und den Kopf nach links gebeugt.
„‚Der Bürger Timofej Makarytsch Nowoskolzew, geboren neunzehnhundert ...' Wann ist er geboren?"
„Achtzehnhundertneunzig."
„‚... achtzehnhundertneunzig, früher Zimmermann, heute auf Rente, besondere Kennzeichen keine, erschien am fünfundzwanzigsten September dieses Jahres in stark angetrunkenem Zustand zu Hause, während seine Angehörigen mit ihren

Gästen vorm Fernseher saßen ...‘ Wie hieß der Fernsehfilm?“
„Keine Ahnung. Als wir einschalteten, lief er schon. Irgendwas vom Kolchos“, erklärte Petkas Vater.
„‚Den Titel des Films wissen sie nicht, nur, daß er vom Kolchos handelte. Timofej guckte ebenfalls, und dann erklärte er: Solche Zimmerleute gibt es nicht. Timofej wurde aufgefordert, sich diszipliniert zu verhalten, doch in seinem fortgesetzten erregten Zustand wiederholte er: Solche Zimmerleute gibt es nicht, es ist alles Lüge. Zimmerleute haben ganz andere Hände. Er hielt ihnen seine Hände unter die Nase. Daraufhin wurde er nochmals aufgefordert, sich diszipliniert zu verhalten. Da zog er den Stiefel vom rechten Fuß (Größe 43—45, Rindleder) und führte den Schlag gegen das Fernsehgerät. Ergebnis: Totalschaden, insbesondere an der Bildröhre. Obersergeant der Miliz Kibjakow.‘“

Jermolai erhob sich, faltete das Protokoll einmal und steckte es in seine Umhängetasche.
„Na dann — marsch, Onkel Timofej!“
Petka war bis zuletzt nicht klargeworden, was hier vor sich ging. Doch als sein Vater und Kibjakow den Großvater hochhievten, begriff er, daß dieser jetzt abgeführt werden sollte. Er begann laut zu weinen und wollte ihm zu Hilfe eilen. „Wohin bringt er ihn?! Großvater, wohin bringen sie dich! Vater, laß das nicht zu!“
Der Vater stieß Petka zur Seite, Kibjakow aber lachte. „Hast wohl Angst um den Großvater? Wart nur, wart, jetzt stecken wir ihn ins Gefängnis!“
Petka weinte noch lauter. Die Mutter nahm ihn beiseite, um ihn zu beschwichtigen. „Sie tun ihm doch nichts, warum weinst du denn? Er schläft sich aus und kommt nach Hause. Bloß daß er sich morgen dafür schämen muß. Brauchst doch nicht zu weinen, Petka.“
Sie halfen dem Großvater in die Stiefel und führten ihn ab. Petka schluchzte laut. Die Tante aus der Stadt trat zu Petka, wollte ihm ebenfalls gut zureden. „Aber Petka! Sie bringen ihn doch nur in die Ausnüchterungszelle! Er kommt ja bald wieder. Was denkst du, wieviel Leute sie bei uns in Moskau in die Ausnüchterungszelle stecken!“
Petka fiel ein, daß die Tante den Milizionär geholt hatte, und

er stieß sie wütend weg. Dann verkroch er sich auf den Ofen, und dort lag er noch lange, das Gesicht ins Kissen gepreßt, und weinte bitterlich.

1964

# Die Meinung

Gennadi Sergejewitsch Kondraschin, ein in Maßen korpulenter Mann mit blauen Augen, Ansatz zur Glatze und blasiertem, ja ein wenig verächtlichem Gesichtsausdruck, ging fünf vor zehn in ein großes, markantes Gebäude, holte sich von der Pförtnerloge den Schlüssel Nummer 208, lief, mit dem prallen Hintern wackelnd, ins zweite Geschoß hinauf, schritt den langen Korridor entlang, schloß das Zimmer Nummer 208 auf, nahm die Lokalzeitung, die hinter die Türklinke geklemmt war, trat ins Zimmer, hängte sein Jackett an den Kleiderhaken und setzte sich, die weißen gebügelten Hosen über den Knien leicht raffend, an seinen Schreibtisch. Er blätterte die Zeitung durch. Und stieß als erstes auf einen Artikel seines Chefs, des „Chefchens", wie er bei den jungen Mitarbeitern hieß. Kondraschin las. Und je weiter er kam, desto mehr mischte sich Spott in seine verächtliche Miene.

„Ach du dickes Ei!" sagte er laut. Nahm den Telefonhörer ab, wählte eine innerbetriebliche dreistellige Nummer.

Das Telefon antwortete sofort: „Ja, Jakowlew."

„Tag! Kondraschin. Hast du gelesen?"

Das Telefon zögerte einen Moment, ehe es vielsagend, mit — freilich verstecktem — Spott erwiderte: „Klar."

„Komm zu mir, wir bekatern das."

Kondraschin schob das Telefon weg, formte mit seinen schmalen Lippen ein O, raschelte noch mit der Zeitung herum und warf sie dann auf den Tisch — verächtlich und möglichst weit weg, damit zu sehen war, daß er sie hingeworfen hatte, und zwar verächtlich ... Er erhob sich, ging in seinem Arbeitszimmer auf und ab. Jetzt markierte er wohl einen Ami aus dem Kintopp: Er macht alles ein wenig schwungvoll, ein wenig lässig ... Steckte sich lässig eine Zigarette zwischen die Lippen, drückte lässig auf das erstklassige Feuerzeug, warf lässig die Zigarettenschachtel von weitem auf den Tisch. Und die Gegenstände gehorchten ihm, plazierten sich so, wie er es wollte: lässig. Er tat, als bemerke er dies nicht, doch er bemerkte es und war zufrieden.

Jakowlew trat ein. Schweigend — und lässig — schüttelten sie einander die Hand. Jakowlew nahm Platz, schlug die Beine übereinander, so daß man seine roten Socken sah.

„Na?" fragte Kondraschin und deutete mit einer Kopfbewegung auf die Zeitung. „Was sagst du dazu? Kein einziger neuer Gedanke. Lauter Gewäsch mit Aplomb." Kondraschin hätte vielleicht wirklich wie ein Amerikaner ausgesehen, aber seine Nase war ganz die Nase eines russischen Bauern, und zu allem Überdruß leuchtete sie zartrosa in seinem wohlgenährten, frischen Gesicht.

„Sag bloß", versetzte Jakowlew, ein etwas bescheidenerer Gentleman. Und wippte mit dem Fuß.

„Weiß der Kuckuck!" rief Kondraschin und lief weiter im Zimmer auf und ab, seine Zigarette paffend. „Wenn er nichts zu sagen hat, wieso schreibt er dann?"

„Er wollte Fragen aufwerfen ..."

„Fragen! Was denn für Fragen?"

„Na wieso? Er schreibt sogar: ‚Wir müssen unser Letztes hergeben ... Wir müssen fristgemäß ...'"

„Ha! Sein Letztes soll er lieber in der Kneipe hergeben — das wär was Konkretes. Das hier sind doch bloß Phrasen."

„In der Kneipe versteht sich's, das kommt dann."

„Daß der sich nicht schämt!" Kondraschin konnte es nicht fassen. „Behauptet allen Ernstes ... Wenn er wenigstens jemanden gefragt hätte! Er haut aufn Putz, weiter nichts. So was verzapfen sie doch heutzutage nicht mal mehr für die Kreiszeitung. Nein, er setzt sich hin und schreibt, unser Dmitri Iwanowitsch Großkotz."

„Mensch, was regst du dich auf?" fragte Jakowlew aufrichtig. „Wegen einem bißchen Schleim ..."

„Das ist doch alles widerwärtig."

„Du bist wohl von gestern, was?"

„Widerwärtig ist es trotzdem. Ohne Sinn und Verstand. Aber angeben wie eine Lore nackter Affen!" Kondraschin ließ einen echt russischen zotigen Fluch folgen. „Und warum? Wer hat was von so 'm aufgeblasenen Dussel, von so 'm Armleuchter ..."

„Was ist denn heute los mit dir?" Jakowlew war verwundert. „Ist dir 'ne Laus über die Leber gelaufen? Hast du Krach gehabt?"

„Ich weiß nicht ..." Kondraschin setzte sich an den Tisch,

steckte sich eine neue Zigarette an. „Nein, überhaupt nicht. Bloß dieser verdammte Artikel, der bringt mich auf die Palme. Ich sitze gerade am Rechenschaftsbericht, zerbrech mir den Kopf, wie ich alles deichseln soll, und der", Kondraschin deutete mit einer Kopfbewegung auf die Zeitung, „der trompetet rum ... Ein paar in die Fresse hätt er verdient!"
„Tja", sagte Jakowlew nur.
Beide schwiegen.
„Warst du gestern nicht bei Semjon?" fragte Jakowlew.
„Nein. Wir haben wieder mal Besuch auf dem Hals."
„Vom Dorf?"
„Ja. Meine Alte ist auf achtzig, aber was soll ich machen? Man kann ihnen doch nicht die Tür vor der Nase zuschlagen."
„Kennst du Oshogin?"
„Von der städtischen Verwaltung für Kommunalwirtschaft?"
„Hm."
„Ja, kenn ich."
„Ruf ihn an, der besorgt dir jederzeit 'n Hotelplatz. Wenn uns wer auf die Bude rückt, ruf ich Oshogin an, und die Sache ist geritzt."
„Das wär mir peinlich. Du weißt doch, wie das ist — sie würden sagen: ‚Hat 'ne Wohnung und steckt uns ins Hotel.' Denen könnt ich's nicht klarmachen, und meine Alte ist sowieso schon völlig ausgeflippt. Scheißfreundlich, aber spuckt Gift und Galle."
Jakowlew lachte, und schließlich mußte auch Kondraschin schmunzeln.
Damit beendeten sie ihren Schwatz. Jakowlew kehrte in sein Zimmer zurück, während Kondraschin sich an den Rechenschaftsbericht setzte.
Ungefähr eine Stunde später klingelte bei Kondraschin das Telefon. „Chefchens" Sekretärin.
„Dmitri Iwanowitsch läßt bitten", sagte die teilnahmslose Mädchenstimme im Hörer.
„Ist jemand bei ihm?" erkundigte sich Kondraschin.
„Der Kaderleiter, aber sie werden gleich fertig. Danach möchten Sie bitte kommen."
„Gut", sagte Kondraschin. Hängte den Hörer auf und überlegte, ob er etwas mitnehmen sollte, damit er nachher nicht unnötig laufen mußte. Blätterte die Papiere durch, wußte

nicht, was ... Zog sein Jackett an, rückte die Krawatte zurecht, formte mit den Lippen ein O — das war so eine Marotte: Gleich wirkte er rührig, vielbeschäftigt und, was ihm bei anderen besonders imponierte, wie ein Mann, der so in Gedanken versunken ist, daß er nicht auf solche kleinen Kauzigkeiten achtet, wie diese von ihm erwählte spaßige kindliche Gewohnheit — formte also mit den Lippen ein O, verließ sein Arbeitszimmer, schritt locker, zwanglos durch den Korridor ... Lief die Treppe zum zweiten Geschoß hinauf, ging geräuschlos, vergnügt auf dem weichen Läufer, machte die Vorzimmertür auf, nickte der hübschen Sekretärin zu und deutete mit dem Finger fragend auf die massive Tür des „Chefchens".

„Der Kaderleiter ist noch drin", sagte die Sekretärin. „Aber sie werden gleich fertig."

Kondraschin setzte sich ungeniert auf einen Stuhl, legte seine Hand auf die Rückenlehne des nächsten Stuhls und trommelte mit den Fingern auf das glatte Holz. Dabei guckte er nachdenklich vor sich hin — mit den Lippen ein O formend, die Augenbrauen ein wenig gerunzelt — und sinnierte über die Sekretärin und den pompösen Komfort, mit dem sich von alters her alle „Chefs", „Chefchens" und „Oberchefs", ja sogar die „Unterchefs" umgaben. Im Grund gefiel ihm dieses Repräsentative, Weiträumige, Überdimensionale der „Chefetagen", aber Dmitri Iwanowitsch Großkotz zum Beispiel wußte sich überhaupt nicht darin zu bewegen: Anstatt diesen ihm von Amts wegen bereitstehenden Luxus einfach, plausibel und mit Geschmack zu nutzen, blies er sich auf wie ein Truthahn und tat wichtig. Was die Sekretärin anging, dachte Kondraschin von sich: Er würde nie im Leben auch nur das harmloseste Techtelmechtel mit einer Sekretärin anfangen. Das war auch so eine Großkotzigkeit: unbedingt mit der Sekretärin rumzuschäkern. So was Armseliges, Plumpes, Primitives. Obendrein konnte man allemal reinfallen ...

Die Tür des Chefzimmers öffnete sich geräuschlos, und der Kaderleiter kam heraus. Sie nickten einander zu, und Kondraschin verschwand hinter der gepolsterten Tür.

Dmitri Iwanowitsch, das „Chefchen", hatte ein bärbeißiges Gesicht und saß immer über den Tisch gebeugt, so daß es aussah, als blickte er einen finster, unter gerunzelter Stirn hervor, an. Dieser Blick schüchterte viele Leute ein.

„Nehmen Sie Platz", sagte er. „Haben Sie gelesen?" Er schob Kondraschin die heutige Gebietszeitung hin.

Daß „Chefchen" gleich damit anfangen würde, hatte Kondraschin überhaupt nicht erwartet. Er kam aus dem Konzept. Seine Gedanken schossen in alle Himmelsrichtungen, wie Spatzen, die durch einen Steinwurf aufgescheucht worden sind. Er wollte schon schwindeln, daß er den Artikel noch nicht gelesen habe, kombinierte aber rechtzeitig, daß es dann noch schlimmer wäre. Ja, das wäre noch schlechter.

„Ja", sagte er, formte für einen Moment wieder ein O.

„Ich wollte ihn zur Diskussion stellen, bevor ich ihn der Redaktion schicke, aber sie riefen an und drängten, und so ist es unterblieben. Ich bat sie um etwas Aufschub, sagte: ‚Meine Demokraten machen mir sonst die Hölle heiß.' Aber nein, sie hatten es eilig. Sprechen wir also post factum. Ich würde gern die Meinung meiner Mitarbeiter hören."

„Nun, es ist verständlich, daß sie gedrängt haben", fing Kondraschin an und blickte auf die Zeitung. Für ein, zwei Sekunden formten seine Lippen wieder ein O. Dann blickte er in „Chefchens" strenge Augen. „Der Artikel ist ganz zeitgemäß. Wie er heute sein muß."

„Wie meinen Sie das?" fragte Dmitri Iwanowitsch irritiert.

„Seinem Geist nach, diesem ... wie soll ich sagen ... diesem Bemühen, dieser Konkretheit und Einfachheit nach, wo doch so viel dahintersteckt ... Insbesondere diesem Geist nach ist der Artikel zeitgemäß und modern." Kondraschin guckte sein gestrenges „Chefchen" so treuherzig, ja naiv an, als wolle er im nächsten Moment fragen: „Sieht das nicht ein Blinder mit dem Krückstock?"

„Aber jetzt, wo alle mit Vorschlägen kommen ..."

„Der ganze Artikel ist doch ein Vorschlag!" unterbrach Kondraschin seinen Chef. „Ein einziger Vorschlag, ein Aufruf, sagen wir mal, obwohl ich dieses Wort nicht mag, ein Aufruf, anders zu arbeiten als bisher, denn wir schreiben das Jahr neunzehnhundertzweiundsiebzig. Und was die Beispiele betrifft ... Mit einem Beispiel kann jeder aufwarten, ich auch, aber mit einer Verallgemeinerung? Dies ist doch kein Diskussionsbeitrag auf einer Sitzung, dies ist ein Artikel." Kondraschin hob die Zeitung hoch und ließ sie wieder sinken.

„Genau", sagte „Chefchen". „Beispiele hätte ich noch und

noch, hier — stapelweise." Er hob seinerseits irgendwelche Papiere hoch und warf sie wieder hin.
„Sollen sie nur zu uns in die Abteilungen kommen — wir decken sie auch ein mit Beispielen", fügte Kondraschin hinzu.
„Wie weit sind Sie mit dem Rechenschaftsbericht?" fragte Dmitri Iwanowitsch.
„Ach ... Das geht in Ordnung."
„Aber passen Sie auf, daß keine Enten drin sind", mahnte Dmitri Iwanowitsch. „Konsultieren Sie mich. Sonst brocken Sie uns noch was ein ..."
„Wir sind doch nicht von gestern." Kondraschin lächelte treuherzig.
„Na schön", sagte Dmitri Iwanowitsch. „Also gut." Er nickte. Und griff nach den Papieren auf seinem Schreibtisch.
Kondraschin verließ das Chefzimmer. Die Sekretärin guckte ihn fragend und, wie es ihm vorkam, hämisch an. „Na, alles gut gegangen?"
„Ja", erwiderte Kondraschin und dachte: Mit der Schnecke könnte man ein bißchen flirten, eine Woche vielleicht, und dann tun, als wär nichts gewesen. Darin hatte er was weg. Er verlangsamte schon seinen Schritt, doch dann überlegte er es sich: Nein, das geht ins Geld. Und sagte: „Ihr Aussehen heute, das ist hundert Rubel wert, Nadjenka."
„Na hören Sie mal ...", murmelte Nadjenka verschämt.
So eine dumme Schnecke, sagte sich Kondraschin, die ist mir viel zu grün. Und verließ das Vorzimmer. Ging auf dem Läufer entlang. Die Treppe zum zweiten Geschoß lief er nicht hinab, sondern schritt gemächlich. Schritt und klopfte dabei mit der flachen Hand auf das dicke Geländer. Und plötzlich sagte er halblaut, böse, ja voller Ingrimm: „Diese Kretins."

1972

# Bauer Derjabin

Bauer Afanassi Derjabin war über Sechzig, aber er hatte sein Haus noch eigenhändig mit Zinkblech gedeckt, und jetzt glänzte es in der Sonne wie ein blankgescheuerter Samowar am Ofen. Er war ein flinkes, drahtiges Bäuerlein und hatte es faustdick hinter den Ohren. Früher als andere im Dorf hatte er kapiert, daß Kinder lernen müssen, seine (es waren drei — zwei Söhne und eine Tochter) hatte er die Zehnklassenschule machen lassen, dann hatten alle drei studiert, und jetzt saßen sie auf guten Posten in der Stadt. Er selber fummelte lieber bei sich in der Wirtschaft, manchmal freilich, zur Erntezeit, half er in der Reparaturwerkstatt der MTS aus.
Einmal saß er mit dem alten Wanin bei sich im Hof, und sie unterhielten sich darüber, warum ihre Gasse Nikolaschka-Gasse hieß. Die Gasse war nicht lang, von der Schlucht am Ende des Dorfes führte sie seitwärts zur Hauptstraße, der Kolchos-Straße. Und Derjabins Haus war das letzte vor der Schlucht. Sie redeten und redeten ... Aber besonders viel war es nicht, was sie zu sagen hatten.
„Weißt du denn nicht?" wunderte sich der alte Wanin. „Hier hat doch der Pope gewohnt, Vater Nikolai. Hier hat doch sein Haus gestanden, hinter deinem Garten. Sie haben Vater Nikolai verbannt, haben sein Haus auseinandergenommen und der MTS einverleibt. Als Verwaltungsgebäude, tja-a-a ..."
„Aha, soso, stimmt ja!" Derjabin erinnerte sich. „Klar, sie haben's abgerissen — als ich auf Schule war."
„Nu, und deshalb: Nikolaschka."
„Und ich denk immer: Warum bloß Nikolaschka?"
„Nikolaschka ... Eigentlich hieß er Vater Nikolai, aber die Leute, das verrückte Volk, haben ihn Nikolaschka getauft. Und so bekam auch die Gasse den Namen Nikolaschka."
Derjabin versank in Nachdenken. Nach einer Weile sagte er rätselhaft und bedeutungsvoll: „Die Leute aus der Stadt schreiben auf den Umschlag: ‚Nikolaschka-Gasse', dabei war Nikolaschka nichts weiter als 'n Pope." Und er blickte den alten Wanin an.

„Macht das was?“ sagte dieser.
„Und ob.“ Derjabin versank abermals in Nachdenken und kniff die Augen zusammen. Er hatte alles gewußt — warum die Gasse Nikolaschka-Gasse hieß und daß Nikolaschka ein Pope war, jawohl, das hatte er gewußt. Er hatte sich nur verstellt — er hatte einen Plan. Und zwar folgenden.
Des Abends, es war schon spät, nahm er am Tisch Platz, setzte die Brille auf, griff zum Federhalter und begann zu schreiben:

„An das Kreisexekutivkomitee von Krasno-Cholmsk
Ich bringe einen Fakt zu Ihrer Kenntnis, den wir alle hingehn ließen. Es gab bei uns einen Popen Nikolai (nach alter Sitte Vater Nikolai), im Volk Nikolaschka genannt, weil er keinerlei Autorität besaß, aber sein Haus stand in dieser Gasse. Bei der Beseitigung des Popen als Element wurde vergessen, die Gasse umzubenennen, und so heißt unsere Gasse in der gegenwärtigen Zeit ihm zu Ehren wie er. Ich meine — Nikolaschka-Gasse, wie früher. Unser Dorfsowjet drückt in dieser Sache beide Augen zu, aber wir Einwohner finden es peinlich, besonders wer Kinder mit höherer Bildung hat, die gezwungen sind, *Nikolaschka*-Gasse auf die Briefumschläge zu schreiben. Diesen Nikolaschka haben bestimmt schon längst irgendwo die Würmer gefressen, aber die Gasse, sehen Sie, heißt immer noch nach ihm. Wieso denn? Wir sind in dieser Gasse acht Höfe, und uns allen ist das sehr peinlich. Man muß sich wundern, daß wir fünfzig Jahre lang einen Popen lobpreisen. Haben wir denn keine verdienten Leute, nach denen wir die Gasse nennen können? Auf diesen acht Höfen, davon bin ich überzeugt, würden sich welche finden, denen zu Ehren man mit gutem Gewissen die Gasse benennen könnte. Die Gasse ist doch klein! Und es fehlt nicht an Veteranen der Arbeit, die zeitlebens Wertvolles für die Sache des Kolchos geleistet haben, angefangen bei der Kollektivierung.

Ein Aktivist“

Derjabin schrieb alles noch einmal ab, war nach wie vor zufrieden, ja staunte sogar, wie flüssig und überzeugend ihm das alles von der Hand gegangen war. Er legte das Schreiben beiseite und machte sich voller Eifer an den Entwurf eines anderen:
„An das Krasno-Cholmsker Kreisexekutivkomitee

Wir Pioniere, die in der Nikolaschka-Gasse wohnen, haben mit Entrüstung erfahren, daß Nikolaschka ein Pope war. Das ist ein Ding! sagten wir uns. Einerseits lernen wir, daß die Popen den Werktätigen Schaden brachten, andererseits sind wir gezwungen, in der Nikolaschka-Gasse zu wohnen. Wir schämen uns deswegen alle sehr — schließlich tragen wir rote Halstücher! Gibt es in dieser Gasse denn wirklich keine verdienten Leute? Zum Beispiel Onkel Afanassi Derjabin: Er ist Arbeiterveteran, war bei der Kollektivierung dabei, hat viele Jahre als Brigadier einer Traktoristenbrigade gearbeitet. Sein Haus liegt am äußersten Ende, da fängt die Gasse an. Wir, die Pioniere, schlagen vor, unsere Gasse umzubenennen — in Derjabin-Gasse. Wir wollen uns Onkel Derjabin zum Vorbild nehmen, wie er gearbeitet hat; für uns ist es nützlich, in der Derjabin-Gasse zu wohnen, weil uns das auf die Zukunft einstimmt und nicht auf die Vergangenheit. Hört auf unsere Meinung, Onkels!"

Derjabin las auch dieses Dokument noch einmal durch — alles richtig. Er malte sich aus, wie es sein würde, wenn seine Kinder eines Tages erführen, daß sie nun nicht mehr „Nikolaschka-Gasse" auf den Briefumschlag zu schreiben hatten, sondern: „An Afanassi Iljitsch Derjabin, Derjabin-Gasse". Gewiß würden sie sich freuen.

Am andern Tag rief Derjabin drei Jungs aus der Nachbarschaft zu sich und erzählte ihnen, wer Nikolaschka gewesen war.

„Folglich wohnt ihr in 'ner Popengasse", sagte er zum Schluß. „Ich geb euch 'n Rat ... Wer ist gut im Schönschreiben?"

Einer fand sich.

„Schreib das hier ab, und am Ende unterschreibt ihr alle. Und ich zimmere euch dafür drei Starkästen mit Vorbau."

Die lieben Kinder machten es so: Einer schrieb das Dokument ab, und alle drei unterschrieben es.

Derjabin steckte die Briefe in zwei Umschläge und klebte sie zu. Der eine trug seinen Absender, der andere den Absender des sommersprossigen Schönschreibers. Beide Briefe brachte Derjabin zur Post, wo er sie in den Kasten warf.

Eine Woche verging, wahrscheinlich ...

Eines Tages, um die Mittagszeit, hielt Grigori Semjonow, der Vorsitzende des Dorfsowjets, ein junger Bursche, mit seinem

Motorrad vor Derjabins Haus.
„Ich wollte alle zusammenrufen, aber keiner is zu Hause. Der Kreis schlägt vor, Ihre Gasse umzubenennen. Schließlich heißt sie nach 'm Popen. Ich wollt mich mit Ihnen beraten: Wie solln wir sie nu nennen?"
„Was raten die vom Kreis denn?" fragte Derjabin in böser Vorahnung. „Was schlagen sie vor?"
„Gar nichts — überlegt selbst, sagen sie. Wie nennen wir sie denn nu am besten? Vielleicht — Schlucht-Gasse?"
„Noch was!" entrüstete sich Derjabin. Er wurde traurig und böse. „Dann schon lieber Krumme Gasse."
„Krumme? Gar nich übel. Sie is wirklich krumm. So nennen wir sie!"
Derjabin kam nicht mehr dazu, zu erklären, daß er nur Spaß gemacht habe, daß man sie zu Ehren von jemandem ... Der Vorsitzende, der während des Gesprächs nicht vom Motorrad gestiegen war, trat aufs Gas, das Motorrad erzitterte ... Und der Vorsitzende brauste ab.
„Sie haben sie umbenannt ... Da hab ich mir ja nu was Rechtes eingehandelt", sagte Derjabin wütend und höhnisch. Spie aus und ging im Schuppen an die Arbeit. „Schöne Idioten! Jetzt schreib ich zum Trotz ‚Nikolaschka-Gasse'."
Er unterrichtete seine Kinder nicht davon, daß die Straße jetzt Krumme Gasse hieß, und sie adressierten ihre Briefe wie früher: „Afanassi Iljitsch Derjabin, Nikolaschka-Gasse 1".

1974

# Hurra, ein Herz!

Drei Tage vor Neujahr, es war eine stille Frostnacht, peitschten zwei Schüsse im Dorf Nikolajewka. Einer und noch einer ... Aus einem großkalibrigen Gewehr. Und jemand rief: „Hurra, ein Herz!“

Das Echo der beiden Schüsse hallte lange über dem Dorf. Die Hunde fingen an zu bellen. Am nächsten Morgen stellte sich heraus, wer der Schütze gewesen war: der Veterinärhelfer Alexander Iwanowitsch Kosulin.

Kosulin wohnte erst seit einem halben Jahr in Nikolajewka. Doch selbst damals, als er neu gewesen war, hatte ihn niemand weiter beachtet. Er war ein unauffälliger Mensch wie selten einer. Fünfzig Jahre alt, beleibt, schlaff ... Nur seine Gangart, die war flott. Und dabei guckte er immerzu vor sich hin. Grüßte eilig, schlug seinen Blick sofort wieder nieder. Sprach wenig, leise, undeutlich, wirkte stets geradezu verschämt. Als wisse er von den Menschen ein Geheimnis und fürchte, sich zu verraten, wenn er ihnen in die Augen schaue. Nicht aus Angst um sich, sondern aus Scham und Takt. Nicht mal den Frauen gefiel er, obwohl sie ja sonst für gesetzte, ruhige Männer etwas übrig haben. Es mißfiel unter anderem, daß er alleinstehend war. Warum alleinstehend, wußte niemand, nur, daß es nicht in Ordnung war — fünfzig Jahre alt und keine Familie, nichts.

Dieser Mann war also mitten in der Nacht hinausgerannt und hatte zweimal in die Luft geballert. Und dazu gebrüllt.

Den Leuten kam die Sache spanisch vor.

Am nächsten Mittag erschien der Dorfmilizionär, ein dicker Mann mit rotem, wettergegerbtem Gesicht, in der Veterinärstation. „Tag, Kosulin.“

Kosulin guckte den Milizionär verwundert an. „Guten Tag.“

„Sie müssen ... mal zum Dorfsowjet mitkommen. Wegen dem Protokoll.“

Kosulins Augen schienen auf dem Fußboden etwas zu suchen. „Wegen was für einem Protokoll? Wieso?“

„Was heißt: wieso?"
„Ich versteh nicht, wegen was für einem Protokoll."
„Sie haben doch geschossen? Gestern abend. Besser gesagt nachts?"
„Ja."
„Na also, und deswegen müssen wir ein Protokoll aufsetzen. Der Vorsitzende des Dorfsowjets will ... will sich mal mit Ihnen unterhalten. Wieso Sie die Schüsse abgegeben haben. Hat Ihnen jemand Angst gemacht?"
„Aber nein ... Dieser große Sieg der Wissenschaft — da hab ich Salut geschossen."
Der Milizionär musterte den Veterinärhelfer neugierig und amüsiert. „Was denn für ein Sieg?"
„Na, in der Wissenschaft."
„Und weiter?"
„Da hab ich eben Salut geschossen. Was ist dabei? Einfach so, aus Freude."
„Salut wird in Moskau geschossen", erklärte der Milizionär belehrend. „Hier bei uns ist das eine Störung der öffentlichen Ordnung. Wir kämpfen gegen so was."
Kosulin legte seinen weißen Kittel ab, zog sich den Mantel an, setzte die Mütze auf und gab durch seine Miene zu verstehen, daß er bereit sei. Vorm Tor der Veterinärstation stand ein Motorrad mit Beiwagen.
Der Vorsitzende des Dorfsowjets erwartete sie schon in seinem Büro.
„Also, heute nacht ... das war Salut", begann der Milizionär, wobei er Kosulin wieder amüsiert anblickte. „Genosse Insulin hat's mir gerade erklärt..."
„Kosulin", verbesserte der Veterinärhelfer.
„Wie?"
„Kosulin ist mein Name."
„Ach so, Entschuldigung!" Der Milizionär mußte über seinen Versprecher lachen. Er ließ sich in einem großen Ledersessel nieder. Holte ein Protokollformular aus seiner Umhängetasche. „Entschuldigen Sie, das wollte ich nicht."
Der Dorfsowjetvorsitzende knarrte mit seinen Chromlederstiefeln, zog mit der rechten Hand den Bund seiner Feldbluse zurecht (aus dem linken Ärmel schaute eine lackierte Prothesenhand hervor) und forderte den Veterinärhelfer auf: „Nehmen Sie Platz, Kosulin."

Kosulin ließ sich ebenfalls in einem tiefen Sessel nieder. „Was war denn los? Wieso haben Sie geschossen?"
„In Kapstadt wurde gestern einem Menschen ein fremdes Herz eingepflanzt", erwiderte Kosulin feierlich. Und verstummte. Der Dorfsowjetvorsitzende und der Milizionär warteten — na und? „Von einem Toten eins."
Der Milizionär machte ein langes Gesicht. „Wie? Was?"
„Sie haben einem lebendigen Menschen das Herz von einem Toten eingepflanzt."
„Was, da haben sie 'ne Leiche ausgebuddelt und..."
„Aber nein, das Herz von einem, der gerade gestorben war!" rief Kosulin ungehalten. „Sie lagen beide im Krankenhaus."
„Tja, so was gibt's", meinte der Dorfsowjetvorsitzende herablassend, „daß sie Organe verpflanzen ... Die Nieren und andere Organe..."
„Andere Organe ja, aber ein Herz — das war erstmalig. Ein Menschenherz!"
„Ich sehe bloß keinen Zusammenhang zwischen diesem ... pathologischen Vorfall und den beiden Schüssen zu nachtschlafender Zeit", bemerkte der Dorfsowjetvorsitzende streng.
„Vor Freude war ich ganz hin, als ich das hörte, und da fiel mir mein Gewehr ins Auge, ich rannte damit auf den Hof und schoß in die Luft..."
„Mitten in der Nacht."
„Na und?"
„Was heißt: na und? Sie haben die öffentliche Ordnung der Werktätigen gestört."
„Um wieviel Uhr war das?" fragte der Milizionär streng.
„Weiß ich nicht genau. Gegen drei."
„Wieso hören Sie bis nachts um drei Radio?"
„Ich konnte nicht schlafen..."
Der Milizionär blickte den Dorfsowjetvorsitzenden vielsagend an. „Radio Moskau sendet nachts um drei noch?"
„Nein, aber Majak."
„Ja, die senden die ganze Nacht durch", bestätigte der Dorfsowjetvorsitzende, schaute jedoch den Veterinärhelfer prüfend an. „Woher nehmen Sie das Recht, unser Dorf nachts um drei durch Schüsse zu belästigen?"
„Entschuldigen Sie, aber in dem Moment hab ich nicht daran gedacht ... Ich bin ein Schizo."

„Ein was?“ Der Milizionär verstand nicht.
„Ein Schizo. Wissen Sie, ich krieg öfter ... Ich verlier öfter die Kontrolle über mich.“ Der Veterinärhelfer legte gleichsam sinnend seine Finger an die Stirn, dann auf die Augen. „Tütli-tüt...“
Der Milizionär und der Dorfsowjetvorsitzende wechselten fragende Blicke.
„Entschuldigen Sie“, sagte der Veterinärhelfer noch mal.
„Wir ja, Kosulin“, sagte der Dorfsowjetvorsitzende teilnahmsvoll, „aber die Werktätigen? Manche müssen früh um fünf aufstehen. Sie sind doch ein gebildeter Mann, Sie müssen das doch einsehen.“
„Übrigens“, der Milizionär wurde lebhaft, „wieso schießen Sie überhaupt Salut? Der Sieg betrifft ja gar nicht Ihr Fach — Sie sind Veterinär, und die Herzverpflanzung wurde doch nicht an ’nem Gaul vorgenommen.“
„So dürfen Sie das nicht sehen!“ rief der Veterinärhelfer. Und wurde rot. Er verstummte, dann aber fragte er leise und bitter: „Wie können Sie so etwas sagen?“
Alle drei schwiegen eine Weile. Bis der Dorfsowjetvorsitzende das Schweigen brach. „Betrachten wir’s doch in Ruhe. Selbstverständlich ist es eine Großtat der Wissenschaftler. Es kommt nicht darauf an, wem das Herz eingepflanzt wurde, schließlich gehören auch wir zur Tierwelt, entscheidend ist die Großtat als solche. Noch dazu, wo sie am Menschen vollbracht wurde. Aber, Kosulin, ich sage Ihnen noch einmal: Ihr eigenmächtiger Salut zu nachtschlafender Zeit stellt eine ernste Ruhestörung dar. Es wird noch so viele Großtaten geben! Sie machen ja aus unsren Bürgern Psychopathen. Merken Sie sich das ein für allemal. Wie sieht’s bei Ihnen übrigens mit Brennholz aus?“
Der Veterinärhelfer war platt über diese unvermittelte Frage.
„Danke, ich hab noch. Mir fehlt’s an nichts. Mir geht’s gut hier.“ Er knüllte seine Mütze, zog die Stirn kraus. Er schämte sich, weil er den Milizionär angeschrien hatte. Er blickte zu ihm hin. „Entschuldigen Sie ... Ich hab die Beherrschung verloren...“
Der Milizionär war verlegen. „Na ja, schon gut.“
Der Dorfsowjetvorsitzende lachte. „Macht nichts. Wer’s nachträgt, kriegt was auf den Deckel.“
„Wer’s vergißt, erst recht!“ drohte der Milizionär im Scherz.

„Ein Protokoll setzen wir nicht auf, aber wir behalten die Sache im Gedächtnis. Einverstanden, Kosulin?“

„Wozu auch ein Protokoll“, sagte der Dorfsowjetvorsitzende. „Wo wir es mit einem intelligenten Menschen zu tun haben ...“

„Intelligent oder nicht ... Wenn sie beim Kreis Wind davon kriegen ...“

„Wir wollen Sie nicht weiter aufhalten, Kosulin“, sagte der Dorfsowjetvorsitzende. „Gehen Sie nur wieder an Ihre Arbeit. Und wenn Sie was brauchen, kommen Sie zu mir.“

„Danke.“ Der Veterinärhelfer erhob sich, setzte die Mütze auf und schritt zur Tür.

In der Tür aber blieb er stehen, schaute sich um ... Und verzog plötzlich das Gesicht, schloß die Augen, schnarrte in lautem, langgezogenem Kommandoton, als stehe er vor einem Bataillon: „Stillgestanden! Augen geradeaus!“

Dann faßte er sich an die Stirn und an die Augen und sagte leise: „Mich packt's wieder mal ... Auf Wiedersehen.“ Und ging.

Der Milizionär und der Dorfsowjetvorsitzende saßen eine Weile da und starrten die Tür an. Dann wälzte sich der Milizionär aus seinem Sessel, trat ans Fenster und schaute dem Veterinärhelfer nach.

„‚Mit dem Klammersack gepudert‘ nannten wir so welche bei uns“, sagte er.

Der Dorfsowjetvorsitzende blickte dem Veterinärhelfer gleichfalls hinterher. Kosulin ging wie immer, schnell, vor sich hinstarrend.

„Wir müssen ihm das Gewehr abnehmen“, sagte der Dorfsowjetvorsitzende. „Wer weiß, was dem noch in den Sinn kommt ...“

Der Milizionär lachte auf. „Meinst du, der hat wirklich 'n Dachschaden?“

„Was denn sonst?“

„Der tut bloß so! Ich seh's ihm an den Augen an.“

„Wieso sollte er?“ Der Dorfsowjetvorsitzende stutzte. „Was hätte er heutzutage davon?“

„Na, keinerlei Verantwortung. Frag ihn doch nach seinem Jagdschein — der hat keinen! Ich könnte Gift drauf nehmen. Aber 'n richtigen Jagdschein, fürs Gewehr, den hat er. Wetten? Ich fahr sofort hin und kontrollier's nach. Er hat einen, und alle Gebühren sind bezahlt. Was wollen wir wetten?"

„Eines versteh ich trotzdem nicht: Wieso sollte er sich selber verleumden?"

Der Milizionär lachte. „Bloß so — für alle Fälle. Ist mal was, sagt er: ‚Na und? Ich bin 'n Schizo!' Das kennen wir!"

1970

# Die Gewissenlosen

Der alte Gluchow wurde mit achtundsechzig Jahren Witwer. Er beerdigte seine Alte, richtete den Leichenschmaus aus. Weinte. Sagte: „Wie soll's jetzt weitergehen? So allein?"
Er sagte es, wie's alle greisen Witwer sagen. Zwar war ihm schwer ums Herz, sehr schwer, und dennoch grübelte er nicht wirklich darüber nach, „wie's jetzt weitergehen soll". Bitter war's, schmerzlich; und Schluß. Vorwärts, weiter schaute er nicht.
Doch die Zeit verstrich, ein ganzes Jahr, und der Alte hielt es tatsächlich nicht mehr aus. Irre wurde er so allein in dem großen Haus. Er hatte zwar einen Sohn, seinen Jüngsten (die älteren waren im Krieg geblieben), doch der lebte in der Stadt, kam nur gelegentlich nach Kartoffeln, Sauerkraut, Gurken, nach Honig für die Kinder (der Alte hielt sechs Bienenstöcke), nach Hausmacherspeck. Bloß freuten den Alten diese Besuche nicht, sie ärgerten ihn nur. Nicht, daß es ihm um den Speck, den Honig, die Gurken leid tat — nein. Es war schlimm und kränkend, daß der leibliche Sohn ihm richtig fremd, ein richtiger Kommt-Nimmt geworden war. Der Alte gab ihm Speck, Kraut ... Immer das Beste vom Besten. Er schwieg, verkniff es sich zu klagen. Klagte er nämlich und sagte: „Schlecht geht's mir, Wanja, mich bedrückt ...", was tat da Wanja? Womit half er? Tja, sie seufzten zusammen, tranken ein Fläschchen, und dann fuhr Wanja mit seinem Koffer wieder ab ins Städtchen, zu seiner Familie. Tja ja.
Und so kam der Alte darauf, zu heiraten. Und erkor sich eine Braut.
Das war am 9. Mai, am Tag des Sieges. Wie immer an diesem Tag versammelte sich das Dorf auf dem Friedhof, um der Gefallenen zu gedenken.
Der Dorfsowjeter stand auf einem Hocker und verlas die Liste: „Grebzow, Nikolai Mitrofanowitsch. Guljajew, Ilja Wassiljewitsch. Gluchow, Wassili Jemeljanowitsch. Gluchow, Stepan Jemeljanowitsch. Gluchow, Pawel Jemeljanowitsch ..."

Diese drei waren die Söhne des alten Jemeljan Gluchow. Immer, wenn die Namen der Söhne verlesen wurden, würgte den Alten der Kummer mit knochenharten Fingern, schmerzte es ihm in der Brust. Er blickte zur Erde, weinte nicht, aber ihm verschwamm alles vor Augen. Lange stand er so. Der Dorfsowjeter las und las: Oparin, Semjon Sergejewitsch. Popow, Iwan Sergejewitsch. Popow, Michail Sergejewitsch. Popow, Wassili Iwanowitsch.
Auf dem Friedhof wurde leise geweint. Eben leise, in den Zipfel eines Umhängetuches, in die Hand; und geseufzt wurde sacht, als bangten die Leute, die Stille zu verletzen und zu beleidigen, der diese Minute gehörte. Dem Alten wurde etwas leichter, und er schaute sich um. Und wie jedesmal dachte er: Wieviel Menschen umgekommen sind.
Gerade da fiel sein Blick auf die alte Otawina. Sie war keine Hiesige, wohnte aber schon lange hier. Gluchow kannte sie. Die alte Otawina hatte niemanden auf der Liste, aber sie weinte still mit allen und bekreuzigte sich. Der alte Gluchow achtete gläubige Menschen, weil man ihnen nachstellt, sie verlacht ... Für ihre Duldsamkeit und Standhaftigkeit. Für ihre Ehrlichkeit. Er betrachtete die Otawina genauer. Eine buckelnasige, noch kräftige Alte; die besorgt spielend den Garten, heizt die Banja, rührt den Sauerteig an, bäckt das Brot. Das Ladenbrot konnte der Alte einfach nicht essen. Und da dachte der Alte: Die schlägt sich doch auch allein rum!
Zu Hause trank Gluchow auf seine Söhne. Und überlegte: Sie soll man ihre Hütte verkaufen und zu mir ziehen. Den Erlös kann sie ja auf ihr Sparbuch legen. Dann wär's nicht so leer im Haus. Und man kann endlich mal wieder Mensch sein und in die Banja gehen und hinterher seelenruhig ein Weilchen liegen ... Es ist jemand da, der das Essen aufträgt, der ruft: Komm essen, Jemeljan! Und es riecht daheim wieder nach Haushalt und Kochen. Ist doch was ganz andres, wenn jemand am Herd mit der Topfgabel scheppert, wenn's nach Brotteig duftet. Oder nachts, wenn der Schlaf nicht kommt, kann man was plaudern. Man kann einen saftigen Mutterfluch loslassen, auf den Kolchosbrigadier zum Beispiel. Sie ist freilich gläubig, die Otawina. Na, man kann ja auch noch anders fluchen. Mit mir geht's sowieso zu Ende, und ich hab genug Mutterflüche in meinem Leben losgelassen. Ja, wirklich — wenn sie käm, das wär gut. Und wenn du dir ein Bein ausreißt — Hausfrau bleibt

Hausfrau. So dachte der Alte. Er wurde sogar etwas aufgeregt.
Und dann ging er eines Sonntags zu Olga Sergejewna Malyschewa, auch schon eine alte Frau, wenn auch etwas jünger als die Otawina und mit mehr Grips. Diese Olga Sergejewna hatte der Alte früher einmal heimlich sehr geliebt. Damals war er ein junger Bursche gewesen, und er hatte die hübsche, kesse Olga geliebt. Er war sogar drauf und dran gewesen, Brautwerber zu den Malyschews zu schicken, doch da kam die Revolution. Im Dorf tauchte so ein Prachtkommissar auf, verdrehte der fortschrittlichen Olga den Kopf, nahm sie mit. Nahm sie mit, aber verscholl dann selber irgendwo. Wahrscheinlich gefallen. Olga Sergejewna kehrte nach Hause zurück und lebte seitdem allein. Einmal, ebenfalls noch im jugendlichen Überschwang, ging der schon verehelichte Jemeljan Gluchow zu Olga Sergejewna in den Dorfsowjet (sie arbeitete dort als Sekretär) und eröffnete ihr sein Herz. Olga Sergejewna wurde böse, weinte und sagte, nach ihrem Adlerkommissar lasse sie keinen anderen mehr an sich ran. Gluchow versuchte zu erklären, daß er ohne alle Hintergedanken bloß sagen wollte, daß er sie geliebt habe (er hatte einen gehoben). Was ist schon dabei? Olga Sergejewna schnappte noch mehr ein und erklärte abermals, kein einziger Mann sei auch nur den kleinen Finger ihres unvergessenen Kommissars wert. Mit ihrem Kommissar hat sie dann alle so vergrault, daß sich keiner mehr an sie heranwagte. Inzwischen waren viele, viele Jahre vergangen, alles war vergessen, vergangen, längst lärmte ringsum ein anderes Leben, und siehe da, der alte Gluchow und die Rentnerin Malyschewa hatten eine seltsame Freundschaft geschlossen. Der Alte half ihr in der Wirtschaft — schippte im Winter Schnee, hackte Holz, stielte den Besen neu an, flickte das Dach. Sie saßen auch beisammen und schwatzten. Die Malyschewa stellte dann eine Flasche auf den Tisch. Gluchow aber, immer noch aus Scheu vor ihr, führte überschwengliche Lobreden über die Sowjetmacht. „Ja, das ist eine... richtige Macht! Früher war's so: Einer lebt bis ins hohe Alter, aber keiner braucht ihn mehr. Jetzt kriegt er 'ne Rente. Wozu, frag ich, werden für mich jeden Monat zwanzig Rubel ausgespuckt! Mein eigner Sohn steckt mir, wenn er kommt, 'n Fünfer zu — ist auch in Ordnung, aber manchmal vergißt er's. Aber die Macht, von der krieg ich's regelmäßig. Ja, die

Kommissare damals — die wußten, was Sache war. Sie haben ihr Leben geopfert für die lichte Zukunft und für den Kommunismus. Olga Sergejewna, erheben wir uns ihnen zu Ehren."
Mürrisch sagte die Malyschewa: „Bleib sitzen! Wozu das jetzt?"
Sie sprach in letzter Zeit selten vom Kommissar, dafür erzählte sie des öfteren, wie es sich nachts „auf sie wälzt". „Es wälzt und wälzt sich auf mich — das Ende, denk ich, der süße Tod ist gekommen."
„Worauf wälzt es sich denn? Auf die Brust?"
„Auf alles. Ganz durch und durch geht's. Nun ist's aus, denk ich. Dann wird a-alles schlapp: Arme, Beine, a-alles wie Blei. Und mir ist, als schwimme ich, schwi-imme, weit, weit weg."
„Ja." Gluchow fühlte mit. „So ist das, und irgendwann mal schwimmst du so davon."
Nach der Beerdigung besuchte der Alte die Malyschewa noch öfter. Er machte ihr hier und da was in der Wirtschaft, lieber aber noch saßen sie auf der Veranda und tranken Tee mit Honig. Den Honig brachte der Alte in einem Körbchen aus Birkenrinde mit.
„Traurig?" fragte die Malyschewa.
Gluchow wußte nicht, was er antworten sollte — er fürchtete, nicht das Richtige zu sagen; die Malyschewa könnte ihm dann über den Mund fahren. Oft genug hatte sie ihm zu verstehen gegeben, daß er, obwohl schon fast siebzig, mehr auf sie hören und lieber den Mund halten sollte.
„Traurig?"
„Tja", sagte Gluchow unbestimmt. „Schade — natürlich. Hab mit ihr immerhin ... fünfzig Jahre gelebt."
„Leben kann man auch hundert. Aber hat's einen Sinn gehabt? Die Elefanten leben zweihundert Jahre, und was ist dabei fürn Sinn?"
Gluchow war verletzt. „Drei Söhne von mir sind im Krieg geblieben. Und da sagst du mir so was."
„Ich sag doch nichts", antwortete die Malyschewa. „Die fielen für die Heimat."
„Natürlich bin ich traurig", sagte Gluchow schon mutiger. „Was hat sie unter mir gelitten! Von mir geduldet! Als junger Kerl, da war ich 'n bißchen hitzig. Und 'n Querkopf. Alles hat sie geduldet ... Schade um sie."
„Euch fehlt das Bewußtsein ...", seufzte die Malyschewa.

„Zurechthobeln muß man euch, zurechthobeln! Noch zweihundert Jahre lang — erst dann seid ihr vielleicht halbwegs Menschen. Da hast du nun fünfzig Jahre mit ihr gelebt. Na und? Kannst nicht mal was sagen. In meinem Garten, da wächst Unkraut. Wächst genauso wie daneben die Viktoria-Erdbeeren. Wo ist der Unterschied?"

„Was bist du denn gleich so aufgebracht?" Gluchow verstand das nicht.

„Wo der Unterschied ist, frage ich?"

„Du vergleichst da ... Kalb- und Ziegenfleisch."

„Und ob! Der eine Mensch lebt und brennt, der andre glimmt. Bei dem einen ist die letzte Faser voller Gehalt, und bei den andern ... Die machen nur ihrs und Schluß. Hengste!"

„Können ja nicht alle Kommissare sein!" knurrte Gluchow, beleidigt wegen der „Hengste".

„Fünfzig Jahre habt ihr zusammen gelebt", eiferte die Malyschewa weiter. „Ob sich da wohl eine Woche mit Gehalt findet?"

„Na, Gehalt gab's Gott sei Dank reichlich. Mehr als genug."

„Das seh ich!" Die Malyschewa schürzte die Lippen. „Hengste."

Gluchow spürte, daß er sie reizte, kam aber nie hinter den Grund.

Dennoch war er immer wieder zur Malyschewa gegangen. Manchmal hatten sie sich — und wie! — beschimpft, manchmal hatten sie sich friedlich getrennt. Immer war der Abend im Handumdrehen vorüber.

Diesen Sonntag nun kam Gluchow zur Malyschewa ohne Beil, ohne Fuchsschwanz. Kam auf ein paar Worte. Um einen Rat.

„Ich brauche deinen Rat, Sergejewna. Hilf!"

„Was ist denn passiert?" Die Malyschewa horchte auf. Ratschläge gab sie zu gern.

„Kennst du die alte Otawina?"

„Ja, und?"

„Würdest du mit ihr sprechen, ob sie einverstanden wär, in mein Haus überzusiedeln? Ihre Hütte könnt sie verkaufen. Oder sie nagelt sie erst mal zu. Wir leben und sehen erst mal, soll sie die erst später verkaufen. Wozu ein Risiko eingehen. Was denkst du darüber? Allein trau ich mich nicht, mit ihr

zu sprechen, aber du könntest es. Ich werd gut zu ihr sein ... Auf vier Beinen, da steht sich's sicherer als auf zweien, auch wenn sie nicht mehr flink sind. Wie denkst du darüber?" Gluchow sprach ungewöhnlich viel und schnell — es war ihm peinlich. „Ich hab überlegt und überlegt und find es so am besten. Es ist schwer, so allein, verdammt noch mal. Und auch für sie, denk ich, wird's leichter. Wie denkst du darüber?"
Die Malyschewa war verblüfft. Dermaßen verblüfft, daß sie zunächst kein vernünftiges Wort herausbrachte.
„Heiraten willst du?"
„Was heißt heiraten ... Was ist das schon für eine Heirat? Wir tun uns halt zusammen, zur Erleichterung."
„Juristisch bleibt das eine Heirat. Mach mir doch nichts vor!"
Gluchow stutzte. „Also heiraten. Aber sag, wird das nicht gefördert?"
Die Malyschewa musterte den Alten befremdet, mit unverhohlener Feindseligkeit. „Und sie ist einverstanden? Ach ja, du hast gesagt, du hättest noch nicht mit ihr ..."
„Sie weiß gar nichts! Deshalb bitte ich dich doch, mit ihr zu sprechen. Wer redet, dem wird auch ein Ohr geliehen. Sie ist gläubig. Vielleicht sagt sie, so was ist Sünde? Aber was ist daran Sünde? Man muß erst mal hören. Ich bin allein, sie ist allein ..."
„Sie hat in der Stadt eine Tochter."
„Ah, so! Und ich hab in der Stadt 'n Sohn. Davon hat man heute vielleicht was! Aber wir würden uns schon zusammenraufen und den Rest von unserm Leben gemeinsam verbringen. Wer zuerst stirbt, hat jemanden, der ihn beerdigt."
„Ihr habt doch Kinder!" Die Malyschewa hatte plötzlich nervös die Stimme erhoben. „Was spielt ihr hier die Kasaner Waisen!"
Gluchow verstummte. Und musterte nun seinerseits ärgerlich die Malyschewa. Warum war sie böse? Warum?
„Was hast du denn, Sergejewna?" fragte er.
„Ich? Nichts. Ihr habt euch doch ausgedacht zu heiraten, nicht ich. Und da fragst du mich, was ich hab. Ich hab gar nichts."
„Du bist verärgert."
„Kein Stück! Noch was! Ich und mich ärgern! Heiratet doch! Mit der Otawina muß gesprochen werden? Wird erledigt."
Jetzt war es die Malyschewa, die verlegen wurde und los-

haspelte. „Ich rufe sie und rede mit ihr, Kleinigkeit. Ich frag sie, ob sie einverstanden ist. Ich und mich ärgern! Auslachen wird man doch euch, nicht mich."

„Wieso denn das?"

„Was?"

„Man wird uns auslachen?"

„Was sonst, etwa jubeln?"

„Gibt's denn so was nicht, daß sich alte Leute zusammenschmeißen?"

„Gibt's natürlich. Komm morgen gegen Mittag! Ich bestell sie etwas früher, bered es erst mal mit ihr, und du komm später, gegen Mittag. — Ja, natürlich gibt es das! Mehr als genug. Ich besprech's, keine Bange. Ich besprech's."

Gluchow verließ die Malyschewa mit einem unguten Gefühl. Er witterte eine Falle. Ein komisches Weib, herrje! Immer wütend. Alle möchte sie ärgern, alle umkrempeln. Allen vorschreiben, wie sie zu leben haben, alle richten. Der Alte überlegte sogar: Soll ich zurückgehen und ihr sagen, daß ich ihre Hilfe nicht brauche und schon selber irgendwie zurechtkomme? Er blieb sogar stehen. Sagte sich dann aber: Egal, zum Teufel mit ihr, soll sie mit ihr reden. Er selber könnt es ja doch nicht. Soll sie sich ärgern — Hauptsache, sie erledigt es.

Anderntags trafen sich die beiden Frauen, die Malyschewa und die Otawina.

Ihr Gespräch fand statt.

Die Otawina kam zur Malyschewa, schaute zuallererst in die vordere Ecke, ob da eine Ikone stand, setzte sich artig auf den Rand des Plüschsofas, begrüßte die Hausfrau.

„Warum ich dich gerufen habe", begann die Malyschewa ohne Umschweife. „Den alten Gluchow kennst du doch?"

„Jemeljan Jegorytsch? Kenn ich, aber ja. Hat drei Söhne verloren..."

„Also, er möchte dich heiraten." Die Malyschewa formte die Worte klar und deutlich wie Pelmeni. „Bist du einverstanden?"

„Gott steh mir bei!" Die Otawina bekreuzigte sich. „Er ist wohl..."

„Wieso?" Die Malyschewa wurde plötzlich fast heiter. „Seid beide allein. Du überleg erst mal, antworte nicht gleich. Er ist ein Ziegenbock wie alle, aber er hilft dir über den Rest des

Lebens. Was denkst du darüber? Die Hütte, meint er, brauchtest du noch nicht zu verkaufen, die kann zugenagelt werden. Wenn ihr miteinander auskommt, dann könntest du sie verkaufen und das Geld aufs Sparbuch einzahlen. Was denkst du darüber?"

„Wie kann ich überhaupt denken? Bin ja wie vor den Kopf geschlagen. So Knall und Fall heiraten!" Die Otawina kicherte. „So kann man auch den Verstand verlieren! Ich und eine Braut!"

„Na, und erst der Bräutigam! Aber wie nun?"

„Ja, warte doch, Sergejewna, ich muß mich erst mal sammeln..."

„Er kommt gleich. Will gleich Antwort."

„Oje!" die Otawina fuhr vom Sofa auf und starrte zur Tür. Und setzte sich wieder. „Das ist ja was!"

„Wie ich sehe, bist du schon so gut wie einverstanden."

Die alte Otawina dachte plötzlich ernsthaft nach. „Ich sag dir, Sergejewna: Der Alte ist nicht der Schlechteste; er trinkt nicht, lästert Gott nicht sonderlich, ich hab's jedenfalls nicht gehört ... Nur ..." Die Otawina schaute die Brautwerberin an. „Es kommt doch vor — zwei Alte tun sich zusammen, leben dahin..."

„Freilich."

„Aber wenn er nun plötzlich nachts ankommt und...?"

Die Malyschewa sperrte den Mund auf. „Wie?"

„Was, wie? So. Du weißt doch, wie die sind. Zuallererst möcht ich sicher sein, daß er nicht zudringlich wird. Und daß er keine Mutterflüche gebraucht. Rauchen ... Na, räuchern tun sie alle, das treibt man ihnen nicht aus."

„Also bist du einverstanden?" staunte die Malyschewa.

„Warte noch, hetz nicht die Pferde! Ich sag doch: Ich hab 'ne Menge Bedingungen. Das darf nicht sein, dies nicht ... Wenn aber der Alte denkt und sagt: Was darf man denn am Ende? — Und unsere ganze Brautwerbung geht in die Brüche." Die Otawina kicherte wieder leise. „Das hätt ich nicht gedacht, nicht geahnt. Ach du liebes bißchen! Na ja ... Aber eigentlich ... warum eigentlich nicht? Meine Freundin in Bulanicha, wo ich früher gelebt habe, bei der war's genauso. Kam ein Alter, meinte dies und das und sagte dann: Komm, Kusmowna, leben wir zusammen. Und das taten sie denn. Er ist zwar schon zwei Jahre tot ... Aber sie wohnt in seinem Haus. Gut haben sie gelebt, ich weiß es. So was um fünf Jahre. Und nie ein böses Wort. Zum Ende des Lebens hin werden die Menschen gescheiter. Aber die von heute ... Siehst du dir die von heute an ... Herr im Himmel! Du siehst sie dir an und bist sprachlos. — Also eigentlich ... Ich könnt mein Leben in Ruhe zu Ende leben, im Warmen. In meiner Hütte, da pfeift's schon durch alle Ritzen; bin froh, daß der Winter vorbei ist, ich krieg sie einfach nicht mehr warm. Man heizt und heizt — und es bleibt, als säß man unterm Sieb."

„Und warum ziehst du nicht zur Tochter?"

„Wohin denn? Die sitzen selber schon wie aufm Fingerhut. Ich hab ja dort gewohnt. Als die Enkel klein waren, hab ich dort gewohnt. Die reinste Qual. Aber dann kamen die Jungens zur Schule, und ich war heilfroh, als sie mir wenigstens die Hütte hier kauften. Mein Haus in Bulanicha hatte ich verkauft. Als die Tochter heiratete, da hab ich's verkauft. Ein prima Haus, steht noch hundert Jahre. Ich hab's verkauft. Die jungen Leute brauchten Geld für die Wohnungsbaugenossenschaft, und woher nehmen und nicht stehlen? Er, was der Schwiegersohn ist, war grade von der Armee zurück, und meine hatte grad die Fachschule fertig. Na ja, da hieß es, komm, Mutter, wir verkaufen das Haus. Wir kaufen dir später ein andres, falls du nicht bei uns wohnen möchtest. So hab ich dort gewohnt und die Kinder betreut, aber dann — nein. Da sag ich, kauft mir wenigstens 'ne kleine Hütte. Ich halt's nicht mehr aus in der Stadt, es zieht mich zurück. Sie haben hin und her überlegt, dann haben sie das Geld aufgetrieben. In Bulanicha sind die Häuschen teuer, hier 'n bißchen billiger. Deshalb bin ich hier gelandet. Also, eigentlich ... Auf meine alten Tage ... ein warmes Plätzchen zu haben ... Schaden tät's nicht."

Der alte Gluchow wußte zwar von dem Gespräch zwischen den beiden Alten, aber wie es laufen würde, wußte er nicht. Er zog für alle Fälle das neue Jackett an, steckte ein Fläschchen ein, legte Honig in das Rindenkörbchen und machte sich auf zur Malyschewa.

Er trat ein. Grüßte. Machte ein verlegenes Gesicht, stellte die Flasche und das Körbchen auf den Tisch ... Holte den Tabaksbeutel heraus.

„Wart man lieber noch mit der Flasche", sagte die Malyschewa. „Übereil dich nicht!"

Dem Alten rutschte das Herz in die Hose. Und dabei hatte

er sich schon fest auf das gemeinsame Leben mit der Otawina eingestellt, hatte alles bedacht: Es würde schon gut gehen. Aber was nun?
„Ich hab euch beide angehört. Natürlich, es ist euer eigenes Leben, von mir aus heiratet ... Manch einer schnappt über — na und? Aber ich will euch trotzdem fragen: Sagt mal, schlägt euch nicht das Gewissen? Wie?"
Sie schleuderte diese Worte Gluchow und der Otawina ins Gesicht. Schleuderte sie mit unerklärlicher Härte, aus einem Herzen heraus, an dem ein geheimer Schmerz nagte. Sie stieß sie hervor, ohne Rücksicht auf Braut und Bräutigam, die tief erröteten und sich wanden vor Pein und Gewissensqual. „Wie wollt ihr hinterher den Leuten ins Gesicht sehen? Na? Mancher lebt sein ganzes Leben allein ... Ich lebe mein ganzes Leben allein, seit meinem dreiundzwanzigsten Lebensjahr! Meint ihr, um mich hätte keiner angehalten? Und ob. Meint ihr, zu mir wär nachts keiner gekommen, hätte keiner ans Fenster geklopft? Und ob und ob! Du, Gluchow, kamst du etwa nicht in den Dorfsowjet gerannt und hast mir gesagt, daß du ohne mich nicht mehr leben kannst? War's nicht so? Na, gib's zu!"
Gluchow wär am liebsten im Erdboden versunken. „Ich ... aus Dummheit ... Hatte einen gehoben", stammelte er. „Ich hab nicht um dich angehalten ... Was denkst du? Hör bloß auf! Ich soll mal ..."
„Aus Dummheit! Aber jetzt ist er schlau geworden! Mit siebzig heiraten! Ein ganz Gescheiter! Und du hier? Genauso! ‚Ich werd sehen, werd's mir überlegen ... ein Plätzchen im Warmen.' Auch so eine Fromme! Genau dasselbe ... Auf andre mit Fingern zeigen — eine Sünde! Und selber? Was gebt ihr den Jungen für ein Beispiel? Habt ihr euch das mal überlegt? Versteht ihr so eure Verantwortung vor dem Volk?" Die Malyschewa klopfte mit ihren mageren Fingerknöcheln auf den Tisch. „Habt ihr darüber nachgedacht? Nein, habt ihr nicht. Egoisten! Das werktätige Volk schont seine Kräfte nicht, es arbeitet; ihr aber wollt eine Hochzeit abziehen ... die Leute zu Trunk und leichtsinnigen Verhältnissen verleiten. Ihr Gewissenlosen!"
„Wieso Hochzeit?" brabbelte Gluchow. Die Otawina brachte erst gar kein Wort heraus. „Wir wären in aller Stille zusammengezogen, und fertig. Wieso Hochzeit?"

„Reinweg wie die ... die Herumtreiber. Pfui Teufel!"
„Nun reicht's aber, weißt du!" brüllte der Alte auf. „Geh doch zur ...", fluchte er deftig. Und ging hinaus. Die Tür krachte zu.
Nach ihm ging auch die Otawina. Was heißt, sie gingen! Sie rannten hinaus, wie von der Tarantel gestochen. Vor dem Tor strebten sie ohne einen Blick füreinander in verschiedene Richtungen, obwohl sie bis zur Kreuzung denselben Weg hatten.
Der alte Gluchow lief einen ordentlichen Bogen durchs Dorf, bis er nach Hause kam. Er spuckte, machte sich in wilden Mutterflüchen Luft und schüttelte die Fäuste. In der ersten Wut dachte er sogar: Ich steck ihr das Haus an, dieser Dreckziege!
Er steckte der Malyschewa natürlich das Haus nicht an. Aber er schwor sich, nie wieder zu ihr hinzugehen. Und wenn er sie auf der Straße traf, würde er sich abwenden, sie nicht grüßen.
Die Otawina fuhr in die Stadt, in die Kirche — um Vergebung der Sünde beten. Die Alte litt sehr, der Malyschewa ging sie aus dem Wege.
Die Malyschewa erzählte niemandem, keinem Menschen im Dorf, von der ungewöhnlichen Brautwerbung. Gluchow wie auch die Otawina warteten darauf, daß sie es herumerzählte. Aber nein, nichts dergleichen geschah.

1970

# Tscherednitschenko und der Zirkus

In ein südliches Kurstädtchen kam ein Zirkus.
Der Planer Tscherednitschenko erholte sich in diesem Städtchen, er ließ es sich wohl sein, war heiter und unbeschwert und nahm sich sogar heraus, bei den Verkäuferinnen den warmen Wein zu bemäkeln.
Am Sonnabendabend war Tscherednitschenko im Zirkus. Tags darauf, am Sonntag, wurden im Zirkus drei Vorstellungen gegeben, und Tscherednitschenko ging in alle drei.
Er lachte von Herzen, als der dunkelhäutige, langhaarige Clown mit dem nichtrussischen Familiennamen alle möglichen Faxen machte, hielt den Atem an, als ein junger Bursche im roten Hemd sieben schreckliche Löwen mit Peitschenhieben durch die Manege trieb, die ein hohes Gitter von den Zuschauern abschirmte. Aber nicht wegen der Löwen hatte Tscherednitschenko sechs Rubel springen lassen, nein, nicht wegen der Löwen. Das junge Mädchen, das das Programm eröffnete, hatte es ihm angetan. Sie kletterte am Seil hoch bis unter die Zirkuskuppel, wo sie zur Musik kreiste, wirbelte und Purzelbäume schlug. Noch nie in seinem Leben hatte Tscherednitschenko sich so aufgeregt wie in den Minuten, da er der graziösen, tollkühnen Artistin zusah. Er verliebte sich in sie. Tscherednitschenko war ledig, obwohl er die Vierzig schon überschritten hatte. Zwar war er mal verheiratet gewesen, aber er hatte sich mit seiner Frau nicht vertragen, und sie hatten sich wieder getrennt. Das lag lange zurück, seitdem jedoch hatte Tscherednitschenko zu Frauen ein nicht gerade verächtliches, aber doch reserviertes und sogar etwas spöttisches Verhältnis. Er war selbstsüchtig und ehrgeizig, wußte, daß er mit fünfzig stellvertretender Direktor der kleinen Möbelfabrik sein würde, in der er jetzt als Planer arbeitete, oder schlimmstenfalls Direktor eines Sowchos. Er absolvierte ein Fernstudium am landwirtschaftlichen Institut und wartete geduldig ab. Er besaß einen ausgezeichneten Leumund. Die Zeit arbeitete für ihn. Bin ich erst stellvertretender Direktor, findet sich alles, unter anderem auch eine Frau.

In der Nacht vom Sonnabend zum Sonntag konnte Tscherednitschenko lange nicht einschlafen, er rauchte, wälzte sich im Bett. Dann duselte er ein und hatte die verrücktesten Träume: irgendwelche Masken, die Blechmusik des Zirkusorchesters, brüllende Löwen ... Tscherednitschenko erwachte, dachte an die Artistin, und sein Herz erbebte und schmerzte, als wäre die Artistin bereits seine Frau und betrüge ihn mit dem quirligen Clown.

Am Sonntag war es dann vollends um den Planer geschehen. Er erfuhr von dem Zirkusaufseher, der keine Unbefugten zu den Artisten und den Löwen ließ, daß besagte Artistin aus Moldawien stamme, Eva heiße, einhundertzehn Rubel verdiene, sechsundzwanzig Jahre alt und unverheiratet sei.

Nach der letzten Vorstellung trank Tscherednitschenko am Kiosk zwei Gläser Rotwein und begab sich zu Eva. Er steckte dem Aufseher zwei Rubel zu, und der sagte ihm, wo er Eva finden könne. Lange irrte Tscherednitschenko zwischen Stricken, Seilen und Tauen unterm Zirkuszelt umher. Er hielt eine Frau an, die erklärte ihm, Eva sei nach Hause gegangen, doch wo sie wohne, wisse sie nicht. Sie wisse nur, daß sie nicht im Hotel, sondern in einem Privatquartier wohne. Tscherednitschenko gab dem Aufseher noch einen Rubel und bat ihn, in der Verwaltung Evas Adresse zu erkunden. Der Aufseher erkundete die Adresse. Tscherednitschenko genehmigte sich noch ein Glas Wein und machte sich auf zu Evas Quartier.

„Adam geht zu Eva", scherzte er mit sich selbst. Er war kein sehr resoluter Mann, war sich dessen auch bewußt und spornte sich selber an: bergauf, bergauf, zur Shdanowstraße, so, hatte man ihm gesagt, müsse er gehen.

Eva war an diesem Tag sehr müde und wollte gerade schlafen gehen.

„Guten Tag!" sagte Tscherednitschenko und stellte eine Flasche „Kokur" auf den Tisch. Er hatte sich unterwegs Mut gemacht und trat jetzt forsch und entschlossen auf. „Tscherednitschenko, Nikolai Petrowitsch. Planer. Und Sie heißen Eva, stimmt's?"

Eva staunte nicht schlecht. Sie hatte nicht viele Bewunderer. Aus ihrer ganzen Truppe waren es drei, vier Leute, die sich großer Beliebtheit erfreuten: der dunkelhäutige Clown, die Kunstreiterin und vor allem die beiden Kraftakrobatinnen, die Schwestern Gelikanow.

„Stör ich auch nicht?"
„Eigentlich wollte ich schlafen gehen ... Ich bin sehr müde."
„Ja, ja, Sie hatten heute einen schweren Tag ... Sagen Sie mal, dieses Orchester, stört Sie das nicht?"
„Nein."
„Trotzdem könnte es sich bißchen zurückhalten; auf die Nerven geht einem dieser Krach."
„Uns nicht. Wir sind's gewohnt."
Tscherednitschenko bemerkte, daß die Artistin aus der Nähe gar nicht so schön aussah, und das ermutigte ihn. Er hatte die ernstliche Absicht, sie in seinen Heimatort mitzunehmen und zu heiraten. Daß sie Zirkusartistin war, wollten sie vertuschen, das brauchte niemand zu wissen.
„Gestatten Sie, daß ich Ihnen etwas anbiete?" Tscherednitschenko griff nach der Flasche.
„Nein, nein", wehrte Eva entschieden ab. „Ich trinke nicht."
„Überhaupt nicht?"
„Nein, gar nicht."
„Kein Tröpfchen?"
„Nein."
Tscherednitschenko ließ die Flasche stehen.
„Es käme auf einen Versuch an", meinte er. „Ich für meine Person trinke sehr mäßig. Was mein Nachbar ist, ein Konstruktionsingenieur, der läßt sich so vollaufen, daß er am anderen Morgen keinen Rubel mehr hat zum Ausnüchtern. In Latschen kommt er angewankt, kaum daß es dämmert, und klopft ans Tor. Ich hab nämlich ein Häuschen mit vier Zimmern, und die Pforte wird zur Nacht natürlich verriegelt. ‚Nikolai Petrowitsch', ruft er, ‚pumpe mir 'nen Rubel.' — ‚Wassili Martynytsch, mein Lieber', sag ich, ‚nicht um den Rubel ist's mir leid, sondern um dich. Ein Jammer ist's, dich anzusehen — ein Mensch mit höherer Bildung, ein talentierter Ingenieur, sagt man ... und richtet sich selber zugrunde!'"
„Und geben Sie ihm den Rubel?"
„Was soll man machen? Eigentlich gibt er ihn ja immer zurück. Aber wirklich, nicht ums Geld ist's mir leid, ich verdien nicht schlecht, krieg hundertsechzig Rubel Gehalt und dazu noch die Prämien ... Man kommt schon auf einen grünen Zweig. Um den Rubel geht's mir wirklich nicht. Der Mann jammert mich. So, wie er ist, trottet er in den Konsum, die Leute gucken ...

Ich für meine Person hab auch bald eine höhere Bildung, und so was verpflichtet doch, mein ich. Haben Sie eine höhere Bildung?"

„Fachschule."

„Hm-m." Tscherednitschenko wußte nicht, ob das zur höheren Bildung rechnete oder nicht. Aber das war ihm ja auch alles egal. Je mehr er von sich erzählte, desto mehr gewann er die Überzeugung, daß er hier nicht lange drum herum reden durfte, er mußte zur Sache kommen. „Haben Sie noch Eltern?"

„Ja. Wozu wollen Sie das alles wissen?"

„Wollen Sie nicht doch mal probieren? Ein kleines Schlückchen, hm? Allein trinken ist mir peinlich."

„Meinetwegen, ein winziges Schlückchen."

Sie tranken. Tscherednitschenko leerte ein halbes Glas. Bloß nicht übertreiben, dachte er.

„Die Sache ist die, Eva ... Eva ...?"

„Ignatjewna."

„Eva Ignatjewna." Tscherednitschenko erhob sich und begann in dem winzigen Zimmer auf und ab zu gehen — ein Schritt bis zum Fenster, zwei Schritt bis zur Tür und zurück. „Wieviel verdienen Sie?"

„Für mich reicht es."

„Zugegeben. Aber eines schönen Tages ... Nein, verzeihen Sie, im Gegenteil, eines tragischen Tages stürzen Sie da runter und brechen sich alle Knochen ..."

„Hören Sie mal ..."

„Nein, hören Sie, mein Täubchen, ich hab alles genau beobachtet und weiß, wie das alles endet — dieser Applaus, die Blumen ..." Es gefiel Tscherednitschenko ungemein, in dem Zimmerchen auf und ab zu gehen und so ruhig und überzeugend seine Gedanken darzulegen: Nein, mein Täubchen, du kennst das Leben noch lange nicht. Unsereiner aber hat es kennengelernt, von allen Seiten — weiß Gott. Nur so eine hatte ihm in seinem Leben noch gefehlt — so eine Eva. „Wer wird Sie dann noch brauchen? Kein Mensch."

„Weshalb sind Sie hergekommen? Und wer hat Ihnen meine Adresse gegeben?"

„Eva Ignatjewna, ich will offen mit Ihnen reden — eine Charakterfrage. Ich bin ein einsamer Mensch, ich bekleide eine angesehene gesellschaftliche Position, mein Gehalt, ich sagte

Nikolei Petrow
mit vierzig Jahren
sollte man klüger
sein. Eva

das schon, beläuft sich alles in allem auf zweihundert monatlich. Sie sind auch allein ... Seit zwei Tagen beobachte ich Sie, Sie müssen den Zirkus verlassen. Wissen Sie eigentlich, wieviel Sie als Invalidin kriegen? Ich kann das mal kurz überschlagen ..."

„Was wollen Sie eigentlich?" fragte Eva Ignatjewna.

„Ich besitze ein großes Haus aus Lärchenholz; aber ich wohne ganz allein drin. Ich brauche eine Hausfrau, das heißt einen Freund, einen Menschen, der dieses Haus mit Leben erfüllt. Ich möchte, daß in diesem Haus Kinderstimmen erschallen und Ruhe und Frieden einkehren. Ich habe viereinhalb Tausend auf dem Sparbuch, einen Garten mit Blumen und Gemüse, zwar nicht groß, aber immerhin ein Plätzchen, wo die Seele ausruhen, wo man zur Erholung in der Erde graben kann. Ich stamme vom Dorf und grabe sehr gern in der Erde. Ich weiß, daß ich wohl ein bißchen in Resonanz zu Ihrer Kunst spreche, aber, Eva Ignatjewna, glauben Sie mir: Das ist doch kein Leben, was Sie da führen. Heute hier, morgen dort ... Sie hausen in solchen Kammern, essen nicht ordentlich, mal trocken Brot, mal irgendwas auf die Schnelle. Und die Jahre vergehen ..."

„Was wollen Sie, mir einen Heiratsantrag machen?" fragte die Zirkusartistin ungläubig.

„Ja, ich schlage Ihnen vor, mit mir zu kommen."

Eva Ignatjewna lachte.

„Gut, gut!" rief Tscherednitschenko. „Sie brauchen mir nicht aufs Wort zu glauben. Gut. Nehmen Sie eine Woche unbezahlten Urlaub, fahren Sie mit mir und sehen Sie sich um. Sehen Sie sich um, sprechen Sie mit den Nachbarn, gehen Sie zu meiner Arbeitsstelle ... Wenn ich Ihnen auch nur in irgendeinem Punkt etwas vorgemacht habe, nehme ich mein Wort zurück. Die Kosten für die Hin- und Rückreise trage ich. Einverstanden?"

Eva Ignatjewna sah Tscherednitschenko lange vergnügt an. Der erwiderte ihren Blick offen, ebenfalls vergnügt, sogar ein wenig verschmitzt. Er war mit sich sehr zufrieden: sachlich, besonnen und ehrlich hatte er gesprochen.

„Ich bin zweiundvierzig, vergaß ich zu sagen. Ich absolviere ein Fernstudium am landwirtschaftlichen Institut. Verwandte hab ich kaum noch, niemand wird uns zur Last fallen. Überlegen Sie es sich, Eva. Ich bin nicht leichtfertig zu Ihnen gekommen. Auf schöne Worte versteh ich mich nicht, aber leben werden wir in aller Eintracht. Ich bin kein junger Spund mehr, für mich ist's an der Zeit, in Ruhe zu arbeiten und Kinder großzuziehen. Ich verspreche Ihnen, Sie mit Fürsorge und Aufmerksamkeit zu umgeben. Dieses Vagabundendasein ist Ihnen doch über, dieses Baheme..."

„Boheme."

„Wie?"

„Bo-heme. Mit O."

„Was ist das schon fürn Unterschied? Im Kern bleibt's sich gleich. Der Unterschied besteht sozusagen nur in der Form, nicht im Inhalt. Ich möchte Sie vor diesem Leben beschützen, möchte Ihnen helfen ... ein moralisch und physisch gesundes Leben zu beginnen." Tscherednitschenko war von sich selbst beeindruckt, von seinem großen, wenn auch stillen Edelmut, seiner Aufrichtigkeit und dem nüchternen, klugen Blick, mit dem er sein eigenes und ein fremdes Leben betrachtete. Er fühlte sich frei. „Angenommen, Sie finden irgendeinen Clown, jünger und vielleicht interessanter als ich ... Aber was dann? Wollen Sie weiter von einer Stadt in die andere ziehen? Ganz zu schweigen von Kindern! Was haben Sie von denen?!" Tscherednitschenko dachte an die Zuschauer. „Die lachen und gehen nach Hause, an ihren eigenen Herd. Alle diese Leute werden von irgendwem gebraucht. Sie aber verkriechen sich wieder, verzeihen Sie, in irgend so einem Loch, und niemand braucht Sie mehr. Sie haben es doch satt, sich am fremden Feuer zu wärmen!" (Diesen Satz hatte er sich vorher zurechtgelegt.) „Ich zitiere. Und wenn Sie ein Herz suchen, das Ihnen Wärme geben soll, hier ist es." Tscherednitschenko preßte die linke Hand an die Brust. Ihm kamen fast die Tränen vor Gefühlsüberschwang und vom „Kokur". Es ließe sich viel darüber sagen, was das für Gefühle waren: Rührung, die Überlegenheit und Fürsorglichkeit des Starken. Tscherednitschenko fühlte sich in diesem Augenblick als Held, als Opfer und als Lehrer. Ein besonderer, höherer Instinkt sagte ihm, daß er jetzt nicht weitersprechen durfte, wollte er nicht alles verderben. Er mußte gehen. „Ich will Sie nicht länger belästigen. Ich gehe. Sie haben die ganze Nacht Zeit zum Überlegen. Hinterlassen Sie morgen eine Nachricht bei Ihrem Aufseher, bei diesem Bärtigen mit dem Hut..."

„Ich weiß."

„Gut, hinterlassen Sie bei ihm eine Nachricht, wo wir uns treffen können."
„Mach ich!"
Tscherednitschenko drückte die kräftige Hand der Artistin, lächelte und klopfte ihr zärtlich und ermunternd auf die Schulter.
„Gute Na ... nein, verzeihen Sie, im Gegenteil, ich wünsche Ihnen eine unruhige Nacht."
Die Artistin lächelte ebenfalls.
„Auf Wiedersehen."
Keine Schönheit, aber sehr, sehr anmutig, dachte Tscherednitschenko. Diese Härchen auf der Oberlippe, Teufel noch eins! Richtiger Flaum ... Sie hat so was Gewisses. Solche sollen sehr temperamentvoll sein.
Tscherednitschenko trat auf die Straße und lief lange ziellos durch dunkle Gassen. Er lächelte zufrieden.
Gehst ja ganz schön ran, Freundchen, dachte er von sich. Ruck, zuck, fertig ist die Laube.
Dann aber, als er in eine erleuchtete Straße einbog, als er sich zur Genüge an sich selbst ergötzt hatte, an seinem Wagemut, der ihn heute einfach verblüffte, dachte er plötzlich mir nichts, dir nichts: Irgendwie ist alles ein bißchen leicht gegangen, irgendwie ist das doch ziemlich ... Hol's der Teufel, wenn er sich da bloß nichts eingebrockt hat. Vielleicht steht sie bei denen in ganz schlechtem Ruf, vielleicht hat sie ... Ohne sich vorher zu erkundigen, hat er ihr Hals über Kopf einen Heiratsantrag gemacht. Hätte er sich wenigstens erst erkundigt! Einerseits freute es ihn, daß er alles so glänzend gedeichselt hatte, andererseits fand er es plötzlich höchst beunruhigend, mit welcher Leichtigkeit er das Herz dieser Frau erobert hatte. Die Tatsache, daß er, wenn es not tat, zu handeln verstand, brachte ihn auf den Gedanken, ob er diese Zielstrebigkeit nicht besser bei sich zu Haus entfalten sollte. Auch dort gab es Frauen, und das waren keine Zirkusartistinnen. Da war eine Lehrerin, Witwe, gut aussehend, seriös, von untadeligem Ruf. Warum, fragte er sich, ging er nicht eines Abends zu ihr und erklärte sich freiheraus, genau wie er es heute getan hatte? Er hatte doch an diese Lehrerin gedacht, hatte oft an sie gedacht, aber er hatte sich nicht getraut. Wovor hatte er Angst? Wovor?
„Ach, ach, ach ..." Tscherednitschenko lief auf der Ufer-

promenade dahin bis zum Hafen und kehrte wieder um. Nichts ist schlimmer, als wenn Zweifel das Herz beschleicht! Dadurch zeichnen sich wohl die wahrhaft starken Menschen aus: Sie kennen keine Zweifel. An Tscherednitschenko aber fraß der Zweifel. Daß sie Zirkusartistin ist, läßt sich natürlich vertuschen, bloß ... wohin mit dem Charakter? Der läßt sich nicht vertuschen. Die Zirkusallüren, die werden doch bleiben. Der Charakter hat sich schon herausgebildet, ist festgelegt, und da ist kein Platz für Familiensinn, für Muttergefühle und Behaglichkeit. Den Leuten werd ich erzählen, sie wär Empfangsdame im Hotel gewesen oder so ... Aber mir selber kann ich doch nichts vormachen! Wozu sich selber was vormachen?! Diese ehrbare Eva hat wahrscheinlich so viele Adams gehabt, wie ich mir Frauen in meinem ganzen Leben nicht mal hab träumen lassen. Sicher hat sie das Leben genossen ... mit diesem Flaum auf der Oberlippe. Nicht mehr Zweifel plagten Tscherednitschenko jetzt, sondern Reue und Wut. Die Fäuste in den Jackentaschen geballt, lief er gedankenversunken lange die Uferpromenade entlang, ohne die entgegenkommenden Frauen zu beäugen. „Ach, ach, ach ..." Und er hat sich auch noch gefreut, wie rasch er sie erobert hat. Sie aber dankt jetzt wohl dem lieben Gott, daß sich ein Dummer gefunden hat, der sie nehmen will. Wär sie unbescholten, hätte doch längst einer angebissen, immerhin ist sie sechsundzwanzig! Eine schöne Märchenprinzessin hat Nikolai Petrowitsch sich da aufgegabelt, verflixt und zugenäht! Alle haben sie gehabt. „Auf Matrosenart genommen, satt bekommen", aber ein Trottel will sie zur Frau nehmen. Und dann wird sich herausstellen, daß sie keine Kinder kriegt, oder schlimmer: Sie wird mit irgendwem schlafen, wird schwanger werden und dann sagen, es wär von ihm. Und man kann's ihr nicht mal vorhalten. Wie Alkoholismus ist das bei ihr, dieser Trieb, andauernd die Gefühle zu erneuern. Und kommt's zur Scheidung, dann wird sie das halbe Haus verlangen ... Dann erzähl den Richtern mal, daß du sie ... vom Seil runtergeholt hast. Man kann sagen, du hast ein verheddertes Knäuel entwirrt und ein stark lädiertes Juwel zutage gefördert.
Wieder dachte Tscherednitschenko an die verwitwete Lehrerin in seinem Heimatort. Und er griff sich fast an den Kopf: Was konnte er sich da einbrocken! Wenn er diese Eva heimführt, wird sie ihm solche Scherereien machen, daß er bloß noch die

Augen schließen und sich ins Mauseloch verkriechen kann vor Scham. Zum Gespött der ganzen Stadt wird sie ihn machen, jawohl, zum Gespött! Fahr nach Hause, du Vollidiot, kauf eine Flasche Wein, oder besser Kognak, gutes Konfekt, und geh zu der Lehrerin. Sprich mit ihr in aller Ruhe, sie kennt dich, weiß, daß du kein Schwätzer, kein Trunkenbold bist, sondern einen guten Leumund hast ... Red mit ihr von Mensch zu Mensch, du kannst das doch! Bald hast du ein Diplom in der Tasche, wozu noch warten? Du Märtyrer, verflixt und zugenäht.

Wieder konnte Tscherednitschenko lange nicht einschlafen, die verwitwete Lehrerin ging ihm nicht aus dem Sinn. In Gedanken sah er sich schon als Familienvater: Er kommt von der Arbeit, ruft fröhlich: „Mutter, Fressen her!" Das sagte immer der erste Ingenieur der Möbelfabrik, komisch klang's. Er fährt mit seiner Frau, der Lehrerin, zur Maifeier, fotografiert sie ... Heimlich, im Gebüsch pichelt er einen mit seinen Kollegen, sie singen im Bus „Bei Sturmgebraus und Donnergrollen ...". Er denkt an die Kinder, wie die Großmutter wohl mit ihnen zurechtkommt ... Aber er macht sich weiter keine Sorgen, quasselt mit den Männern über Jermak, seine Frau, die Lehrerin, aber, das sieht er aus den Augenwinkeln, ist in Gedanken längst zu Hause, bei den Kindern, ihr ist nicht mehr nach Fröhlichsein zumute, sie will schnell nach Hause. Nein, hol's der Teufel, eine schönes Leben kann er haben. Ein wunderschönes Leben!

Er schwelgte so in Zukunftsträumen, daß ihm auch die Zirkusartistin schon wie ein ferner ärgerlicher Fehltritt vorkam. Er stellte sich statt der Lehrerin die Zirkusartistin auf der Maifeier vor ... Nein, die paßte da nicht hin. Sie war ein Fremdkörper. Sie würde bloß allen schöne Augen machen ... Nein, nein!

Was soll er morgen tun? Überhaupt nicht in den Zirkus gehen? Zu peinlich. Er kreuzt erst da auf, spuckt große Töne, und dann — aus der Traum. Nein, ich geh hin und treff mich mit ihr ... Ich sag ihr, ich hab vom Betrieb ein Telegramm gekriegt und muß dringend zurück. Ich fahr weg, wir werden uns schreiben. Und Schluß. Dann muß ich bloß aufpassen, daß ich ihr in den nächsten Tagen nicht über den Weg laufe. Sie reisen ja bald ab.

Darüber schlief Tscherednitschenko ein. Er schlief fest und traumlos bis zum Morgen.

Am nächsten Tag aalte Tscherednitschenko sich am Strand. Als die Vorstellung begann, ging er zum Zirkus.
Der Aufseher begrüßte Tscherednitschenko wie seinen leiblichen Bruder. „Ein Briefchen für Sie!" rief er, und sein Lächeln war breiter als sein Hut. Er drohte mit dem Finger. „Daß mir da keine Klagen kommen."
Er wollte wohl wieder drei Rubel haben.
Hat sich was, dachte Tscherednitschenko. Setzt Fett an, platzt sowieso bald aus allen Nähten.
Das Briefchen steckte im Umschlag, der Umschlag war zugeklebt. Tscherednitschenko ging gemächlich zu einer Bank, setzte sich und steckte sich eine Zigarette an.
Unter der Zirkuskuppel kreischte die gräßliche Musik, von Zeit zu Zeit erscholl einmütiges Gelächter, wahrscheinlich machte der Langhaarige da seine Mätzchen.
Die Ellbogen auf die Banklehne gestützt, pfiff Tscherednitschenko ein Lied vor sich hin. Den Umschlag hielt er zwischen zwei Fingern und schwenkte ihn hin und her. Ein Außenstehender hätte denken können, daß er mindestens dreimal wöchentlich solche Briefchen bekomme und sie ihm sogar schon lästig seien. Nein, Tscherednitschenko war aufgeregt. Ein bißchen jedenfalls. Sein Herz klopfte laut. Immerhin peinlich. Wenn er nun mal solche Schnapsidee hatte, der Frau einen Heiratsantrag zu machen, was konnte die arme Frau dafür, die, nachdem sie fast eingewilligt hatte, nun die Gelackmeierte war? Tscherednitschenko öffnete den Umschlag.
Auf dem Zettel standen nur wenige Wort ... Tscherednitschenko las, blickte zum Zirkus und las noch einmal. Dann sagte er leise und erleichtert: „Gott sei Dank!"
Auf dem Zettel stand: „Nikolai Petrowitsch, mit vierzig Jahren sollte man klüger sein. Eva."
Darunter stand von anderer Hand, in kleiner, hastiger Schrift: „Gibt es in der Türkei Orang-Utans?"
Tscherednitschenko las den zweiten Satz noch einmal und mußte lachen. „Witzbold." Er war überzeugt, das hatte der Clown geschrieben. „So ein Witzbold!"
Tscherednitschenko erhob sich und ging die Straße hinunter zum Meer. In Gedanken antwortete er Eva:
Klüger, sagst du? Wir werden's versuchen, werden uns Mühe geben, Ignati Evowitsch. Alle wollen wir klug sein, nur über-

kommt einen manchmal eben ... Wie sagt man, eine Dummheit macht auch der Gescheiteste. Aber es ist ja noch mal gut gegangen. Du rätst Nikolai Petrowitsch also, klüger zu sein? Ach, du meine schnurrbärtige Teure! Obwohl du natürlich da oben an deinem Seil rumturnst, wer, wenn nicht du, könnte einem Ratschläge erteilen: „Von oben sehe ich alles!" Erteil deine Ratschläge lieber dem Langhaarigen, damit er heute abend nicht mit einer andern loszieht, sonst guckst du in die Röhre. Aber du kannst doch keinen Abend allein sein. Ausgeschlossen! Man lebt nur einmal, der Körper ist noch nicht verwest, noch nicht gealtert. Wie könnt euereins da abends zu Hause hocken! Nein, unmöglich. Ihr müßt jeden Tag nutzen: „Genießt den Augenblick des Erfolgs!" Genießt nur, genießt ... Ihr Satansbraten ...

Tscherednitschenko warf den Umschlag in einen Abfallbehälter, ging auf die Uferpromenade, trank am Kiosk ein Glas herben Wein, setzte sich auf eine Bank, rauchte eine Zigarette an, schlug die Beine übereinander und betrachtete den riesigen Dampfer „Rossija". Neben ihm unterhielten sich halblaut ein Bursche und ein junges Mädchen.

„Irgendwohin fahren müßte man ... Weit, weit weg!"

„Auf so einem Pott merkt man sicher gar nicht, daß man fährt. Obwohl im offenen Meer ..."

Fahrt doch, los, fahrt, griff Tscherednitschenko mechanisch ihre Worte auf, während er gelassen den Dampfer betrachtete. Fahrt nur! Grünschnäbel!

Er fühlte sich wohl auf dieser Bank, richtig behaglich. Der Wein wärmte angenehm seine Brust. Leise vor sich hin pfiff er die „Amurwellen".

1973

# Der Kauz

Seine Frau sagte Kauz zu ihm. Manchmal zärtlich.
Für Kauz war eines typisch: Ihm passierte andauernd etwas. Ungewollt, er litt sogar darunter, dennoch schlitterte er stets und ständig in irgendwelche zwar nicht weiter schlimmen, jedoch ärgerlichen Geschichten hinein.
Hier die Episoden einer Reise.
Kauz hatte Urlaub und wollte seinen Bruder im Ural besuchen: Sie hatten sich über zehn Jahre nicht gesehen.
„Wo is 'n der Köder hin? So 'n kleiner, dicker Fisch?" brüllte er aus der Vorratskammer.
„Woher soll ich 'n das wissen?"
„Meine Köder lagen doch alle hier!" Kauz probierte mit seinen bläulichweißen Kulleraugen einen strengen Blick. „Alle andern sind da, aber der is weg."
„'n kleiner, dicker Fisch?"
„Ja, 'n Hechtköder."
„Den werd ich aus Versehen gebraten haben."
Kauz schwieg eine Weile.
„Und?"
„Was — und?"
„Hat er geschmeckt? Hast du dir auch nicht die Zähne ausgebissen? Hahaha!" Aufs Witzeln verstand sich Kauz ganz und gar nicht, aber er tat es zu gern. „Das Ding war aus Duralumin!"

Bis Mitternacht hatten sie mit den Reisevorbereitungen zu tun. Frühmorgens marschierte Kauz mit seinem Koffer durchs Dorf. „In 'n Ural! In 'n Ural!" antwortete er auf die Frage, wohin er reisen wolle. „Mal frische Luft schnappen!" Dabei bezeugten sein feistes, rundes Gesicht und seine Kulleraugen ein überaus wurschtiges Verhältnis zu weiten Reisen — ihn konnten sie nicht schrecken. „In 'n Ural!"
Doch bis zum Ural war's noch weit.
Erst mal gelangte Kauz wohlbehalten in die Kreisstadt, wo er sich zunächst eine Fahrkarte kaufen und dann in den Zug

steigen mußte.
Ihm blieb noch viel Zeit, und er beschloß, Mitbringsel für seine Verwandten zu kaufen — Konfekt, Pfefferkuchen und ähnliches. Er ging in einen Lebensmittelladen und reihte sich an. Vor ihm in der Schlange stand ein Mann mit Hut und vor dem Hutmann eine dicke Frau mit geschminkten Lippen. Sie redete leise, aber heftig auf den Hutmann ein: „Stellen Sie sich so eine Frechheit, so eine Taktlosigkeit vor. Na schön, er leidet seit sieben Jahren an Sklerose, aber nie hat ihm einer gesagt, er soll in Rente gehen. Und der, der ist man kaum Kollektivleiter, und schon fängt er an: ‚Wollen Sie nicht lieber in Rente gehen, Alexander Semjonytsch?' So eine Unverschämtheit!"
Der Hutmann stieß ins gleiche Horn. „Tja, ja ... So sind die Leute heutzutage. Eine Sklerose! Wenn's weiter nichts ist. Und Sumbatytsch? Der war die letzte Zeit auch nicht recht auf dem Damm. Und die ... wie heißt sie doch?"
Kauz hatte Hochachtung vor Städtern. Natürlich nicht vor allen: vor Rowdys und Verkäufern zum Beispiel nicht. Vor denen hatte er Schiß.
Kauz kam an die Reihe. Er kaufte Konfekt, Pfefferkuchen, drei Tafeln Schokolade. Dann trat er zur Seite, um alles in seinem Koffer zu verstauen. Er legte den Koffer auf den Boden, klappte ihn auf und packte die Einkäufe hinein ... Plötzlich, wie er so auf den Fußboden schaut, sieht er zu Füßen der Leute, die am Ladentisch stehen, einen Fünfzigrubelschein. Liegt da, das dußlige grüne Ding, und keiner sieht's. Vor Freude fing Kauz richtig an zu zittern, und seine Augen leuchteten. Schnell, damit ihm niemand zuvorkam, überlegte er, wie er's denen in der Schlange möglichst lustig und witzig beibringen konnte.
„Euch geht's gut, Leute!" sagte er laut und fröhlich.
Die Leute guckten sich nach ihm um.
„Bei uns schmeißen sie nich so mit solchen Lappen rum."
Alle gerieten ein wenig in Aufregung — immerhin war's kein Dreirubelschein, auch kein Fünfer, sondern ein Fünfziger, dafür mußte man einen halben Monat arbeiten. Und keiner da, dem das Ding gehörte.
Bestimmt gehört's dem mit dem Hut, mutmaßte Kauz.
Der Fünfzigrubelschein wurde gut sichtbar auf dem Ladentisch hingelegt.

„Der Verlierer wird gleich angerannt kommen“, sagte die Verkäuferin.

Kauz verließ das Geschäft in bester Laune. Immerfort dachte er daran, wie leichthin, wie fröhlich er das rausgebracht hatte: „Bei uns schmeißen sie nich mit solchen Lappen rum!“ Plötzlich durchfuhr es ihn heiß: Ihm fiel ein, daß er zu Hause in der Sparkasse einen Fünfziger und einen Fünfundzwanziger bekommen hatte. Mit dem Fünfundzwanziger hatte er jetzt bezahlt, der Fünfziger mußte noch dasein ... Er faßte in die Tasche ... Weg! Suchte hier, suchte da ... Weg!

„Das war mein Fünfziger!“ sagte Kauz laut. „Verdammte Scheiße, meiner war das!“

Es gab ihm richtig einen Stich ins Herz. Seine erste Regung war — hingehen und sagen: „Das is meiner. In der Sparkasse haben sie mir zwei Scheine gegeben: ’n Fünfundzwanziger und ’n Fünfziger. Mit dem Fünfundzwanziger hab ich vorhin bezahlt, und der andre is weg.“ Aber gleich stellte er sich vor, wie alle platt sein würden und wie manch einer denken würde: Natürlich, der Verlierer hat sich nicht gemeldet, nun will er den Kies in die Tasche stecken. Nein, er brachte es nicht über sich, seine Hand nach dem verfluchten Geld auszustrecken. Vielleicht würden sie’s ihm nicht mal aushändigen.

„Wieso bin ich bloß so?“ fragte er sich laut. „Und was nu?“

Ihm blieb nichts weiter übrig, als wieder nach Hause zu fahren.

Er kehrte zu dem Geschäft zurück, um wenigstens von weitem einen Blick auf seinen Fünfzigrubelschein zu werfen, stand an der Ladentür ... Aber ging nicht hinein. Das würde er nicht ertragen. Es müßte ihm das Herz brechen.

Auf der Heimfahrt im Autobus fluchte er vor sich hin — zum Mutmachen: Er mußte es schließlich noch seiner Frau beichten.

Sie hoben weitere fünfzig Rubel vom Sparbuch ab.

Bedripst, daß er so eine Null war (seine Frau hatte ihm wieder mal die Meinung gegeigt, hatte ihm sogar ein paar mit der Schöpfkelle auf den Dez gegeben), saß Kauz nun im Zug. Allmählich verflog sein Kummer. Wälder und kleine Dörfer huschten vorüber ... Alle möglichen Leute stiegen zu und stiegen wieder aus, alle möglichen Geschichten wurden erzählt. Einem Intelligenzler, mit dem Kauz eine Weile auf der Platt-

form stand und rauchte, erzählte er selber eine.
„Bei uns im Nachbardorf so 'n Dussel, der schnappt 'n brennendes Holzscheit, und auf seine Mutter los. Stinkbesoffen. Sie rennt weg und schreit: ‚Verbrenn dir nich die Pfoten, Junge!' Is auch noch besorgt um ihn ... Er läßt nich locker, der besoffne Hund, geht auf die Mutter los. Nu stellen Sie sich mal so 'ne Frechheit, so 'ne Taktlosigkeit vor..."
„Haben Sie sich das ausgedacht?" fragte der Intelligenzler streng und blickte Kauz über die Brillengläser hinweg an.
„Wieso?" Kauz begriff nicht. „Im Nachbardorf am andren Ufer, in Ramenskoje..."
Der Intelligenzler drehte sich zum Fenster und sprach kein Wort mehr.
Nach der Bahnfahrt stand Kauz noch ein anderthalbstündiger Flug auf einer Lokalstrecke bevor. Ein einziges Mal in seinem Leben war er geflogen, vor langer Zeit. Nicht ohne Bangigkeit stieg er jetzt ins Flugzeug. Sollte in anderthalb Stunden keine einzige Schraube an dem Ding kaputtgehen?! überlegte er. Doch dann faßte er Mut. Er versuchte sogar, ein Gespräch mit seinem Nachbarn anzuknüpfen, aber der las Zeitung und fand sie so interessant, daß er gar keine Lust mehr hatte, einem lebendigen Menschen zuzuhören. Kauz hätte eines gern gewußt: Er hatte mal gehört, daß im Flugzeug Essen serviert wird. Hier aber brachten sie keins. Er hätte schrecklich gern im Flugzeug gefuttert — aus Neugier.
Werden den Proviant geklaut haben, dachte er.
Er blickte hinaus. Unter ihnen Wolkenberge. Kauz konnte nicht genau sagen, ob das schön war oder nicht. Ringsum aber wunderten alle: „Ach, wie schön!" Er spürte nur plötzlich den albernen Wunsch, sich in die Wolken fallen zu lassen, wie in Watte. Und er fragte sich: Wieso staune ich eigentlich nicht? Wir sind doch bestimmt fünf Kilometer hoch. In Gedanken maß er auf der Erde fünf Kilometer ab, richtete sie dann sozusagen in die Höhe — um zu staunen. Aber er staunte noch immer nicht.
„Ich bin 'n komischer Kerl! Ich hab mir eben vorgestellt ...", sagte er zu seinem Nachbarn. Der blickte ihn wortlos an und raschelte weiter mit seiner Zeitung.
„Anschnallen bitte!" sagte eine hübsche junge Frau. „Wir landen gleich."
Kauz legte gehorsam den Gurt an. Sein Nachbar kümmerte

sich überhaupt nicht darum. Kauz stupste ihn vorsichtig. „Wir sollen uns anschnallen."
„Mir egal", antwortete der Nachbar, legte die Zeitung weg, lehnte sich zurück und sagte, wie aus dem Gedächtnis: „Kinder sind die Blumen des Lebens, man steckt sie mit dem Kopf nach unten."
„Wie 'n das?" Kauz kapierte nicht.
Der eifrige Zeitungsleser lachte lauthals, sagte aber nichts mehr.
Das Flugzeug näherte sich rasch der Erde. Schon war sie greifbar nahe, der Erdboden sauste unter ihnen weg. Doch vom Aufsetzen nichts zu spüren. Wie Kenner ihm hinterher auseinandersetzten, hatte der Pilot die Landebahn verfehlt. Endlich gab es einen Ruck, und alle wurden dermaßen durchgestuckert, daß man die Zähne klappern und knirschen hörte. Den Zeitungsleser schleuderte es vom Sitz, erst rammte er mit seinem Glatzkopf Kauz, dann prallte er gegen das Fenster, schließlich landete er auf dem Boden. Bei alledem gab er keinen einzigen Laut von sich. Auch die andren Leute schwiegen — das verwunderte Kauz. Er war ebenfalls still. Das Flugzeug hielt. Die ersten besannen sich, spähten aus dem Fenster und stellten fest, daß die Maschine auf einem Kartoffelacker stand. Der Pilot kam mit finsterem Gesicht aus dem Cockpit und ging zum Ausstieg. Jemand fragte ihn vorsichtig: „Haben uns wohl in die Kartoffeln gesetzt?"
„Das sehen Sie doch", sagte der Pilot.
Die Angst ebbte ab, und die Spaßvögel wagten erste schüchterne Witze.
Der glatzköpfige Zeitungsleser suchte sein künstliches Gebiß. Kauz schnallte sich ab und half ihm dabei.
„Is es das?" fragte er freudig. Und reichte es ihm.
Dem Zeitungsleser lief sogar die Glatze rot an. „Warum müssen Sie's unbedingt angrapschen?" schrie er lispelnd.
Kauz war verlegen. „Wie sollt ich's Ihnen sonst geben?"
„Und wo soll ich's jetzt auskochen? Hä?!"
Das wußte Kauz auch nicht. „Wollen Sie mit mir mitkommen?" schlug er vor. „Mein Bruder wohnt hier. Sie haben wohl Angst, daß ich Mikroben übertrage? Ich hab keine..."
Der Zeitungsleser blickte Kauz verwundert an und hörte auf zu schreien.
Vom Flugplatz aus schickte Kauz seiner Frau ein Telegramm.

„Bin gelandet. Mutter, pflück dir Flieder, bald sehen wir uns wieder. Dein Wassililein."
Die Telegrafistin, so eine strenge, kurzangebundene, las den Text durch und sagte: „Schreiben Sie was andres. Sie sind doch ein erwachsener Mensch, Sie sind doch nicht im Kindergarten."
„Wieso?" fragte er. „Ich schreib ihr immer solche Briefe. Das is meine Frau! Sie denken wohl..."
„Im Brief können Sie schreiben, was Sie lustig sind, aber dies ist eine Fernmeldeverbindung. Den Text kann jeder lesen."
Kauz schrieb das Telegramm um. „Bin gelandet. Alles in Ordnung. Wassililein."
Die Telegrafistin veränderte von sich aus zwei Worte: „gelandet" und „Wassililein". Nun stand dort: „Bin angekommen, Wassili."
„‚Gelandet'! Sind Sie 'n Kosmonaut?"
„Na schön", sagte er. „Meinetwegen."

Kauz wußte: Er hatte einen Bruder und drei Neffen. Daß auch eine Schwägerin dasein mußte, kam ihm gar nicht in den Sinn. Er hatte sie nie gesehen. Und gerade sie sollte ihm den ganzen Urlaub vermasseln. Sie konnte ihn auf den ersten Blick nicht leiden.
Abends pichelten die beiden Brüder, und Kauz sang plötzlich tremolierend: „Meine Pa-appel, meine Pa-appel..."
Sofja Iwanowna, die Schwägerin, guckte aus dem Nachbarzimmer herein und fragte gehässig: „Könnt ihr nicht mit dem Gegröle aufhören? Ihr seid doch nicht auf dem Bahnhof!" Und knallte die Tür zu.
Dmitri war es peinlich. „Weißt du ... drüben schlafen die Kinder. Sonst is sie schon in Ordnung."
Sie zechten weiter. Gruben Erinnerungen aus, an ihre Jugend, an Mutter und Vater...
„Weißt du noch?" fragte Dmitri freudig. „Ach, was kannst du schon wissen! Du warst ja noch 'n Wickelkind. Wenn ich auf dich aufpassen sollte, hab ich dich immer abgeknutscht. Einmal, bis du keine Luft mehr kriegtest und blau anliefst. Na, das gab 'ne Wucht. Dann haben sie mich nie mehr aufpassen lassen. Trotzdem: Kaum drehten sie sich um, ich hin zu dir und dich wieder geknutscht. Weiß der Kuckuck, was

das für 'ne Macke war. Noch Rotz auf der Backe — aber knutschen..."

„Weißt du noch?!" fing Kauz an. „Wie du mich..."

„Hört ihr endlich auf zu brüllen?" fragte Sofja Iwanowna wieder, giftig, kurz vorm Explodieren. „Wen das interessiert, wo und wann ihr euch den Rotz abgeleckt habt!"

„Komm, wir setzen uns draußen hin", sagte Kauz. Sie gingen hinaus, machten es sich auf der Vortreppe bequem.

„Weißt du noch?" fuhr er fort.

Aber da packte es seinen Bruder Dmitri: Er fing an zu weinen und hämmerte sich mit der Faust aufs Knie.

„Das is es nu, mein Leben! Hast du gesehn? So 'ne Gehässigkeit im Menschen! ... So 'ne Gehässigkeit!"

Kauz beruhigte seinen Bruder. „Hör auf, mach dir nichts draus. Wozu? Die sind nich gehässig — die sind bloß durchgedreht. Meine Alte is genauso."

„Aber wieso kann sie dich nich leiden?!! Wieso? Sie kann dich nich leiden... Aber wieso?"

Erst jetzt ging Kauz ein Licht auf — tatsächlich, seine Schwägerin konnte ihn nicht leiden. Ja, warum eigentlich?

„Ich werd's dir sagen: Weil du kein Chef bist. Ich kenn sie doch, die blöde Ziege. Hat 'n richtigen Stich mit ihren Chefs. Und was is sie selber?! 'ne Null! Büfetteule bei der Verwaltung, weiter nichts. Macht Stielaugen und bildet sich wunder was ein ... Mich haßt sie auch, bloß weil ich keinen Posten hab und weil ich vom Dorf stamme."

„In was für 'ner Verwaltung?"

„Na ... vom Bergbau ... Fällt mir grad nich ein, wie's sich nennt. Wieso hat sie mich dann geheiratet? Das hat sie doch gewußt, oder?"

Kauz fühlte sich gleichfalls getroffen. „Was is 'n überhaupt los?" fragte er laut, nicht den Bruder, sondern irgendwen. „Wenn ihr's genau wissen wollt, fast alle berühmten Leute stammen vom Dorf. Siehst du mal 'n schwarzgerahmtes Foto, guckst hin — einer vom Dorf. Zeitung muß man lesen! Alle hohen Tiere, verstehste, stammen vom Dorf, haben sich hochgearbeitet."

„Wie oft hab ich ihr erklärt: Aufm Dorf die Leute sind besser, die sind nicht so hochnäsig."

„Erinnerst du dich an Stepan Worobjow? Den hast du doch gekannt..."

„Klar hab ich den gekannt."
„Na bitte, einer vom Dorf und — Held der Sowjetunion. Neun Panzer hat er geknackt. Is selber dabei draufgegangen. Seiner Mutter zahlen sie von jetzt an bis an ihr Lebensende sechzig Rubel Rente. Sie haben's nämlich erst vor kurzem rausgefunden, bis dahin war er einfach vermißt..."
„Und Ilja Maximow! Wir sind doch zusammen eingerückt. Na bitte, den Ruhmesorden dritter Klasse hat er gekriegt. Von Stepan erzähl ihr lieber nichts ... Wozu?"
„Na schön. Ach, Mensch!"
Noch lange lärmten die beiden erregten Brüder. Kauz marschierte sogar vor der Vortreppe auf und ab und fuchtelte mit den Armen. „Guckt euch doch das Dorf an! Die Luft da! Morgens machst du 's Fenster auf — eine Luft, sag ich dir! Kannst dich dran besaufen, so frisch und würzig. Duftet nach Gras, nach Blumen ..." Dann wurden sie müde.
„Hast du 's Dach mal neu gedeckt?" erkundigte sich der Ältere.
„Ja." Kauz seufzte, ebenfalls leise. „Hab 'ne Veranda drangebaut — schön sieht's aus. Da kannste dich abends hinsetzen und spinnen: Mutter und Vater müßten noch leben, du müßtest mit deinen Kindern kommen — dann könnten wir alle auf der Veranda sitzen, Tee mit Himbeerkonfitüre trinken. Himbeeren gab's dies Jahr massenhaft. Du, Dmitri, zank dich nich mit ihr, sonst kann sie mich noch weniger leiden. Ich bin ganz nett zu ihr — wirst sehen, das gibt sich."
„Dabei is sie selber vom Dorf!" sagte Dmitri leise und traurig, er konnte es nicht fassen. „Und jetzt kujoniert sie die Kinder, die blöde Gans: Der eine muß Klavier spielen lernen, der andere Eiskunstlauf ... Das Herz kann's dir brechen, aber sagst du was — gleich geht das Gekeife los."
„Mmch!" Kauz kam wieder auf achtzig. „Ich versteh das nich: In der Zeitung schreiben sie von 'ner Verkäuferin — die is pampig. Menschenskind! Kommt sie nach Hause — is sie auch pampig. Was fehlt denen denn? Ich kapier das nich!" Kauz schlug sich ebenfalls mit der Faust aufs Knie. „Ich kapier das nich: Wieso werden die Leute so giftig?"
Als Kauz am andern Morgen aufwachte, war er allein in der Wohnung: Sein Bruder war zur Arbeit gegangen, ebenso die Schwägerin, die beiden älteren Kinder spielten auf dem Hof, und den Kleinsten hatten sie in die Kinderkrippe gebracht.

Kauz räumte das Bettzeug weg, wusch sich und überlegte, wie er der Schwägerin eine Freude machen könnte. Da fiel sein Blick auf den Kinderwagen. Ich hab's! dachte er. Ich werd ihn bemalen. Er hatte zu Hause den Ofen bemalt und allgemeine Bewunderung geerntet. Er suchte sich Tuschfarben und einen Pinsel und ging ans Werk. Nach einer Stunde hatte er es geschafft: Der Kinderwagen war nicht wiederzuerkennen. Oben ein Kranichzug in spitzem Winkel, unten alle möglichen Blumen und Gräser, ein paar Hähne, Küken ... Er besah ihn sich von allen Seiten – ein Meisterstück! Ein richtiges Spielzeug. Er stellte sich vor, wie angenehm überrascht die Schwägerin sein würde, und lachte sich eins.
„Und du rümpfst die Nase übers Dorf. Bist auch 'n Kauz, Schwägerin." Er wollte Frieden mit ihr. „Da wird dein Kindchen wie im Körbchen liegen."

Den ganzen Tag bummelte Kauz in der Stadt umher, guckte sich Schaufenster an. Kaufte ein Schiffchen für seinen Neffen, ein schönes, kleines, weißes Schiffchen mit einem Lämpchen. Das werd ich auch bemalen, dachte er.
Gegen sechs kam er nach Hause zu seinem Bruder. Schon auf der Vortreppe hörte er Dmitri mit seiner Frau zanken. Das heißt, zanken tat die Frau, Dmitri sagte nur immerzu: „Schon gut ... Schon gut ... Sofja ... Hör doch auf ..."
„Daß ich diesen Dussel morgen nicht mehr hier sehe!" schrie Sofja Iwanowna. „Morgen fährt der mir nach Hause!"
„Nu hör doch endlich auf, Sofja!"
„Von wegen aufhören! Ich hör gar nicht auf. Wehe, er drückt sich hier noch rum, dann schmeiß ich seinen Koffer zum Fenster raus!"
Kauz machte, daß er von der Vortreppe wegkam. Was nun? Wieder tat es ihm weh. Wenn ihn einer haßte, tat es ihm weh. Und es grauste ihn. Dann fragte er sich: Wozu lebst du überhaupt? Und er wäre am liebsten sonstwohin gerannt, weg von den Menschen, die ihn haßten oder auslachten.
„Warum bin ich bloß so?" flüsterte er bitter, als er im Schuppen saß. „Das hätt ich mir gleich sagen sollen: Sie hat keinen Sinn für Volkskunst."
Er saß im Schuppen, bis es finster wurde. Ihm war weh ums Herz. Dann kam Dmitri. Er wunderte sich gar nicht, es war, als hätte er gewußt, daß sein Bruder im Schuppen wartete.

„Tja“, sagte er. „Die macht wieder mal ’n Faß auf. Wegen dem Kinderwagen ... Hättst du’s bloß gelassen.“

„Ich dacht, es gefällt ihr. Na, Bruderherz, ich werd abdampfen.“

Dmitri seufzte ... Und sagte kein Wort.

Als Kauz zu Hause eintraf, ging gerade ein kräftiger Regenschauer nieder, und die Erde dampfte. Kauz stieg aus dem Autobus, zog die neuen Schuhe aus, lief über die warme, nasse Erde, in der einen Hand den Koffer, in der andren die Schuhe, hopsend und aus vollem Halse singend: „Meine Pa-appel, meine Pa-appel ...“

Auf der einen Seite klarte der Himmel schon auf, und ganz in der Nähe schien die Sonne. Der Regen ließ nach, große Tropfen pladderten in die Pfützen, schlugen Blasen, und die Blasen platzten.

Einmal rutschte Kauz aus, wäre beinahe hingefallen.

Wassili Jegorytsch Knjasew hieß er. War neununddreißig Jahre alt. Arbeitete als Filmvorführer im Dorf. Stand auf Detektive und Hunde. Als Junge hatte er davon geträumt, Kundschafter zu werden.

1967

# Wölfe

Am Sonntag, in aller Herrgottsfrühe, kreuzte Naum Kretschetow, ein älterer, aber noch rühriger, gewitzter und sympathischer Mann, bei seinem Schwiegersohn Iwan Degtjarjow auf. Iwan mochte seinen Schwiegervater nicht; Naum seinerseits duldete Iwan nur wegen der Tochter.
„Schläfst du noch?" legte Naum munter los. „Ach, Iwan, du wirst noch das Himmelreich verschlafen."
„Dahin zieht's mich sowieso nicht. Was soll ich 'n da?"
„Das is 'n Fehler. Los, steh auf ... Wir fahren Holz holen. Ich hab vom Brigadier zwei Fuhrwerke besorgt. Natürlich mußte ich was springen lassen, aber pfeif drauf — wir brauchen Holz."
Iwan blieb noch einen Moment liegen und überlegte, ehe er sich anzog.
„Weißte, warum die Jugendlichen in die Stadt abwandern?" fragte er. „Wenn sie dort ihre Norm geschafft haben, können sie machen, was sie lustig sind — deshalb! Da kannste dich wenigstens mal ausruhen. Hier is's wie verhext: Tag und Nacht keine Ruhe. Nicht mal sonntags."
„Was denn, willste ohne Brennholz dasitzen?" fragte Njura, Iwans Frau. „Kriegst schon Pferde besorgt, aber nee — du bist immer noch nicht zufrieden."
„Ich hab gehört, in der Stadt müssen sie auch arbeiten", bemerkte der Schwiegervater.
„Na und? Mit Vergnügen würd ich 'n Graben für 'ne Wasserleitung schaufeln: Da schuftest du einmal, und dann haste was davon — Wasser und Heizung."
„Einerseits is 'ne Wasserleitung natürlich gut. Andererseits wär's nichts für dich: Du würdest bloß noch länger pennen. Komm schon, wir müssen los."
„Willst du Frühstück?" fragte Iwans Frau.
Iwan lehnte ab, er hatte keinen Appetit.
„Wohl 'n Kater?" erkundigte sich Naum neugierig.
„Ganz recht, mein Herr!"
„Aha ... na bitte. Aber von 'ner Wasserleitung faseln ... Na los, fahren wir."

Es war ein klarer, sonniger Tag. Der Schnee gleißte blendend grell. Im Wald herrschte Stille, himmlische Ruhe.
Sie hatten einen weiten Weg, an die zwanzig Werst: In der näheren Umgebung durfte kein Holz geschlagen werden.
Naum fuhr voraus und fluchte alleweil: „Verdammt noch mal! Karren von einem Wald in den andern nach Holz."
Iwan döste in seinem Schlitten. Das gleichmäßige Fahren schläferte ihn ein.
Sie gelangten auf eine Schneise, fuhren einen offenen Hohlweg hinab, dann ging es bergan.
Auf der Kuppe ragte wieder Wald auf wie eine blaue Wand.
Sie waren fast oben, da sahen sie, gar nicht weit vom Weg — Wölfe. Fünf Stück, sie waren aus dem Wald gekommen, standen da und warteten.
Naum hielt sein Pferd an und fluchte vor sich hin.
Iwans Pferd, jung und scheu, ging rückwärts und trat dabei über die Deichsel! Iwan riß an den Zügeln, wollte wenden. Das Pferd wieherte und schlug aus — es kam nicht zurück über die Deichsel.
Die Wölfe setzten sich bergab in Bewegung.
Naum hatte kehrtgemacht und schrie: „He, was is mit dir?!"
Iwan sprang aus dem Schlitten, drängte das Pferd mit Gewalt in die Deichsel zurück, schwang sich wieder auf den Sitz. Das Pferd wendete von allein und raste los.
Naum war schon weit weg.
„Die kriegen uns!" schrie er gellend und peitschte auf sein Pferd ein. Die Wölfe sausten behend, wie graue Knäuel, den Berg herunter und jagten schräg auf den Weg zu.
„Die kriegen uns!" brüllte Naum.
Der muß doch 'n Stich haben, dachte Iwan unwillkürlich. Wo werden die uns kriegen? Ihm saß zwar der Schreck in den Gliedern, aber merkwürdig: da war neben Angst auch brennende Neugier — und er mußte lachen über den Schwiegervater. Die Neugier war ihm jedoch bald vergangen. Und zum Lachen war ihm auch nicht mehr. Die Wölfe erreichten ungefähr hundert Meter hinter seinem Schlitten den Weg, sie liefen in gestreckter Reihe und holten rasch auf. Iwan hielt sich am Vordergestell des Schlittens fest und sah sich nach den Wölfen um.
Voran rannte ein großer Wolf mit kräftiger Brust und ge-

flammter Schnauze ... Nur noch fünfzehn, zwanzig Meter trennten ihn vom Schlitten. Iwan überraschte es, daß der Wolf so gar keine Ähnlichkeit mit einem Schäferhund hatte. Er hatte bislang noch keinen Wolf aus solcher Nähe gesehen und immer gedacht, er sei so etwas wie ein Schäferhund, nur größer. Iwan begriff, daß ein Wolf ein Wolf ist, ein wildes Tier. Dem bösartigsten Hund kann im letzten Moment noch etwas Einhalt gebieten: Angst, eine Liebkosung, das unverhoffte Kommando eines Menschen. Diesen, mit der geflammten Schnauze, konnte nur der Tod aufhalten. Er knurrte nicht, drohte nicht. Er jagte sein Opfer. Und sein Blick aus den runden gelben Lichtern war durchdringend und starr.

Iwan blickte sich suchend in seinem Schlitten um — nichts, nicht die kleinste Rute. Beide Beile lagen im Schlitten des Schwiegervaters. Nur ein Bund Heu in greifbarer Nähe und die Peitsche in der Hand.

„Die kriegen uns!" schrie Naum.

Iwan packte regelrecht Angst.

Der vorderste Wolf, offenbar das Leittier, überholte den Schlitten und hielt auf das Pferd zu. Zwei Meter etwa fehlten noch ... Iwan richtete sich auf, klammerte sich mit der linken Hand an der Seitenwand des Schlittens fest und zog dem Leitwolf eines mit der Peitsche über. Das hatte der Wolf nicht erwartet, zähnefletschend wich er mit einem Satz zur Seite. Er war erst mal abgehängt.

Das Rudel preschte heran, stoppte aus vollem Lauf und scharte sich um den Leitwolf. Der setzte sich auf die Hinterpfoten, schnappte nach dem einen und anderen ... Dann hetzte er weiter, holte mühelos den Schlitten ein. Iwan richtete sich auf, wollte den Augenblick abpassen, um dem Leitwolf noch eins überzuziehen, doch der machte einen Bogen um ihn. Aus dem Rudel löste sich ein Wolf und zog von der anderen Seite her am Schlitten vorbei. Iwan biß die Zähne zusammen und verzog das Gesicht ... Aus! Jetzt ist's aus mit mir! Er blickte nach vorn.

„Ha-alt!" schrie er. „Vater! ... Gib mir 'n Beil!"

Naum peitschte sein Pferd. Er drehte sich um, sah, daß die Wölfe seinen Schwiegersohn einholten, wandte sich rasch ab.

„Wart doch, Vater! Gib mir 'n Beil!"

„Die kriegen uns!"

„Wart doch, wir verjagen sie! Warte, du Miststück!"

„Schmeiß was nach ihnen!" rief Naum.
Der Leitwolf hatte das Pferd erreicht und lauerte auf den Moment, um es anzuspringen. Die Wölfe, die dem Schlitten nachsetzten, waren ganz nahe: Die geringste Verzögerung — und sie würden in vollem Lauf auf den Schlitten prallen. Das war das Ende. Iwan warf ihnen das Bund Heu zu: Die Wölfe beachteten es nicht.
„Vater, du Arschloch, halt an, schmeiß mir 'n Beil her!"
Naum drehte sich um.
„Paß auf, Iwan! Ich werf es!"
„Halt doch mal an!"
„Paß auf, ich schmeiß es dir raus!" Naum warf das Beil an den Wegrand.
Iwan schätzte die Entfernung ab, sprang aus dem Schlitten, schnappte sich das Beil. Als er sprang, drohte er den drei Wölfen hinter sich, sie wichen zur Seite, verlangsamten ihren Lauf, bereit, sich auf ihn zu stürzen. Doch im gleichen Augenblick spürte der Leitwolf harte Schneekruste unter sich — und sprang das Pferd an. Es wankte, stürzte seitwärts in eine Schneewehe. Der Schlitten kippte um, das Kumt schnürte dem Pferd die Kehle zu. Das Pferd röchelte, bäumte sich gegen die Deichsel. Der Wolf, der das Opfer von der anderen Seite gejagt hatte, sprang hinzu und schlitzte mit seinen Krallen den Pferdebauch auf.
Die drei übrigen Wölfe fielen ebenfalls über das Opfer her.
Im nächsten Augenblick rissen alle fünf Wölfe Fleischstücke von dem noch zuckenden Pferdeleib, zerrten auf dem blendend weißen Schnee das dampfende graurote Darmgeschlinge auseinander, knurrten. Der Leitwolf starrte Iwan zweimal mit seinen gelben runden Lichtern voll ins Gesicht.
All das spielte sich unglaublich schnell und einfach ab, geradezu wie im Traum. Iwan stand mit dem Beil in der Hand da und sah den Wölfen fassungslos zu. Der Leitwolf guckte ihn abermals an. Und bei diesem triumphierenden, frechen Blick packte Iwan die Wut. Er hob das Beil, brüllte aus Leibeskräften und stürzte sich auf die Wölfe. Unwillig wichen sie ein paar Schritte zur Seite und hielten inne, leckten sich ihre bluttriefenden Lefzen. Sie taten das so sorgfältig und eifrig, als kümmere sie der Mensch mit dem Beil überhaupt nicht. Der Leitwolf jedoch blickte aufmerksam und starr. Iwan überhäufte ihn mit den gräßlichsten Flüchen, die er

kannte. Er schwenkte das Beil und ging auf ihn zu ... Der Leitwolf rührte sich nicht von der Stelle. Iwan blieb ebenfalls stehen.

„Habt gewonnen", sagte er „freßt, ihr Aasgeier." Und machte sich auf den Weg ins Dorf. Er zwang sich, nicht zu dem zerfleischten Pferd zurückzuschauen. Dann aber hielt er es nicht aus und sah hin ... und es schnürte ihm das Herz ab vor Mitleid. Eine Stinkwut auf den Schwiegervater überkam ihn. Er rannte los. Na warte, du Schwein, verdammtes! Zusammen hätten wir sie in die Flucht gehauen — und das Pferd wär noch am Leben. Schuft, du!

Naum wartete hinter einer Wegbiegung auf seinen Schwiegersohn. Als er ihn lebend und unversehrt sah, freute er sich aufrichtig.

„Ist dir nichts passiert? Na, Gott sei Dank!" Doch irgendwie schlug ihm das Gewissen.

„Mir nicht!" antwortete Iwan. „Und dir? Dir auch nicht?"

Naum gewahrte den feindseligen Ton. Für alle Fälle stieg er in seinen Schlitten. „Na, und die Wölfe?"

„Die lassen dich grüßen. Du Schuft!"

„He, was fällt dir ein, mich anzublaffen!"

„Anblaffen? Das Fell gerben werd ich dir!"

Iwan näherte sich dem Schlitten. Naum gab dem Pferd die Peitsche.

„Halt an!" brüllte Iwan und rannte hinterher. „Halt an, du Miststück!"

Naum peitschte sein Pferd. Nun begann eine andere Hetzjagd: Mensch gegen Mensch.

„Halt an, sag ich dir!" schrie Iwan.

„Du hast 'n Knall!" schrie Naum zurück. „Wieso fällst du über mich her? Bist wohl verrückt geworden! Was kann ich denn dafür?"

„Was du dafür kannst?! Zusammen hätten wir sie in die Flucht gehauen, aber du, du hast mich im Stich gelassen!"

„In die Flucht gehauen?! Wo denkst du hin!"

„Im Stich gelassen hast du mich, du Schwein! Dir werd ich's zeigen! Dich krieg ich sowieso, halt lieber gleich an. Wenn ich's hier erledige, sparst du dir die Schande. Sonst gerb ich dir vor allen Leuten das Fell. Alle kriegen's zu wissen. Halt lieber an!"

„Was husten werd ich dir!" Naum peitschte das Pferd. „Du

Satansbraten ... Was hast du überhaupt zu suchen bei uns?"
„Ich rate dir: Bleib stehn!" Iwan ging die Puste aus. „Besser, du kriegst hier dein Fett, und keiner erfährt was."
„Arm wie 'ne Kirchenmaus haben wir dich Satan in die Familie aufgenommen, und jetzt gehst du mit 'm Beil auf mich los! Schämst dich wohl gar nicht, was?"
„Wenn du deinen Denkzettel weg hast, können wir über Scham reden. Halt an!" Iwan lief langsam, war schon weit zurück. Und schließlich gab er die Verfolgung ganz auf.
„Ich krieg dich sowieso!" schrie er dem Schwiegervater hinterher.

Zu Hause traf Iwan aufs leere Nest: Vor der Haustür hing ein Schloß. Er schloß auf, trat ins Haus. Wühlte im Schrank ... Fand die am Vortag nicht geleerte Flasche Wodka, goß ein Glas voll, trank es aus und ging zum Schwiegervater.
Vor dessen Haus stand das Pferd, ausgespannt.
„Er is zu Hause", sagte Iwan zufrieden.
Er stieß gegen die Tür — sie war nicht verriegelt. Er hatte damit gerechnet, daß sie verriegelt war. Iwan ging hinein. Er wurde erwartet: In der Stube saßen der Schwiegervater, Iwans Frau und der Milizionär. Der Milizionär grinste.
„Na, Iwan?"
„Aha ... Hast schon rumposaunt?" fragte Iwan und sah den Schwiegervater an.
„Aber natürlich. Und du hast dir wohl schon einen genehmigt?"
„Nur 'n Schluck, damit ich besser ... reden kann." Iwan ließ sich auf einem Hocker nieder.
„Was ist 'n los, Iwan? Bist du verrückt geworden?" Njura erhob sich. „Oder was?"
„Ich wollt deinem sauberen Papa bloß hinter die Löffel schreiben, was 'n Mensch is."
„Hör auf, Iwan", sagte der Milizionär. „Es war halt 'n Unglück, ihr wart beide verdattert. Wer konnte denn mit so was rechnen?"
„Zusammen hätten wir sie in die Flucht gehauen. Aber ich alleine ..."
„Hab ich dir nicht das Beil rausgeworfen? Du wolltest es haben — und ich hab's dir hingeworfen. Was hätte ich weiter machen sollen?"

„'ne ganze Kleinigkeit: 'n Mensch sein! Aber du, du bist 'n Schuft. Na, dir bring ich noch die Flötentöne bei."
„Du gerade, du Rotzlöffel ... Arm wie 'ne Kirchenmaus biste hergekommen, hast dich ins gemachte Bett gelegt — und jetzt drohen! Mit allem is er unzufrieden: 'ne Wasserleitung will er haben!"
„Darum geht's nicht, Naum", sagte der Milizionär. „Was hat die Wasserleitung damit zu tun?"
„Im Dorf is alles schlecht! In der Stadt is es besser", fuhr Naum fort. „Warum bist du überhaupt hergekommen? Um rumzumeckern? Um die Leute gegen die Sowjetmacht aufzuwiegeln?"
„So 'n Arschloch!" sagte Iwan entgeistert und stand auf.
Der Milizionär erhob sich ebenfalls.
„Hör schon auf! Komm, Iwan ..."
„Weißte, wo solche Aufwiegler hingehören?" Naum ließ nicht locker.
„Klar!" antwortete Iwan. „Rein in 'ne Wuhne ..." Und ging auf seinen Schwiegervater los.
Der Milizionär packte Iwan am Arm und führte ihn ab. Draußen blieben sie stehen, zündeten sich eine Papirossa an.
„Is das nich 'n Schwein?" sagte Iwan, immer noch fassungslos.
„Und alles auf mich schieben!"
„Na, laß ihn doch!"
„Nee, dem muß ich 'n Denkzettel verpassen."
„Brockst dir bloß was ein! Für nichts und wieder nichts."
„Wohin bringste mich?"
„Schläfst bei uns ... Beruhigst dich erst mal. Sonst machste noch Dummheiten."
„Nee ... Was is das für 'n Mensch?"
„Hör auf, Iwan, mit den Fäusten beweist du gar nichts."
Sie gingen die Straße entlang in Richtung des Milizhauses.
„Hättest du's nicht dort besorgen können", fragte der Milizionär auf einmal.
„Ich hab ihn doch nicht gekriegt!" sagte Iwan ärgerlich. „Das ist es ja."
„Ach so ... Tja, aber jetzt geht's nicht."
„Das arme Pferd."
„Tja."
Sie verstummten, gingen lange schweigend.
„Hör mal, laß mich laufen." Iwan blieb stehen. „Was soll ich

am Sonntag bei euch sitzen? Ich rühr ihn nicht an."
„Nee, nee, du kommst mit. Nachher kannste dich doch nicht beherrschen ... Ich mein's ja bloß gut mit dir. Komm. Wir können ja Schach spielen ... Spielst du Schach?"
Iwan spuckte die Kippe in den Schnee und langte sich eine neue Papirossa aus der Tasche.
„Na klar."

1967

## Mein Schwiegersohn hat 'ne Fuhre Holz geklaut

Wenja Sjablizki, nervös, jähzornig, von kleinem Wuchs, machte Frau und Schwiegermutter zu Hause einen Heidenskandal.

Wenja war mit seinem Lastwagen von einer Tour gekommen und hatte entdeckt, daß das ganze Geld, das er für eine lange Lederjoppe gespart hatte, futsch war; seine Frau Sonja hatte sich dafür einen Mantel aus Kunstpelz gekauft. Sonja erklärte das so: „Verstehst du, die gab's grade, alle griffen zu ... Und da hab ich hin und her überlegt und auch zugegriffen. Schlimm, Wenja?"

„Zugegriffen?" Wenja verzog wütend das Gesicht. „Wie fein, daß du wenigstens erst überlegt hast und dann zugegriffen."

Wenjas Traum, an einem freien Tag in aufgeknöpfter Lederjoppe durchs Dorf zu stolzieren, war in weite Ferne gerückt.

„Besten Dank. Hast ja schön an deinen Mann gedacht ... Scheiße verflucht!"

„Was hast du?"

„Gar nichts. Alles normal. Besten Dank, sag ich."

„Was kläffst du denn?"

„Wer kläfft hier? Alles normal, sag ich! Läufst ja auch in Lumpen rum, mußt ja unbedingt einen Pelz haben ... Ohne Pelz kann euereins ja nicht leben. Wär ja 'ne Zumutung ... Schmarotzer!" Sonja, rundgesichtig, füllig, lief zu ihrer Mutter, sich beschweren.

„Mama, hör dir bloß an, was er fürn Stunk macht, wegen dem Pelz spielt er verrückt!" Sonja war dreißig Jahre, aber wie ein kleines Mädchen lief sie immer noch zu ihrer Mutter, um sich zu beschweren. „Schmarotzer sagt er!"

Aus der guten Stube trat die Schwiegermutter, ebenfalls rundgesichtig, sechzig Jahre alt, von eherner Gesundheit, ehernen Sitten und ehernen Ansichten, kurz, eine rundum eherne Person.

„Was soll das, Wenjamin?" sagte sie vorwurfsvoll. „Jeder andere Mann würde sich freuen."

„Ich freue mich auch! Ich freu mich so, daß ich gleich mit

nacktem Arsch durchs Dorf rennen möchte — vor lauter Freude."

„Wenn dir das nicht von selbst in den Kopf will, dann hör, was man dir sagt!" Die Schwiegermutter erhob die Stimme. „Eine schöne, gut gekleidete Frau verschönt auch ihren Mann. Schreib dir das hinter die Ohren, du hast's nötig, bist kein schöner Mann."

Wenja war tatsächlich kein schöner Mann (kleinwüchsig, schmächtig und weißblond ... obendrein ein Hinkefuß; vor langen Jahren, als er als Beisitzer auf dem Pflug arbeitete, war er eines Nachts eingeschlafen, in die Furche gefallen, und der Pflug hatte sein Bein gestreift), und wenn ihn jemand daran erinnerte, zitterte er vor Empörung.

„Ja, ja, ihr wißt natürlich, wie man Männer verschönert! Zwei habt ihr ja schon verschönt ..." Wenjas Schwiegervater wie auch Sonjas erster Mann saßen im Gefängnis. Der Schwiegervater wegen Unterschlagung, Sonjas Mann wegen Schlägerei in trunkenem Zustand. Im Dorf wurde gemunkelt, Lisaweta Wassiljewna, die Schwiegermutter, habe das Ihre dazu beigetragen, Mann und Schwiegersohn hinter Gitter zu bringen.

„Halt den Mund!" sagte Lisaweta Wassiljewna barsch. „Sonst kannst du was erleben! Milchbart! Rotzlümmel!"

Wenja ging vor Wut in die Luft ... Und von oben schoß er wie ein Habicht auf die Schwiegermutter herab. „Was bläkst du hier rum? Was bläkst du so? Altes Hurstück!"

Sonja wußte noch nicht, daß man dafür eingesperrt werden konnte. Sie fühlte sich lediglich für ihre Mutter tief beleidigt.

„Ach, du junger Schnösel!" rief sie. „Bist achtundzwanzig und blökst schon wie 'n alter Bock."

Die Schwiegermutter dagegen wußte sehr wohl, daß man dafür eingesperrt werden konnte.

„So. Was hast du gesagt? Hurstück. Gut! Hurstück? Sehr gut. Vor Zeugen." Sie lief in die gute Stube, um eine Anzeige an die Miliz zu schreiben. „Das wirst du mir büßen", schrie sie mit bebender Stimme von nebenan. „Das wirst du mir büßen!"

„Na, los, schreib doch, damit du nicht aus der Übung kommst!" Trotzdem, Wenja bekam einen gelinden Schreck. Weiß der Teufel, sie war mit der ganzen Kreisobrigkeit bekannt. „Was macht's dir schon aus, einen Menschen einbuchten zu lassen!“

„Ich hab die ersten Kolchose gegründet, und du — Hurstück schimpfst du mich!“ schrie die Schwiegermutter, nun von der Tür her.

„Und über mich stand in der Zeitung, daß ich, trotz Unfall, 'n Laster fahr!“ schrie Wenja zurück. Und er schlug sich mit der Faust an die Brust. „Ich hab fünfzehn Arbeitsjahre auf dem Buckel!“

„Ja, ja, das wird dir dort zugute kommen.“

Wenja ging von neuem hoch, vergessen war der Schreck.

„Wo dort? Wo, Hurstück? Laß du mich erst mal einbuchten! Dann denk ich schon drüber nach, wo mir was zugute kommt und wo nicht. Du Einbuchterin, du...“

„Ich la-asse dich einbu-uchten“, versprach die Schwiegermutter wieder mit bebender Stimme und ging nach nebenan, um die Anzeige zu schreiben. Aber schon machte sie kehrt und schrie: „Du hast doch 'ne Fuhre Holz rangeschafft. Wo hast du das her? Woher?“

„Einheizen wollt ich dir damit...“

„Wo hast du's her?“ schrie Lisaweta aus Leibeskräften.

„Gekauft hab ich's!“

„Von welchem Geld? Hast doch deinen ganzen Lohn zu Hause abgegeben! Im staatlichen Forst hast du's geschlagen! Du hast 'ne Fuhre Holz geklaut!“

„Und wenn's so ist Warum hast du's nicht gleich angezeigt? Warum hast du das Holz verfeuert und die Schnauze gehalten?“

„Ich hab erst jetzt begriffen, mit wem wir hier unter einem Dach leben.“

„Ha-ach ... faule Ausrede! Wenn schon wer ins Kittchen muß, dann wir beide zusammen; ich wegen Diebstahl und du wegen Nutznießung der Diebesbeute. Ich krieg drei Jahre, du anderthalb, mindestens. So sieht's aus. Unsereiner kennt auch die Gesetze.“

„Nei-ein, du kennst die Gesetze noch lange nicht! Wenn du erst einsitzt, dann wirst du sie kennenlernen.“

Die Schwiegermutter fuhr tatsächlich mit ihrer Anzeige in den Kreis, zur Miliz. Die Fuhre Holz jedoch hatte sie offenbar nicht erwähnt. Dort riet man ihr, ihre Klage bei der Sowchosdirektion vorzubringen, weil als Tatbestand einstweilen nur ein Familienzwist vorlag. Man konnte doch nicht gleich bei der ersten Beschwerde einen Menschen strafrechtlich belangen. Ja, sollte sich das wiederholen, sollte er in trunkenem Zustand ... Lisaweta Wassiljewna rannte zur Direktion. Wenja wurde vorgeladen.

Vor dem stellvertretenden Direktor, einem noch jungen Mann, den Wenja wegen seiner Jugend und seiner Gescheitheit mochte, lag die Beschwerde der Schwiegermutter.

„Was ist nun eigentlich bei euch los gewesen? Da ist eine Klage..."

„Klage! Die haben grad Grund, gehen angezogen wie die reinsten ... haben alles", begann Wenja ehrlich zu erzählen. „Und ich hab nur das, was ich auf dem Leib trag. Einmal im Leben wollt ich mir auch was leisten, eine Lederjoppe für hundertsechzig Rubel, hab gespart und gespart, aber nein, sie nimmt's und kauft sich 'nen Pelzmantel. Dabei hat sie einen schönen Wintermantel."

„Aber warum mußtest du gleich so ausfallend werden, warum so fluchen?"

„Da packt doch jeden die Wut, verflixt und zugenäht! Man spart und spart, gönnt sich nach dem Schwitzbad nicht mal ein Viertelliterchen, und sie geht hin und kauft sich den Pelz! Wo sie doch einen Mantel hat! Wenn sie keinen hätte, aber sie hat ja einen! Was schreibt die Alte denn da?"

„Sie schreibt, na ... alles mögliche."

Da wußte Wenja, daß die Schwiegermutter von der Fuhre Holz nichts erwähnt hatte.

„Schreibt sie, daß sie die Kollektivierung gemacht hat?"

„Ja, schreibt sie ... Trotzdem war es nicht recht von dir — ein alter Mensch. Deine Frau kauft sich einen Pelz, na wennschon! Sie arbeitet ja schließlich auch!"

„Sie bringt sechzig Rubel nach Hause, hockt im Warmen, aber ich schaff mindestens hundertzwanzig ran, schufte weit über die Norm. Ich beklag mich ja gar nicht. Aber wenigstens ein einziges Mal wollt ich mir auch was leisten! Würden sie die Klamotten noch anziehen! Aber nein, sie kaufen und kaufen, und dann liegt's in der Truhe rum. Und ich — zum Schämen, wie ich rumlauf."

Der stellvertretende Direktor wußte nicht, was er tun sollte. Er glaubte, daß Wenja im Recht sei.

„So geht es trotzdem nicht, Wenjamin, das führt doch zu

nichts. Red mit deiner Frau. Warum nicht? Sie wird es doch verstehen, jung, wie sie ist..."
„Die und verstehen! Die hat überhaupt nichts zu melden. Diese da", Wenja deutete mit dem Kopf auf die Beschwerde, „die kommandiert alle."
In dieser Weise unterhielten sie sich, und Wenja verließ das Kontor erleichterten Herzens. Aber sein Grimm, seine Wut auf die Schwiegermutter hatten sich nicht gelegt.
Diese Wanze, dachte er, ohne mit der Wimper zu zucken, läßt die einen einbuchten. Wieviel Gemeinheit doch in einem Menschen steckt! Die war ihr ganzes Leben lang so gemein! Hurstück das ... Warum, zum Teufel, kommt so was bloß auf die Welt?
Da lief ihm Kolka Wolobujew über den Weg, kein enger Freund, aber ein guter Kumpel.
„Wie siehst du denn aus?" Kolka sprach immer irgendwie komisch, fast ohne den Mund zu öffnen. Und er sah alle Leute herablassend, aus schmal gekniffenen Augen an. Der Bursche hatte Charakter.
„Wie denn?"
„Also — wie ein angeschossener Spatz. Wo wedelt's dich denn her?"
„Aus dem Kontor." Und Wenja erzählte Kolka alles: Wie er sich für die Lederjoppe abgerackert, wie er zu Hause Krach geschlagen hatte und wie seine Schwiegermutter ihn einsperren lassen wollte.
„Zwei hat sie schon fertiggemacht, das langt ihr wohl noch nicht", knirschte Kolka durch die Zähne. „Gehn wir einen trinken."
Wenja folgte ihm erfreut.
Während sie tranken, begann Kolka, die kaltgrauen Augen schmal gekniffen, Wenja zu belehren: „Der mußt du einen Denkzettel verpassen. Aber sauber, ohne Spuren zu hinterlassen. Sonst machen die Hackfleisch aus dir. Wenn die Alte dir dumm kommt, jag ihr einen Schreck ein. Sonst trampeln die doch ihr Leben lang auf dir rum. Wie ein Esel schuftest du für die..."
Rachegefühle erwachten in Wenja. Alle Kränkungen, die Sonja ihm zugefügt hatte, standen ihm mit einem Schlag vor Augen: Wie sie ihn ewig nicht hatte heiraten wollen, wie sie ihn hingehalten und gequält, weder ja noch nein gesagt hatte, wie

sie ... Nein, wirklich, er mußte mal hart durchgreifen. Was zum Teufel war er denn für ein Hausherr! Ein Esel, Kolka hatte ganz recht.

„In siedendem Pech sollen die schmoren", sagte er und humpelte rasch nach Hause, ein bitteres, grimmiges Gefühl im Herzen.

Da haben sie einen Dummen gefunden! Diese Kanaillen. Rennt gleich zur Miliz, das Hurstück!

Sonja war nicht zu Hause.

„Wo ist sie?" fragte Wenja.

„Was weiß ich", brummte die Schwiegermutter. Die Reinemachefrau aus dem Kontor hatte ihr schon zugetragen, daß Wenja so glimpflich davongekommen war. (Sonderbar — obwohl Lisaweta Wassiljewna schon seit fünf Jahren nicht mehr arbeitete, genoß sie bei manchen noch Ansehen, man hinterbrachte ihr alles, ja, fürchtete sie sogar ein bißchen.) „Sie legt mir schließlich keine Rechenschaft ab."

„Red doch nicht!" rief Wenja. „Ihr kakelt doch sonst über alles!"

Lisaweta Wassiljewna blickte den Schwiegersohn erstaunt an. „Was soll das? Hast wohl getrunken?"

Wenja hatte eine tolle Idee. Er lief in den Schuppen, suchte sich einen Hammer und ein Dutzend großer Nägel, steckte alles in die Tasche und ging wieder ins Haus.

„Was liegt da fürn Kleiderstoff?" fragte er friedfertig.

„Was denn für Stoff? Wo?" fragte die Schwiegermutter neugierig.

„Im Klosett ... Muß jemand von oben reingesteckt haben. Was Rotes."

Die Schwiegermutter eilte zum Klosett. Wenja hinterher. Kaum war die Schwiegermutter drin, als Wenja von außen den Riegel vorschob. Dann begann er die Tür zuzunageln.

Die Schwiegermutter erhob Geschrei.

„Sitz 'ne Weile und geh in dich", höhnte Wenja. „Du sperrst doch so gerne Leute ein, jetzt erfährst du's mal am eigenen Leibe." Er schlug alle Nägel ein, dann setzte er sich auf die Vortreppe, um auf Sonja zu warten.

„Hi-ilfe!" kreischte Lisaweta Wassiljewna. „Gute Leute, helft mir! Helft mir! Gute Leute! Mein Schwiegersohn hat 'ne Fuhre Holz geklaut! Mein Schwiegersohn hat 'ne Fuhre Holz geklaut! Mein Schwiegersohn hat 'ne Fuhre Holz geklaut!" schrie sie wie aufgezogen.

„Wenn du hier etwa rumbrüllst", drohte Wenja, „leg ich Feuer!"

Die Schwiegermutter verstummte. Sie sagte nur noch: „Na warte, Wenja!"

„Willst mir drohen?"

„Ich drohe nicht, drohe überhaupt nicht, aber danke sagen wird man dir auch nicht grade."

Wenja sah ein Stück Kalk vor sich liegen. Er hob es auf und schrieb an die Toilettentür: „Verplombt am 25. Juli 1969. Vorsicht Glas! Nicht stürzen!"

„Na warte, Wenja!"

„Jetzt lauer ich bloß noch auf deine Tochter ... Die soll mich kennenlernen. In ihrem Persianer ... Ihr dachtet wohl, ich bin so 'n Esel, der sich alles gefallen läßt. Wieviel Geld hab ich nach Hause geschleppt, und hab ich mir auch nur einen einzigen schäbigen Anzug gekauft?"

„Du warst doch mit allem versorgt, als du kamst."

„Und wär ich splitternackt gekommen, würd ich wohl jetzt noch so rumlaufen? Kann ich mir von meinem Geld nicht mal ein Hemd leisten? Du hast die Leute entkulakisiert ... Und bist selber die allerschlimmste Kulakin! Deine Truhen brechen bald vor lauter Zeug."

„Nicht du hast's bezahlt!"

„Du vielleicht? Für wen hat dein Mann denn geklaut? Und als du ihn nicht mehr brauchtest, da hast du ihn einbuchten lassen. Jetzt kannst du selber sitzen. Drei Tage und drei Nächte wirst du da schmoren. Ich nehm das Gewehr und laß keinen ran. Merk dir, ich hab dich in den Karzer gesperrt. Für schlechtes Benehmen."

„Na warte, Wenja!"

„So sieht's aus. Und brüll nicht rum, sonst wird's noch schlimmer."

„Eine alte Frau so zu verhöhnen!"

„Du hast dein Lebtag die Leute verhöhnt, ob du jung warst oder alt."

Wenja wartete noch eine Weile auf Sonja, dann verlor er die Geduld und ging sie im Dorf suchen.

„Daß du mir still bist!" befahl er der Schwiegermutter.

An jenem Tag fand Wenja seine Frau zum Glück nicht mehr.

Die Schwiegermutter wurde von den Nachbarn aus dem „Karzer" befreit.

Die Gerichtsverhandlung verlief stürmisch. Sie fand im Klub statt — ein Schauprozeß sozusagen.
Die Schwiegermutter weinte vor dem Gericht, erklärte abermals, sie habe die ersten Kolchose gegründet, und erzählte, was sie im „Karzer" durchgemacht habe — zu gern wollte sie Wenja hinter Schloß und Riegel bringen. Aber die anderen Dorfbewohner protestierten. Alte wie junge sagten aus, daß sie Wenja von Kind auf kannten, daß er als Waise aufgewachsen, immer gehorsam gewesen sei und niemandem auch nur ein Härchen gekrümmt habe. Eine Strafe verdiene er natürlich, aber doch nicht gleich Gefängnis! Gut und zu Herzen gehend sprach Michailo Kusnezow, ein alter Soldat, ein gesetzter und geachteter Mann, der ebenfalls schon jahrelang Rentner war.
„Bürger Richter!" sagte er. „Ich kannte Wenjas Vater — im Feld ist er den Heldentod gestorben. Wenjas Mutter hat sich im Kolchos zu Tode gerackert. Wenja selbst ist schon mit zehn Jahren arbeiten gegangen. Aber die Bürgerin Kisseljowa ... Sie weint jetzt ... Natürlich, auf seine alten Tage in der Toilette eingesperrt sitzen — ist keinem angenehm; aber trotzdem, sie hat doch in ihrem Leben nie Not gekannt. Und auch jetzt nicht — du kriegst mehr Rente als ich, und ich war ...zigmal verwundet, hab drei Kriege mitgemacht ..."
„Ich stamme aus einer armen Familie!" kreischte Lisaweta Wassiljewna. „Ich hab die ersten Kolchose ..."
„Ich stamme auch aus einer armen Familie", entgegnete Michailo. „Du hast als erste den Kolchos organisiert, und ich bin als erster eingetreten. Was für große Verdienste hast du schon vor der Gesellschaft? Im Krieg warst du Chefin vom Dorfkonsum, hast nicht gehungert, das wissen wir auch. Aber der Junge mußte sich ganz allein durchschlagen, mit eigner Hände Arbeit. Das muß man doch sehen. So geht das nicht. Einsperren lassen ist leicht, aber im Gefängnis sitzen ..."
„Er hat mindestens ein Dutzend Belobigungsurkunden! An jedem Feiertag wird er als Bestarbeiter genannt!" rief jemand aus dem Saal.
Da erhob sich am Tisch ein würdiger Mann, korpulent, im hellen Anzug, und blickte verständnisinnig in den Saal. Aber wie der loslegte, wie der alles aufbauschte! Er sagte, es sei

immer besser, und im konkreten Fall einfach heilsamer, ein kleines Verbrechen zu bestrafen, als erst auf ein großes zu warten. Er führte Beispiele an, wo solche äußerlich harmlosen Burschen das Messer gezückt hätten ...

„Wo ist die Garantie, frage ich Sie, daß er in seiner Wut morgen nicht wieder trinkt und vielleicht zur Axt greift? Oder zum Gewehr? Im Hause wohnen schließlich zwei Frauen. Stellen Sie sich doch nur mal vor ..."

„Er trinkt nicht!"

„Hatte er vielleicht Sprudelwasser getrunken, als er den Hammer nahm und seine Schwiegermutter in der Toilette einnagelte? Eine bejahrte, verdienstvolle Frau! Und weshalb? Weil seine Frau sich einen Pelzmantel gekauft hat statt für ihn eine Lederjoppe!"

Wenjas Stuhl geriet ins Wanken. Und viele im Saal waren überzeugt, Wenja mußte in den Knast.

„Nein, Genossen, unsere Humanität besteht gerade darin, daß wir dieses Verbrechen des Angeklagten nicht straflos hinnehmen. Lieber gleich durchgreifen. Wir bewahren ihn vor einer großen Gefahr, der er offensichtlich ausgesetzt ist."

Der würdige Mann beantragte drei Jahre Gefängnis.

Da erhob sich abermals Michailo Kusnezow.

„Sie haben völlig recht, Genosse. Aber ich möchte Ihnen ein kleines Beispiel aus dem Großen Vaterländischen Krieg erzählen. In unserer Kompanie war ein junger Soldat, so ähnlich wie Wenja: genauso schmächtig, blutjung, zwanzig vielleicht. Wir zogen zum Sturmangriff, und der junge Soldat bekam Angst. Er warf sein Gewehr weg, schmiß sich hin, preßte die Hände an den Kopf ... Der Politleiter wollte ihn auf der Stelle erschießen, aber wir, die Älteren, ließen es nicht zu. Wir richteten ihn auf, er zog mit uns in den Kampf ... Und was glauben Sie? Eigenhändig hat er vor aller Augen zwei Faschisten niedergestochen. Und die Faschisten waren kräftige, baumlange Kerle, der junge Soldat dagegen — ich hab jetzt seinen Familiennamen vergessen — war nicht größer als Wenja. Woher der bloß die Kraft nahm! Ich will damit bloß sagen, was es alles gibt: Da wird ein Mensch schwach, wie eine Naturgewalt überkommt ihn das, er scheint verloren, rettungslos verloren ... Aber auf einmal, man darf nichts überstürzen, rappelt er sich wieder auf. Waren Sie auch an der Front, Genosse?" fragte Michailo schließlich.

Der würdige Mann ließ sich von diesem imposanten Beispiel überhaupt nicht beirren. Er lächelte verständnisinnig.
„War ich, Genosse. Das zu Ihrer Frage. Und jetzt zu dem Beispiel. Es ist zwar eindrucksvoll und ergreifend, aber gänzlich fehl am Platze. Sie haben hier, wie es so schön heißt, den göttlichen Funken mit einer Seifenblase verwechselt." Der würdige Mann lachte kurz, wobei sein beachtlicher, praller Bauch leicht wackelte. „Mit diesem Beispiel läßt sich genau das Gegenteil von dem beweisen, was Sie sagen wollten. Wurde er übrigens verurteilt, dieser Soldat?"
Michailo antwortete nicht gleich. Alle wandten schon die Köpfe.
„Ja, wurde er", antwortete Michailo unwillig. „Aber..."
„Völlig richtig. Aber..."
„Aber er ging straflos aus!" antwortete Michailo mit erhobener Stimme. „Er wurde bloß in eine andere Truppe versetzt."
„Das ist bereits eine andere Frage. Den Umstand, daß er sich wieder aufgerappelt hat, mit Ihnen gezogen ist und zwei Faschisten niedergestochen hat, diesen Fakt, der für sich spricht, kann man ihm anrechnen, und das hat man offenbar auch getan. Aber es gibt Fakten, die sich sozusagen materiell nicht berechnen lassen. Der Soldat hat Angst gekriegt, hat sein Gewehr weggeworfen und sich hingeschmissen ... Er hat Angst gekriegt, das ist begreiflich. Aber wäre er allein gewesen, im Wald, hätte einen Bären gesehen, dann meinet wegen, vertrau auf Gott, wie man so sagt, oder richtiger, auf den Bären: zerreißt er dich oder nicht? Aber hier handelte es sich um einen Soldaten, er zog nicht allein in den Kampf, er hatte Angst gekriegt und hatte mit seiner Angst die ganze Kompanie angesteckt!"
„Überhaupt nicht!" sagte Michailo. „Wir sind genauso weitergezogen wie vorher."
„Sie sind in anderer Stimmung weitergezogen. Sie waren sich dessen gar nicht bewußt, aber die Angst hatte schon von Ihnen Besitz ergriffen. Der feige Soldat hatte Ihnen gleichsam zu verstehen gegeben, welche Gefahr Sie erwartete, vielleicht sogar der Tod ..."
„Das wußten wir auch ohne ihn."
„Was nun unseren konkreten Fall betrifft..."
Wenja betrachtete den würdigen Mann, ohne eigentlich den

Sinn seiner Worte zu begreifen. Er begriff nur so viel, daß auch dieser Mann, obwohl er eigentlich gar nicht so böse war wie die Schwiegermutter und ihn, Wenja, zum erstenmal im Leben sah, ihn unbedingt einsperren wollte. Wenja war noch nie bei einer Gerichtsverhandlung gewesen und wußte nicht, daß es staatliche Ankläger und gesellschaftliche Ankläger gab ... Das Gericht war für ihn der Richter. Und es wollte ihm einfach nicht in den Kopf, *warum* dieser Mann ihn um jeden Preis für drei Jahre ins Gefängnis sperren wollte. Der Richter schwieg, dieser aber stand immer wieder auf und sagte, man müsse ihn einsperren und basta. Wenja hatte es vor Staunen die Sprache verschlagen. Als er gefragt wurde, ob er dem Gericht noch eine Erklärung geben wolle, zuckte er nur die Achseln und antwortete hastig und erschrocken: „Wozu?"
Das Gericht zog sich zur Beratung zurück.
Wenja saß und wartete. Entsetzen lähmte ihn ... Nicht Entsetzen vor dem Gefängnis; auf dem Weg hierher hatte er in Gedanken ausgerechnet: achtundzwanzig plus drei, vielleicht vier, ergibt einunddreißig, zweiunddreißig ...
Unsinn. Ihn packte Entsetzen vor diesem Mann. Er hatte ihn so lange angestarrt, daß er ihn auch jetzt noch, wo er gar nicht mehr am Tisch saß, leibhaftig vor sich sah: ruhig, besonnen, heiter ... Und er erklärt und erklärt und erklärt, daß Wenja eingesperrt werden müsse. Unfaßbar. Was er wohl nachher machte ... Ob er Abendbrot aß, seine Kinder streichelte, mit seiner Frau schlief? Früher hatte Wenja sich oft über Menschen geärgert, aber er hatte nie Angst vor ihnen gehabt, jetzt aber begriff er voller Entsetzen, daß sie schrecklich sein können. Einmal hatten zwei Betrunkene ihn überfallen. Sie schlugen ihn und stöhnten dabei so merkwürdig — vor Eifer wohl. Noch lange hatte Wenja angewidert daran gedacht, nicht an den Schmerz, sondern an dieses leise Stöhnen bei jedem Schlag. Aber das waren Betrunkene gewesen, Unzurechnungsfähige. Dieser würdige, gebildete Mann war überhaupt nicht zornig, seelenruhig überzeugte er alle — er muß eingesperrt werden. Mein Gott! Die Schwiegermutter — die war heimtückisch und dumm, die wollte nicht nur drei, sondern am liebsten fünf Jahre für den Schwiegersohn rausschlagen, und das war immerhin noch irgendwie zu begreifen. Die war nun mal so 'n Hurstück. Aber dieser Mann! Wie kam der dazu?
Das Urteil wurde verkündet: zwei Jahre auf Bewährung.

Alle freuten sich für Wenja.
Wenja aber war ungewohnt nachdenklich. Der würdige Mann ging ihm nicht aus dem Sinn, Wenja hörte nicht auf, sich zu wundern ... Ob der das immer so machte?
Wenja zog einstweilen zu Kolka Wolobujew.
Kolka wollte ihn wieder zum Trinken verleiten, aber Wenja lehnte ab. Beizeiten zog er sich in die Stube zurück, legte sich auf die Bank und grübelte und grübelte.
Was für ein Leben! In einem einzigen Augenblick war alles zu Bruch gegangen. Zum Teufel mit dieser Lederjoppe! Warum hatte er sich bloß so darauf versteift? War so lange ohne ausgekommen, da wär es auch weiter gegangen. Er müßte Sonja von der Schwiegermutter wegholen, sie müßten für sich allein wohnen ... Zwar war sie auch ein dummes Luder, sie würde sich nicht gegen ihre Mutter stellen. Doch woran Wenja in dieser Nacht auch dachte, wie sehr er sich auch grämte, immer wieder sah er den würdigen Mann vor sich — von oben, vom Podium blickte er auf Wenja herab, war nicht wütend, schrie nicht. Etwas Metallenes blinkte an seiner Krawatte. Seine Augenbrauen, schwarz und dicht, waren an der Nasenwurzel zusammengewachsen. Die Haare waren glatt nach hinten gekämmt und glänzten. Ein paar Haare klebten zusammen, hingen wie eine Tolle in die Stirn und vibrierten und zitterten, wenn der Mann sprach. Er hatte ein breites, rundes aber straffes Gesicht, und wenn er lächelte, traten Grübchen auf seine Wangen.

Am nächsten Morgen mußte Wenja mit seinem Lastwagen in den Kreis fahren.
Er brach früh auf, die Sonne war eben erst aufgegangen. Aber es war schon warm — die Erde hatte sich über Nacht nicht abgekühlt.
Unterwegs beruhigte sich Wenja immer. Er dachte an die Menschen und hatte das Gefühl, als ließe er alle, die er kannte, weit hinter sich zurück, und sie gingen ihn nichts mehr an. Er dachte nicht an einzelne, sondern an die Menschen schlechthin: Alle haben sich heillos verstrickt, sind nervös und gereizt, ein einziges Durcheinander. Die gestrige Gerichtsverhandlung war wie ein quälender, böser Traum.
Am Kilometerstein siebenundzwanzig sah er einen Wolga stehen. Die Motorhaube war hochgeklappt, der Chauffeur

fummelte am Motor herum, und neben ihm stand — Wenjas Herz stockte — der würdige Mann von gestern. Wenja war verwirrt. Er drosselte sogar die Geschwindigkeit. Und als der würdige Mann ihm ein Handzeichen gab, hielt er gehorsam. Der Mann trat eilig an die Fahrerkabine heran, sagte: „Hör zu, nimm mich mit ..." — und erkannte Wenja. „O-oh!" sagte er, gleichfalls, wie es Wenja schien, ein wenig verwirrt. „Ein alter Bekannter!"

„Steig ein", sagte Wenja. Die Verwirrung, die er in den Augen des würdigen Mannes las, versetzte ihn jählings in eine dreiste Fröhlichkeit. „Ist's uns mulmig?"

Der würdige Mann kletterte behend in die Fahrerkabine und blickte Wenja offen und ebenfalls fröhlich an. Und kaum waren sie losgefahren, da bezweifelte Wenja auch schon, daß der würdige Mann eben noch verwirrt gewesen war.

„Na, wie ist's?" fragte der Mann.

„Was?"

„Die Stimmung so. Ich dachte, du würdest trinken, mindestens eine Woche lang. Ich sag dir ganz offen, Junge: Du hast gestern großes Schwein gehabt."

Wenja schwieg. Er wußte nicht, was er sagen, wie er sich verhalten sollte.

„Deine Frau läßt sich natürlich scheiden?" fragte der Mann verständnisvoll. Und wieder blickte er Wenja offen an.

„Natürlich." Genau wie gestern bei der Gerichtsverhandlung bestaunte Wenja diesen Mann. Wie stark, wie klug, wie hartnäckig der war, und dabei so fröhlich.

„Ach, Kinder, Kinder ... Ein Kreuz ist's mit euch. Ja, ja, wenn's dem Esel zu wohl ist, geht er aufs Eis tanzen. Hast so ein schweres Leben gehabt, und mit einem Schlag wirfst du alles weg, hast die Familie zerstört, und dein Ruf ist auch hin ... Du hast deine Frau doch wohl geliebt?"

Da wurde Wenja plötzlich wütend. „Ist nicht deine Sache."

„Natürlich nicht!" rief der Mann aus. „Deine ist's, mein Lieber. Deine ganz allein. Wär es meine Sache, würd's mir das Herz abdrücken. Aber ihr tut einem eben leid, ihr Dummköpfe, so ist's. Besauft euch fürn Fünfer, und handelt euch Kummer ein für zweifünfzig." So sprach der Mann, und sein Bauch wackelte leicht. „Konntest du nicht nüchtern und sachlich über alles reden? Hast doch so eine hübsche Frau, ich hab sie mir gestern angeguckt. Hättest doch herrlich und in

Freuden leben können ..."
Wenja war sekundenlang wie betäubt — schmerzhaft bis ins Mark wurde ihm auf einmal bewußt: Er hatte Sonja verloren. Aus und vorbei. Und ihm war, als stürzte er in einen Abgrund vor Schrecken.
„Was ist das für eine Lederjoppe? Wo wolltest du sie herkriegen?'
„Im Aimak näht einer welche ..." Wenja blickte nach vorn. Vor ihm war die Brücke über die Uscha, eine breite lange Brücke; die Uscha trat im Frühling über die Ufer, genau wie die Wolga. „Auf Bestellung."
„Und was nimmt der für so eine Joppe? Aus eigenem Material?"
„Ja."
„Was nimmt er?"
„Unterschiedlich. Ich wollte eine für hundertsechzig Rubel haben. Wenn's was Besseres sein soll, wird's teurer."
„Was heißt — was Besseres?"
„Na, anderes Leder, andere Ausführung ... Es gibt verschiedene Ausführungen."
„Mal angenommen, die allerbeste? Also, das beste Leder, die beste Ausführung. Was würde das kosten?"
„Dreihundert Rubel vielleicht ... Einem, sagt er, hat er eine lange Joppe für vierhundert genäht."
„Und wo liegt dieser Aimak? Ist das weit?"
„Nein." Sonderbar, Wenja hatte plötzlich das Gefühl, allein in der Fahrerkabine zu sein und Selbstgespräche zu führen.
„Weißt du die Adresse?"
„Weiß ich. Weiß ich ... U-uh!" schrie Wenja plötzlich laut wie in der Einöde. „Jetzt stürzen wir uns von der Brücke runter!"
Er gab Gas und ließ das Lenkrad los ... Der Laster schlingerte. Wenja blickte den Staatsanwalt an. Und sah seine Augen — groß, weiß vor Entsetzen. Wenja fand das urkomisch, er lachte. Aber da lehnte sich der Staatsanwalt zu ihm herüber und packte das Lenkrad. Und so fuhren sie über die Brücke: Wenja lachte und gab Gas, und der Staatsanwalt steuerte. Und als sie die Brücke passiert hatten, nahm Wenja das Gas weg und ergriff wieder das Lenkrad. Und hielt an.
Der Staatsanwalt stieg aus. Noch einmal blickte er Wenja an.

Er war immer noch kreidebleich. Er wollte offenbar etwas sagen, schwieg aber. Und knallte die Tür zu.
Wenja legte den Gang ein und fuhr ab. Sehr müde war er auf einmal. Gut, daß er jetzt allein war, ruhiger war das irgendwie. Besser.

1971

## Sie hat ihren Mann nach Paris geschickt…

Allwöchentlich am Samstagabend gibt Kolja Paratow im Freien eine Vorstellung. Er bringt die Harmonika mit den drei Knopfreihen und dem kunterbunten Balg heraus, zieht sie useinander, und los geht'x …

„Sie hat ihren Mann nach Paris geschickt
Und gab ihm trocken Brot…"

Zwischenspiel. Kolja vollführt, komisch mit dem Hinterteil wackelnd, ein paar Tanzschritte.

„Tara-tam, tara-tam, tata-tam-tam-tam,
Tara-ram, tara-ram, ta-ta-ta…"

Die alten Weiblein, die abends in Scharen nach draußen kommen, lachen. Auch die Gören, die noch nicht in die Häuser gescheucht wurden, lachen.

„Zuletzt hat sie ihm noch zugeraunt:
‚Der Satan schlag dich tot!'
Tara-tam, tara-tam, tata-tam-tam-tam…"

Kolja ist ein hübscher Bursche, grauäugig, mit leicht vorspringenden Backenknochen und blondscheckigem Haarschopf. Er ist zwar nicht groß, wirkt aber wie einer jener vertrauenerweckenden, kräftigen Sibirier, die noch gut in der Erinnerung der Stadt Moskau des Jahres 1941 leben, als eben solche helläugigen jungen Männer in weißem Halbpelz Tag und Nacht durch die Straßen zogen und allein durch ihren Anblick die Riesenstadt beruhigten.
„Kolja, die ‚Zigeunerin'!"
Kolja, der seinen zünftigen Samstagschwips hat, scheint gut aufgelegt zu sein.
„Valju-uscha!" ruft er und schaut hinauf. „Wirf mir doch die Stiefeletten runter, die Kumpels wollen die ‚Zigeunerin'."

Valjuscha denkt nicht daran, Antwort zu geben, sie ist wütend auf Kolja, sie haßt ihn wegen dieser Vorstellungen, geniert sich. Kolja weiß, daß Valjuscha sich nicht rühren wird, und ruft absichtlich lange, läßt die Stimme überkippen, mit dieser „Jodlermasche" erheitert er das Publikum.
„Valju-uscha! Zeig dich, Sammetpfötchen! Wenigstens ein Äuglein oder das linke Beinchen! Wauu!"
Die Leute lachen, schauen ebenfalls nach oben.
Valjuscha hält es nicht mehr aus: Krachend reißt sie das Fenster im zweiten Stock auf, lehnt den mächtigen Busen aufs Fensterbrett, schnaubt: „Von wegen — zeig dich, den Kochtopf kriegst du übern Schädel, Idiot!"
Unten explodiert Gelächter: Kolja lacht auch, obwohl ... Merkwürdig ist das: Koljas Augen lachen nicht, er sieht Valjuscha stocknüchtern an und scheint zufrieden zu sein, daß er sie auf die Palme gebracht hat, daß sie sich böse und unklug aufführt, wie ein Drachen. Es ist fast, als räche er sich für irgendwas an seiner Frau, und das paßt so gar nicht zu ihm, und es würde auch keiner von ihm denken. Sicher nur Albernheiten, sagen sich die Leute.
Schon wird Kolja von einem Haufen Volk umringt, auch Männer und junge Burschen sind dabei. „Welche Größe, Kolja?"
„Fortituh — zweiundvierzig."
Kolja bekommt die festen Schuhe (er ist in Hausschuhen), und Kolja tanzt ... Er tanzt herrlich, mit Besessenheit. Plötzlich wird er ernst, ja sogar ein wenig feierlich. Die Harmonika ist mit den Händen verwachsen, unterstützt leise die „Zigeunerin", schweigt, wenn es nötig ist, und nur die Füße arbeiten. Sie arbeiten exakt, hart knallen Spitzen, Absätze, Spitzen auf den Asphalt ... Wieder schluchzt die Harmonika, wippt die weiche, blondscheckige Haartolle auf der schweißnassen Stirn. Die Leute ringsum sind still, als ob sie ahnten: Der Bursche da tanzt sich doch eine geheime Bitterkeit von der Seele. Am Fenster im zweiten Stock bewegt sich der kostbare Store — Valja beobachtet ihren „Hanswurst". Sie ist auch ernst. Sie ist auch im Bann der erbitterten, besessenen „Zigeunerin". Vor drei Jahren hat Kolja mit ebendieser „Zigeunerin" die stolze Valja „betört", mehr die stolze als ... Kurz, in solchen Momenten liebt Valja ihren Mann.
Kolja, der Sibirier, hatte Valja auf die denkbar idiotischste Art

kennengelernt — brieflich. Er war zusammen mit ihrem Bruder bei der Armee, und der zeigte eine Fotografie seiner Schwester herum ... Mehrere Soldatenherzen waren im Nu entflammt, denn Valja war schön. Sie baten um ihre Adresse, aber Valjas Bruder gab sie nur Kolja, seinem besten Kumpel. Kolja schickte eine Fotografie von sich nach Moskau und mit ihr viele schöne Worte. Valja antwortete ... Ein Briefwechsel entspann sich. Kolja war ein Jahr älter als Valjas Bruder, wurde früher demobilisiert und fuhr allein nach Moskau. Valjas ganze Verwandtschaft hatte sich versammelt — um Kolja zu beschnuppern. Und er gefiel allen, auch Valja. Es störte sie zwar, daß der kleine Soldat außer einer Seele und einer Haartolle vorläufig nichts zu bieten hatte, vor allem keine Berufsausbildung. Aber das ist eine Sache, die man erwerben kann, sagten sie sich. So wurde Kolja Moskauer, er fuhr zuvor nicht einmal mehr nach Hause, zur Mutter.

Valjuscha und er, sie lebten nun gemeinsam, und bei kleinem ging ihnen auf, wie verschieden sie beide waren. Aber zu spät: Übers Jahr wurde das Töchterchen Nina geboren, hübsch, rund, rosig ... Kolja begriff: Hier saß er fest. Die Verwandtschaft legte zusammen und kaufte ihnen eine Genossenschaftswohnung, zwei Räume. In Valjas Familie war schon immer das Schneiderhandwerk zu Hause gewesen, auch Valja war eine erstklassige Schneiderin. Kolja wechselte viele Male den Arbeitsplatz, aber überall gab's nicht mehr als hundert, höchstens hundertzwanzig Rubel. Valja dagegen hatte bis zu dreihundert „bar auf die Hand". Sie war Telegrafistin: vierundzwanzig Stunden Dienst, achtundvierzig Stunden frei — da nähte sie.

Der ganze Kummer begann damit, daß Kolja bei seiner Frau sehr bald eine gewaltige, erstaunliche Geldgier entdeckte. Er versuchte, auf sie einzuwirken: so ginge das doch nicht, erhielt aber eine eiserne Abfuhr.

„So geldgierig sind ja nicht mal die Weiber bei uns im Dorf..."

„Halt die Klappe mit deinem Dorf", rief Valja. „Fahr doch hin, hier hält dich keiner!"

Da sitze ich ganz schön drin, dachte Kolja gemartert. Ganz schön!

Er ist nicht auf den Kopf gefallen, auch wenn er vom „Kuhdorf" stammt, aber daß ihm das Schicksal so die Faust zeigen würde, hätte er sich nie träumen lassen. In der Armee hat er oft darüber nachgedacht, wie er nach der Entlassung leben würde: Erstens den Zehnklassenabschluß in der Abendschule nachholen (er hatte neun Klassen), zweitens ... Und drittens und viertens — alles aus und vorbei. Das erste Jahr ist er ständig auf der Suche nach einer passenden Beschäftigung gewesen; unbewußt hat er nach einer Arbeit gesucht, die, wennschon ihm selber nicht, so doch seiner Frau Valja gefiel. Eine solche Arbeit fand er jedoch nicht, er gab auf und blieb Transportarbeiter beim Handel. Dann kam die Tochter zur Welt, und er mußte ihr seine ganze freie Zeit widmen, denn die geizige Valja stellte keine Kinderfrau ein, die das Mädchen zumindest hätte ausfahren können. Und sie selbst nähte und nähte — Koljas Traum vom Zehnklassenabschluß zerrann. Er setzte die Tochter auf die Bank im Hof, spielte ihr auf der Harmonika vor und schnitt beim Singen Grimassen.

„Mein Traum ist doch kein Wölkchen Rauch,
Das rasch zerschmilzt im Tageslicht,
Doch ihr, vorbei geht ihr und lächelt,
Ihr seht mich — und bemerkt mich nicht."

Töchterchen Nina jauchzte, Kolja aber hätte am liebsten Tränen geweint, Tränen des Grimms und der Ohnmacht. Gern wäre er ins Dorf zurückgegangen, doch der Gedanke, daß er dann die Tochter verlieren würde ... Nein, das ging über seine Kräfte, auch wenn es dreimal sibirische Kräfte waren und sie vieles aushielten. Alles, nur das nicht.
Vor einem halben Jahr ist Koljas Mutter zu ihnen zu Besuch gekommen. Valja war höflich zu ihr, trotzdem hatte die Mutter Angst vor ihr, Angst, einen Schritt zuviel in der Wohnung zu tun, Angst, die Enkelin auf den Arm zu nehmen. Kolja haderte mit sich selbst, wenn er die Mutter so sah.
Als sie einmal allein waren, sagte er vorwurfsvoll: „Mama, was soll das?"
„Was denn?"
„Du bist so komisch, nimmst nicht mal dein Enkelkind auf den Arm."
„Ich habe Angst, mein Junge, daß ich was falsch mach."
„Na, du bist ja komisch..."
„Laß gut sein, was hast du denn? Bin Gott sei Dank hier

gewesen. Gut geht's dir, mein Junge, gut. Was ihr alles besitzt. Dem Herrgott sei Dank! Bleib nur gesund. Dein Frauchen ist in Ordnung. Hat Haare auf den Zähnen, schon wahr, aber besser als 'ne Schlampe. Eine tüchtige Hausfrau ist sie ja. Gott mit euch."

Und die Mutter reiste ab in der Meinung, ihr Sohn lebe ein gutes Leben.

Bei einem Streit, den die Eheleute nach ihrer Abreise hatten, traf Valja ihren Mann an empfindlicher Stelle: „Eine feine Mama hast du! Kommt her und sitzt den ganzen Tag rum wie eine ... Kein einziges Mal hat sie Mittag gekocht, nicht einmal ist sie mit dem Kind spazierengegangen. Feine Dame, steifbeinige."

Da bekam Valja zum erstenmal von ihrem Mann eins ins Genick. Ohne ein Wort zu sagen, lief sie zu ihren Eltern. Kolja nahm Nina mit in den Laden, trank sich einen an, ging nach Hause und wartete ab. Als dann die Schwiegereltern erschienen, war es nur halb so schlimm, mit ihnen zu reden.

„Paß nur auf, Bürschchen, paß auf!" sagten Schwiegermutter und Schwiegervater zweistimmig und klopften mit den Fingerknöcheln auf den Tisch. „Paß auf! Für Handgreiflichkeiten fliegst du im Nu raus aus Moskau! Wer bist du denn?! Haben wir sie dafür großgezogen, daß du die Hand gegen sie erhebst? Dazu bist du nicht der Mann! Was denkst du, was die für Kavaliere hatte, Ingenieure, denen kannst du nicht das Wasser reichen."

„Und da macht ihr so einen Fehler? Den ersten besten hättet ihr nehmen sollen, einen Ingenieur, und ab zum Standesamt. Aber die waren schlauer als ihr! Haben ihr Vergnügen gehabt — und sind über alle Berge. Was blast ihr euch auf?"

Nun schrien sie dreistimmig auf ihn ein. „Vollidiot! Dreckskerl!" — „Wir gehen sofort zur Miliz! Sofort rufen wir die Miliz!" — „Sitzt im gemachten Nest und muckt noch auf! Schweinehund!" — „Hungerleider, lumpichter!"

Die kleine Nina fing an zu weinen.

Kolja erbleichte, griff zum Hackmesser und ging auf den Schwiegervater, die Frau und die Schwiegermutter zu. Leise, aber mit Nachdruck sagte er: „Wenn ihr nicht auf der Stelle still seid, dann bring ich euch alle um, ihr Aasgeier ... Alle!"

Seither wissen die Eheleute Paratow, daß ihr Bund einen nicht

wiedergutzumachenden Riß bekommen hat. Trotzdem tun sie, als fühlten sie sich beide leichter und freier. Valja geht von nun an abends weg.
„Wo willst du hin?“ fragt Kolja und zerbeißt seinen Seelenschmerz.
„Zu Kunden.“
Sie schliefen übrigens noch miteinander.
„Na, wie sind die Kunden?“ fragte Kolja eines Nachts, tätschelte seiner Frau den weichen Körper und lachte; er verstellte sich nicht, er lachte wirklich, aber es war ein gereiztes Lachen.
„Du Dummer“, sagte Valja gelassen. „Nicht, wie du denkst — von der Sorte bin ich nicht.“
„Nicht von der Sorte“, stimmte Kolja zu, „aber von der andern.“
Es kam vor, daß sie an den Sonntagen mit der Tochter Ausflüge machten.
Dreimal besuchten sie die Allunionsausstellung und gingen in die Schaschlykbar. Kolja kaufte Schaschlyks, eine Flasche guten Wein, Leckereien für die Tochter ... Es schmeckte ihnen, sie tranken Wein. Kolja sah verstohlen seine Frau an und dachte: Was machen wir nur? Was machen wir nur, wir Dummköpfe?! Dabei könnten wir gut leben. Andere können es doch auch!
Sie sahen sich auf der Ausstellung dies und das an. Kolja hatten es die landwirtschaftlichen Maschinen angetan, lange stand er vor Traktoren, Sämaschinen, Mähdreschern ... Von den Maschinen sprangen die Gedanken zum heimatlichen Dorf, und das Herz tat ihm weh. Er wußte nur zu gut: So, wie er lebte — das war kein Leben, das war etwas Absurdes, Jämmerliches, Schreckliches ... Die Hände entwöhnten sich der Arbeit, die Seele verdorrte, vergeudete sich nutzlos an niedrige, rachsüchtige, boshafte Gefühle. Bei den Handelsleuten hatte er das Trinken gelernt. Die machten, statt zu arbeiten, auch lieber drei, vier Flaschen im Keller leer (zu den Transportarbeitern gesellten sich noch die Fleischverkäufer, lauter gesunde, kräftige Kerle, unbekümmert wie Äxte). Wie nur weiter? Es sah schlecht aus, und um nicht an dies verhaßte „Weiter“ zu denken, dachte er an sein Dorf, an die Mutter, an den Fluß ... Er dachte bei der Arbeit, er dachte zu Hause, dachte Tag und Nacht. Aber das Nachdenken half nichts, es

vergiftete nur die Seele, und er bekam Lust, sich zu betrinken...

Was mach ich bloß? Die Kinder bleiben doch bei der Mutter! Bin ich schuld, daß alles so gekommen ist?

Die Leute sind längst nach Hause gegangen ... Kolja aber sitzt da, spielt leise, improvisiert eine traurige Melodie.

Und er denkt, denkt und denkt. Sein ganzes Dorf geht er in Gedanken ab, blickt in jeden versteckten Winkel, setzt sich ans Ufer des reißenden, klaren Flusses ... Er weiß, wenn er allein kommt, wird die Mutter weinen: Es ist eine schwere Sünde, sein leibliches Kind zu verlassen, sie wird ihn bitten zurückzugehen, sie wird auf ihn einreden ... O Gott! Was tun?

Das Fenster im zweiten Stock wird geöffnet. „Willst du da unten noch lange dudeln? Erst machst du den Clown für die Leute, und nun läßt du sie nicht schlafen. Idiot. In allen Wohnungen quatschen sie jetzt über dich!"

Kolja schweigt, er hat keine Lust zu antworten.

„Hörst du nicht? Nina kann nicht schlafen! Elender Hanswurst."

„Mach den Rüssel zu. Und das Fenster auch — dann wird sie schon schlafen."

„Idiot."

„Miststück."

Das Fenster wird geschlossen, aber kurz darauf wieder aufgerissen. „Ich werde erzählen, wie du auf der Ausstellung geschwärmt hast: ‚So 'n kleinen Traktor müßt man haben, ein kleines Kombinechen und zehn Hektar Land.' Übriggebliebener Kulak! Warum bist du von der Armee nicht nach Hause gefahren? Hattest wohl keine Lust, in den Kolchos zu gehen? Ihr träumt vom Einzelbauerleben, du und deine Mutter. Es gefällt euch wohl nicht im Kolchos? Seuchenpest. Spießer ihr!"

Ungeheuerlich! Valja weiß sehr gut, daß Koljas Vater, der Großvater, die ganze Familie früher arme Leute gewesen und als erste dem Kolchos beigetreten sind, Kolja hat es ihr erzählt.

Kolja stellt die Harmonika auf die Bank ... Jetzt reicht's! Der Heuschober mußte zugerundet werden. Die Sache muß ein Ende haben.

Schnell läuft er die Treppen hinauf ... Stürmt in die Wohnung.

Valja, nichts Gutes ahnend, packt das Kind. „Wag ja nicht, mich anzurühren! Ja nicht!"
Kolja zittert am ganzen Leib. „L-leg das Kind hin", stottert er.
„Wag's ja nicht!"
„Trotzdem, ich schlag dich heut tot." Kolja wundert sich selbst — so, als habe nicht er diese schrecklichen Worte ausgesprochen, sondern jemand anders, und zwar mit dem vollen Vorsatz: „Deine Uhr ist abgelaufen. Du wolltest nicht leben auf dieser schönen Welt, also krepier. Diese Nacht richte ich dich hin."
Kolja geht in die Küche, holt aus dem Tischkasten ein kleines Beil ... Er tut alles ruhig, das Zittern hat nachgelassen. Er trinkt Wasser ... Dreht den Hahn zu. Denkt nach, öffnet den Hahn wieder. „Soll er solange laufen", sagt er laut.
Er geht ins Wohnzimmer — Valja ist nicht da. Er geht ins andere Zimmer — auch dort ist sie nicht. „Abgehauen!" Er tritt in den Treppenflur, steht dort eine Weile ... Dann kehrt er in die Wohnung zurück. „Hat alles seine Richtigkeit ..."
Er legt das Beil an seinen Platz zurück ... Geht quer durch die Küche. Holt aus einem Versteck eine angebrochene Flasche Wodka, gießt ein Glas voll, versteckt die Flasche wieder. Steht da mit dem Glas, leert es in den Ausguß. „Die Freude gönn ich euch nicht, Lumpenpack." Er setzt sich. Und steht gleich wieder auf. „Die Küche ist dreckig." Er nimmt den Reisigbesen, fegt.
„Wie denn nun?" fragt sich Kolja. „Also hat sie ihren Mann nach Paris geschickt?" Er schließt das Fenster und die Lüftungsklappe. Schließt die Tür. Er steckt sich eine Zigarette an, macht zwei, drei tiefe Züge hintereinander, drückt sie aus. Dann nimmt er einen Bleistift und schreibt mit Großbuchstaben auf den weißen Zeitungsrand: „Töchterchen, Papa ist auf Dienstreise."
Die Zeitung legt er sichtbar hin. Er öffnet den Gashahn, beide Brenner ...
Als am nächsten Morgen Valja, der Schwiegervater und die Schwiegermutter kommen, liegt Kolja in der Küche auf dem Boden, das Gesicht in die Hände vergraben. Sogar auf der Treppe riecht es nach Gas.
„Dieses Miststück! Hat nicht mal das Gas ..." Aber da begreift Valja. Sie schreit auf.

Die Schwiegermutter greift sich ans Herz.
Der Schwiegervater geht zu Kolja hin, bückt sich, dreht ihn auf den Rücken.
Auf Koljas Gesicht sind die Tränen noch nicht getrocknet...
Die blondscheckige Tolle klebt ihm an der Schläfe. Der Schwiegervater rüttelt Kolja, öffnete ihm mit dem Finger die Lider ... Dann legt er den Körper wieder so hin, wie er ihn vorgefunden hat. „Da müssen ... wir sofort ... die Miliz ..."

1971

# Grüß den Falben!

Diese Geschichte handelt davon, wie Michail Alexandrowitsch Jegerow, Kandidat der Wissenschaften, ein hochaufgeschossener, in sich gekehrter Brillenträger, beinahe geheiratet hätte.

Er hatte ein Mädchen ... Eine Frau, die ihn lässig und zärtlich Michel nannte. Zwar wurmte es ihn ein wenig, Michel zu sein, er war Russe und auch nicht dumm, und diese ganze Angeberei mit ausländischen Namen — „Michel", „Basile", „Andy" — berührte ihn unangenehm, ja peinlich, doch sagte er sich, er könne es seiner Freundin später beibiegen, und sie werde schon noch normaler werden. Vorerst nahm er „Michel" und vieles andere hin. Er fühlte sich wohl bei ihr, unbeschwert. Katja hieß sie, ließ sich aber Kate nennen, na ja ... Michel hatte Kate bei Leuten kennengelernt, die er nicht weiter kannte. Irgendwas wurde gefeiert, ein Geburtstag wohl, und Kate war auch da. Michel trank einen über den Durst, wurde mutig, und es ergab sich ganz von selbst, daß er sie nach Hause brachte, in ihre hübsche kleine Wohnung, wo sie bis zum Morgen kicherten und quatschten. Michel war angenehm überrascht über die kluge, witzige, unbefangene Frau ... Nur diese gewollt lässige Sprechweise, dieses Träge, übertrieben Laxe ... Nicht, daß es ausgesprochen blöd gewesen wäre, aber wozu? Nun ja, meinte der Kandidat der Wissenschaften, Kate will mir gefallen. Und er bildete sich insgeheim noch etwas darauf ein. Will besonders modern und interessant wirken, das Dummerchen, dachte er, als er morgens nach Hause ging. Was daran modern sein soll! Frei und unerschütterlich selbstsicher fühlte sich unser Kandidat. Ein seltenes und kostbares Gefühl. Sein Leben hatte plötzlich einen neuen, ernsten Sinn bekommen. Ich werde ihr nach und nach die Augen öffnen vor der einfachen und ewigen Wahrheit, daß interessant ist, was natürlich ist. Das werde ich tun, koste es, was es wolle! dachte er.

Aber — der Mensch denkt ... Michel besuchte Kate ein ums andere Mal, ließ aber nur selten ein Wort darüber fallen, daß

„Der Flughafen" nicht die ganze Literatur sei. Kate lachte leise, lässig, sie schmusten ... Er versank in einer schwankenden, lässigen, sorglosen Welt, und immer weniger störten ihn die pausenlos dudelnde Musik, die auf den Fußboden gesetzte Lampe, Kates unverändert träge Gesten und lässige Worte ... Er hörte nicht hin. Meinte, er könne sich ruhig einmal gehenlassen. Es werde sich schon alles einrenken. In der Natur gab's Frühling, gab's Hochwasser ... Ich werd schon alles ins Lot bringen: Sie ist ja nicht dumm, sie wird begreifen, daß „Der Flughafen" nicht die ganze Literatur ist. Aber nicht darauf kam's ja eigentlich an: „Der Flughafen" — schön und gut, aber die anderen Dinge müssen ihre realen Dimensionen behalten. Wenn du zum Beispiel am Ende eines Tages zurückblickst und siehst, du hast was geschafft — das ist so eine Freude, kennst du die nicht, diese Freude, dann bist du ein armer Wicht. Tja, schon wahr, dachte Michel und ließ Kates weiche, duftende Haarsträhnen durch die Finger gleiten, tja, die Kunst der Zärtlichkeit, der Liebe beherrscht sie vollendet, ich werde dann eben ein wenig Nüchternheit, Sachlichkeit dazutun. Was für ein Gewinn!

„Katja!" sagte Michel. „Wie wär's ... Ich hab bald Urlaub, machst du mit — 'ne Fahrt nach Sibirien? In den Altai? Wir nehmen Rucksäcke mit und wandern? Die Naturheilkunde wird dort groß geschrieben, ich möcht gern Material sammeln ..."

„No!" Kate ärgerte ihn absichtlich mit dem Fremdwort und lachte. „Non, Michel."

Aber sie lachte entzückend, lässig, leise, verheißungsvoll, aufreizend ... kurz, verdammt hintergründig. Er umarmte sie, wollte sie abküssen, doch sie sträubte sich ein wenig und sagte: „Hör auf, Michel, hör auf ..."

Ha, bin ich 'n Kerl! dachte Michel. Er fühlte sich pudelwohl.

So ging das ungefähr einen Monat lang.

Da kam Michel eines Abends wieder zu ihr. Kam herein ... und war starr. Auf der Couch, wo er sich gestern ungeniert geflätzt hatte, flätzte genauso ungeniert ein Kerl in einem unmöglichen Hemd, kräftig, rund und satt, vor Sattheit strotzend.

„Tag", sagte Michel. Das sollte möglichst gelassen klingen, aber es gab ihm einen Stich. Dann aber warf es ihn glattweg um: Kate trug, was er zunächst nicht bemerkt hatte, ihren

Morgenrock. Wenn er da war, lief sie immer im Morgenrock herum. Aber vor einem andern?
Der Kerl im bunten Hemd richtete sich auf und guckte ihn ein wenig spöttisch, ein wenig herablassend an.
„Macht euch bekannt", sagte Kate ruhig, lässig: „Serge, ich hab dir doch erzählt ..."
Serge nickte. Michel stand dumm herum — er wußte nicht, wie ihm geschah. Er setzte sich.
Das Zimmer war vollgequalmt, aber nicht das benahm ihm den Atem, sondern etwas widerlich Süßliches: die leise Musik. Ihm war hundeelend. Er erhob sich, trat auf Serge zu, stellte sich vor: „Michail Alexandrowitsch." Er gab ihm die Hand. Ein Verwandter? Vielleicht, dachte er.
Serge reichte ihm herablassend die Hand, nickte herablassend. Michel war wie zerschlagen. Von wegen ein Verwandter! Verwandte gucken nicht so spöttisch und herablassend, hier saß ein unverschämter Rivale. Er setzte sich wieder.
„Kaffee?" fragte Kate, als wär alles in bester Ordnung; sie war nett und ruhig. „Oder Kognak?"
„Was wollen Sie lieber?" fragte der Kerl im Tropenhemd, ebenfalls ruhig, lässig. Das hatten sie weg, träge, lässig zu sprechen.
Wie in Londons besten Häusern, dachte Michel, er hatte diesen saublöden Ausdruck irgendwo aufgeschnappt, und jetzt kam er ihm in den Sinn. Er war auf sich selber wütend deswegen. Aber auch, weil er so fassungslos war. Und außerdem, weil er einfach nicht den richtigen Ton fand in dieser Situation. In so einer idiotischen Lage war er noch nie gewesen.
„Lieber Kognak", sagte er plötzlich ebenfalls lässig, doch unüberhörbar ironisch. Michel faßte Mut: Ja, jetzt hatte er den richtigen, den einzig möglichen Ton gefunden. „Und Sie?!'
„Na gut", sagte der Kerl langsam, ohne Michels Ironie zu bemerken. Kate aber hatte sie bemerkt, blickte Michel forschend an ... und griente so merkwürdig.
„Im Kühlschrank, Serge", sagte sie.
Serge stand auf und ging lässig in die Küche.
„Was ist los?" fragte Michel, als Serge draußen war.
Sein Herz hämmerte, und er fand das alles so bitter und schmachvoll, daß seine Stimme bebte und die Ironie verschwunden war.

„Was denn?" Kate strich die Asche ihrer Kent-Zigarette in den Aschenbecher.
„Wer ist das?"
„Ein Bekannter."
„Was für ein Bekannter?"
„Ein guter Bekannter."
„Aber ... wieso!" fuhr Michel auf. „Was heißt ‚ein guter'?"
Kate lachte lässig ... Michel wäre am liebsten aufgestanden und hätte ihr ein paar geklebt. Serge kam herein, brachte Kognak und eine andere Flasche.
„Ich hab noch Whisky gefunden", sagte er. „Ich nehm lieber den. Hast du Soda?"
„Das steht unten."
Serge stellte die Flaschen hin und ging lässig in die Küche zurück.
„Was ist los?" fragte Michel grimmig. „Wer ist das?"
„Ein alter Bekannter, hab ich dir doch gesagt. Ein Freund, wenn's recht ist."
„Wieso ..." Michel verlor wieder die Fassung, und es tat ihm sehr weh. „Aber zwischen uns beiden, das war doch nicht ..."
„Nu sag bloß, dir hat's keinen Spaß gemacht!"
„Aber ich dachte, du ... Das kapier ich nicht! Wieso?!"
„Hast du gedacht, du bist der Einzige? Hast du gedacht, du bist einmalig?"
„Also ist zwischen uns alles aus?" fragte Michel dumm. Und wurde wieder auf sich selber wütend.
„Warum?" fragte Kate. „Du kannst ruhig kommen ..."
„Nach Stundenplan, was?"
„Werd nicht frech", sagte Kate müde und lässig.
Ich geh nicht weg! nahm Michel sich vor. Soll werden, was will. Denen werd ich ... San Francisco zeigen!
Serge kam mit Sodawasser. Er hatte breit ausladende Schultern und einen mächtigen Brustkasten.
„Kognak oder Whisky?" fragte er höflich und herablassend; er fühlte sich ganz als Hausherr.
Wieso macht es ihm nichts aus, daß ich hier gestern noch der Herr im Haus war? dachte Michel verblüfft. Das sind mir ja supermoderne Leute. Beziehungsweise Schweine.
„Ich möcht Wodka", sagte Michel; das war ein Akt der Verzweiflung: Er wollte sich einen ansaufen, um diesem

„Gentleman“ ein paar Takte zu sagen. Er trank selten, fast nie und vertrug überhaupt nichts. Wodka verlangte er jetzt absichtlich — es lag etwas Provokatives darin, und das brauchte er. „Gibt's keinen Wodka in diesem Haus?“
„Ist welcher da?“ fragte Serge, ohne ein herablassendes Lächeln zu verbergen.
„Nein“, sagte Kate.
„Na schön, dann Whisky“, sagte Michel. „Mit Soda.“ Er wollte ebenfalls den „Gentleman“ spielen, und Kate, das sah er, durchschaute es, Serge dagegen hatte noch nichts gemerkt, der dachte, Michel blase sich auf, wolle mithalten, tue es bloß ungekonnt, und behandelte ihn immer zuvorkommender, immer ironischer und herablassender.
„Wie war die Tour?“ erkundigte sich Kate bei Serge. Sie wickelte ein farbiges Blättchen auseinander, steckte sich etwas in den Mund und begann zu kauen. Und kaute fortan sogar, wenn sie sprach. Auch ihr Kauen war lässig. „Gut?“
„Nicht schlecht.“
„Wer war mit?“
„Alka und Wladik, Radik ... Noch zwei, die kennst du nicht.“
„War Radik allein?“
„Ja. 's war nicht schlecht. Bloß das Wetter war mies.“
„Wieso war Radik allein?“
„Du kennst doch Radik. Er war nicht in Stimmung — wollt mal allein sein. — Ja, 's war nicht schlecht.“ Während er dies sagte, schenkte er drei Kristallgläser voll; für sich und Kate gab er aus dem Siphon geschickt einen Schuß Sodawasser dazu, dann stellte er den Siphon Michel hin, damit er sich seinen Whisky nach Belieben verdünnen konnte. Michel verdünnte ihn aus Prinzip nicht.
Kate nahm einen Schluck und zündete sich wieder eine Zigarette an. Serge trank sein Glas halb aus, steckte sich ebenfalls eine Zigarette an und lehnte sich auf dem Stuhl zurück und kippelte auf den hinteren Stuhlbeinen. Michel stürzte das ganze Glas herunter und räusperte sich.
Kate und Serge unterhielten sich weiter.
„Was habt ihr gemacht?“ fragte Kate.
„Na, du weißt ja ... Bei dem Wetter haben wir Préférence gespielt. Übrigens“, Serge wurde lebhaft, „und dann, weißt du, wer dann kam? Der Falbe!“

„Ja?"
„Auf 'nmal brummt ein Motor, wir gucken — da steigt der Falbe aus. 'ne einzige Staubwolke! ... Er hievt 'ne Kiste Sekt ausm Gepäckraum und brüllt. ‚Fix 'n Imbiß dazu!'"
„War der Falbe allein?" fragte Michel.
Die beiden guckten ihn verblüfft an.
„Der Falbe war allein", antwortete Serge, leicht verwundert.
„Wieso?" Michel tat erstaunt. „Hat der 'n Rappel gekriegt? Zieht allein los!"
„Kennen Sie den Falben?" fragte Serge.
„Ja, 'n Wallach ... Grau, mitm Stich ins Rötliche."
„Werd nicht frech, Michel", sagte Kate lässig, übrigens ohne die geringste Beunruhigung.
Serge sah Michel scharf an.
„Na, zwitschern wir noch einen?" fragte Michel, langte sich die Whiskyflasche und ein anderes, größeres Glas und goß es bis zum Rand voll. „Auf unsere Bekanntschaft?" Er hielt das Glas in der Hand und wartete, ob die anderen mit ihm anstoßen würden, aber sie taten es nicht, und so trank er allein.
„Kchuch!" ächzte er. „Ich steh auf Whisky. Sie rauchen Kent? Darf ich?"
Serge reichte ihm die Zigarettenschachtel.
„Die sind nicht besonders, was?" sagte Michel, während er sich ungeschickt eine Zigarette anzündete — er war Nichtraucher.
„Haben Sie bessere?" fragte Serge.
„Ich hab meine Marlboro zu Hause liegenlassen", sagte Michel, so lässig und träge er konnte. Er lehnte sich ebenfalls auf dem Stuhl zurück und begann gewagt zu kippeln. „Auf der Hammondorgel. Als ich draußen war, dacht ich noch: Wo hast du deine Marlboro? Dann fiel's mir ein: Ich hab auf der Hammondorgel gespielt und sie bestimmt drauf liegenlassen. Ach was, dacht ich, Kate hat Zigaretten, da schlauchst du dir welche. Haben Sie 'ne Hammondorgel?" fragte er Serge.
„Nein, ich hab 'ne Balalaika."
„Was ... und die spielen Sie?"
„Ja, die spiel ich."
„Und was sagt der Falbe dazu?"
„Der Falbe ... Der hört zu und heult."
„Und Radik, heult der auch? Was spielen Sie denn, daß die heulen?"

„Mütterchen, näh mir keinen roten Sarafan."
„'ne schöne Melodie ... Was gibt's da zu heulen? Obwohl ... ich versteh schon — die Miezen springen ab. Wie steht's überhaupt mit den Miezen? Nicht schlecht, was? Wie denkt der Falbe darüber?"
Kate hörte auf zu kauen und guckte Michel neugierig an. Serge fixierte ihn scharf ... Und wußte nicht, woran er war. Michel war plötzlich katastrophal betrunken. Seine böse Rachsucht ließ nach, er wurde sehr lustig, fand alles einfach zum Lachen.
„Na, wie denkt der Falbe über die Miezen?" fragte er Serge noch einmal.
„Der Falbe?" fragte Serge zurück, und in seiner Stimme war ein drohender Unterton. „Der Falbe meint, dafür ..."
„Serge!" sagte Kate.
„Und läßt er sich schmieren?" fragte Michel weiter.
„Na klar. Wollen Sie eine geschmiert haben?"
„Und wann reißt er was auf?" reizte Michel weiter. „Beim Trabrennen?"
Serge blickte Kate streng an: Mehr konnte er sich nicht gefallen lassen.
„Michel, werd nicht frech", sagte Kate normal, nicht lässig.
„Wer ist denn hier frech?" verwunderte sich Michel, „Wir unterhalten uns doch bloß. Sagen Sie bitte, waren viele Leute da?"
Serge schwieg.
„Haben Sie vielleicht gesehen, ob der Rappe da war? Wie fühlt sich der Falbe übrigens im Flugzeug? Wiehert er da nicht vor Vergnügen? Ich bin mal mit dem Rappen geflogen — hat der gewiehert!"
„Jetzt reicht's!" sagte Serge entschieden. Und stand auf. „Jetzt kannst du mal wiehern ..." Er packte Michel mit raschem, kräftigem Griff und bugsierte ihn zur Tür.
„Serge, aber nicht so doll", sagte Kate.
Michel fiel die Brille vom Gesicht, ihre Splitter knirschten unter den Füßen. Er wollte sich nach Kate umblicken, doch da flog er schon in den Korridor. Serge kam hinter ihm her und gab ihm einen Kinnhaken. Michel schlug mit dem Kopf gegen die Wand, spürte aber merkwürdigerweise keinen Schmerz. Serge hieb noch einmal zu, diesmal in die Zähne ... Auch das tat nicht weh, Michel bekam nur einen salzigen

Geschmack, und der Mund wurde ihm eng.
So was Brutales! dachte der hilflose Mensch angewidert, verschwommen sah er ihn vor sich, den, der da auf ihn einschlug. So was Ekelhaftes.
„Noch mehr?“ fragte Serge.
„Klar“, sagte Michel.
Eine Weile noch tanzte Serges quadratischer Wanst dunkel vor ihm, dann verschwand er. Man hörte, wie sich die Schritte entfernten.
„Grüß den Falben!“ sagte Michel.
Die Schritte verhielten ... Wohl eine halbe Minute lang schwieg die leere Treppe, dann wurde eine Tür geöffnet und wieder geschlossen; ein Schloß knackte.
Michel holte sein Taschentuch hervor, wischte sich den blutenden Mund ab und tastete sich die Treppe hinunter. Er hatte ein sonderbares Gefühl: Bitterkeit und Abscheu, aber auch Erleichterung bei dem Gedanken, daß er nie wieder herzukommen brauchte. Was da hinter ihm lag — Kates Zärtlichkeiten, die heutige Erniedrigung —, war wie ein Krankenhaus gewesen: gefährlich, ein Fieber; bloß weg von hier und nicht zurückgeblickt.
Oje! dachte der Kandidat der Wissenschaften Michail Alexandrowitsch von sich. Na, Michel?

1974

# Stjopka

Der Frühling ist da, herzerwärmend und mutwillig wie ein unreifes junges Ding.
In den Gassen des Dorfs steht der Modder bis zum Knie. Die Leute drücken sich an den Flechtzäunen entlang, halten sich an den Pfählen fest. Und wenn sich einer vom Viehaufkaufkontor so festhält, dann hat er den Pfahl in der Hand, denn die vom Viehaufkaufkontor sind alles kräftige Kerle, mit Gesichtern wie rauhes, rotes Tuch.
Die Gartenbesitzer kläffen, was das Zeug hält. „Hast wohl Angst, dir die Stiefel einzusauen, du Schmarotzer, aber ich kann alle Frühjahr den Zaun flicken."
„Ich würd ja Steine anfahrn und hinschütten, wenn ich Angst um meinen Zaun hätt."
„Und du? Hast wohl keine Hände? Hol doch selber Steine und schütt sie hin!"
„Kläff bloß nicht, wenn du so schlau bist."
Nachts auf den Feldern aber schrumpfen mit wehmütigem Seufzer die großporigen grauen Schneeflecken.
Und in den Pappeln am Flüßchen zerspringt etwas klingend, mit leisem, triumphierendem Knall: pijuu.
Der Eisgang ist vorbei. Nur noch vereinzelte Schollen, in der Sonne gleißend, schurren mit ihren rundgeschliffenen Bäuchen über den Kies; an den Flußwindungen kriechen sie ans Ufer, schrammen mit ihren blauen Schnauzen Geröll ab, drehen bei und schwimmen weiter — ihrem Untergang zu.
Ein übermütiges feuchtes Lüftchen trieselt und macht einen ganz trieselig. Streng riecht es nach Stalldung.
Am Feierabend werden die Menschen wieder gemütlicher. In den Höfen dampft auf dem Feuerbock der gußeiserne Familientopf mit der Suppe. Lustige Flämmchen tanzen, das feuchte Reisig knistert. Es sinnt sich gut in der warmen Luft...
Der Tag geht zu Ende. Gemächlich und leise plätschern die Gespräche hin — morgen ist auch noch ein Tag, und es wird wieder allerhand zu tun sein. Einstweilen aber kann man ausruhen, rauchen, übers Schicksal murren, tausend Gedanken

nachhängen: Ob das Leben, eben dieses Schicksal, nicht vielleicht anders, ein klein wenig besser sein könnte? Aber im großen und ganzen geht's wohl auch so, geht seinen Gang.

An solch einem schönen, versonnenen Abend kam, die Hauptstraße meidend, Stepan Wojewodin in sein Heimatdorf.
Er kam von der Seite, wo weniger Höfe waren, ließ sich am Hang nieder, der noch warm war von der Sonne des Tages, und seufzte. Dann blickte er aufs Dorf. Offenbar hatte er den Tag über eine hübsche Strecke zurückgelegt und war hundemüde.
Lange saß er so da und schaute.
Dann stand er auf und ging ins Dorf.
Jermolai Wojewodin werkte noch in seinem Wagenschuppen — er hobelte an der Deichsel für eine Britschka. Im Schuppen roch es nach Kiefernspänen, Machorka und auskühlenden Bretterwänden. Ziemlich dunkel war es schon hier im Schuppen. Jermolai hatte die Augen zusammengekniffen, und wenn er mit dem Hobel auf Astlöcher traf, fluchte er aus Gewohnheit milde vor sich hin.
Und plötzlich, da stand sein Sohn im Türrahmen — Stepan.
„Tag, Vater."
Jermolai hob den Kopf und sah den Sohn lange an. Dann schneuzte er sich durch ein Nasenloch, wischte sich wie ein Weib mit dem Saum des Satinhemds die Nase ab und sah den Sohn wieder aufmerksam an. „Stjopka, du?"
„Ja, ich. Erkennst du mich denn nicht?"
„Alle Wetter, Halunke, du ... Ich dachte, ich seh nicht recht."
Stepan setzte den schlaffen Rucksack auf die Schwelle, trat zum Vater. Sie umarmten einander, küßten sich.
„Da bist du also."
„Da bin ich."
„Ein bißchen früher? Wir dachten, im Herbst erst."
„Hab mein Teil abgearbeitet. Wurde früher entlassen."
„Alle Wetter, Halunke, du!" Der Vater freute sich über den Sohn, freute sich, ihn wiederzusehen. Bloß wußte er nicht, was er machen sollte. „Borosja lebt noch", sagte er.
„Ja?" fragte Stepan verwundert. Er wußte auch nicht, was er machen sollte. Er freute sich ebenfalls, den Vater wiederzusehen. „Wo ist er denn?"

„Stromert wohl rum. Letzten Samstag haben die Frauen Wäsche zum Trocknen aufgehängt, da hat er alles zerfetzt. War wie toll, der Satan, hat wie verrückt dran rumgezerrt."
„Alter Stromer."
„Ich wollte ihn schon abknallen, aber da dacht ich: Dann kommst du und bist böse."
Sie setzten sich auf die Hobelbank und rauchten.
„Wie geht's euch denn so?" fragte Stepan.
„Ach, ganz gut. Und wie hat sich's so gesessen?"
„Auch ganz gut. Haben gearbeitet."
„Im Schacht etwa?"
„Nein, wieso? Haben Bäume gefällt."
„Ach so." Jermolai nickte. „Sind dir die Flausen nun vergangen?"
„Tjaa ..." Stepan runzelte die Stirn. „Das ist es nicht, Vater."
„Paß bloß auf, Stjopka!" Jermolai drohte mit dem krummen gelben Raucherfinger. „Jetzt weißt du's: Nicht immer gleich mit den Fäusten dazwischen. Habt dort genügend Zeit gehabt, euch herumzukeilen, ihr verdammten Kerle. Hier ist jetzt Schluß damit."
„Das ist es nicht", sagte Stepan wieder.
Im Schuppen wurde es rasch dunkel. Und es roch immer noch so erregend nach Spänen und Machorka.
Stepan erhob sich von der Hobelbank, trat die Kippe aus und griff nach dem Rucksack.
„Gehn wir ins Haus, lassen wir uns sehen."
„Unser Stummchen", sagte der Vater und stand auf, „hätte beinah geheiratet."
Zu gern hätte er eine Neuigkeit von Belang erzählt, aber ihm fiel nichts ein.
„Na und weiter?" fragte Stepan erstaunt.
„Schöner Reinfall."
Während sie zum Haus gingen, erzählte der Vater: „Kommt sie doch eines Tages ausm Klub und fummelt mir vor, als wie: Ich bring dir 'n Bräutigam nach Hause. Ich, sag ich, werd dir gleich eines verbräutigammen, daß du acht Tage nicht sitzen kannst."
„Ob das nicht verkehrt war?"
„Wieso verkehrt? Von wegen! Da wollt ihr einer das Fell über die Ohren ziehn, dachte, er hätte leichtes Spiel. Wer, du lieber Gott, kann so eine schon brauchen ... Ich, sag ich, werd dir

gleich eines verbräutigammen ..."
„Hättst ihn dir wenigstens mal ansehen können. Vielleicht ..."
In diesem Augenblick trat die „Braut" selber auf die Vortreppe heraus — ein derbes Mädchen von dreiundzwanzig. Als sie den Bruder erblickte, klatschte sie in die Hände und stieß ein freudiges Krächzen aus. Ihre Augen waren blau wie Vergißmeinnicht, ihr Blick war rührend zutraulich.
„Mämm-mm", machte sie, wartete, daß der Bruder näher kam, und beguckte ihn von oben, von der Treppe her. Sie war in diesem Augenblick so glücklich, daß den Männern die Augen feucht wurden.
„Da hast du auch wieder deine ‚Mäh'", sagte der Vater ärgerlich und fuhr mit der Hand über die Augen. „Sie hat immerzu gewartet und Kreuzchen an die Wand gemalt — wieviel Tage es noch hin sind", erklärte er Stepan. „Hat all und jeden gern, die Dumme, die."
Stepans Gesicht verfinsterte sich, er stieg die Stufen hinauf, umarmte die Schwester linkisch, klopfte ihr auf den Rücken. Sie aber hängte sich an ihn, küßte ihn auf Wangen, Stirn und Lippen.
„Ist ja gut", wehrte Stepan ab und wollte sich aus ihrer kräftigen Umarmung befreien. Es war ihm peinlich, so abgeschmatzt zu werden, aber es machte ihn auch froh, und er brachte es nicht übers Herz, sie wegzustoßen.
„Na, na", murmelte er verlegen. „Ist ja gut ... Na, genug jetzt ..."
„Laß sie doch", sagte der Vater und wischte sich wieder die Augen. „Siehst doch, wie sie sich nach dir gesehnt hat."
Schließlich machte sich Stepan aus der Umarmung der Schwester frei und betrachtete sie vergnügt. „Na, wie geht's dir so?" fragte er.
Die Schwester antwortete mit ihren Fingerzeichen: „Gut."
„Der geht's immer gut", sagte der Vater, während er die Treppe hinaufstieg. „Kommt, das wird für Mutter eine Überraschung."
Die Mutter brach in Tränen aus und jammerte: „Lieber Gott, himmlischer Vater, hast meine Gebete gehört, sie sind in dein Ohr gedrungen ..."
Den Männern wurde unbehaglich zumute.
„Mutter, du freust dich und grämst dich, als wär da kein

Unterschied", bemerkte Jermolai unwirsch. „Was hast du für Rotzblasen geheult! Jetzt ist er da, jetzt freu dich auch."
„Ich freu mich ja, freu ich mich etwa nicht?"
„Dann heul nicht."
„Bist du auch gesund, mein Kind?" fragte die Mutter. „Oder bist du wegen Krankheit früher entlassen?"
„Nein, alles in Ordnung. Hab mein Teil abgearbeitet und bin entlassen worden."
Nachbarn erschienen, Verwandte.
Allen voran Njura Agapowa, die Nachbarin, ein junges, properes Weib mit rundem gutmütigem Gesicht. Schon im Flur plapperte sie überaus fröhlich und aufgekratzt: „Da steh ich am Fenster und gucke: Du liebes bißchen, kommt da nicht Stepan?! Tatsache, er ist es!"
Stepan lachte ihr zu. „Grüß dich, Njura."
Njura umschlang den Nachbarn mit heißen Armen, preßte die ausgehungerten Witwenlippen auf die seinen, die rissig waren und nach Tabak und Steppenwind rochen.
„Glühst ja wie 'n Backofen", sagte Stepan. „Schon verheiratet?"
„Wo denn hernehmen, die Freier? Bei den zweieinhalb Mannsleuten im ganzen Dorf?"
„Und wie viele brauchst du, fünf?"
„Vielleicht hab ich auf dich gewartet?" Njura lachte.
„Geh zum Teufel, Njura", schaltete sich die Mutter eifersüchtig ein. „Mach hier keinen Wind, laß auch andre zu Wort kommen. War's sehr schlimm, mein Junge?"
„Ach wo", begann Stepan zu erzählen. „War gar nicht übel. Hier zum Beispiel ist einmal im Monat Kino, stimmt's? Aber dort — zweimal die Woche. Und wer Lust hat, kann in den Roten Saal gehen und sich 'n Vortrag anhören: ‚Über die Ehre und das Gewissen des Sowjetmenschen' oder ‚Über die Lage der Arbeiterklasse in den Ländern des Kapitals'."
„Was denn, haben sie euch dorthin geschafft, damit ihr euch Filme anseht?" fragte Njura belustigt.
„Wieso? Na ja, 's gab natürlich nicht bloß Kino..."
„Erzogen werden sie, die Burschen", brummte der Vater dazwischen. „Der Kopf wird den Dämlacks zurechtgerückt."
„Da war 'ne Menge interessanter Leute", fuhr Stepan fort.

„Dolle Kerle! Aber auch Gebildete. In unserer Brigade waren zwei Ingenieure..."
„Und weswegen die?"
„Der eine, weil in der Fabrik was schiefgegangen ist, der andre wegen 'ner Schlägerei. Hat auch wem die Flasche übern Schädel gehauen."
„Vielleicht stimmt's gar nicht, daß das Ingenieure waren?" bezweifelte der Vater.
„Dort ist mit Schwindeln nichts drin. Dort weiß jeder über jeden Bescheid."
„Und das Essen, wie war das?" fragte die Mutter.
„Ganz gut, fast immer genug. Nichts gegen zu sagen."
Noch mehr Gäste stellten sich ein. Freunde von Stepan. Es war plötzlich ein richtiges Gedränge in der kleinen Wohnstube der Wojewodins.
Stepan erzählte immer wieder von vorn: „Ach wo, im großen und ganzen war's ganz gut dort! Habt ihr hier etwa oft Kino? Aber wir — zweimal die Woche. Kommen zu euch vielleicht Künstler? Zu uns andauernd. Zu futtern gab's auch genug. Und einmal kam ein Zauberkünstler. Paßt mal auf, der nahm ein Glas Wasser..."
Sie hörten Stepan gespannt zu, wunderten sich ein bißchen, sagten „Hm" und „Sieh mal an", versuchten, selber was zum besten zu geben, aber schon wurden neue Fragen gestellt, und Stepan erzählte von neuem. Er war wie berauscht von diesem lang ersehnten Wiedersehen, von der Fragerei, von seinen eigenen Berichten. Unmerklich verfiel er sogar darauf, einiges hinzuzudichten.
„Und die Bewachung, war die streng?"
„I wo! In der letzten Zeit wurden wir zur Arbeit in einen Sowchos rausgefahren, dort waren wir so gut wie unter uns."
„Sind welche getürmt?"
„Wenig. Hat keinen Zweck."
„Es heißt doch aber: Wenn einer was verbrochen hat, wird er in den Steinsack gesteckt."
„In den Karzer. Das ist selten, nur wenn einer ein hartes Ding gedreht hat. Die schweren Kaliber, wir kaum."
„Sind dort wohl alles Schurken und Gauner", rief ein etwas einfältiger Bursche. „Beklauen sich gegenseitig, was?"
Stepan lachte. Alle lachten und sahen ihn neugierig an.
„So was wird bei uns streng bestraft", erklärte er. „Erwischen

sie wen, kommt er gleich hinter Schloß und Riegel."
Die Mutter und die Stumme hatten indessen fix die Banja geheizt, und der Vater war in den Dorfladen geeilt. Jemand brachte ein Stück Speck, in ein Tuch gewickelt, ein anderer Piroggen, die von der Mahlzeit übriggeblieben waren, ein dritter Honigbier in einem mit Bast umflochtenen Krug; das Fest hatte sich so unerwartet ergeben, daß die Gastgeber nicht vorbereitet waren. Erst als es draußen schon stockdunkel war, setzte man sich zu Tisch.
Und allmählich kam eine kleine fröhliche Feier zustande. Alle redeten auf einmal, fielen sich gegenseitig ins Wort, lachten ... Stepan saß an der Stirnseite des Tischs, wandte sich nach links und nach rechts, wollte noch erzählen, aber es hörte ihm schon keiner mehr recht zu. Er legte es auch nicht übermäßig darauf an. Er war froh, daß die Leute sich nun wohl fühlten, daß er ihnen Vergnügen verschafft und ihnen Gelegenheit gegeben hatte, zusammenzukommen, zu plaudern, zu lachen. Und um dem Ganzen die Krone aufzusetzen, stimmte er ein etwas sentimentales Lied an, das dort gesungen wurde, woher er gerade gekommen war:

„Verzeih mir, Mutter, alle meine Taten
Und daß ich manchmal nicht auf dich gehört!"

Für einen Augenblick trat Stille ein. Stepan war ganz und gar gefangen von dem Gefühl, Gutes getan zu haben und die Menschen zu lieben. Er war merklich berauscht.

„Ich dacht, es wär ein Jux, im Knast zu braten,
Doch dieser Jux hat all mein Glück zerstört!"

Dieses Lied kam bei den Gästen nicht an, sie würdigten die Gefühle des reuigen Sünders nicht, es rührte sie nicht weiter.
„'n schönes Gaunerlied!" erklärte begeistert der einfältige Bursche, der meinte, im Gefängnis säße lauter Gaunerpack.
„Seid mal stille!"
„Sag, mein Junge, sitzen auch viele Frauen?" fragte die Mutter über den Tisch hinweg.
„Es langt zu."
Und nun entspann sich ein lebhaftes Gespräch darüber, daß es für Frauen dort sicher kein Zuckerlecken sei.

„Die Kinder sind dann sich selbst überlassen."
„Die kommen in Waisenhäuser..."
„Also ich würd Weiber nicht einbuchten!" sagte ein beschwipstes Bäuerlein energisch. „Den Rock übern Kopf — und 'ne ordentliche Tracht Prügel, das würd ich machen!"
„Hilft nicht", widersprach ihm Jermolai eifrig. „Wenn du sie vertrimmst, dann tückscht sie erst recht. Ich hab meine nur so zweimal mit dem Zügel verwichst, und aus Tücke hat sie mir ein stummes Mädchen in die Welt gesetzt."
Jemand stimmte ein Lied an. Ein hiesiges, allen bekanntes.

„Mein Vater war ein Ackerbauer,
Und ich ging ihm dabei zur Hand..."

Die anderen fielen ein. Erst vereinzelt, aber dann zogen sie allmählich gleich.

„Drei Nächte hatten wir zu graben,
Dann war die Schwester wieder frei."

Das Lied ergriff sie, sie sangen mit Inbrunst, den Blick ernst vor sich auf den Tisch geheftet.

„Der Schurke schoß die Schurkenkugel,
Die schöne Schwester, sie war tot.

Ich stieg hinan den steilen Hügel,
Mein heimatliches Dorf zu schaun.
Das liebe Dorf, es stand in Flammen,
Die Heimat brannte lichterloh."

Stepan hieb schwer mit der Faust auf die Tischplatte. „Keiner liebt mich, keiner fühlt mit mir!" sagte er laut. „Ich achte euch alle, ihr Lausekerle! Hab mich so nach euch gesehnt."
An der Tür, im Tabaksqualm, schluchzte eine Ziehharmonika auf — jemand hatte umsichtigerweise einen Harmonikaspieler aufgetrieben. Freudengeheul. Das Lied erstarb. Alle sprangen vom Tisch auf, im Nu darauf versessen, in den Rhythmus der „Podgornaja" einzufallen, und stampften wie wild auf die Dielenbretter.
Die Frauen bildeten einen Kreis, liefen immer rundherum und

sangen den Kehrreim. Auch die Stumme lief mit und schwenkte ein Tüchlein über dem Kopf. Man zeigte mit dem Finger auf sie und lachte. Sie lachte auch, sie war glücklich.
„Vera! Veralein!" schrie das schon reichlich beschwipste Bäuerlein. „Sing doch mal, sing! Immer bloß so herumlaufen!"
Niemand hörte ihn, und er lachte allein über seinen Witz, wollte sich schier totlachen.
Stepans Mutter erzählte einer älteren Frau: „Wie er sich so auf mich wälzt, Mütterchen, bleibt mir fast der Atem weg. Mit knapper Not heb ich den Kopf und frage: ‚Hat's was Gutes oder was Schlechtes zu bedeuten?' Und da raunt er mir ins Ohr: ‚Was Gutes!'"
„Was Gutes, was Gutes. Ich hab's ganz deutlich gehört: Was Gutes, hat er gesagt."
„Er hat's geweissagt."
„Hat er, hat er. Und am Abend denk ich noch: Was mag das wohl Gutes sein, denk ich, was mir der Hausgeist da geweissagt hat? Und wie ich das grad so denke, geht die Tür auf — und er, er steht auf der Schwelle."
„Ach du mein Gott, mein Gott", flüsterte die ältere Frau und wischte sich mit dem Tuchzipfel über die Augen. „So was auch!"
Die Frauen zogen Jermolai in den Kreis. Der fackelte nicht lange, er sprang und stampfte mit dem linken Bein und rasselte dazu mit dem rechten Absatz. Dabei gab er den Takt an: „Op-pa, at-ta, op-pa-at-ta!" Und stampfte, daß das Geschirr im Schrank klirrte.
„Feste, Jermolai!" feuerte man ihn an. „Hast heut allen Grund zur Freude! Los, Tempo!"
„At-ta, op-pa", haspelte Jermolai, doch sein Arbeitsbuckel, krumm geworden in den vierzig Jahren an der Hobelbank, wollte sich nicht geradebiegen, und so tanzte er denn leicht gebeugt, und seine großen, knotigen Hände hingen schwer am Körper herab. Aber Jermolai war von Herzen fröhlich und hatte all seine Kümmernisse vergessen; lange hatte er auf diesen Tag gewartet, fast volle fünf Jahre.
Stepan drängte sich in den Kreis vor, er legte einen schwerfälligen Stampfgalopp hin. „Los, Vater!"
„Los — Vater und Sohn! Tempo!"
„Totgemacht hat sich der Stepan bei der Arbeit wohl nicht gerade — wie der ausschlägt."

„Er sagt ja: Sie hatten's gut dort. Kriegten ordentlich was zu futtern..."
„Ja, so ist das — werden eingebuchtet und dann auch noch gepäppelt."
„At-ta, op-pa!" schmetterte Jermolai und machte es dem Sohn nach.
Tanzen konnten beide nicht, aber sie gaben sich redliche Mühe. Den Leuten gefiel das; sie schauten ihnen vergnügt zu.
So amüsierte man sich.
Später konnte sich keiner mehr erinnern, wie plötzlich der Dorfmilizionär in der Stube aufgetaucht war. Man hatte nur gesehen, daß er auf Stepan zuging und etwas zu ihm sagte. Stepan trat mit ihm auf die Straße hinaus. Drinnen aber ging das ausgelassene Treiben weiter. Wird schon seinen Grund haben, sagte man sich, wahrscheinlich muß Stepan zum Dorfsowjet, irgendwelche Papiere ausfüllen. Bloß die Stumme wurde unruhig, sie krächzte verängstigt und zerrte den Vater am Arm. Der wehrte trunken ab. „Laß mich, du! Scher dich zum Tanzen."

Sie traten aus dem Tor. Blieben stehen.
„Was soll das, Junge, bist wohl von allen guten Geistern verlassen?" Der Milizionär starrte Stepan ins Gesicht.
Stepan lehnte sich an den Torpfosten und lächelte. „Komisch, was? Na, ist doch Wurscht..."
„Hattest doch nur noch drei Monate abzusitzen!"
„Weiß ich genausogut wie du. Hast mal was zu rauchen?"
Der Dorfmilizionär gab ihm eine Papirossa und steckte sich selber eine an. „Los, komm."
„Na denn."
„Vielleicht sagst du zu Hause Bescheid? Sonst machen sie sich..."
„Heute lieber nicht, heut sollen sie ihren Spaß haben. Sagst es morgen."
„Schafft die drei Monate nicht mehr. Türmt!" wunderte sich der Milizionär von neuem. „Entschuldige schon, aber so was von Hornochse ist mir noch nicht vorgekommen, dabei hab ich manches erlebt ... Warum hast du das gemacht?"
Stepan schritt aus, die Hände in den Hosentaschen, im Halbdunkel nahm er die vertrauten Häuschen wahr, die Gartentore, die Zäune ... Atmete die von klein auf vertraute, herbe

Frühlingsluft ein, lächelte gedankenverloren.
„Also, warum?"
„Was?"
„Warum du das gemacht hast."
„Daß ich getürmt bin? Einfach, um mal rauszukommen ... Hab's nicht mehr ausgehalten vor Sehnsucht. Ewig diese Träume."
„Aber es waren doch nur noch drei Monate!" Der Milizionär brüllte es fast. „Jetzt brummen sie dir noch ein paar Jahre auf."
„Macht nichts. Bin jetzt gestärkt. Jetzt kann ich brummen. Die vielen Träume hätten mich sonst fertiggemacht — andauernd hab ich vom Dorf geträumt, jede Nacht. Schön ist's im Frühling bei uns, nicht?"
„Hm ...", sagte der Milizionär nachdenklich.
Lange gingen sie schweigend, fast bis zum Dorfsowjet.
„Hast's doch geschafft abzuhauen! Bist allein los?"
„Zu dritt."
„Und wo sind die beiden anderen?"
„Keine Ahnung. Wir haben uns gleich getrennt."
„Und wie lange hast du hierher gebraucht?"
„Zwei Wochen."
„Donnerwetter! Na, der Teufel soll dir beistehen, jetzt kannst du sitzen."
Im Dorfsowjet machte sich der Milizionär ans Protokoll. Stepan blickte versonnen zum dunklen Fenster hinaus. Sein Rausch war verflogen.
„Hast du eine Waffe?" fragte der Milizionär und sah vom Protokoll auf.
„So 'n Zeug hab ich mein Lebtag noch nicht mit mir rumgeschleppt."
„Wovon hast du unterwegs gelebt?"
„Sie hatten sich eingedeckt, die beiden andern."
„Wieviel hatten die denn noch abzureißen?"
„'ne Menge..."
„Für die hatte es wenigstens einen Sinn, aber du, welcher Teufel hat dich geritten?"
„Na, hör schon auf, ich kann's langsam nicht mehr hören!" erboste sich Stepan. „Mach deine Arbeit, ich stör dich nicht."
Der Milizionär schüttelte den Kopf, beugte sich wieder über das

Papier und sagte noch: „Ehrlich gesagt, ich hab's nicht geglaubt, als der Anruf kam. Irgendein Versehen, dacht ich, 's kann doch nicht wahr sein, daß es auf der Welt solche Hornochsen gibt. Und nun ist es doch wahr!"
Stepan schaute zum Fenster hinaus, dachte gelassen über etwas nach.
„Haben die beiden andern dich nicht ausgelacht?" konnte sich der redselige Milizionär nicht verkneifen weiterzufragen.
Stepan hörte ihn nicht.
Der Milizionär musterte ihn lange neugierig. „So dumm siehst du eigentlich gar nicht aus", sagte er. Und schrieb weiter am Protokoll.
Da betrat die Stumme den Dorfsowjet. An der Schwelle blieb sie stehen und starrte angstvoll zum Milizionär, dann zum Bruder. „Mä-mm?!" fragte sie.
Stepan fuhr erschrocken herum. „Was suchst du hier?"
„Mä-mm?!" fragte die Schwester wieder und zeigte auf den Milizionär.
„Deine Schwester?" fragte dieser.
„Ja."
Die Stumme ging zum Tisch, stupste den Milizionär an der Schulter und versuchte, indem sie auf den Bruder zeigte, ihm ihre Frage klarzumachen: „Warum hast du ihn abgeführt?!"
Der Milizionär begriff. „Er ... er" — er zeigte auf Stepan — „ist aus dem Gefängnis abgehauen! Abgehauen! So ..." Er wies zum Fenster und deutete ein Rennen an. „Normale Menschen gehen durch die Tür hinaus, durch die Tür, aber der durchs Fenster — ruck, zuck, weg ist er. Und jetzt kommt er ..." — der Milizionär hielt die gespreizten Finger vor die Augen und zeigte auf Stepan — „jetzt kommt er wieder hinter schwedische Gardinen! Zwei Jahre!" Er hielt zwei Finger hoch und schüttelte sie nachdrücklich. „Noch mal zwei Jahre bekommt er drauf!"
Der Stummen dämmerte allmählich, was gemeint war. Und als sie alles begriffen hatte, brannte in ihren Augen, den blauen, erschrockenen, ein so unmenschliches Leid auf, ein solcher Schmerz, daß der Milizionär stockte. Die Stumme sah den Bruder an. Der war bleich geworden, stand wie versteinert, sah die Schwester ebenfalls an.
„Jetzt sag ihm, daß er ein Dussel ist, daß normale Leute so was nicht machen."

Die Stumme stieß einen kehligen Laut aus, stürzte zu Stepan, hängte sich ihm an den Hals.
„Schaff sie weg", sagte Stepan heiser. „Schaff sie weg!"
„Wie denn wegschaffen?"
„Nu mach schon, Blödian!" brüllte Stepan mit überkippender Stimme. „Schaff sie weg, oder ich hau dir den Schemel übern Schädel!"
Der Milizionär sprang auf, zog die Stumme vom Bruder weg. Aber sie wehrte sich, wollte zurück und krächzte. Und schüttelte den Kopf.
„Sag, du hättest gelogen, bloß Spaß gemacht. Und schaff sie weg!"
„Zum Teufel mit euch! Eine Plackerei hab ich euretwegen!" schnauzte der Milizionär und zerrte die Stumme zur Tür. „Er kommt gleich, darf sich von euch verabschieden!" versuchte er ihr beizubringen. „Er kommt gleich!" Schließlich gelang es ihm, sie zur Tür zu ziehen und hinauszustoßen. „Na, mach's gut!" Er schloß die Tür und legte den Haken vor.
„Puh ... Da siehst du, was du angerichtet hast, kannst stolz auf dich sein."
Stepan saß da, den Kopf in die Hände gestützt, und starrte vor sich hin.
Der Milizionär brachte das noch nicht fertig geschriebene Protokoll in seiner Meldetasche unter und ging dann zum Telefon.
„Ich rufe einen Wagen, wir fahren zum Kreis. Ach, zum Henker mit euch ... So was von Hornochsen!"
Und durchs Dorf, mitten auf der Straße, ging strauchelnd die Stumme und weinte bitterlich.

1964

# Der Bankert

Spirka Rastorgujew ist bald sechsunddreißig, wirkt aber wie fünfundzwanzig, höchstens.
Schön ist er, einfach hinreißend; wenn er sonnabends ins Bad geht, im heißen Dampf den Fahrerdreck von einer Woche runterholt, sich in ein frisches Hemd wirft, kommt er heraus wie ein junger Gott! Die Augen — hell, verständig. Frauliche Lippen leuchten purpurn im sonnenverbrannten Gesicht. Wunderlich gewinkelt, breiten sich die zusammengewachsenen Brauen wie zwei Rabenschwingen. Teufel noch mal! Die Natur treibt doch mitunter Schabernack. Ausgerechnet ihn so zu beschenken! Wo sein Lieblingsspruch lautet: „Mir ist das schnurzpiepe." Alles ist ihm „schnurzpiepe". Sechsunddreißig, und keine Familie, keinen richtigen Haushalt. Aber ordinär fluchen und zur Nacht alleinstehende Weiber beglücken. Er beglückt eine nach der anderen, wie sich's trifft. Wen — ist ihm auch „schnurzpiepe". Als tät er's jemand zum Schur: je älter und abstoßender sie sind, um so besser.
„Spirka, du Dämlack, wirst dir noch die Visage ruinieren! Was treibt dich ausgerechnet zur pockigen Liska, diesem Reibeisen? Solltest dich was schämen!"
„Ein Gesicht ist kein Trinkglas", erwiderte Spirka entwaffnend. „Klar ist sie ein Reibeisen, dafür hat sie mehr Seele als ihr alle zusammen."
Spirkas Leben hatte früh Schlagseite bekommen. Er ging noch in die fünfte Klasse, da machte er schon Sperenzchen. Die Deutschlehrerin — alt, still und verletzbar, von den Evakuierten eine — betrachtete Spirka mit immer neuer Verwunderung.
„Byron ...! Verblüffend, welche Ähnlichkeit!"
Spirka hatte bald einen Haß auf die Alte.
Vor jedem „An-na und Mar-ta ba-den" krampfte er sich zusammen in Erwartung dieses: „Nein, wie erstaunlich ...! Byron im Kleinformat." Spirka hatte das satt. Einmal legte die Alte wieder los: „Unfaßbar, nicht zu glauben: ein kleiner Byr..."

„Leck mich, du ...“ Spirka ließ einen solch ordinären Fluch vom Stapel, wie ihn ein ausgewachsener Kerl im Suff nicht gewagt hätte.
Der Lehrerin rutschten die Augen auf die Stirn. Später erzählte sie: „Nicht, daß ich erschrocken wär, nein, als Sanitäterin vierzehn hab ich genug gesehn und gehört ... Aber ich war perplex: Woher nimmt er solche Ausdrücke?! Dabei, was für ein schönes Gesicht! Mein Gott, was für ein Gesicht — Byron im Kleinformat!“
„Byron“ bezog von der Mutter erbarmungslose Dresche. Als er wieder laufen konnte, türmte er zur Front. Wurde in Nowosibirsk aufgegriffen und zurückgebracht. Die Mutter verprügelte ihn nochmals, grausam ... Nachts aber raufte sie sich die Haare und heulte über den Sohn; den Spirka hatte ihr ein „durchreisender Prachtkerl“ angehängt, und schmerzhaft liebte und haßte sie den in seinem Erzeugnis: Spirka war ganz Ebenbild des Vaters, sogar charakterlich schlug er nach ihm, obwohl er ihn nie gesehen hatte.
In die Schule setzte Spirka keinen Fuß mehr, egal, wie ihm die Mutter zuredete und womit sie auf ihn eindrosch. Er drohte, daß er sich vom Dach in die Heugabel stürzen würde. Da ließ ihm die Mutter seinen Willen. Spirka suchte sich Arbeit im Kolchos.
Er wurde immer frecher, gehorchte niemand, trieb Unfug, brach Schlägereien vom Zaun ... Die Mutter wußte sich schließlich nicht mehr zu helfen und kapitulierte. „Mach nur zu, kommst noch ins Kittchen.“
Tatsächlich kam er ins Kittchen. Nach dem Krieg. Zu zweit mit einem Kumpan, einem ebensolchen „Früchtchen“ wie er, überfielen sie auf der Landstraße ein Lieferfuhrwerk aus dem Nachbardorf und raubten dem Kutscher einen Kasten Wodka ... Überwältigten den Mann! Vertrimmten ihn obendrein. Dann zechten sie einen Tag und eine Nacht, was das Zeug hielt, bei Spirkas „Mieze“. Bis die Miliz sie überraschte. Spirka konnte noch das Gewehr schnappen, entwischte ins Badehaus, und dort hielt er sich zwei volle Tage — unter Schußwechsel. Man schickte seine „Mieze“, das Schnattermaul Vera, zu ihm, damit sie ihn überredete, im guten aufzugeben. Das Luder aber brachte ihm, unterm Rock versteckt, eine Flasche Wodka und Patronen. Lang blieb sie bei ihm ... Erschien endlich und erklärte stolz: „Er kommt nicht zu euch raus!“

Spirka feuerte aus dem Fenster und sang dazu:

„Ein stolzer Waräger beugt nie sich dem Feind,
Verachtet schnödes Erbarmen!"

„Spirka, für jeden Schuß kriegst du ein Jahr drauf", wurde er gewarnt.
„Zählt mal, wieviel?" erwiderte Spirka. Und dröhnend spritzte anhaltendes Schnellfeuer aus dem Fenster. Dann verebbte sein Rausch, wich bleiernem Schlafbedürfnis ... Spirka warf das Gewehr weg und trat heraus.
Fünf Jahre mußt er „ranklotzen".
Als er wiederkam, war er immer noch umwerfend schön und dreist, dabei überraschend gutmütig. Seine Gutherzigkeit bestach nicht weniger als seine Schönheit. Sein letztes Hemd konnte er ausziehen und weggeben, wenn es jemand brauchte. Konnte an einem arbeitsfreien Tag in den Wald fahren, bis abends schuften und zur Nacht alleinstehenden alten Leutchen eine Wagenladung Brennholz anbringen. Fährt vor, lädt ab, tritt ins Haus.
„Wie danken wir's dir nur, liebster Spirka, du unser Schutzengel? Wie nur?" haspeln aufgescheucht die Alten.
„Mitm Schnäpschen", sagt er, Neugier im Blick. „Bin doch ein Mannskerl, oder?"
Da war also Spirka aus dem Knast gekommen ... Die alten Kumpels — weg, in alle Winde, seine „Miezen" — verheiratet. Alle dachten, auch er würde sich davonmachen. Er aber blieb. Machte ein wenig blau, gab seine Ersparnisse der Mutter, stieg ein als Kraftfahrer.
So lebte Spirka.

Zum Frühjahr kamen zwei neue Leute ins Dorf Jasnoje, beides Lehrer: Sergej Jurjewitsch und Irina Iwanowna Selenezki, ein Ehepaar. Sergej Jurjewitsch unterrichtete Sport, Irina Iwanowna Gesang.
Sergej Jurjewitsch war mittelgroß, muskulös, breitschultrig. Hatte einen federnden Gang, bestach durch seine Sprünge und Überschläge; eine Freude zu sehen, mit welchem Ernst und welcher Hingabe er an Reck, Barren und Ringen turnte ... Sein Mund, ungewöhnlich groß, wirkte freundlich, auf der Knollennase prangte eine Beule, und Zähne hatte er — lückenhaft, kalkweiß und groß.

Irina Iwanowna war klein, blaß und mädchenhaft schlank. Als wär nichts Besonderes dran, aber sie brauchte im Lehrerzimmer nur aus ihrem Mantel zu schlüpfen, zum Schrank zu gehen und sich auf die Zehen zu stellen, um das schwere Akkordeon herunterzuholen — welch eine Harmonie und Eleganz ging von ihr aus! Unwillkürlich folgten ihr aller Augen.
Dieses Paar also, an die dreißig, zweiunddreißig Jahre alt, kam in den schönen warmen Tagen Ende April nach Jasnoje. Man brachte sie in einem großen Haus unter, bei den alten Prokudins.
Der erste, der die Neuzugezogenen besuchte, was Spirka. Schon immer trieb es ihn zu neuen Leuten. Er kam, saß ein bißchen bei ihnen herum, trank was (er becherte gern mal, aber selten übers Maß), plauderte über dies und das und ging wieder.
Gegen Abend war's. Spirka wusch und rasierte sich, zog den guten Anzug an und machte sich auf den Weg zu den Prokudins.
„Mal sehn, was das für Leute sind", sagte er zur Mutter.
Die alten Prokudins saßen beim Abendbrot.
„Nimm Platz, Spiridon, leist uns Gesellschaft." Spirka half den Alten mitunter, sie liebten und bemutterten ihn.
„Danke schön, ich hab grad gegessen. Sind eure Untermieter zu Hause?"
„Dort." Der Alte wies mit dem Kopf auf die Tür zur guten Stube. „Sie richten sich ein."
„Wie sind sie?"
„Soweit ganz manierlich. Haben uns den Käse und die Wurst hier spendiert. Setz dich doch, kost mal."
Spirka schüttelte den Kopf, ging zur guten Stube. Klopfte an die Tür: „Ist's erlaubt?"
„Herein!" rief es hinter der Tür.
Spirka trat ein.
„Tag!"
„Guten Tag!" erwiderten die Eheleute. Und unwillkürlich blieben ihre Blicke an Spirka haften. So war es immer.
Spirka streckte die Hand hin. „Spiridon Rastorgujew."
„Sergej Jurjewitsch."
„Irina Iwanowna. Nehmen Sie Platz, bitte."
Spirka drückte Irina Iwanownas kleine warme Hand und musterte sie dabei unverhohlen neugierig von Kopf bis Fuß.

Irina Iwanowna verzerrte beim Händedruck ein wenig das Gesicht, lächelte, zog rasch die Hand zurück und wandte sich um nach einem Stuhl ... Während sie den Stuhl brachte, blickte sie nicht nur erstaunt, sondern geradezu höchst interessiert auf Spirka.

Spirka setzte sich.

Sergej Jurjewitsch sah ihn erwartungsvoll an.

„Herzlich willkommen", sagte Spirka.

„Danke."

„Wollte mal vorbeischauen", erklärte der Gast. „Eh die bei uns so in Gang kommen, kann einer hier verkümmern."

„Sind die Leute so verschlossen?"

„Wie überall: hocken mehr bei sich zu Haus herum."

„Sind Sie von hier?"

„Ja. Ureinwohner."

„Serjosha, vielleicht mach ich uns 'ne Kleinigkeit?"

„Nur zu!" genehmigte Serjosha bereitwillig und blickte wieder fröhlich auf Spirka. „Feiern wir also unseren Einzug mit Spiridon."

„Ein Gläschen könnte nicht schaden", gab Spirka sein Einverständnis. „Wo kommen Sie denn her?"

„Nicht von sehr weit."

Irina Iwanowna ging zu den Alten hinüber; Spirka folgte ihr mit den Augen.

„Wie lebt sich's hier?" fragte Sergej Jurjewitsch.

„Es lebt ..." Spirka verstummte, aber keineswegs, weil er nach einem Ausdruck suchte, sondern weil er plötzlich bedauerte, daß diese kleine Frau, die Gastgeberin, nicht hören würde, was er übers Leben sagt. „Wie soll der Mensch schon leben: streifenweise. Mal kommt ein guter Streifen, dann ein schlechter ..." Nein, keine Lust hatte er zu reden. „Weshalb ist sie denn weg? Ein Wort, und die Alten besorgen alles Nötige."

„Wieso denn? Sie ist doch Hausfrau. Also, was haben Sie jetzt für einen Streifen?"

„Ach was, nichts Halbes, nichts Ganzes. Überhaupt ..." Er mochte absolut nicht reden, solange sie diesen dämlichen Imbiß da bereitete. „Darf ich rauchen?"

„Bitte sehr."

„Lehrer von Beruf?"

„Ja."

„Und was hat sie für ein Fach?"

„Singen."
„Singt sie gut?" Spirka belebte sich.
„Nicht schlecht..."
„Vielleicht singt sie uns was vor?"
„Wenn Sie drum bitten, vielleicht."
„Ich geh und red mit den Alten ... Was soll sie dort!"
Und Spirka verließ die gute Stube.
Zurück kamen sie zusammen — Irina Iwanowna und Spirka. Irina Iwanowna brachte einen Teller mit Käse, Wurst, Speck...
„Ich hab mich überreden lassen, nichts zu kochen", sagte sie.
„Prächtig."
„Wer, zum ... braucht das auch!" Fast hätte sich Spirka zur gewohnten Rede hinreißen lassen. „Nichts geht über eine Gurke und ein Stück Speck! Stimmt's?" Spirka schaute zum Gastgeber.
„Du mußt es ja wissen", sagte beinahe schroff Sergej Jurjewitsch.
Spirka freute sich, daß der Hausherr zum „Du" übergegangen war — um so besser. Er merkte nicht, welche Blicke sich die Eheleute zuwarfen: ihm war so wohl. Jetzt ein Gläschen Wodka, dann werden wir weitersehn.
Statt Wodka erschien Kognak auf dem Tisch.
„Ich nehm gleich ein richtiges Glas voll, dann ist Sense: bin's so gewohnt. Darf ich?"
Er durfte freundlicherweise.
Spirka trank den Kognak aus und griff nach einem Stückchen Wurst.
„Ssooo ..." Er schüttelte sich. „Das schlägt durch bis zum ewigen Eis, wie man sagt." Die Eheleute tranken jeder ein Gläschen. Spirka beobachtete, wie der zarte Kehlkopf der Frau zuckte. Und war's nun der Kognak, so im Nu, oder das Blut — etwas Schweres und Heißes legte sich ihm aufs Herz. Es juckte ihn geradezu in den Fingern, ihren Hals anzufassen, zu streicheln. Spirkas Blick wurde heller, verständiger... Seine Stimmung stieg.
„Ein Traumkognak", lobte er. „Bloß teuer."
Sergej Jurjewitsch lachte; für Spirka war er Luft.
„Das Beste ist Selbstgebrannter, stimmt's?" fragte Sergej Jurjewitsch. „Billig und hat's in sich."
Was könnte ich Lustiges loslassen? überlegte Spirka.

„Selbstgebrannten gibt's jetzt selten", sagte er. „Im Krieg — ja ..." Und er entsann sich der fernen schweren Jahre, des Hungers, der Feldarbeit, viel zu schwer für sein Alter damals ... Wollte plötzlich all dies auf lustige Art zum besten geben. Er warf den schönen Kopf zurück, blickte unverwandt die Frau an und fragte lächelnd: „Soll ich was aus meinem Leben erzählen?"

Irina Iwanowna wandte die Augen hastig von ihm ab, sah ihren Mann an.

„Erzähl nur, erzähl, Spiridon", bat Sergej Jurjewitsch. „Wir sind gespannt."

Spirka brannte sich eine Zigarette an.

„Ich bin ein Bankert", legte er los.

„Wie denn das?" fragte Irina Iwanowna verständnislos.

„Mutter hat mich in der Schürze heimgebracht. Hier gab's mal so einen tollen Hecht. Der fuhr im Kreis umher, Häute sammeln, so als Beschaffer. Na, und mich hat er bei der Gelegenheit gleich mit beschafft."

„Kennen Sie ihn?"

„Nie gesehn. Als Mutter einen dicken Bauch kriegte, hat er sie plötzlich nicht mehr gekannt. Später ist er für irgendwas verhaftet worden, und weg war er. Wahrscheinlich — 'ne Kugel vor 'n Latz. Na, da war ich also auf der Welt ..."

Ebenso plötzlich, wie ihn der Kitzel gepackt hatte, lustig aus seinem Leben zu plaudern, verkehrte er sich in Mißmut. Was war schon Lustiges dran? Das Lager vielleicht? Spirka blickte auf Irina Iwanowna, und wieder überkam ihn der unbezwingbare Wunsch, den Hals der Frau anzufassen, zu streicheln.

Er erhob sich.

„Muß auf Fahrt. Danke für die Bewirtung."

„Nachts auf Fahrt?" wunderte sich Irina Iwanowna.

„Kommt bei uns vor. Auf Wiedersehn. Ich meld mich gelegentlich."

Ohne sich umzusehen, verließ Spirka die gute Stube.

„Merkwürdiger Bursche", sagte die Frau nach kurzem Schweigen.

„Schön, wolltest du gewiß sagen?"

„Schön ist er, ja."

„Schön ... Weißt du, er hat sich in dich verliebt."

„Wirklich?"

„Und du hast auch Feuer gefangen. Stimmt's?"

„Woraus schließt du das?"
„Du hast."
„Hättst du's gern?"
„Und wenn …? Bloß, bei dir wird da sowieso nichts draus."
Die Frau blickte fragend auf ihren Mann.
„Weil du dich nicht traust", sagte der. „Dazu braucht es Courage."
„Hör auf", sagte die Frau ernst. „Was soll das?"
„Courage … und Kraft", fuhr der Mann fort. „Man muß sozusagen in Form sein. Er könnte das. Übrigens hat er gesessen."
„Wie kommst du darauf?"
„Glaubst du nicht? Geh, frag die Alten."
„Frag selber, wenn dir dran liegt."
„Kein Problem."
Der Mann ging zu den Alten.
Nach fünf Minuten kam er zurück … Und verkündete gespielt feierlich: „Fünf Jahre! In Lagern mit strengem Regime. Wegen Raub."

Die Abendluft, feucht und kühl, erfrischte angenehm das heiße Gesicht. Spirka rauchte im Gehen. Plötzlich wünschte er sich einen pladdernden Regenguß und feurige Zacken, die den Himmel aufrissen, losdonnern sollte es von oben … Und er würde dazu brüllen oder so.
Spirka hielt Kurs auf den neuesten „Unterschlupf", zur Njura Sawjalowa. Klopfte ans Fenster.
„Was ist?" fragte murrend die verschlafene Njura, die als verschwommener weißer Fleck hinterm Fenster auftauchte.
Spirka schwieg, ihm fiel ein: Im Krieg, als Njura dreiundzwanzig war und Witwe mit zwei kleinen Kindern, hatte er, damals noch keine vierzehn, nachts einen Sack Korn von der Fuhre in ihren Garten geworfen; sie waren mit einem Wagenzug unterwegs gewesen, in die Stadt, zur Mühle. Er klopfte bei ihr ans Fenster, es war wohl grade dieses, und sagte hastig: „Guck mal im Garten nach, beim Badehaus … Versteck das gut!"
Als er zwei Tage drauf, wieder nachts, zu Njura kam, fiel sie über ihn her: „Was soll das, Spirka, du Schlange, gestreifte, willst mich wohl ins Gefängnis bringen?! Lädst bei andern ab, damit du nachher zu fressen hast?"

Spirka wurde nicht wieder.
„Ist doch nicht für mich, was plärrst du bloß!"
„Für wen dann?"
„Für dich. Die müssen doch essen!" Er meinte Njuras Kinder. „Die verhungern ja..."
Njura brüllte los wie eine Kuh, schlang Spirka die Arme um den Hals. Der verlor die Fassung, fluchte.
„Na also ...! Du zerstampfst die Körner im Mörser und bäckst ihnen Fladen in der Asche — schmeckt umwerfend..."
Solche Erinnerungen gingen Spirka plötzlich durch den Kopf.
„Was stehst du da?" fragte Njura. „Die Tür ist auf ... Weck nicht die Alten."
Spirka rührte sich nicht. In ihm steckte so eine brutale Neugier: Was wird sie jetzt anfangen?
„Spirka ...! Was is 'n?"
Schweigen.
„Kommst du nicht?"
Schweigen.
„Dummkopf, vertrackter. Erst weckt er einen, und dann ... Scher dich zum Teufel!" Njura ging zu ihrem Bett.
Spirka tastete sich unhörbar durch den Vorraum der Hütte, wo Njuras Eltern schnarchten, und trat in die gute Stube.
„Was solln die Faxen?"
Spirka überwältigte plötzlich Mitleid mit Njura ... Welcher Teufel ritt ihn bloß? Da hätte er gar nicht erst kommen sollen.
„Schon gut, Njurakind, ins Bett."
Drei Tage drauf, abends, ging Spirka zu den Prokudins. Ihre Untermieter waren nicht zu Hause. Spirka plauderte einstweilen mit den Alten. Erzählte, wie einem Soldaten die irdische Gottesmutter erschienen war...
Da kam Irina Iwanowna. Allein. Bezaubernd frisch: Sie brachte die Abendkühle des Frühlings von draußen mit ins Haus. War überrascht und, wie es Spirka schien, erfreut.
Ruhig und entschlossen folgte ihr Spirka in die gute Stube.
„Ein Sträußlein", erklärte er artig. Und überreichte der Frau einen blutrot leuchtenden Strauß Feuer-Trollblumen.
„Ooh!" freute sich die Frau. „Sind die schön! Wie heißen sie? Solche hab ich noch nie gesehen..."
„Feuer-Trollblumen."
In Spirkas Brust begann es froh zu klingen. Wie immer, wenn er drauf und dran war, sich zu raufen oder eine begehrte Frau

zu umarmen. Er verhehlte nicht seine Liebe. „Ihnen werd ich jetzt oft solche bringen.“
„Nicht doch, warum? Das macht unnötig Arbeit...“
„Och“, kokettierte Spirka, „von wegen Arbeit! Ich fahr dran vorbei, dort könnt man sie mit der Sense haun ...“ Spirka ging durch den Kopf, wie sehr ihm doch seine Schönheit zustatten kam. Ein anderer wäre längst abgeblitzt, Schluß, aus. Er lächelte, fühlte sich beschwingt.
Auch die Frau lachte, wurde dann aber verlegen. Spirka schwelgte: als würde er an einem glühendheißen Tag kühles Quellwasser trinken, mit dem ganzen Gesicht hineintauchen. Er trinkt und trinkt, und wie Feuer überflutet den Körper verzehrende Glut. Er ergriff die Hand der Frau ... Wie im Traum! Nur nicht aufwachen.
Die Frau wollte die Hand wegziehen ... Spirka gab sie nicht frei.
„Weshalb machen Sie das? Bitte nicht.“
„Wieso nicht?“ All seine Künste, alles, was auf andere Frauen unfehlbar wirkte, wollte Spirka jetzt auf dieses ihm teure, schwache Geschöpf loslassen. Er betete insgeheim: Herrgott, hilf! Laß sie keine Zicken machen! Er zog die Frau an sich. Sah, wie ihre nahen, erstaunten Augen sich weiteten. Daß jetzt nur die Hand nicht zittert, nicht losläßt ... Herrgott, ich will ja vorerst nichts weiter — einen Kuß, und hat sich. Er küßte sie. Streichelte den zarten weißen Hals ... Küßte nochmals die weichen, nachgiebigen Lippen.
Da erschien ihr Mann ... Spirka hatte ihn nicht eintreten hören. Sah nur, wie der Kopf der Frau hochfuhr und in ihren Augen Schreck aufzuckte ... In seinem Rücken hörte Spirka eine spöttische Stimme.
„Auftritt des Ehemanns.“
Spirka ließ von der Frau ab. Er empfand weder Scham noch Furcht. Nur Bedauern. Maßlosen Verdruß auf diesen geschniegelten, forschen, selbstbewußten Mann ... Da steht er, der Hausherr! Alles haben sie, diese Teufel, überall sind sie gern gesehen. Spirka blickte auf den Lehrer.
„So ein Draufgänger! Na, hast du was erreicht?“ Sergej Jurjewitsch wollte schmunzeln, aber das mißlang, nur die Augen verengten sich böse, und die dicken Lippen zitterten vor Kränkung. Er wandte den Blick zu seiner Frau. „Was schweigt ihr? Warum wirst du blaß?“ Ein Schrei, böse, schneidend, traf

die Frau wie eine Peitsche. „Schlampe! Hat's geklappt?" Der Mann ging auf die Frau zu...

Spirka vertrat ihm den Weg. Aus der Nähe bemerkte er, wie die dunklen Augen des Mannes vor Kränkung und Zorn sprühten ... Und noch etwas nahm Spirka wahr: den kühlen Hauch von Kölnischwasser, den die glattrasierten Wangen Sergej Jurjewitschs verströmten.

„Immer sachte", sagte Spirka.

Da zerrte ihn schon ein kräftiger Arm aus der Stube.

„Komm mal mit, du Augenweide!"

Spirka konnte sich der Hand nicht entwinden: als wär sie an seinem Nacken angeschweißt; eine so unmenschliche Kraft steckte in ihr, daß sie ihn von hinten voranstieß wie eine Pleuelstange.

So wurde Spirka durch das Zimmer der alten Leutchen befördert; die machten nur Kulleraugen.

„Hab einen räudigen Kater erwischt", erklärte der Untermieter.

Entsetzlich, was in Spirka vor sich ging ... Schmach, Schmerz, Wut — all das ballte sich und benahm ihm den Atem.

„Arschgeige, Scheusal", keuchte Spirka, „was soll das?"

Sie erreichten die Vortreppe ... Die Pleuelstange schoß vor, Spirka flog kopfüber von dem hohen Vorbau und schlug der Länge nach auf die feuchte Strohschütte, die als Fußabtreter diente.

Den bring ich um, blitzte es Spirka durch den Kopf.

Sergej Jurjewitsch stieg zu ihm hinunter.

„Steh auf!"

Spirka war schon vor dieser Aufforderung aufgesprungen ... Im selben Augenblick stürzte er wieder zu Boden. Begriff entsetzt und angeekelt: Der prügelt mich! Sprang erneut auf, versuchte, unterhalb der gräßlichen Pleuelstange durchzuwischen — dem Turnlehrer an die Kehle. Doch eine zweite Pleuelstange hieb ihn kurz von unten her gegen die Kinnlade. Spirka prallte zurück; im Mund einen Geschmack wie Messing. Noch einmal sprang er den Lehrer an ... Er verstand sich aufs Raufen, aber seine Erbitterung, der Schmerz und die Schande, das Wissen um die eigene Hilflosigkeit gegenüber den Pleuelstangen — all dies nahm ihm die gewohnte Wendigkeit, die Besonnenheit. Blinde Wut ließ ihn noch und noch anrennen, und die Pleuelstangen taten das Ihre. So traf er selbst

den Lehrer wohl kein einziges Mal. Vom letzten Hieb erhob sich Spirka nicht mehr. Der Lehrer beugte sich über ihn.
„Ich mach dich fertig“, sagte Spirka unverständlich, schwach, aber ernst.
„Betrachten wir das als eine Lektion in Höflichkeit. Deine Lagersitten gewöhn dir ab.“ Der Lehrer sprach ohne Zorn und ebenso ernst.
„Ich bring dich um“, wiederholte Spirka. Im Mund einen schmerzhaften Brei, so als hätte er eine Flasche Kölnischwasser zerbissen; alles dort drin war zerschnitten und verätzt. „Ich bring dich um, daß du's weißt.“
„Wofür?“ fragte ruhig der Lehrer. „Wofür willst du mich umbringen ...? Dreckskerl.“
Der Lehrer ging ins Haus, schlug die Tür hinter sich zu und schob den Eisenriegel vor.
Spirka versuchte aufzustehen, vergeblich. Sein Kopf dröhnte, aber der Verstand war klar. Er wußte, vom Dach des Prokudinschen Hauses konnte man durch einen Einstieg in die Vorratskammer gelangen. Die Vorratskammer war unverschlossen; gerade, daß sie eine Spagatschlaufe über einen Nagel zogen, sonst nichts — damit die Tür nicht von allein aufging. Auch die Haustür pflegten die Alten nachtsüber nicht zuzusperren. Und die gute Stube hatte nicht mal ein Schloß. Er kannte sich im Haus der Prokudins so gut aus, weil er als Kind mit ihrem Sohn Mischka befreundet gewesen war; wie oft hatte er sogar dort übernachtet! Mischka war jetzt nicht mehr da, aber natürlich ließen die Alten alles unverändert.
Mit Mühe kam Spirka schließlich auf die Beine, stützte sich gegen die Hauswand ... Dann ging er zum Fluß. Allmählich kehrten die Kräfte zurück.
Er wusch sich das zerschlagene Gesicht, leuchtete mit Streichhölzern den Anzug ab und das Hemd ... Die Mutter sollte nicht etwa Blut entdecken und auf unnötige Gedanken kommen, wenn er das Gewehr mitnahm. Fürs Gewehr genügte ein beliebiger Vorwand: Er fährt mit Saatgetreide über Land und will morgens an einem See ansitzen.
Die Mutter schlief bereits.
„Bist du's, Spirka?“ fragte sie mit verschlafener Stimme vom Ofen.
„Ja“, sagte er. „Schlaf. Ich muß noch auf Fahrt.“
„Schau in den Ofen, da sind Bratkartoffeln, hol dir Milch aus

dem Vorraum ... Daß du nicht hungrig wirst unterwegs."
„Ist gut, ich steck mir was ein." Ohne Licht zu machen, nahm Spirka das Gewehr von der Wand, tappte zum Schein im Vorraum herum. Stellte das Gewehr dort zurecht und trat wieder in die Stube. Stieg auf den Ofensims, ertastete im Dunkeln den Kopf der Mutter und streichelte ihr schütteres warmes Haar. Wenn er gezecht hatte, war er gern zärtlich zur Mutter; sie schöpfte keinen Verdacht.
„Hast getrunken ... Wie willst du da fahren?" Mit den Jahren war Spirka der Mutter immer mehr ans Herz gewachsen, sie sorgte sich um ihn, schämte sich, weil er immer noch ledig herumlief — das gehörte sich doch nicht in seinem Alter! —, hoffte, daß doch noch eine Witwe oder eine Geschiedene ohne Anhang in ihrem Haus Fuß faßte.
„Macht nichts, wird schon gehn."
„Na, Gott mit dir." Die Mutter bekreuzte ihn in der Dunkelheit. „Fahr wenigstens nicht so schnell, immer rast ihr wie die Verrückten."
„Keine Sorge." Spirka machte auf forsch, dabei wollte er recht schnell weg und nicht mehr an die Mutter denken müssen: Sie zurückzulassen in diesem Leben ging ihm doch nah.
Er schritt die dunkle Straße lang, die Hand um die Tulaer Flinte gekrampft. Bemüht, sich von den Gedanken an die Mutter loszureißen. Das übersteht sie nicht. Wenn man ihn gefesselt abführt, wenn sie das sieht ... Spirka legte einen Schritt zu. Herrgott, hilf ihr drüber weg, betete er. Die Beine wurden von selber immer schneller. Zuletzt rannte er schon. Und war so aufgeregt, als liefe er nicht, um zu töten, sondern zu Irina Iwanowna ins Bett, in ihre Wärme und Hingabe. Immerzu trat sie ihm leibhaftig vor Augen, verschwand aber jedesmal sofort wieder. Er spürte ihre weichen, halbgeöffneten Lippen, aber der Genuß dieser Erinnerung wurde verdrängt durch den Blutgeschmack im Mund und ... durch den kühlen Hauch Kölnischwasser, der von den glatten Wangen Sergej Jurjewitschs ausging. Vor allem dieser ernüchternde Duft drängte sich jetzt in sein Gedächtnis.
Spirka rannte und machte sich durch ein Liedchen Mut:

„Sollte wohl der wilde Rappe
Wirklich nicht zu zügeln sein?
Sollte wirklich mein Feinliebchen ..."

Das Haus lag völlig dunkel. So, so, hm, sprach Spirka in Gedanken hastig zu sich selber. Erstmal die Leiter her ... Hier angestellt, Himmelärschchen ... Schön ruhig. Ungehindert gelangte er in die Speisekammer, lauschte dort — nichts zu hören. Nur das Herz hämmerte gegen die Rippen. Nicht aufregen, Spirka! Auch der Bindfaden ließ sich fast geräuschlos aufsprengen, nur der Nagel zirpte leise beim Zurückfedern. Die freie Hand vorgestreckt, durchquerte Spirka lautlos den Vorraum, ertastete in der Wand drüben die Tür. So ... Er bückte sich, faßte die Tür mit den Fingern unter, hob sie an, so weit er konnte, und ruckte sie zu sich heran. Die Tür gab nach mit einem leisen, wohligen Seufzer: Pchach. Weiter öffnete sie sich ohne Laut. Von drin roch es nach Altweiberhäuslichkeit, nach durchfeuchtetem Halbpelz, nach warmem Ofen, Sauerteig ... Hier hatte man ihn erst vorhin am Schlafittchen rausgezerrt. Geb's Gott, daß die Alten nicht wach werden. Furcht befiel ihn — wenn jetzt bloß nichts dazwischenkommt. Aber wie hat der mich auch vertrimmt! Unwahrscheinlich! Darauf versteht er sich!

Spirka staunte über die eigene Leichtigkeit und Gewandtheit. Nicht mal er selber hörte sich. Er ertastete die Tür zur guten Stube, hob auch sie von unten her an ... Die Tür knarrte. Schnell und behutsam zog Spirka sie hinter sich zu ... Nun war er drin! In der Finsternis des Raumes, die nur schwach vom Schein einer Straßenlaterne erhellt wurde, quietschte ein Bett. Spirka fand den Schalter an der Wand, machte Licht. Im Bett sitzend, fixierte ihn Sergej Jurjewitsch. Auch Irina Iwanowna fuhr hoch ... Sah erst auf ihren Mann, dann — seinem Blick folgend — auf Spirka und sein Gewehr ... Lautlos klaffte ihr Mund auseinander ... Spirka begriff, daß Sergej Jurjewitsch nicht geschlafen hatte — gar zu durchdringend schaute er ihn an mit seinen dunklen Augen.

„Ich hab dich gewarnt, ich mach dich fertig“, sagte Spirka. Wollte den Hahn der Doppelflinte spannen, aber der war schon gespannt. Wann hatte er das bloß gemacht?

„Oder hab ich dich nicht gewarnt?“

Spirka erregte es nicht, daß Irina Iwanowna nur im Hemd dasaß, daß ein Träger von der Schulter gerutscht und eine Brust bis hinunter zur Brustwarze entblößt war — mattweiß, fest wie nur bei einer Frau, die noch kein Kind genährt hat.

Die Eheleute schwiegen. Blickten auf Spirka.

„Raus aus dem Bett", befahl Spirka.
„Spiridon ... du wirst dafür erschossen, willst du wirklich ..."
„Ich weiß. Raus."
„Spiridon! Willst du wirklich ..."
„Raus mit dir!"
Sergej Jurjewitsch sprang vom Bett — in Turnhose und Unterhemd.
Spirka riß das Gewehr hoch.
Sergej Jurjewitsch wurde leichenblaß ...
Auf einmal schrie Irina Iwanowna los, schrie so schrecklich, so laut, rasend und beschwörend, so unerwartet für diese gebildete kleine Frau mit solch weichen Lippen, schrie geradezu unmenschlich bitter und verzweifelt. Sie stürzte vom Bett und kroch mit ausgestreckten Armen auf Spirka zu ...
„Bitte niiicht! Oooi! Bitte niiicht! Oooi!" Sie haschte, auf Knien, nach dem Gewehr — haschte ...
In diesem Augenblick sprang Sergej Jurjewitsch, die Arme weit ausgebreitet, auf Spirka zu. Bekam aber mit dem Gewehrkolben einen Stoß in die Brust, daß er stürzte.
„Liiieber! Bitte niiicht!" heulte die kleine Frau. Als hätte sie Spirkas Namen vergessen. „Ooi!"
Drüben in der anderen Stube waren die Alten aufgeschreckt, fingen auch an zu plärren.
„Bitte niiicht!" heulte die Frau, schüttelte wild den Kopf, wollte immerzu Spirkas Beine umfassen; sie kroch ohne Hosen, das Hemd war ihr den Rücken hochgerutscht, aber sie merkte es nicht, grabschte nur nach Spirkas Beinen.
Spirka wurde ganz wirr, stieß die Frau mit dem Fuß von sich. Und begriff plötzlich: Wenn er jetzt schießt, kann er hinterher diesen Schuß weder wegbeten noch in Schnaps ertränken. Würde sie doch bloß nicht so brüllen! Woher sie bloß diese Kraft nahm!
„Leckt mich doch ...", legte Spirka unflätig los.
Er verließ die Stube, ging hinweg von dem finsteren Haus. War mit einemmal todmüde. Seine Mutter fiel ihm ein, da rannte er los, flüchtete vor dem Gedanken an die Mutter. Überhaupt vor allen Gedanken. Dann erinnerte er sich an Irina Iwanowna, nackt, wie sie umhergekrochen war, und Mitleid, Liebe zu ihr versengten sein Herz. Für einen Augenblick fühlte er sich erleichtert, weil er kein Unheil angerichtet hatte.

Herrgott, hatte sie gebrüllt. Wie hätte sie erst über den toten Mann gebarmt! Und wieder — die Mutter ... Die wird erst aufschreien! Spirka rannte noch schneller. Erreichte den Friedhof, setzte sich auf die Erde. Dunkel war's. Er richtete die beiden Läufe aufs Herz. Streckte den Arm bis zu den Abzughähnen. Dachte: Also dann ... Schluß! Die Finger ertasteten zwei kalte schmale Bügel ...

Gleich gibt's 'n Stoß, dachte er wieder. Und sah sich plötzlich daliegen — die Brust zerfetzt, die Arme ausgebreitet, die leeren Augen auf den hellen Morgenhimmel gerichtet ... Die Sonne geht auf, und seinen erkalteten Körper umsummen blaue Fliegen — dick und gierig. Dann kommt das ganze Dorf zusammengelaufen, ihn ansehen. Jemand sagt: Vielleicht sollten wir ihn zudecken. Nee. Pfui Teufel! Spirka erschauerte. Richtete sich auf. Warte, mein Bester. Wart mal, warte. Stop, du Fatzke, verlier nicht die Nerven! Ich frag dich: Was ist schon passiert? Mein Gott, Dresche hat er bezogen. Hat man dich vorher noch nie vertrimmt? Also, was soll's?

„Was soll's?" murmelte Spirka. „He?" Angeekelt, vorsichtig drehte er die Gewehrläufe von sich weg, nahm die Waffe quer und entspannte behutsam die Hähne. Atmete tief und freudig durch. Und sprudelte laut, übermütig, mit großer Erleichterung und Wonne hervor: „Was ist los, Spirka? He? Ei-ei-ei! Du bist mir einer! Hat der Bubi also Dresche gekriegt? Hat er! Schlimm, nicht? Und gleich wollte er sich selber — bums! ... Das ist vielleicht ein Fatzke!" Spirka brach sogar in Gelächter aus, faßte sich aber sogleich an die Lippe: Die Lippen waren von den Hebelhieben des Lehrers aufgeplatzt, sie schmerzten beim Lachen. „Also was? Also was? Also was?" (Der zerschlagene Mund artikulierte: Also faß? Also faß?) „Ist denn das in Ordnung? Ei-ei-ei! Nicht gut. Na schön, hast Prügel bezogen ... und rennst gleich mitm Schießeisen los. Ooh."

Spirka legte sich mit dem Rücken auf die kühle Erde und breitete die Arme aus ... Genauso hätte er morgen dagelegen. Wo jetzt das Herz klopfte — Spirka drückte die Hand an die Brust —, wäre dann ein von zwei Geschossen aufgefetztes Loch, größer als seine Mütze. Am Ende hätte er gar Feuer gefangen, und Jackett und Hemd wären verschwelt. Nackt läge er da ... Himmelarsch ... widerlich! Spirka setzte sich auf, brannte eine Zigarette an, sog genüßlich den Rauch ein. So eilig hatte er's gehabt, sich die zwei Kugeln zu verpassen, daß er sich nicht mal eine letzte Zigarette gegönnt hatte. Sogar die erschossen werden, so hatte Spirka gehört, bitten, noch ein letztes Mal rauchen zu dürfen. Ein kleines Mädchen kam ihm in den Sinn, eine Nichte: Wenn sie merkte, daß der Vater es satt hatte, sie huckepack zu tragen, zog sie immer ein komisches Bettelmäulchen und sagte: „Noch ein netztes Mal! Ein netztes Mal!" Spirka lachte bei dem Gedanken an das Mädchen. Legte sich wieder hin, rauchte, blickte zu den Sternen. Ihm schien, als ob sie zitternd surrten und sirrten; da wollte auch er leise-leise vor sich hin jaulen, wie ein Hundejunges ... Er kniff die Augen zusammen und spürte, wie ihn die Erde dahintrug — gleichmäßig und machtvoll. Spirka sprang auf die Beine. Er mußte doch etwas tun, unbedingt etwas tun. Und zwar gleich. Er hob das Gewehr auf und ging stracks los ... ohne selber zu wissen, wohin. Nur weg vom Friedhof, weg von diesen Kreuzen und dem Schweigen. Laut, wenn auch gutmütig, fing er an, die Toten zu schmähen.

„Liegt ihr gut? Liegt nur, euch steht das zu. Was schert's mich? Bleibt ihr schön liegen, ich treib mich derweil noch 'n bißchen auf der Erde rum. Amüsier mich."

Jetzt wollte er vom Gedanken an den Friedhof loskommen, daran, wie er dort gelegen hatte ... Er brauchte ein Ziel, jemanden, zu dem er jetzt hin konnte. Vielleicht, um sich alles von der Seele zu reden ... Vielleicht, um selber drüber zu lachen. Einen zu trinken! Aber wo, jetzt? Was heißt, wo? Und Vera, die Kleine vom Büfett in der Teestube? He-eh, Bruder, da gibt's doch immer was! Bei ihr könnte er übrigens auch übernachten.

Spirka schwenkte in die Quergasse.

Vera knurrte zunächst: „Tag und Nacht keine Ruh!" Spirka zündete ein Streichholz an und beleuchtete sein Gesicht.

„So schau doch, mich hat man beinah erschlagen, und du machst so ein Theater."

Vera erschrak. Spirka lachte leise und zufrieden.

„Wo haben sie denn das mit dir gemacht?" fragte Vera.

„Irgendwo halt ... Hübsch, nicht?"

„Herrgott, Spirka! ... Dich haun sie noch mal tot. Wo warst du bloß?"

„Sag ich nicht. Ist ein Geheimnis."

Sie gingen in Veras Zimmer. Sie zog die Vorhänge sorgfältiger zu, machte Licht. Betrachtete Spirka noch einmal ... Befühlte mit der warmen, nach Hautcreme duftenden Hand die heißen Schrammen in seinem Gesicht.

„Oi!" tat Spirka wehleidig. Lachte wieder kurz und begann im Zimmer auf und ab zu gehen.

Ein goldiges Völkchen sind die alleinstehenden Frauen. Bei ihnen ist's immer gemütlich, wird's einem warm ums Herz. Man kann ungehemmt auf und ab gehen, sofern der Boden nicht knarrt. Kann vor sich hin grübeln ... Zwischendurch kann man mit der Hausherrin schöntun, kann ihre Hand streicheln ... Alles ist recht, alles ist klug. Da sie's nicht gewohnt sind, zucken sie zusammen, dabei gucken sie zärtlich, forschend. Lieb sind sie. Und gut. Können einem leid tun.

Vera fand eine Flasche Wodka. Ging sogar in den Keller nach Gurken. Kam aber erschrocken zurück.

„Hast du ein Gewehr draußen? Ich bin drüber gestolpert ..."

„Ja, ein Gewehr. Laß es stehen."

„Was willst du denn mit dem Schießeisen?"

„Nichts weiter."

„Spirka ... du hast was vor?" Vera hatte einen guten Mann gehabt, ein Musterbild von einem Kerl, der war aber mit vierzig gestorben. Woran, weiß Gott, Krebs wahrscheinlich.

„Spirka!"

„Is was?"

„Sag doch ... hast du Krieg mit wem, mußt untertauchen?"

„Krieg, genau. Siehst ja, bin verwundet." Spirka lachte wieder. Ihm war froh zumute. Und so wohl.

„Spinnst ja. Hast vielleicht jemand umgebracht?"

„Nein. Das kommt erst. Nachher."

„Spirka, ich hab Angst. Wenn du was angestellt hast ... dann holt man mich auch ... als Zeugin ... Scher dich lieber zum Teufel!"

„Ist doch alles in Ordnung, Dummerchen. Was erschrickst du. Niemand hab ich umgebracht. Mich hätt man fast erschlagen ... Ich muß mir erst ausdenken, wie ich einen umbring."

„Trink aus und geh." Vera wurde böse. „Schieb ab, Spirka. Mir hat das grade noch gefehlt."

Spirka wurde ernst.

„Beruhige dich. Seh ich vielleicht aus wie einer, der Unschuldige reinlegt? Wie kommst du drauf? Kennst mich

doch ... Garantiert wär ich nicht hergekommen, wenn ... Laß das."
„Rennt nachts mitm Gewehr rum ..."
Spirka leerte sein Glas, biß in die Gurke. Vera trank nicht mit.
„Ich mag nicht."
„Warum?"
„Weil ich nicht mag. Hast mir 'n Schreck eingejagt mit deinem Gewehr. Wer hat dich so zugerichtet?"
„Kennst du nicht. Hör auf damit." Er sah den Lehrer vor sich ... Blaß, in Turnhose. Spirka zog die Schultern hoch, versuchte, einen unangenehmen, schlimmen Gedanken zu verscheuchen. Seine fröhliche Stimmung schwand. „Schon gut, schon gut", sagte er hastig. „Reden wir nicht davon." Goß sich noch ein halbes Glas ein, um nicht auch noch an die Lehrerin denken zu müssen. Dennoch hatte er sie vor Augen: klein, halbnackt, zu Tode erschrocken ... Das Bild ließ sich nicht abweisen.
Morgens stand Spirka früh auf. Ließ sein Gewehr bei Vera.
„Abends komm ich vorbei, hol's mir ab."
„Und wohin jetzt?"
„Auf Arbeit, wohin sonst. Bloß ... quatsch nicht vom Gewehr."
„Überall werd ich's ausposaunen: Nachts hatte ich Spirka bei mir, mit einem Gewehr ..."
„Bist ein kluges Kind. Zusammengehaun haben mich welche von auswärts ... Auf der Landstraße. Ich wollte mit dem Gewehr hinterher, hab sie aber nicht mehr erwischt."
Vera blickte ungläubig auf Spirka; der bemühte sich aber auch nicht sonderlich, glaubhaft zu erscheinen.
„Trinkst du noch was?"
„Nein. Bis dann."
Spirka wollte zu den Lehrern. Er ging durch krumme Gassen, hinter den Höfen lang, um möglichst wenig Leuten zu begegnen. Traf dennoch zwei oder drei. Darunter den Kolchosbrigadier Ilja Kitaizew. Ilja grinste schon von weitem krötig, anzüglich.
„Oho! War wohl frohes Nachtleben?"
Spirka verzog auch den Mund zu breitem Grinsen, den Schmerzen zum Trotz, die das ganze Gesicht wie mit Nadeln durchbohrten. Sagte: „Genau, Iljucha! Frohes Nachtleben.

Gib was zu rauchen."
„Hastn da?"
„Was schon ... Bin gestürzt." Elende Schande ... Vor Scham war ihm die Zunge richtig gelähmt. Iljas Grienen schnitt ins Herz. „Alsdann, rauchen wir eine?"
„Klar, rauchen wir. Bist aber ganz schön gestürzt ... Von ziemlich hoch, wie's aussieht. Wie hastn das fertiggekriegt?"
„Na, Iljucha ... kommt doch vor, daß man stürzt. Wenn ich dir jetzt eine scheuere, fliegst du auch hin. Oder was denkst du?"
Iljucha hörte auf zu grinsen.
„Was ist los mit dir?"
„Und warum hältst du nicht die Klappe? Mußt gleich stänkern, Arschloch! Kriegst kein Wort raus, ohne zu stänkern. Hau bloß ab!"
Nein, im Dorf war vorerst kein Bleiben. Die bloße Schande triebe ihn an den Rand der Welt. So wie der hier würden ihn alle möglichen Schwatzmäuler angrinsen ... Ach, dieser Lehrer ... Hat der weg, wie man zuhaut! Alle Achtung. Den mit den Beinen an der Decke aufbaumeln! Nein, lieber seine Frau, dieses Schmuckstück, vor seinen Augen ... abknutschen, von Kopf bis Fuß und bis aufs Blut, daß sie loskreischt! Grausame Regungen trieben Spirka voran, als würde er in den Rücken gestoßen. Er merkte nicht, daß er schon wieder rannte. Wußte aber, er würde sich jetzt nicht auf den Lehrer stürzen, nein. Das sollte später passieren — in aller Ruhe. Schrecklich. Aber später.
Als Spirka sich hinterher an diesen morgendlichen Wortwechsel mit den Lehrern erinnerte, empfand er keine Genugtuung.
Er war hereingeplatzt, als wäre ein zerlumpter Strauchräuber mit einem Beil plötzlich auf den Weg herausgetreten. Blieb an der Tür stehen. Der Lehrer war bereits angekleidet und rasiert ... stand noch vor dem Spiegel, den elektrischen Rasierapparat in der Hand. Der summte vor seinem Gesicht. Die Lehrerin, leicht verquollen vom Schlaf und vom gestrigen Gebrüll, niedlich, blaß, bereitete das Frühstück. Erstarrte ebenfalls, einen Teller in der Hand.
„Nur eine Warnung", sagte Spirka sachlich. „Von dem, was hier gewesen ist — zu keinem einen Piep. Für die Alten gilt dasselbe, sagt's ihnen. Ich verschwind für eine Weile vom

Horizont, aber dich, Sergej Jurjewitsch, mach ich trotzdem fertig, nimm mir's nicht übel."

„Was heißt ... mach ich fertig?" fragte dümmlich Irina Iwanowna.

„Ich hab einen Vorschuß gekriegt ... den muß ich abarbeiten."

Spirka wußte nicht, wann, aber eines Tages würde er auftauchen — ruhig, schön, schmuck — und verkünden: Ich komm zurückzahlen. Egal, in was für einer Situation und wie Spirka sich gemausert haben würde, aber sicher würde der Lehrer dann den Kopf verlieren, wie ein Häufchen Unglück dastehn. Und sich aufs Bitten verlegen: Spiridon, ich war dumm, bitte verzeih mir ... Na, na, würde Spirka höflich erwidern, mach dir bloß nicht in die Hosen. Hier ist doch eine Dame ... Ihre Frau, was soll die von Ihnen denken?

„Was für ein Vorschuß?" Irina Iwanowna begriff immer noch nicht. „Von wem?"

„Er wird sich an mir rächen", erklärte ihr der Lehrer. „Gut, Spiridon, ich hab's gehört." Der Lehrer nahm sich sehr zusammen. „Wir sagen es keinem."

„Das wär's ... Alles Gute bis dann." Spirka verließ das Haus.

Wohin verschwinde ich eigentlich? überlegte er. Blieb sogar unvermittelt stehen. Erst jetzt wurde ihm bewußt, daß er offenbar wegfahren wollte.

Wohin bloß, wohin? Doch, wie sich herausstellte, wußte er das auch schon. In die Stadt B., an die fünfzig Kilometer von hier. Wann er so beschlossen hatte, war ihm selbst unbekannt, aber das lebte bereits in seinem Inneren. Und nur die angeborene Vorsicht zwang ihn, die Entscheidung nochmals zu überprüfen.

Er ging nicht erst nach Hause, sondern direkt in die Garage. Übersah geflissentlich die belustigten Blicke der anderen Fahrer. Ärgerte sich insgeheim, wurde nervös. Ließ sich einen Fahrauftrag nach recht weit geben und beeilte sich wegzukommen.

Unterwegs beruhigte er sich etwas. Fing an zu überlegen. Wollte in seiner Vorstellung das genüßliche Bild wieder heraufbeschwören, das in ihm aufgegangen war, als er morgens mit dem Lehrer sprach: Wie er zu ihm kommen würde — höflich, schmuck gekleidet ... Aber die ersehnte Vision blieb aus. Verdrossen suchte Spirka sich selber aufzuheizen. Nun also, da kommt er rein ... Guten Tag! ... Nein, so geht's nicht. Widerlich, auch nur dran zu denken. Verblüfft stellte er fest, und er wehrte sich regelrecht dagegen, daß gar keine echte, alles beherrschende Wut auf den Lehrer mehr da war. All diese Wunschbilder: wie der Lehrer mit dem Kopf nach unten baumelt, oder: wie der Lehrer bleich und kläglich zu seinen Füßen herumkriecht — wie gern hätte Spirka nach ihnen gegiert, in ihnen geschwelgt. Wahrscheinlich hätten sie ihn beruhigt, und eines Tages hätte er es wahr gemacht — den Lehrer mit dem Kopf nach unten aufgehängt. Man mußte doch seinem erbitterten Feind etwas an den Hals wünschen! Ihn wenigstens in Gedanken erniedrigt und zermalmt sehen. Na, und ob! Indes ...

Spirka wurde richtig zapplig auf seinem Fahrersitz: Nein, in ihm war kein Haß mehr auf den Lehrer. Wäre er auf die Idee gekommen, auch noch sein Leben zurückzuverfolgen, so wäre ihm noch mehr bewußt geworden: Er hatte überhaupt noch nie jemandem Übles gewünscht. Aber dieser Gedanke kam ihm nicht, er stemmte sich sogar verzweifelt dagegen, schürte in seinem Inneren den Haß.

Na, du Fatzke! ... Bist mir vielleicht 'n Waschlappen, wie? Dich vertrimmt man wie einen hergelaufenen Köter, und du ... Was haben sie dich geschlagen! Zum Spott und zum Vergnügen ... Dich rausgeschleift. Auf dir rumgetrampelt. Und was nun? Machst dich zum Gespött der Leute. Und der Lehrer wird am lautesten lachen. Ja, was nun? So einen Schlappschwanz läßt kein Weibsbild an sich ran. — Er geriet einfach nicht in Wut.

Wie weiter? Darauf wußte Spirka keine Antwort. Auch später, den Tag über, suchte er nach Erleuchtung, was er nun tun sollte. Vergebens.

Überhaupt wurde er plötzlich des Lebens überdrüssig, es schien auf einmal so grotesk sinnlos geworden. Immer mehr festigte sich in Spirka diese Überzeugung. Zeitweilig war er sich sogar selbst zuwider. Das hatte er noch nie erlebt. Er kam innerlich zur Ruhe, aber das war eine tödliche Teilnahmslosigkeit, etwa so, wie wenn ein Mensch endgültig begreift, daß er sich verirrt hat, und setzt sich auf einen Baumstumpf. Ruft nicht mehr, sucht nach keinem Pfad, sondern setzt sich hin und bleibt sitzen, Schluß.

Genau das tat Spirka: Er schwenkte von der Straße in einen

Wald, fuhr auf eine Lichtung, stellte den Motor ab, stieg aus, sah sich um und setzte sich auf einen Stubben.
Hier wär ein Plätzchen, um sich zu erschießen, dachte er plötzlich ganz ruhig. Was wollte ich nur auf dem Friedhof! Hier ist's wenigstens schön.
Schön war's wirklich. Spirka freilich hatte diese Schönheit nicht eigens beschaut, sondern sie sofort gefühlsmäßig erfaßt ... Da saß er nun. Bückte sich, riß einen Grashalm ab, nahm ihn zwischen die Zähne und lauschte dem Vogelgesang. Die kleinen Waldbewohner pfiffen, piepsten, zwitscherten in den Sträuchern. Ein ausnehmend schönes Spechtpärchen, käferschwarz, mit weißen Lätzchen auf der Brust, kam aus dem Dikicht geflogen; die beiden fanden Gefallen an einer jungen Kiefer, liefen an ihr rauf und runter, wippten mit ihren roten Schöpfen, klopften da und dort, fanden nichts, schwirrten ab und verschwanden in niedrigem Flug wieder in den Sträuchern.
Die fliegen auch paarweise, dachte Spirka. Dann ging ihm noch durch den Kopf, daß der Mensch die Vögel beneidet ... Sagt man doch: wie ein Himmelsvögelchen. Wer sollte da nicht neidisch werden! Spirka dachte auch, daß der Lehrer die Blumen, die er der Lehrerin gebracht, bestimmt weggeworfen hatte, wahrscheinlich lagen sie jetzt verwelkt unterm Fenster ... So wunderbare rote Blumen. Er lachte auf. Ganz schöner Großkotz, der Spirka ... Hier gab es auch Blumen. Schau nur: blaue, weiße, gelbe ... Da blühte die Feuerlilie, dort das Lungenkraut ... Und daneben reckte der Bärenklau seine weißen Mützen. Spirka liebte den Duft von Bärenklau. Er stand auf und brach eine pralle Dolde der kleinen weißen Blüten, die Kronen bildeten, so groß wie Untertassen. Setzte sich wieder auf den Baumstumpf, zerrieb die Blüten zwischen den Handflächen, tauchte das Gesicht hinein und atmete begierig den kühlen, feuchtherben, sumpfigen Duft der schlichten, unansehnlichen, heimatlichen Blume. Verbarg das Gesicht in den Händen und erstarrte. Saß lange reglos da. Grübelte. Oder weinte...

Drei Tage drauf fand man Spirka in dem Wald, auf der fröhlichen Lichtung. Er lag, das Gesicht in die Erde vergraben, die Hände ins Gras gekrallt. Das Gewehr neben sich. Keiner verstand, wie er denn geschossen hatte. Der Schuß war

ins Herz gegangen, er aber lag mit dem Gesicht nach unten …
Hatte wohl das Gewehr unter sich geklemmt.
Man brachte ihn ins Dorf, beerdigte ihn.
Viel Volk fand sich ein. Viele weinten …

1970

# Wanka Tepljaschin

Wanka Tepljaschin lag mit einem Zwölffingerdarmgeschwür im Landkrankenhaus. Er lag und lag. Eines Tages kam ein Mann aus der Kreisstadt ins Krankenhaus, Wanka wurde zum Arzt gerufen, und die beiden nahmen ihn in die Mangel, kneteten, drückten seinen Leib, klopften ihm auf den Rükken.

Dann besprachen sie sich untereinander und sagten zu Wanka: „Bist du einverstanden, ins Städtische Krankenhaus zu gehen?"

„Was soll ich da?"

„Liegen. Genauso liegen, wie du hier liegst. Hier ... Sergej Nikolajewitsch wird dich behandeln."

Wanka war einverstanden.

Im Städtischen Krankenhaus wurde er gut untergebracht. Man nannte ihn dort den „thematischen Kranken".

„Wo ist denn unser thematischer Kranker?" fragte die Schwester.

„Wohl im Klo rauchen", antworteten Wankas Zimmergenossen. „Wo denn sonst."

„Schon wieder? Was solln wir bloß mit ihm machen, mit diesem thematischen ..."

So ganz behagte es Wanka nicht im Städtischen Krankenhaus. Immer wieder erzählte er den Zimmergenossen, was ihm im Leben so passiert war: Wie man ihm voriges Jahr die Fahrerlaubnis entziehen wollte oder wie er einmal mit seinem Wagen abgegluckert ist ...

„Das Eis vorn macht so 'n Buckel — wie 'n Berg ... Ich die Tür auf und Gas. Mitmal rausch ich runter!" Wenn Wanka erzählt, überschlägt er sich vor Eifer, fuchtelt mit den Armen, springt von einem zum andern. „Also, ich abwärts! Im Ernst, wie bergab! Das Wasser — mir klatsch! vor die Windschutzscheibe. 'ne Eisscholle knallt die Tür zu — sie klemmt. Und ich, im Ernst, geh auf Grund, kann die Tür nicht aufkriegen. Schwimme schon vorm Steuer. Ich hin zur andern Tür, raus und mich erst mal umgesehn ..."

„Du redest, wie wenn du im Dampfbad warst: ‚Raus und mich erst mal umgesehn.‘ Schwindel doch nicht so.“

Wanka auf seinem Bett riß die Augen auf. „Ich und schwindeln?“ Für eine Weile verschlug es ihm fast die Sprache. „Ich? Wie kommst du darauf? Als ob ich schwindeln tät! Von wegen...“

Und wirklich, betrachtet man sich Wanka, dann wird einem klar, daß er sich kaum aufs Lügen versteht. Denn auch das will gekonnt sein.

„Schon gut. Erzähl weiter, Wanka. Nimm’s nicht krumm.“

„Ich guck also nach oben und sehe: Da ist so ’n blaues Loch, das ist, wo ich reingerauscht bin ... Ich dahin gerudert.“

„Wie lange warst du denn unter Wasser?“

„Woher soll ich das wissen? Nicht lange, ich erzähl bloß so lange. Außerdem quatscht ihr mir andauernd dazwischen ...“

„Na, und wie weiter?“

„Also, ich raus ausm Wasser. Die Leute laufen schon zusammen. Schaffen mich ins erstbeste Haus...“

„Und — gleich Wodka?“

„Zuerst haben sie mich mit Odekolon abgerubbelt. ’ne ganze Woche hab ich nach ‚Rote Nelke‘ gestunken. Dann erst kam der Wodka an die Reihe.“

Wanka merkte gar nicht, wie er allmählich Sehnsucht bekam. Stundenlang stand er am Fenster, sah zu, wie die seinem Verstand und seinem Herzen fremde Straße pulsierte. Sonderbar war das: Sie lärmte, sie schrie, und niemand hörte den anderen. Alle hatten es eilig. Weil aber von oben alle Leute gleich aussehen, schien es, als würden sie nirgendwohin eilen: Es war ein rätselhaftes Laufen auf der Stelle. Und bald war es Wanka zur Gewohnheit geworden, den Blick über die Straße wandern zu lassen — über die Menschen, die Autos ... Da ging, sich in der Taille wiegend, eine Puppe im Minirock, Wanka guckte ihr nach. Aber sonst — ewiges Einerlei. Wanka wurde schwermütig. Einsam fühlte er sich.

Wie groß waren sein Erstaunen und seine Freude, als er in dieser Welt da unten plötzlich seine Mutter erblickte. Sie bahnte sich ihren Weg über die Straße, sie blickte sich um — ängstlich. Ach, die Liebe, die Gute! Sie hatte es geahnt. „Mama kommt!“ brüllte er allen im Zimmer voller Freude zu.

Diese nur allzu menschliche Freude kam so unerwartet, brach so frank und frei aus ihm heraus, daß alle lachten. „Wo denn, Wanka?"
„Na da! Die da, mit der Tasche!" Wanka beugte sich weit aus dem Fenster und rief: „Mama!"
„Geh ihr unten entgegen", sagte man ihm. „Sonst darf sie womöglich nicht rein. Heute ist kein Besuchstag."
„Klar darf sie rein! Wenn sie sagt, sie kommt vom Dorf..."
„Denkste! Wenn der Dürre unten steht, der mit den roten Augen, der läßt sie nie und nimmer rein."
Wanka lief hinunter.
Die Mutter stand bereits vor diesem Dürren mit den roten, entzündeten Augen und brachte ihre Bitte vor. Der Rotäugige hörte gar nicht hin.
„Das ist für mich!" rief Wanka von weitem. „Das ist meine Mutter."
„Mittwochs, samstags, sonntags", kuckuckte der Rotäugige.
Die Mutter freute sich, als sie Wanka erblickte, sie wollte auf ihn zueilen, aber der Rotäugige hielt sie fest. „Zurück."
„Sie will zu mir!" rief Wanka. „Was fällt dir ein?!"
„Mittwochs, samstags, sonntags", kuckuckte er wieder dreimal, dieser ... Wachmann, oder wie die sich nennen.
„Hab ich doch nicht gewußt", bettelte die Mutter. „Ich komme vom Dorf. Hab's nicht gewußt, Genosse. Möcht hier bißchen mit ihm sitzen, ein Weilchen bloß..."
Wanka war erst einmal verblüfft, ihm fiel auf, wie kläglich Mutters Stimme plötzlich wurde, wie eingeübt kläglich, künstlich kläglich, und wie flink sie auf diese Stimme übergesprungen war ... Und Wanka schämte sich, daß sich die Mutter so erniedrigte.
Er gebot ihr zu schweigen. „Sei still, Mutter."
„Aber ich erklär dem Genossen doch bloß ... Was hast du denn?"
„Sei still!" wiederholte Wanka. „Genosse", wandte er sich höflich und würdevoll an den Wachmann, aber der sah ihn nicht einmal an. „Genosse!" Wanka hob die Stimme. „Ich rede mit Ihnen!"
„Wanka", sagte die Mutter warnend, denn sie wußte, daß der Sohn mir nichts, dir nichts aus der Rolle fallen konnte.
Der Rotäugige blickte nach wie vor teilnahmslos zur Seite, als wäre niemand in seiner Nähe und als würde er nicht von vorn

und von hinten mit Bitten bestürmt.
„Komm, wir setzen uns dorthin", sagte Wanka ruhig zur Mutter, wobei er seine ganze Kraft zusammennehmen mußte, und zeigte auf ein Bänkchen hinter dem Wachmann. Und ging an ihm vorbei.
„Z-z-zurück", sagte dieser geradezu angewidert. Und wollte Wanka am Ärmel zurückholen.
Darauf hatte Wanka nur gewartet. Kaum hatte der Rotäugige ihn berührt, stieß er mit einer heftigen Armbewegung seine Hand weg und sagte erbleichend, aber noch immer ruhig zur Mutter: „Hierher, auf das Bänklein."
Natürlich war Wanka darauf gefaßt, daß der Rotäugige ihn erneut von hinten fassen würde. Und der tat es auch. Packte Wanka am Kragen des gestreiften Pyjamas. Und zerrte schmerzhaft. Wanka packte seine Hand und drückte zu, daß der Rotäugige eine Grimasse schnitt.
„Merke ich noch mal, daß du deine Hände gegen mich erhebst ...", sagte Wanka, der nicht gleich die richtigen Worte fand, ihm leise ins Gesicht, „dann ... dann werde ich mit Ihnen ein sehr ernstes Wörtchen reden."
„Wanka", flehte die Mutter, den Tränen nahe. „Mein Gott, mein Gott!"
„Setz dich", befahl Wanka, und die Stimme versagte ihm beinahe. „Setz dich hierher. Erzähl, wie geht's dort so?"
Der Rotäugige war erst einmal verblüfft, dann kam er in Bewegung und schlug Lärm. „Stignejew! Lisaweta Sergejewna!" brüllte er. „Zu mir! Übergriff!" Und die Arme gespreizt, ging er auf Wanka los, als gelte es, einen gewalttätigen Geistesgestörten einzufangen. Wanka blieb jedoch auf seinem Platz sitzen, wenn auch zum Sprung bereit, und sah den Rotäugigen von unten her an. Und dieser Blick ließ den Rotäugigen einhalten. Er schaute sich um und brüllte abermals: „Stignejew!"
Aus einem Seitenzimmer kam der vierschrötige Jewstignejew herausgesprungen, im weißen Kittel, mit einer Semmel in der Hand.
„Hä?" fragte er. „Was fürn Übergriff?"
„Zu mir!" brüllte der Rotäugige. Und warf sich mit ausgebreiteten Armen auf Wanka.
Wanka wehrte ihn ab. Der Wachmann flog zurück. Aber nun sah auch Jewstignejew, daß hier ein „Übergriff" stattfand,

und stürzte sich auf Wanka.
Wanka zu packen, gelang ihnen nicht. Er rannte nicht weg, aber er ließ sich auch nicht greifen, obwohl Jewstignejew ein kräftiger Mann war und die beiden sich aus Leibeskräften abmühten. Dabei sah Wanka sich sogar noch vor, daß er keine Stühle und Tischchen umrannte. Trotzdem mußte das Tischchen des Wachmanns dran glauben, und mit ihm fiel die Wasserkaraffe zu Boden und zersplitterte in tausend Scherben. Geschrei, Lärm erhob sich. Weiße Kittel kamen angerannt. Darunter Sergej Nikolajewitsch, Wankas Arzt. Der Rotäugige und Jewstignejew waren kaum zu beschwichtigen. Wanka wurde nach oben geführt. Von Sergej Nikolajewitsch. Der war sehr verstimmt. „Was denkst du dir eigentlich, Iwan?"
Wanka dagegen war die Ruhe selbst. Er wußte, daß er jetzt nach Hause fahren würde. Er hatte der Mutter gesagt, sie solle auf ihn warten.
„Welcher Teufel hat dich geritten, dich mit ihm anzulegen?" Der junge Arzt konnte und konnte das nicht fassen. Wanka hatte große Achtung vor dem Arzt. „Er hat Mutter nicht reingelassen."
„Warum hast du mir nichts gesagt, ich hätte das schon gedeichselt. Geh ins Zimmer, ich bring sie rauf."
„Nicht nötig, wir fahren jetzt nach Hause."
„Nach Hause? Was fällt dir ein?"
Aber Wanka legte einen unbegreiflichen Starrsinn an den Tag. Er war ja nur deshalb so ruhig, weil es nun heim ging.
Sergej Nikolajewitsch redete in seinem Sprechzimmer auf ihn ein. „Deine Mutter kann vorläufig bei mir wohnen", sagte er sogar. „Wir haben die Sache doch noch nicht zu Ende geführt. Verstehst du? Du bringst mich einfach in eine peinliche Lage. Scher dich doch nicht um diese Dummköpfe, was läßt du dich mit ihnen ein? Und die Mutter kann dich jederzeit besuchen..."
„Nein", sagte Wanka. Er dachte daran, wie Mutter sich vor diesem Rotäugigen erniedrigt hatte. „Nein hab ich gesagt!"
„Aber ich lasse dich nicht raus!"
„Dann spring ich ausm Fenster. Haue nachts ab im Schlafanzug."
„Eijei", sagte Sergej Nikolajewitsch betrübt. „Das ist nicht recht."
„Ach was." Wanka war sogar fröhlich. Schade nur, daß der

Arzt ... Schade, daß er so traurig war. „Sie finden einen andern mit einem Geschwür. Am Fenster, der Rotfuchs, der hat auch eins."
„Darum geht es nicht. Du tust unrecht, Iwan."
„Tu ich nicht." Wanka wurde leichter und leichter zumute. „Sie dürfen mir nicht böse sein."
„Ja, aber ..." Sergej Nikolajewitsch war immer noch sehr betrübt. „Dich unter den Umständen hierzubehalten hat auch keinen Sinn. Vielleicht überlegst du's dir noch? Beruhigst dich erst mal..."
„Nein. Jetzt steht's fest." Wanka rannte ins Krankenzimmer, um seine Siebensachen zu packen.
Die im Zimmer schimpften ihn aus. „Dussel! Wärst du doch hingegangen ..." — „Wärst hier ausgeheilt worden! Sergej Nikolajewitsch hätt dich wieder fit gemacht."
Sie begriffen nicht, diese Leute, daß Wanka bald mit der Mutter im Bus sitzen und in einer guten Stunde zu Hause sein würde.
Sie konnten so etwas eben nicht verstehen.
„Setzt wegen dem Idioten deine Gesundheit aufs Spiel. Ach, du!"
„Man muß Mensch bleiben", sagte Wanka gelassen und nicht ohne Rachegefühl, vielleicht sogar triumphierend. „Kapiert?"
„Ja, ja, kapiert. Stellst dich ganz unnötig auf die Hinterbeine." — „Hättst du dem Rotäugigen 'n halben Rubel zugesteckt, wär alles in Butter gewesen. Aber so?"
Wanka nahm von allen Abschied, wünschte ihnen mit fröhlicher Stimme gute Besserung und eilte hinunter.
Er mußte im Keller noch seine Oberbekleidung holen. Und die gab ausgerechnet Jewstignejew aus.
Jewstignejew sah Wanka keineswegs böse an, ja eher mitleidig. „Bist rausgeschmissen worden? Ach je ...", und als er die Sachen herausgab, beugte er sich vor und sagte mit leisem Vorwurf: „Hättest ihm fünfzig Kopeken geben sollen — und fertig. Kein Krach und nichts wär gewesen. Nein, die Jugend, diese Jugend ... Ist das denn wirklich so schwer rauszufinden?"
„Man muß Mensch bleiben und nicht mit Geld um sich werfen", sagte Wanka wiederum gewichtig. Aber hier, im Keller, zwischen einer Unmenge von Kleiderständern, in einer

stickigen Naphthalinwolke, klangen diese Worte gar nicht mehr triumphierend. Jewstignejew maß ihnen keine Bedeutung bei.
„Sind das deine Schuhe?"
„Ja."
„Nicht ausgeheilt und fährt ab..."
„Ich kurier mich zu Hause aus."
„Zu Hause! Na, mach man..."
„Bleib gesund, Iwan Petrow!" sagte Wanka.
„Du auch. Ich würde ja den Arzt bitten ... vielleicht darfst du hierbleiben. So was Dummes, sich mit diesem Esel anzulegen."
Wanka gab Jewstignejew keine Erklärung, sondern eilte zur Mutter, die, so befürchtete er, sicherlich neben dem Rotäugigen saß und weinte.
So war es auch: Sie saß auf dem Bänkchen hinter dem Wachmann und wischte sich mit dem Schaltuch die Tränen. Der Rotäugige stand neben seinem Tischchen, mit Blickrichtung auf den Korridor — er hatte Hexenschuß und stand steif wie ein Stock.
Wankas Herz pochte vor Aufregung schneller, als er ihn sah. Er verlangsamte sogar den Schritt, wollte ihm zum Schluß noch etwas sagen. Etwas Gepfeffertes. Aber es fiel ihm nichts Treffendes ein. „Bleib gesund!" sagte er. „Schnörkel."
Der Rotäugige blinzelte vor Überraschung, wandte aber nicht den Kopf, er sah nach wie vor zum Korridor hin, längs an seiner Wachbude vorbei.
Wanka nahm Mutters Tasche, und sie verließen das rühmlich-unrühmliche Kreiskrankenhaus, wo, wie die Leute erzählten, sogar Krebs geheilt werden konnte.
„Weine nicht", sagte Wanka zur Mutter. „Was hast du denn?"
„Nirgendwo kannst du Fuß fassen, mein Junge", sprach die Mutter ihren bitteren Gedanken aus. „Auch in der Berufsschule damals nicht..."
„Na und! Solln mir den Buckel runterrutschen mit ihrer Berufsschule. Aber eins sag ich dir: Bettle nie wieder jemand so an wie vorhin diesen Alten. Niemals und niemand. Klar?"
„Wirst weit kommen — ohne zu bitten!"
„Trotzdem, so geht's auch nicht. Eine Schande, so was mit anzuhören."

„Er schämt sich! Ich muß jetzt die Papierchen für die Rente zusammenholen — versuch das mal, ohne zu bitten und zu betteln. Was glaubst du, wieviel du zusammenkriegst?“
„Schon gut, schon gut ...“ Mutter war nie um Ausreden verlegen. „Wie geht's denn so daheim?“
„Nicht schlecht. Liegst du die Krankheit zu Hause aus?“
„Tja ... weiß nicht recht“, sagte Wanka. „Mir ist schon viel besser.“
Eine Weile später bestiegen sie am Bahnhof den Bus und fuhren heimwärts.

1973

# Die Kränkung

Saschka Jermolajew hatten sie gekränkt.

Nun, so was kommt vor. Kein Mensch wird verlangen, daß man's wortlos hinnimmt, aber deswegen gleich alle menschlichen Werte umzuwerten und den Sinn des Lebens in Zweifel zu ziehen — wissen Sie, das ist ... Luxus. Man muß auf dem Teppich bleiben. Mit Vernunft steht man zwar nicht wie ein Ritter da — aber man geht auf Nummer Sicher. Tja. Vielleicht sind Sie anderer Meinung, womöglich lächeln Sie nachsichtig, eventuell lächeln Sie sogar verächtlich ... Meinetwegen. Wenn Sie von dieser Herumfuchtelei mit Theaterschwertern die Nase voll haben, wenn man Sie überall achtkantig rausgeschmissen hat, wenn Sie mit Ihrem Latein am Ende sind, kommen Sie zu uns, zu den Vernünftigen, Tee trinken.

Aber zur Sache.

Was war passiert?

Am Samstagmorgen packte Saschka die leeren Milchflaschen ein und sagte zu seiner Tochter: „Mascha, kommst du mit?"

„Kaufen gehn?" Die Kleine freute sich.

„Ja, einkaufen gehen. Milch holen. Die Mami schimpft doch immer, daß wir nie den Einkauf erledigen. Komm, wir gehen beide."

„Na, das ist ja mal 'ne Leistung!" sagte die vielbeschäftigte „Mami". „Guckt doch, ob sie Eisfisch haben. Wenn ja, bringt ein Pfund mit."

„Von dem teuren Zeug?"

„Na und? Ich brat ihn für die Kinder."

Saschka und Mascha brachen auf — „kaufen gehn".

Sie kauften Milch, kauften Butter, gingen, um nach Eisfisch zu gucken, an den Fischstand. Die Frau, die dort bediente, war mufflig — mag sein, unausgeschlafen. Und irgendwie kam es ihr so vor, als habe sie jenen Burschen vor sich, der hier gestern im Suff herumkrakeelt hatte. Streng und böse fragte sie: „Na, wieder nüchtern?"

„Was heißt: wieder nüchtern?" fragte Saschka verständnislos zurück.

„Erinnerst dich wohl nicht an gestern?"
Saschka schaute die Frau sprachlos an.
„Guck nicht noch so, als wär nichts gewesen! Steht da und guckt wie Jesus..."
Das fuchste Saschka besonders — „wie Jesus".
„Na hören Sie mal!" sagte er und spürte einen Krampf in den Kinnbacken — von der Kränkung. „Sie haben wohl selbst einen in der Krone? Woran soll ich mich erinnern?"
Jetzt war die Frau gekränkt. Sie lachte auf.
„Ach, du weißt von nichts?"
„Wovon soll ich was wissen? Ich war gestern den ganzen Tag auf Arbeit!"
„So? Wieviel zahlen sie dir denn dafür? Auf Arbeit will er gewesen sein! Und von andern Leuten behaupten, sie hätten einen in der Krone. Dabei hat er noch nicht mal seinen Rausch ausgeschlafen."
Saschka kochte. Vielleicht traf ihn die Kränkung an diesem Morgen deshalb so tief, weil er sich in letzter Zeit große Mühe gegeben hatte, ordentlich und friedlich zu leben, er konnte sich nicht mal mehr erinnern, wann er das letztemal getrunken hatte. Außerdem traf es ihn so empfindlich, weil er die kleine, liebe Hand seiner Tochter hielt ... Und das alles vor seiner Tochter: Saschka war wie vor den Kopf gestoßen. Er hätte achselzuckend weitergehen, sich einen Dreck darum scheren sollen. Mit so einer ließ sich doch nicht streiten: Möglicherweise merkte sie selbst, daß sie sich getäuscht hatte, aber das würde sie niemals zugeben. Sich bei Hinz und Kunz entschuldigen — nee, wo käme sie da hin?
„Wo ist der Verkaufsstellenleiter?" Etwas Besseres fiel Saschka nicht ein.
„Wo er immer ist", sagte die Frau gelassen.
„Wo er immer ist! Und wo ist er immer?"
„Da, wo er hingehört. Wo der Verkaufsstellenleiter ist! Der hätte viel zu tun, sich mit dir abzugeben!" Die Frau hob ihre Stimme, um die anderen Verkäuferinnen und die älteren Kunden auf den Skandal aufmerksam zu machen. „Den Verkaufsstellenleiter will er sprechen! Der ist hier, um zu arbeiten — und nicht, um mit dir zu quasseln. Nee, den Verkaufsstellenleiter will er sprechen!"
„Was ist denn los, Rosa?" erkundigten sich andere Verkäuferinnen.

„Er verlangt den Verkaufsstellenleiter! Der feine Herr wünscht ihn zu sprechen! Saufsack, der!"
Saschka machte sich selbst auf die Suche nach dem Verkaufsstellenleiter.
„Die Tante ist ... böse", sagte Mascha.
„Die ist nicht böse, die ist ..." Saschka sprach vor dem Kind lieber nicht aus, was die Tante war. Sein Gesicht brannte, als hätte man ihn vor allen Leuten geohrfeigt.
Im Eingang für Personal wollte ihn ein Fleischer nicht hereinlassen.
„Wieso machst du hier Stunk?"
Aber dem kam er gleich richtig. Und man sah Saschka offenbar an den Augen an, daß er's ernst meinte, jedenfalls wich der Bursche zurück.
„Ich bin nicht Verkaufsstellenleiterin", sagte die Frau in dem kleinen Büro. „Ich bin Abteilungsleiterin. Was wollen Sie?"
„Wo gibt's denn so was!" legte Saschka los. „Einem einfach was an den Kopf zu werfen..."
„Beruhigen Sie sich", riet die Abteilungsleiterin.
„Ich war gestern den ganzen Tag auf Arbeit ... War überhaupt nicht in dem Laden! Und sie behauptet, ich hätte gestern hier krakeelt. Dabei bin ich überhaupt nicht hier gewesen."
„Wer hat das behauptet?"
„Die da am Fischstand."
„Und was hat sie gesagt?"
„Sie hat gesagt, ich hätte gestern hier Krawall gemacht. Dabei bin ich gestern überhaupt nicht im Laden gewesen."
„Was regen Sie sich denn überhaupt auf, wenn Sie gar nicht hier gewesen sind. Wenn Sie nichts gemacht haben, dann ist's doch gut."
„Unverschämtheit! Mich einfach zu beschimpfen!"
„Rosa hat Sie beschimpft?"
„Jesus hat sie mich genannt."
Die Abteilungsleiterin lachte. Saschka zog es wieder die Kinnbacken zusammen. Seine Lippen zuckten.
„Kommen Sie, wir werden das klären", sagte die Abteilungsleiterin.
Gefolgt von Saschka, ging sie an den Fischstand.
„Rosa, was war denn los?" erkundigte sie sich leise.
Rosa erklärte, ebenfalls leise — so unterhalten sich Ärzte am

Krankenbett über den Patienten, auch vor Gericht und bei der Miliz spricht man so, wie unter sich, völlig unbekümmert darum, daß der, über den geredet wird, es hört —, Rosa also erklärte leise: „Er hat sich gestern hier betrunken und dann rumkrakeelt, und als ich ihn daran erinnerte, wollte er es nicht gewesen sein, tat noch empört."

Saschka kam wieder auf achtzig. Diesmal, weil die Abteilungsleiterin dieser Rosa zuhörte und leise — verständnisvoll — zu ihren Worten nickte. Die beiden wußten, ohne Saschka anzublicken: In so einem Fall „tut man empört".

Saschka kochte, doch er nahm sich zusammen, um ruhig zu bleiben.

„Wovon reden Sie überhaupt?" fragte er.

Die Abteilungsleiterin und Rosa würdigten ihn keines Blickes. Sie unterhielten sich.

„Und was hat er gemacht?"

„Na, Schnaps getrunken, und weil er den Kanal noch nicht voll hatte, kam er nach 'ner Weile wieder. Aber unterdessen hatten wir geschlossen, und da hat er Krach geschlagen..."

„Habt ihr die Miliz gerufen?"

„Ljubka ging ans Telefon, aber er hat's trotz Suff mitgekriegt und ist abgehauen. Hat der uns beschimpft..."

„Hören Sie mal!" mischte sich Saschka wiederum in ihre Unterhaltung ein. „Ich bin gestern überhaupt nicht in dem Laden gewesen! Ich bin nicht hier gewesen, verstehen Sie?!"

Rosa und die Abteilungsleiterin musterten ihn.

„Ich bin gestern überhaupt nicht in dem Laden hier gewesen, begreifen Sie das denn nicht?! Ich sage Ihnen doch klar und deutlich: Ich bin gestern überhaupt nicht hier gewesen."

Rosa und die Abteilungsleiterin fixierten ihn schweigend.

Mittlerweile hatte sich hinter ihnen eine Schlange gebildet. Stimmen wurden laut: „Nu hören Sie endlich auf!" — „Lassen Sie ihn doch laufen!"

„Hat man so was schon gesehen!" Saschka wandte sich an die Leute in der Schlange. „Ich bin gestern überhaupt nicht in dem Laden hier gewesen, und jetzt behaupten sie, ich hätte rumkrakeelt. Wie finden Sie 'n das?!"

Da drängte sich ein älterer Mann im Mantel vor.

„Du und nicht hier gewesen! Abend für Abend bist du nicht aus dem Laden rauszukriegen. Du kannst uns viel erzählen. Wenn sie's sagen, bist du's auch gewesen."

„I wo, die hocken abends schön zu Hause!" höhnten sie aus der Schlange.
„Lesen Zeitung."
„Aber hier empört tun! Soll er sich an die eigene Nase fassen!"
„Na hören Sie mal!" versuchte Saschka sich zu verteidigen, doch er sah ein, daß es zwecklos war. Blödsinn. Gegen diese Wand kam er nicht an.
„Verkaufen Sie weiter", forderten die Leute Rosa auf. „Verkaufen Sie weiter, kümmern Sie sich gar nicht um den."
Saschka wandte sich dem Ausgang zu. Der Kunde im Mantel rief ihm hinterher: „Wodka wird erst ab zehn Uhr verkauft! Bist zu früh gekommen!"
Saschka ging hinaus. Auf der Straße blieb er stehen und zündete sich eine Zigarette an.
„Die Onkels sind aber böse", sagte Mascha.
„Ja, die Onkels ... und Tanten ... tja ...", murmelte er. Und überlegte: Was sollte er machen? Wieder packte es ihn. Wie Schüttelfrost!
Er beschloß, auf den im Mantel zu warten. Er wollte mit ihm reden, wollte ihn fragen, was ihm einfalle. Wollte fragen: Was ist hier eigentlich los? Wie lange wollen wir noch solche Gemeinheit fördern? Und wieso führt er sich wie ein Kriecher auf? Was ist das für 'ne Art? Was für eine verdammte Sucht, vor einem Schuft von Verkäufer oder Beamten, vor irgend so einem niederträchtigen Kerl zu katzbuckeln, auf Deiwel komm raus zu katzbuckeln! Die Gemeinheit haben wir selber gezüchtet! Wir selbst! Niemand hat sie importiert oder mit Fallschirmen bei uns abgesetzt...
So ungefähr dachte Saschka. Und da kam der im Mantel aus dem Laden.
„Hören Sie", Saschka trat auf ihn zu, „ich möchte mit Ihnen reden..."
Der im Mantel blieb stehen, starrte Saschka feindselig an.
„Worüber hätte ich mit dir schon zu reden?"
„Warum haben Sie der Verkäuferin beigestanden? Ich bin gestern wirklich nicht in dem Laden gewesen..."
„Geh und schlaf erst mal deinen Suff aus! Kapiert? Leute anpöbeln ... ‚Ich möchte mit Ihnen reden', sagt er! Dein Gespräch sollst du haben. Allerdings an andrer Stelle!"
„Haben Sie 'n Knall?"

„Du wirst dich umgucken, wer 'n Knall hat ... Mir hier aufzulauern!"
Der im Mantel rauschte zurück in den Kaufladen — ans Telefon, wie Saschka begriff.
Die hatten es auf ihn abgesehen! Saschka beruhigte sich sogar ein wenig. Und beschloß, nicht auf die Miliz zu warten. Die konnten ihm kreuzweise ... Wenn er allein gewesen wäre, hätte er die Dinge vielleicht auf sich zukommen lassen — er hätte doch gern gewußt, wie es ausgegangen wäre.
Er trabte mit Mascha nach Hause. Und fragte sich die ganze Zeit: Was ist los mit den Leuten?
Mascha plapperte wieder in ihrer ulkigen Kindersprache. Plötzlich wunderte es Saschka, daß der kleine Fratz während des Wortwechsels mit den Leuten still geblieben war, erst hinterher hatte seine Mascha den Mund aufgemacht und gesagt, die Onkels und Tanten seien „böse", weil sie unfreundlich mit dem Papa sprachen. Saschka nahm seine Tochter an die Hand. Unvermittelt kamen ihm die Tränen.
„Ach, mein Schätzchen, du verstehst wohl schon alles?"
Zu Hause wollte Saschka seiner Frau von dem Vorfall erzählen ... Aber kaum daß er angefangen hatte, verging ihm die Lust ...
„Was war denn los?"
„Ach, nichts weiter. 'ne Verkäuferin ist mir dumm gekommen. So was ist doch keine Seltenheit, oder?"
Dafür dachte er über den Mann im Mantel nach. Ein einfacher Mann, alt und grau ... Und dann so ein Arschkriecher, der weiter nichts kann, als zum Telefon rennen und die Miliz rufen. Wie hat der gelebt? Was hat der im Leben getan? Vielleicht weiß er gar nicht, daß Kriecherei — egal, wann, wo und wie — allemal was Ekelhaftes ist ... Man muß doch nicht erst alt und grau werden, um das mitzukriegen. Ja wirklich: Wie hat der gelebt? Was hat der gemacht? Saschka hatte den Mann schon gesehen, er wohnte in dem achtstöckigen Klotz gegenüber ... Ob er mal hinging? Er brauchte nur einen nach der Wohnung zu fragen ...
Ich gehe hin! beschloß Saschka. Ich spreche mit dem Mann. Erkläre ihm, daß die blöde Ziege mich mit irgendwem verwechselt hat, daß ich gestern gar nicht in dem Laden gewesen bin, daß er ihr nicht hätte beistehen dürfen, wenn er gar nicht ...

Überhaupt, ich rede mit ihm. Kann ja sein, er ist einsam ...

„Ich hol mir noch Zigaretten", sagte Saschka zu seiner Frau.

„Aber du warst doch eben im Kaufladen!"

„Ich hab sie vergessen."

Ein Junge erkannte den Mann der Beschreibung nach.

„Tschukalow! Aus der Sechsunddreißig."

„Wohnt er allein?"

„Nee, mit seiner Alten. Wieso?"

„Bloß so. Ich suche ihn nämlich."

Tschukalow öffnete selber — der Mann, mit dem Saschka reden mußte.

Erschrecken Sie bitte nicht", sagte Saschka gleich, „ich möchte Ihnen erklären ..."

„Igor!" rief Tschukalow laut.

Er war nicht erschrocken, nein, er betrachtete den Besucher mit so einer rätselhaften Befriedigung, starrte ihn mit seinen dunklen, ein wenig hervorquellenden Augen an und war sichtlich zufrieden. Er hatte ihn erwartet.

„Ich möchte Ihnen erklären ..."

„Moment. Igor!"

„Was is?" fragte jemand im Innern der Wohnung. Eine Männerstimme.

Saschka blickte unwillkürlich nach dem Kleiderständer, rührte sich dabei ... Tschukalow dachte offenbar, er wolle weg, jedenfalls schnappte er ihn am Ärmel — mit verblüffender Kraft. In seinen nahen dunklen Augen funkelten Gehässigkeit und die freudige Erwartung baldiger Vergeltung. Er hatte eine Schnapsfahne. Saschka war dermaßen perplex, daß er gar nicht den Versuch unternahm, sich loszureißen, sondern nur die Hand zu befreien versuchte, weil der Hemdsärmel, den Tschukalow gepackt hatte, schmerzhaft in die Haut schnitt.

„Igor!"

„Was?" Igor, allem Anschein nach der Sohn, ebenfalls mit dunklen, ein wenig feuchten Augen, erschien — ein kerniger Bursche, von Frühstück und Wodka so richtig in Schwung ...

„Der Kerl hier ist vorhin im Laden gemein zu mir geworden ... Er wollte mich schlagen." Tschukalow hielt Saschka immer noch am Ärmel fest.

Igor musterte Saschka.

„Lassen Sie mich los, ich renne doch nicht weg“, bat Saschka. Und lächelte wieder. „Ich bin ja von selbst hergekommen.“
„Laß ihn los“, befahl Igor. Und betrachtete Saschka fragend, forschend, taxierend.
Tschukalow ließ Saschkas Ärmel los.
„Die Sache ist die“, begann Saschka möglichst ruhig und gescheit, während er sich den Arm rieb, „zu mir ist jemand gemein geworden, und Ihr Vater...“
„Und mein Vater kam Ihnen zufällig in die Quere, ja?“
„Wieso denn?“
„Er hat mir vorm Laden aufgelauert...“
„Ich wollte gern wissen, wieso Sie ... so 'n Kriecher sind?“
Saschkas weitere Lageveränderungen erfolgten stoßweise und blitzschnell ... Igor packte ihn am Schlafittchen — womit Saschka überhaupt nicht gerechnet hatte —, stieß ihn zweimal mit dem Kopf gegen die Wohnungstür, öffnete sie, schleifte ihn über den Treppenabsatz und beförderte ihn die Treppe hinunter. Wie durch ein Wunder hielt sich Saschka auf den Beinen — er kriegte das Geländer zu fassen. Oben wurde die Tür krachend zugeschlagen.
Es war, als wäre Saschka von einer Windhose in die Luft gerissen, herumgewirbelt und auf die Erde geschleudert worden. Alles ging rasend schnell. Ebenso schnell — und klar — arbeitete es in Saschkas Kopf. Einen Augenblick verharrte Saschka auf der Treppe ... Dann schritt er rasch hinab, rannte beinahe. Zu Hause im Vorraum lag ein großer Hammer. Er mußte noch einmal klingeln — und wenn der Alte öffnete, ihn zur Seite stoßen und rein ... Noch besser, wenn Igor öffnete, dann wär's einfacher. Hatte er 'ne Wut im Bauch! Jetzt mußte er Dampf ablassen. Hätte er sich beizeiten aus dem Laden verdrückt, wär's gar nicht soweit gekommen. Wenn Igor selber öffnete, mußte er mit dem linken Knie die Tür weiter aufstoßen und den Fuß davor setzen: Sonst knallte er ihm die Tür vor 'n Latz, und mit dem Schwungholen wär's Essig. Das gäbe keinen Schlag, sondern 'ne Stümperei.
Als Saschka aus der Haustür stürmte, sah er seine Frau Vera. Mit wehendem Haar, zu Tode erschrocken, kam sie aus dem Laden gestürzt. Saschka wurden die Knie weich. Den Kindern war was passiert! Seiner Mascha oder seiner Kleinen, die gerade erst laufen lernte. Vor Schreck konnte er nicht mal rufen ... Er blieb stehen, und da hatte seine Frau ihn schon

entdeckt und eilte herbei.
„Wo warst du?“ fragte sie, völlig außer sich.
„Was is ’n los?“
„Mit wem willst du dich wieder prügeln? Mascha hat von irgendwelchen Onkels erzählt. Wer ist das? Du bist ja ganz . . .“
„Was?“
„Tu doch nicht so, Saschka, bitte. Ich kenn dich doch. Du siehst ja ganz wild aus. Ist was passiert? Mit wem hast du Krach gehabt?“
„Mit niemandem!“
„Lüg nicht! Du hast gesagt, du willst Zigaretten holen . . . Wo warst du?“
Saschka schwieg. Jetzt würde wohl nichts daraus werden. Er stand eine Weile da und starrte vor sich hin, wartete: ob das, was in seiner Brust tobte, sich von selbst legte, oder ob er mit dem Hammer auf Igor losgehen mußte.
„Saschka, hör doch! Komm nach Hause! Komm, um Gottes willen“, flehte Vera, die anscheinend ahnte, was sich in ihrem Mann abspielte. „Komm nach Hause, die Kinder warten . . . Ich hab sie allein gelassen. Fang keine Prügelei an, pfeif drauf. Saschenka, hör doch — denk an uns.“ Vera nahm ihren Mann an der Hand. „Hast du denn nicht Mitleid mit uns?“
Saschka kamen die Tränen. Er machte ein finsteres Gesicht. Räusperte sich wütend. Langte in die Tasche, holte eine Schachtel Zigaretten hervor, nahm sich mit zitternden Fingern eine und zündete sie an.
„Wie dir die Hände zittern! Komm.“
Sanft befreite Saschka seine Hand . . . Und ging nach Hause. Ging demütig nach Hause.

1971

# Der Psychopath

Es war einmal ein Psychopath. Natürlich hatte er einen Namen: Sergej Iwanowitsch Kudrjaschow, aber in dem großen Dorf Krutilino, einem ehemaligen Kreiszentrum, hieß er der Psychopath, das war kürzer und treffender. Er war in der Tat nicht ganz normal. Nicht, daß er einen richtigen Dachschaden gehabt hätte, aber einen Hieb, den ja.

Ein Beispiel.

Einmal war der Psychopath krank, hatte eine Erkältung. Er arbeitete als Bibliothekar, machte seine Sache ordentlich (bei ihm gab's das nicht, daß während der Arbeitszeit ein Schloß vor der Tür hing), und nebenher klapperte er noch die Dörfer ab, kaufte für ein Butterbrot alte Bücher und Zeitschriften auf, stand deswegen in Briefwechsel mit irgendwelchen Institutionen in der Stadt, von Zeit zu Zeit kam jemand angereist... Eines Tages aber, als er wieder mal über Land ging, wurde er vom Regen überrascht, weichte durch und holte sich was weg. Nun mußte er dreimal täglich ins Krankenhaus zum Spritzen.

Das Spritzen oblag einer jungen, langaufgeschossenen Schwester, die ein sehr hübsches Gesicht hatte, so einer Schüchternen, die bei jeder Gelegenheit rot wurde.

Der Psychopath kam also dran, und sie suchte mit der Nadel die Vene, suchte, stach immer wieder ein, errötete ... Der Psychopath biß die Zähne zusammen und schwieg, aber er wollte der Schwester ein bißchen Mut zusprechen, denn er sah, daß es sie selber quälte.

„Immer mit der Ruhe", sagte er. „Machen Sie's ganz ruhig, wie Sie's gelernt haben."

„Sie rutscht mir andauernd weg", erklärte die Schwester.

Der Psychopath ruckte mit der freien Schulter, so angestrengt ballte und öffnete er seine Linke, wie es die Schwester verlangt hatte. Endlich kriegte sie die Nadel hinein.

„Wird das jedesmal so 'ne Prozedur?" fragte der Psychopath. Er war richtig ins Schwitzen geraten.

Die Schwester sagte nichts, war nur wieder verlegen. Mit einer

kleinen Pinzette drehte sie die Nadel von der Spritze und legte sie in einen blitzenden Metallbehälter mit siedendem Wasser. Der Psychopath dachte: Als ob sie Suppe kochen wollen.
Dann erschien er das zweitemal zum Spritzen. Wartete, schon im voraus aufgeregt, bis er an die Reihe kam, betrat das kleine Ordinationszimmer, machte den rechten Arm bis zum Ellbogen frei und spannte und lockerte im Wechsel seine Faust. Sein Arm wurde überm Ellbogen mit einem Gummischlauch abgebunden, aber er ballte und öffnete weiter die Faust, während die Schwester die Spritze aufzog. Der Psychopath bemerkte beiläufig, was für eine stattliche Figur sie hatte — 's war Zeit, daß sie heiratete, sie würde bestimmt eine gute Mutter abgeben.
Sie suchten wieder die Vene. Dem Psychopathen starb der Arm ab.
„Locker lassen!" befahl die Schwester.
Er lockerte allmählich den Gummischlauch, während sie weiter suchte und weiter danebenstach.
„Sie rutscht immer weg", sagte sie.
„Aber wohin denn bloß!" Dem Psychopathen riß die Geduld. Sein Arm schmerzte mörderisch. „Sie spielen wohl Versteck mit der Vene? ‚Sie rutscht immer weg!' Können muß man's!"
Auf dem Heimweg tat es ihm leid, daß er die Schwester angefahren hatte, jedoch konnte er nicht ohne Gereiztheit an sie denken. Dachte: Die soll lieber Kinder kriegen und sich um die kümmern. Und 'n Mann versorgen, wie's sich gehört. Nee, Krankenschwester muß sie werden — bloß damit's heißt: Sie ist was Besseres geworden.
Dann ging er das drittemal zum Spritzen. Ging und dachte mit Grauen daran, daß ihm dies eine ganze Woche blühte. Das will 'ne gelernte Schwester sein? fragte er sich verwundert. Irgendwer muß sie doch ausgebildet, ihr Zensuren gegeben haben. Und irgendwer muß schließlich gesagt haben: „So, jetzt ist sie Krankenschwester." Daß seine Vene immerzu wegrutschte, wollte ihm nicht in den Kopf. Wo sollte die hinrutschen? Wie das? So 'n Quatsch! Die Schwester konnte nichts, das war's.
Im Ordinationszimmer machte er den linken Arm frei, band ihn mit dem Gummischlauch ab, legte ihn auf das kleine, kalte,

rote Kissen und begann geübt, die Faust abwechselnd zu schließen und zu öffnen.
Er guckte nicht hin, als die Schwester die Spritze aufzog. Ihm war hundeelend — diese Tortur, es tat ja noch von der vorigen Spritze weh, und jetzt würde sie wieder die Vene suchen. Er ließ die Faust spielen und dachte: Warum, zum Teufel, mußte sie auch auf die medizinische Fachschule? Hätte doch Buchhalterin, Rechnungsführerin oder Sekretärin beim Dorfsojwet werden können, wenn sie nicht als Melkerin gehen wollte — nein, Krankenschwester mußte sie werden!
Die Schwester trat zum Psychopathen, stieß zur Probe einen feinen Strahl aus der Spritze in die Luft, strich ihm mit der freien Hand ein paarmal kräftig vom Ellbogen abwärts über den Arm. Sie blickte ihn nicht an — anscheinend machte es ihr selber schwer zu schaffen, daß sie keine glückliche Hand hatte.
Ich halt aus, nahm sich der Psychopath vor. Die Woche werd ich schon überstehen.
Abermals rutschte die Vene weg. Der Schwester und dem Psychopathen brach der Schweiß aus. Der Schmerz schoß vom Arm bis in die Herzgegend. Der Psychopath dachte: Dabei kann man glattweg ohnmächtig werden.
„Machen Sie das etwa bei allen so?“ brachte er gepreßt hervor. „Na hören Sie mal, das ist ja 'ne Quälerei!“
„Wenn Ihre Vene immer wegrutscht!“ Die Schwester war ebenfalls gereizt.
So was! Auch noch kiebig werden! „Schluß!“ Mit seiner freien Hand schob er ihre Hand mit der Spritze weg. „'ne Tortur ist das, aber keine Behandlung!“
Die Schwester war entgeistert. Wurde puterrot. „Ja, was denn?“ fragte sie.
„Was schon!“ Nun tat sie ihm wieder leid. „Ich weiß nicht, aber so geht's nicht, Schwester. Ich bin doch nicht aus Eisen.“
„Das seh ich ja ein ...“ Die Schwester stand vor ihm, drall und jung — und trotzdem bedauernswert.
„Passen Sie doch besser auf! Denken Sie daran, wie Sie's gelernt haben.“
„Ich mache alles richtig.“ Sie blickte treuherzig, mit aufrichtigem Erstaunen auf ihn nieder. „Ich mache es bei allen so, und da klappt's.“
„Bei allen, bei allen!“ Unwillkürlich kam es dem Psychopathen

wieder in den Sinn: Sie ist was Besseres geworden! „Na, dann versuchen Sie's noch mal."
Die Schwester visierte aufs neue seine Vene an, schien sie ertastet zu haben, stieß die Nadel hinein und drückte den Kolben der Spritze nieder. Der Psychopath schrie auf vor Schmerz; der Schmerz stach durch den ganzen Arm, sogar im Hinterkopf zog es sich zusammen und schmerzte.
„So was von Schwachsinn!" sagte er, beinahe weinend. „Wie ein Vollidiot ... Rufen Sie den Arzt!"
„Wieso?" fragte die Schwester.
„Rufen Sie den Arzt!" verlangte der Psychopath. Stand auf, lief nervös in dem kleinen Ordinationszimmer auf und ab, den linken Arm angewinkelt und an die Seite gepreßt, immer mehr in Wut geratend. „Sie müssen doch schwachsinnig sein! Lernen Sie's nun oder nicht?" brüllte er die Schwester an, und ebendeshalb ging sie zum Arzt: um sich wegen der Beschimpfung zu beschweren.
Der Arzt kam, so ein junger mit Bart, der sich im Dorf langweilte, gleichgültig und unerhört eingebildet war. Der Psychopath hatte das gleich bei der Aufnahme gemerkt.
„Na, was ist?" Und das mit einem so herablassenden Grinsen in den Augen, als sei er wunder wer und nicht ein kleiner Doktor aufm Dorf! Dieses Grinsen brachte den Psychopathen erst recht auf die Palme.
„Na, wissen Sie, ich komme mir Spritzen holen, aber hier bin ich wohl beim Pferdedoktor gelandet..."
„Na, na", unterbrach ihn der Arzt und gab mit seiner Miene zu verstehen, daß er keine Zeit habe. „Zur Sache, bitte."
„Zur Sache?!" schnauzte der Psychopath. „Wann lernen die endlich das Spritzen, oder muß man hier noch 'n Säbel verschlucken?" Wenn der Psychopath außer sich geriet, redete er unverständliches, unsinniges Zeug, hinterher schämte er sich stets dafür und machte sich bittere Vorwürfe. „Ich möchte mal wissen, was das für 'ne Arbeitsweise ist. Für eine Spritze eine Stunde Schinderei — und 's klappt trotzdem nicht. Aber sich 'n Bart stehn lassen, fehlt bloß noch 'n Kneifer ... Ihr versteht nichts von eurer Arbeit! Sich 'n Bart stehn lassen, das ja, aber 'ne Schwester hier haben, die nicht mal spritzen kann." Der Psychopath deutete auf die Schwester. „Sie Onkel Doktor mitm Bart sollen's ihr beibringen — oder können Sie's selber nicht?"

Anfangs hörte der „Onkel Doktor“ verwundert zu, aber dann packte ihn die Wut.
„Hören Sie auf zu schreien!“ sagte er streng. „Sie sind hier nicht auf dem Markt!“
„Schön wär's!“ Der Psychopath ließ nicht locker. „Schön wär's! Da gilt wenigstens, daß man seine Sache verstehen muß. Aber hier, hier ist man ja beim Pferdedoktor.“
Die Schwester war sprachlos und empört zugleich.
„Kriegen ein Krankenhaus gebaut — und wofür?“ schrie der Psychopath von neuem. „Stümpern ja doch bloß rum. Wie lange soll 'n das so weitergehen, verdammt noch mal?! Spritzen ist doch wirklich keine Kunst, und nicht mal das können Sie! Packen Sie doch ein, Sie mit Ihrem Bart und mit Ihrer Gitarre!“
„Ich soll wohl die Miliz rufen?“ fragte der Doktor gelassen und verächtlich.
„Meinetwegen! Das ist ja einfach. Einfacher als Spritzen.“ Der Psychopath zog seine Jacke an und ging zur Tür. Aber er konnte es sich doch nicht verkneifen, sich umzudrehen und zu sagen: „Do you speak English, Sir? Nein, Sie sind schief gewickelt. Leskow müssen Sie lesen! Leskow! Haben Leskow nicht gelesen ... und quatschen über Neorealismus. Leskow, Tschechow, Korolenko ... Und dann Lew Nikolajewitsch Tolstoi. Aber nein, machen schrumm-schrumm auf der Gitarre, quäken dazu und halten sich für Nachtigallen.“ Er verstummte, und da der Arzt ebenfalls schwieg, nutzte er die Gelegenheit und fügte friedfertig und belehrend hinzu: „Arbeiten mußt du lernen, mein Junge, arbeiten. Dann kannst du herablassend gucken und auf deiner vermaledeiten Gitarre klimpern, wenn du lustig bist, aber erst mal mußt du arbeiten.“
Der Psychopath ging. Die Schwester warf dem Arzt einen Blick zu, wollte sich gewissermaßen versichern, daß sie ihn nicht unnötig gerufen und belästigt habe.
„Machen Sie weiter“, sagte der Arzt unwirsch. Und verließ das Ordinationszimmer.
Auf dem Korridor wartete der Psychopath auf ihn. Er hielt den Arm immer noch angewinkelt und verzog das Gesicht. Der Arzt stutzte, ja er war richtig verlegen, denn er hatte angenommen, der aufgebrachte Patient sei schon weggegangen.

„Entschuldigen Sie, daß ich rumgebrüllt hab", sagte der Psychopath aufrichtig. „Aber was kann ich dafür — es tat doch weh."

„Kommen Sie, ich verschreibe Ihnen Tabletten", sagte der junge Arzt und schritt voran. „Wie ist Ihre Temperatur jetzt?"

„Ich hab nicht gemessen", antwortete der Psychopath und folgte dem Arzt ins Sprechzimmer.

„Na gut ..." Der Doktor mit dem Bärtchen lächelte wie gewohnt, aber nicht bekümmert, sondern ungehalten, und setzte sich an seinen Tisch, um das Rezept auszuschreiben. „Wieso regen Sie sich auf? Was hat das mit Tolstoi zu tun?" fragte er und guckte den Psychopathen spöttisch an. Den wurmte dieser Spott, aber er hatte sich vorgenommen, ruhig zu bleiben.

„Es hat damit zu tun, daß er kluge Worte geschrieben hat: Es könnte nicht schaden, wenn Sie an die dächten."

„Und weshalb meinen Sie, daß ich ... nicht an sie denke?"

„Das sollte mich wundern", sagte der Psychopath.

„So?" Der Arzt, jung, zufrieden, selbstsicher, blickte nicht einfach spöttisch, sondern, wie es dem Psychopathen schien, wieder verächtlich und herablassend vom Schreibtisch auf. Der Psychopath jedoch meinte, wenn hier einer herablassend zu gucken habe, sei er es mit seinen vierundfünfzig Jahren, aber nicht dieser Schnösel von einem Doktor.

„Wirklich?"

Der Doktor fand es wahrscheinlich unschicklich, ja dumm, daß er als Arzt sich mit einem Patienten stritt, noch dazu über so etwas Absonderliches: Ob er Tolstoi gelesen habe. Nebenbei bemerkt, er hatte ihn nicht gelesen, bis auf das, was in der Schule und beim Studium Pflicht gewesen war. Aber, du lieber Gott, was hatte das hier mit Tolstoi zu tun? Und so beugte er sich wieder über seinen Tisch und schrieb das Rezept aus.

„Vielleicht können Sie mir dann diese Unfähigkeit erklären?" fragte der Psychopath, der an der Tür stehengeblieben war.

„Was für eine Unfähigkeit?" Der Arzt blickte gar nicht auf und schrieb weiter.

„Beim Spritzen zum Beispiel."

„Die Schwester hat Tolstoi nicht gelesen, deshalb kann sie es nicht."

„Na gut, aber Sie haben ihn gelesen — und warum können Sie nichts?"
„Aha! Das ist ja interessant." Der Arzt hörte auf zu schreiben und guckte den Psychopathen überrascht an. „Ich kann also nichts?"
„Nein." Der Psychopath blickte umher, fand aber keine Sitzgelegenheit, und so nahm er auf dem Rand der weiß bezogenen harten Pritsche Platz. „Sie können nichts, junger Mann."
„Und worin äußert sich das?" fragte der Arzt ironisch.
„In allem." Der Psychopath schaute ihn freimütig an. „Sie sind Arzt", fuhr er seelenruhig fort, „aber daß Ihre Krankenschwester nicht spritzen kann, ist Ihnen wurschtegal. Wie 'n Bürohengst setzen Sie sich hin und verschreiben mir Pillen ... Dabei brauche ich doch Spritzen!" Er hielt dem Arzt seinen Arm hin und wiederholte, jede Silbe betonend: „Spritzen brauch ich! Sie haben sie mir selber verordnet!"
„Sehen Sie", der Arzt sprach jetzt ebenfalls in ruhigem Ton, „es gibt verschiedenartige Venen ..."
„Hammel gibt's verschiedenartige, ich weiß Bescheid: je nach der Rasse. Aber die Venen, die sind bei allen Menschen gleich. Du bist kein Arzt!" Der Psychopath erhob sich. „Wenn du ein Arzt bist, bin ich 'ne Hebamme. Mich wundert bloß ..." Er deutete auf den Arzt, als wenn er in einer Ausstellung jemandem ein schwerverständliches, prätentiöses Gemälde zeigte — die Finger gespreizt und die Handfläche nach oben gekehrt, schwenkte er seine Hand. „Mich wundert bloß diese blödsinnige Selbstgefälligkeit. Sitzt da, hat kein Herz, kein bißchen Mitgefühl — und schreibt Rezepte aus. Das kann er — ist ja auch was Besseres."
Sprachlos starrte der Arzt den Patienten an.
„Wie können Sie so leben? Sagen Sie bloß, wie Sie das machen! Entschuldigen Sie, daß ich Sie geduzt habe, das gehört sich nicht. Ich will Sie auch gar nicht beleidigen, ich will einfach wissen: Wie kann man bloß so leben? Als Mensch, der seine Sache nicht versteht ... der sie nicht mal verstehen will, sie nicht liebt, bloß dasitzt und bedeutungsvoll die Stirn in Falten legt ... Die Schwester wird wenigstens rot, aber Sie, Sie tun auch noch wichtig. Du lieber Gott, wollen Sie weiter nichts als Ihr Brot verdienen? Meine Güte, so was Verkorkstes! Sie mit Ihrem Bart ... ich weiß nicht, ich will Ihnen ja keine Predigt halten, mich schert weder der Teufel noch der heilige

Nikolaus. Aber ... wo nehmen Sie diese Unverfrorenheit her, wie? Haben studiert ... Wenn ich fünfundzwanzig wär, ich würde von Haus zu Haus gehen, die alten Weiber vom Ofen runterjagen und sagen: Kurier dich, alte Vettel, anstatt aufs Ende zu warten ... Sie haben doch alle Voraussetzungen, aber nein, Sie sitzen da wie ein lebender Leichnam und verschreiben Pillen. Dann lieber gleich Rizinusöl."

„Fertig?" fragte der Arzt schroff. Und erhob sich. „Verlassen Sie das Zimmer!" Er konnte sich kaum beherrschen. „Verlassen Sie bitte das Zimmer. Ich verlange es."

„Ich verlange es!" äffte ihn der Psychopath nach. „Nee ... Hat noch fünfzig Jahre zu leben, aber ist schon der reinste Eiszapfen. Er verlangt es! Verlange lieber von dir, daß du wie 'n Mensch lebst. Nichts wollen diese Leute! Bärte wollen sie tragen ... Dabei könnten sie von Jugend auf was leisten — was gibt's denn Besseres, als Menschen heilen? Aber nein, dreißig Jahre alt — und keine Seele mehr im Leib. Kann weiter nichts als Gitarre spielen."

Der Psychopath ging hinaus.

Der Arzt setzte sich und starrte eine Weile die Tür an. Dann schaute er aus dem Fenster.

Der Psychopath kam über den Hof des Krankenhauses — hochgewachsen, aufrecht, mit dem Gesicht eines starken, zielstrebigen Menschen. Er nahm lange, gleichmäßige Schritte, man sah, daß er an weite Märsche gewöhnt war; er trug so einen komischen langen Regenmantel und einen Lederhut.

Am Abend ging der Arzt mit Absicht zu seinem Freund, dem Lehrer, der schon ungefähr zwei Jahre in diesem Dorf lebte. Fragte ihn, ob er Sergej Iwanowitsch Kudrjaschow kenne.

„Ja", sagte der Lehrer schmunzelnd. „Wieso?"

„Was ist er?"

„Bibliothekar."

„Und ... stammt er von hier?"

„Ja. Eine interessante Type, weißt du, so ein Kerl mit unverwüstlicher Tatkraft. Neben seiner Arbeit klappert er die Dörfer ab und kauft alte Bücher auf, von der Gebietsbibliothek kommen sie zu ihm, und er steht mit Archiven in Briefwechsel."

„Was hat er für 'ne Ausbildung?"

„Gar keine! Ich weiß es nicht genau, vielleicht die achte Klasse ... Er macht's aus eigener Initiative. Was ist denn —

hat er rumkrakeelt? Er ist nämlich ein großer Krakeeler ...“
„Aber nein, es interessiert mich nur.“
„Im Dorf nennen sie ihn den Psychopathen.“
„Aber du kennst ihn doch näher? Was meinst du, liest er viel?“
„Das glaube ich nicht. Manchmal schleppt er solchen Schund an ... Aber manchmal treibt er auch was Gescheites auf: Hier gab's viele Altgläubige, und auf den Dachböden liegen alle möglichen Bücher rum. Zuweilen bringt er interessante Sachen mit. Überhaupt ist er ein interessanter Kerl. Aber ein Stänker: Alle Redaktionen bombardiert er mit Vorschlägen und Anregungen. Ein ganz schöner Wirrkopf. Andererseits — niemand verlangt von ihm, daß er die Dörfer abklappert, doch er tut's und bezahlt's noch aus der eigenen Tasche...“
„Er verkauft die Bücher ja weiter ... An Bibliotheken ...“
„Nur ein oder zwei Stück, aber angeschleppt kommt er mit einem halben Sack voll. Er ist so ein Idealist. Viele Bücher gibt er fort ... Schenkt sie der Schule. Einmal passierte folgende Geschichte. Er kam wieder mal mit einem Sack Bücher an, stand auf der Straße und lärmte mit dem Chauffeur herum, der ihn mitgenommen hatte. Er hatte nämlich sein ganzes Geld ausgegeben und konnte die Fahrt nicht bezahlen. Da gab er ihm ein Buch — das sei mehr wert als Geld. Der Chauffeur wünschte ihn zum Teufel und schmiß das Buch in den Dreck. Daraufhin schrieb sich der Psychopath die Autonummer auf, machte den Chauffeur ausfindig, er wohnt in einem Nachbardorf, und fuhr mit seinem Bruder hin, der wohnt hier, ist Jäger von Beruf. Und dann verprügelten sie den Chauffeur.“
„Was du nicht sagst! Und weiter? Mußte er vor Gericht?“
„Der Chauffeur hat sie nicht angezeigt, weil sie ihn dann geschmiert haben — der Psychopath hat ja kein Geld, aber sein Bruder hat alles zusammengekratzt.“
„Hat er Familie?“
„Der Kudrjaschow? Ja, zwei Kinder, eins geht in die zehnte Klasse. Die sind ganz normal. Wieso fragst du nach ihm? Hat er sich irgendwo über euer Krankenhaus beschwert?“
„Nur so. Er war heute bei mir, und da kamen wir ins Gespräch.“
„Das macht er gern — ein bißchen philosophieren. Was er so schreibt, hab ich noch nicht gelesen, aber eine Unterhaltung ergibt sich öfter mal — das ist interessant.“

„Drucken sie seine Sachen? In den Zeitungen?“
„Ach wo, wer wird so was drucken? Er läßt doch bloß Dampf ab. Sie sind's gewohnt und lassen ihn ... Aber er ist überzeugt, daß sein Büchersammeln eine große Sache ist. Er hat sogar eine richtige Theorie dafür.“
Der Arzt schwieg eine Weile, dann fragte er: „Hör mal, was meinst du: Ob er Tolstoi gelesen hat?“
„Wohl kaum“, erwiderte der Lehrer verwundert. „Ich glaube es nicht. Vielleicht eine Erzählung, aber das ist nicht mal sicher. Nein, er ist einfach so ein Enthusiast, wie man das nennt. Er ist überzeugt, daß man die Bücher von den Dachböden runterholen muß — also tut er's. Felsenfest überzeugt ist er davon ... Deshalb schreit er wohl auch alle Leute an. Aber er ist harmlos. Übrigens trinkt er nicht. Womöglich hat er doch Tolstoi gelesen, ich muß ihn mal danach fragen. Aber ich glaube es nicht.“
„Und wieso ist er ohne Ausbildung Bibliothekar?“
„Er ist's seit Urzeiten, und damals hatte man andere Sorgen. Nebenbei bemerkt, er macht seine Sache gut. Trinkt nicht ... aber das hab ich schon gesagt.“ Der Lehrer lachte, suchte in seinen Taschen nach Zigaretten, fand sie und steckte sich eine an. Wieder guckte er seinen Freund neugierig an und sagte: „Der Kudrjaschow hat doch bestimmt was ausgefressen? Weshalb würdest du mich sonst lang und breit nach ihm ausfragen?“
„Aber nein, ich sag dir doch ... Wir haben uns im Krankenhaus nur einfach unterhalten.“ Der Arzt zündete sich ebenfalls eine Zigarette an, betrachtete das brennende Streichholz, feuchtete sich die Finger ein wenig mit Speichel an und faßte das Streichholz am verkohlten Ende, ließ es ganz abbrennen. Und blickte aufmerksam in die kleine Flamme.

1973

## Die Starken gehen weiter

Der Wind blies während der ganzen dunklen Herbstnacht gleichmäßig und stark. Der Baikal hatte gegen Morgen ordentlichen Wellengang. Am Morgen ließ der Wind nach, doch die Wellen schlugen hoch, der graue Baikal toste zornig, peitschte das steinige Ufer, als wollte er all die Wut an ihm auslassen, die sich in der unruhigen Nacht angestaut hatte.

Touristen und Urlauber versammelten sich am Ufer, schauten auf den See, warfen ihm Stöcke in den wütenden Rachen. Einer machte eine Entdeckung: „Guckt mal, je weiter ein Stock vom Ufer weg ist, desto länger dauert's, bis er an Land geschleudert wird."

„Ja."

„Na, Mißjöh, das hat 'n Bart."

„Wieso?"

„Weil's altbekannt ist, daß sich Schiffe bei Sturm möglichst vom Ufer fernhalten."

„Ich meinte es ja nicht so, sondern in bezug auf die Menschen."

„...?"

„Die Starken gehen weiter. Das Ergebnis: Die Stürme ... sozusagen die Stürme des Alltags überstehen die Stärksten — die sich weiter rauswagen."

„Das ist mir zu hoch ..."

„Das ist zu hoch, um wahr zu sein."

„Wieso?"

„Weil die Frage ist: Wie kommt man vom Ufer weg?"

„Ich sag doch: die Stärksten ..."

„Willst du nicht lieber sagen: die Schlauesten?"

„Das ist was andres. Vielleicht ..."

„Das ist überhaupt nichts andres. Die Aufgabe lautet: Wie überlebt man die Stürme des Alltags? Lösung: Es überleben diejenigen, die sich um jeden Preis leicht machen. Man kann sich an einem Schiff anklammern ..."

„Und wessen Erfahrung ist das?"

„Die der Starken."

„Ich meinte aber echte Stärke."
„Auf das Ergebnis kommt es an."
Brille auf der Nase, gebildet, verdammt belesen ... So stehen sie da und reden über Stärke. Schubst man aber einen von ihnen ins Wasser, gluckert er im nächsten Moment ab. Am längsten schwimmt die Brille.
Daß sich eine Brille länger über Wasser hält als ihr Träger, hat Mitka Jermakow nie im Leben bezweifelt. Mitka kam auch gerade, um einen Blick auf den Baikal zu werfen. Er blieb eine Weile am Ufer stehen (hörte dabei die Unterhaltung der Brillenleute), lächelte schief und ging ans Wasser...
Aber wir müssen wenigstens ein bißchen von Mitka erzählen. Mitka, so sagen die Leute, ist ein wandelnder Witz. Das ist eine markante, wenn auch platte Beschreibung, die von Mitka nicht mehr aussagt als die Angabe, daß er säuft ... Das ist auch so was: jemandem nachzureden, er sei ein Saufsack ... Warum säuft er, was hat er für einen Grund, was ist das für eine verhängnisvolle Macht, die ihn abends an die Hand nimmt und in ein Lebensmittelgeschäft führt, wo er dann am Ladentisch steht und einen trinkt? Aber wie will man das mit drei Worten erklären, ja läßt sich das überhaupt erklären? Da ist es natürlich einfacher, man winkt ab: ein Säufer, basta. Mitka aber ... ist ein Träumer. Von Kind auf. Als kleiner Junge zum Beispiel träumte er, mit zwei oder drei anderen ein Boot auszurüsten, Gewehre und Fischfanggerät mitzunehmen und flußab zum Nördlichen Eismeer zu fahren. Um dann übers Eis zum Nordpol zu gelangen. Ein Traum war es auch, mit einer Expedition in den Altai zu ziehen, um Gold und Quecksilber zu suchen. Mitka träumte ... Träumte viel. Alle Leute träumen, doch andere haben irgendwann ausgeträumt und richten ihr Leben ein — mit den Mitteln, die eben zur Hand sind. Aus Mitka aber wurde der törichteste, hoffnungsloseste, nämlich erwachsene Träumer. Das Leben zermalmte träge seine Träume, er wurde zum Gespött, aber er träumte mit unerschütterlicher Hartnäckigkeit weiter. Nur lernte er es, seine Träume vor den Leuten zu verbergen. Die Träume aber waren einer wunderlicher als der andere. Mitka fand zum Beispiel ein Kraut ... Ein ganz unscheinbares Kraut, das beinahe jedermann kennt, doch niemand weiß, daß es — gegen Krebs hilft. Mitka hingegen weiß das. Nachts, damit es niemand sieht, zieht er mit einer Taschenlampe los und

sammelt es, macht einen Aufguß davon und kuriert Hinz und Kunz — von Lungenkrebs, Leberkrebs, Gebärmutterkrebs. Heilt vom bösen, schauderhaften Krebs. Jeglicher Art. Binnen drei Tagen. Loblieder werden auf Mitka gesungen, es wird erörtert, ob man ihm nicht schon zu Lebzeiten ein mannshohes Denkmal aus purem Gold setzen sollte. Mitka lächelt nur schief über diese Idee, trinkt seinen Sekt, lebt mit den Frauen, die er vom Krebs geheilt hat ... Und erinnert die Leute daran, wie sie über ihn gelacht haben. Alle Welt reißt sich um ihn. Morgens mustert Mitka das traurige Spalier, zeigt mit dem Finger und sagt: „Machen wir." — „Hat noch Zeit." — „Hat noch Zeit." — „Machen wir." — „Muß sofort dran." — Die Ärmeren und die Jüngeren nimmt er zuerst. Frauen bis dreißig außer der Reihe. Mitka ist hart: Bedenkenlos setzt er den Männern Hörner auf. Er macht gar kein Hehl daraus, daß er mit den Frauen, die er vom Krebs geheilt hat, lebt. Sollen die Männer nur ein Wort sagen ... Wohl zweimal kam es vor, daß sie sich empörten. Die dankbaren Frauen hätten ihnen beinahe die Augen ausgekratzt. Wissenschaftler und Präsidenten liegen vor Mitka auf den Knien. „Sag, was ist es für ein Kraut?" Mitka lächelt schief. „Ihr trampelt doch drauf rum." — „Sag es uns!" — „Ich scheiß euch was!" Gelegentlich schnauzt er die Präsidenten an: „Ihr Quatschköppe! Ihr Schlappschwänze! Rumsaften könnt ihr, weiter nix!" Er empfängt die Patienten in seinem Haus am Baikalsee. Ein imposantes Haus, und das ganze Obergeschoß ist Schlafsaal. Darin riesenhafte Gummibäume, Teppiche auf dem Fußboden, Teppiche an den Wänden, Toilettentischchen, kleine Tische mit Zeitungen und Zeitschriften, Wandschirme ... Auf dem Fensterbrett ein Kölnischwasserzerstäuber.

Im Suff verquatscht sich Mitka manchmal, doch es steigt keiner dahinter.

„Ich weiß was!" grölt er, wenn er im Laden einen hebt. „Aber ich sag's euch nicht. Ich scheiß euch was!"

„Was meinst du denn, Mitka?"

„Ihr trampelt drauf rum. Die Füße draufsetzen — ja, aber mitm Kopf drauf kommen — nee." Mitka schlägt sich an die Stirn und lächelt schief. „Dazu reicht's nich."

Das ist alles, was die Leute wissen — purer Blödsinn. Und daß sich Mitka immer mal „'n dicken Hund" leistet. Etwa folgenden.

Im Sommer zieht Mitka gewöhnlich mit einem Geologentrupp los und bleibt weg, bis Frost kommt (er ist furchtbar stolz und tut wichtig: „Ich bin Saisonarbeiter.“). Einmal tauchte er mitten im Sommer in der Siedlung auf. Und ging gar nicht erst nach Hause, sondern schnurstracks in die Apotheke. Dort standen Leute. Eine junge, hellhäutige Apothekerin bediente. Verdammt gut sah sie aus in ihrem weißen Kittel. In seinen Träumen behandelte Mitka sie andauernd gegen Krebs. In der Apotheke war's gemütlich, es roch nach Krankheit. Mitka knallte seinen Rucksack in die Ecke, trat an den Ladentisch, bärtig, mit dem Geruch von Qualm, Teer und Sumpf, und sagte laut: „Bitte dreihundert Präservative.“
Na, das war ein Hammer ... Die Apothekerin wurde puterrot. Eine alte Frau bekreuzte sich sogar. Totenstille. Diese „Knalltüte“, wie sie ihn in der einen Geologentruppe getauft hatten, wieder: „Dreihundert Präservative. Mit Kassenzettel.“
Nein, er nahm die Apothekerin nicht beiseite, um ihr leise zu erklären: „So und so, die brauchen wir für Sprengladungen in nassem Boden.“ Nein, Mitka mußte sich partout „einen dicken Hund“ leisten.

Als Mitka nun die Diskussion um Starke und Nichtstarke hörte, lächelte er schief, ging ans Wasser, zog Jackett und Strickjacke aus ... „'ne kleine Erfrischung!“ sagte er.
„Was denn, Sie wollen baden?“ staunten die Brillenleute. „Sie erkälten sich. Das Wasser hat nur fünf Grad.“
„Sie holen sich was weg.“
Mitka würdigte die Brillenleute keines Blickes. (Ein Mädchen war dabei, das er mit Vergnügen gegen Krebs behandelt hätte.) Er zog Hemd und Hose aus ... Nahm einen großen Stein, warf ihn von einer Hand in die andere — zum Warmmachen. Schleuderte den Stein weg, machte ein paar Kniebeugen und — rein in die Wellen.
Die Brillenleute beobachteten ihn.
„Haltet ihn zurück, er ertrinkt doch!“ rief das Mädchen plötzlich. (Sie trug Hosen. Auch das noch! Diese Mode, nee!)
„Der muß 'n Walroß sein.“
„Bestimmt hat er sich vorher unter was Hochprozentiges gesetzt.“
Mitka riß die Arme hoch und rief: „Komm, Schatz!“ Tauchte in die heranrollende Woge. Und schwamm. Schwamm weit-

ausholend, schön, vielleicht zu schön — und unbedacht. Schwamm und schwamm, brüllte, wenn eine Welle kam: „Na, komm schon!"
Tauchte unter der Welle hinweg, schnellte hoch und brüllte abermals: „Bravo! Die nächste!"
„Ein echter Sibirier", sagten die am Ufer. „Dem macht das gar nichts."
„Bestimmt hat er sich vorher unter was Hochprozentiges gesetzt."
„... los!" brüllte Mitka. „Schatz!"
Aber da schickte ihm der „Schatz" eine hohe, steile Welle. Mitka schluckte Wasser, schluckte abermals, hustete. Der „Schatz" aber ließ weitere Wellen folgen, peitschte den frechen Kerl. Mitka drehte sich auf der Stelle, mühte sich, den Kopf möglichst hoch zu recken. Der „Schatz" schlug mit seinen kalten weichen Pfoten pausenlos auf ihn ein, wollte ihn in die Tiefe stoßen.
„... eiglinge!" scholl es zum Ufer. „Schlaft ihr Feiglinge! Ich ersaufe!"
Die Brillenleute gerieten in Aufregung.
„Meint er das ernst?"
„Er ertrinkt!"
„He! Meinst du das ernst?!"
„Na, was sonst!"
„... aufe!" brüllte Mitka. Er war tatsächlich am Ersaufen. Man sah, daß er abermals Wasser schluckte ... Er verschwand unter der Oberfläche, kam jedoch wieder hoch. Allerdings brüllte er nicht mehr.
„Ein Boot! Ein Boot!" Die Leute am Ufer gerieten in Bewegung. „He, halt aus!"
Sie rannten zu einem Boot, das in etwa hundert Meter Entfernung lag, ein ganzes Stück weg vom Wasser. Aber einer rief: „Es ist angekettet!"
„Verdammt, er ertrinkt doch! Wenn er noch ein paarmal Wasser schluckt ..."
„Leute, warum helft ihr denn nicht?!" Das Mädchen weinte fast.
Mitkas Kopf trudelte auf den Wellen, bald verschwand er, bald tauchte er wieder auf. Mitkas Arme bewegten sich seltener.
„Leute, warum helft ihr denn nicht?!"

Zwei Brillenmänner warfen rasch ihre Kleidung ab. Schon sprang der erste ins Wasser, ächzte vor Kälte und schwamm mit kräftigen Zügen auf Mitka zu. Und da sprang auch der zweite hinein und setzte hinterher.
„He, halt aus! Halt aus!" schrie das Mädchen und schwenkte die Arme. „Leute, ob sie ihn kriegen?"
„Na klar."
„Da habt ihr den Angeber!" sagten sie am Ufer entrüstet. „Wieso ist er ins Wasser gegangen?!"
„Der hat sich vorher unter was Hochprozentiges gesetzt. Nikolai hat recht gehabt."
„So ein Spinner! Hauptsache, sie kriegen ihn noch."
„Bleibt mir bloß gestohlen mit diesen Starken ... Mit diesen Sibiriern! Was wollte er? Wieso hat er das gemacht?"
„Leute, ob sie ihn kriegen? Leute, wo ist er?!"
Die beiden Männer kriegten Mitka im allerletzten Moment zu fassen. Sie packten ihn an den Haaren und schwammen zum Ufer.
Mitka hatte ordentlich Wasser geschluckt. Nach allen Regeln der Wiederbelebungskunst, die sich die Brillenleute wer weiß wann und wo angeeignet hatten, machten sie mit ihm künstliche Beatmung: legten ihm etwas unters Kreuz, schwenkten seine leblosen Arme, preßten seinen Bauch ... Mitka hatte keine Hosen an, und das Mädchen bat von weitem: „Zieht ihm doch 'ne Hose an. Leute, zieht ihm doch was an! Dann kann ich euch helfen."
„Du lauf lieber nach 'ner Pulle Schnaps", sagte einer der beiden, die Mitka gerettet hatten. Er hopste auf einem Bein und versuchte, das andere ins Hosenbein reinzukriegen. Er schlotterte dermaßen, daß man seine Zähne klappern hörte. „Sonst holt man sich hier noch den Tod — wegen diesen Walrossen."
„Ihr kriegt bestimmt die Lebensrettermedaille."
Da kicherten alle, die Mitka wiederzubeleben versuchten.
„Ira, ohne Hosen gilt es nicht."
„Wieso denn das?"
„Wenn du einen vorm Ertrinken rettest, der seine Hosen verloren hat, das zählt nicht. Mußt auch die Hosen ranschaffen, wenn du eine Medaille haben willst."
„Ira, komm und halt seinen Kopf."
„Wo denkt ihr hin! Zieht die Hosen erst an!"

„Wir haben doch welche an, Ira, bist du blind?"
Mitka gab erste Lebenszeichen. Er schlug die Augen auf, wollte etwas sagen — und erbrach sich, lauter Wasser. Krümmte sich und kotzte und kotzte. Erschöpft schloß er wieder die Augen. Plötzlich — war's ihm nun eingefallen oder merkte er, daß er keine Hosen anhatte — richtete er sich auf und faßte sich dorthin, wo man die Hose hat ... Die Brillenleute lachten. Mitka sprang auf und rannte zu dem Platz, wo seine Sachen lagen, raste, die Hände vor die Scham gelegt, über die Steine, schnappte seine Klamotten, war mit drei, vier Sprüngen im Gebüsch verschwunden. Und ließ sich nicht mehr sehen.
Die Brillenleute gingen in den Lebensmittelladen, um für die beiden Helden die beste Medizin zu kaufen. Außerdem gehörte es sich ja, auf das Wohl des Geretteten zu trinken.
„Der hätte nicht wegrennen dürfen!" klagten sie. „Der Ljutenko wird ein Gesicht ziehen. ‚Wieso trinkt ihr?' — ‚Wir haben einen vorm Ertrinken gerettet.' Der glaubt's uns nicht. Wird noch sagen, wir spinnen. Ira, du bist Zeuge, ja?"
„Wenn euch keine Lebensrettermedaille zusteht, steht's euch auch nicht zu, einen zu trinken. Ich bin dagegen."
„Bloß wegen der Hose..."
„Wie der in die Büsche geflitzt ist! Richtig wie im Krimi: Sie retten einen vorm Ertrinken, und er schnappt seine Klamotten und macht sich aus dem Staub. Vielleicht ist er 'n Spion?"
Ein sorgloses Volk, diese Brillenleute! Bummeln durch die Gegend ... Machen zu allem nur haha und hihi. Da ist irgendwie kein Ernst dahinter. Und das in ihrem Alter ... Aber zurück zu Mitka.
Mitka ging erst kurz vor Ladenschluß in das Geschäft. Er war wieder fit. Blickte sich um, fragte die Verkäuferin leise: „Hat sich hier 'ne Brieftasche angefunden?"
„Was für 'ne Brieftasche?"
„So 'ne lederne ... mit fünfzehn Fächern."
„Deine?"
„Ist doch egal. Hat sie keiner gefunden?"
„Nee. Was war 'n drin?"
„Geld."
„Deins?"
„Is doch egal."
„Viel?"

„Anderthalbtausend."
„Nach neuem Geld etwa?!"
„Jaja! ... Hat sie keiner gefunden?"
Jetzt erst merkte die Verkäuferin, daß Mitka „spann". Ihm war nur wieder mal ein neues Thema eingefallen.
„Mein Gott, haste mich angeführt, Mitka! Und mit so 'm ernsten Gesicht dabei, du Himmelhund! Haste überhaupt schon mal so 'ne Menge Geld gesehn?"
Mitka lächelte schief. „Wenn du willst, können wir ... Na, schon gut. Schwamm drüber. Gib mir 'ne Pulle."
„Was können wir?"
„Schon gut, schon gut. Gib mir 'ne Pulle und sei still. Ich hab kein Wort vom Geld gesagt."
„Solltest heiraten, du verrückter Kerl", sagte die Verkäuferin mit ehrlichem Mitgefühl. Sie stammte von hier, kannte Mitka von klein auf. „Schaff dir 'ne Frau an, dann biste die Sorgen los, hast gar keine Zeit mehr, auf dumme Gedanken zu kommen."
„Schon gut, schon gut", sagte Mitka, nahm die Pulle und wandte sich zum Gehen. In der Tür blieb er kurz stehen und ermahnte die Verkäuferin: „Also denk dran: Ich hab kein Wort von dem Geld gesagt. Wenn's einer findet und dir bringt, weißt du von nix."
„Is gut, Mitka, ich sag's keinem. Aber das wird mir auch keiner bringen."
„Wieso?"
„Na, wieso wohl? Weil er's für sich behält. Anderthalbtausend, das is 'n Vermögen, welcher Dussel würde das abgeben? Er steckt's in die eigene Tasche, und damit hat sich's."
„Für alle Fälle weißt du von nix."
„Is gut."
Mitka ging.
Ja, wieder das alte Lied ... Mitka tut, als hätte er einen Dukatenscheißer erfunden. Wieder wird er den Armen und den Frauen helfen. Er ist ein guter Kerl, nur sehr naiv: denn die Armen und die Frauen werden mit dem Falschgeld erwischt! Und sie müssen es ausbaden. Aber das bedenkt er nicht. Dann schon lieber Krebskuren — die sind ungefährlicher.

1970

# Genka der Malefizkerl

Seit einiger Zeit arbeitete der langhaarige Genka als Kulturleiter in einem Sanatorium im Gebirge. Die Kurgäste schüttelten den Kopf, sie fanden seine Lieder befremdlich, aber auch ihn, den Gammler. Die Lieder, die er zur Gitarre sang, schrieb er selbst. Und was den Gammler anging, so war er eigentlich gar keiner, er zeigte nur demonstrativ, daß er sich völlig frei, aller Fesseln ledig fühlte. Losgelassen, jagte er herum im Leben wie ein Pferd auf der Koppel, warf die Eingrenzungen um, verletzte sich und wurde böse.
Jemand hatte ihm mal den Floh ins Ohr gesetzt, er sei ein origineller Komponist. Als aber seine Lieder keinen Anklang fanden, quälte es ihn, und er hätte vor Verzweiflung sonstwas anstellen können.
Eines Tages kam ein Dichter in das Sanatorium. Genka, der ganz aufgeregt war, sang ihm ein paar Lieder vor. Der Dichter war befremdet.
„Ja und?" fragte er. „Wovon handeln die Lieder? Was wollen Sie damit ausdrücken?"
Genka genehmigte sich am Büfett hundert Gramm Wodka und ging zum Schwimmbecken, wo zu dieser Zeit viele Kurgäste waren. Dort verkündete er laut: „Achtung! Das gleiche noch mal in Originalfassung."
Er trat an den Sprungturm, eine Stelle, wo jedermann seinen Mut beweisen konnte. Schlug wild auf die Saiten und sang:

„war das ne nummer
war das o mann!
wie kein Gesetz
es dreht
und dreht
und wie
das fetzt!"

Was das für ein doppelbödiger Jux sein sollte, bekam man gar nicht gleich mit. Genka bestieg den Turm, stellte sich ganz vorn aufs Sprungbrett und sang weiter:

„ich weiß: ein ritt  
der himmel zuckt  
und ihr — schlugt  
die mähnen  
inn abend."

Er trommelte abwechselnd mit den Hacken und mit der Fußspitze auf den Rand des Brettes und sang noch einmal:

„und ihr — schlugt  
die mähnen  
inn abend"

Alle sahen den Unterhalter neugierig an. Der aber schlug seine Gitarre und grölte vom Sprungturm:

„ich weiß  
wir wollten  
die mondsichel schnappen  
wieso, das aas  
hängt immer  
noch da?!"

Und Genka sprang, wie er war, ins Wasser. Als er wieder auftauchte, goß er das Wasser aus der Gitarre und sang, auf dem Rücken liegend und auf der Gitarre klimpernd, weiter:

„danebengehaun  
ne scheiße, nee!  
jetzt kommt  
der zweite lauf  
he, gäule, he!"

Genka räusperte sich, spuckte aus und rief: „‚Immerwiederkehrender Traum' heißt das!"  
Er wurde entlassen.

In seinem Heimatdorf tauchte Genka gewöhnlich nur für kurze Zeit auf, um sich ein bißchen zu erholen und seine

Finanzen aufzubessern. Und dort fiel die ganze geschwätzige Verwandtschaft über ihn her. Redete ihm ins Gewissen. Nannte Beispiele. Las ihm die Leviten.

„Ich weiß ja", sagte Genka, „aber wir Künstler sind eben 'n anderer Menschenschlag. Natürlich könnte ich 'n Beruf lernen, zum Beispiel Tierzüchter, aber das wär 'ne Todsünde. Ich arbeite an den Menschen."

„An dir sollte man arbeiten — aber mit der Peitsche. Das wär keine Sünde."

„So was zieht bei mir nich."

Einmal kam Onkel Grischa. Onkel Grischa glaubte seit einiger Zeit an Gott und war jetzt weltfremd und still, betrachtete die irdischen Dinge voller Sanftmut und Nachsicht. Diese Sanftmut erboste Genka.

„Du bist wohl sogar noch stolz auf deine Demut", sagte er.

„Ich bin nich stolz, aber ich weiß, was eitel und Haschen nach Wind is", antwortete der Neubekehrte mild. „Es is alles eitel, Genka."

„Na, ihr macht's euch aber einfach: Alles is eitel — und damit hat es sich."

„Alles is eitel!" versicherte Onkel Grischa überzeugt.

„Der Tod auch? Die Liebe auch?"

„Wir sind Gäste auf Erden. Wir leben, und dann müssen wir uns für unsere Taten verantworten. Denk mal nach, Genka, denk nach: Für alles mußt du dich verantworten. Du führst 'n unanständiges Leben. Säufst wie 'n Loch, rauchst, hurst ... Das wird alles angerechnet! Wir sind wie 'ne Filmkamera: Wir leben und nehmen alles aufn Film auf, nehmen alles auf: wie du gehandelt, wie du gedacht, wann du dich über dein Gewissen weggesetzt hast — alles nehmen wir auf. Und wenn du stirbst, wird die Filmkamera, was dein Körper is, begraben und der Film rausgenommen und entwickelt: Dann wird geguckt, wie du gelebt hast ... So is das!"

„Hm ... Was du nich sagst. Is ja interessant. Bloß glauben kann ich's leider nich. Aber interessant find ich's. Sogar die Technik bezieht ihr ein."

„Das alte Lied: Glauben könnt ihr's nich. Tja!" Onkel Grischa wurde plötzlich lebhaft vor Zorn. „Ihr wollt 'n Wunder sehn. Wenn sich der Himmel auftut und ich 'n Zeichen seh, 'n Feuerkreuz, dann werd ich glauben! Ach du lieber Gott!" Nach solchen Zeichen war offenbar beharrlich gerufen worden, und diejenigen, die Onkel Grischa bekehrt hatten, waren sicherlich über diese platte Forderung sehr ungehalten gewesen, und Onkel Grischa hatte sich das auch zu eigen gemacht. „Das Wunder siehste doch auf Schritt und Tritt! Guck inn Garten: Auf einem Flecken wachsen Mohrrüben, Gurken Tomaten ... Lauter Delikatessen — und alles kommt aus der Erde. Es is ja alles aus Erde. Nimm 'ne Handvoll und guck genau hin — was is es? Erde. Woraus bist du? Auch aus Erde."

„Prost Mahlzeit."

„Du bist Erde und sollst Erde werden. Wie heißt's: ‚Es wird euer keinem ein Haar von dem Haupt entfallen ...' Denkst du, weil du Genka der Malefizkerl bist, gilt Gottes Gesetz nich für dich? Und ob das gilt."

„Wart mal, jetzt wirfste alles in einen Topf: die Erde, Gottes Gesetz ... Erklär mir erst mal, weswegen biste so demütig und sanft geworden? Und wieso prahlste damit? Is das vielleicht gut?"

„Ihr seid Mistkäfer, ihr denkt: Unser Misthaufen is die ganze Welt. Ihr führt Krieg, prügelt euch, wütet ... Und wißt nich, daß alle Menschen überwacht werden."

„Wieso sollt ich das nich wissen? Ich hab siebzehn Verwarnungen, da haste deine Überwachung!"

„Die Art Überwachung meine ich doch nich. Das is eure Art, mit der müßt ihr selber klarkommen. Ich meine was Höheres ..."

„Weißt du was?" unterbrach Genka und guckte Onkel Grischa in die Augen, als habe er soeben begriffen, was es mit diesem demutsvollen Neubekehrten auf sich habe. „Ich werd dir mal was sagen: Du bist nich die Bohne gläubig. Verstehste! Wenn du wirklich gläubig wärst, würdste nich davon reden. Aber du bist wie 'ne Elster und posaunst rum: ‚Ich glaube! Ich glaube!' Du glaubst nich, das is es."

Onkel Grischa lachte milde und demütig auf. „Ach, Genka ... Du bist unverbesserlich. Bist 'n Höllenhund, 'n Mistkäfer. Willste mich aus der Ruhe bringen? Das schaffste nich."

„Wieso glaubste mit einmal an Gott? Bist sechzig Jahre alt geworden, ohne zu glauben, und jetzt mit einmal ...?"

„Ich geh meinen Weg", sagte Onkel Grischa geduldig. „Und Gott is mit mir. Du stromere ruhig rum — wirst dir schon noch das Genick brechen."

Diese Frage — warum Onkel Grischa, ein ganz einfacher, normaler Mann, plötzlich an Gott zu glauben begonnen hatte — diese Frage interessierte Genka sehr, ja, sie beunruhigte ihn. Genkas Vater, ein geschickter Ofensetzer, ein Prahlhans und einstmals ein unermüdlicher Schürzenjäger, erklärte seines Bruders Bekehrung folgendermaßen: „Wie das bei 'nem Mann so is: Er kommt in die Jahre und kann nich mehr hinten hoch. Aber sein Kopf, der is noch hell und will was auseinanderposamentieren. Und da fängt's an: Der eine verlegt sich aufs Saufen und benebelt sich den Grips, damit er nich in irgendwas rumstochern muß, und der andre ... Kennste Mikolaj Alfimow? Der fing an und schrieb 'ne Chronik von unserm Kolchos. Hauptsache, der Grips hat was zu tun. Und unser Grischa, siehste, der is aufn lieben Gott gekommen. Soll er doch! Damit tut er keinem was. Wie er drauf gekommen is? Gläubige gibt's doch genug. All die alten Weiber. Er is aus Langeweile hin zu ihnen, und da haben sie ihn belatschert. Aber zieh ihn nich damit auf, sonst wird er fuchtig. Das mach nich. Es sind harmlose Leute."
Onkel Grischas Frau war vor sieben Jahren gestorben, und er lebte bei seiner mittleren Tochter, der dreißigjährigen Njura. Njura, eine gutmütige, hochgewachsene Frau mit breiten Backenknochen, spielte gern Akkordeon, obwohl sie nicht richtig spielen konnte — sie quetschte das Akkordeon unermüdlich, lauschte den Klängen nach und sinnierte. Njura sagte: „Laß Vater in Ruh, Genka, verstehste?!"
„Wieso heiratste nich?" wollte Genka wissen.
„Wen denn?"
„Würdest schon irgendwen finden ..."
„Irgendwen brauch ich nich, ich schlag mich auch allein durch."
„Das is doch nich normal."
„Wieso denn nich?"
„Haste wenigstens 'n Bettschatz?"
„Was geht's dich an."
„So was Selbstsicheres, nee! Alles wissen sie!" sagte Genka wütend. „Alles verstehen sie. Aber wenn du fragst, kriegste keine gescheite Antwort. Wenn ihr nix wißt, dann tut wenigstens nich so, als ob. Wieso schmeißt sich einer kurz vor der Siebzig auf die Religion? Das hat doch was zu bedeuten. Den muß es einfach irgendwann geschockt haben. Oder er lügt. Tut bloß so."

„Wieso sollte er so tun?“
„Ich werd's schon rauskriegen. Das wär doch gelacht, wenn nich.“
„Wieso wirste gleich kribblig, Genka“? fragte die gutmütige Njura. „Du sagst doch, bei dir steht alles zum besten. Du bist frei wie 'n Vogel — was willste mehr?“
Genka machte kein Hehl daraus, daß ihn die Unterhaltung mit Njura langweilte, und ging.
Doch er hörte nicht auf, über Onkel Grischa zu grübeln. Dies beschäftigte ihn mehr und mehr. Es machte ihn wirklich kribblig. Er spürte, daß es mit Onkel Grischas Glauben einen Haken hatte, und das ließ ihm keine Ruhe. Genka hatte einen völlig anderen Onkel Grischa in Erinnerung: Als der aus dem Krieg kam, feierte und soff er, prahlte mit seinen Orden, spielte auf dem Akkordeon und sang ordinäre Spottlieder über die Deutschen.
Seinem Gemüt nach war er alles andere als ein Mönch. Mönche wandten sich, soweit Genka wußte, vom Leben ab, Onkel Grischa hingegen wälzte sich im Leben wie ein satter Hengst im reifen Hafer. Der sanftmütige Onkel Grischa hatte auch jetzt eine pudschwere Faust — wer die abkriegte, lag eine Woche auf der Nase. Sollte so einer wirklich gottgläubig geworden sein? War so etwas möglich? Eine gläubige Seele mußte nach Genkas Meinung unbedingt in einem hinfälligen Körper wohnen; außerdem mußte ein gläubiger Mensch ein bißchen dumm sein. Und er mußte schlicht und einsam leben. Onkel Grischa aber war obendrein ein gewitzter Kerl ... Wie ließ sich das vereinbaren?
Eines Tages ging Genka schließlich zu Onkel Grischa. Es war gegen Abend, und er nahm eine Flasche Wodka und seine Gitarre mit.
„'n Abend, Onkel Grischa!“
„'n Abend.“ Onkel Grischa peilte mit geschärftem Auge nach Genkas Hosentasche, wo sich die Flasche abzeichnete, und sagte nichts weiter.
„Wollt mal mit dir klönen.“
„Meinetwegen.“
„Njura is wohl im Kintopp? Is das nich Teufelswerk? Du gehst nich ins Kino, was?“
„Nee.“
„Wieso biste so mufflig?“

„Und wieso bist du so aufgekratzt?"
„Ich hab gute Laune. Komm, wir trinken einen."
Onkel Grischa hatte sich schon innerlich darauf eingestellt, er bewegte die Kinnbacken und musterte Genka spöttisch ... Dann aber blickte er, richtig hilflos, auf den Kalender unter der Uhr in der Ecke, von dem eine rote Zahl unschuldig herabschaute — es war Sonntag. Onkel Grischa suchte Schutz und Rettung, wo's auch sei. Der Verführer Genka lächelte unwillkürlich.
„Na los. Heute darfst du. Überleg nich lange, Onkel Grischa, ich bin doch kein Rowdy und kein Lump. Ich hab Achtung vor der Religion, aber ... Wo stehn denn bei euch die Gläser?"
„Im Schrank. Was wolltste sagen? Du hast Achtung, aber ...?"
„Warte, gleich ..." Genka nahm zwei Gläser heraus und stellte sie auf den Tisch. „Wenn du noch was zum Dazuessen hättest ... Wir haben doch keine Eile, können das gründlich durchhecheln ... Wenn du Speck hättest."
Onkel Grischa erhob sich schwerfällig und klappte die Falltür zum Keller auf.
„Steig mal runter, dort sind Sauerkohl und Gurken im Faß."
Genka langte sich einen Teller aus dem Schrank, wischte ihn mit dem Geschirrtuch ab, warf Onkel Grischa einen fröhlichen Blick zu und stieg in den Keller. Er bemerkte, daß er es eilig hatte und aufgeregt war: So packte es ihn immer, wenn er seine Lieder singen oder wenn er einem Mädchen gefallen wollte, was übrigens das gleiche war wie Singen. Er grinste sogar dort im Dunkeln und dachte: Was is 'n los mit dir?
Genka legte Gurken und Sauerkohl auf den Teller, reichte ihn Onkel Grischa hinauf, kletterte raus, schloß die Falltür, zog die Hosen glatt, blickte Onkel Grischa wieder fröhlich und vielsagend an. Ihm war wirklich fröhlich zumute, und er war richtig aufgeregt.
Sie gossen die beiden Gläser halbvoll.
„Als ich studierte", erinnerte sich Genka und erzählte, während er sein Glas streichelte und griente, „fuhren wir nachm ersten Studienjahr ins Praktikum, das heißt, nich ins Praktikum, sondern zum Arbeitseinsatz, um was zu sehen: mit 'nem Geologentrupp in die Taiga."

„Wieso haste eigentlich das Studium hingeschmissen?" fragte Onkel Grischa.
„Tja ... das is 'ne schwierige Geschichte. Das heißt, schwierig eigentlich nich, aber ... Ach, scheiß drauf, das is nich mit zwei Worten gesagt, da brauchte ich 'n ganzen Tag. Ich fand nich, daß 'n Diplom viel wert is. Aber die Hälfte von denen, die da rumhängen, strampelt sich bloß nachm Diplom ab. Ich hab mir das 'ne Weile angesehn, aber dann dacht ich: Ich will das nich, und basta. Vielleicht war's dumm." Genka schwieg, wurde sichtlich ernster. Er schüttelte seinen langbemähnten Kopf. „Aber vielleicht auch nich."
„Bist 'n Dussel."
„Kann sein. Aber verdirb mir nich die Laune. Ich hab heute grad gute ..." Genkas Blick fiel ebenfalls auf den Kalender in der Ecke. „Ich hab heut richtige Sonntagslaune." Er lachte, strich sich über den Bart. „Einmal, da gingen wir durch die Taiga. Ich kam von den andren ab, blieb 'n Stück zurück, rannte, um sie einzuholen, und verknackste mir 'n Fuß. Ich konnt nich mehr gehn. Ich mich hingesetzt. Mir wurd richtig lustig. Ich dachte: Ob die wohl zurückkommen und dich suchen? Gequatscht wird ja viel von Kameradschaft und so weiter. Ob die wohl umkehren? dacht ich. Wie ich 'ne halbe Stunde sitze, hör ich sie kommen und nach mir rufen. Ich hatte 'ne Flinte und hätte schießen können — das hätten sie gehört. Auch schreien hätt ich können, das hätten sie auch gehört. Nee, ich blieb still!" Genkas Augen funkelten. „Ob sie's wohl aufgeben, dacht ich, oder ob sie mich doch finden? Ich hab 'ne höllische Natur! Immer muß ich bis ans Ende gehn, um was zu begreifen, was womöglich gar nich zu begreifen is! Werden sie's nu aufgeben, dacht ich, oder suchen sie weiter? Im Internat hatten sie zwar alle rumgesülzt von Taigaromantik und so ... Aber jetzt? Nu mal los, ihr Angeber, das is was andres, als zur Gitarre zu singen, jetzt heißt's 'n Menschen finden! Die Sonne ging schon unter, und bis zum Lager war's noch weit.
Genka grinste böse und fixierte Onkel Grischa mit seinen hellen, ein wenig irren Augen. „Na wie wär's, wegen einem Dussel hier zu übernachten? Unter Gottes freiem Himmel, womöglich regnet's noch ... In der Winterhütte dagegen hat man Pritschen, Bettzeug, 'n Lagerfeuer und Schnaps, und da sind die beiden schärfsten Schnecken ausm Institut, die's gibt,

um die sich alles reißt ... Das is 'ne Aufgabe, was? Nu mal los!"
„Und haben sie dich gefunden?" Onkel Grischa unterbrach ihn ungeduldig und mürrisch.
Genka, ebenfalls mürrisch, weil sein Redefluß gestoppt wurde, erzählte unlustig zu Ende: „Klar. Sie wollten mir 'n Arsch vollhauen, aber ich hatte ja die Flinte."
„Verdient hättste's. Den Leuten Angst einzujagen!"
„Die hatten doch keine Angst! Das war bloß Angeberei, damit sie dann als Männer dastanden! Hampelmänner waren es. Fast durch die Bank. Prost."
Sie tranken, schnurpsten Sauerkohl.
„Die Leute achten dich nich, Genka", sagte Onkel Grischa, und es war eine Feststellung, eine Frage, eine Überlegung — alles zugleich. „Du bist doch schon über Dreißig, 's wär Zeit, daß du was Ordentliches anfängst."
Genka nahm seine Gitarre, griff in die Saiten, überlegte es sich aber anders, warf sie aufs Bett zu den Kissen und steckte sich eine Zigarette an. Seine aufgereizt-fröhliche Stimmung geriet ins Wanken.
„Das stimmt, die achten mich nich", sagte er. „Aber müssen Sie's überhaupt? Is das der Grund, weshalb du angefangen hast, an Gott zu glauben?" fragte er. Und gab selbst die Antwort. „Das is es. Ich glaub, ich hab dich durchschaut. Übrigens würd ich mir ja auch so was einfallen lassen, aber ich mach mir nix aus andrer Leute Meinung, das is mein Fehler. Darin bin ich ganz unrussisch, richtig aus der Art geschlagen. Aber ich versteh dich. Ich werd dir mal sagen, was mit dir los is: Du hast 'n Tod gerochen und 's mit der Angst gekriegt — du willst nich einfach so verschwinden, du willst, daß die Leute hinterher von dir sagen: Er war doch 'n gläubiger Mensch! Nich?"
„Du bist 'n Dussel", sagte Onkel Grischa nur. Überlegte und fügte hinzu: „'n Gammler."
„Haste gemerkt", Genka wurde lebhaft, „daß du in der kurzen Zeit schon fünfmal Dussel gesagt hast?"
„Weswegen biste eigentlich hergekommen?"
„Ich möcht dahintersteigen, wieso du ... Ich möcht dir auf die Schliche kommen. Ich glaub nich, daß du wirklich an Gott glaubst. Hör mal, welcher Gläubige macht das — hängt 'ne Ikone an die Wand und verkündet allen Leuten: ‚Ich glaube!'

Wo denkst du hin? Das is doch Gotteslästerung! Du hast keine Ahnung von Gott. Ich weiß mehr davon als du..."
„Fertig?" Onkel Grischa reckte drohend den Kopf vor. „Und jetzt..."
„Wart mal", rief Genka. „Laß uns friedlich miteinander reden, wo wir hier beim Wodka sitzen. Du brauchst gar nich 'n Kopf vorzurecken." Er preßte flehentlich die Hände an die Brust. „Ich hab's doch nich mit Absicht gesagt ... Ich bin gleich mit der Tür ins Haus gefallen mit dem, was ich von Gott weiß. Komm!"
Genka goß eilig die Gläser voll. Onkel Grischa beobachtete ihn argwöhnisch.
„Prost, Onkel Grischa, alter Ketzer. Wir sind verwandte Naturen, aber ich hab überhaupt keinen Ehrgeiz, obwohl ich 'n Dichter bin. Verstehste, ich würd gern 'n Wissen von irgendwas haben, damit ... Damit alle aufgeregt gerannt kommen und vor Angst schreien — und ich würd seelenruhig zwischen ihnen rumspazieren und kein Wort sagen, würd keine Angst haben und bloß grinsen. Aber ich weiß nich, was das fürn Wissen sein müßte. Was meinst du? Zu Gott zieht's mich nich. Das is nich konkret genug ... Na, prost! Wir werden schon dahintersteigen."
Onkel Grischa, der immer noch nicht glauben wollte, daß Genka nicht bloß einen Jux machte, trank vorsichtig nur die Hälfte des Eingegossenen, damit es, falls die Unterhaltung einen schlechten Ausgang nahm, nicht hieß, sie hätten zusammen gesessen und gezecht.
„Biste etwa in irgend 'ner Sekte?" fragte Genka, um einen möglichst freundschaftlichen Ton bemüht. „Vielleicht biste aus Versehen irgendwo reingerasselt? Nee? Christus und Gott haben sie überall, aber es gibt verschiedene Auffassungen, wie du dran glauben sollst. Bist du russisch-orthodox? Oder weißt du's nich?"
Onkel Grischas Hand auf der Tischdecke ballte sich, und er zog sie weg.
„Du Lumpenhund nimmst solche Worte ins Maul? Ich schlag dich auf der Stelle tot." Das war ernst gemeint. Das war vielleicht sogar beängstigend: Onkel Grischas wettergegerbtes Gesicht wurde fahl und die Falte um den Mund ganz weiß. „Scheiße kannste ins Maul nehmen, aber nich solche Worte."

Genka war erschrocken, noch mehr jedoch beleidigt — aber auch wütend. Er wußte jetzt ganz genau: Die Wahrheit war auf seiner Seite, während die lumpige, schamlose Lüge sich auf die Hinterbeine stellte. Es gab solche Augenblicke, da Genka mit freudigem Staunen gewahr wurde, daß er sich selber schlecht kannte (er hatte gedacht, er sei hoffnungslos feige), und so bezwang er seine Angst, blickte dem bis zur Weißglut erzürnten Mann ruhigen Mutes in die Augen. Und sagte fest, spöttisch: „Na, Gottesknecht, du bist ja wie von der Kette gelassen. Was is 'n los? Um Himmels willen, Onkel Grischa, beruhige dich. Was hab ich denn gesagt? Ich hab gesagt, es kommt vor, daß zum Beispiel die Baptisten jemand inn Sack stecken ... Die haben auch den Christus." Genkas Worte strömten Ruhe und Kraft aus. Er spürte, wie überzeugend und wahrhaftig er sprach. Und wurde immer kühner, schickte sich an, die ganze Wahrheit auszuschöpfen, bis zum Grund. „Aber du bist weder Baptist noch 'n normaler Christ — bei dir is es Lüge. Lüge is es! Sag mir bloß, Onkel Grischa, wozu so 'ne Lüge! Du bist doch 'n einfacher Mann, 'n Bauer, 'n Mensch, der schwer schuftet — wozu die Lüge?" Genka spürte, daß ihm die Tränen in die Augen traten. Doch das hielt ihn nicht auf, im Gegenteil, es verlieh ihm neue Kraft und sprengte die letzten Fesseln auf dem Weg zur ersehnten schlimmen, heiligen Wahrheit. Sogar Onkel Grischa war verdattert und hörte zu. Was sich da Genkas Brust entriß, das war so kostbar, war so frei, hatte so sehr auf der Seele gelegen. „Wie soll man denn leben, Leute?!" Genka verzog das Gesicht, fing an zu weinen ... Doch er war nicht böse über die Tränen, sie hinderten ihn nur, er wischte sie eilig mit der Hand weg. „Wie solln wir denn leben?! Wenn nix dabei is, zu lügen!" Genka stand auf, denn ihm wurde es zu eng und stickig beim Sitzen. „Du machst mir Vorwürfe ... alle machen mir Vorwürfe: ‚Wieso haste das Studium hingeschmissen?' Weil ich nich lügen will! Wenn ich nich das Gefühl hab, daß ich's unbedingt brauche, wieso soll ich dann heucheln? Mir gefällt das Leben auch ohne Diplom. Aber wieso ... Nee! Du denkst dir einfach aus: Ich glaube. An wen?! Wozu? Am Ende machst du durch die Lügerei deinem ganzen Leben Schande ... Hast du das nötig? Kannst mich totschlagen, ich begreif nich: wozu und warum ... Hättste 'ne Axt genommen und wärst unter die Räuber gegangen, das wär besser gewesen — 'ne kleinere Sünde. Du

sagst, du glaubst jetzt an Gott. Aber was haste aus ihm gemacht?! 'n Kochtopf haste draus gemacht, um Kohlsuppe drin zu kochen. Warst dir nich zu schade ... Nu sitzte da und guckst, als kämste vom Mond — was soll ich von dir halten? Was soll ich von uns allen halten? Lügen können wir. Ohne weiteres können wir das. Ich kann dich nich achten, verstehste? Nich achten kann ich dich — ich krieg das Kotzen. Dabei hättste für dein ganzes Leben Achtung verdient, aber ... Pfui Deibel! Wen kann ich überhaupt noch achten?!" Genka war müde. War erschöpft. Er setzte sich hin. „Zu guter Letzt alles zu vermasseln. ‚Wir werden überwacht', ‚Jede unsrer Taten ...' Du denkst doch überhaupt nich darüber nach, quatschst alles nach. Ich hab gedacht, du wärst nich fähig zu lügen. Wozu sollte 'n einfacher Mann auch lügen? Gibt's nich genug Heuchler auf der Welt? An wen soll ich mich jetzt halten? An wen? Ihr habt kein Gewissen und gebt 'n schönes Beispiel ... Da kann ja alles zusammenkrachen! Alles — rein inn Keller, bloß Kohl bleibt übrig. Kannst ihn zum Schnaps essen. Prost, du Gottesknecht." Genka schenkte die Gläser voll, schüttelte müde den Kopf. „Aber nu biste doch fähig zu lügen! Alle denken — nein, aber du bist's doch. Mach, was du willst."
Genka hob das Glas an die Lippen, aber plötzlich flog es ihm aus der Hand. Im ersten Moment begriff er gar nicht, was los war. Das Glas schoß in die Höhe.
„Ich hab die Faxen dicke", sagte Onkel Grischa mit gepreßter böser Stimme. „Bist besoffen genug."
Genka wollte aufstehn, doch Onkel Grischa stieß mit dem Fuß seinen Stuhl um, und Genka fiel hin. Und sogleich fiel Onkel Grischa über ihn her, packte ihn am Schopf und wummerte ihm den Kopf gegen den Fußboden. Sprach dabei vor sich hin: „Breitschlagen werd ich ihn dir, deinen schlauen Kopf ... Breitschlagen werd ich ihn ..."

Genka krümmte sich, bekam die Beine unter Onkel Grischas Leib und stemmte ihn mit aller Kraft hoch. Onkel Grischas Hände fuhren in die Luft, und sein Hinterkopf stieß gegen den Tisch. Der Tisch stürzte um, und Gläser, Flaschen und Teller flogen mit fröhlichem Klirren auf den Boden. Genka war sich im klaren, daß er die Initiative nicht abgeben durfte, sonst würde sein massiger Onkel ihn zu Mus quetschen und ihm wirklich den Schädel breitschlagen. Freilich blieb ihm gar keine Zeit zum Überlegen. Die Raufleidenschaft hatte ihn plötzlich gepackt und ihren Gesetzen unterworfen: Er handelte wie jeder normale Raufbold, gewissermaßen ohne Berechnung, aber wohlüberlegt und genau. Er knallte seinem Onkel zweimal die Faust gegen den Schädel, damit er nicht auf die Beine kam, und als er sich dennoch aufzurappeln begann, stieß Genka ihn mit einem Fußtritt wieder um. Wut spürte er nicht, er war sich nur der Gefahr bewußt, daß, wenn Onkel Grischa hochkam, er in seiner Raserei irgendeinen Gegenstand zu fassen kriegen und damit losdreschen könnte. Deshalb durfte er ihn um keinen Preis auf die Beine kommen lassen.

So strengten sie alle Kräfte an: der eine wollte aufstehen, der andere — es verhindern.

Als Njura nach Hause kam, war das Gerangel in vollem Gange, und alles, was nur herunterfallen konnte, lag auf dem Fußboden. Mittendrin aber rangen stumm Onkel und Neffe. Beide hatten sie ihr Hemd zerrissen und bluteten ... Njura trennte sie mit Gewalt, haute Genka ein paar runter, schubste ihn in die Ecke, bugsierte ihren Vater aufs Bett.

„Miststück", sagte Onkel Grischa keuchend und wischte sich mit dem zerfetzten Hemdsärmel das Blut von den Lippen. „Von wegen hier ... solche Worte ins Maul nehmen ... 'ne große Fresse riskieren. So 'n junger Hund."

„Is das bitter, nee!" sagte Genka, der Blut spuckte. „Ach, is das bitter! Es geht um Rußland! Und so 'n verkorkster Typ ... der heuchelt. 'n schöner Freier. Vergewaltigt seine Seele ... will geachtet werden ... Und lügt rum! Wenn ich im Land rumkaspere", Genka schlug sich nachdrücklich auf die Brust, blinzelte mit feuchten Augen, „dann weiß ich, ich hab Rußland hinter mir: Ich geh nich unter, ich werd 'n Mensch sein. Ich weiß, wo ich hingehöre!" Genka schrie, als schreie er auf dem Markt eine geldgierige, gewissenlose Hökerin nieder, während sich ringsum Leute ansammeln und es ohnehin nichts mehr ausmacht, daß man schreit. „So geht's doch bergab mit uns!"

„Ich geh gleich mit dir bergab", sagte Onkel Grischa, der sich die blutenden Lippen wischte, halblaut und mit bebender Stimme. „Ich steck dir deinen zottligen Schädel inn Scheuereimer, du Hund."

Njura goß Wasser in den Wasserspender, führte ihren Vater hin und wusch ihm das Gesicht, redete ihm ins Gewissen — ob sie sich denn gar nicht schämten, sie seien ja wie kleine Kinder,

Ehrenwort ... sich zu prügeln! Worum sie sich denn gestritten hätten.
„Um Rußland“, verkündete Genka hochtrabend.
„Ich werd dir gleich Rußland zeigen!“ Njura hob ihre Stimme. „Quatschkopf ... Aufn alten Mann losdreschen ... Nee! Aber behaupten, du liest schlaue Bücher. Wo steht denn so was geschrieben ... Ich vergeß gleich, daß ich ’ne Frau bin, und schnapp dich an der Mähne, das sag ich dir.“
„Von dir laß ich mich prügeln. Du bist ’ne reine Seele ... Du lügst nich.“
„Und was bin ich für dich?!“ Onkel Grischa ging mit nassem Gesicht auf Genka zu, doch Njura brachte ihn mühelos zurück und stupste seinen Kopf wieder unter den Wasserspender Dann trocknete sich Onkel Grischa ab, während Genka sich über einer Holzschüssel den ganzen Oberkörper wusch, Njura goß ihm aus einer Kanne Wasser über den Kopf. Dann gab sie den beiden frische Hemden und holte aus der Truhe eine Flasche Pfefferschnaps hervor.
„Da habt ihr, damit’s keinen Schnupfen gibt. Und glubscht euch nich so an. Ihr seid doch dußlig! Wenn man das einem erzählt, glaubt er’s nich. Sich zu prügeln ... Haste nich vielleicht zuviel gelesen, Genka? Du bist mir ja recht flott mit der Zunge und mitn Fäusten. Sieh dich vor, vom vielen Lesen soll’s schon mal einer im Kopf gekriegt haben. Na, ich werd ’n Schlückchen mit euch trinken. Aber vertragt euch.“
Sie tranken zu dritt den berühmten feurigen Pfefferschnaps ... Saßen eine Weile schweigend da, beruhigten sich.
„Soll ich was singen?“ fragte Genka.
„Ja“, sagte Njura. „Aber ’n Lied, das man versteht. Von eurem Gesinge versteht man doch sonst nichts. Das sind mir Leute. Wie sie leben, versteht man nich, und wie sie singen — auch nich.“
„In der Schrift heißt es“, sagte Onkel Grischa, doch seine Stimme war heiser und dünn, er mußte sich erst räuspern. „In der Schrift heißt es: Denn der Herr wird kommen ... Erst mal kommen vier, aber denn kriegt der eine die drei andern unter und herrscht ganz allein. Das is der Antichrist Sechshundertsechsundsechzig — drei Sechsen. Und seine Herrschaft dauert dreieinhalb Jahre, aber seine Gesetze gelten nur drei Jahre. Und eh er kommt, schickt er seine Sendboten durch die Welt — die machen hier ’n großes Kuddelmuddel. Unser Genka —

das is einer von diesen Sendboten."
Genka hörte erst zu, was Onkel Grischa vom Antichristen 666 erzählte, aber dann beugte er sich über seine Gitarre, sagte: „So was Fades. Ihr könntet euch was Eindrucksvolleres ausdenken. Aber das is so fade, weil kein echter Glaube dahintersteckt. Deshalb is es so primitiv. Na gut, 'n verständliches Lied!" Und er sang:

„Nicht der Wind, ach, schaukelt die Zweige,
Nicht die Eiche ist's, ach, die so rauscht..."

Er brach ab, grübelte, lutschte an seiner aufgeschlagenen Lippe.
„Wieso singste nich weiter? Is doch 'n schönes Lied", sagte Njura.
„Vielleicht is das bei euch auch nich Heuchelei", sagte Genka mitten im Grübeln und guckte Onkel Grischa an. „Vielleicht is es 'n urwüchsiges Laientheater." Er sah seinen Onkel lange und mitfühlend an. Der sah ihn ebenfalls an, wandte sich aber gekränkt ab, verzog sogar das Gesicht wegen Genkas Kannegießerei.
„Sing lieber."
Doch Genka sang nicht mehr, er saß da, die Ellbogen auf die Gitarre gestützt, und guckte aus dem Fenster.
„Die Kuh! Ach du meine Güte, die steht die ganze Zeit vorm Tor!" Als Njura die Kuh sah, fiel es ihr ein, und sie lief hinaus, um sie in den Hof zu lassen.
Genka und Onkel Grischa beobachteten teilnahmslos, wie Njura über den Hof rannte, das Tor öffnete und die große hornlose Kuh einließ. Njura führte sie über den Hof und redete ihr gut zu.
„'ne Kuh", sagte Genka versonnen. Es war nicht klar, was er meinte.
Onkel Grischa guckte zu, wie Njura den von der heißen Julisonne erhitzten Melkeimer vom Pflock nahm, mit einer kurzen, geschickten Bewegung den Rock raffte und sich zum Melken hinsetzte. Die ersten Milchstrahlen trommelten laut im leeren Eimer. Man sah das nicht, aber Genka hatte es vor Augen — wie die warmen, schnellen Pfeile gegen den Eimerboden schlugen, wie es schäumte, wie neue Strahlen in die Blasen trafen und sie platzen ließen und wie die vielen

weißen Spritzer an den Seiten in dünnen Rinnsalen herabflossen. Gleich würde alles voller Schaum sein, und die Milchstrahlen würden nicht mehr trommeln, sondern mit einem leisen, butterweichen zarten Ton in die weiße Schaumkrone dringen. Die kräftige Njura schaukelte leise — rechts, links, rechts, links — im Takt ihrer Hände, und unter der weißen geblümten Bluse spielten ihre breiten Schulterblätter.
„'ne Kuh ...", wiederholte Genka gedankenverloren. „Diese Nacht schreib ich 'n Gedicht. Wenn ich mir nich 'n Grips verneble. Na, trinken wir noch 'n kleinen?"
„'s reicht", sagte Onkel Grischa. „Ich will lieber nich mehr."
„Na, ich dann auch nich", sagte Genka und schob den Pfefferschnaps weit von sich. „Ich schreib lieber 'n Gedicht. Von der Kuh."

1973

# Auf dem Friedhof

Ach, was für herrliche, strahlende Tage! Warmes, klares Wetter. Juli. Hochsommer. Irgendwo läutete schüchtern eine Glocke. Getragen und rein schwebte ihr Ton in der klaren Stille und erstarb in der Höhe. Doch es klang nicht traurig, nein.
Manche Menschen haben, wie mir aufgefallen ist, eine merkwürdige Gewohnheit: Sie gehen an solchen wundervollen Tagen gern auf den Friedhof, um dort ein Weilchen zu sitzen. Nicht bei Regen oder trübem Wetter, nein, wenn es auf der Erde so warm und still ist. Sicherlich gibt es eine Erklärung für dieses merkwürdige Verhalten. Aber ist es denn überhaupt merkwürdig? Mich persönlich zieht es aus einem ganz bestimmten Grund auf den Friedhof: Ich sitze dort gern und grüble. Zwischen den Gräbern kann man frei denken, und es kommt einem Überraschendes in den Sinn. Und worüber man auch nachdenkt, stets ist es, als bewege man sich auf einem schmalen Grat: Es graust einem, vor die Füße zu schauen. Die Gedanken schießen nach links und rechts, nach oben und unten — zwei Meter weit. Die Kreuze aber spreizen sich wie hölzerne Arme und bewahren ihr Geheimnis. Merkwürdig ist etwas anderes: Merkwürdig ist, daß hierher Autohupen, Menschenstimmen dringen ... Merkwürdig ist, daß zweihundert Meter entfernt eine Straße verläuft, und dort werden Zeitungen, Wein, Amidopyrin verkauft ... Einmal hörte ich, wie auf der Straße berittene Miliz vorüberkam — das war erst merkwürdig!
Ich saß also in einer großen Stadt auf dem Friedhof und grübelte. Ich hing meinen Gedanken nach und merkte nicht, wie sich von hinten jemand näherte. Plötzlich hörte ich eine Stimme: „Was suchst du denn hier, Söhnchen? Das ist doch mein Grab."
Ich schaute mich um, da stand eine alte Frau und sah mich friedlich an.
„Das ist doch mein Grab", sagte sie noch einmal.
Ich sprang auf, war betreten. „Entschuldigen Sie..."

„Nicht doch, bleib nur sitzen." Sie ließ sich auf der Bank nieder und wies neben sich. „Setz dich, setz dich nur hin. Ich dachte, du hast dich vielleicht im Grab geirrt."

Ich setzte mich.

„Mein Sohn liegt hier", sagte sie und blickte auf das gepflegte Grab. „Mein Sohn schläft hier." Sie weinte still vor sich hin, wischte mit einem Zipfel des Kopftuchs die Tränen weg und seufzte. Sie machte das alles gewohnheitsmäßig, sachlich. Offenbar lag ihr Gram weit zurück, war alltäglich geworden, und sie hatte sich daran gewöhnt, mit ihm zu leben.

„Und du?" fragte die alte Frau, zu mir gewandt. „Hast du auch irgendwen hier?"

„Nein ... Ich bin bloß so hergekommen ... Ein bißchen ausruhen."

Die Alte schaute mich neugierig, aufmerksamer an.

„Hier ausruhen ..."

„Na und?" Ich befürchtete die ganze Zeit, etwas Unrechtes zu sagen, irgend etwas Unbedachtes. „Hier kann man sich gut ausruhen. Und nachdenken."

„Ja, ja", pflichtete die Alte bei. „Aber weißt du, was ich hier immer denke? Ich müßte da liegen — und nicht er." Wieder wandte sie sich dem Grab zu. „Ich müßte da liegen, und er müßte herkommen und hier sitzen, das wär besser für mich. Viel besser! Nur ... darüber haben wir nicht zu entscheiden, das ist der Jammer."

„Liegt er schon lange hier?"

„Sieben Jahre."

„War er krank?"

Darauf antwortete die Alte nicht. Sie schwieg lange, wackelte unmerklich mit dem Kopf — auf und ab. Als ich dann wieder hinsah, gewahrte ich, daß sie fast ununterbrochen so mit dem Kopf wackelte.

„Vierundzwanzig Jahre hat er nur gelebt", sagte die Alte demütig. Wieder schwieg sie eine Weile. „Hatte kaum angefangen zu leben, da ... lag er auch schon hier. Aber jeder muß so leben, wie er's für richtig hält." Sie weinte wieder ein wenig, wischte wieder die Tränen weg und seufzte. Und wandte sich zu mir. „Ihr lebt nicht recht, ihr jungen Leute, nein, gar nicht recht", sagte sie plötzlich und sah mich aus hellen, wie klargespülten Augen an. „Ich werde dir eine Geschichte erzählen, und du kannst halten davon, was du

willst: Glaub sie oder glaub sie nicht. Aber hör zu und denk nach, wenn du 's Nachdenken liebst. Oder hast du's eilig?"
„Nein."
„Weißt du, bei uns in Motschischi ... Bist du von hier?"
„Nein."
„Ach so. Hier am Stadtrand ein Viertel, das heißt Motschischi, da ist lauter Militär. Und dort ist ein Friedhof, ein alter; begraben wird da keiner mehr. Früher ja, da haben sie dort beerdigt. Und einmal stand da ein Soldat Posten ... Eine stockfinstre Nacht. Er stand so, wie er halt zu stehen hatte. Auf einmal hört er auf dem Friedhof jemand weinen. Der Stimme nach — eine Frau. Und sie weint so bitterlich, so bitterlich. Na ja, er hätt ja irgendwo anrufen können, er tut's aber nicht, er wartet auf den anderen Soldaten, der ihn ablösen soll. Und dem sagt er: ‚Hör doch mal! Oder kommt's mir bloß so vor?' Der lauscht, hört auch das Weinen. Tja, da geht der, der ihn ablösen kam, den Kommandeur wecken. ‚So und so', sagt er, ‚auf dem Friedhof weint 'ne Frau.' Der Kommandeur geht mit, hört selbst: dort weint jemand. Mal verstummt es, dann ist's wieder zu hören. Da geht der Kommandeur zur Kaserne, weckt die Soldaten und sagt: ‚So und so, auf dem Friedhof weint 'ne Frau, wir müssen rauskriegen, was da los ist — warum sie dort weint. Auf dem Friedhof ist seit langem keiner begraben worden, die Sache ist verdächtig ... Wer geht freiwillig?' Einer meldet sich: ‚Ich geh', sagt er. Sie geben ihm ein Gewehr, für alle Fälle — und er geht.
Er kommt auf den Friedhof, von Weinen nichts zu hören ... Stockfinster ringsum. Er fragt: ‚Ist hier jemand?' Da antwortet es aus der Finsternis: ‚Ja.' Eine Frau kommt auf ihn zu ...Der Soldat hebt die Taschenlampe, will sie anleuchten,um sie besser zu sehen. Sie aber sagt: ‚Nimm die Lampe weg, nimm sie weg. Und das Gewehr', sagt sie, ‚das hast du umsonst mitgebracht.' Der Soldat ist verlegen. ‚Hast du geweint?' — ‚Ja, ich hab geweint.' — ‚Und warum?' — ‚Um euch', sagt sie, ‚ich weine um die junge Generation. Ich bin die irdische Gottesmutter und beweine euer zügelloses Leben. Ihr tut mir leid. Nun geh und erzähl ihnen, was ich dir gesagt hab.' — ‚Ja, aber ich bin doch Komsomolze!' erwidert der Soldat. ‚Wer wird mir glauben, daß ich dich gesehn hab? Außerdem', sagte er, ‚außerdem glaub ich nicht an dich.' Da berührt sie ihn — ganz leicht nur" — die Alte streifte mit ihrer Hand leicht

meinen Rücken — „und sagt: ‚Ihr werdet glauben!' Und weg ist sie. Der Soldat kehrt zu seinen Leuten zurück und erzählt, was passiert ist — wen er gesehen hat. Er wurde natürlich ausgelacht. Kein Wunder ..." Das letzte sagte die Alte voller Bitterkeit und schwieg dann gekränkt. Und darauf, leise und gramerfüllt: „Kein Wunder, er wurde natürlich ausgelacht. Jawohl! Und als der Soldat in die Kaserne kam, ins Licht — da war auf seiner Bluse ein Bild der Gottesmutter zu sehen. So groß." Die Alte zeigte auf ihre Hand. „Und ganz deutlich, richtig deutlich!"
Das kam überraschend — das mit dem Bild. Wäre sie nun, nach diesem beeindruckenden, vielsagenden Schluß ihrer Geschichte, aufgestanden und gegangen, dann hätte ich meine Jacke ausgezogen und nachgesehen, ob nicht was darauf war. Doch die Alte saß neben mir und nickte still mit dem Kopf. Ich fragte nichts, gab nicht zu erkennen, ob ich ihr die Geschichte glaubte oder nicht, ich wollte gern, daß sie noch weiter erzählte. Und sie erriet meinen Wunsch, wandte sich zu mir und begann zu erzählen. Ihr Ton war nun ein anderer — ein unsriger, heutiger.
„Mein andrer Sohn, der Minka, der trieb sich mit Weibern rum, war so ein Hengst, wechselte von einer zur andern. Ich sag ihm: ‚Wozu das, Minka? Was hast du denn davon? Die sind doch heutzutage alle gleich. Kommst doch bloß vom Regen in die Traufe!' Mal tat er sich mit einer zusammen, und da kam ein Kind ... Da dacht ich, diesmal wird's halten. Nein, 's war wieder nichts. ‚Hab wieder', sagte er, ‚aufs falsche Pferd gesetzt.' Ach du lieber Gott! Ein Kreuz war's mit ihm. Dann geriet er an so eine Gebildete, eine Laborantin, die zog mit ihm ab, über alle Berge nach Fergana. Von dort schrieben sie: ‚Liebe Mama, komm uns doch bitte einmal besuchen!'" Die Alte ahmte die jungen Leute in Fergana so gekonnt nach, daß ich unwillkürlich lachen mußte und mir, da ich mich sogleich besann, daß wir auf einem Friedhof saßen, die Hand vor den Mund hielt. Doch mein Lachen schien die Alte zu beflügeln. Ganz bereitwillig fuhr sie fort: „Na, ich ließ mich nicht lumpen und fuhr hin. Ich kam hin, wurde bewirtet ... Ich dummes altes Weib, geschah mir ganz recht ..."
„Waren sie denn schlecht zu Ihnen?"
„Zuerst eigentlich nicht ... Ich kam ja auch nicht mit leeren Händen, hatte Geld mit. Aber bin ich nicht ein dummes altes

Weib? Solange mein Geld reichte, da war sie lieb und nett, die Schwiegertochter, aber als das Geld alle war, ging's los: ‚Mama, wer bäckt denn heute noch solche Fladen?' — ‚Was denn?' frag ich. ‚Alle backen sie so. Was ist denn dran auszusetzen?' Da hat sie doch die Stirn und will mich belehren, wie man Fladen bäckt. ‚Tu mehr Butter in die Pfanne', sagte sie. ‚Ja, du lieber Gott, wieviel Butter braucht man dann? Ein halbes Kilo den Tag? Und mit so viel Butter werden sie schwarz, nicht schön locker, was sind mir das für Fladen!' Na, so wollten wir einander belehren. Sagte ich ihr ein Wort, gab sie mir fünf zurück. Sage jungen Leuten was: Die legen selbst den Teufel mit ihren Ansichten aufs Kreuz, der Herr verzeihe mir, daß ich den Gehörnten in den Mund nehme! Was sollen mir solche Ansichten! Wenn sie nicht mal den Mann satt kriegen! Er kommt nach Hause, der Arme, schlingt runter, was ihm in die Hände gerät — und fertig. ‚Ich war in der Kantine', sagt er. Na, dachte ich, so was nennt sich nun gebildet, Flittchen sind's, weiter nichts!" Die Alte schwieg, dann stieß sie zornig hervor: „Nur rumbalzen können diese Weiber. Stimmt's etwa nicht?" Sie wandte sich wieder zu mir. „Wissen viel und bilden sich ein, sie verstehen alles auf der Welt — aber leben, das können sie nicht. Nicht wahr?"

„Die und viel wissen!" sagte auch ich zornig. „Einen Dreck wissen die!"

„Aber sie studieren doch viele, viele Jahre!"

„Na und? Studieren die vielleicht, um was zu lernen?"

„Stimmt, im Kolchos arbeiten will keiner", pflichtete die Alte bei. „Mein Gott, mein Gott ... Ist das eine Welt! Die sehen nur zu, wie sie dem lieben Gott den Tag stehlen können ..."

Wir schwiegen lange. Die Alte hing ihren Gedanken nach, deren Last sie immer tiefer zur Erde drückte, ihr Rücken war schon ganz krumm: Sie rührte sich nicht, nur der Kopf wackelte unentwegt.

Wieder ertönte die Glocke. Die Alte hob den Kopf, blickte zum entlegenen Ende des Friedhofs, wo zwischen Bäumen eine kleine, verlassene Kirche stand, sagte leise: „Lausebengels."

„Das machen Kinder?"

„Ja, sie klettern rein ... Ich werd ihnen eins mit dem Stock überziehen." Die Alte erhob sich, blickte mich an. „Aber bleib hier nicht allein sitzen, sonst ... sonst denk ich immer, da sitzt wer an meinem Grab. Das ist nicht gut."

„Nein, ich breche auch auf. Hab lange genug gesessen."
„Ja. Sonst denk ich das wieder ...", sagte die Alte wie zur Entschuldigung. Und ging davon — eine hutzlige alte Frau, auf ihren Stock gestützt, dennoch behende und schnell. Ich schaute ihr nach und ging meines Wegs.

1973

# Gespräche bei hellem Mondschein

Marja Selesnjowa arbeitete im Kindergarten, doch als man bei ihr irgendwelche Bazillen fand, wurde ihr mitgeteilt, sie müsse sich umqualifizieren. „Ich und umqualifizieren?" fragte Marja bitter. Sie hatte nur noch anderthalb Jahre bis zur Rente. „Das sagt sich so hin: umqualifizieren ... Bin ich vielleicht 'n Eber, daß ich mich bloß auf die andre Seite zu wälzen brauch?" Sie faßte das Ganze als einen Scherz auf, als hätte man zu ihr gesagt: „Wälz dich auf die andre Seite."

Nun, man lachte über Marja. Und schlug ihr vor, im Landwarenhaus Nachtwächterin zu werden. Marja ließ es sich durch den Kopf gehen und willigte ein.

So bewachte sie nun nachts das Landwarenhaus.

Und dabei leistete ihr einer Gesellschaft — der alte Bajew. Er hatte sein Leben lang im Büro gesessen, mal beim Dorfsowjet, mal bei der Pelzaufkaufstelle und mal bei der Kolchosverwaltung, und all die Kugeln, die er in seinem Leben auf den Rechenbrettern hin und her geschoben hatte, hätten zusammengenommen wohl einen Haufen so groß wie ein Haus ergeben. Er war ein unauffälliger Mann, der sich nie hervorgetan, nie durch eine Dummheit von sich reden gemacht, aber auch nie in seinem ganzen Leben etwas auf die Beine gestellt hatte. Im Durchschnittstrott hatte er seine dreiundsechzig Jahre hinter sich gebracht. Hatte zwei Töchter und einen Sohn großgezogen, sich ein Haus gebaut ... Und die Leute mußten schließlich anerkennen: ein ganz Schlauer, der Bajew! Guck dir das an, hat sich ohne Geschrei durchgewurstelt. Und wie gut und schön er über die Runden gekommen ist. Bajew glaubte am Ende selbst, daß er ein ganz Schlauer sei, und ließ es, wenn er sich mit jemandem unterhielt, auch durchblicken. Sein Leben lang hatte er um solche Schlauen einen Bogen gemacht, hatte sich nie auf einen Streit mit ihnen eingelassen und ihre Überlegenheit gelassen anerkannt, jetzt aber, wo derlei gewissermaßen nicht mehr gefährlich war, stach ihn der Hafer, und er sorgte verspätet, aber beharrlich für den Ruf, selber schlau zu sein wie selten einer.

In der letzten Zeit litt er unter Schlaflosigkeit, und so hatte er sich angewöhnt, der Nachtwächterin Marja Gesellschaft zu leisten und mit ihr zu klönen.
Marja saß nachts im Friseursalon, das heißt, tagsüber war dies der Friseursalon, nachts saß Marja dort, weil man vom Fenster aus das ganze Landwarenhaus im Blick hatte.
In dem kleinen Holzhaus, das den Friseursalon beherbergte, lag ein durchdringender, abgestandener Kölnischwassergeruch, es war dort warm und irgendwie urgemütlich. Und man brauchte sich nicht zu gruseln. Der ganze Platz zwischen dem Landwarenhaus und dem Häuschen war hell erleuchtet, denn es waren Mondnächte. Wunderliche Nächte. Es war, als hinge der Mond an einem Strick vom Himmel, so nahe und groß wirkte er. Tagsüber fing der Schnee schon an zu tauen, doch nachts überfror alles, gleißte trügerisch in dem vollen bläulichen Licht.
Sie knipsten die Lampe nicht an, nur an den Wänden und an der Decke spielten Lichtflecke — von dem kleinen Ofen, der geheizt wurde. Diese huschenden hellen Fratzen schaukelten und zuckten, bald verschmolzen sie in eins, bald stoben sie wieder auseinander. Angenehm war's, in dieser kleinen Welt der huschenden Gespinste zu sitzen und zu klönen, und wunderbar, zu spüren, wie groß das Leben draußen war und daß man dazugehörte. Und daß morgen wieder ein Tag sein und man wieder dazugehören und daß, wer weiß, vielleicht irgend etwas Gutes passieren würde. Wer schlau ist im Leben, darf auch etwas Gutes gewärtigen.
„Die Leute leben doch gewissermaßen von der Hand inn Mund", philosophierte Bajew. „Dabei muß man das Leben planen, 'n Voranschlag machen!" Er setzte eine bedeutungsvolle Miene auf, dabei rutschte die Oberlippe bis an die Nase, während sich die Augen zu Schlitzen verengten, so daß er wie ein Tartar aussah. „'n Voranschlag! Welcher vernünftige Mann wird anfangen, 'n Haus zu bauen, ohne vorher alles zu überschlagen. In der Buchhaltung nennt man das 'n Voranschlag. Denn guck doch mal: Da baut sich einer 'n Haus und will auf großem Fuß leben, anstatt klug zu sein und 'n normales Holzhaus mit zwei Räumen zu nehmen. Verpulvert seine Kräfte, lärmt und tobt rum — und mit dreißig liegt er auf der Nase."
Marja nickte zustimmend. Bajew, der Schlaue, hatte seine

Kräfte anscheinend wirklich nicht vergeudet, während er im Büro saß, sondern hatte sie sein Leben lang aufgespart — so dick und rund war er, bereit zu weiteren zwanzig Lebensjahren gemäß Voranschlag.

„Diese Neunmalklugen! Ich lag mal im Stadtkrankenhaus ... Newerow brachte mich rein, der war doch im Krieg hier Vorsitzender vom Exekutivkomitee, erinnerst du dich?"

„Nee. Auf dem Posten haben doch so viele gesessen ..."

„Wassili Iljitsch Newerow hieß er. Die Sache war folgende. Es haperte mit der Milch, und er kriegte es ums Verrecken nich hin, daß das Soll erfüllt wurde. Einmal geh ich zu ihm ins Büro und sage: ‚Wassili Iljitsch, soll ich dir mal verraten, wie du das drehen mußt?' — ‚Wie denn?' sagt er. ‚Haben unsre Kolchosbauern alles abgeliefert?' frag ich. ‚Ich glaub ja', sagt er. ‚Wieso?' Darauf ich: ‚Prüf's doch mal nach, prüf mal, ob sie wirklich alles abgeliefert haben.'"

„Na, und was wir damals abgeliefert haben!" erinnerte sich Marja. „Alles, was du gemolken hattest, mußtest du hergeben. Bloß den Kindern jedem 'n Töpfchen voll Milch — alles andre in die Molkerei. War das ein hundsgemeines Soll!"

„Nu hör mal zu!" Bajew wurde lebhaft bei der Erinnerung daran, was er einst für eine Erfindung gemacht und durchgesetzt hatte.

„‚Haben sie alles abgeliefert oder nich?' frag ich. Er ruft seine Tippse. ‚Bring mal die Aufstellungen.' Wir gucken sie durch: Bis auf 'ne Kleinigkeit haben sie alles abgeliefert. ‚Na bitte', sagt er, ‚fast alles.' Darauf ich zu ihm: ‚Nu laß uns mal überlegen: Vom Soll fehlen soundso viel!' — ich weiß nich mehr, wieviel. ‚Nich wahr? Die Kolchosbauern haben fast alles abgeliefert, was sie haben ... Wo noch Milch hernehmen?' Darauf er: ‚Erzähl keine Scheiße!' Nee, konnte der fluchen! Na, ich nehm das Rechenbrett zur Hand, sage: ‚Nu wolln wir mal nachrechnen. Angenommen, du mußt fünfhundert Liter abliefern.'" Bajew tat, als schiebe er auf einem Rechenbrett fünf Kugeln hinüber, und schaute dabei Marja geduldig und herablassend an. „Nich wahr? Das bezieht sich aufn Fettgehalt von soundso viel Prozent." Bajew tat, als schiebe er an der nächsthöheren Reihe gleichfalls ein paar Kugeln hinüber. „Aber nu stellt sich raus, daß deine Kuh weniger Fettgehalt bringt, als für die fünfhundert Liter vorgesehen sind. Verstehste? Und deshalb mußte nich fünfhundert Liter abliefern,

sondern, angenommen, fünfhundertfünfundsiebzig. Kapierste?"
Marja kapierte noch nicht.
„Er genauso — glotzt mich an, sagt: ‚Ich versteh Bahnhof.' ‚Na', sag ich, ‚rechne allen ein Prozent Fettgehalt weniger an — und du kriegst die fehlende Milch, kannst dein Soll erfüllen. Hauptsache, die Milch is da, in den Büchern läßt sich das schon hinbiegen.' Na, dem fällt 'n Stein vom Herzen. ‚Dafür kannste dir was wünschen', sagt er. Darauf ich: ‚Besorg mir 'n Platz im Stadtkrankenhaus, damit ich 'ne Weile dableiben kann.' Tja, das hat er gemacht."
Marja kam und kam nicht dahinter, wie sie das mit dem Milchsoll damals gedeichselt hatten.
„Meine Güte!" rief Bajew. „Du lieferst deine fünfhundert Liter ab, und sie sagen dir: ‚Bürgerin Selesnjowa, bei Ihnen fehlen noch fünfundsiebzig Liter.' Du fragst natürlich: ‚Wieso das?' Na, und so einer mitm Rechenbrett, so einer wie ich, der sagt zu dir: ‚Wollen mal gemeinsam nachrechnen ... Der Fettgehalt stimmt nämlich nich. Unser Buchhalter hat nich aufgepaßt ...' Tja, und ich liege derweil im Stadtkrankenhaus. Da nehmen sie nich mal heutzutage jeden Dörfler auf. Aber ich kam damals rein!"
„Wieso? Warste krank?"
„Also, wie soll ich sagen ... Nee. Mitn Augen hatt ich zwar schon damals was. War fast blind. Deshalb brauchte ich ja nich inn Krieg. Aber der Grund, wieso ich ins Krankenhaus wollte, war 'n andrer ... Also, wie soll ich sagen ... Ich wollte halt gern mal 'ne Weile dort liegen. Ich weiß, ich war noch jung, da hab ich schon sinniert, wie ich mal ins Stadtkrankenhaus komme. Und nu hatt ich mal Gelegenheit. Tja. Ich komm hin, krieg 'n Bett, alles tipptopp — Bettzeug, 'n Nachtschränkchen neben dem Bett ... Fünf solche Pachulkes in dem Zimmer: Der eine hat was mit der Hand, der andre hat 'n verbundenen Kopp, dann 'n Traktorist, der hatte sich 'n halben Rücken verbrannt, bei denen hatte Benzin Feuer gefangen, und er war da reingeraten. Tja. Na schön, denk ich, mein Wunsch is in Erfüllung gegangen."
„Wieso, wolltste einfach bloß 'ne Weile da liegen?" Marja konnte und konnte es nicht begreifen.
„Tja. Wolln doch mal sehn, denk ich, wie sie einen pflegen. Ich hatt mal gehört, da gibt's besondre Pflege. Na, zu sehn

is nix davon, sie fragen bloß immerzu: ‚Was tut denn weh? Wo tut's denn weh?' — ‚Das Herz', sag ich — sollen sie mir doch mal durch die Rippen gucken! Sie klopfen mich ab, horchen mich ab — nix zu finden. Aber weshalb mir das Stadtkrankenhaus eingefallen is — wir sprachen doch über die Leute und so ... Ich komm also rein ins Krankenzimmer, sag freundlich zu diesen Hunden: ‚Tag, Jungs!' Und leg mich erst mal 'n bißchen aufs Ohr: 's war 'n weiter Weg, und mich hatt's aufm Pferdewagen ordentlich durchgeschüttelt. Also denk ich: Wirst 'n Nickerchen machen. Wie ich nach 'ner Weile aufwache, sagen diese Hunde doch: ‚Jetzt kommen die Analysen an die Reihe.' — ‚Was für Analysen?' — ‚Na, du mußt neunhundert Gramm Kacke und 'n Fläschchen voll Schweiß abgeben.' Ich hab natürlich gestaunt, aber ..."

Marja schoß es ins Lachen, und sie lachte, bis ihr die Tränen kamen. Bajew schmunzelte zunächst, dann aber wartete er mit strenger Miene, daß sie aufhöre.

„Na und?" fragte Marja und wischte sich mit einem Zipfel ihres Umlegetuchs die Augen. „Hast du's abgegeben?"

„Erst mal mußte ich schwitzen", fuhr Bajew fort, unzufrieden damit, daß aus seiner Erzählung der reine Jux wurde: Er hatte die Moral der Geschichte im Auge. „Sie deckten mich mit der Bettdecke zu, legten zwei Matratzen drauf, und ich mußte mir so 'n Fläschchen unter die Achsel klemmen — da sollte der Schweiß reintropfen. So was auszutüfteln! Und das wollten Kranke sein! Wo doch der schreckliche Krieg tobte und sie als Mechanisatoren zurückgestellt waren, da hätten sie doch den Mund halten und sich ganz klein machen müssen. Nee, die brüten so was aus. Meinst du, so einer macht sich 'n Kopp draus, was ihn im Leben erwartet, oder plant 'n bißchen, überschlägt, wie man so sagt, seine Reserven? I bewahre! Witze reißen und rumwiehern will er — bloß sich keine Gedanken machen."

Marja fielen die neunhundert Gramm Kacke ein, und sie mußte wieder lachen. Zwar war ihr klar, daß sie nach Bajews bitterernsten Worten nicht lachen durfte, aber sie konnte sich einfach nicht halten.

„Und die ... na, die neunhundert? Haste die auch abgegeben?" Sie wischte sich wieder die Augen. „Ich kann mich einfach nicht beherrschen, nimm's nich krumm, Nikolai Ferapontytsch, aber es is doch zu ulkig. Haste die nun ab-

gegeben?"
„Genau das is es ja — wir können uns nich beherrschen", sagte Bajew beleidigt. „Führn 'n liederliches Leben — weil wir uns nich beherrschen können, saufen — weil wir uns nich beherrschen können; huren rum — weil wir uns nich beherrschen können. Mein Schwiegersohn, das Aas, hat's so weit getrieben, bis es zur Scheidung kam: Er konnt sich auch nich beherrschen. Hengste sind's! Schlampen!" Bajew kam richtig in Fahrt. „'n ordentlichen Knüppel hätt man nehmen sollen, in ihren Klub gehn und sie allesamt durchwalken. Könnt ihr weiter nix als rumwiehern? Könnt ihr weiter nix als rumhopsen! Dann haltet eure Schädel hin, ich werd euch beibringen, wie man leben muß! Diese Böcke!"
Sie saßen eine Weile schweigend. Marja seufzte sogar: Sie hatte auch eine Tochter, und auch in deren Ehe stimmte es nicht.
„Aber wie willste ihnen helfen?" sagte sie. „Ich würd ihnen herzlich gern helfen. Aber wie?"
„Nirgendwie", sagte Bajew schroff. „Sollen sie sich selber durchboxen."
Wieder schwiegen sie.
Bajew holte ein Fläschchen mit Schnupftabak hervor, zog erst durchs eine, dann durchs andere Nasenloch eine Prise hoch, blinzelte mit seinen kurzsichtigen kleinen Augen und nieste genußvoll ins Taschentuch.
„Tut das den Augen gut?" fragte Marja und deutete mit einer Kopfbewegung auf das Fläschchen mit Schnupftabak.
„Wenn der nich wär, wär ich längst blind. Der is meine Rettung."
„Wo haste dir denn deine Augen so verdorben? In eurer Familie hatten doch alle gute Augen."
„Tja", Bajew seufzte, „gute Augen, ja, aber 'n hellen Kopf — nich alle." Er steckte das Fläschchen in die Tasche, schwieg versonnen. „Was hat mein Vater nich alles mit mir angestellt, damit ich die Schule sausen lasse, das geht auf keine Kuhhaut ... Das is einfach nich zu fassen, was er gemacht hat. Und ich wollt so gern lernen. Damals gab's doch nur die Pfarrschule ... Der Pope hat meinen Alten bekniet: ‚Der Junge is begabt, laß ihn lernen.' Ha, mein Alter grade! Über Tote soll man ja nur Gutes reden, aber ... Was hab ich gebettelt, auf den Knien vor ihm gelegen, geheult: ‚Laß mich in die Schule gehn!' Er

schmiß die Filzstiefel auf die Hängepritsche — und basta. Sitz hinterm Ofen, benag deinen Hammelknochen — das war Vaters ganzes Vermächtnis. Nee!" Bajew schwieg gramerfüllt. „Ich, wenn alles schlief, 'n Span angezündet, mich aufm Ofen in 'ne Ecke verzogen und — buchstabiert. Und das die liebe lange Nacht — tja, so was geht auf die Augen."

„Warum war er denn so?"

„Was fragst du mich! Das wär nix fürn Bauern, sagte er ... 'n rückständiger Kerl und 'n Dickschädel war er. Ich hab mein Leben lang 'ne Wut auf ihn gehabt. Ich weiß noch, als er starb. ‚Verzeih mir, Nikolai', sagte er, ‚daß ich dich nich hab lernen lassen ...' Und ich weiß noch, ich bracht's nich fertig, zu sagen, was sich gehörte. ‚Tja', sagte ich, ‚jetzt, wo's zu spät is?' So hartherzig war ich geworden! Denn das fraß an mir. Wo ich so 'n hellen Kopf hatte! Wenn ich 'n Gedicht zweimal las, konnt ich's ohne Stocken runterrasseln."

„Aber er hatte's doch eingesehen — wenn er dich um Verzeihung bat."

„Ja, später dann ... Wie oft kam jemand zu mir und bat: ‚Um Christi willen, setz uns 'ne Bittschrift auf', irgend so was, und gab mir 'n Huhn oder 'n Dutzend Eier oder zwei Pfund Wolle dafür ... Ich mich hingesetzt und geschrieben, für mich war's 'ne Kleinigkeit: Hier 'n bißchen übertreiben, da 'n bißchen Honig ums Maul, da wieder auf die Tränendrüsen drücken und dort sachte einflechten, daß es noch höhere Stellen gibt ... Das is ja 'ne richtige Wissenschaft. Ich das also geschrieben und gesagt. ‚So, nu versuch dein Glück damit.' Der Mann war heilfroh, und ich hatte im Handumdrehen 'n Huhn verdient. Mein Alter sah's und schnaufte natürlich — er merkte, daß er 'ne Schuld trug. Tja, dacht ich, hättste mich lernen lassen, dann würd's an Hühnerbraten nich fehlen! Ich hab's mir doch alles selber angeeignet und bin Rechnungsführer und dann Buchhalter geworden. Tja, wenn ich zehn Jahr studiert hätt, wie diese Rotznasen heutzutage, da wär ich sonstwas geworden ... Nee!"

Bajew kam es wirklich bitter an, ihm traten sogar Tränen in die Augen, er wischte sie mit dem eingebogenen Zeigefinger weg. „Nu is es zu spät. Aber natürlich frißt's an einem. Denn jetzt is der Zug weg. Denk mal, was ich mir für Möglichkeiten hab entgehn lassen müssen! Mich haben sie sogar als Revisor in andre Kreise geschickt! Ich fuhr hin und dacht so manches

Mal: Wenn ihr wüßtet, daß ich bloß anderthalb Klassen Pfarrschule hab, anderthalb PS — so hat's bei uns einer aus Jux abgekürzt. Ich war ja bloß anderthalb Winter in die Schule gegangen. Und nu schickten sie mich als Revisor los! Ich hab's nie verraten ..."
„So 'n Lerneifer, das is 'ne Gottesgabe", bemerkte Marja geradezu ehrfürchtig. „Wo solltest du's sonst herhaben?"
„Das macht das Beobachten", erklärte Bajew. „Solang ich denken kann, hab ich beobachtet. Ich war noch 'n Dreikäsehoch, da ging ich bis zum Knie ins Wasser ... Hinterm Dorf war doch 'n kleiner See, erinnerste dich? Den Ramenskoje-See nannten wir ihn. Da ging ich rein, stand 'n halben Tag, ohne mich zu rühren, und beobachtete, was im Wasser passierte. Ja, das muß 'ne Gottesgabe sein. Menschen geben einem so was nich. Von meinem Alten kriegte ich doch höchstens 'n Arschtritt, aber nich 'n vernünftigen Rat."
„Nee, so was", sagte Marja respektvoll. „Ich — ich hab mir gar nix ausm Lernen gemacht. Ich hab am liebsten draußen gespielt, bin 'n ganzen Tag rumgestromert."
„Ich will mich ja nich versündigen, aber ..." Bajew schaute sich vorsichtshalber um und fuhr leise fort: „... aber ich denke: Ob mich meine Mutter man nich von 'nem andern hat?"
„Gott im Himmel!" — rief Marja, jedoch ebenfalls leise, und fast hätte sie sich auch umgeblickt. „Deine Mutter, die Tante Anissja?! Ferapontytsch, um Gottes willen! Aber du siehst doch deinem Vater ähnlich. Nur, daß du dicker bist und keinen Bart trägst, aber sonst ... Um Himmels willen! Und von wem auch?"
„Tja!" Bajew langte wieder nach seinem Schnupftabakfläschchen. „Von wem soll ich sonst den Grips geerbt haben? Weißt du, was ich denke? Hier in den Bergen waren doch mal Amis und buddelten nach was ... Weiß der Schinder, das is doch 'n fixes Volk."
„Und die Ähnlichkeit?"
„Ähnlichkeit! Leb mal von klein auf neben so 'm Menschen, da siehste ihm ähnlich. 'n Hund wird seinem Herrn ja auch ähnlich, und da erst 'n Mensch ... Weiß der Schinder! Vielleicht versündige ich mich, aber ... ich bin gar zu sehr aus der Art geschlagen. Mir is so, als wär ich kein Bauernblut. Mich hat's nie im Leben gereizt, zu pflügen und zu säen ... oder sonst 'ne Bauernarbeit zu machen. Auch der Schnaps hat mich

nie gelockt." Bajew wollte nicht frank und frei seine bäurische Abstammung in Abrede stellen, nein, er teilte seine Überlegungen und Zweifel mit. „Denn überleg doch mal: Wo sollte das Bäurische auch geblieben sein? Ich hätt ja auch drauf aussein müssen, Land zu besitzen ... oder sonntags rumzukrakeelen. I wo! Nich mal in meinem Garten arbeite ich gern! Im Büro zu sitzen, das is was nach meinem Geschmack..."

„In 'ner warmen Stube und aufm guten Posten sitzt doch jeder gern", warf Marja ein.

„Versuch's doch!" rief Bajew wütend. „Wieso sitzt 'n du hier die ganze Nacht statt 'n Mann? Setz dich ruhig mal ins Büro."

„Sitz du man lieber dort..."

„Na bitte! Köpfchen muß man haben, oder? Das is doch mein Reden. Und wo soll ich's herhaben, wenn ich vom Bauern abstamme?"

„Na, stammen nich genug große Leute von Bauern ab? Guck doch, im Krieg..."

„Im Krieg!" fiel Bajew ihr ins Wort. „Mit 'ner Pistole rumrennen und schreien, das is keine Kunst. Schreier haben wir genug erlebt! Nimm doch nur Wanja Kyssa ... Von klein auf die Messerstechereien. Der kam doch gar nich raus ausm Knast, der Lump. Und galt auch als wunder wie tapfer."

„Das is 'n Vergleich!"

„Na und? Gab's 'n größeren Draufgänger als den?"

„Kyssa war 'n Räuber, weiter nix. Und das is er auch geblieben. Ich red von guten Männern. Zum Beispiel von Iwan Koslow ... 'n einfacher Soldat — und wurde Kommandeur. Was der für Orden gekriegt hat! Er schickte mal 'n Foto, das ganze Dorf lief hin und guckte es sich an."

„Alles schön und gut", sagte Bajew seufzend. Er machte kein Hehl daraus, daß ihm Marja, mit deren Bildung es nicht weit her war, nicht das Wasser reichen konnte. „Natürlich, 'n Kommandeur mit klingenden Orden und knarrenden Stiefeln — das schindet Eindruck. Aber kein Orden ersetzt den Kopf. Entweder man hat ihn zum Denken — oder zum Mützeaufsetzen."

So unterhielten sich Bajew und Marja. Saßen bis gegen drei, vier. Wurden sich nicht in allem einig, stritten sich auch mal heftig, schieden aber stets in Frieden. Bajew ging schräg über den Platz nach Hause, Marja aber streckte sich auf dem Sofa aus und schlief friedlich, bis der Morgen graute. Dann kam der Tag mit seinem Lärm, seiner Hast, seinem Einerlei ... Und dann senkte sich wieder eine mondhelle Nacht auf die Erde, und man verspürte Lust, miteinander zu reden, seinen Gedanken und Erinnerungen nachzuhängen, diese stille, leise Daseinsfreude zu genießen.

Einmal hatten Bajew und Marja wieder bis gegen drei gesessen, Bajew wollte gleich gehen, steckte sich die letzte Prise Schnupftabak — mit Baldriantropfen parfümierten — in die Nase, da sah Marja, wie ein Mann die Stufen zum Landwarenhaus hinaufstieg ... Er stieg hinauf, faßte nach dem Schloß und schaute sich um. Marja saß wie angewurzelt auf ihrem Stuhl.

„Ferapontytsch", hauchte sie entsetzt, „guck doch!"

Bajew spähte hin, und auch er kriegte vor Schreck ein langes Gesicht.

Der Mann stand auf der Vortreppe, griff abermals nach dem Schloß ... Man hörte Eisen klirren.

„Schieß!" rief Bajew leise. „Schieß doch gleich durch die Scheibe!"

Marja rührte sich nicht. Starrte durchs Fenster.

„Schieß!" befahl Bajew noch einmal.

„Aber ... Ich kann doch nich aufn Menschen schießen! Bist du verrückt?"

Der Mann auf der Vortreppe blickte in ihre Richtung — und setzte sich in Bewegung.

„Heilige Mutter Gottes", flüsterte Marja, „das is das Ende. Herr, dir befehl ich meine sündige Seele ..."

Bajew aber konnte nicht einmal mehr flüstern, sondern zeigte nur mit dem Finger auf die Flinte und auf das Fenster: Schieß doch!

Die Schritte knirschten laut unter den Fenstern. Der Mann blieb stehen, guckte durch die Scheibe. Und da erkannte Marja ihn. Schrie auf vor Freude: „Aber das is doch Petka! Petka Sibirzew!"

„Wieso is 'n hier keiner?" fragte Petka Sibirzew.

„Komm rein, komm rein!" Marja winkte ihm. „So 'n Himmelhund! Ich dacht schon, mich trifft der Schlag. Nach Mitternacht hier rumzutorkeln! Is wahrscheinlich ausm Suff erwacht und verwechselt Tag und Nacht."

Petka trat ein.
„Is jetzt etwa Nacht?" fragte er.
„So 'n Idiot!" Nun konnte Marja wieder fluchen. „Kommst wohl, um dir 'ne Pulle ausm Laden zu holen?"
Erstaunt und betrübt nahm Petka zur Kenntnis, daß jetzt Nacht war.
„Ich hab verschlafen..."
Endlich rührte sich Bajew, zog ein-, zweimal Schnupftabak hoch und schneuzte sich, ohne zu niesen, geräuschvoll ins Taschentuch.
„Tja", sagte er. „Saufen — und dann nich mehr wissen, was Tag und Nacht is."
Petka Sibirzew setzte sich auf die Bank, griff sich an den Kopf.
„So was, nee!" Marja konnte es immer noch nicht fassen. „Und wenn ich nu geschossen hätt!"
Petka hob den Kopf, guckte Marja an, und es war nicht klar, ob er nicht begriff, was sie gesagt hatte, oder ob er sich nichts daraus machte.
„Ihm brummt der Kopf", sagte Bajew, weniger teilnahmsvoll als wütend. „Nee ... Dieses Volk!" Er wischte sich mit dem Taschentuch die Tabakkrümel von den Lippen, fuhr sich auch über die Augen. „Meine Enkelin liest mir jetzt 'n Buch darüber vor, wie Alexander Newski Rußland verteidigt hat ... Schön geschrieben is es ja, bloß — ich glaub kein Wort davon."
Marja und Petka blickten den Alten an
„Ich glaub's nich!" sagte Bajew noch einmal mit Nachdruck. „Das hat sich einer ausgedacht ... um Geld zu kassieren."
„Wieso?" fragte Marja.
„Gelogen hat er, und wie! Oder lügen die Leute etwa nich?"
„Das is doch 'ne historische Tatsache", sagte Petka. „Wie hätt er da lügen können? Natürlich wird er's 'n bißchen ausgemalt haben, aber gewesen is es so."
„Is es nich."
„Na hör mal!" Petka schüttelte seinen schmerzenden Kopf. „Mann..."
„Mit wem hat er Rußland denn verteidigt? Etwa mit solchen Soldaten, wie du einer bist?"
Petka blickte den Alten wieder an, sagte aber nichts.
„Wenn nich mal jetzt was mit euch anzufangen is, wo sie euch von vorn und hinten erziehn und fördern und euch noch alles

mögliche austreiben — wo hätten die Leute damals soviel Bewußtsein herhaben sollen?"
Petka tastete seine Taschen ab, suchte was zu rauchen, fand aber weder Papirossy noch Streichhölzer.
„Schreib doch an die Zeitung und widerleg's", rief er. Stand auf und ging.
Marja und Bajew schauten Petka aus dem Fenster nach. Das Glatteis, das über Nacht gefroren war, krachte unter seinen Füßen, und man hörte seine Schritte noch, als er schon um die Ecke des Landwarenhauses war.
„Die feiern wohl Hochzeit", sagte Marja. „Petkas Schwester hat doch diesen ... na, wie heißt er gleich? ... geheiratet. Den Bruder von der Agronomin, der da gekommen is ... Wie heißt er bloß?"
„Weiß ich? Will's auch gar nich wissen ... Dieses Gesindel heutzutage."
Bajew fühlte sich plötzlich ganz matt, vor allem die Beine, die waren wie Watte. Aber der Schreck war ihm auch zu sehr in die Glieder gefahren. „Sich so zu besaufen, daß er Tag und Nacht verwechselt!"
„Die Nächte sind aber auch hell. Bestimmt is er ausm Schlaf hochgefahren, hat gesehen, es is hell, und is losgerannt, sich noch 'ne Pulle holen."
„Hat er etwa 'n Mond mit der Sonne verwechselt?"
Marja lachte. „Bei denen is es anscheinend hoch hergegangen."
In Bajews Bauch rumorte es, er schraubte rasch sein Schnupftabakfläschchen zu, steckte es in die Tasche und erhob sich.
„Ich werd gehn. Noch 'ne angenehme Wache wünsch ich."
„Mach's gut, Ferapontytsch. Komm morgen wieder, ich bring Kartoffeln mit, die braten wir uns."
„Wird gemacht", sagte Bajew. Und machte sich rasch auf den Weg.
Marja sah auch ihn den Platz überqueren und in die Dorfstraße einbiegen. Er schritt eilig aus, blickte vor sich hin. Unter seinen Füßen knirschte das Eis ebenfalls, jedoch sanfter — er trug Filzstiefel.
So mondhell war's ringsum, so still und klar, daß einem richtig ein bißchen unheimlich wurde, wenn man genau hinsah und hinhörte. So eine Unruhe spürte man. In der Brust ... Es war,

als steige Hitze zum Herzen hinauf und als poche es leicht in den Schläfen. Als brause das Blut in den Ohren. Das hörte man und weiter nichts auf der Erde. Und der Mond hing an einem Strick.

1972

# Ich glaube!

Sonntags immer, da kam über ihn eine so merkwürdige Schwermut. So eine nagende, so von innen her ... Maxim fühlte es physisch, das Scheusal, gerade so, als begrapsche ihn ein aufdringliches Weibsbild, ein unappetitliches, ungesundes, mit üblem Mundgeruch, und tätschele ihn und versuche ihn zu küssen.
„Wieder! Jetzt fängt's wieder an!"
„Hach, du meine Güte! Du Schwätzer, wie du dir vorkommst! Deine Schwermut!" verhöhnte ihn seine Frau Ljuda: Sie wußte von Schwermut nichts. „Schwermut! Woher bloß!"
Maxim biß die Zähne zusammen, seine schwarzen Augen funkelten die Frau an.
„Ja, ja, fluche nur, brüll dich ordentlich aus, da vergeht sie dir schon, deine Schwermut. Hast ja das Fluchen fein raus."
Manchmal gelang es Maxim, sich zu beherrschen und nicht zu schimpfen. Verstanden wollte er sein, weiter nichts.
„Das verstehst du eben nicht."
„Wieso nicht? Erklär's, dann versteh ich's auch."
„Also, du hast Arme und Beine ... und noch andre Organe. Von welchem Ausmaß, ist 'ne Frage für sich, aber alles, wie man so sagt, wo's hingehört. Tut dir 's Bein weh, dann fühlst du's. Hast du Hunger, dann kochst du dir was. Ist das so?"
„Ja."
Maxim sprang auf (er war Mitte Vierzig, energie- und grimmgeladen und ungestüm; die Arbeit kriegte ihn nicht klein, obwohl er nicht wenig arbeitete), ging in der Stube auf und ab, und seine Augen funkelten. „Aber der Mensch hat auch — eine Seele! Hier sitzt sie, da drinnen — und tut weh!" Maxim deutete auf seine Brust. „Ich denk mir das doch nicht aus! Ich fühl es, und wie! Sie tut weh."
„Woanders tut dir nichts weh?"
„Hör zu!" kreischte Maxim. „Du willst's ja begreifen, also hör zu! Bist zwar selber wie 'n Rammklotz geraten, trotzdem versuch mal zu begreifen, daß es Menschen gibt, die 'ne Seele haben. Ich will doch keinen Dreirubelschein für Wodka, ich

will doch bloß ... Ach, blöde Gans!" unterbrach er sich, denn er sah plötzlich, daß er ihr nicht erklären konnte, was in ihm vorging, niemals würde diese Frau das kapieren, niemals! Und wenn er sich mit dem Messer die Brust aufrisse, die Seele herausrisse und sie ihr auf der Hand hinhielte — Eingeweide würde sie dazu sagen! Für ein Stück Fleisch hielt er die Seele ja auch gar nicht. Also redete er in den Wind. Wozu sich aufregen! „Wenn du mich fragst, was ich am meisten auf der Welt hasse, dann sag ich dir: Menschen, die keine Seele haben. Oder eine verkommene."

„Ach, du Großmaul!"

„Verschwinde!"

„Und warum bist du so wütend, wenn du eine Seele hast?"

„Du denkst wohl, die Seele, das wär 'n Stück Honigkuchen? Das ist es ja grade, sie weiß eben nicht, die Seele, wieso ich sie mit mir rumschleppe, und darum tut sie weh. Und darum bin ich wütend, geht mir alles auf die Nerven."

„Dann soll es doch, zum Teufel noch mal! Andre Leute freuen sich auf den Sonntag, erholen sich schön ... Gehn ins Kino. Aber meiner — dem geht alles auf die Nerven. Schwätzer!"

Maxim blieb am Fenster stehen, stand lange reglos, blickte hinaus.

Winter. Frost. Das Dorf räucherte den klaren, eisigen Himmel grau — die Menschen schafften sich Wärme. Eine Frau ging vorüber mit zwei Wassereimern am Tragholz, und sogar durch die Doppelfenster hörte man, wie der feste Schnee unter ihren Filzstiefeln knirschte. Ein Hund fing an zu bellen und verstummte — vor Kälte. Die Menschen saßen in den Häusern, im Warmen. Plauderten, kochten ihr Mittagessen, richteten über ihre Nächsten ... Auch getrunken wurde, aber so was bringt auch nicht die rechte Laune.

Wenn die Schwermut über ihn kam, war es aus mit dem Philosophieren, niemanden bat er da in Gedanken um etwas, immer nur fühlte er diesen Schmerz, diesen Grimm. Sein Grimm war gegen niemanden gerichtet, niemandem wollte er die Visage verbleuen. Gar nichts wollte er — das war es, das war das ganze Elend. Sich hinhauen und sich nicht rühren — keine Lust! Zum Wodkatrinken — keine Lust; blöd, sich zum Dorfclown zu machen! Und wenn er mal trank ... Da zog er im Suff über sich selber her, machte sich schlecht, bezichtigte sich solch schrecklicher Sünden, daß den Leuten und nachher auch ihm selber übel wurde. Als er einmal betrunken war, rannte er auf die Miliz, schlug mit dem Kopf an die Wand, die mit allerlei Plakaten beklebt war, und heulte und schluchzte, und dann gab er zu Protokoll, er und noch einer hätten einen hochleistungsfähigen Motor von der Größe einer Streichholzschachtel erfunden und die Zeichnungen an die Amerikaner gegeben. Er bekannte, daß so was gemeiner Verrat, daß er ein „Wlassow der Wissenschaft" sei, bat, unter Bewachung nach Magadan gebracht zu werden. Übrigens wollte er dorthin unbedingt barfuß laufen.

„Warum hast du die Zeichnungen denn weggegeben?" verhörte ihn spöttisch der Milizionär. „Und an wen hast du sie gegeben?"

Das wußte Maxim nicht, er wußte nur, daß so was „schlimmer als Wlassow" ist. Und heulte mordsjämmerlich.

An solch einem qualvollen Sonntag stand Maxim am Fenster und blickte hinaus. Wieder war es klar und frostig, und die Schornsteine rauchten.

Was soll's? dachte Maxim finster. So war's auch schon vor hundert Jahren. Was ist daran neu? Nichts hat sich geändert. Und immer wird's so sein. Der Bengel, der da läuft — Wanka Malofejews Sohn ... Ich weiß noch, wie Wanka so ein Bengel war und ich — auch so einer. Und der da hat dann wieder Jungs, genau solche. Und die auch wieder welche. Soll das alles sein? Wozu?

Ihm wurde jammervoll ums Herz ... Er dachte daran, daß Ilja Lapschin Besuch hatte, von einem Verwandten seiner Frau, und dieser Verwandte war ein Pope. Ein richtiger, echter Pope. Mit langem Haar. Der Pope hatte irgendwas mit der Lunge, war krank. Und war hier, um sich zu kurieren. Und er kurierte sich mit Dachsfett, die Dachse beschaffte ihm Ilja. Der Pope hatte viel Geld, er trank mit Ilja öfter Sprit. Der Pope trank nur Sprit.

Maxim ging zu Lapschins.

Ilja und der Pope saßen am Tisch und unterhielten sich. Ilja war schon angesäuselt und brabbelte immer wieder, er werde nächsten Sonntag zwölf Dachse auf einmal bringen.

„Soviel brauch ich gar nicht. Nur drei brauch ich, schöne fette."

„Ich bring zwölf, suchst dir welche aus. Ich bringe, das ist meine Sache. Und du suchst dir die besten aus. Hauptsache,

du wirst gesund. Ich bringe zwölf Stück."
Der Pope langweilte sich mit Ilja und freute sich, als Maxim kam. „Was gibt's?" fragte er.
„Die Seele tut weh", sagte Maxim. „Ich komme, weil ich gern mal wissen will: Tut den Gläubigen auch die Seele weh oder nicht?"
„Willst du Sprit?"
„Denk aber bloß nicht, ich komme extra deswegen. Ich kann natürlich einen trinken, aber ich komm nicht deswegen. Ich hätt eben gern gewußt, ob dir auch schon mal die Seele weh getan hat."
Der Pope goß ein und schob Maxim ein Glas und die Wasserkaraffe hin. „Verdünn ihn dir, wenn du willst."
Der Pope war ein kräftiger Sechziger, breit in den Schultern, mit gewaltigen Armen. Kaum zu glauben, daß er etwas mit der Lunge hatte. Und seine Augen — klar und klug. Und wie er einen ansah — scharf, ja herausfordernd. So einer schwenkte nicht das Weihrauchfaß, so einer machte sich vor Alimenten aus dem Staub! Nein, da war nichts von Frömmigkeit und Enthaltsamkeit; so einer, einer mit solch einem Rüssel, war nicht dazu geschaffen, die menschlichen Schmerzen und Nöte — diese lebendigen, zitternden Fäden — zu entwirren.
„Die Seele tut weh?"
„Ja, tut weh."
„Soso." Der Pope trank und betupfte sich die Lippen mit einem Zipfel des gestärkten Tischtuchs. „Da müssen wir schon etwas weiter ausholen. Hör gut zu, und unterbrich mich nicht." Der Pope lehnte sich im Stuhl zurück, strich sich über den Bart und begann voller Behagen zu sprechen — man sah's: sich in Betrachtungen ergehen, das war ihm ein Vergnügen. „Kaum war das Menschengeschlecht entstanden, war auch das Böse da. Als das Böse da war, entstand auch das Verlangen, es zu bekämpfen, das Böse, du verstehst. Das Gute entstand. Also: Das Gute entstand erst, als das Böse schon da war. Mit andern Worten, es gibt das Böse, und es gibt das Gute, ohne das Böse nicht das Gute. Verstehst du mich?"
„Nu, nu."
„Laß dein ‚Nu, nu', ich hab noch nicht angespannt. Christus, was ist das? Das ist die Verkörperung des Guten, dazu berufen, das Böse auf Erden zu vernichten. Zweitausend Jahr schon weilt er unter den Menschen als Idee — bekämpft das

Böse. Zweitausend Jahr bekämpft man in Christi Namen das Böse, aber das Ende des Kampfes ist nicht abzusehen. Laß bitte das Rauchen. Oder geh zum Klappfenster und qualm da."
Maxim drückte die Selbstgedrehte aus und hörte weiter aufmerksam zu. „Was macht die Lunge?" erkundigte er sich der Höflichkeit halber.
„Tut weh", erwiderte der Pope kurz und abweisend.
„Und Dachsfett hilft?"
„Ja, hilft. Also weiter, mein Sohn, du Schöps."
„Na hör mal!" entfuhr es Maxim.
„Ich hab gebeten, mich nicht zu unterbrechen."
„Ich wollt doch bloß wissen, was deine Lunge macht."
„Du wolltest wissen, warum die Seele weh tut. Ich will dir leicht faßlich ein Bild des Weltgebäudes zeichnen, damit deine Seele Ruhe findet. Hör gut zu und denk mit. Also, die Idee Christi entsprang dem Wunsche, das Böse zu besiegen. Weshalb sonst wohl? Stell dir vor, das Gute hätte gesiegt. Christus hätte gesiegt ... Aber dann — wozu braucht man ihn dann? Das Bedürfnis nach ihm würde entfallen. Folglich ist das nichts Ewiges, Unvergängliches, sondern ein zeitweiliges Mittel, wie die Diktatur des Proletariats. Aber ich will an die Ewigkeit glauben, an eine ewige gewaltige Macht und an eine ewige Ordnung, die einst kommen wird."
„An den Kommunismus etwa?"
„Wieso Kommunismus?"
„Glaubst du an den Kommunismus?"
„Das verbietet sich mir. Wieder redest du dazwischen."
„Ich mach's nicht wieder. Aber weißt du ... red 'ne Spur verständlicher. Und nicht so schnell."
„Ich rede klar und deutlich: Ich möchte an das Ewiggute glauben, an eine ewige Gerechtigkeit, an eine ewige höhere Macht, die all das auf Erden angefangen hat. Ich möchte diese Macht erkennen, möchte die Hoffnung haben, daß diese Macht siegt. Sonst — wozu alles? Hm? Wo ist diese Macht?"
Fragend blickte der Pope Maxim an. „Gibt es die?"
Maxim zuckte die Achseln. „Ich weiß nicht."
„Ich weiß es auch nicht."
„Da haben wir's!"
„Und wie wir's haben. Eine solche Macht kenne ich nicht. Vielleicht ist es mir, dem Menschen, auch nicht gegeben, sie

zu kennen und zu erkennen und bis zum Grund zu ergründen. Und in diesem Falle verzichte ich drauf, mein Dasein hier auf Erden zu begreifen. Genau das ist es, was ich fühle, und du mit deiner kranken Seele bist gerade vor die richtige Schmiede gekommen: Mir tut auch die Seele weh. Nun kommst du und willst eine fertige Antwort, während ich noch selber versuche, tiefschöpfend auf den Grund zu gelangen. Aber das ist — ein Ozean. Und glasweis schöpfen wir den nicht aus. Und wenn wir dieses Zeug in uns hineinschlucken", der Pope trank und betupfte wieder die Lippen mit dem Tischtuch, „wenn wir das hier trinken, schöpfen wir aus dem Ozean und hoffen dabei, auf den Grund zu gelangen. Aber glasweis, mein Sohn, glasweis! Der Kreis schließt sich — wir sind in alle Ewigkeit verdammt."

„Entschuldige bitte ... Dürft ich wohl eine Bemerkung machen?"

„Schieß los!"

„Du bist irgendwie ... 'n interessanter Pope. Daß es solche Popen überhaupt gibt!"

„Ich bin ein Mensch, und nichts Menschliches ist mir fremd. Das sagte ein berühmter Atheist, sehr wahr gesprochen, 'n bißchen selbstgewiß, ja, allerdings, denn zu seinen Lebzeiten hat ihn ja keiner zum Gott gemacht."

„Das heißt also, wenn ich richtig versteh — es gibt keinen Gott?"

„Ich hab gesagt: nein. Jetzt sage ich: ja. Doch, es gibt einen. Schenk mir ein, mein Sohn, von dem Sprit, schütte fünfundzwanzig Prozent Wasser nach und reich ihn her. Und dir selber schenk auch ein. Schenk ein, du mein braver Sohn, auf daß wir den Grund schauen." Der Pope trank. „Jetzt sag ich, es gibt einen Gott. Und der heißt LEBEN. An diesen Gott glaube ich. Das ist ein strenger, ein mächtiger Gott. Er bietet uns Gutes und Böses, beides zusammen, und das eigentlich ist das Paradies. Wie kommen wir bloß darauf, daß das Gute das Böse besiegen muß? Wieso? Ich neige zum Beispiel zu der Annahme, daß du nicht aus Wahrheitssuche gekommen bist, sondern zum Spritttrinken. Und sitzt nun hier und sperrst die Augen auf, tust, als hörst du gespannt zu."

Maxim rutschte auf dem Stuhl hin und her.

„Nicht weniger neige ich zu der Annahme, daß du dennoch nicht Sprit brauchst, sondern die Wahrheit. Von höchstem

Interesse wäre es letztlich, festzustellen: Was trifft zu? Hat die Seele dich hergeführt oder der Sprit? Du siehst, ich strenge meinen Schädel an, statt dich einfach zu bedauern, dich, mein nichtiges Waisenkind. Und deshalb sag ich im Einklang mit diesem meinem Gott: Die Seele tut weh? Gut! Gut so! Bei dir rührt sich wenigstens was, verdammt und zugenäht! Denn hätt deine Seele ihr Gleichgewicht, dann würden dich keine zehn Pferde vom Ofen runterkriegen. Lebe, mein Sohn, weine und tanze. Hab keine Angst, daß du im Jenseits die Pfannen auslecken mußt, denn schon hier, auf dieser Welt, wird dir das volle Paradies und die volle Hölle zuteil." Der Pope sprach laut, sein Gesicht glühte, er schwitzte. „Dich führt die Frage her, woran du glauben sollst. Du vermutest richtig: Wer da glaubet, dem tut die Seele nicht weh. Aber woran glauben? Glaub an das LEBEN! Womit all das endet — ich weiß es nicht. Wohin alles strebt — ich weiß es nicht. Aber für mich ist es höchst interessant, mit allen zu rennen und, wenn es glückt, andre zu überholen ... Das Böse? Ach, das Böse! Wenn mir einer in diesem herrlichen Wettlauf ein Bein stellt, steh ich auf und hau ihm eine. Und nichts von wegen die rechte Wange hinhalten! Ich hau ihm eine und basta!"
„Und wenn der mehr in der Faust drin hat?"
„Dann ist mein Los — hinter ihm zu rennen."
„Wohin rennen wir denn?"
„Immer der Nase nach. Kann dir doch egal sein, wohin. Alle in eine Richtung — die Guten und die Bösen."
„Aber irgendwie fühl ich's nicht, daß ich wohin strebe", sagte Maxim.
„Dann bist du schwach in den Knien. Dann ist eben dein Los — zu sitzen und zu flennen."
Maxim biß die Zähne zusammen. Mit heißem, wütendem Blick fixierte er den Popen. „Wieso hab ich so ein Unglückslos?"
„Bist schwach. Schwach wie ... 'n gekochter Hahn. Roll nicht mit den Augen!"
„Du Pfaffe! Und wenn ich dir jetzt eine runterhau, was dann?"
Der Pope lachte dröhnend — und das bei seiner kranken Lunge! „Siehst du die?" Er zeigte seine Pranke. „Auf die ist Verlaß: Die sorgt für die natürliche Auslese."
„Dann komm ich mit der Flinte."

„Und wirst selber erschossen. Das weißt du, und darum kommst du mit keiner Flinte, denn du bist schwach."
„Schön, aber warum tut dir dann selber die Seele weh?"
„Ich bin krank, mein Freund. Hab erst die halbe Strecke hinter mir und hinke schon. Bist du schon mal Flugzeug geflogen?"
„Ja, schon öfter."
„Und ich hierher zum erstenmal. Grandios! Wie ich einstieg, denk ich: Wenn die fliegende Kiste nu abkippt, dann soll's so sein. Ich werd nicht heulen und zittern. Herrlich hab ich mich gefühlt, den ganzen Flug über. Als es mich von der Erde hochhob und mit mir loszog, hab ich's direkt gestreichelt, das Prachtstück! An das Flugzeug glaube ich. Überhaupt gibt's viel Gerechtes im Leben. Da jammern die Leute: Jessenin hat nur so kurz gelebt. Genau eine Liedlänge. Aber wär es, dieses Lied, länger gewesen, würd's nicht so an die Seele gehn. Lange Lieder gibt es nicht."
„Aber bei euch in der Kirche? Wenn die erst mal anfangen ..."
„Das ist bei uns kein Lied, das ist — ein Stöhnen. Nein, Jessenin ... Ja, sein Leben war grad so lang wie ein Lied. Magst du Jessenin?"
„Doch, ja."
„Wollen wir singen?"
„Singen kann ich nicht."
„Halt leise mit, aber bring mich nicht ausm Takt."
Und der Pope hob an zu singen, mit voller, tiefer Stimme — vom vereisten Ahornbaum, und sang so traurig, so verständig und gut —, daß es fürwahr an die Seele ging. Bei der Zeile „Ach, selber bin ich nun ein so schwankes Rohr im Wind" schlug der Pope mit der Faust auf den Tisch und weinte. „Der Gute, Gute! Er liebte den Bauern! Fühlte mit ihm. Der Gute! Und ich — ich liebe dich. Gut so? Gut so. Zu spät? Zu spät ..."
Maxim fühlte, wie auch er den Popen immer mehr liebgewann.
„Vater! Väterchen! Hör doch mal!"
„Ich will nicht! Du bist schwach in den Knien ..."
„Solche wie dich laß ich schon beim ersten Kilometer hinter mir. Schwach in den Knien ... Du Blasrohr!"
„Bete!" Der Pope stand auf. „Sprich mir nach."
„Rutsch mir doch ...!"
Der Pope packte Maxim lässig mit einer Hand am Kragen und

stellte ihn neben sich. „Sprich mir nach: Ich glaube!"
„Ich glaube!" sagte Maxim.
„Lauter! Und feierlich: Ich glau-be! Und zusammen: Ich glau-be!"
„Ich glau-be!" trompeteten beide einträchtig.
Und der Pope fuhr fort, näselnd, im Singsang, nach Art der Kirchenlitaneien: „An das Flugwesen, an die Chemisierung, an die Mechanisierung der Landwirtschaft, an die wissenschaftliche Revolutio-o-n! An den Kosmos und die Schwerelosigkeit! Denn das ist objekti-i-v! Jetzt zusammen, los!"
Beide: „Ich glau-be!"
„Ich glaube, daß sich bald alle Menschen in großen, stinkigen Städten zusammenfinden werden. Ich glaube, daß sie dort keine Luft kriegen werden und wieder zurücklaufen werden ins reine Fe-eld! Ich glaube!"
„Ich glau-be!"
„An Dachsfett, an Büffelhorn, an die stehende Deichselstange! An das leibliche Flei-eisch...!"

Als Ilja Lapschin aufwachte und sich die Augen rieb, sah er dies: Der Riesenkerl von Pope stampfte, sprang im Hocktanz durch die Stube, schlug sich in die Seiten und an die Brust, grölte:

„Echech, ich glaube, glaube!
Hopp-la, hopp-la, hopp-la — eins!
Ich glaube, glaube!
Wupp-da, wupp-da, wupp-da — zwei!
Ich glaube, glaube!"

Und um den Popen herum, die Hände in die Hüften gestemmt, trippelte Maxim Jarikow und fiel mit Weiberstimme ein:

„Wi-le, wi-le, wu-le — drei.
Ich glaube, glaube!
Pu-le, put-put — alle vier!"

„Zusammen, los!" rief der Pope.
„Ich glaube, glaube!"
Maxim stellte sich hinter dem Popen auf, und schweigend

tanzten sie im Kreis durch die Stube, dann tauchte der Pope wieder unter, wie in ein Eisloch, breitete die Arme aus, tanzte in der Hocke ... Die Dielen bogen sich.

Echech, ich glaube, glaube!
Klim-per, klim-per, klim-per — fünf!
Alle Deichseln in die Sümpf!
Ich glaube, glaube!
Und wer sechs sagt, ist ein Fex!
Ich glaube, glaube!

Beide, der Pope und Maxim, tanzten geradezu voll Ingrimm, voll so wütender Hingabe, daß es gar nicht komisch schien, sie tanzen zu sehen. Hier gab es nur eins: tanzen oder sich das Hemd vor der Brust aufreißen und weinen und mit den Zähnen knirschen.
Ilja starrte und starrte sie an, dann gesellte er sich zu ihnen, quiekte ab und zu ein dünnes „Hui-hui, Hui-hui".
Das Hemd des Popen war am Rücken klitschnaß, unterm Hemd spielten die Muskelpakete. Früher mußte er wohl überhaupt keine Müdigkeit gekannt haben, und die Krankheit hatte es noch nicht geschafft, seine straffen Sehnen zu zerbeißen. Das war auch sicherlich nicht so einfach: Zuvor würde er alle Dachse der Welt verschlingen. Und wenn nötig, falls man ihm das riete, sich einen fetten Wolf bringen lassen — so einfach machte er sich nicht davon.
„Mir nach!" kommandierte der Pope wieder.
Und die drei, voran der rasende, flammende Pope, stampften und tanzten im Kreis, im Kreis. Dann sprang der Pope wie ein großes, schweres Tier wieder in die Mitte, und die Dielen bogen sich ... Auf dem Tisch klirrten die Teller und Gläser.

Echech, ich glaube, glaube!

1971

# Nachts im Heizungskeller

Iwan Maximytsch nennt sich ein wenig unbescheiden Sanitärtechniker, obwohl er nur Wächter im Heizungskeller ist. Jeden dritten Tag hat er Nachtdienst. Und gerade den liebt er besonders.
Es ist ein riesiges Haus — was wohnen da nicht alles für Leute! Und dann nachts — alle Geschäfte sind zu, und angenommen, jemand hat sich mit seiner Frau gezankt, jemand hat einen Höllenbrand, steht kurz vorm Verdursten ... Wo soll er hin mit seiner angeknacksten Seele? Sie tut doch weh, die Seele. Bekommen wir nachts Zahnschmerzen, rennen wir zum Notdienst, wo sie uns den Zahn ziehen. Aber wohin mit der Seele? Wo hört dir einer zu, hat Mitgefühl? Bei Onkel Iwan im Heizungskeller. Dort ist es warm und gemütlich ... In den zahllosen Rohrleitungen summt und knackt es wie in einem Ofen. An der Decke brennt mattes Licht ... In einer Nische steht eine bequeme Pritsche, auf der ein alter Schafpelz und ein Kissen liegen. In dieser Nacht legte sich Maximytsch gar nicht erst zu einem Schläfchen hin. Er saß an einem selbstgezimmerten gestrichenen Tischchen und trommelte mit den Fingern nachdenklich auf die Tischplatte, machte auch ein nachdenkliches Gesicht ... Er hatte ein gutes, kluges, ein wenig müdes, aber unendlich gütiges Gesicht; in den Augen, in den Falten ringsum lagen soviel Geduld und Ruhe, soviel Lebensweisheit, daß ein jeder mit seiner kranken Seele zu ihm in den Heizungskeller kam.
Als erster kam der große Pilipenko. Er hatte graue Haare, war rund und satt, roch nach Kölnischwasser und teuren Zigaretten. Doch er schaute finster drein, beunruhigt ... Er war niedergedrückt und traurig.
„'n Abend, Maximytsch", sagte Pilipenko und setzte sich auf den freien wackligen Stuhl.
„'n Abend, Nikolai Semjonytsch", erwiderte Maximytsch.
Sie schwiegen eine Weile.
„Die Seele?" fragte Maximytsch.
Pilipenko riß sich von seinen trüben Gedanken los und seufzte.

„Tja, mein Lieber, beides — Seele und Körper. Hast du was da?"
„Das möchte sein." Maximytsch stand auf und ging in eine Ecke. „Kognak?" fragte er von dort. „Oder Wodka?"
„Gib mir 'n Kognak", sagte Pilipenko. Und blickte umher. „Gut hast du's hier. Brauchst du nicht noch 'n Mitarbeiter?"
Maximytsch lachte leise.
„Was lachst du?"
„Wegen dem Mitarbeiter ... Semjonytsch, hier kriegste kein dickes Gehalt."
„Hat sich was mit dem dicken Gehalt", sagte Pilipenko schroff. „Der Bart ist ab."
Maximytsch blieb mit der Kognakflasche in der Hand stehen, so verdutzt war er. „Biste die Treppe runtergefallen?"
„Wenn's bloß das wäre!"
„Was is 'n los?"
„Schenk ein!" Pilipenko winkte ab. Ihm war elend, so hundeelend, daß er nicht mal sprechen mochte.
Maximytsch goß schweigend Kognak ein; jemanden, dem hundeelend war, belästigte er nicht mit Fragen. Wenn ihm danach ist, redet er schon von selber.
„Abserviert haben sie mich", sagte Pilipenko. „Natürlich geben sie mir irgend 'n Pöstchen, aber ... Nee, Mensch, bei dir gefällt mir's. Wieviel verdienst du hier? Obwohl ... ist alles Quatsch. Prost."
Sie tranken ihre Gläser aus und aßen Zitronen nach, die der „Sanitärtechniker" Maximytsch rein zufällig da hatte.
„Eins kapier ich nicht!" rief Pilipenko grämlich. „Wenn ich nicht zu Rande komme, sollen sie's mir doch sagen! Warum suchen sie sich 'n Vorwand? Sollen sie's mir doch offen sagen, ich würd's einsehen. Aber nein!" Pilipenko schlug sich mit der großen Faust kräftig aufs Knie. „Einen Vorwand brauchen sie." Er erhob sich, ließ sich aber gleich wieder fallen und verlangte: „Schenk noch mal ein." Als er sich so fallen ließ, krachte der wacklige Stuhl gefährlich. Ja, diesem Mann konnte man schon ins Gesicht sagen: „Du schaffst es nicht" — der fiel nicht in Ohnmacht. Merkwürdig, so ein großer Kerl — und sollte „nicht zu Rande kommen"?
„Was haben sie denn fürn Vorwand gefunden?" fragte Maximytsch.

„Einen saublöden: Mißbrauch des Dienstwagens."
„Haste deine Frau rumkutschiert? Von einem Markt zum andern, was?"
„Ach wo, meinetwegen. Ich hab mir Sonntag den Dienstwagen kommen lassen und bin einfach hundertfünfzig Kilometer nach Norden rausgefahren — 'n bißchen frische Luft schnappen. Hab mir schön was eingehandelt!"
„Der Chauffeur wird's verpfiffen haben", mutmaßte der kluge Maximytsch.
„Klar, der hat die Fahrt eingetragen, der Schmierfink. Aber wenn ich mich konzentrieren muß? Wenn ich im Fahren am besten denken kann?"
„Hättste dich lieber in irgend 'n Vorortzug gesetzt", sagte Maximytsch treuherzig. „Da kannste dich konzentrieren, soviel du willst. Ihr Natschalniks seid irgendwie blöd — immer müßt ihr den Leuten eure Bescheidenheit unter die Nase reiben — seht her, ich bin 'n großer Mann und geb euch die Hand. Aber wenn du's machst, dann frag auch: ‚Wie steht's?' Auch wenn's dir gestohlen bleiben kann, frag trotzdem." Maximytsch wollte dem großen Pilipenko zwar helfen, aber er verübelte ihm, daß er sich auf seinem guten Posten nicht hatte halten können und geflogen war. „Und du kannst ruhig mit dem Kopf dazu nicken. Aber nee — ihr denkt, da fällt euch 'n Stein aus der Krone!" schloß Maximytsch vollends verärgert. Und schenkte jedem noch ein Glas ein. „Prost. Mach dir nix draus..."
Sie tranken.
„Wann denn?!" Pilipenko war ebenfalls verärgert. „Wann hab ich Zeit, den Nickesel zu spielen?!"
„Dafür wirste jetzt Zeit haben: Die setzen dich auf Rente."
„Da ist das letzte Wort noch nicht gesprochen!" Pilipenko blickte grimmig vor sich hin. „Das ist noch 'ne Gleichung mit zwei Unbekannten!"
„Du taugst sowieso nicht zum Natschalnik!" sagte Iwan Maximytsch entschieden. Der Kognak brauste in seinem Kopf, und er wollte auch gern den Grimmigen und Starken spielen. „Du taugst nich dazu! Hätte ich 'n noch so kleinen Posten — du würdest dich umgucken, wie höflich ich wär ... ‚Nun, wie geht's, Genossen?'" Maximytsch sprach die Frage mit verstellter, höflicher Stimme. „‚Seid ihr guter Dinge? Nehmt euch ein Beispiel an mir — Kopf hoch!' Ein bißchen rumflachsen

würd ich! Warum denn nich mit den Leuten flachsen, wenn's dir besser geht als ihnen? Und der Nikolai Semjonytsch Pilipenko, die Trantute, arbeitet schlecht, er quarzt bloß, der Lumpenhund. Den wink ich so mit dem Finger zu mir ran: ‚Pilipenko, 'n Moment! Pilipenko, was meinst du: Werden wir mit solchen Werktätigen, wie du einer bist, den Kommunismus erreichen oder nich? Hm? Du denkst natürlich, wir erreichen ihn. Aber ich, Pilipenko, ich denke, mit solchen Leuten bleiben wir auf halbem Wege stecken. Hör mal zu, mein Freundchen, hör mal gut zu! Laß die Quarzerei, und scher dich an die Arbeit.' So muß man reden: ruhig, mitm Lächeln ... Siehste, ohne Gekeife bring ich die Arbeit in Gang. Und wenn ich frische Luft schnappen will, steck ich mir Kognak, Kaviar und gedörrten Störrücken inn Koffer, setz mich inn Vorortzug, fahr hundertfünfzig Werst raus. Und dann trab ich 'n Ende inn Wald rein und schnapp Luft, soviel ich will."

„Das wär langweilig, Maximytsch. Überhaupt redest du an der Sache vorbei."

„Wenn du Kognak mithast, kann's nich langweilig werden. Dafür wird kein Aas mitm Finger auf dich zeigen."

„Nein, Maximytsch, das wär nicht das rechte. Hast du noch 'n kleinen? Meine Seele will sich einfach nicht beruhigen, so weh tut sie."

„Das möchte sein, daß sie weh tut." Maximytsch goß jedem noch ein Gläschen ein.

„Du redest dran vorbei, Maximytsch. Du urteilst zwar logisch, aber ... höchstens von der Warte eines Vorarbeiters."

„Und von welcher Warte urteilst du?"

„Ich? Von einer etwas höheren."

„Von 'ner höheren? Na, aber jetzt sitzen wir beide auf der gleichen Höhe. Prost."

Als sie ausgetrunken hatten, erhob sich Pilipenko plötzlich und begann im Heizungskeller auf und ab zu gehen.

„Von wegen!" sagte er laut und erbittert. „So leicht kriegt ihr Nikolai Pilipenko nicht abserviert. Das habt ihr euch so gedacht! Pilipenko kann einen Puff vertragen!"

Maximytsch zündete sich unterdessen eine teure Zigarette aus Pilipenkos Schachtel an, lehnte sich auf dem Stuhl zurück, warf ein Bein übers andere und beobachtete seinen erregten Gast. Er hätte ihn gern irgendwie beschwichtigt, ansonsten aber fühlte er sich sehr wohl.

„Ihr Ukrainer seid 'n kerniger Menschenschlag", sagte er, um Pilipenko eine Freude zu machen. „Aber hundertfünfzig Kilometer weit zu fahren, um frische Luft zu schnappen, das is 'ne hanebüchene Dußlichkeit. Du atmest unterwegs mehr Abgase ein, als du dort frische Luft schnappst..."
„Wennschon!" Pilipenko ging immer noch auf und ab, geriet immer mehr in Rage. „Ihr werdet noch an Pilipenko denken. Ihr werdet noch zu Pilipenko kommen! Aber dann wird er euch was husten."
„Wieso? Wenn sie dich rufen, warum willste dann nich hingehen? Du mußt bloß nich wieder wegen 'nem bißchen frischer Luft hundertfünfzig Kilometer weit fahren. Du bist doch 'n gescheiter Kerl."
„Ich geh nicht!" sagte Pilipenko trotzig. „Basta. Ich hab die Nase voll. Ich hab auch meinen Stolz und..."
„Aber Semjonytsch, hör doch auf..."
„Ich geh nicht! Da kennt ihr Pilipenko schlecht. Ihr denkt, der macht Spaß..."
„Wieso Spaß? Was hat das damit zu tun? Du mußt hingehen."
„Ich geh nicht!"
„Was heißt: ‚Ich geh nich!'" Maximytsch wurde plötzlich wütend. „Dreht sich's vielleicht darum, daß du inn Kindergarten sollst? ‚Ich geh nich!' ... Dann werden wir dir Beine machen!"
Pilipenko blieb vor dem „Sanitärtechniker" Maximytsch stehen, der dasaß und seelenruhig eine „Kent" rauchte.
„Menschenskind", sagte Pilipenko lachend, „das ist ja, als hätten wir die ganze Szene geprobt! Schade, daß du kein Minister bist."
„Ja, das is schade", pflichtete Maximytsch bei. „Ich würd dich erstens das Benzin bezahlen lassen, das du am Sonntag verfahren hast, und zweitens würd ich dir so 'n Anschiß verpassen, daß du für drei arbeitest. Rausschmeißen würd ich dich nicht. Haben sie dich wirklich gefeuert?"
Ehe Pilipenko antworten konnte, kam ein Mann hereingestürmt, in Hut und Sommermantel und mit einem Koffer in der Hand. Er sah bleich aus.
„Maximytsch! Hast du Dienst? Gott sei Dank." Der Bleiche sagte das mit einem erleichterten, wütenden Beben in der Stimme. Als er Pilipenko sah, nickte er auch ihm zu.

„Na komm“, sagte Maximytsch und goß für den Bleichen Kognak in ein Weinglas, füllte auch die beiden Schnapsgläser — für sich und Pilipenko.
„Wartet mal“, sagte der Bleiche, „ich glaub, ich hab Schokolade.“ Er wühlte in seinem Koffer und holte eine Tafel Schokolade hervor. „Na bitte! Gott sei Dank.“
Pilipenko beobachtete den gehetzt wirkenden Mann mit leiser Ironie, sagte: „Ist die Katastrophe noch so groß, die Schokolade vergißt du nicht, was?“
Der Bleiche guckte ihn an, sagte aber nichts. Er trat zum Tisch, legte die Schokolade hin und nahm sein Glas.
„Prost“, sagte Maximytsch.
Sie tranken, schwiegen. Die Schokolade rührte keiner an.
„Was ist, bist du gekränkt?“ fragte Pilipenko.
„Maximytsch“, der Bleiche wandte sich an den „Sanitärtechniker“. „Ich möcht ihn bei dir stehenlassen.“ Er meinte den Koffer. „Ich mach unterdessen ’n kleinen Spaziergang am Ufer. Ich komm dann zurück.“
„Geh nur, geh“, sagte Maximytsch.
Der Bleiche ging, ohne Pilipenko noch einmal anzublicken.
„War er etwa gekränkt?“ fragte Pilipenko wieder.
„Klar. Hättst es dir sparen können, dich über ihn lustig zu machen. Er ist überhaupt ’n Mensch, den man leicht kränken kann.“
„Wieso das?“
„Tja.“
„Was heißt: tja?“
„Tja ... Gute Menschen werden oft gekränkt.“
„Quatsch! Wer kränkt sie denn?“
„Die Leute. Du zum Beispiel — hast ihn einfach gekränkt.“
„Na hör mal! Darf man sich nicht mal mehr ’n Scherz erlauben? Was denn für Leute?“
„’s gibt da so manche.“
„Mir tat er irgendwie leid. Vielleicht hätte ich mir das von der Schokolade verkneifen sollen ... Aber ich wollte ihn doch nicht kränken: Ich hab doch gesehen, daß ihn etwas quält ... Was hat er denn? Was für Leute meinst du?“
„Alle möglichen ... die kein Gewissen haben. Kommen an und kränken einen. Weißt du nich, wie man ’n Mann kränkt?“
„Setzt ihm seine Frau Hörner auf?“
„Ob Hörner, weiß ich nich. Jedenfalls schäkert das Aas mit

jedem ersten besten."
„Ach, das ist seine Frau? So eine mit langen Zotteln?"
„Ja."
„Wieso haut er nicht ab?"
„Tja, weil er nicht abhauen kann. Es sind eben nich alle solche … Pilipenkos. Du gehst nich unter, Semjonytsch, jammre bloß nich rum."
„Wer sagt denn, daß ich untergehe?"
„Nee, du gehst nich unter, du nich! Aber der, der is völlig am Boden."
„Aber wieso geht er dann nicht?"
„Weil er's nich kann. Einmal die Woche versucht er's — rast zwei Straßen lang, kommt zurück und pennt hier. Und am nächsten Morgen rennt er wieder zu ihr. Er liebt sie."
„Grüne Neune!" sagte Pilipenko gehässig. „Was liebt er an der — die gefärbten Zotteln?"
„Weiß ich nich. Mir tut er leid. Und wie." Maximytsch drückte die „Kent" auf einer Untertasse aus, schwieg, schüttelte traurig den Kopf. „Aber was willste machen?"
„Das Weib rausschmeißen!" beharrte Pilipenko, der Kampfhahn.
„Hör doch auf, Mann!" Maximytsch wurde wütend. „Du würdest alle rausschmeißen! Und jetzt, wo sie dich rausgeschmissen haben, wie is dir da? Einen rauszuschmeißen is kein Kunststück. Aber er bringt so was nich fertig. Und wenn — meinst du, dann wär ihm besser?"
„Aber so ist es doch auch kein Leben."
„So is das Leben nu mal. Oder denkst du …" Plötzlich horchte Maximytsch auf … Und erhob sich, sagte: „Gleich kommt noch so einer angeschlarrt."
„Wer?"
„Wirst gleich sehn." Maximytsch lauschte sicherheitshalber noch einmal. „Ja, mitm Spazierstock."
„Wer ist es denn?"
„Den Herrn Professor nenn ich ihn. Der hat's auch mit der Seele. Wenn der 'n Gläschen trinkt, hat er Schlagseite."
„Ist er wirklich Professor?" fragte Pilipenko ungläubig.
„'n waschechter Professor. Er wohnt Aufgang sieben. Wir unterhalten uns oft über alles mögliche. Er is Professor, na wie nennt sich das … für russische Sprache eben."
„Also Philologe?"

„Er schreibt Bücher. Dabei is er wie 'n Kind. Aber hör mal, Semjonytsch, nimm ihn nich auf die Schippe: Er ist so 'n Häufchen Unglück. Aber 'n prima Kerl."
Der „Herr Professor" mit dem Spazierstock trat ein. Er war alt und grau, das heißt, weniger grau als alt.
„Ich kann nicht mehr, Maximytsch!" begann der Professor gleich zu klagen. Er sah Pilipenko, ließ sich überhaupt nicht beirren, gab ihm die Hand und fuhr fort. „Ich kann nicht mehr, Maximytsch. Ich komm mal wieder zu dir, weil ich nicht weiß, wo ich sonst hin soll." Er setzte sich auf die Pritsche, ließ den Kopf hängen. „So was — ich weiß nicht weiter."
Maximytsch ging in die Ecke, holte noch eine Flasche Kognak, entkorkte sie im Gehen, goß drei Gläschen voll. Eines reichte er dem Professor.
„Da ... kommt schon alles wieder ins Lot."
Der Professor ergriff automatisch das Glas, starrte es an.
„Trink nur, trink", sagte Maximytsch überzeugt. „Da wird dir besser. Iß 'n bißchen Schokolade dazu. Macht deine Frau dir mal wieder die Hölle heiß?"
„Und wie!" sagte der Professor, während er von Maximytsch ein Stückchen Schokolade nahm. „Und was sie für Energie entwickelt! Was für eine Energie!"
„Na dann prost."
Der Professor kriegte etwas in die Luftröhre und hustete, trank aber das ganze Gläschen aus und aß Schokolade hinterher. Dann wischte er sich mit dem Taschentuch über Augen und Mund.
„Heute riefen sie aus dem Kaufhaus bei ihr an — sie hätten einen Nerz, Preis: dreieinhalbtausend", erzählte der Professor den beiden — Maximytsch und Pilipenko. „Sie rief mich sofort in der Universität an ..."
„Iß doch Schokolade beim Erzählen."
„Danke."
„Sie rief dich also an ...?"
„Ja, sie rief mich in der Universität an ... Uh, wird mir heiß! Oder ist hier drin so eine Hitze?"
Maximytsch zwinkerte Pilipenko zu und deutete mit den Augen auf den Professor: Der wurde schon blau.
„Natürlich is es hier heiß. Reg dich nich auf, Arkadi Michailytsch, immer ruhig Blut. Die Ziege rief also in der Universität an ..."

„Ja, sie rief an und sagte: ‚Ich brauch anderthalbtausend.' Zweitausend hat sie selber..."
„Das hört sich schon besser an", sagte Maximytsch mit leisem Grimm. „Hm!"
„Aber wo soll ich anderthalbtausend Rubel hernehmen?" fragte der Professor ratlos. „‚Borg sie von irgendeinem anderen Professor.' Aber von wem?"
„Gottsdonnerwetter!" Dem geduldigen Maximytsch platzte der Kragen. „‚Ich brauch anderthalbtausend!' Ich könnt ja auch sagen: ‚Ich brauch einen reinrassigen Hengst!'"
„Wozu?" fragte der Professor verständnislos.
Pilipenko lachte.
„Ich meine bloß", erklärte Maximytsch unwillig. „Und weiter?"
„Natürlich hatte keiner meiner Kollegen soviel Geld bei sich. Außerdem tagte der Wissenschaftliche Rat — sollte ich vielleicht mit dem Hut rumgehen und sammeln?"
Maximytsch lachte böse.
„Sie schrie durchs Telefon: ‚Eigentlich kostet der Nerz viereinhalbtausend, aber durch Beziehungen bekomme ich ihn billiger, weil sie ihn aus dem ›Haus der Modelle‹ besorgt haben. Ich brauch anderthalbtausend!' Was soll ich jetzt machen? Was soll ich machen? Ich hatte Angst, nach Hause zu fahren... Sie spielt natürlich verrückt. Ach mein Gott!" Der Professor ließ schicksalsergeben den Kopf auf die Brust sinken. „Was soll ich machen?"
„Nimm's mir nich krumm, Michailytsch, aber — das is die Strafe", sagte Maximytsch. „Warum mußtest du in deinem Alter 'ne Frau heiraten, die dreißig Jahre jünger is! Bist 'n schöner Schlaukopf. Is so was normal?"
„Ich weiß nicht. Nein, das ist nicht normal. Ja, das ist meine Strafe. Ich hatte Angst vor der Einsamkeit..."
„Fandste keine alte?" Maximytsch kriegte sich nicht gebremst. Doch da mischte sich Pilipenko ein.
„Na hör mal, was will er mit 'ner alten?"
„Sie kann für ihn kochen, saubermachen ..."
„Saubermachen! Red doch keinen Stuß."
„Und was will er mit der hier?" Maximytsch ließ nicht lokker.
„Aber was soll ich jetzt machen? Was soll ich bloß machen?" wiederholte der Professor verzweifelt und wischte sich mit dem

Taschentuch die Tränen weg. „Mein ganzes Leben ... mein Lebenswerk ... alles kommt mir jetzt lächerlich und töricht vor: Ein Nerz ist viel wichtiger. Körnchen um Körnchen habe ich Wissen zusammengetragen, habe meine Freude daran gehabt, für die Menschen den reinen, wundersamen Born unserer Muttersprache zu erschließen ... All das geht für den Nerzmantel drauf. Jede beliebige alte Handschrift gebe ich für ihn her! Aber so schnell bezahlt sie mir ja keiner! Und morgen schnappt mir irgendein Schieber den Nerz weg. Hören Sie", der Professor wandte sich an Pilipenko, „Sie sind doch irgend so ein Natschalnik, Sie werden doch immer mit einer schwarzen Limousine abgeholt..."

„Er wurde", korrigierte Maximytsch.

„Moment!" sagte Pilipenko streng. „Was wollten Sie sagen?"

„Ich wollte Sie fragen: Warum gibt es bei uns Schieber?"

„Und warum gibt es bei uns Universitäten?" konterte Pilipenko schlagfertig. „Warum gibt es bei uns die Metro, Theater, Kindergärten, kostenlose Schulbildung, kostenlose medizinische Versorgung?"

„Er fragte, warum's Schieber gibt!" warf Maximytsch verwundert ein. „Und wovon redest du?"

„Ich frage, warum es Universitäten gibt. Warum wir das eine sozusagen in Großaufnahme sehen und tun, als gäbe es all das andere gar nicht."

„Wer sagt denn das! Natürlich gibt es all das andere. Aber ich brauche einen Nerzmantel. Borgen Sie mir anderthalbtausend Rubel, ich geb's Ihnen in einem Monat zurück — dann erscheint ein Buch von mir."

„Selbst wenn ich soviel Geld hätte, würd ich's Ihnen nicht borgen", sagte Pilipenko unerbittlich.

„Warum?" fragte der Professor verdutzt.

„Ich hab gesehen, wie erstklassig Ihre Frau gekleidet ist. Was zum Teufel braucht sie noch?"

„Sie will einen Nerz..."

„Und weiter will sie nix?" Maximytsch explodierte. „Mitm ordentlichen Knüppel will sie nix? Auf ihren ... Dingsda ... will sie nix?"

„Moment!" Pilipenko stoppte den „Sanitärtechniker". Pilipenko hatte sich beruhigt, war sogar nüchtern geworden. „Professor, was haben Sie gesagt: ‚Ich gebe jede beliebige

Handschrift für einen Nerz her'?"
„Jawohl, jede beliebige!" schrie der betrunkene Professor in seinem tiefen Kummer. „Die allerälteste! Wenn ich ‚Das Lied von der Heerfahrt Igors' besäße — selbst das gäbe ich her, nur damit diese Hysterie, dieses Gekeife ein Ende hat. Alles gäbe ich her! Unter einer Bedingung: daß ich morgen, elf Uhr, das Geld in der Hand habe. Meine halbe Bibliothek gäbe ich her — und ich habe eine einzigartige Bibliothek. Wollen Sie sie haben?"
„Professor!" sagte Pilipenko vorwurfsvoll.
„Ich würde dem Teufel meine Seele verkaufen!" Der Professor geriet offenbar selbst in Hysterie. „Wenn nur das Gekeife ein Ende hat. O mein Gott!"
„Stop!" sagte Maximytsch. „Ihr seid natürlich alle klug, und ich bin 'n Dussel, ich hab ja auch nich siebenundzwanzig Jahre studiert ..."
„Aber wer sagt denn, daß du ..."
„Ruhe!" schnauzte der gute Maximytsch. „Ich bin 'n Russe in Bastschuhen ..."
„Ich doch auch!" rief der Professor.
„Sind Sie verrückt geworden?" fragte Pilipenko. „Ein Russe in Bastschuhen? Meinen Sie damit Ihre Herkunft? Dann bin ich auch einer."
„Ruhe!" Maximytsch war außer sich. „Ihr seid Russen in Chromlederstiefeln, und ich bin einer in Bastschuhen. Aber hysterische Weiber zur Räson bringen, darauf versteh ich mich. Das is meine Spezialstrecke ..."
„Geh und bring sie zur Räson!" flehte der Professor. „Aber wie willst du das anstellen? Sie hört ja gar nicht zu ..."
„In zwei Minuten hab ich sie zur Räson gebracht."
„Wie?" fragte auch Pilipenko.
„Wenn ihr doch einer den Kopf zurechtsetzen könnte!" Der Professor stöhnte. „Ach, wenn ihr doch einer ..."
„Schreib mir 'n paar gebildete Worte auf", sagte Maximytsch zum Professor. „Die les ich ihr vor, damit sie mir nich gleich die Tür vor der Nase zuknallt. Wie heißt sie — Nadeshda ...?"
„Nadeshda Sergejewna."
„Semjonytsch, schreib's in großen Buchstaben aufn Zettel", sagte Maximytsch zu Pilipenko, zum Professor aber: „Und du diktierst."

„Nadeshda Sergejewna", begann der Professor, während Pilipenko ein Blatt aus seinem Notizbuch riß und mitschrieb. „Nadeshda Sergejewna", wiederholte der Professor flehentlich, „ich beschwöre dich beim Himmel..."
„So ein Quatsch", sagte Pilipenko und hörte auf zu schreiben. „Was hat der Himmel damit zu tun?"
„Schreib nur", sagte Maximytsch. „Je dußliger, desto besser."
„Na gut, ich werde mich einfacher ausdrücken", willigte der Professor ein. „Das wär wirklich ein bißchen dämonisch. Nadeshda Sergejewna, ist denn ein Nerz..."
„Ein lausiger Nerz", soufflierte Maximytsch.
Pilipenko winkte ab — er solle den Mund halten.
„Ist denn ein Nerz für dich wichtiger als ein Mensch", fuhr der Professor fort.
„Ich schlage folgenden Text vor", unterbrach ihn Pilipenko. „Nadeshda Sergejewna! Vorläufig können wir nicht alle Menschen mit Nerzmänteln versorgen, aber siehst du denn nicht all die anderen Errungenschaften. Siehst du nicht..."
„Was die anderen Menschen bekommen, schert sie einen Dreck!" sagte der Professor gereizt. „Sie, sie braucht einen Nerz. Was kümmern sie die anderen? Die anderen brauchen keinen Nerz. Ich auch nicht."
„Ich brauch auch keinen — ich hab meinen Schafpelz", sagte Maximytsch. Pilipenko guckte die beiden an. „Wollt ihr damit etwa sagen, daß ich einen brauche? Ich brauche auch keinen."
Sie schafften es mit Ach und Krach, den Schrieb aufzusetzen, und dann ging Maximytsch damit zu Nadeshda Sergejewna. Er ging ... und kehrte nicht zurück.
Vor Gericht erzählte Maximytsch die Geschichte so:
„Wir setzten 'n Schrieb auf ... 'n anständigen Brief. Mit dem ging ich zu ihr ... Las ihn ihr durch die Tür vor..."
„Sie öffnete Ihnen nicht?"
„Nein, ich las ihn ihr durch die Tür vor."
„Und weiter?"
„Sie rief die Miliz. Ich redete weiter, dachte, sie hört mir zu — da steht hinter mir 'n Milizionär."
„Warum rief sie die Miliz? Sie sagten doch, es war ein anständiger Brief."
„Ich fügte von mir aus was hinzu", erklärte der „Sanitärtech-

niker“ Maximytsch unwillig. „Mir tat der alte Mann leid: Die mit ihren Pelzmänteln, die bringt ihn doch ins Grab. Na, und da fügte ich von mir aus ’ne Kleinigkeit hinzu.“

„Beleidigungen?“

„Wieso? Ich sagte, daß sie ... Na, kann schon sein, daß es Beleidigungen waren.“

„Die Bürgerin Sacharowa schreibt in ihrer Anzeige, Sie hätten gedroht, wenn Sie sie im Nerz sähen, würden Sie ihr diesen vom Leib reißen und ihr dafür Ihren Schafpelz umhängen. Haben Sie das gesagt?“

„Was sollte ich mitm Nerz?“ Maximytsch versuchte, sich vor einer Antwort zu drücken.

„Haben Sie das zu ihr gesagt oder nicht?“

„Hab ich.“

„Das stellt eine Bedrohung dar.“

„Meinetwegen ’ne Bedrohung.“

Maximytsch bekam zehn Tage Haft.

1973

# Nachbemerkung

In der Sowjetunion gehört Wassili Schukschin (1929—1974) zu den meistgelesenen Schriftstellern, überdies sind seine Filme ungemein populär. Auch bei uns wurden *Kalina krasnaja*, *Reisebekanntschaften* und andere Filme gegeben, die Bekanntschaft mit dem Szenaristen, Regisseur und Schauspieler Schukschin ermöglichten; die Filme fanden Anerkennung, allerdings nicht jenen Zulauf, der auch hier zu wünschen gewesen wäre. Ob nun Schukschins Prosa die Gunst unserer Leser gewinnen und behalten wird? In deutscher Übersetzung vorgelegt wurde mittlerweile das meiste, jedenfalls alles Wichtigere. Die Schukschin-Sammlung des Verlages Volk und Welt, bestehend aus dem Roman *Ich kam, euch die Freiheit zu bringen*, den beiden Erzählungsbänden *Gespräche bei hellem Mondschein* und einem Band mit Novellen, Filmszenarien und Aufsätzen, eilt sogar einer sowjetischen Gesamtausgabe voraus, bringt nahezu alles, was eine wissenschaftliche Werkedition enthalten müßte, und obendrein breite Kommentare. Dennoch ist Schukschin bei uns augenscheinlich noch nicht das geworden, was er in seinem Lande war und, unbeschadet seiner tieferen Bedeutung, vermutlich bleibt: ein Erfolgsautor, dessen Werke auch das weniger anspruchsvolle Publikum erreichen und buchstäblich in aller Munde sind.
Wie erklärt sich Schukschins literarischer Erfolg in seiner Heimat? Errungen hat er ihn vornehmlich mit Erzählungen. Seine Überlegungen zu diesem Genre erscheinen mir deshalb aufschlußreich. „An einer guten Erzählung schätze ich Sachlichkeit, Bündigkeit“, schrieb er. „Was heißt denn Erzählen? Ein Mann geht die Straße lang, sieht einen Bekannten und erzählt ihm zum Beispiel, was er vor der letzten Straßenecke gesehen hat: Eine alte Frau stürzte aufs Pflaster, ein schlaksiger LKW-Fahrer lachte schallend darüber, schämte sich aber dann seines dämlichen Lachens und eilte hinzu, um der alten Frau wieder auf die Beine zu helfen, wobei er sich umschaute, ob auch niemand Zeuge gewesen war, als er lachte. Das ist alles. ‚Ich gehe die Straße lang‘, erzählt der Mann also, ‚und

da sehe ich, wie eine alte Frau ausrutscht. Plumps! liegt sie da, und so ein Schlaks feixt sich eins ...' So wird er vermutlich erzählen. Finge er dagegen an: ‚Als ich heute morgen wach wurde, war's ein Katzenjammer. Ich hatte Alpträume gehabt, von irgendwelchen Bestien ...' — so wird der Bekannte fragen: ‚Hast wohl gestern gesoffen?' Was soll unser Mann darauf antworten? (...) ‚Als ob es hier um mich ginge! Es geht um die alte Frau, die vorhin gestürzt ist.' Am schlimmsten ist es, wenn unser Gegenüber fragen muß: ‚Wovon redest du überhaupt?' Todsicher würde mancher Schriftsteller, wenn er von dieser alten Frau berichtet, zunächst erzählen, was sie vor 1917 gewesen ist. Der Leser aber weiß es ohnehin: ein junges Mädchen, eine junge Frau. Oder der Schriftsteller schildert zwei Seiten lang, was an dem Morgen, als die Alte hinfiel, für schönes Wetter war. (...) Eine Erzählung muß den Leser auch unterhalten, muß in ihm das Gefühl erwecken, daß er der Spur eines Lebens folgt oder, wenn man so will, das Leben begleitet. Unser Leben im zwanzigsten Jahrhundert hat einen ziemlich flotten Rhythmus. Daher die prompte Frage: ‚Wovon redest du?' Ich weiß nicht, was ‚Telegrammstil' ist, aber ich weiß, was eine langweilige Erzählung ist. Interessant muß sie sein, das ist alles."

Die Anfänge sind Schukschin durchaus nicht immer bündig geraten, manche Erzählungen — darunter hervorragende wie *Ich glaube!, Die Kränkung* — beginnen mit einer eigentlich überflüssigen, umständlichen Vorrede. Was immer Schukschin aber dann erzählt, ist — mit seinem Wort — interessant. Atemberaubende Abenteuer schildert er freilich fast nie, überhaupt enthalten seine Erzählungen wenig äußere Handlung, kaum Aktion, der man gespannt folgen könnte. Weitesten Raum nehmen vielmehr Dialoge ein. Ihre Anziehungskraft verdanken sie zweifellos dem Umstand, daß sich da ganz und gar unheldische Helden freimütig äußern. Das entspricht Schukschins Bekenntnis: „Ich mag ihn nicht, den ‚unvermeidlichen' positiven Helden. Er ist so positiv, vollkommen, sittlich, vernünftig und zielstrebig, daß es einen anödet." Es sind im Grunde unauffällige, gewöhnliche Menschen, auffällig und ungewöhnlich zumeist nur — und das macht sie denn doch manchmal fast zu positiven Helden — durch ihren Hang zum Grübeln, ihr bisweilen geradezu exzentrisches Verlangen nach Wahrheit, das auch der Sehnsucht nach Anstand, Freundlichkeit, Zärtlichkeit, Glück innewohnt und alle Kränkungen und Enttäuschungen, die sie erleiden, um so bitterer, unerträglicher werden läßt. Buchstäblich nichts kann ihren verblüffenden Eigensinn abhalten, dennoch Hoffnungen zu hegen oder wenigstens erwartungsvolle Fragen zu stellen, anderen und sich selbst. Als unbequeme Dickschädel, als verquere Typen gehen sie ihren Weg — oder suchen einen Weg, den sie gehen könnten, oder suchen die Gründe, warum der bisherige Weg so und nicht anders verlaufen ist. Schukschin zeigt sie uns zumeist auf dieser Suche, oft auch im Aufbruch oder wenn sie noch zögern, ihrer persönlichen Vorstellung, ihrem Wunschbild zu folgen, gelegentlich auch, wenn sie scheitern, wenn Hoffnung zerbricht.

Was an Schukschins grüblerischen Helden so anrührend und überzeugend ist — eben jene wunderlich-eigensinnige Wahrheitsliebe, die geradezu schrullige Wahrhaftigkeit —, lenkt in der Regel auf den tieferen Sinn des Erzählten. „In Rußland", schrieb er, „gibt es noch einen Menschenschlag, aus dem die Zeit, die Wahrheit der Zeit so unbändig herausschreit wie aus einem Genie, so ungeduldig wie aus einem Begabten, so versteckt und unausrottbar wie aus einem Denkenden, Klugen ... Es ist der ‚durak' — der Dummkopf oder Narr. Man hat dies längst bemerkt — Schwachsinnige, Epileptiker, weltentrückte Pilger finden sich zuhauf in der russischen Literatur, in Volksüberlieferungen und Märchen." Nicht von ungefähr tauchen darum bei Schukschin seltsame Käuze und Verquere auf — gerade sie sollen seine Erfahrungen mitteilen, die sich übrigens vielfach sehr direkt aus seiner Biographie ergeben: „Ich wurde am 25. Juli 1929 im Dorf Srostki, (...) Altai-Region, geboren. Meine Eltern waren Bauern. Seit der Gründung der Kolchose (1930) waren sie Kolchosbauern. (...) Ich arbeitete im Kolchos, aber 1946 verließ ich das Dorf." Und: „Es hat sich so ergeben, daß ich mit meinen vierzig Jahren weder ein richtiger Städter noch ein Dörfler bin. Eine schrecklich unbequeme Lage. Schlimmer, als wenn ich zwischen zwei Stühlen säße, so, als hätte ich ein Bein am Ufer, das andere im Boot. Nicht zu schwimmen ist unmöglich, aber vor dem Schwimmen hat man auch irgendwie Angst. (...) Aber auch diese meine Lage hat ihre Vorteile. Die Vergleiche, all dieses Hin und Her zwischen ‚dort' und ‚hier' bringt einen unwillkürlich dazu, nicht nur über ‚Dorf' und ‚Stadt', sondern über Rußland nachzudenken."

Hier müssen wir uns den Inhalt der Begriffe wenigstens andeutungsweise vergegenwärtigen. „Stadt" hieß für Schukschin modernes urbanes Leben mit seinen materiellen und kulturellen Angeboten, allerdings auch mit den Kehrseiten: seelische Krisen und aggressives Verhalten infolge verminderter Gefühlsbindungen und vermehrter Reibereien in vergleichsweise abgekapselten, beengt wohnenden Kleinfamilien, spießiges Raffen und Karrieremachen alten Stils, obendrein Hektik, Anonymität. Schukschin verklärte das Dorf durchaus nicht, aber es war ihm doch gegenwärtig als vertrauter Ort, wo Arbeiten, Wohnen und Zusammenleben noch viel mehr dem Gewohnten entsprechen, obwohl der gesellschaftliche, auch einfach der technische Fortschritt notwendige, begrüßenswerte Umwälzungen vollzieht, freilich auch Probleme schafft: die Abwanderung, insbesondere der Jugend, die „Verstädterung" im Zusammenleben der Dörfler. Was Schukschin als Spannungsfeld zwischen die Begriffe „Dorf" und „Stadt" setzt, sind historische Vorgänge, gesellschaftliche Wandlungen: von der Kollektivierung der Landwirtschaft und der Industrialisierung, mit allen ihren Begleiterscheinungen, bis zur heutigen sozialistischen Wirklichkeit. Schukschin ging es allerdings nicht darum, diese Vorgänge und die Wirklichkeit im Panorama oder auch nur im Ausschnitt unmittelbar darzutun, er wählte das in seinem Empfinden „Modernste in Kunst und Literatur": die „immerwährenden Anstrengungen zur Erforschung der menschlichen Seele". In der Gemütsverfassung, in den seelischen Krisen des einzelnen wollte er auch die „schmerzhaften Erschütterungen der Volksseele" erkunden, in tiefe Schichten eindringen, wo Vergangenes sich auf oft überraschende Weise bricht und wo, in Wunschträumen oder auch im Alptraum, mitunter Künftiges hervorscheint.

Hintersinnig sind darum fast alle Episoden, die Schukschin äußerlich durchaus trivial schildert: Einer will weg aus dem Dorf, ein anderer sehnt sich zurück; einer kommt als selbstzufriedener Angeber zu Besuch aufs Dorf, der andere als ewig Unzufriedener; einer fragt nach dem Verdienst, der andere nach dem lieben Gott; einer nimmt sich in der Stadt aus Seelenschmerz das Leben, ein anderer kurriert dort schmerzende Seelen, und wieder ein anderer beugt allem solchen Ungemach vor, indem er sein wöchentliches Schwitzbad als Fest der Seele nimmt, wo er seinen Willen und seine Freiheit genießt.

Nicht mehr Dörfler, aber auch noch kein richtiger Städter — aus dieser Position empfand Schukschin die Umwälzungen, die „Erschütterungen der Volksseele" besonders deutlich. Sensibilisiert wurde sein Gespür sicherlich durch die eigene Erfahrung. Er war als Halbwüchsiger, zumal unter harten Verhältnissen, vom Dorf in die Stadt gekommen, doch nahe Verwandte, vor allem die Mutter, waren im fernen sibirischen Dorf geblieben. Der Weg vom Dorf in die Stadt brachte, das ist aus den Werken unschwer zu erkennen, für Schukschin noch einen — nur tiefenpsychologisch auszudeutenden — Zwiespalt, es war für ihn der Weg weg von der Mutter, während doch die Bindung an sie, wie er bekannte, unlösbar blieb. Man darf vermuten, daß die aufgewühlte, schmerzende, ächzende Seele, der Schukschins Helden gewöhnlich mit geistigen Getränken Linderung zu verschaffen suchen, nicht nur bewußten Aussageabsichten, sondern zu einem guten Teil sehr persönlicher Empfindlichkeit, der Traurigkeit und Schwermut des Autors entsprungen ist. Bei Schukschin, wie übrigens, soweit ich sehe, bei allen sowjetischen Dorfschriftstellern, symbolisieren die großartigen Frauengestalten stets Mütterlichkeit. Bezeichnenderweise kommt auch für den erwähnten schlaksigen LKW-Fahrer der Augenblick der Wahrheit, als er ein altes Mütterchen gekränkt hat und seine Schuld wiedergutmachen muß.

Schukschins gutherzige und gewitzte, grüblerische und kauzige, in sich ruhende und philosophierende Helden, die dem Trivialen ihre Wunschbilder, Märchenträume, kurz Fiktionen entgegensetzen, sind stets Männer, die Frauen, gleich welchen Alters, erweisen sich als gütige Mütter — oder als Megären; für die anders als mütterlich liebende Frau ist so wenig Platz wie für die emanzipierte. Über das Sein grübeln Männer, ans Haben denken — nicht nur, aber vor allem — Frauen. Besonders Leserinnen werden an diesem Relikt aus einer patriarchalischen Vorstellungswelt Anstoß nehmen. Allerdings kennt man derlei Einseitigkeit von den Volksmärchen her, wo es, von den Hexen ganz abgesehen, eben auch viel mehr böse Königinnen und Stiefmütter gibt als entsprechende (männliche) Bösewichter.

„Es war einmal ..." — so oder ähnlich beginnen etliche

Erzählungen Schukschins, und das Märchenhafte bleibt dann oft auch im Text spürbar: Der Held begegnet Gefahren und besteht sie, gelangt wohlbehalten — bei Schukschin freilich zumeist in sich gekehrt oder gar verdrossen —, als Sieger nach Hause. Auch die Novellen *Tüchtige Leute (Energische Leute)* und *Der Standpunkt* haben, nicht im Stoff, wohl aber in der Struktur, Märchencharakter, und die Novelle *Bis zum drittenmal der Hahn kräht* ist ein vollendetes Kunstmärchen. Dieses Genre hat Schukschin, wie anzunehmen ist, gereizt, weil es das Schema einer tatsächlichen Erfahrung, eines wirklichen Kampfes auf volkstümlichste Weise ins Phantastische oder Visionäre zu rücken erlaubt. Auf dem poetischen Kontinent dieses Schriftstellers ist dies allerdings nur eine von vielen Sprachen.

Offenherzige persönliche Bestandsaufnahmen und freimütige Erörterungen historischer, sozialer und kultureller Probleme finden wir in Schukschins publizistischen Arbeiten; im Gegensatz zu anderen Dorfschriftstellern münzte er sonst fast alles in kleine Prosawerke um. Seine unbestreitbare Stärke war der kleine, prägnante Ausschnitt, das pittoreske Charakterbild, das auch bei tiefem Ernst humoristischer oder satirischer Züge nicht entbehrt, die szenische Episode, die auf ein großes Thema zugeschnitten ist. Seinem Wesen, Charakter und Temperament nach war er ein Erzähler, und Stoffe, die sich insbesondere für kurze Erzählungen eigneten, standen ihm in schier unglaublicher Fülle zur Verfügung — um sie alle zu erzählen, hätte er, wie er einmal sagte, wohl drei Leben gebraucht.

Schukschin hatte in der Landwirtschaft und auf Baustellen, als Schlosser und Chauffeur gearbeitet, war Matrose und Lehrer gewesen, bevor er an der Moskauer Filmhochschule bei Michail Romm Regie studierte, Filme zu machen und schließlich Erzählungen zu schreiben begann. Seine Lebenserfahrung, die seinem literarischen Schaffen Stoff und Maß gab, hatte er nicht in der Art des Intellektuellen gemacht, er hatte das Leben zunächst unmittelbar und ungebrochen gesehen, und zwar ausgiebig, das erklärt, warum ihm Wissen von menschlichen Schicksalen und Charakteren ebenso wie Kenntnisse von Begebenheiten und Anekdoten, absonderlichen, oft geradezu unglaublichen Geschichten in solcher Mannigfaltigkeit zu Gebote standen.

Es macht zugleich einen Grundzug dieses Schriftstellers verständlich: Er identifizierte sich mit denen, aus deren Milieu er kam: mit Kolchosbauern, Traktoristen, Chauffeuren, Bauarbeitern usw. Seine frühen Erzählungen haben, trotz ihres durchaus rauhen Tons, einen sentimentalen Kern (derlei heißt dann: dem Leben abgelauscht und mit den Gefühlen eines Beteiligten nacherzählt). Doch Mitte der sechziger Jahre vollzog sich ein Umbruch. Ironische, satirische Töne traten hervor und wurden schärfer, bestimmten mehr und mehr die Eigenart der Erzählungen. Vor allem aber lagen ihnen nun andere Motive und eine andere Blickrichtung des Autors zugrunde: Nicht mehr herzensgute, tolldreiste oder sonstwie bemerkenswerte Leute vom Lande sollten rührend oder bewundernswert gezeigt werden, sondern — oft an durchaus ähnlichen, allerdings tiefgründiger gesehenen Personen — die Nöte ihrer aufgewühlten, „schmerzenden" Seele, ihr Trübsinn, ihre Unrast, ihre oft verborgenen Wunschträume und Fiktionen, ihre mitunter verzweifelte oder vergebliche Suche nach Glück. In den Dialogen offenbaren sie ihre Art und Weise zu leben, sich zu behaupten, und unbequeme Fragen bleiben nicht aus. Dazu befähigt werden Schukschins nachdenkliche Helden von sittlichen Werten, über deren Herkunft und Tragfähigkeit sie nicht selten qualvoll rätseln. Mit einer Ausnahme: Ihr Verlangen nach Menschlichkeit ist absolut. Das mindert nicht, sondern verschärft ihre Qualen: Wie können nicht nur sie selber menschlich sein, wie können sie im Alltag auch gegenüber dem rücksichtslosen Amtswalter und dem gemeinen Ellbogenmenschen ihren Anspruch durchsetzen? Auch der Gegenseite, auch Bürokraten, Karrieristen, Demagogen, Egoisten und Kriechern hat Schukschin Porträts gewidmet. Die Suche nach einem neuen Stil, die ihn kurz vor seinem Tod beschäftigte, entsprang offensichtlich seinem Verlangen, Gegensätzliches nicht mehr nur nebeneinander- oder gegeneinanderzustellen, sondern den Konflikt auf die Spitze zu treiben, der alten Weisheit folgend, daß, wer tief blicken will, hoch steigen müsse.

Wenn Schukschins Helden witzig, tiefsinnig oder auch gefühlvoll Bilanz ziehen und räsonieren, wirkt das wohl vor allem deshalb so glaubwürdig, so echt, weil der Autor, dem bekannten Diktum gemäß, dem Volk aufs Maul geschaut, weil er die Redeweisen ebenso unbeschönigt wiedergegeben hat wie die Wirklichkeit, der sie entspringen und auf die sie sich beziehen: Im Slang sind Phrasen undenkbar. Wer an Schukschins Umgangs- und Vulgärsprache Anstoß nimmt, mißversteht ihre Funktion. Darüber hinaus wären wohl die vielen sanften, gefühlvollen Töne kaum denkbar ohne ihr Gegenstück, die unverblümte rauhe Rede. Auch sie teilt nicht nur mit, sondern drückt aus. Daß in den deutschen Übersetzungen oft, freilich nicht wahllos, Verkürzungen gebraucht werden (zum Beispiel „nich“ statt „nicht“, „aufs“ statt „auf das“, sogar „inn“ statt „in den“), soll, Schukschins Diktion folgend, den Leser anregen, sich die Dialoge im Slang gesprochen vorzustellen. Für die Wiedergabe von Umgangssprache gilt in besonderem Maße Karl Kraus' Wort: „Übersetzen heißt üb' ersetzen.“

Daß gesprochene Sprache in Schukschins Erzählungen vorherrscht, liegt natürlich auch ganz einfach daran, daß die Texte zum großen Teil aus Dialogen bestehen. Man kann sie sich ohne weiteres szenisch, auf der Bühne oder im Film, vorstellen. Verfilmt wurde etliches, von Schukschin selbst oder anderen. Wurzelt hier das Etikett „filmische Prosa“? Treffender wäre gewiß „szenische Prosa“.

Was in einer szenischen Episode, oder im Sketch, nicht selten als Gag eingeflochten wird, kehrt auch in Schukschins Erzählungen häufig wieder: Anekdoten. Gewiß, sie erzeugen Gelächter, mir scheint jedoch, man sollte sie nicht als belanglosen Spaß abtun, sie können durchaus ein ernstzunehmendes künstlerisches Mittel sein; zum Beispiel in der jüdischen Erzähltradition hat die Anekdote ihren Platz, aber auch in der tschechischen Literatur ist sie heimisch, und den wohl volkstümlichsten Philosophen unter den großen Gestalten der Weltliteratur, Hašeks braven Soldaten Schwejk, kennt man gar als wandelnde Anekdote. Neben dem Lacheffekt sind der Anekdote andere Erfolge sicher: Sie kann Ernstes ironisieren, aber auch angemaßte Bedeutsamkeit lächerlich machen, sie kann eine Situation vom Komischen ins Groteske umschlagen lassen, und sie vermag sogar, auf einfachste Weise, einen philosophischen Kommentar oder ein moralisches Fazit zu vertreten.

Wie immer man Schukschins Erzählweisen aufnimmt, sein Bestreben ist nicht zu übersehen: Suche nach Wahrheit, Wahrhaftigkeit. „Verlogenheit stempelt den Schund.“ — „Künstlerisch ist etwas, das die ganze Wahrheit über den

Menschen hervorbringt“ — das galt ihm als Maßstab, es entsprach, das kann man getrost sagen, seinem Ethos als Schriftsteller. „Sittlich oder unsittlich kann die Kunst sein, die Helden können das nicht. Nur unsittliche Kunst ist imstande, verlogene Beispiele hervorzubringen, ob ‚positive‘ oder ‚negative‘ (...) Eine ehrliche, mutige Kunst verfolgt nicht das Ziel, den Zeigefinger zu erheben: dies ist sittlich, jenes unsittlich; sie hat es mit dem ‚ganzen‘ Menschen zu tun, will ihn besser werden lassen, indem sie ihm die Wahrheit über diesen ganzen Menschen sagt.“ Dank Ehrlichkeit und künstlerischer Kraft hat Schukschin viele Begebenheiten aus der Alltagswirklichkeit zu jener höheren Tatsächlichkeit verdichtet, die das Wahre zugleich wahre Kunst sein läßt. So hoch man ihn in der Sowjetunion heute schon schätzt, mir scheint, man wird sein Werk, je gründlichere und kritischere Aufnahme es mit der Zeit findet, desto mehr zu würdigen wissen.
Mögen viele bei uns Schukschin bereits kennen, für die meisten bleibt er noch zu entdecken. Den einen wie den anderen ist diese Auswahl zugedacht, sie soll Wesentliches bringen, das die Themen und Erzählweisen dieses Schriftstellers repräsentiert, so daß der Leser sich Schukschins Welt erschließen mag. Verzichtet wurde auf manche früheren sowie auf alle ganz frühen Erzählungen, ferner auf das Skizzenartige aus späteren Jahren und manches Unausgereifte, das trotz beachtenswerter Details keinen Platz in einer Auswahl beanspruchen sollte. Bei den Erzählungen aus den ertragreichsten Jahren (1967—1974) fiel die Wahl auch dann oft schwer, wenn Ähnlichkeiten im Sujet eine Beschränkung auf das Gelungenere nahelegten. Daß persönlicher Geschmack dabei nicht auszuschalten war, liegt in der Natur der Sache.

Berlin, im August 1980 *Eckhard Thiele*

# Inhalt

Universal Bibliothek BELLETRISTIK

## BLAGA DIMITROWA
## Auf Umwegen

Aus dem Bulgarischen von B. Antkowiak
Band 1095 · Broschur 2,– M

Blaga Dimitrowa (geb. 1922), eine der bedeutendsten Schriftstellerinnen Bulgariens, hat den Übergang von der Lyrik zur Prosa Mitte der 60er Jahre vollzogen. Ihr zweiter Roman „Auf Umwegen“ (1967) ist ein eigenwilliger und herber Liebesroman, der die poetische Veranlagung der Autorin nicht verleugnet. Er führt über die Erinnerungsbilder der Heldin Neda zurück in die Jahre unmittelbar nach der Befreiung Bulgariens vom Faschismus. In dieser unruhigen und bewegten Zeit betritt eine junge Generation die geschichtliche Szene, die mit dem chaotischen Erbe des Krieges und den unerbittlichen Forderungen des Tages zugleich konfrontiert wird. Diese Studenten begreifen sich selbst als eine revolutionäre Generation, als Pioniere des Wiederaufbaus; sie sind entschlossen, die Welt neu einzurichten, und bereit, im Namen der Zukunft Opfer zu bringen und Entbehrungen auf sich zu nehmen. Gerüstet mit wissenschaftlichen Theorien, versuchen sie in Wochen und Monaten aufzuholen, was Jahrhunderte versäumten, und dieser ungleiche Kampf übersteigt zuweilen ihre Kräfte ...
Dieser Roman beeindruckt durch Dichte und Intensität des Erzählduktus und durch die Vielgestaltigkeit der formalen Lösungen – vor allem aber durch die in ihm aufgehobene menschliche Erfahrung.

Universal Bibliothek BELLETRISTIK

# DIE JUNGE EICHE

Klassische belorussische Erzählungen

Aus dem Belorussischen
Herausgegeben und mit einem Vorwort von N. Randow
Band 1149 · Broschur 3,50 M

Die wechselvolle, von Leid, Hoffnung und immer neuen Aufbrüchen getragene Geschichte des belorussischen Volkes ebenso wie die Mühen und Meriten einer jungen, unabgeklärten, Vielfalt suchenden Literatur, den in Jahrhunderten schmerzlich erworbenen Erfahrungen künstlerische Form zu geben, spiegeln Erzählungen aus den Jahren 1905 bis 1940. Diese Anthologie schlägt den Bogen von der volkstümlich-anekdotischen Geschichte bis zur fein reflektierenden psychologischen Prosa.

Universal Bibliothek

BELLETRISTIK

---

# DMITRI MAMIN-SIBIRJAK

## Die Begegnung

Erzählungen aus dem Ural

Aus dem Russischen

Herausgegeben und mit einem Nachwort von K. Dornacher

Band 1054 · Broschur 2,50 M

Dmitri Mamin-Sibirjak (1852–1912) stammte aus dem Ural und hat mit seinem Werk eine bis heute gültige und faszinierende künstlerische Chronik der ersten Phase der kapitalistischen Entwicklung in Rußland geschaffen. Aus seiner bisher im Deutschen noch kaum veröffentlichten kleinen Prosa wurden für diesen Band acht Erzählungen aus den Jahren 1885–1889 ausgewählt. Anhand erschütternder Begebenheiten und tragischer menschlicher Schicksale wird dem Leser auf dem Hintergrund poetischer Landschaftsbilder ein noch wenig bekannter Bereich der russischen Wirklichkeit und Geschichte transparent gemacht; klarer Sprachstil, die Verwendung von bildhaften Redewendungen und Sprichwörtern und die Einbeziehung von Dialektausdrükken geben den Erzählungen ihr unverwechselbares Kolorit.

---